KB195052

그렇군요

'TIS
by Frank McCourt

Copyright ⓒ Frank McCourt, 1999
Korean Translation Copyright ⓒ MUNHAKDONGNE Publishing Corp., 2012
All rights reserved.

This Korean edition was published by arrangement with
The Friedrich Agency c/o Amer-Asia Books, Inc. through Duran Kim Agency, Seoul.

이 책의 한국어판 저작권은 Duran Kim Agency를 통해
The Friedrich Agency c/o Amer-Asia Books, Inc.와 독점 계약한 (주)문학동네에 있습니다.
저작권법에 의해 한국 내에서 보호를 받는 저작물이므로
무단 전재와 무단 복제를 금합니다.

이 도서의 국립중앙도서관 출판시도서목록(CIP)은
e-CIP 홈페이지(http://www.nl.go.kr/ecip)와
국가자료공동목록시스템(http://www.nl.go.kr/kolisnet)에서 이용하실 수 있습니다.
(CIP제어번호: CIP2012001404)

그렇군요

프랭크 매코트 지음 | 김루시아 옮김

문학동네

배려를 아끼지 않는 마음씨 따뜻한 딸 매기,
그리고
내 곁에 있어준 아내 엘렌에게
이 책을 바친다.

일러두기

이 책의 원문은 과거 시점의 사건, 묘사, 심리를 현재처럼 생생하게 표현하기 위해 과거시제와 현재시제를 혼용하여 쓰고 있습니다. 이를 존중하기 위해 시제는 영어 원문을 그대로 따랐습니다.

프롤로그

이제 네 꿈이 세상에 나왔구나.

아일랜드에 살던 어린 시절, 꿈이 현실로 이루어질 때마다 어머니는 우리에게 말했었다. 그때 내가 꾸고 또 꾸었던 꿈은 배를 타고 뉴욕 항에 들어서면서 눈앞의 마천루에 압도되는 꿈이다. 동생들에게 그 이야기를 해주면 동생들은 내가 하룻밤 꿈속에서라도 미국에 가본 것을 부러워하다가 자기들도 그런 꿈을 꿨다고 우기기 시작했다. 나는 큰형이고 그건 내 꿈이니까 끼어들지 말라고, 안 그러면 혼내준다고 말해봐야, 동생들은 그 꿈이 관심을 끌 수 있는 확실한 방법이라는 것을 알고 있었기 때문에 말을 듣지 않았다. 그애들은 형만 그런 꿈을 꿀 권리가 있는 건 아니라고, 누구나 한밤중에는 미국 꿈을 꿀 수 있다고, 남의 꿈에 상관하지 말라고 대꾸했다. 나는 동생들에게 그런 꿈을 더이상 못 꾸게 만들 거라고, 아무런 꿈도 못 꾸도록 밤새도록 잠을 못 자게 할 거라고 협박하기도 했다. 일이 이쯤 되면, 겨우 여섯 살인 마이클은 내가 밤중에 일어나 동생들 사이를 돌아다니며 뉴욕의 마천루 꿈을 꾸지 못하도록 방해하는 모습을 상상하고는 마구 웃어댔다. 말라키는 자기는 브루클린에서 태어났으니 밤새 미국 꿈을 꿔도 되고 낮에도 미국 꿈을 실컷 꿀 자격이 있다면서 내가 아무리 난리를 쳐도 자기 꿈을 방해할 수는 없다고 했다. 나는 식구들이 모두 내 꿈에 몰려들다니 치사한 일이라고 어머니에게 항의했지만, 어머니는 제발 꿈 얘기로 성가시게 굴지 말고 어서 차나 마시고 학교에 가라고 했다. 말을 막 배우기 시작한 두 살배기 알피는 숟가락으로 탁자를 두드리며 '성가신 꿈' '성가신 꿈' 하고 노래를 불러대 우리를 웃겼다. 나는 알피가 언젠가 나와 같은 꿈을 꿀 수 있다는 걸 알았다. 그러니 마이클이나 말라키인들 왜 나와 같은 꿈을 꿀 수 없겠는가?

1

　1949년 10월, 아이리시 오크 호가 코크 항*을 떠날 때 우리는 일주일이면 뉴욕에 도착할 거라고 생각했다. 하지만 출항 이틀 후 일등항해사가 말하길, 우리가 탄 배는 캐나다의 몬트리올로 간다고 했다. 나는 수중에 40달러뿐이고, 아일랜드 선박회사가 몬트리올에서 뉴욕까지 가는 기차 삯을 대신 내줘야 하는 게 아니냐며 따졌다. 그러자 일등항해사는 시큰둥하게 대꾸했다. 아니지. 회사는 이 일에 아무 책임이 없어. 화물 운송업자들은 모두 공해公海의 매춘부 같은 놈들이야. 누가 시키건 따지지 않고 아무 짓이나 할 놈들이란 말이지. 운송업자들은 머피**의 늙은 개 같다고 보면 돼. 길에서 나그네를 만나면 누구든 상관없이 그냥 따라가거든.

_____

　* 아일랜드 라 강 어귀의 항구.
　** '바다의 전사'를 뜻하는 아일랜드어 Murchadh에서 유래한 영어 이름. 아일랜드에 흔한 이름이다.

기쁘게도 이틀 후 아일랜드 선박회사는 마음을 바꿔 뉴욕으로 가기로 하더니, 또다시 이틀 후 이번에는 선장에게 배를 올버니로 돌리라고 지시했다.

일등항해사는 올버니가 뉴욕 주의 주도州都이고 허드슨 강 저 위쪽에 있다고 알려줬다. 올버니는 리머릭의 모든 매력이 모여 있는 곳이지. 죽기에는 멋진 곳이지만 결혼해서 아이를 낳아 키울 곳은 아니란 말씀, 하하하. 더블린 출신인 그는 내가 리머릭에서 왔다는 것을 알고 그런 말을 하는 것이었다. 그가 이렇게 리머릭에 대해 비꼬아 말할 때 나는 어떻게 해야 좋을지 몰라서 가만히 서 있었다. 신랄하게 받아쳐주고 싶은 마음이 굴뚝같았지만, 거울 속의 내 모습을 보고는 이내 기가 꺾였다. 여드름투성이에다 눈병에 걸리고 이도 엉망인 꼴로는 누구와도 맞설 수 없었다. 게다가 상대는 유니폼을 단정하게 차려입은 일등항해사인데다 선주船主로서의 장래가 약속되어 있었다. 나는 하는 수 없이 혼잣말로 중얼거렸다. 사람들이 리머릭에 대해 뭐라고 하든 내가 신경쓸 필요가 뭐 있어? 나는 리머릭에서 죽도록 고생만 한걸.

그때 이상한 일이 일어났다. 나는 갑판 위 의자에 앉아 10월의 멋진 태양과 근사한 대서양의 푸른 바다에 둘러싸인 채 뉴욕을 상상하고 있었다. 5번 애비뉴와 센트럴파크, 그리고 그리니치빌리지를 떠올려보았다. 그곳에선 사람들이 모두 짙게 선탠을 하고 하얀 이를 뽐내는 영화배우처럼 보일 거야. 그런데 그 순간 리머릭이 나를 과거의 기억 속으로 끌고 가는 것이 아닌가. 나는 멋진 구릿빛 피부와 하얀 이로 가득한 뉴욕 5번 애비뉴 대신, 어깨에 숄을 두른 여인네들이 문 앞에서 수다를 떨고, 빵 부스러기와 잼이 묻어 얼굴이 지저분한 아이들이 놀고 웃으며 엄마를 소리쳐 불러대는 리머릭의 골목길로 돌아갔다. 일요일 아침 미사를 드리는 사람들도 보였다. 신자석에서 어떤 사람이 굶주림에 지쳐 기절하면 귓엣말 소리가 조용조용 성당 안에 울려퍼지고, 성당 뒤쪽에 있던 남자들이 와서 쓰러진 사람을 밖으로 데리고 나가야 했다. 물러서요, 물러서. 이런, 제엔장! 이 여자가 숨을 헐떡이는 게 안 보여요? 나는 사람들에게 물러서라고 말하는 그 남자들같이 되고 싶었다. 그들은 미사가 끝날 때까지 성당 밖에 서 있다가 술집에 갈 수도 있었기 때문이다. 그 남자들은 애초부터 그럴 속셈으로 성당에 가면 다른 남자들과 함께 뒷자리부터 차지했다. 술을 마시지 않는 남자들은 자신들이 얼마나 신심이 깊은지 보여주려는 듯 최후의 심판 날까지 술집이 문을 닫든 말든 상관 않는다는 표정으로 항상 앞쪽 제단 가까이에 무릎을 꿇고 앉았다. 그 사람들은 어느 누구보다도 미사통상문을 잘 외웠다. 그들은 성호를 긋고, 일어섰다 앉았다 하면서 자기가 다른 교구 사람들보다 주님의 고통을 더 많이 나누고 있는 것처럼 한숨을 쉬어댔다. 술을 전혀 마시지 않는 사람들도 있었는데, 그들은 항상 술의 해악에 대해 역설했기 때문에 가장 밥맛없는 인간들이었다. 자신들은 천국에 이르는 지름길에 이미 들어선 양, 아직 술을 못 끊은 사람들을 경멸의 눈초리로 내려다보는 것이었다. 신부님이 강론할 때 술이나 술 마시는 사람들을 비난한 적이 거의 없다는 것은 누구나 다 아는 사실이었지만, 그들은 주님께서 술 마시는 사람들을 외면하실 것처럼 굴었다. 어쨌든 술이 고팠던 사람들은 뒷자리에 앉아 있다가 신부님이 이제 미사가 끝났으니 가서 기쁜 소식을 전합시다, 라고 말하면 바로 성당 문을 빠져나가려고 준비했다. 그들은 목이 칼칼하기도 하고, 술을 마시지 않는 사람들과 함께 앞자리에 앉기에는 자신들이 너무 보잘것없다고 느끼기도 해서 그냥 성당 뒤쪽에 자리잡았다. 나도 문 가까이에서 그들이 미사가 너무 천천히 진행된다고 저희끼리 소곤대는 소리를 들을 수 있었다. 그들은 미사에 참석하지 않는 것이 대죄라고 여겨서 성당에 오는 모양이었는데, 나는 그들이 미사중에 신부님이 미사를 빨리 진행하지 않는다고 불평하고 목이 말라 죽을 지경이라고 옆 사람에게 소곤대는 것이 미사에 빠지는 것보다 더 큰 죄가 아닐까 생각했다. 화이트 신부님이 강론을 하러 나오시면 그들은 세상에서 가장 느린 신부님의 강론에 몸을 비비 틀고 신음 소리를 냈다. 화이트 신부님은 하늘을 향해 눈알을 굴리면서, 우리가 지금의 생활방식을 고치지 않고 또 성모마리아께 전적으로 헌신하지 않으면 우리 모두 지옥에 떨어질 거라고 단언했다. 파 키팅 이모부는 성모마리아께서 거품이 소담한 맛있는 흑맥주 한 잔만 주신다면 기꺼이 헌신하겠노라고 말하고는 다른 남자들과 함께 키득거렸다. 나도 거기에 끼고 싶었다. 나도 어른이 되어 긴 바지를 입고 파 키팅 이모부와 다른 어른들처럼 성당 뒤쪽에 서서 목마른 입술을 혀로 축이며 키득거리고 싶었다.

나는 갑판 위 의자에 앉아, 자전거를 타고 리머릭 시내를 돌아다니던 내 모습을 상상 속에서 가만히 바라보았다. 나는 이른 아침 소들이 음매음매 울어대고 안개가 피어오르는 들판을 달리고 있었다. 개들이 달려들면 돌멩이를 던져서 녀석들을 쫓아냈다. 농가에서는 아기들이 응애응애 엄마를 찾아 우는 소리가 들렸고, 농부들은 젖을 짜낸 젖소들을 채찍을 휘두르며 들로 몰아가고 있었다.

뉴욕을 눈앞에 두고 갑판 위 의자에 앉은 나는 나를 둘러싼 대서양의 황홀한 물결을 바라보며 울고 싶은 심정이었다. 뉴욕! 내가 꿈에서도 그리던 도시. 뉴욕에 가면 나도 황금빛으로 그을린 피부와 눈부시게 하얀 이를 가질 수 있을 거라 생각하며 그곳으로 탈출하기만을 꿈꾸었는데, 궁상맞은 회색빛 리머릭을 벌써부터 그리워하다니! 귀신도 아는 귀신이 낫다는 어머니의 목소리가 들려오는 듯했다.

원래는 모두 열네 명의 승객이 타기로 되어 있었지만 한 사람이 예약을 취소하는 바람에 배는 13이라는 불길한 숫자로 출항했다. 여행 첫날 저녁 식사 때 선장은 일어서서 우리 모두를 환영해주었다. 자기는 승객 수에 대한 미신 같은 건 믿지 않지만, 여기 계신 신부님이 우리를 모든 재난으로부터 지켜주십사고 하느님께 기도를 올려주실 테니 얼마나 다행이냐고 웃으면서 말했다. 신부님은 작고 땅딸한 분이었는데, 아일랜드에서 태어났지만 로스앤젤레스 교구에 오래 있었기 때문에 아일랜드 억양이 전혀 없었다. 신부님이 기도를 올리려고 일어서서 성호를 긋는데도 승객 네 사람은 무릎 위에 손을 그대로 올려놓고 있어서 개신교도라는 것을 금방 알 수 있었다. 어머니는 개신교도들이 워낙 과묵하고 몸가짐이 조심스러워서 멀리서도 알아볼 수 있다고 말했다. 신부님은 풍랑이 닥쳐 어떤 일이 일어나도 우리는 주님의 품 안에 영원히 머물 준비가 되어 있으니 우리를 자비와 사랑으로 굽어 살펴달라고 주님께 기도를 올렸다. 나이 지긋한 한 개신교도가 손을 뻗쳐 앞에 앉아 있는 아내의 손을 잡았다. 그녀는 남편에게 미소를 지어 보이며 고개를 살짝 내저었고, 남편도 걱정 말라는 듯 미소로 답했다.

신부님은 저녁 식사 때 내 옆자리에 앉았다. 그리고 나지막한 소리로, 그 나이 든 신교도 부부가 켄터키에서 서러브레드종 경주마를 키우는 어마어마한 부자라고 일러주었다. 네가 생각이 있다면 저 신교도들에게 친절하게 대해야 할 거다.

나는 서러브레드종 경주마를 키우는 부자 신교도에게 어떻게 해야 친절하게 대하는 것인지 묻고 싶었지만, 신부님이 바보라고 생각할까봐 물어볼 수도 없었다. 그 신교도들은 아일랜드 사람들이 아주 매력적이고 아이들도 너무 귀여워서 얼마나 가난한지 눈치채지 못했다고 말했다. 하지만 내가 부자 신교도에게 말을 건네려면 미소를 지으며 썩고 부러진 내 이를 보여줘야 할 텐데, 그러면 그들은 정나미가 떨어져 달아날 것이 분명했다. 그러자 미국에 가서 돈을 좀 벌면 바로 치과에 가서 이

부터 손봐야겠다는 생각이 들었다. 멋진 미소가 좋은 기회도 가져다주고 여자들도 부른다는 건 잡지나 영화에 다 나오는 얘기다. 그리고 그런 멋진 미소를 지을 수 없다면, 나는 다시 리머릭으로 돌아가 이가 하나도 없든 말든 아무도 신경쓰지 않을 우체국의 어두컴컴한 뒷방에서 편지나 분류해야 할 테지.

잠자리에 들기 전, 여객선 승무원이 라운지로 차와 비스킷을 내왔다. 신부님이 말했다. 난 더블 스카치로 부탁하네, 마이클. 차는 필요 없어. 위스키를 마셔야 잠이 잘 오거든. 신부님은 위스키를 마시고는 내게 속삭였다. 켄터키에서 온 그 부자 부부와 얘기해봤나?

아니요.

제길, 뭐가 문제야? 자네 출세하고 싶지 않나?

하고 싶지요.

그럼 왜 켄터키에서 온 그 부자 부부에게 말을 걸지 않지? 그 사람들이 자네를 마음에 들어해서 마부나 그 비슷한 일자리를 줄지도 모르잖아. 그렇게만 된다면 자네는 가톨릭 교인에게는 죄의 근원이며 악의 소굴인 뉴욕에, 밤낮으로 죄의 유혹에 맞서 싸워야만 신앙을 지킬 수 있는 그 도시에 가지 않아도 출세할 수 있을 텐데. 그런데 왜 켄터키에서 온 그 착한 사람들에게 말을 걸어 기회를 만들지 않느냔 말이야.

신부님은 내게 켄터키 부자 얘기를 할 때마다 귓속말로 속삭였고, 나는 뭐라고 대답해야 할지 몰랐다. 만약 내 동생 말라키가 여기 있었다면 곧바로 그 부자들한테 걸어가 마음을 사로잡았을 거고, 그 부자들이 말라키를 입양했을지도 모른다. 그리고 말라키에게 수백만 달러에 마구간, 경주마, 큰 집과 그 집을 청소해줄 하녀까지 유산으로 물려줄지도 모른다. 하지만 나는 전보를 배달할 때 말고는 평생 부자들에게 말을 걸어본 적이 없었다. 내가 사모님, 전보 왔습니다, 라고 말하면 그 사람들

14

은 퉁명스러운 어조로 쏘아붙이기만 했다. 집 뒤 하인들이 드나드는 문으로 와. 여긴 앞대문이잖아, 좀 제대로 할 수 없니.

　나는 신부님에게 그런 이야기를 하고 싶었지만 신부님에게는 또 어떻게 말해야 하는지를 몰랐다. 내가 신부님들에 대해 아는 것이라고는 그분들은 미사든 뭐든 모두 라틴어로 하고, 내가 영어로 죄를 고백하면 우리의 유일한 주님이신 하느님을 대신해 라틴어로 내 죄를 사해준다는 것이었다. 만약 내가 신부님이 되어 아침에 일어나 그날 기분에 따라 누구의 죄를 사해주고 사해주지 않고 할 힘이 있다면 이상할 것 같았다. 하지만 라틴어로 사람들의 죄를 사해주면 없던 힘이 생기는 거고 세상의 모든 어두운 비밀을 알고 있는 셈이니 당연히 말 걸기도 어려워지는 법이다. 어쨌든 나는 신부님에게 말하는 것은 하느님께 말하는 것과 같아서 잘못 말했다가는 지옥에 떨어지고 말 거라고 생각했다.

　배에 탄 사람들 중에는 내가 그 부자 신교도 부부나 말 많은 신부님에게 어떤 식으로 말해야 좋을지 가르쳐줄 사람이 아무도 없었다. 파 키팅 이모부라면 그런 것들을 알려줄 수 있었겠지만, 이모부는 저 멀리 리머릭에서 웬만한 일에는 콧방귀나 뀌면서 자기 식대로 살고 있었다. 이모부라면 부자들에게 절대 말도 걸지 않고, 신부님에게는 빛나는 자기 아일랜드 궁둥이에 뽀뽀나 하라며 면박을 주었을 게 틀림없다. 나도 그렇게 내 소신대로 말하고 행동하고 싶었다. 하지만 이가 썩고 부러진데다 눈병까지 걸린 꼴로는 뭐라고 말해야 할지, 어떻게 처신해야 할지 도무지 알 수가 없었다.

　여객선 도서실에는 『죄와 벌』이라는 책이 있었다. 나는 복잡한 러시아 이름이 잔뜩 나오긴 해도 그 책이 흥미진진한 살인 미스터리물일 거라 생각했다. 그래서 갑판 위 의자에 앉아 책을 읽기 시작했는데, 읽어내려갈수록 이상한 기분이 들었다. 그 책은 라스콜니코프라는 러시아

대학생이 고리대금업자 노파를 죽이는 이야기였다. 라스콜니코프는 그 고리대금업자 노파가 이 세상에 쓸모없는 존재이기 때문에 자기가 그 노파의 돈을 빼앗아 대학 등록금으로 쓸 권리가 있다고 살인을 애써 정당화했다. 그 돈으로 공부해서 나중에 변호사가 되어 자기처럼 돈 때문에 살인한 사람들을 변호하겠다는 식이었다. 이 이야기를 읽을수록 이상한 기분을 떨쳐버릴 수가 없었다. 리머릭에서 고리대금업자인 늙은 피누케인 부인을 대신해 채무자들에게 협박 편지를 쓴 적이 있었다. 그런데 어느 날 부인이 의자에 앉은 채 죽어 있었고, 나는 미국행 여비에 보태려고 그녀의 돈을 슬쩍했다. 물론 내가 피누케인 부인을 죽인 것은 아니지만, 부인의 돈을 훔쳤으니 나도 라스콜니코프만큼 악당이고, 지금 죽으면 바로 지옥에 떨어질 놈이었다. 나는 신부님에게 그 죄를 고백하고 내 영혼을 구하고 싶었다. 하지만 그럴 수 없었다. 신부님이란 당연히 고해성사를 듣고 죄를 사해주면 곧바로 그 죄를 잊어버려야 하는데, 이 말 많은 신부님이라면 내 고해를 갖고 이래라저래라 할 것 같았기 때문이다. 나를 자꾸만 이상한 눈초리로 보면서 그 켄터키 부자들에게 아양을 떨라고 시킬지도 몰랐다.

나는 책을 읽다가 잠이 들었는데, 선원인지 갑판원인지 웬 사람이 나를 깨우며 말했다. 선생, 책이 비에 젖는데요.

선생. 머리가 희끗희끗한 그 사람이 리머릭 뒷골목 출신인 나를 선생이라고 불렀다. 게다가 규칙상 선원은 승객에게 말을 건네서는 안 되는데. 일등항해사가 내게 일러준 바에 따르면, 선원들은 안녕하세요, 안녕히 주무세요, 라는 말 외에는 승객에게 말을 거는 것이 금지되어 있었다. 머리가 허옇게 센 이 선원은 예전에 퀸 엘리자베스 호의 직책 높은 항해사였지만, 일등 객실에서 여자 손님과 함께 있다가 들키는 바람에 해고됐다고 했다. 그때 그들이 하던 짓거리는 고해성사감이라고도 했다. 이 남자의 이름은 오언이었는데, 갑판 아래에서 책을 읽으며 시간을 보내는 특이한 선원이었다. 배가 항구에 정박하면 보통 승무원들은 모두 곤드레만드레 취해서 소란을 피우다 택시로 붙잡혀와서 겨우 배에 올랐다. 하지만 그는 책 한 권을 가지고 내려 카페에서 조용히 읽을 뿐이었다. 우리 배의 선장도 그에게는 깍듯이 예의를 갖춰 대했고, 가끔 자기 객실로 불러 차를 마시면서 지난 시절 이야기를 나누었다. 그 두 사람은 같은 영국 구축함에서 일했는데, 그만 그 구축함이 어뢰에 폭파되었다. 그 바람에 둘은 함께 뗏목에 매달려 추위에 덜덜 떨면서 대서양을 떠다녔고, 아일랜드에 돌아가기만 하면 맛있는 맥주도 실컷 마시고 베이컨과 양배추도 산더미같이 쌓아두고 먹자고 다짐하면서 그 고비를 넘겼다고 했다.

　오언 씨는 그다음 날에도 내게 말을 걸었다. 그는 자기가 규칙을 깨고 있다는 건 잘 알고 있지만 이 배에서 『죄와 벌』을 읽는 사람을 보고는 말을 걸지 않을 수 없었다고 했다. 그는 이 배의 승무원들 중에는 대단한 독서가가 많지만 에드거 월리스*나 제인 그레이** 수준을 넘지 못한다면서, 도스토옙스키에 대해 얘기를 나눌 수만 있다면 무슨 짓인들 못하겠느냐고 했다. 그는 나에게 『악령』이나 『카라마조프의 형제들』도 읽어봤느냐고 물었지만, 내가 들어본 적도 없다고 하자 무척 실망하는 눈치였다. 그는 뉴욕에 도착하자마자 당장 서점으로 달려가 도스토옙스키의 작품들을 사서 읽어보라면서, 그러면 내가 다시는 외롭지 않을 거라고 했다. 그는 도스토옙스키의 작품은 어느 것이든 항상 곰곰이 생각할 거리를 던져주는데, 어디서도 쉽게 얻을 수 없는 교훈이라고 말했다. 하

---

*『킹콩』을 쓴 영국 작가.
** 미국의 소설가. 『최후의 평원아』와 같은 서부물을 주로 썼다.

지만 나는 오언 씨가 무슨 말을 하는지 하나도 이해할 수 없었다.

잠시 후 신부님이 갑판 위로 올라오자 오언 씨는 그 자리에서 물러났다. 신부님이 내게 물었다. 저 사람과 이야기하고 있었냐? 내가 보기에는 그런 것 같구나. 글쎄, 너에게 말해두지만 저런 사람이랑 어울려서 좋을 건 없단다. 그래 보이지 않니? 내가 저 사람에 대해 들은 이야기가 있거든. 머리는 희끗희끗해가지고 갑판 걸레질이나 하고 말이야. 네가 도덕심 없는 갑판원과 이야기를 나누다니, 참 희한한 일이로구나. 내가 켄터키에서 온 부자 신교도 부부와 이야기를 나누라고 했을 땐 그럴 시간이 단 일 분도 없었으면서 말이야.

그저 도스토옙스키에 대해 이야기한 것뿐이에요.

그래? 도스토옙스키? 뉴욕에 가면 참 쓸모도 많겠다. 도스토옙스키 전문가를 구하는 구인광고는 많이 안 보일 게다. 너는 그 켄터키 부자들에게는 말도 못 걸면서 선원들하고는 몇 시간이고 앉아서 쩍쩍거리는구나. 나이 든 선원들은 가까이 마라. 그들이 어떤 사람들인지는 너도 잘 알 거다. 네게 도움이 되는 사람들과 이야기를 나누도록 해. 아니면 차라리 성인聖人들의 일대기를 읽든지.

뉴저지의 허드슨 강변 연안에는 수백 척의 배가 밧줄로 단단히 묶인 채 정박해 있었다. 전쟁중에, 그리고 전쟁이 끝난 후에도 유럽으로 물자를 실어나르던 리버티 수송선이라고 오언 씨가 알려주었다. 그는 그 배들이 언제든 조선소로 끌려가 박살날 것을 생각하면 참 슬프다고 했다. 하지만 세상일이라는 게 다 그렇지요, 뭐. 배 한 척이 매춘부의 신음 소리만큼도 못 버티거든요.

2

　신부님은 내게 누구 마중 나올 사람이 있느냐고 묻는다. 내가 아무도 없다고 대답하자, 신부님은 뉴욕까지 같이 기차를 타고 가자고 한다. 신부님은 계속 나를 지켜볼 셈인 것이다. 배가 부두에 닿자, 우리는 배에서 내린 다음 택시로 갈아타고 올버니의 유니언 역으로 간다. 기차를 기다리는 동안 우리는 굉장히 크고 투박한 컵에 담긴 커피를 마시고 역시 두꺼운 접시에 담겨 나온 파이도 먹는다. 내 평생 레몬 머랭 파이를 먹어본 건 이때가 처음이다. 만약 이게 미국 사람들이 매일 먹는 음식이라면, 리머릭 사람들이 말한 대로 이제는 나도 배곯지 않고 몸이 좋아질 것이다. 앞으로는 외로울 땐 도스토옙스키를 읽고, 배고프면 파이를 먹으리라.

　미국 기차는 한 칸에 여섯 명씩 타는 아일랜드식 기차와는 달리 기다란 객차에 수십 명의 사람이 함께 타도록 되어 있다. 객차 안이 붐벼서 몇몇 사람은 서서 가야 한다. 우리가 기차에 오르자마자 사람들이 신부님에게 자리를 양보한다. 신부님은 고맙다고 인사하고는 내게 자기 옆자리를 가리킨다. 나는 누가 봐도 별 볼일 없는 사람이어서, 자리를 양보한 사람들이 내가 자기 자리를 차지한 것을 달가워하지 않을 것 같다.

객차 안쪽에서 사람들이 웃고 노래하며 '교회 열쇠'를 찾는 소리가 들려온다. 신부님이 저들은 주말에 집으로 가는 대학생들이고 '교회 열쇠'는 맥주 캔을 따는 따개를 뜻하는 거라고 일러준다. 신부님은 말한다. 분명 착한 대학생들일 텐데 술을 저렇게 많이 마셔서야 쓰나. 자네는 뉴욕에 살더라도 저런 학생들처럼 되지는 말게. 자네 자신을 성모마리아의 보호 아래 맡겨야 하네. 그리고 성모마리아께 자네를 위해 당신의 외아드님께 빌어달라고 기도드려야 해. 자네가 항상 죄 없는 청년일 수 있도록 모든 해악에서 지켜달라고 말일세. 신부님은 자신도 로스앤젤레스로 가는 내내 나를 위해 기도하겠다며 12월 8일 성모 잉태 대축일에 나를 위해 특별 미사를 올리겠다고 한다. 나는 왜 하필이면 그 축일을 택하셨느냐고 물어보고 싶지만, 또 켄터키에서 온 부자 신교도 부부 얘기로 나를 들볶을까봐 그냥 조용히 있는다.

신부님이 내게 이런저런 이야기를 늘어놓는 동안 나는 내가 미국 어딘가에 있는 대학교 학생이 된다면 어떨까 상상해본다. 개신교 학교니까 영화에서 본 것처럼 캠퍼스에는 십자가가 없는 하얀 교회 뾰족탑이 우뚝 서 있겠지. 청춘 남녀들은 두꺼운 책을 옆에 끼고 거닐면서 눈송이처럼 새하얀 이를 보이며 서로에게 웃어주고 말이야.

그랜드 센트럴 역에 도착하자 나는 어디로 가야 할지 막막하기만 하다. 리머릭을 떠나올 때 어머니는 나에게 우리 가족의 옛 친구인 댄 매커도리 씨를 찾아가보라고 했다. 신부님한테서 공중전화 사용법을 배워서 댄 매커도리 씨에게 전화를 걸었지만 아무도 받지 않았다. 이런, 너를 그랜드 센트럴 역에 혼자 내버려둘 수는 없구나. 신부님은 택시를 잡고는 운전사에게 뉴요커 호텔로 가자고 한다.

짐을 들고 방으로 들어갔는데 방 안에는 침대가 하나밖에 없다. 신부님이 말한다. 가방은 내려놓아라. 우선 아래층 커피숍으로 가서 뭐라도 좀 먹자꾸나. 너 햄버거 좋아하니?

잘 모르겠는데요. 한 번도 먹어본 적이 없어요.

신부님은 놀랍다는 듯 눈알을 굴리더니 웨이트리스에게 내게 햄버거와 프렌치프라이를 갖다주라고 하면서 햄버거 고기는 바싹 익혀달라고 한다. 얘는 아일랜드 사람이랍니다. 아일랜드에서는 뭐든지 잘 익혀 먹지요. 아일랜드 사람들이 야채까지도 푹 익혀 먹는다는 건 정말 웃기는 노릇이지요. 아일랜드 식당에서 어떤 야채 요리가 나오는지 알아맞히면 내 깜짝 상품을 드리리다. 그러자 웨이트리스는 웃으면서 무슨 말인지 이해가 간다고 대답한다. 자기도 외가 쪽으로 반쯤은 아일랜드 피가 섞였고, 자기 엄마는 세상에서 둘째가라면 서러워할 정도로 음식 솜씨가 없었다고 말이다. 그녀는 또 자기 남편은 이탈리아 사람이어서 요리를 정말 잘했지만 전쟁 통에 죽었다고 한다.

워waw. 웨이트리스는 '월war'로 발음하지 않고 '워waw'라고 한다. 단어 끝의 'r' 발음을 뚜렷하게 내는 걸 좋아하지 않는 다른 미국인들과 똑같은 식으로 발음한다. 미국 사람들은 자동차도 '칼car'이라고 발음하지 않고 '카caw'로 발음한다. 나는 그 사람들이 왜 단어를 하느님이 만들어주신 대로 발음하지 않는지 이해가 되지 않는다.

레몬 머랭 파이는 마음에 들지만, 미국 사람들이 단어 끝의 'r' 발음을 생략하는 것은 마음에 들지 않는다.

저녁으로 햄버거를 먹으면서 신부님은 내게 일단 호텔에서 같이 하룻밤 자고 다음 날 어떻게 할지 알아보자고 말한다. 나는 신부님 앞에서 옷을 벗는 것이 영 이상해서 차라리 무릎을 꿇고 기도하는 척할까 하는 생각도 한다. 그런데 신부님은 나더러 먼저 샤워하라고 한다. 내 평생 비누가 모자라지도 않고 따뜻한 물이 펑펑 나오는 곳에서 샤워하기는 처음이다. 몸을 씻는 비누와 머리 감는 샴푸도 따로 있다.

나는 샤워를 마친 후 욕조에 걸쳐 있던 두꺼운 수건으로 몸을 닦았다. 그러고는 속옷을 갖춰입고 방으로 나갔다. 신부님은 불룩 나온 배에 수건을 감은 채 침대에 앉아 누군가와 전화 통화를 하고 있다. 신부님이 수화기를 내려놓더니 나를 빤히 쳐다보며 말한다. 맙소사! 너 그 속바지 어디서 났냐?

리머릭의 로쉬 상점에서 샀는데요.

네가 그 속바지를 이 호텔 창밖에 내다 걸면 사람들이 기겁을 할 게다. 충고 한마디 하겠는데, 미국 사람들한테 그 속바지를 보이는 일은 절대 없도록 해라. 미국 사람들이 그걸 보면 네가 엘리스 섬*에서 막 나온 줄 알 거야. 팬티를 입도록 해. 너 팬티가 뭔지 알기나 하니?

아니요.

어쨌든 팬티를 사 입도록 해라. 너같이 젊은 애는 팬티를 입어야 해. 너는 이제 미국에 왔잖아. 유에스에이. 됐다, 이제 그만 침대에 들어가도록 해라. 나는 신부님이라면 당연히 기도부터 떠올리는데, 신부님이 기도 얘기는 꺼내지도 않고 그냥 자라고 하니 난처해진다. 어쨌든 신부님은 그렇게 말하고는 곧장 욕실로 들어가더니 들어가자마자 바로 고개를 내밀고는 내게 묻는다. 너 몸은 닦았니?

네.

수건에는 손도 안 댔던데 뭘로 닦은 거야?

욕조에 걸쳐져 있던 수건이요.

---

* 뉴욕 항의 작은 섬. 19세기 초 미국에 도착하는 이민자들을 위한 검역소가 있었다.

뭐라고? 그건 수건이 아니야. 발깔개라고. 샤워하고 나와서 발밑에 깔고 서 있는 거.

탁자 위에 걸린 거울 속에서 내 얼굴이 벌겋게 달아오르고 있다. 나는 내가 한 짓에 대해 신부님에게 사과를 해야 하는지 잠자코 있어야 하는 건지 고민스럽다. 미국에서 첫날 밤 실수를 저질렀을 때 어떻게 해야 하는지 알기란 어렵다. 하지만 나는 나도 금방 모든 것을 제대로 해내는 양키가 될 수 있을 거라고, 혼자서 햄버거도 주문하고, 감자칩을 프렌치 프라이라고 부르고, 웨이트리스와 농담도 할 거라고, 발깔개로 몸을 닦는 일 따위는 절대 없을 거라고 확신한다. 나도 언젠가는 단어 끝의 'r' 발음을 하지 않고 '월'을 '워'로 '칼'을 '카'로 발음하게 될 거야. 내가 혹시나 리머릭으로 돌아가게 될 때만 빼고. 내가 리머릭에 돌아가서 미국식으로 발음하면 사람들은 잘난 척한다고 생각하고 양키들처럼 엉덩이에 비계가 붙어서 돌아온 것 아니냐고 놀려대겠지.

신부님은 몸에 수건을 감고 양손으로 얼굴을 톡톡 두드리며 욕실에서 나왔는데, 근사한 향수 냄새가 풍겼다. 신부님은 애프터 셰이브 로션만큼 상쾌한 것도 없다면서 나더러 좀 발라보라고 한다. 애프터 셰이브 로션은 욕실 안 바로 저기에 놔뒀다. 나는 뭐라고 말해야 할지도, 어떻게 행동해야 할지도 알 수 없었다. 아니요, 괜찮습니다, 라고 말해야 할까, 아니면 침대에서 나와 욕실로 쪼르르 달려가 얼굴에 애프터 셰이브 로션을 덕지덕지 발라야 할까? 리머릭에서는 면도 후에 얼굴에 뭔가를 찍어 바른다는 말을 들어본 적이 없는데 미국에서는 다른가보다. 자칫하면 바보 취급당하기 십상인 뉴욕에서의 첫날 밤을 신부님과 호텔에서 보내게 되었을 때 어떻게 처신해야 하는가 알려주는 책을 찾아보지 않은 것이 후회스러울 뿐이다. 그런 생각을 하고 있는데 신부님이 다시, 안 바를 거야? 하고 물어온다. 내가 아니요, 괜찮습니다, 라고 대답하자 신부님은 그래? 그럼 마음대로 해, 라고 대답하긴 했지만 얼굴에는 내가 부자 신교도 부부에게 말을 걸지 않았을 때처럼 짜증난 기색이 역력하다. 신부님은 언제든지 나더러 당장 나가라고 할 수 있는 입장이고, 그렇게 되면 나는 갈색 옷가방을 든 채 길거리에 나앉아 뉴욕에서 갈 곳 없는 신세가 될 거다. 그런 일을 당하고 싶지는 않다. 그래서 신부님에게 애프터 셰이브 로션을 한번 발라보겠다고 말한다. 신부님은 고개를 흔들더니, 어서 가서 발라보라고 한다.

애프터 셰이브 로션을 바르는 내 모습이 욕실 거울에 비쳐 보인다. 미국에서 계속 이런 식으로 살게 된다면 아일랜드를 떠난 걸 후회하게 될 거라는 생각이 들어서 나는 고개를 가로젓는다. 켄터키에서 온 신교도 부부랑 잘해보지 않았다고, 발칼개도 모른다고, 이상한 속옷을 입었다고, 애프터 셰이브 로션을 안 바르려 한다고 계속 트집을 잡는 신부님이 아니어도 여기까지 오는 데 충분히 힘들었는데 말이다.

내가 욕실에서 나오자 신부님이 말한다. 됐다! 이제 그만 자라. 내일도 할 일이 많으니까.

신부님은 내가 침대에 기어들어갈 수 있도록 이불을 걷어준다. 그런데 신부님이 몸에 아무것도 걸치지 않고 있는 것이 아닌가! 신부님은 성모송도 저녁 기도도 드리지 않고 내게 잘 자라는 말만 하고는 불을 끄더니 이내 코를 골기 시작한다. 신부님이라면 당연히 잠자리에 들기 전에 무릎을 꿇고 몇 시간이고 기도드릴 거라고 항상 생각했는데, 이 남자는 엄청난 은총을 받아서 죽는 것이 조금도 겁나지 않나봐. 다른 신부님들도 모두 그렇게 발가벗고 자는지 궁금해진다. 발가벗은 채 코를 곯아대는 신부님을 바로 옆에 두고는 좀처럼 잠을 이룰 수가 없다. 그래서 나는 혼자서 상상의 나래를 펴기 시작한다. 교황님도 저렇게 발가벗고 잠을 잘까, 아니면 수녀가 가져다주는 교황 문장紋章이 새겨지고 교황의 색으로 된 파자마를 입고 잘까? 그리고 교황님은 그 길고 하얀 교황복을 어떻게 벗을까? 그 긴 옷을 혼자서 머리 위로 끌어올려 벗을까, 아니면 바닥으로 흘러내리게 해서 그 위로 발을 빼고 걸어나올까? 그런데 늙은 교황이라면 혼자서 옷을 머리 위로 벗는 것은 힘들걸. 그렇다면 지나가는 추기경을 불러서 자기를 좀 도와달라고 하지 않을까? 그 추기경이 자기처럼 늙은 사람만 아니라면 말이야. 그 긴 흰옷 안에 뭐라도 입고 있다면 수녀를 불러서 도와달라고 할지도 몰라. 어쨌든 추기경이라면 다 알고 있겠지만 말이야. 추기경들은 누구나 교황이 되고 싶어서 이제나저제나 교황이 빨리 죽기만을 기다리잖아? 그러니 추기경치고 교황이 안에 뭘 입는지 모르는 사람은 한 명도 없을 거야. 교황의 빨랫감을 받으러 수녀가 불려간다면 수녀는 그 옷을 바티칸의 세탁실로 가져가 다른 수녀들이나 예비 수녀들에게 김이 펄펄 나는 뜨거운 물에 담가 빨라고 시키겠지. 그러면 그 수녀들은 교황의 옷이나 추기경단의 옷을 빠는 특권을 주신 하느님께 감사드리며 찬미의 노래를 부르겠지. 하지만 속옷만큼은 다른 세탁실로 보내 눈먼 늙은 수녀들더러 빨라고 할 거야. 그런 수녀들이라면 자기 손에 들고 있는 것을 보고 음란한 생각을 품을 일은 없을 테니까. 그런데 지금 내가 손에 쥐고 있는 이건 신부님이랑 한 침대에 누워 있을 때 쥐고 있어서는 안 되는 거잖아. 거기에 생각이 미치자, 나는 내 평생 처음으로 죄의 유혹을 물리치고 한쪽으로 돌아누워 잠을 청했다.

다음 날 신부님은 신문 광고에서 일주일치 방세가 6달러인 가구 딸린 방 하나를 찾아내고는 일자리를 구할 때까지 그만큼의 방세를 낼 형편이 되느냐고 내게 묻는다. 우리는 맨해튼의 이스트 68번 스트리트로 가고, 집주인인 오스틴 부인은 나를 위층으로 데려가 방을 보여준다. 그

방은 복도 끝에 있는데, 다른 방과는 칸막이벽과 문으로 나뉘어 있고 길쪽으로 창이 하나 나 있다. 방 안에는 침대 하나, 거울 달린 작은 서랍장 하나, 탁자 하나가 겨우 놓여 있다. 양쪽으로 팔을 뻗으면 벽에 닿을 만큼 작고 좁은 방이다. 오스틴 부인이 아주 좋은 방이라면서, 다른 사람이 와서 채가기 전에 이 방을 차지하게 되었으니 운이 좋은 거라고 생색을 낸다. 그러면서 자기는 스웨덴 출신이라서 내가 아일랜드 사람인 것을 알아보겠다고 한다. 또 내가 술은 안 마시는 사람이면 좋겠다고 하면서, 술에 취했든 안 취했든 어떤 경우에도 절대 그 방에 여자를 데리고 와서는 안 된다고 한다. 여자뿐 아니라, 음식물과 술도 금지다. 바퀴벌레는 수 킬로미터 떨어진 곳에서도 음식 냄새를 맡을 수 있거든. 일단 바퀴벌레가 꼬이기 시작하면 바퀴벌레와 영원히 함께 살아야 돼. 물론 총각은 아일랜드에서 바퀴벌레를 한 번도 본 적이 없겠지. 아일랜드에는 먹을 것이 없으니까. 그 나라 사람들이 하는 일이라고는 술 마시는 것뿐이잖아. 그러니 바퀴벌레라도 그 나라에서는 굶어죽거나 술주정뱅이가 되는 수밖에. 말도 마! 내가 잘 안다니까. 내 동생이 아일랜드 남자랑 결혼했는데, 그애 인생 최악의 실수였지. 아일랜드 남자는 데이트하기에는 멋지지만 결혼은 절대 안 돼.

오스틴 부인은 나한테서 6달러를 건네받고 보증금으로 6달러를 더 내라고 한다. 그리고 영수증을 써준 다음 그날 아무 때나 이사 와도 된다고 한다. 또 자기는 비록 가톨릭 신자는 아니지만 내가 훌륭한 신부님과 같이 와서 믿음이 간다고 한다. 하지만 자기 동생이 가톨릭 신자인 아일랜드 남자와 결혼해서 고생하는 것만으로도 충분하니 자기한테 전도할 생각은 말라고 덧붙인다.

신부님은 다시 택시를 불러 그랜드 센트럴 역 바로 맞은편에 있는 빌트모어 호텔로 나를 데려간다. 신부님은 그 호텔이 아주 유명한 호텔이며 우리가 거기 있는 민주당 본부에 간다고 말해준다. 그러면서, 민주당 본부에서 아일랜드 꼬마에게 일자리를 못 구해준다면 다른 누구도 못 하는 거라고 얘기한다.

복도에서 한 남자가 우리 옆을 스쳐 지나가자 신부님이 내게 귓속말로 묻는다. 너 저 사람이 누군지 아니?

아뇨.

물론 모르겠지. 얼굴 닦는 수건과 발깔개도 구별 못 하는 네가 어떻게 미국에서 트루먼 대통령 다음으로 영향력 있는 인물인 브롱크스 출신 보스 플린을 알겠니?

그런데 그 잘난 보스 플린이 엘리베이터 단추를 누르고 기다리는 동안 콧구멍에 손가락을 쑥 찔러넣더니 손끝에 묻어나온 코딱지를 바라보다가 카펫 위로 튕겨내는 것이다. 우리 어머니는 저걸 금광 캐기라고 하셨는데. 미국에서는 저렇게 하나보지. 나는 신부님에게 데 발레라*라면 절대 저런 식으로 코딱지를 파지 않을 거라고, 리머릭의 주교라면 절대 발가벗은 채 잠자리에 들지는 않을 거라고 말하고 싶다. 나는 또, 하느님이 나로 하여금 눈병과 썩은 이로 고생하게 만드는 이 세상에 대해 내가 어떻게 생각하고 있는지 신부님에게 말하고 싶다. 하지만 신부님이 또다시 켄터키에서 온 부자 이야기를 꺼내며 내가 일생일대의 기회를 놓쳤다고 잔소리를 할까봐 겁이 나서 그럴 수가 없다.

신부님이 민주당 사무실의 책상에 앉아 있는 여자에게 뭐라고 말을 하자 여자는 전화기를 들더니 말한다. 여기 젊은 애가 하나 와 있는데요…… 방금 입국했대요…… 너 고등학교 졸업장 있니? ……아뇨, 없대요…… 네, 뭘 더 바라겠어요…… 아직도 가난한 구대륙의 나라에서

---

* 아일랜드의 정치인. 아일랜드의 독립운동을 위해 힘썼다.

……네, 올려보낼게요.

그렇게 나는 월요일 아침에 빌트모어 호텔 22층으로 가서 캐리 씨를 만나게 된다. 여자는 캐리 씨가 나를 이 빌트모어 호텔에서 일하게 해줄 거라고 한다. 그러면서 나더러 배에서 내리자마자 일자리를 구했으니 정말 운이 좋은 아이라고 한다. 그러자 신부님이 끼어든다. 여긴 위대한 나라예요. 아일랜드 사람들은 여러모로 민주당에게 신세를 많이 졌지요, 모린. 당신은 지금 민주당 표 한 장을 더 얻은 거고요. 여기 이 꼬마가 투표를 할 수만 있다면 말입니다, 하하하.

신부님은 내게 호텔로 먼저 돌아가라면서 저녁 먹을 시간에 데리러 오겠다고 한다. 걸어서 갈 수 있을 거야. 남북으로 뻗은 도로는 애비뉴, 동서로 뻗은 도로는 스트리트라고 부르니까 찾기도 어렵지 않을 거고. 42번 스트리트를 따라 곧장 걸어가다가 8번 애비뉴가 나오면 남쪽으로 꺾도록 해라. 그 방향으로 조금만 가면 뉴요커 호텔이 나올 게다. 이제 호텔방에 가서 좀 쉬면서 신문이나 책을 읽도록 해라. 아니면 샤워를 하든지. 단 절대 발깔개를 건드리지 않겠다고 약속하려무나, 하하하. 운이 좋으면 우리가 잭 뎀프시*를 직접 보게 될지도 모르지. 나는 신부님에게 가능하면 잭 뎀프시보다는 조 루이스**를 더 만나보고 싶다고 말한다. 그랬더니 신부님은 딱딱하게 잘라 말했다. 너는 비슷한 사람들 편드는 법을 좀 배워야겠다.

저녁에 우리가 뎀프시 레스토랑에 갔을 때, 웨이터가 신부님에게 옷

---

* 생활고와 싸우면서 시합을 계속하여 헤비급 세계 챔피언 J. 윌러드에게 도전, KO로 승리한 전설적인 권투 선수.
** 1930년대에 헤비급 챔피언이 되어 흑백차별이 심하던 시절 흑인들의 우상이자 최고의 영웅이 된 권투 선수.

으면서 말했다. 잭은 여기에 없습니다. 뉴 조이지에서 온 선수랑 미들급 경기를 치르러 고든에 가고 없습죠, 신부님.*

고든, 조이지라…… 뉴욕에서의 첫날인데 벌써부터 리머릭에서 봤던 영화에 나온 갱들처럼 말하는 사람들을 만나다니.

여기 이 젊은 친구는 구대륙에서 왔다네. 그런데 이 친구는 잭 뎀프시보다는 조 루이스를 만나보고 싶다는군. 신부님이 그렇게 말하고 껄껄대자 웨이터도 따라 웃으며 말했다. 그야말로 풋내기 이민자들이나 할 말이지요, 신부님. 그 친구도 곧 알게 될걸요. 이 나라에 반년만 있어보라지요. 검둥이만 보면 냅다 도망갈 겁니다. 그건 그렇고, 신부님, 뭘로 하실 건가요? 식사 전에 간단하게 뭐라도?

아, 난 더블 마티니 드라이. 다른 것은 넣지 않은 트위스트로 주게나.

풋내기 씨는?

저애는, 음…… 넌 뭘로 할래?

맥주로 할게요.

너 열여덟은 됐니?

열아홉인데요.

그렇게 안 돼 보이는데. 하긴, 신부님하고 같이 있는데 네가 몇 살인지는 문제가 아니지. 그렇죠, 신부님?

그럼. 내가 잘 지켜보고 있는걸. 얘는 뉴욕에 아는 사람이 하나도 없지만 내가 떠나기 전에 자리를 잡게 할 걸세.

신부님은 더블 마티니를 한 잔 마신 다음, 스테이크와 더블 마티니를 한 잔 더 주문한다. 신부님은 내게 신부가 되는 것에 대해 한번 생각해

---

* 뉴 조이지는 '뉴저지'를, 고든은 뉴욕의 '메디슨 스퀘어 가든 경기장'을 줄인 '가든'을 이상하게 발음한 것. 이 경기장 인근 거리를 '잭 뎀프시 코너'라고 부른다.

보라고 한다. 로스앤젤레스에서 내가 너한테 일자리를 구해줄 수도 있어. 아니면 죽어가는 미망인을 만나서 그 딸이랑 재산 모두를 물려받는 라일리식 인생*을 살아보는 건 어떠냐, 하하. 저 대단한 마티니가 신부님 망언의 원인이니 참을 수밖에. 신부님은 스테이크를 거의 다 먹고는 웨이터를 불러서 아이스크림을 얹은 애플파이 두 개와 소화도 시킬 겸 헤네시** 더블을 한 잔 가져오라고 한다. 하지만 신부님은 아이스크림을 조금 먹고 헤네시 반잔만 마시더니 곯아떨어진다. 신부님의 턱이 가슴에 파묻혀 숨을 쉬면 오르락내리락한다.

웨이터의 얼굴에서 웃음기가 가신다. 이런 빌어먹을! 계산을 해야지. 이 사람 망할 놈의 지갑 어디 있어? 뒷주머니 한번 살펴봐, 꼬마야. 찾아서 나한테 건네줘.

신부님의 돈을 훔칠 수는 없어요.

훔치는 게 아니야. 이 사람 대신 망할 놈의 계산을 하는 거라고. 게다가 이 사람을 숙소까지 데려가려면 택시도 불러야 하잖아.

웨이터 두 명이 달려들어 신부님을 택시에 태우고, 뉴요커 호텔에 도착해서는 벨보이 두 명이 신부님을 질질 끌고 로비를 지나 엘리베이터를 타고 방으로 올라가 침대 위로 던져버린다. 팁으로 1달러만 주면 돼, 꼬마야. 한 사람당 1달러.

벨보이들이 나간 후 나는 술 취한 신부님을 어떻게 해야 할지 궁리하다가 영화에서 기절한 사람한테 해주는 대로 신발부터 벗긴다. 그런데 신부님이 갑자기 벌떡 일어나더니 욕실로 달려가는 것이 아닌가. 신부

---

* 남의 재산으로 안락하게 지내는 삶. 1940년대에 미국에서 인기 있던 라디오 코미디극 제목에서 연유한 말이다.

** 아일랜드 사람 리처드 헤네시가 설립한 회사에서 만든 코냑.

님은 한참 구역질을 하다가 욕실에서 나와 옷을 벗기 시작한다. 셔츠며 로만 칼라, 바지, 속옷까지 모두 벗어 바닥에 내던진 다음 침대 위에 벌렁 드러눕는다. 그러더니 손을 자기 거시기에 대고 흥분하는 것이다. 이리 와봐. 신부님의 말에 나는 뒤로 주춤 물러선다. 오, 안 돼요, 신부님. 신부님은 침을 질질 흘리고 술냄새와 악취를 풍기면서 침대에서 굴러떨어지더니 바닥에다 토악질을 해댄다. 그러고는 내 손을 잡아 쥐고 자기 몸에 갖다대려고 해서 나는 재빨리 문을 열고 복도로 도망나온다. 작고 땅딸한 신부가 문가에 서서 나를 향해 소리친다. 오, 돌아와, 애야. 돌아와. 술 때문에 그런 거야. 하느님 맙소사! 미안하다, 정말.

마침 엘리베이터 문이 열려 있고, 안에 있던 점잖은 사람들이 나를 쳐다본다. 마음을 바꿔 신부님에게 다시 가봐야겠다고 그 사람들에게 이야기할 수는 없는 노릇이다. 처음에는 켄터키에서 온 부자 신교도 부부에게 싹싹하게 굴어서 마구간 청소하는 일자리라도 얻으라고 다그치던 신부님이 이제는 자기 물건을 나한테 흔들어대며 지옥에나 떨어져야 마땅할 죄를 저지르려 한다고 설명할 수도 없다. 나 자신이 은총을 입은 사람이라고 말하는 게 절대 아니다. 아니, 그건 절대 아니다. 하지만 좋은 본을 보여야 하는 신부라는 사람이 미국에서의 둘째 날 밤에 그런 추태를 부리다니! 나는 벌거벗은 채 방문 앞에서 흐느끼며 나를 외쳐 부르는 신부의 소리를 못 들은 척하고 엘리베이터 안으로 걸어들어간다.

장군처럼 차려입고 호텔 정문에 서 있던 남자가 나를 보더니 묻는다. 택시를 불러드릴까요, 선생님? 괜찮다고 대답하자 남자는 또다시 묻는다. 어디서 오셨나요? 오, 리머릭이요? 저는 로스커먼*에서 왔지요. 여기 온 지 사 년 됐답니다.

---

* 아일랜드 공화국 북부 코노트 지방의 주.

나는 로스커먼 출신이라는 그 남자에게 어떻게 하면 이스트 68번 스트리트로 갈 수 있느냐고 물었고, 남자는 넓고 가로등도 환한 34번 스트리트를 따라 동쪽으로 쭉 가면 3번 애비뉴가 나온다고 알려준다. 거기서 El 전차를 타든지, 힘이 남아 있으면 걸어서 목적지에 닿을 수 있을 거라고 한다. 행운을 빌어요. 유색인종을 피해야 한다는 걸 잊지 말고요. 특히 푸에르토리코인들을 조심하세요. 놈들이 칼을 가지고 다닌다는 걸 다들 알지요. 정말 성질이 급한 놈들이에요. 인도 가장자리 밝은 곳으로만 다니세요. 안 그러면 놈들이 어두컴컴한 문 뒤에 서 있다가 갑자기 달려들기도 하거든요.

다음 날 아침 신부님이 오스틴 부인에게 전화해서 나에게 옷가방을 가져가라고 전한다. 호텔방으로 가니 신부님 목소리가 들린다. 들어오너라. 문은 열어났다. 신부님은 검은 정장 차림으로 침대 저쪽 모퉁이에 앉아 내게 등을 돌린 채로 말한다. 내 옷가방은 문 바로 안쪽에 놓여 있다. 가져가거라. 나는 몇 달간 버지니아 주에 있는 피정의 집에 가 있게 될 거야. 널 보고 싶지 않구나. 어제 있었던 그 끔찍한 일 때문에 다시는 널 만나고 싶지 않아. 네가 좀더 머리를 써서 켄터키에서 온 그 부자 신교도 부부와 함께 떠나기만 했어도 그런 일은 일어나지 않았을 텐데. 잘 가거라.

침울하게 등을 돌리고 앉아 모든 것이 내 탓이라고 원망하는 저 신부에게 뭐라고 해야 좋을지 좀처럼 생각이 나질 않는다. 그러니 그저 내 옷가방을 들고 엘리베이터를 타고 내려오는 수밖에. 죄를 용서해야 할 사람이 스스로 죄를 짓고도 어떻게 나를 비난할 수 있지? 만약 내가 그런 짓을 했다면, 술에 잔뜩 취해 다른 사람에게 억지로 내 몸을 만지게 했다면, 나는 내가 한 짓을 그대로 시인했을 것 같은데. 그래요, 내가 그런 짓을 했어요, 라고. 그런데 어떻게 저 사람은 내가 켄터키에서 온 부자 신교도 부부에게 말을 걸지 않았다는 이유로 나를 비난할 수 있지? 아마도 신부들은 그렇게 하도록 훈련 받았나보지? 스스로도 죄를 짓고 싶은 마음이 있으면서 밤낮으로 다른 사람들의 죄를 듣고 앉아 있는 건 물론 힘들 거야. 그러다가 술을 마시면 그동안 들어온 모든 죄가 자기 안에서 폭발해 여느 속인처럼 되는 것은 아닐까? 나는 만날 사람들의 죄나 들어줘야 하는 신부는 절대 못 될 거야. 만일 내가 신부가 되면 툭 하면 흥분 상태에 빠져서 주교가 나를 버지니아 피정의 집으로 보내는 데도 지칠걸.

3

머리 위 고가철로에서 기차가 덜컹거리는 소리를 들으면서 나는 3번 애비뉴를 따라 터벅터벅 걷는다. 블록마다 아이랜드식 술집이 한두 개씩 눈에 띈다. 코스텔로스, 블라니 스톤, 블라니 로즈, P. J. 클라크스, 브레피니, 레이트림 하우스, 슬리고 하우스, 섀넌스, 아일랜즈 서티 투, 올 아일랜드. 누구라도 고향 아일랜드를 떠나 뉴욕에 와서 아는 사람 하나 없는 신세가 된다면 이런 가게들을 보고 큰 위안을 얻기 마련이다. 나는 열여섯 살 생일 전날 리머릭에서 생애 첫 맥주를 마셨는데 많이 메스꺼웠다. 그리고 우리 아버지는 술 때문에 가족은 물론 당신 인생까지 망쳐버렸다. 술에 대한 기억은 이렇게 끔찍하지만 나는 뉴욕에서 정말 외롭다. 게다가 아일랜드에서는 못 보던 초록색 토끼풀 비슷한 장식이 깜빡거리면서 주크박스에서 흘러나오는 빙 크로즈비의 노래 〈골웨이 만灣〉과 함께 나를 끌어당기고 있다.

술집 코스텔로스의 바 귀퉁이 뒤쪽에 한 남자가 잔뜩 화난 표정으로 서 있다. 남자는 손님 한 명을 윽박지르고 있다. 네 녀석이 박사학위를 열 개를 땄건 말건 난 개코도 상관없어. 하지만 네놈이 네 손바닥에 대해 아는 것보다 내가 새뮤얼 존슨*에 대해 더 잘 알고 있단 말이야. 얌전히 굴지 않으면 길거리로 내쫓길 줄 알아. 더는 입 아프게 하지 마!

앞에 선 손님이 하지만, 하고 다시 말문을 열자, 화난 남자는 소리친다. 나가! 어서 꺼져! 여기선 앞으로 한 모금도 더 못 마실 줄 알아!

손님이 모자를 걸치고 거들먹거리며 밖으로 나가버리자, 화를 내던 남자가 내 쪽으로 고개를 돌리고는 묻는다. 자네, 열여덟은 됐어?

네, 전 열아홉 살인데요.

그걸 내가 어떻게 믿어?

여기 제 여권 있어요.

어떻게 아일랜드 사람이 미국 여권을 가지고 있어?

저는 여기서 태어났거든요.

그렇게 가까스로 남자의 허락을 받아 나는 15센트짜리 맥주 두 잔을 사 마실 수 있다. 남자는 나에게 충고 비슷한 말을 던진다. 젊은이는 우리같이 쓸데없는 놈들처럼 술집에서 말고 도서관에서 시간을 보내야지. 존슨 박사는 하루에 차를 마른 잔씩 마셨는데, 그 덕에 돌아가실 때까지 맑은 정신으로 살았어. 나는 그에게 존슨 박사가 누구냐고 물었다. 그러자 남자는 나를 노려보더니 내 잔을 확 낚아채고는 말한다. 이 술집에서 당장 나가. 나가서 42번 스트리트에서 서쪽으로 쭉 걸어가면 5번 애비뉴가 나오고 그 앞에 커다란 석조 사자상 두 개가 보일 거야. 그 두 개의 사자상 사이에 있는 계단을 따라 걸어올라가서 도서 대출증을 만들도록 해. 배에서 내리자마자 고주망태가 되도록 마셔대는 아일랜드 촌뜨기들처럼 바보가 되어선 안 된단 말이야. 존슨의 저서를 읽도록 해. 교황

---

* 18세기 영국의 대문호. 문학상의 업적으로 박사학위가 추증되어 '존슨 박사'라고 불렸다.

에 관한 책도 읽고. 그리고 백일몽이나 꾸는 아일랜드 촌뜨기들과는 어울리지 말란 말이야. 나는 남자에게 도스토옙스키를 얼마만큼 읽었느냐고 물어보고 싶지만, 그는 문 쪽을 가리키며 계속 소리친다. 『영국 시인전』* 다 읽기 전에는 이 술집에 발 들여놓을 생각도 하지 마! 당장 나가!

10월의 따스한 가을날이었고 난 달리 할 일도 없다. 남자가 해준 말도 있고, 사자상이 있다는 5번 애비뉴까지 설렁설렁 걸어간다고 해서 그리 손해가 날 것 같지도 않다. 도서관 직원들은 친절했다. 물론 도서 대출증은 쉽게 만들 수 있고, 도서관을 이용하는 젊은 이민자는 보기에 좋은 법이다. 반납 기일을 지키기만 한다면 책을 네 권까지 빌릴 수 있었다. 새뮤얼 존슨의 『영국 시인전』이 있느냐고 물어보자 직원들은 감탄한다. 어머, 어머, 어머, 세상에! 새뮤얼 존슨을 읽으시는군요. 그들에게 나는 한 번도 새뮤얼 존슨을 읽은 적이 없다고 말하고 싶지만 그들이 나를 칭찬하는 것을 말리고 싶지도 않다. 그들은 내게 마음껏 둘러보고 3층에 있는 중앙 열람실에도 가보라고 권한다. 그들은 나 같은 부류의 인간들로부터 책을 보호하기 위해 보초를 서던 아일랜드 사서들과는 다르다.

중앙 열람실, 북쪽 열람실과 남쪽 열람실을 둘러보는데, 맥주를 두 잔 마신 탓인지, 아니면 뉴욕에서 맞는 둘째 날에 흥분한 탓인지, 다리가 후들거리기 시작한다. 수 킬로미터씩 길게 늘어선 서가들을 바라보며 내가 세기말까지 살아도 이 많은 책들을 다 읽지는 못할 거라는 생각을 하자 눈물이 나올 지경이다. 반들반들 빛나는 책상들이 놓여 있고 많은 사람들이 앉아서 일주일 내내 책 읽는 게 직업인 것처럼 열심히 책을 읽

---

* 새뮤얼 존슨이 17세기 이후의 영국 시인 52명의 전기와 작품론을 정리하여 모두 열 권으로 펴낸 책.

고 있다. 곯아떨어져 코를 골아대지 않는 이상 아무도 그들을 방해하지 않는다. 영국 도서, 아일랜드 도서, 미국 도서, 문학, 역사, 종교. 그렇게 분류되어 있는 서가들을 바라보며 아무 때고 내가 오고 싶을 때 이곳에 와서 코만 골지 않는다면 아무 책이나 실컷 읽을 수 있겠구나, 하는 생각을 하자 온몸에 전율이 인다.

나는 옆구리에 책 네 권을 끼고 다시 코스텔로스 술집으로 걸어들어간다. 나는 그 화난 표정의 남자에게『영국 시인전』을 빌려온 것을 보여주고 싶지만 남자는 거기에 없다. 바텐더가 새뮤얼 존슨 운운한 사람이라면 술집의 주인인 팀 코스텔로 씨일 거라고 말한다. 그때 화난 표정의 남자가 조리실에서 나오더니 나를 보고 버럭 소리를 지른다. 벌써 다시온 거냐?

『영국 시인전』을 빌려왔어요, 코스텔로 씨.

젊은 친구야, 옆구리에『영국 시인전』을 끼고 있다고 해서 머릿속에『영국 시인전』을 담고 있는 건 아니지. 그러니 집에 가져가서 읽어.

그날은 목요일이고, 첫 출근을 하는 월요일까지 달리 할 일도 없다. 하숙방에는 의자가 없기 때문에 나는 침대에 앉아 책을 읽는다. 한참 읽고 있는데, 열한시에 오스틴 부인이 와서 문을 두드리더니 말한다. 나는 백만장자가 아니야. 이 집에서는 열한시면 모두 소등하도록 되어 있어. 그래야 전기세를 절약할 수 있단 말이야. 나는 불을 *끄고* 자리에 눕는다. 밖에서는 사람들이 웃고 떠드는 소리, 뉴욕의 소리가 들려온다. 그소리를 들으며 생각한다. 나도 언젠가 저 사람들처럼 뉴욕의 일부가 돼서 웃고 떠들 수 있을까?

또다시 노크 소리가 들려서 나가보니 빨간 머리를 한 젊은 남자가 서 있다. 남자는 아일랜드 억양으로 자기 이름은 톰 클리포드라고 말한다. 그러면서 간단하게 맥주 한잔 하지 않겠느냐고, 자기는 이스트사이드 빌딩에서 일하는데, 한 시간 있다가 일을 나가야 하니까 오래 걸리지는 않을 거라고 한다. 남자는 자기는 아일랜드 술집에는 가고 싶지 않고, 아일랜드 사람들과는 상종도 하고 싶지 않다고 한다. 그래서 우리는 86번 스트리트에 있는 라인랜더 술집으로 간다. 톰은 자기가 어떻게 해서 미국에서 태어났고 어떻게 해서 코크로 가게 되었는지 하는 이야기, 호시 탐탐 코크를 빠져나갈 기회만 노리다가 미군에 입대해서 담배 한 보루나 커피 1파운드면 빠구리를 열 번도 할 수 있는 독일에서 삼 년간 복무했다는 이야기 등을 늘어놓는다. 술집에는 춤을 출 수 있도록 한쪽 구석에 플로어가 마련되어 있고, 음악을 연주하는 밴드도 있다. 톰은 다른 테이블에 앉아 있는 아가씨에게 다가가 같이 춤을 추자고 말을 걸더니, 나한테도 그 아가씨 친구에게 춤을 청하라고 한다.

하지만 나는 춤을 어떻게 추는지도, 여자에게 어떻게 춤을 청해야 하는지도 모른다. 여자들에 대해 아는 것이라고는 하나도 없다. 리머릭에서 자란 내가 어떻게 그런 것을 알겠는가? 톰이 자기 파트너의 친구에게 나랑 춤추러 가달라고 부탁한다. 그러자 그녀는 나를 플로어로 데리고 나간다. 나는 어떻게 해야 좋을지 모른다. 톰은 스텝을 밟고 몸을 빙빙 돌리고 했지만 나는 품 안에 여자를 끼고 앞으로 가야 할지 뒤로 가야 할지 모른 채 어정쩡하게 서 있다. 여자가 나한테 내가 자기 발을 밟고 있다고 한다. 내가 화들짝 놀라 미안하다고 말하자 여자는 괜찮다고, 마음 쓰지 말라고 한다. 더는 미련스럽게 쿵쿵거리며 뛰어다니고 싶지 않다. 여자는 다시 자기 자리로 돌아가고, 나도 여자를 따라 플로어를 빠져나오는데 얼굴이 화끈거려 견딜 수가 없다. 여자 옆자리에 앉아야 할지 내가 앉아 있던 테이블로 돌아가야 할지 몰라 안절부절못하고 있는데 여자가 내게 말한다. 맥주를 바에 두고 오셨잖아요. 나는 자리를 뜰 핑곗거리를 찾게 돼서 기쁘다. 그 여자 옆에 앉아봐야 무슨 말을 해야 좋을지 몰랐을 테니까. 내가 존슨의 『영국 시인전』을 몇 시간이고 읽었다고 이야기해도, 42번 스트리트에 있는 도서관에서 얼마나 감격하고 흥분했는지 이야기해도 그 여자는 별 흥미를 보이지 않을 게 분명하다. 도서관에 가서 여자와 대화하는 법에 관한 책을 찾아보거나, 아니면 플로어에서 신나게 춤추고 웃으면서 여자와 별 어려움 없이 대화를 나누고 있는 톰에게 물어봐야 할 것 같다. 톰이 바bar로 돌아오더니 병가를 내야겠다고 한다. 그 말은 직장에 가지 않겠다는 뜻이다. 톰은 파트너가 자기가 마음에 드는지 집까지 바래다달라고 했다며 회희낙락한다. 그러고는 내게 귓속말로 자기는 곧 빠구리를 하게 될 거라고 속삭이더니, 그 말은 곧 그 여자와 자게 될 거라는 말이라고 설명까지 해준다. 문제는 남아 있는 다른 여자라고 한다. 톰은 자기 파트너를 '내 여자'라고 부른다. 어서 작업해봐. 집까지 바래다줘도 되냐고 물어보라고. 쟤네들 자리에 앉으러 가서 물어봐.

술기운이 돌자 나도 용기가 난다. 나는 여자들 자리로 가서 부끄러운 줄도 모르고 팀 코스텔로 씨와 새뮤얼 존슨 박사에 대한 이야기를 한다. 그러자 톰이 내 옆구리를 쿡쿡 찌르면서 나지막한 소리로 속삭인다. 새뮤얼 존슨 얘기는 집어치우고 어서 집에 바래다주겠다고 말해! 여자에게 그 말을 하려고 쳐다보니 여자가 둘로 보인다. 순간 어느 여자에게 집에 바래다주겠다고 말해야 할지 헷갈린다. 두 여자 사이에 초점을 맞추니 여자가 한 명만 보인다. 바로 그 여자에게 말하면 되는 거다.

바래다주겠다고요? 여자는 되묻더니 깔깔 웃는다. 웃기지 마요. 난 비서예요. 개인 비서라고요. 그런데 댁은 고등학교 졸업장도 없잖아요. 거울도 안 보세요? 그러더니 여자는 다시 깔깔대기 시작하고 내 얼굴은 또다시 화끈 달아오른다. 톰은 맥주를 쭉 들이켜고, 나는 내가 그 여자들에게 아무짝에도 쓸모없는 인간으로 보인다는 것을 깨닫고는 자리를 뜬다. 나는 3번 스트리트의 상점 쇼윈도에 비치는 괴상한 내 모습을 바라보면서 터덜터덜 걷는다. 그리고 모든 희망을 던져버린다.

4

월요일 아침 호텔에 출근하니 상사인 캐리 씨가 내가 할 일은 로비를 쓸고 닦고 재떨이를 비우는 로비 청소라고 한다. 호텔의 인상은 로비로 결정되는 만큼 아주 중요한 일이야. 이 호텔은 미국에서 가장 근사한 로비로 유명하지. 로비의 이름은 팜 코트고, 그 명성은 세계적으로 널리 알려져 있어. 팜 코트나 빌트모어 시계탑이라고 하면 알 만한 사람은 다 안다니까. 정말이야. 이 이름은 스콧 피츠제럴드 같은 유명 작가의 단편 소설이나 책에도 나오지. 지위가 높은 사람들은 빌트모어 호텔의 시계탑 아래에서 만나세, 라고 약속해. 그런데 그런 사람들이 호텔에 들어와 먼지로 뒤덮여 있고 쓰레기가 굴러다니는 로비를 보게 되면 어떻게 되겠어? 빌트모어가 그 명성을 유지할 수 있도록 관리하는 것, 그것이 바로 자네가 할 일이야. 자네는 손님에게 말을 걸거나 쳐다봐서도 안 되고, 그저 청소만 하면 돼. 어쩌다 손님들이 자네한테 말을 걸면 네, 선생님, 네, 부인, 이라고 말하거나 아니요, 선생님, 아니요, 부인, 이라고 대답만 간단히 하고 계속 일을 해야 하는 거야. 자넨 보이지 않는 투명인간처럼 굴어야 해. 그는 그렇게 말하고는 마지막 말이 우스웠던지 껄껄 웃어대며 또 말한다. 상상해봐. 자네가 로비를 청소하는 투명인간이 되어 있는 모습을. 이 일은 대단히 중요한 일이야. 캘리포니아에서 온 신부가 부탁해 민주당에서 특별히 추천해주지 않았으면 자네 같은 사람은 이런 일을 평생 못 했을 거야. 자네가 오기 직전에 이 일을 했던 녀석은 저 시계탑 아래에서 여대생에게 말을 거는 바람에 해고당했지. 이탈리아 놈에게 뭘 더 기대할 수 있겠어? 그러니 자네도 방심하지 말고 착실하게 지내란 말이야. 그리고 여긴 미국이니까 매일 샤워하는 걸 잊지 말아야 해. 또 유색인종과는 어울리지 말고. 같은 아일랜드인들과 말썽을 일으켜서도 안 돼. 술도 많이 마셔서는 안 되고. 잘만 하면 일 년 후에는 승진을 해서 포터나 버스보이가 될 수도 있을 거야. 그러면 팁도 두둑이 챙길 수 있을걸. 누가 알아? 자네가 웨이터가 될지. 그렇게만 된다면 인생 걱정 끝이지 뭐. 미국에서는 무엇이든 불가능한 것이 없어. 날 봐. 벌써 양복이 네 벌이나 된다고.

캐리 씨는 로비의 헤드 웨이터를 부를 때는 '메트르 드*'라는 호칭으로 불러야 한다고 가르쳐준다. 그리고 바닥에 떨어진 것만 쓸어내고 탁자 위에 있는 것들은 절대 손대지 말라고 한다. 돈이나 보석 같은 것이 바닥에 떨어지면 바로 '메트르 드'에게 건네주라고 한다. 그러면 그가 어떻게 처리할지 결정할 거라고 한다. 재떨이가 꽉 차 있더라도 버스보이나 웨이터가 비우라고 할 때까지 기다려야 한다. 간혹 재떨이에 귀중품이 들어가 있는 경우도 있기 때문이라는 것이다. 어떤 부인이 귀가 아파서 귀걸이를 빼 재떨이 위에 올려놓고는 깜빡 잊어버렸는데 그 귀걸이가 수천 달러짜리일 수도 있다는 얘기다. 물론 나같이 배에서 막 내린

---

* 메트르 도텔(Maître d'hôtel)의 약어. 호텔이나 식당의 급사장을 뜻한다.

촌뜨기는 그런 걸 알 리도 없고, 그런 모든 귀걸이들을 모아서 귀가 아픈 부인들에게 돌려주는 것이 바로 '메트르 드'가 할 일이다.

로비에서 일하는 웨이터는 모두 두 명인데, 그들은 이리 뛰고 저리 뛰고 때로는 서로 부딪치기도 하면서 그리스어로 소리를 지른다. 그들은 나에게도 소리를 질러댄다. 야, 아일랜드 녀석, 이리 와봐, 청소해, 치우라고. 그 빌어먹을 재떨이도 비우고 쓰레기통도 내가. 빨리, 빨리 가자고오오. 너 술 취한 거야, 뭐야? 목요일과 금요일에는 대학생들이 호텔로 몰려드는데, 그 두 녀석은 대학생들 앞에서도 나한테 그따위로 빽빽거린다. 금발 여대생들 앞에서만 아니면 그 그리스 놈들이 나한테 소리를 지르든 말든 상관없다. 미국 여대생들은 금발을 찰랑거리며 미국에서만 볼 수 있는 하얗고 가지런한, 완벽한 치아를 보여주며 웃는다. 게다가 그들은 멋지게 선탠을 한 영화배우 같은 다리로 걸어다닌다. 남자 대학생들은 모두 멋진 이에 스포츠머리를 하고, 축구 선수들처럼 어깨가 떡 벌어졌다. 그러니 여대생들과 어울리기도 쉽다. 남학생들이 웃으면서 얘기하면 여대생들은 안경을 살짝 들어올리고 미소로 답하면서 눈을 반짝거린다. 그들은 내 또래쯤 되는 것 같지만, 유니폼을 입고 쓰레받기와 빗자루를 든 채 그들 사이에서 걸어다니자니 창피하기만 하다. 정말이지 투명인간이 되었으면 싶다. 하지만 웨이터들은 그리스어로, 영어로 혹은 그 중간쯤 되는 이상한 말로 나한테 뭐라고 소리를 질러대고, 버스보이들이 뭔가 들어 있던 재떨이를 내가 치웠다고 몰아세울지도 모르기 때문에 투명인간이 될 수도 없다.

간혹 어떻게 행동해야 할지, 뭐라고 말해야 할지 모르는 상황이 생기기도 한다. 이를테면 스포츠머리를 한 남자 대학생이 여기 좀 이따가 치우면 안 돼? 나는 지금 숙녀 분과 대화중이란 말이야, 라고 말할 때, 맞은편에 앉은 여학생이 나를 쳐다보다가 고개를 돌리면 나도 모르게 얼굴이 화끈거린다. 때때로 여대생이 나한테 미소를 지으며 안녕Hi! 하고 말하면 나는 뭐라고 대답해야 할지 몰라서 쩔쩔맨다. 호텔 윗사람들이 손님들에게 한 마디도 해서는 안 된다고 당부했기 때문이기도 하지만, 리머릭에서는 '안녕'이라는 말을 써본 적이 없기 때문에 안녕! 하고 말을 건네오는 사람에게 어떻게 대답해야 할지 알 길이 없다. 손님에게 나도 같이 안녕! 이라고 말했다가는 내게 다른 일자리를 구해줄 신부님도 없는 마당에 일자리에서 쫓겨나 대책 없이 길거리에 나앉게 될지도 모를 일이다. 나도 같이 안녕!이라고 말하면서 단 일 분만이라도 그 멋진 세계의 일부분이 되고 싶은 마음도 있지만, 그랬다가는 스포츠머리를 한 남학생이 내가 자기 여자를 쳐다본다고 메트르 드에게 일러바칠지도 모를 일이다. 오늘밤 집에 돌아가 침대에서 미소를 지으며 '안녕!'이라고 말하는 연습을 해봐야지. 계속 그렇게 연습하다보면 언젠가는 나도 자연스럽게 안녕!이라고 말할 수 있는 날이 올 거야. 하지만 안녕, 하고 말할 때도 웃으면 안 돼. 내가 입꼬리를 올리고 이를 다 드러냈다가는, 빌트모어 호텔 시계탑 아래 서 있던 금발 여대생들이 다 놀라서 까무러칠걸.

간혹 여대생들이 덥다고 코트를 벗을 때가 있는데, 그때 스웨터나 블라우스 아래로 살짝 드러나는 몸매 때문에 나는 죄를 짓는다. 나는 화장실에 숨어서 누구한테 들릴까봐 겁내면서 조용조용 용두질을 한다. 푸에르토리코 출신 버스보이나 그리스인 웨이터가 혹시 내 신음 소리를 들으면 메트르 드에게 달려가 로비 청소부가 화장실에서 수음을 하고 있다고 일러바칠 게 분명하기 때문이다.

5

68번 스트리트에 있는 극장 플레이하우스 건물 외벽에는 〈햄릿〉의 상영을 알리는 포스터가 붙어 있다. '로렌스 올리비에 주연, 다음 주 개봉.' 벌써부터 나는 빵집에 가서 머랭 파이와 진저에일 한 병을 사들고 그 공연을 보러 가야겠다고 결심하고 있다. 올버니에서 신부님과 함께 먹었던 머랭 파이의 맛을 잊을 수가 없다. 내 평생 그렇게 황홀한 맛은 처음이었다. 극장에 가서 고통스러워하는 햄릿과 그 주변 사람들을 스크린을 통해 지켜보면서 진저에일의 톡 쏘는 맛과 머랭 파이의 달콤한 맛이 입안에서 서로 부딪치며 녹아드는 묘미를 느껴야지. 영화에서 배우들이 고대 영어로 말할 텐데, 그들이 무슨 말을 하는지 알아들으려면 영화를 보러 가기 전에 미리 책으로 읽어둬야겠어. 그런 생각을 하며 내 방에 앉아「햄릿」을 읽는다. 내가 아일랜드에서 들고 온 유일한 책이 바로『셰익스피어 전집』이다. 우체국에서 전보 배달부로 일할 때 봉급의 거의 절반에 해당하는 13실링 6펜스를 주고 오마호니 서점에서 산 책이다. 셰익스피어의 작품들 중에서 내가 가장 좋아하는 작품이 바로「햄릿」이다. 햄릿이 자기 어머니가 시동생 클로디어스와 관계를 맺는 것을 알고도 참아야 했던 상황이 우리 어머니가 당신 사촌 레이먼 그리핀과 바람이 났을 때 내가 견뎌야 했던 상황과 흡사했기 때문이다. 나는 햄릿이 어머니에게 비난을 퍼붓는 심정을 충분히 이해할 수 있었다. 나도 맥주를 처음 마신 날 취해서 집으로 돌아가 어머니의 뺨을 때렸기 때문이다. 죽는 날까지 그 일 때문에 어머니에게 미안한 마음을 씻을 수 없을 거야. 하지만 언젠가는 꼭 리머릭으로 돌아가 술집에서 술을 마시는 레이먼 그리핀을 찾아내 밖으로 끌고 나가 잘못했다고 싹싹 빌 때까지 두들겨패줄 거야. 하지만 이런 생각을 해봤자 아무 소용 없지. 어차피 레이먼 그리핀은 술 아니면 폐병으로 죽게 될 인간이니까. 내가 리머릭으로 돌아갈 때쯤이면 레이먼은 이미 지옥에 가 있을걸. 우리 주님께서 아무리 원수를 사랑하고 오른뺨을 맞으면 왼뺨마저 내밀라고 하셨다지만, 난 죽은 레이먼을 위해 촛불을 밝히고 기도를 올릴 수는 없어. 그럼, 그럴 수야 없지. 우리 주님께서 이 세상에 다시 오셔서 레이먼 그리핀을 용서하라고 해도, 내가 가장 두려워하는 고통, 목에 맷돌을 매단 채 바다에 던져지는 고통을 당해도 그렇게는 못 하겠어. 오, 주님, 죄송하오나 저는 그놈이 우리 엄마와 가족에게 한 짓을 생각하면 절대 용서할 수 없습니다. 지어낸 이야기 속 햄릿도 엘시노어 성에서 적을 용서 못 하는데 현실 속에서 내가 왜 그런 용서를 해야 한단 말입니까?

지난번 68번 스트리트 플레이하우스에 갔을 때는 검표원이 내가 손에 허시 초콜릿을 들고 있는 걸 보고는 음식이나 음료수는 반입 금지라면서 밖에서 다 먹어치우라고 했다. 먹어치우라고. 그는 그냥 먹고 오라고 말하지 않았다. 내가 싫어하는 것 중 하나가 검표원처럼 유니폼 입은 사람들이 그렇게 싸가지 없이 말하는 것이다. 뉴욕의 이 68번 스트리트 플레이하우스는 리머릭의 리릭 영화관과는 굉장히 다르다. 리릭 영화관에는 피시앤드칩스는 물론이고, 말만 잘하면 족발에 흑맥주 한 병쯤은 갖고 들어갈 수 있었다. 어쨌든 그날 밤 검표원이 초콜릿을 갖고는 입장할 수 없다고 우겨대는 통에 나는 하는 수 없이 검표원이 노려보는 앞에서 게걸스럽게 초콜릿을 먹어치웠다. 검표원이야 내가 막스 브러더스 Marx Brothers* 영화의 재미있는 장면을 놓치든 말든 상관 안 했다. 그 생각을 하면서 이번에는 검표원들이 내 주머니 속 진저에일과 가방 속 레몬 머랭 파이를 눈치채지 못하도록 아일랜드에서 가져온 검은색 레인코트를 팔에 걸치고 간다.

영화가 시작되자마자 나는 파이가 든 상자를 꺼낸다. 하지만 부스럭거리는 소리가 나자 사람들이 한 소리씩 한다. 조용히 하세요, 영화 좀 봅시다. 나는 그 사람들이 갱 영화나 뮤지컬이나 보는 보통 사람들이 아니라는 것을 잘 알고 있다. 그들은 적어도 대학을 나오고 파크 애비뉴에 살 정도로 여유도 있고 〈햄릿〉의 대사를 줄줄 외우는 사람들이다. 절대 '극장에 간다'고 말하지 않고 '영화를 감상하러 간다'고 말하는 사람들이다. 하지만 부스럭거리지 않고 파이 상자를 연다는 것은 거의 불가능한 일이고, 그냥 참고 있자니 입안에는 군침이 돌고 허기진 배에서는 꼬르륵거리는 소리가 난다. 그런데 갑자기 내 옆자리에 앉아 있던 남자가 안녕, 하고 말을 붙이더니, 자기 레인코트를 내 무릎 위에 슬쩍 올려놓고는 그 밑으로 손을 쓱 집어넣어 더듬는 것이 아닌가. 그 남자가 묻는다. 싫어? 나는 뭐라고 대답해야 좋을지 알 수 없지만, 그 순간 파이 상자를 들고 밖으로 나가야 한다는 생각이 든다. 나는 그에게 실례합니다, 라고 말하고는 그의 앞을 지나 복도로 나가 남자 화장실로 간다. 그곳에서는 조용히 하라고 난리치는 파크 애비뉴 사람들도 없으니 마음

---

* 1930~1940년대에 슬랩스틱 코미디로 인기를 끈 독일의 희극배우 형제.

편히 파이 상자를 열 수 있다. 〈햄릿〉의 몇 장면을 놓치는 것은 아깝지만, 그사이에 스크린에 나오는 건 사람들이 유령이 나타났다고 이리저리 뛰며 소리를 질러대는 부분일 테니 안 봐도 될 것 같다.

남자 화장실에는 아무도 없지만, 나는 혹시라도 사람들이 내가 상자를 열고 파이를 먹는 모습을 보게 될까 칸막이가 있는 화장실 안으로 들어간다. 변기 위에 앉아, 무릎 위에 레인코트를 덮고 더듬어대는 남자만 없었으면 좋겠다고 생각하면서, 빨리 먹고 다시 〈햄릿〉을 보러 가야겠다는 마음에 허겁지겁 파이를 먹는다. 파이를 먹다보니 이번에는 목이 마르다. 진저에일을 마시면 딱 좋겠다 싶어서 꺼내보니 병따개로 열어야 하는 병이다. 검표원들에게 가서 빌려달라고 할 수는 없다. 그래봤자 음식이나 음료수는 반입 금지라고 했는데 가지고 들어왔다고 소리를 질러대며 난리를 칠 것이 뻔하다. 파크 애비뉴에서 온 사람이었더라도 별수 없을 것이다. 뚜껑을 열려면 병을 세면대에 갖다대고 손으로 내리치는 수밖에 없겠다는 생각이 든다. 파이 상자를 들고 나가 바닥에 내려놓고 세면대에 병을 내리치자 병목이 깨지면서 진저에일이 뿜어져나와 내 얼굴에 다 튀고, 병 유리에 손을 베어 세면대 위로 피가 뚝뚝 떨어진다. 눈앞에서 한꺼번에 일어난 일에 나는 어안이 벙벙해지고, 한편으로는 참담한 기분이 든다. 파이 상자는 이미 피와 진저에일로 흥건히 젖었다. 그 와중에도 〈햄릿〉을 마저 보러 가야 할 것인가 말 것인가를 고민하고 있는데, 머리가 희끗희끗한 중년 신사가 허겁지겁 화장실로 뛰어들어오더니 나를 쓰러뜨릴 듯이 밀어젖히고는 파이 상자를 밟고 소변기로 달려가 오줌 줄기를 내뿜는다. 파이 상자는 그의 구둣발에 눌려 완전히 부서지고 만다. 신사는 소변을 본 다음 자기 구두 바닥에 달라붙은 파이 상자를 떼어내리고 발을 흔들어대면서 사납게 소리친다. 아니, 이게 무슨 난리야? 이런, 제기랄! 그가 뒤로 물러서서 허공을 향해 발을 흔들어대자 파이 상자가 떨어져나가 벽에 부딪혀 납작하게 돼서 이제 파이는 완전히 먹을 수 없게 되어버린다. 신사가 또다시 소리치며 말한다. 도대체 여기에서 무슨 짓을 한 거야? 나는 뭐라고 대답해야 좋을지 몰라 멍하니 서 있다. 설명하자면 너무 긴 이야기다. 〈햄릿〉을 볼 수 있게 되어 나는 몇 주 전부터 무척 설렜다고, 〈햄릿〉도 보고, 그 아름다운 대사도 듣고, 파이도 먹고, 진저에일도 마시고, 그 모든 것을 한꺼번에 즐기려고 하루 종일 아무것도 먹지 않았다고 미주알고주알 얘기할 수는 없는 노릇이다. 한 발로 경중거리며 소리를 질러대는 걸로 봐서 그 신사도 그런 이야기를 들어줄 기분이 아닌 것 같다. 그는 말끝마다 '빌어먹을'을 붙여가며 화장실은 레스토랑이 아니라고, 공중 화장실에서 먹고 마시면 안 된다고, 썩 꺼져버리라고 으르렁거린다. 나는 그에게 진저에일 병을 따려고 하다가 사고를 친 거라고 대답하지만, 신사는 더 한층 열을 올려 소리를 질러댄다. 병따개라고 들어보지도 못했어? 아니면 지금 막 이민 온 촌뜨기야? 신사는 그렇게 말하고는 화장실을 나가버린다. 손의 상처 부위에 화장지를 둘둘 감고 있는데, 검표원이 들어와서는 내가 화장실에서 한 행동에 대해 다른 손님의 항의가 들어왔다고 말한다. 나는 어떻게 된 일인지 자초지종을 설명하려 하지만, 검표원도 조금 전의 머리가 희끗희끗한 신사처럼 말끝마다 '빌어먹을'을 붙이면서 당장 나가라고 소리를 지른다. 나는 나도 엄연히 〈햄릿〉을 보기 위해 입장료를 지불했고, 〈햄릿〉에 대해 속속들이 알고 있는 파크 애비뉴 사람들에게 방해가 될까봐 화장실로 온 것이라고 말하지만, 검표원은 콧방귀도 뀌지 않고 말한다. 허튼소리 작작 하고 얼른 꺼져! 매니저나 경찰을 부르기 전에. 화장실이 피투성이가 되었다고 하면 경찰이 신나서 달려올걸.

　검표원은 세면대에 걸쳐놓은 내 레인코트를 가리키며 말한다. 저 빌어먹을 레인코트도 가져가. 하늘에 구름 한 점 없는 날씨에 웬 레인코트야? 우리는 네가 레인코트로 무슨 수작을 부리려고 했는지도 다 알고 있어. 다 지켜보고 있단 말이야. 레인코트 패거리가 있다는 것도 알고 너 같은 놈들이 이상한 짓을 한다는 것도 알고 있어. 순진한 척 젊은 애들 옆에 앉아서 손으로 그 순진한 꼬마를 더듬거리지. 그러니 어서 그 레인코트 들고 꺼져. 경찰 부르기 전에. 이 변태야!

깨진 진저에일 병을 집어들자 남은 음료수 몇 방울이 병에서 뚝뚝 떨어진다. 밖으로 나와 68번 스트리트를 걸어 내가 세들어 사는 집으로 돌아온다. 집 앞 계단에 앉아 있는데 오스틴 부인이 지하실 창밖으로 고개를 내밀고는, 계단에 앉아서 먹거나 마실 생각은 아예 말라고 소리친다. 바퀴벌레가 몰려오면 어쩌려고 그래! 그러면 아무 데서나 먹고 마시고 자는 푸에르토리코인들이 여기에 모여 산다고 소문난단 말이야!

호시탐탐 내다보고 감시하는 동네 아줌마들 때문에 길가에는 앉아서 쉴 곳이 한 군데도 없다. 하는 수 없이 정처 없이 걸어서 이스트 강 옆 공원으로 가 쭈그리고 앉아서 생각한다. 미국은 왜 이리 힘들고 까다로울까? 레몬 머랭 파이 한 조각에 진저에일 한 병 마시면서 〈햄릿〉을 관람하는 것조차 이다지도 어렵다니.

6

　뉴욕에서 아침 일찍 일어나 출근할 때 가장 힘든 부분은 눈의 염증이 너무 심해져서 눈곱으로 들러붙은 눈꺼풀을 엄지와 검지로 억지로 떼어내야 하는 것이다. 딱딱하게 굳은 노란 딱지를 손으로 떼어내면 딱 좋겠지만, 그랬다가는 속눈썹까지 다 뽑히고 눈꺼풀이 벌겋게 부어올라 더 끔찍해 보일 테니 그럴 수도 없다. 하는 수 없이 샤워기 아래 서서 따뜻한 물이 눈 위로 흘러내려 딱지가 부드러워지기를 기다린다. 부드러워진 딱지를 깨끗하게 씻어내도 눈은 여전히 화끈거리고 벌겋게 부어 있다. 차가운 얼음물로 마사지를 해보아도 염증과 부기는 가라앉지 않는다. 눈알만 더 아파올 따름이다. 아픈 눈을 핑계로 호텔에 나가지 않는다 해도 눈이 나아질 성싶지 않다.

　눈이 따끔거리고 벌겋게 부어올라도 노란 진물만 흘러나오지 않는다면 눈알이 아픈 것쯤은 참을 수 있다. 그러면 적어도 사람들이 나를 나병 환자 보듯 하지는 않을 테니까.

　내가 입는 검은색 유니폼은 호텔에서는 푸에르토리코 출신 접시닦이들 다음으로 밑바닥이라는 것을 사람들에게 알려주는 표시다. 그래서 나는 검은색 유니폼을 입고 팜 코트 로비 주변을 청소하고 돌아다니는 것이 부끄럽다. 포터들조차 조금이나마 금박이 박힌 유니폼을 입고 있고, 도어맨들은 해군 대장같이 보인다. 종원업 조합의 급사 에디 길리건은 내가 아일랜드 사람인 것을 다행으로 알라면서, 안 그랬으면 '스픽' 푸에르토리코 놈들과 함께 저 아래 지하 주방에서 일해야 했을 거라고 한다. '스픽'이라는 말은 처음 들어봤는데 어투로 미루어 에디 길리건이 푸에르토리코인들을 좋아하지 않는다는 것은 분명하다. 에디는 캐리 씨가 자기 나라 사람들을 잘 챙기는 편이어서, 덕분에 내가 앞치마를 두르고 푸에르토리코 놈들과 함께 저 아래 지하에서 노래를 부르고 '미라, 미라'*라고 외치면서 하루 종일 일하는 대신, 유니폼을 입는 로비 청소부가 될 수 있었다고 한다. 접시 닦을 때 노래를 부르거나 흥이 날 때 '미라 미라'를 외치는 것이 뭐가 잘못이냐고 묻고 싶지만, 바보라는 소리를 들을까 물어보기가 겁난다. 에디 말에 따르면, 푸에르토리코인들은 일하다가 흥이 나면 노래를 부르고, 주방 담당 매니저가 나타나 조용히 하라고 소리칠 때까지 냄비와 프라이팬을 두드리며 주방을 빙빙 돌며 춤을 춘다고 한다. 이따금 나도 주방으로 내려갈 일이 있는데, 그때마다 푸에르토리코인들은 내게 남은 음식을 주고 프랭키, 프랭키, 아일랜드 꼬맹이, 라고 나를 부르면서 스페인어를 가르쳐주겠다고 친절하게 군다. 에디 길리건은 내가 접시닦이들보다 일주일에 2달러 50센트를 더 받는다면서, 나는 승진도 할 수 있지만 그 사람들은 절대 승진 같은 건 못 한다고 한다. 그들은 영어를 배울 생각도 없고 돈을 벌면 고향으로 돌아가 나무 아래에서 맥주나 마시고 자식이나 줄줄이 낳아서 대가족을

---

* 스페인어로 '이거 봐, 여기 봐'라는 뜻.

52

이루고 싶어해. 푸에르토리코인들은 술 마시는 데, 그리고 거시기를 박아넣는 데 선수거든. 그렇게 자식들을 만들어대다가 마누라가 지쳐서 제명이 다하기 전에 죽어버리면 새끼들은 길거리를 헤매다니다가 뉴욕으로 와서 접시닦이 일을 하는 거야. 그렇게 대를 이어 빌어먹을 순환을 반복한다고! 그 사람들이 일자리를 구하지 못하면 이 나라에서는 우리, 그러니까 너랑 나 말이야, 우리같이 돈을 버는 사람들이 내는 세금으로 그치들을 먹여살리지. 덕분에 이 푸에르토리코 농땡이들은 이스트 할렘 주택가 현관 계단에 쭈그리고 앉아 빌어먹을 기타나 치면서 종이 봉지에서 맥주를 꺼내 마셔대는 거라고.* 이런 것이 그 '스픽' 놈들이야, 꼬마야. 그러니까 내 말 명심하고 주방에는 얼씬도 하지 마. 푸에르토리코 놈들이 네 커피에 오줌을 쌀지도 모르니까. 난 푸에르토리코 놈들이 대영제국의 귀족 처녀들이 드실 점심 세트를 준비하면서 커피포트에 오줌을 갈기는 걸 본 적이 있거든. 그 처녀들은 자기들이 푸에르토리코인들의 오줌을 마시고 있다고는 꿈에도 생각 못 했을걸?

그렇게 말하고 에디는 씨익 미소를 짓더니 급기야 웃음을 터뜨리고, 나중에는 담배 연기가 목에 걸린 듯 캑캑거린다. 에디는 아일랜드 피가 반쯤 섞인 미국인이어서 푸토인들이 대영제국의 귀족 처녀들에게 한 짓이 참 대단하다고 여긴다. 아일랜드인들이 먼저 했어야 할 애국적인 행동을 그 사람들이 했다는 것이다. 이런 말을 할 때 에디는 푸에르토리코인들을 '스픽'이라고 부르지 않고 '푸토인들'이라고 부른다. 에디는 자기도 내년쯤에는 커피포트에 오줌이나 갈겨야겠다면서 말한다. 영국 처녀들이 푸에르토리코인의 오줌과 아일랜드인의 오줌이 반씩 섞인 커피

---

* 당시 뉴욕 주에서는 야외에서 술을 마시는 것은 불법이지만 병을 종이 봉지에 싸서 마시는 것은 불법이 아니었다.

를 마실 것을 생각하니 벌써부터 우스워서 뒤집어질 지경이야. 그 처녀들이 그 사실을 절대 모를 거라고 생각하니 불쌍하다는 생각마저 드네. 19층 대연회장 발코니로 올라가 모두 들을 수 있도록 공표라도 할까? 대영제국의 숙녀 여러분, 여러분은 방금 푸에르토리코인의 오줌과 아일랜드인의 오줌이 반반씩 섞인 커피를 마셨답니다. 그런 커피를 마신 기분이 어떠세요? 여러분이 팔백 년 동안 아일랜드인들에게 한 짓을 생각하면 그 정도는 아무것도 아니겠죠? 그러면 정말 볼만할 거야. 영국 처녀들은 서로 붙잡고 대연회장에 먹은 것을 다 게워내고 아일랜드 애국자들은 무덤 속에서 춤을 추겠지? 대단할 거야. 생각만 해도 정말 대단해.

에디는 그러고 보니 푸토인들도 아주 나쁜 사람들은 아닌 것 같다고 한다. 푸토인들이 자기 딸이랑 결혼하거나 자기 동네로 이사 오는 건 싫지만, 그들이 음악적 재능도 있고 훌륭한 야구 선수들을 많이 배출한 사실만큼은 인정해야 할 거라면서 덧붙여 말한다. 푸토인들이 일하는 부엌에 내려가면 그 사람들은 늘 애들같이 신나 있어. 마치 흑인들 같아. 그들은 어떤 것도 심각하게 받아들이지 않거든. 아일랜드 사람들과는 달라. 우리는 뭐든 심각하게 받아들이잖아.

로비에서 일할 때 가장 힘든 날은 목요일과 금요일이다. 남녀 대학생들이 몰려와 함께 술을 마시고 웃고 떠드는 날이다. 그들의 머릿속에는 대학에 다니면서 연애를 하고, 여름이면 요트를 타고, 겨울이면 스키를 타고, 언젠가 비슷한 짝을 만나 결혼해서 애 낳을 생각밖에 없는 듯하다. 그들의 자식들도 빌트모어 호텔에 와서 똑같은 짓을 반복할 것이다. 물론 대학생들은 시커먼 유니폼을 입고 빗자루와 쓰레받기를 들고 다니는 나 같은 인간은 거들떠보지도 않는다. 내 눈이 시뻘겋게 충혈돼서 그들이 온통 핏빛으로 보이는 날에는 차라리 마음이 편하다. 하지만 그런 날 여대생이 다가와서 화장실이 어디냐고 물어보는 것만큼은 좀 겁이 난다. 쓰레받기로 화장실을 가리키며 저쪽 엘리베이터 지나서 있어요, 라고 대답하면서 동시에 여대생이 내 얼굴을 보지 못하도록 고개를 돌리기란 정말 힘든 노릇이다. 한번은 그렇게 했더니, 그 여대생이 메트르 드에게 가서 내가 정말 무례하다고 불평을 했다. 그래서 그 뒤로는 누가 뭔가를 물어오면 그 사람을 똑바로 봐야만 했다. 사람들이 나를 빤히 볼 때면 내 얼굴은 점점 달아올라서 내 눈만큼이나 빨개진다. 너무 화가 나서 얼굴이 붉어질 때면 쳐다보는 사람들에게 욕을 퍼붓고 싶다. 하지만 그랬다가는 당장 모가지가 달아날 테니 그럴 수도 없다.

그러니까 저 사람들은 나를 뚫어져라 봐서는 안 되는 거야. 자기 어머니 아버지가 공부시키느라 그만큼 돈을 들였으면, 방금 배에서 내린, 눈이 있는 대로 충혈된 사람을 뚫어져라 볼 만큼 몰상식해서는 안 된다는 것쯤은 알고 있어야지. 그 정도의 예의도 모른다면 그 모든 교육이 대체 무슨 소용이람? 교수들이 대학 강단에서 저 남녀 대학생들에게 빌트모어 호텔 로비나 다른 어떤 호텔 로비에 가더라도 눈이 빨갛게 충혈돼 있거나, 한쪽 다리가 없거나, 아무튼 어떤 식으로든 몸이 불편한 사람을 빤히 봐서는 안 되는 거라고 가르쳐주면 좀 좋아?

어쨌든 여대생들은 나를 뚫어져라 본다. 남자 대학생들은 여대생들보다 더 고약하다. 그들은 나를 보고는 씩 웃으면서 자기 친구의 옆구리를 쿡쿡 찌르고 뭔가 속삭인 뒤 저희끼리 왁자하게 웃음을 터뜨린다. 그럴 때면 정말 빗자루와 쓰레받기로 그놈들 머리통을 내리쳐서 박살을 내고 싶다. 그놈들이 피를 철철 흘리며 제발 그만하라고 사정하고 다시는 다른 사람의 아픈 눈을 가지고 놀려대지 않겠다고 약속하게 만들고 싶다.

어느 날 한 여대생이 비명을 질러대자 메트르 드가 놀라서 그 여대생에게 뛰어갔다. 그 여대생은 엉엉 울어대고, 메트르 드는 그 여대생 앞

테이블 위에 놓여 있는 물건들을 뒤적거리고 테이블 아래도 들여다보더니 고개를 가로젓는다. 그러고는 로비 끝에 있는 나를 부른다. 매코트! 지금 당장 이리 좀 와봐. 너 이 테이블 치웠어?

그런 것 같은데요.

뭐? 그런 것 같다고? 빌어먹을! 아차, 실언을 해서 죄송합니다, 손님. 그러니까 너는 잘 모른다는 거야?

제가 치웠습니다.

그럼 종이 냅킨도 네가 치웠어?

제가 다 치웠습니다. 재떨이도 비웠고요.

여기 종이 냅킨이 있었단 말이야. 네가 그걸 가져갔어?

잘 모르겠는데요.

음, 잘 들어, 매코트. 여기 있는 이 숙녀 분은 우리 호텔에 엄청난 공간을 임차하고 계신 뉴욕 트래픽 클럽 회장님의 따님이시다. 이분이 종이 냅킨에 프린스턴대학교 남학생의 전화번호를 적어두셨단 말이야. 만일 네가 그 냅킨을 못 찾아내면 네 궁둥이를 그냥, 죄송합니다, 손님, 아무튼 혼날 줄 알아. 그 치운 것들 다 어디다 버렸어?

쓰레기는 모두 아래층 주방 옆 대형 쓰레기통에 갖다 버렸는데요.

좋아. 거기로 내려가서 그 냅킨을 찾아오도록 해! 빈손으로 올 생각은 하지도 마!

냅킨을 잃어버린 여대생이 훌쩍거리며 내게 말한다. 우리 아버지는 이 호텔에 엄청난 영향력을 갖고 계셔. 그 냅킨을 찾아내지 못하면 죽을 줄 알아. 그녀의 친구들도 나를 쳐다보고 있다. 얼굴이 화끈 달아올라 눈처럼 벌게지는 게 느껴진다.

메트르 드는 다시 한번 내게 매섭게 말한다. 빨리 가서 가져와, 매코트! 여기로 가져오라고.

주방 옆 대형 쓰레기통은 가득 차다 못해 넘쳐나고 있다. 그 엄청난 쓰레기 더미에서 어떻게 그 작은 종이쪽지를 찾아낼지 막막하다. 커피 찌꺼기, 빵조각, 생선 뼈다귀, 달걀 껍데기, 자몽 껍질 등 별별 쓰레기가 다 있다. 무릎을 꿇고 주방에서 빌려온 포크로 쓰레기들을 쑤시고 헤집으며 그 종잇조각을 찾아내려고 안간힘을 쓰고 있는데, 주방에서 푸에르토리코인들이 웃고 떠들고 냄비를 두드리며 노래를 부르는 소리가 들려온다. 그 소리를 들으니 지금 이게 다 무슨 짓인가 하는 생각이 든다.

나는 일어서서 주방으로 가서 프랭키, 프랭키, 아일랜드 꼬마, 우리가 너에게 스페인어를 가르쳐줄게, 라고 노래를 불러대는 푸에르토리코인들에게 아무 말도 하지 않고 깨끗한 종이 냅킨을 하나 찾아내 거기에 내가 만들어낸 가짜 전화번호를 적는다. 그러고는 커피를 조금 묻혀 더럽게 만든 뒤 메트르 드에게 건네주고, 메트르 드는 그것을 여대생에게 전달한다. 옆에 있던 그녀의 친구들이 환호성을 지른다. 여대생은 메트르 드에게 고맙다면서 팁을 쥐여준다. 빳빳한 1달러짜리 지폐다. 여대생이 그 번호로 전화 거는 꼴을 옆에서 못 보는 것이 좀 아쉬울 뿐이다.

7

　어머니가 편지를 보내왔다. 내 봉급이 얼마 되지 않는다는 것은 잘 알지만 집안 형편이 매우 어려우니 매주 10달러씩만 보내주면 고맙겠다고, 그리고 마이클과 알피의 신발 살 돈도 조금 더 보태서 보내주면 고맙겠다고 쓰여 있다. 어머니는 노인 돌보는 일을 하고 있었는데 그 노인이 적어도 새해까지는 살 수 있을 거라 예상했고, 그러면 몇 실링이라도 모아서 애들 신발도 사주고 햄이나 뭐 그 비슷한 거라도 사서 크리스마스 만찬도 차릴 수 있으려니 생각했는데, 그 노인이 갑자기 죽는 바람에 이만저만 낭패가 아니라고 한다. 아픈 사람들은 죽음을 앞두고 사람을 고용해서 일자리에 대한 헛된 희망을 심어주는 짓 따위는 하지 말아야 한다고 썼다. 지금은 내가 보내주는 돈 외에 가계 수입이 하나도 없어서 불쌍한 마이클은 내년에 열네 살이 되자마자 학교를 그만두고 일자리를 구해야 하니 정말 수치스럽다고 한다. 아일랜드 아이들 중 절반이 뼈와 가죽만 남은 꼴로 거리나 들판을 헤매다니고 있으니 이게 우리가 영국에 대항해 싸운 대가냐고 묻고 싶다고도 한다.

이미 나는 매주 빌트모어 호텔에서 받는 32달러 중 10달러를 집으로 보내고 있다. 32달러라고는 해도 사회보장비와 소득세 등을 제하고 나면 실제로 받는 돈은 26달러밖에 안 된다. 거기에 집세를 내고 나면 수중에 남는 돈은 20달러가량 되는데, 그중 10달러를 어머니에게 보내야 하니 나머지 10달러로 밥을 사먹고 비 올 때만 타는 지하철 표도 사야 한다. 그나마 평소에는 한 푼이라도 아끼기 위해 걸어서 출근한다. 그러다 가끔씩은 정신이 나가서 허시 초콜릿과 세상에서 가장 싼 음식인 바나나 두 개를 옷 속에 숨겨 68번 스트리트의 플레이하우스로 가기도 한다. 극장 자리에 앉아서 바나나 껍질을 벗기면, 간혹 후각이 매우 예민한 파크 애비뉴 사람들이 코를 킁킁거리며 지금 이거 바나나 냄새 아니야? 하고 옆 사람에게 속삭이다가 나중에는 지배인을 부르겠다고 으름장을 놓기도 한다.

하지만 나는 더이상 신경쓰지 않기로 한다. 그들이 검표원에게 가서 이른다고 해도 바나나를 먹으러 남자 화장실에 숨는 일은 하지 않기로 한다. 대신 빌트모어 호텔에 있는 민주당 사무실로 찾아가 나도 아일랜드 말투를 쓰지만 미국 시민인데, 왜 내가 게리 쿠퍼 영화를 보면서 바나나를 먹는 것 때문에 구박을 받아야 하느냐고 호소할 참이다.

아일랜드에도 겨울이 다가오고 있지만 이곳 뉴욕의 겨울은 훨씬 더 춥다. 아일랜드에서 가져온 옷들은 아무 쓸모가 없다. 에디 길리건이 나더러 그렇게 입고 나다니면 스무 살이 되기 전에 하늘나라로 갈 거라고 했다. 그러고는 체면을 차리지 않아도 된다면 웨스트사이드에 있는 큰 구세군 직영 상점에 가보라고 했다. 그곳에서는 단돈 몇 달러로 겨울옷을 좀 살 수 있다고 말이다. 대신 똥통에서 기어나온 아일랜드 촌놈 같은 옷 말고 제발 미국 사람처럼 보이는 옷을 고르라고 신신당부했다.

하지만 나는 당장은 구세군 상점에 옷을 사러 갈 수 없다. 어머니한테

15달러를 전신환으로 부쳐야 하고, 푸에르토리코인들에게 내 눈병을 옮길까봐 더이상 호텔 주방에서 남은 음식을 얻어먹을 수도 없기 때문이다.

사람들은 내 눈병에 대해 말이 많다. 호텔 인사과에서는 노조 간부인 에디 길리건을 불러 내가 주방 근처에 얼씬도 못 하게 하도록 시키기까지 했다. 내가 주방에 있는 수건 같은 걸 건드려서 푸에르토리코인 접시닦이들이나 이탈리아인 요리사들이 결막염이나 그 비슷한 병에 감염되어 반쯤 장님이 되면 큰일난다는 것이다. 그럼에도 불구하고 내가 이 호텔에서 잘리지 않고 계속 일할 수 있는 것은 호텔의 상당 부분을 임차해 많은 돈을 내고 있는 민주당 사무실의 추천을 받았기 때문이다. 에디가 얘기하길, 캐리 씨는 꽤 까다로운 상사이긴 하지만 자기 고국 아일랜드 사람들을 챙기는 편이어서 인사과 사람들한테 선을 긋고 당당하게 말한다고 한다. 그러니 인사과에서 눈이 안 좋은 녀석 하나를 해고하려 한다면, 캐리 씨는 당장 인사과로 달려가 민주당에서 이 사실을 알면 빌트모어 호텔과의 계약도 끝이라고 선언할 거라고 한다. 어쩌면 호텔 노동조합 전체가 들고 일어나 파업하는 꼴을 보게 될지도 몰라. 룸서비스도 없고, 엘리베이터도 작동하지 않을 거라고. 뚱뚱한 녀석들이 땀을 뻘뻘 흘리며 계단을 걸어올라가야 하고, 룸메이드들은 화장실에 화장지를 갖다놓지 않을 거야. 뚱뚱한 늙은이들이 자기 엉덩이를 닦지 못해 쩔쩔매는 꼴을 상상해보라고. 그게 다 네 눈 때문에 생긴 일이라면 어떻겠니?

우리 노동조합 전체가 같이 가는 거야. 뉴욕 시내에 있는 호텔이란 호텔은 죄다 파업에 동참하는 거지. 그런데 어쨌든 호텔 측에서 이 안과 의사 연락처를 너한테 전해주래. 렉싱턴 애비뉴에 있는 안과래. 그 의사의 검진을 받은 다음 일주일 후에 경과를 보고하도록 해.

에디가 말한 안과는 낡은 건물 4층에 있다. 아기들이 울어대는 와중에 라디오에서는 노래가 흘러나온다.

> 소년 소녀 다 함께
> 나와 매미 오루크도 함께
> 환상의 불빛을 따라 걸어가리라
> 뉴욕의 길가를 따라서*

의사가 내게 말한다. 들어와서 이 의자에 앉아봐. 눈에 무슨 문제가 있니? 아니면 안경을 맞추러 왔어?

눈에 염증이 생긴 것 같아서요, 선생님.

저런, 염증이 맞군. 얼마나 됐지?

구 년쯤 됐습니다. 선생님. 눈 때문에 열한 살 때 병원에 입원한 적도 있고요.

의사는 내 눈을 작은 나무 막대기로 뒤집어보고 면봉으로 톡톡 두드린다. 면봉이 눈꺼풀에 닿자 자꾸 눈을 깜박거리게 된다. 의사는 그만 깜박거리라고 나무란다. 나도 내가 미친 사람처럼 눈을 깜박거리면 의사가 진찰할 수 없다는 걸 알지만 어쩔 수가 없다. 의사가 뒤집어보고 면봉으로 톡톡 두드릴수록 내 눈은 더 깜박이고, 화가 치밀어오른 의사는 결국 면봉을 창밖으로 획 던져버린다. 그러고는 뭐라고 욕을 하면서 서랍을 열었다가 다시 꽝 닫기를 되풀이한다. 마침내 겨우 찾아낸 작은 위스키 한 병과 시가로 기분이 한결 나아진 의사는 책상에 앉아 껄껄 웃

---

* 1890년대에 유행한 뉴욕에 대한 동요 〈뉴욕의 보도(步道)〉의 일부분. 오루크는 아일랜드식 이름이다.

으며 말한다.

아직도 깜박거려져? 어이, 꼬마야. 내가 삼십칠 년 동안 진료하면서 이런 눈병은 처음 봤다. 넌 어디 사람이냐? 멕시코나 뭐 그런 데서 온 거야?

아니요, 선생님. 전 아일랜드 출신인데요.

아일랜드에도 이런 눈병은 없을걸. 이건 결막염이 아니야. 결막염에 대해서는 내가 잘 알지. 이건 뭔가 다른 병이야. 넌 이런 병에 걸리고도 아직 눈이 멀지 않은 걸 다행으로 여겨야 해. 태평양제도나 뉴기니, 뭐 그런 곳에서 온 사람들이 비슷한 눈병에 걸린 걸 본 적이 있긴 한데. 너 뉴기니에 간 적 있니?

아니요, 선생님.

우선 머리부터 빡빡 밀도록 해라. 뉴기니 사람들처럼 전염성 있는 비듬이 생긴 거고, 그 비듬이 네 눈에 떨어져서 그런 염증이 생긴 것 같다. 머리카락을 완전히 밀어버리고 처방해주는 약용 비누로 매일 머리를 깨끗이 감아. 두피가 욱신거릴 정도로 빡빡 문질러야 해. 머리에서 번쩍번쩍 빛이 날 정도로 두피를 깨끗이 씻은 다음 다시 오도록 해라, 꼬마야. 진료비는 10달러다.

약용 비누는 2달러다. 게다가 3번 애비뉴에 있는 이발관의 이탈리아인 이발사는 내 머리를 자르고 싹 밀어준 값으로 2달러에 팁까지 얹어달라고 한다. 이발사는 이렇게 결 좋은 머리를 빡빡 밀어야 하다니 눈물나게 속상하겠다면서, 만약 자기한테 그런 머리를 밀어버리라고 한다면 차라리 모가지를 자르라고 하겠다고 한다. 그러면서 의사들은 개뿔도 모르는 작자들이라는 것이다. 어쨌든 내가 내 머리를 밀라고 했으니 이발사가 뭐라고 할 일은 아니다.

이발사는 내 머리통 뒤에 거울을 대고 얼마나 빡빡 밀었는지 보여준다. 빡빡머리에 벌겋게 부어오른 눈, 여드름투성이에 썩어빠진 이. 그런 내 모습을 보니 부끄럽기 짝이 없고, 내가 아주 나약한 존재로 느껴진다. 만약 렉싱턴 가를 걸어가다가 누가 나를 흘끗 쳐다보기라도 하면 그 사람을 차가 쌩쌩 달리는 차도로 밀어버리고 싶은 마음이 들 것 같다. 미국이라는 나라에 건너와서 눈 때문에 해고하겠다고 하는 직장에 다니다가 결국 이런 대머리 꼴로 뉴욕 거리를 걷게 되다니 내 처지가 슬프기 짝이 없다.

당연히 사람들은 그런 내 모습을 뚫어져라 바라본다. 나도 맞받아쳐 험악한 표정으로 그들을 노려보고 싶지만, 눈에서 찔끔찔끔 새어나오는 노란 진물에 의사가 검사하느라 사용했던 면봉 찌꺼기가 뭉쳐 있어 눈을 거의 뜰 수 없다. 눈을 위아래로 뜨면서 가급적 덜 붐비는 길로만 걷다보니 도시를 갈지자로 돌아가게 되었다. 그나마 3번 애비뉴에서는 마음 놓고 걸을 수 있다. 3번 애비뉴는 머리 위로 전차가 덜컹덜컹 지나다녀서 온통 그늘이 드리워져 있는데다, 사람들은 다들 술집에 앉아 자기 고민에 신경쓰느라 바빠서 눈병이 나 빨간 눈을 하고 지나가는 사람을 쳐다보지 않을 테니까. 은행이나 옷가게에서 나오는 사람들은 꼭 나를 째려보지만, 술집에서 술을 마시며 고민에 빠져 있는 사람들은 누가 눈알도 없이 거리를 걷더라도 신경쓰지 않을 게 틀림없다.

오늘도 오스틴 부인은 지하실 창밖으로 거리를 내다보고 있다. 그 여자는 내가 현관에 이르자마자 계단을 뛰어올라와서는 머리가 왜 이렇게 된 거냐고, 무슨 사고라도 난 거냐고, 아니면 불에 데기라도 한 거냐고 묻는다. 나는 지금 이게 불에 덴 자국처럼 보이냐고 쏘아주고 싶지만 꾹 참고, 호텔 주방에서 머리를 조금 그을렸는데 이발사가 머리를 죄다 밀고 다시 기르는 게 좋겠다고 해서 민 것뿐이라고 둘러댄다. 적어도 오스틴 부인에게는 공손하게 굴어야 한다. 안 그랬다가는 당장 짐을 싸서 나가라고 할 거고, 그러면 나는 수중에 달랑 3달러뿐인데 머리는 빡빡 민 채 갈색 옷가방을 들고 토요일 오후에 거리로 쫓겨나는 신세가 될 테니까. 내 대답에 오스틴 부인은 저런, 하지만 아직 젊으니까 괜찮아, 라고 말하고는 아래층으로 다시 내려간다. 침대에 누워 거리에서 들려오는 말소리, 웃음소리를 듣고 있자니, 아무리 호텔과 의사의 지시를 따른 것이라 해도 어떻게 이런 빡빡머리로 월요일 아침에 다시 출근할 수 있을까 걱정이 된다.

방 안에 틀어박혀 줄곧 거울을 들여다본다. 그리고 머리카락 한 올 붙어 있지 않아 하얗다 못해 시퍼렇게 보이는 두피 때문에 매번 깜짝깜짝 놀란다. 나는 머리가 자랄 때까지 그대로 방 안에 틀어박혀 있고 싶지만 배가 고파온다. 오스틴 부인은 방 안에서 음식 먹는 것을 금지하고 있지만, 나는 거리에 어둠이 깔리자 밖으로 나가 롤빵과 우유 한 병을 산 다음 오스틴 부인의 감시망을 피해 두툼한 〈타임스〉 주말판으로 덮어서 방으로 들고 들어온다. 그리고 나니 수중에는 채 2달러도 남지 않는다. 이제 겨우 토요일인데 다음 금요일까지 어떻게든 버텨내야 한다. 혹시라도 오스틴 부인이 알고 그것들을 못 갖고 들어가게 하면, 의사가 뉴기니 사람들이나 걸리는 병에 걸렸다고 하고 이발사가 두개골이 드러날 정도로 내 머리를 밀어버린 마당에 롤빵 하나랑 우유 한 병쯤 못 먹어서야 되겠느냐고 대들 작정이다. 미국 영화를 보면 사람들이 성조기를 흔들어대며 가슴에 손을 얹고 이 땅은 자유인의 땅이며 용기 있는 자의 고향이라고 노래를 불러대던데, 난 〈햄릿〉을 볼 때 레몬 머랭 파이도, 진저에일도, 또 바나나도 먹을 수 없고, 오스틴 부인네 셋방에서도 전혀 못 먹고 못 마시는 신세다.

다행히도 오스틴 부인은 나타나지 않는다. 집주인들이란 일단 신경을 끄면 다시는 나타나지 않는 법이니까.

엉망인 눈 때문에 〈타임스〉를 읽을 수가 없어서 화장실로 가서 따뜻한 물로 눈을 씻어내고 휴지로 닦는다. 침대에 드러누워 롤빵과 우유를 먹으면서 신문을 보니 이보다 좋을 수가 없다. 하지만 그런 즐거움도 잠시, 아래층에서 오스틴 부인이 자기 집 전기세가 하늘 높은 줄 모르고 치솟고 있다고, 자기는 백만장자가 아니니까 어서 불을 꺼달라고 소리를 지른다.

불을 끄고 나서야 머리에 연고를 발라야 한다는 사실이 기억난다. 하지만 연고를 바르고 누웠다가는 베개가 온통 연고투성이가 될 테고, 오스틴 부인이 또다시 잔소리를 해댈 것이 분명하다. 나는 궁리를 하다가 일어나 앉아서 연고가 묻어도 닦아낼 수 있게 쇠로 된 침대 머리틀에 머리를 기대고 잠을 청한다. 하지만 침대 머리틀은 소용돌이무늬와 꽃과 꽃잎 모양 쇠 장식이 울퉁불퉁 튀어나와 있어서 도저히 잠을 잘 수가 없다. 하는 수 없이 침대에서 내려와 마룻바닥에 누워 잠을 자기로 한다. 바닥이라면 연고가 좀 묻어도 오스틴 부인이 난리를 치지 않을 것 같다.

월요일 아침, 내 출근 카드에 쪽지가 하나 붙어 있다. 19층으로 올라와 보고를 하라는 내용이다. 에디 길리건은 호텔에서 나에게 절대 개인적 감정이 있는 건 아니지만, 내가 그런 눈을 하고서, 게다가 머리까지 빡빡 밀고서 로비에서 일하는 것을 원하지 않는 것 같다고 한다. 사람들은 갑자기 머리가 몽땅 빠진 사람은 오래 못 사는 법이라고 믿고 있고, 내가 로비 한가운데 서서 이발사가 머리를 빡빡 밀어서 이렇게 된 거라고 주장해도 믿어주지 않을 거라고 한다. 사람은 원래 나쁜 것을 더 잘 믿는 법이고 호텔 인사과 사람들도 그렇다. 눈병에다 대머리라. 호텔 로비에서 손님들을 대하기에는 문제가 좀 있군요. 그 말을 듣고 나는 생각한다. 그렇다면 머리가 다시 자라고 눈도 깨끗해지면 그땐 다시 로비에서 일할 수 있단 말인가? 언젠가는 버스보이로 일할 수 있을지도 모르지. 그렇게만 된다면 팁도 많이 받아서 리머릭에 있는 가족들을 제대로 부양할 수 있을 텐데. 하지만 지금은 아니야. 지금은. 이런 눈, 이런 머리로는 아무것도 못 해.

8

나는 호텔 19층에서 에디 길리건과 에디의 형 조Joe와 일하게 되었다. 우리는 회의실이나 대연회장을 행사나 회의, 연회나 결혼식 따위를 치를 수 있게 준비해야 한다. 하지만 조 길리건은 손놀림이 느려서 그다지 도움이 되지 않는다. 조는 한 손에 손잡이가 긴 대빗자루를, 다른 한 손에 담배를 들고 열심히 일하는 척 돌아다니지만, 사실 거의 항상 화장실에 있거나 카펫 담당 디거 문과 함께 담배를 피우고 노닥거리면서 시간을 보낸다. 디거 문은 자기가 블랙풋 인디언이고, 미합중국에서 어느 누구보다도 더 빨리, 더 팽팽하게 카펫을 깔 수 있다고 주장한다. 하지만 그가 술을 몇 잔 마셨을 때라면 자기 종족의 고통을 떠올리기 때문에 조심해야 한다. 자기 종족의 고통을 떠올리는 디거 문과 말이 통하는 사람은 조 길리건밖에 없다. 조는 관절염으로 고통받고 있으니 자기 종족의 고통도 잘 이해할 거라는 것이다. 자기 뒤도 닦을 수 없는 정도로 지독한 관절염으로 고생하는 사람이라면 어떤 종류의 고통도 다 이해할 수 있다는 말이다. 디거는 실제로 이 층 저 층 뛰어다니며 카펫을 걷고 깔고 하며 부산히 움직일 때가 아니면 조와 함께 카펫 창고에 가부좌를 틀고 앉아 있다. 한 사람은 관절염으로 인한 고통에, 다른 한 사람은 과거의 기억으로 인한 고통에 전념하고 있는 셈이다. 하지만 빌트모어 호텔에서 일하는 사람이라면 누구나 디거와 조의 고통을 잘 알고 있기 때문에 그러고 앉아 있는 그들에게 뭐라고 하는 사람은 아무도 없다. 두 사람은 몇 날 며칠이고 카펫이 깔린 바닥에 그렇게 앉아 있다가 좀 쉬어야겠다면서 길 건너 매캔스 바로 술을 마시러 가기도 한다. 캐리 씨도 심한 위장병으로 고생하고 있다. 그는 아내가 차려준 아침을 먹은 후 위통으로 끙끙대면서 아침 점검을 한 바퀴 돌고, 점심때는 아내가 싸준 도시락을 먹은 후 역시 위통으로 끙끙대며 오후 점검을 돈다. 언젠가 캐리 씨가 에디에게 아내에 대해 푸념한 적이 있다고 한다. 우리 마누라는 정말 아름다운 여자지. 내가 이 세상에서 사랑한 여인은 우리 마누라밖에 없어. 하지만 이제 우리 마누라도 서서히 나를 들볶기 시작하는군. 게다가 류머티즘으로 다리가 잔뜩 부풀어올라 몸매도 엉망이 되었지. 에디는 자기 아내도 몸매가 형편없기는 마찬가지라고, 네 번이나 유산을 한데다 지금은 혈액 감염인지 뭔지로 의사가 걱정하는 상태라고 말하며 캐리 씨를 위로했다고 한다. 어느 날 아침 우리가 미국-아일랜드 역사학회의 연례행사를 준비할 때의 일이다. 에디는 담배를 피우면서, 캐리 씨는 위통을 달래려 배를 살살 어루만지며 19층 대연회장 입구에 서 있다. 캐리 씨는 몸에 멋지게 맞아떨어지는 더블 슈트를 입은 덕분에 배가 별로 나와 보이지 않는다. 에디가 캐리 씨에게 말하는 소리가 들린다. 오마하 비치인가 하는 데서 얻어터져서 의사가 오기만을 기다리며 누워 있는데, 어떤 개자식이, 아, 죄송, 하여튼 어떤 녀석이 제 입에 담배를 쑥 집어넣는 게 아니겠습니까? 전 그때까지 담배라곤 입에 대지도 않았습죠. 그런데 오마하 비치에 누워서 내장이 다 드러난 판에 그걸 한 모금 길게 빨아들이니 희한하게도 고통이 사라지고 느긋해지는 게 아니겠습니까? 그때부터 전 담배를 피우기 시작했죠. 신께 맹세컨대 저도 노력은 해봤지만, 절대 못 끊을 것 같습니다. 그때 디거 문이 커다란 카펫을 어깨에 메고 어슬렁어슬렁 걸어오더니 에디에게 에디의 형 조, 그 불쌍한 개자식이 인디언 일곱 부족보다도 더 괴로워하고 있으니 뭔가 조치를 취해야 한다고 말한다. 내가 태평양을 누비며 보병 부대에서 복무할 때 쪽발이들이 던져대는 온갖 잡것들에 맞서서 말라리아니 뭐니 하는 병에 걸렸지. 그때 고생해봐서 잘 알아! 그 말을 듣고 에디는 자기도 형의 고통에 대해서는 잘 알고 있다고, 어쨌든 자기 형이니 정말 걱정하고 있다고 말한다. 하지만 자기 코가 석 자라고, 아내가 연거푸 유산을 하고 혈액까지 감염된데다 자기도 내장이 엉망이 되어서 언제 제자리로 돌아올지 모르는 형편이라면서, 그래도 형 조가 온갖 진통제를 술에 섞어 마셔대는 건 자기도 걱정스럽다고 한다. 캐리 씨가 트림을 하고 끙끙 앓자 디거가 한마디 던진다. 아직도 그 개고생이야? 디거는 캐리 씨든 누구든 무서운 사람이 없다. 카펫맨으로 잘나가면 누구든 저렇게 당당하게 아무에게나 자기가 하고 싶은 말을 다 할 수 있는 거다. 그러다가 잘리더라도 코모도어 호텔이나 루스벨트 호텔 같은 일급 호텔에 다시 취직할 수 있을 테니까. 맞아, 특히 월도프 아스토리아 호텔에서는 디거를 데려가려고 호시탐탐 기회를 엿보고 있잖아. 언젠가 디거가 자기 종족의 고통을 괴로워하다 못해 카펫을 깔지 않겠다고 버티더라도 캐리 씨는 디거를 해고하지 못할 거야. 그러면 디거는 이렇게 말하겠지? 거보쇼. 백인들은 우리 인디언 없이는 뭐 하나 제대로 할 수 있는 게 없다니까. 그러니까 백인들이 이로쿼이 인디언들을 불러서 마천루의 60층 꼭대기에서 철제 빔을 따라 춤추게 하고 블랙풋 인디언들을 불러다 카펫을 깔게 하는 거지. 캐리 씨가 트림할 때마다 디거는 이제 고생 그만

하고 사람 속을 망가뜨리는 법이 없는 시원한 맥주나 한잔 하라고 한다. 또 캐리 씨 부인이 싸주는 샌드위치가 캐리 씨를 죽이고 있는 거라고 내뱉는다. 디거는 캐리 씨에게 자기는 여자에 대해 한 가지 지론을 가지고 있다면서 말한다. 여자들은 죄다 그 일을 치르고 나서 수컷 머리를 씹어먹는 검은 과부 거미 같거든. 가임기가 지나면 남자들한테 개코도 신경을 안 쓴단 말이야. 말을 타고 나가 다른 종족을 공격이라도 하지 않으면 우리는 정말 쓸모가 없거든. 에디 길리건이 디거가 말을 타고 매디슨 애비뉴를 달려 다른 종족을 공격하러 가면 그 모습이 정말 기똥차겠다고 하자, 디거는 자기가 하고 싶은 말이 바로 그거라고 한다. 남자로 이 세상에 태어났으면 자고로 얼굴에 칠을 하고 말을 타고 창을 던지며 다른 종족을 공격해야 하는 것 아냐? 그 말을 듣고 에디가 웃고 있네, 하고 빈정대자 디거는 발끈한다. 뭐? 웃고 있네? 그러는 넌 지금 뭐하는데? 남들 저녁이나 차려주고 결혼식 준비나 해주면서 인생 허비하고 있잖아. 이게 사내가 할 짓이야? 에디가 어깨를 으쓱해 보이고는 담배를 피워물자 디거가 자리를 뜨려고 갑자기 홱 돌면서 어깨에 멘 카펫 끝으로 캐리 씨와 에디를 치고, 그 바람에 두 사람은 대연회실 구석으로 나가떨어진다.

그런 사고가 났지만 디거에게 뭐라고 하는 사람은 아무도 없다. 나는 디거가 단지 다른 누구보다도 카펫을 잘 깔 수 있다는 이유 하나만으로 그렇게 당당하게 세상을 살아갈 수 있다는 것이 존경스럽기만 하다. 디거는 리머릭에 있는 파 키팅 이모부처럼 웬만한 일에는 깽깽이방귀만큼도 신경쓰지 않을 것 같다.* 나도 디거처럼 살 수 있으면 좋겠다고 생각

---

* 'don't give a fiddler's fart'. 아일랜드에서 널리 쓰이는 관용적 표현으로 '전혀 상관하지 않는다'는 뜻이다.

한다. 하지만 카펫 까는 일은 말고. 나는 카펫을 싫어하니까.

돈만 있으면 손전등이라도 사서 새벽까지 책을 읽고 싶다. 미국에서는 손전등을 '플래시라이트flashlight'라고 부른다. 비스킷을 '쿠키cookie'라고 부르고 롤빵을 그냥 '롤roll'이라고 부른다. 케이크를 '페이스트리pastry'라고 부르고 고기 간 것을 '그라운드ground'라고 부른다. 남자들은 바지 대신에 '팬츠pants'를 입는다. 남자들이 이 팬츠는 한쪽이 다른 쪽보다 더 짧은 것 같아, 라고 말하면 왠지 바보같이 들린다. 팬츠 다리 어쩌고 하는 말은 아일랜드에서는 헐떡거린다는 뜻이어서 그 말을 들으면 나도 모르게 숨을 헐떡이게 된다. 미국 사람들은 또 승강기를 '엘리베이터elevator'라고 부른다. 화장실에 가고 싶을 때는 '욕실bathroom'이 어디 있냐고 물어봐야 한다. 욕조가 없는 화장실도 미국 사람들은 그렇게 부른다. 미국에서는 '죽는' 사람은 없고 다만 '돌아가시'거나 '사망하는' 사람만 있을 따름이다. 미국 사람들은 죽은 사람의 시체를 '유해'라고 부르고, 그 유해가 장례식장으로 옮겨지면 그냥 서서 그 유해를 바라볼 뿐 아무도 아일랜드에서처럼 노래를 부르거나 이야기를 나누거나 술을 마시지 않는다. 그런 다음 유해는 '영구靈柩'에 안치되어 묘지에 '매장'된다. 미국 사람들은 '관'이라든가 '묻힌다'는 말 따위를 좋아하지 않는다. 그들은 결코 '무덤'이라는 말도 사용하지 않는다. 여기에서는 '묘지'가 더 그럴싸하게 들린다.

돈만 있으면 모자를 사서 머리에 쓰고 밖으로 나가고 싶다. 빡빡머리로 맨해튼 거리를 거닐다가는 사람들이 말라빠진 내 어깨 위에 허연 눈덩이가 얹혀 있다고 생각할 것 같다. 한 주만 지나면 머리통에 거뭇거뭇 머리털이 나서 밖을 쏘다닐 수 있으리라. 오스틴 부인도 날 못 말릴 거야. 나는 그런 생각을 하면서 기분이 좋아진다. 침대에 누워서 아무 방해 없이 나 혼자만 할 수 있는 것들을 상상하는 것도 나쁘지 않다. 리머릭에서 학교에 다닐 때 오할로란 교장 선생님은 우리에게 말씀하셨지. 너희의 정신은 보물창고와도 같다. 그러니 그 창고를 잘 채워라. 그것은 이 세상 어떤 것도 방해할 수 없는 너희의 일부가 될 것이다.

뉴욕은 내 꿈의 도시였다. 하지만 막상 뉴욕에 와보니 그 꿈은 온데간데없이 사라지고, 모든 것이 내가 생각하던 것과 다르다. 나는 내가 호텔 로비에서 사람들을 쫓아다니며 쓰레기나 치우고 화장실에서 변기나 닦게 되리라고는 꿈에도 생각하지 못했다. 어떻게 리머릭에 있는 어머니나 다른 사람들에게 내가 이 부자 나라에서 머리는 빡빡 밀리고 눈은 벌겋게 부풀어오른 채, 단돈 2달러로 일주일을 버티면서 주인이 불도 못 켜게 잔소리를 늘어놓는 집에서 살고 있다고 편지를 쓸 수 있겠는가? 내가 뉴기니 사람들이나 걸리는 병에 걸려서 호텔 측이 혹여 주방에서 일하는 푸에르토리코인들에게 병을 옮길까봐 주방 근처에도 못 가게 하는 바람에 남은 음식도 못 얻어먹고 매일매일 세상에서 가장 싼 음식인 바나나만 먹으며 버티고 있다고 어떻게 말하겠느냔 말이다. 리머릭 사람들은 내 말을 믿지 않고 말도 안 되는 소리라며 껄껄 웃어넘길 게 뻔하다. 아일랜드에서 보는 영화 속 미국은 모든 사람이 잘살고, 음식을 가지고 장난이나 하다가 음식이 남아도 접시를 물리는 그런 나라였기 때문이다. 영화 〈분노의 포도〉에 나오는 가난한 미국인들조차 불쌍하게 보이지 않았다. 그들은 가뭄 때문에 모든 것이 말라버려 캘리포니아로 이주해야 했지만, 적어도 아무것도 젖지 않는 따뜻한 곳에서 살 수 있었으니까. 파 키팅 이모부는 아일랜드에 캘리포니아 같은 곳이 있었다면 사람들이 몽땅 그곳으로 몰려가 오렌지나 실컷 먹고 하루 종일 수영이나 하면서 살 거라고 했다. 아일랜드에만 있으면 미국에도 가난한 사람들이 있다는 것을 믿기 어려운 것은 당연하다. 왜냐하면 오코넬 거리에 가면 미국에서 살다 온 사람들, '돌아온 양키'들이 꼭 끼는 바지에 아일랜드에서는 본 적도 없는 파랑, 분홍, 연두, 심지어 번쩍거리는 암갈색 옷을 입고 피둥피둥 살이 찐 엉덩이를 흔들며 어기적어기적 걸어다녀서 멀리서도 한눈에 알아볼 수 있기 때문이다. 그들은 부자 행세를 하며 콧소리로 냉장고니 자가용이니 떠들고 다녔다. 술집에라도 가면 아일랜드에서는 들어본 적도 없는 미국 술이나 칵테일을 주문했고, 그러면 리머릭의 바텐더는 그들에게 분수를 알라고 소리쳤다. 난 자네가 어떤 꼴로 미국에 건너갔는지 다 기억하고 있네. 엉덩이께가 다 해진 낡은 바지를 입었었지, 아마? 잘난 척하지 말라고. 믹, 난 자네가 콧물을 주렁주렁 무릎까지 매달고 다니던 시절까지 다 기억하고 있단 말일세. 그리고 '진짜 양키'들도 금세 알아볼 수 있었다. 그들은 밝은색 옷을 입고 엉덩이는 피둥피둥한데다, 항상 미소를 띠고 걸어다니며 누더기를 입은 아이들에게 동전을 던져주었다. 진짜 양키들은 잘난 척하지 않았다. 모든 사람이 모든 것을 갖고 있는 나라에서 온 사람들은 잘난 척할 필요가 없다.

오스틴 부인이 전등을 못 켜게 하지만, 적어도 침대에 앉거나, 눕거나, 방 안에 틀어박혀 있거나, 나가거나 하는 것만큼은 내 마음대로 할 수 있다. 머리가 빡빡이인 동안은 밖에 나가고 싶지 않다. 하지만 방 안에 틀어박혀서도 머릿속으로 리머릭에 관한 영화를 찍으면 되니 상관없다. 리머릭 영화에 대한 생각은 침대에 가만히 누워 있다가 떠오른 것으로, 내가 생각해도 정말 대단한 발상 같다. 눈이 아파서, 혹은 오스틴 부인이 불을 끄라고 잔소리를 해서 책을 읽을 수 없을 때도 머릿속으로라면 어떤 영화라도 찍을 수 있다. 뉴욕이 자정이면 리머릭은 새벽 다섯시이고, 어머니와 동생들은 온 세상을 향해 으르렁대는 개 럭키와 함께 잠든 모습으로 출연한다. 전날 밤 마신 술 때문에 코를 골면서, 곁들여 먹은 피시앤드칩스 탓에 방귀까지 뀌어대는 앱 시언 삼촌도 나온다.

상상의 영화 속에서 나는 리머릭 거리를 떠다니며 주일 아침 첫 미사를 드리러 몰려가는 사람들의 모습을 본다. 나는 성당, 가게, 술집, 무덤, 어느 곳이든 드나들 수 있고, 시티 홈 병원에 잠들어 있거나 고통으로 신음하는 사람들도 들여다볼 수 있다. 상상 속에서 리머릭으로 다시 돌아가는 건 멋진 일이지만, 때로는 눈물이 떨어지기도 한다. 가난한 사람들이 사는 좁은 골목길을 지나가며, 아기들은 빽빽 울어대고 여인네들은 아침 식사로 빵과 차를 준비하려고 주전자에 물을 끓이는 가난한 집들을 들여다보는 것은 아무리 상상이라 해도 쉽지 않다. 아침 여섯시면 라디에이터가 쉭쉭 소리를 내며 뜨끈뜨끈하게 실내를 데워주는 뉴욕에서, 난방이 되지 않아 얼어붙은 집에서 부들부들 떨며 성당이나 학교에 가려고 침대에서 빠져나오는 어린애들을 바라보는 것도 쉽지 않은 일이다. 리머릭 골목 안 사람들을 죄다 미국으로 데려와 난방이 잘 되는 미국 집에 집어넣고, 따뜻한 옷을 입히고 깨끗한 신발을 신기고 죽과 소시지를 실컷 먹여주고 싶다. 내가 언젠가 백만장자가 되어서 그 가난한 리머릭 사람들을 모두 미국으로 불러들여 잘 대접한 다음 돌려보내면, 그들은 산뜻한 색깔의 옷을 입고 잔뜩 살이 붙은 엉덩이로 오코넬 거리를 어기적어기적 걸어다니겠지.

침대에 누워서 나는 무엇이든 할 수 있다. 머릿속으로 리머릭을 그릴 수도 있고, 비록 죄가 된다 하더라도 자위행위도 할 수 있다. 그래도 오스틴 부인은 알 턱이 없다. 내가 고해성사를 보러 가지 않는 한 누구든 알 턱이 없다. 게다가 고해성사를 하기에 나는 이미 너무 큰 죄인이다.

며칠 후, 머리털이 어느 정도 자라 밤이면 맨해튼 거리를 걸어다닐 수 있게 되었다. 땡전 한 푼 없었지만 그런 건 상관없다. 68번 스트리트의 플레이하우스에서 본 영화들에 나오는 거리들처럼 맨해튼 거리는 활기가 넘친다. 길모퉁이를 돌아가면서 사이렌을 울리는 소방차가 항상 있다. 어떤 때는 구급차나 경찰차가 오기도 하는데, 다들 한꺼번에 사이렌 소리를 내면서 몰려온다면 화재가 났다는 뜻이다. 소방차가 속도를 늦추면 어느 블록으로 구경을 갈지, 어느 쪽에서 연기와 불길을 볼 수 있는지 알아낼 수 있다. 누군가 창가에서 뛰어내리기라도 할라치면 더욱더 흥미진진한 장면이 연출된다. 구급차는 플래시를 비추며 대기하고, 경찰은 확성기에 대고 모두 뒤로 물러나라고 소리친다. 사람들에게 뒤로 물러나라고 얘기하는 것이 뉴욕 경찰의 주 업무다. 권총과 곤봉을 찬 경찰관도 멋있어 보이지만, 뭐니뭐니 해도 진짜 영웅은 사다리를 타고 올라가 창문에 매달린 어린애를 구해 내려오는 소방관이다. 목발을 짚고 잠옷만 걸친 노인을 구하는 경우도 있지만, 곱슬머리 꼬마가 소방관의 어깨에 머리를 기대고 손가락을 쪽쪽 빨면서 내려오는 것만큼 감동적이지는 않다. 그런 광경을 지켜볼 때면 모두 환호성을 지르고 마주 보면서 기쁜 표정들을 짓는다. 그때만큼은 사람들이 같은 것에 기뻐하는 것이다.

그런 사건들이 사람들로 하여금 다음 날 〈데일리 뉴스〉를 사보게 한다. 모두 혹시나 하면서 용감한 소방관과 곱슬머리 꼬마가 찍힌 신문 사진 속에서 자기 모습을 찾아보고 싶어하는 것이다.

9

오스틴 부인이 아일랜드 남자와 결혼했다는 바로 그 여동생 한나가 크리스마스 때 자기 집을 방문할 거라고 말했다. 다 함께 브루클린에 있는 한나네 집으로 가는 길에 잠깐 들르는 건데, 그때 한나가 매코트 씨를 만나보고 싶어해. 다 함께 샌드위치도 먹고 크리스마스 음료도 마시면 한나가 그 미친 아일랜드인 남편 때문에 생긴 걱정거리를 좀 잊을 수 있을 것 같아. 하지만 왜 한나가 크리스마스를 또다른 아일랜드 남자와 보내려고 하는지 모르겠어. 뭐, 하긴 걘 늘 이상한 구석이 있는 애였지만. 어쨌든 한나가 아일랜드 사람들을 좋아하는 것 같기는 해. 하지만 난 우리 어머니가 오래전에, 그러니까 약 이십 년 전 스웨덴에서 아일랜드나 유대인 남자와는 상종도 하지 말라면서 같은 민족하고 결혼해야 한다고 신신당부하셨기 때문에 반은 스웨덴 사람이고 반은 헝가리 사람인 유진 오스틴과 결혼했어. 유진은 평생 술이라고는 입에도 대지 않았지만, 그 대신 먹는 걸 엄청 좋아해서 결국 그것 때문에 세상을 일찍 하직했지. 죽을 때 그이 몸이 집채만 했어. 내가 요리를 해주지 않으면 냉장고를 뒤져댔어. 텔레비전을 사들이고 나서는 정말 끝장을 봤지. 유진은 텔레비전 앞에 앉아서 이것저것 먹고 마셔대며 세상 돌아가는 꼴을 보고 걱정은 혼자 다 하더니 갑자기 심장이 멈추는 바람에 그냥 그렇게 가게 된 거야. 그래도 난 남편이 그리워. 이렇게 애도 없이 이십삼 년을 혼자 사는 게 사실 너무 힘들어. 내 동생 한나는 애가 다섯인데 다 아일랜드인 남편을 만난 탓이야. 남자들이란 도대체 여자를 내버려두질 않아. 한나 남편도 술만 걸쳤다 하면 냅다 덮쳤다니까. 가톨릭계 아일랜드인들이 원래 다 그렇지 뭐. 하지만 내 남편 유진은 그러지 않았어. 나를 존중했다고. 어쨌든 크리스마스이브 저녁 내 동생 한나가 퇴근하고 매코트 씨를 보러 올 거야.

바로 그날, 캐리 씨가 크리스마스를 축하하면서 한잔하자고 호텔 하우스맨 몇 명과 객실 담당 룸메이드 넷을 자기 사무실로 초대했다. 아이리시 위스키 '패디Paddy'와 버번 위스키 '포 로지즈Four Roses'가 나왔는데, 디거 문은 아일랜드에서 나온 최고의 위스키를 두고 어떻게 포 로지즈같이 오줌 냄새 나는 술을 마실 수 있느냐며 포 로지즈에는 손도 대지 않는다. 그러자 더블 슈트를 입은 캐리 씨가 배를 어루만지며 말한다. 나한텐 둘 다 마찬가지야. 난 어떤 것도 마실 수가 없지. 마셨다가는 또 한바탕 속에서 난리가 날걸. 어쨌든 자네들은 실컷 마시게나. 내일이 즐거운 크리스마스잖아. 내년에는 또 어떻게 될지 누가 알겠나?

조 길리건은 바지 뒷주머니에 술병을 넣어다니며 하루 종일 마셔댄 탓에 벌써부터 히죽거리고 있고, 술 때문인지 관절염 때문인지는 모르지만 걸음걸이마저 비틀거린다. 캐리 씨가 조를 불러 자기 자리에 앉으라고 한다. 조는 자리에 앉으려다가 끄응 하고 고통에 찬 신음 소리를 내더니 눈물까지 흘린다. 객실 담당 룸메이드들 중 가장 고참인 하이니스 부인이 조에게 다가가 그의 머리를 자기 가슴에 대고 토닥거리며 말한다. 오, 가엾은 조. 불쌍한 조. 좋으신 주님께서 왜 미국을 위해 전장에서 용맹하게 싸운 당신에게 뼈가 뒤틀리는 시련을 주시는지 모르겠어요. 그러자 디거 문이 말한다. 그 관절염이 다 그 빌어먹을 놈의 태평양전쟁에서 얻어온 거라고. 그놈의 전쟁이 인간에게 알려진 병이란 병은 다 안겨주었잖소. 잘 기억해둬, 조. 바로 그 빌어먹을 쪽발이들이 너한테 관절염을 선사했다는 것을. 나한테 말라리아를 선사한 것처럼 말이야. 우리 몸이 이 지경이 된 것도 그때부터 아닌가. 자네와 나 말일세.

그러자 캐리 씨가 디거 문에게 말한다. 어허, 말 삼가게나. 숙녀 분들도 계시잖아. 캐리 씨의 말에 디거가 대답한다. 알았소, 캐리 씨. 당신 말을 접수하겠소. 어쨌든 내일이 크리스마스인지 나발인지 하는 날이니. 옆에 있던 하이니스 부인이 맞장구친다. 맞아요, 내일이 크리스마스잖아요. 그러니 서로 사랑하고 원수를 용서해야죠. 그러자 디거가 발끈하며 말한다. 용서? 용서 좋아하시네. 난 절대 백인 놈들이랑 쪽발이들은 용서 못 해. 하지만 자네만은 용서하겠네, 조. 그 빌어먹을 관절염 때문에 인디언 열 부족보다 더 고생하고 있으니까. 그러면서 디거가 조의 손을 잡고 흔들어대자 조는 아파서 비명을 지른다. 캐리 씨가 어이, 디거, 디거, 하면서 말리고, 하이니스 부인도 저런 맙소사, 조가 관절염으로 고생하고 있다는 걸 생각해야지요, 하면서 디거를 나무란다. 머쓱해진 디거가 말한다. 죄송해요, 부인. 저도 관절염으로 고생하는 조가 누구보다도 안쓰럽답니다. 그러고는 그걸 증명이라도 하려는 듯 패디 위스키 한 잔을 조의 입술에 갖다댄다.

에디 길리건은 술잔을 들고 구석에 서 있다. 모두 자기 형을 걱정하면서 한마디씩 하고 있는 마당에 왜 그는 아무 말이 없는지 궁금하다. 그도 아내가 혈액 감염으로 고생하고 있어서 고민이 많다는 것은 잘 알고 있지만, 그렇다 해도 그가 자기 형 근처에도 가지 않는 건 의아하다.

제리 케리스크가 내게 다가와 이 북새통에서 빠져나가 맥주나 한잔 하자고 속삭인다. 나는 돈이 없어 고생하는 어머니를 생각해서라도 술집 같은 데서 돈을 낭비하고 싶지는 않다. 하지만 크리스마스이브인데다 이미 위스키까지 마신 터라 나 자신에 대해서나 세상 전체에 대해서 한결 느긋해진 기분이고, 까짓것 하루쯤 스스로에게 너그러워져도 되지 않을까 싶다. 사나이답게 위스키를 마신 건 이번이 처음이다. 제리와 함께 술집에 앉아 이야기를 나누면서 나는 내 눈이나 다른 걱정거리도 다 잊어버릴 수 있다. 술기운이 얼큰하게 오르자 나는 제리에게 에디 길리건이 자기 형한테 왜 그렇게 쌀쌀맞게 구는지 묻는다.

여자 때문이야. 제리가 대답한다. 에디가 군대에 끌려갔을 때 약혼녀가 있었거든. 그런데 에디가 집을 비운 사이에 조가 그 여자랑 사랑에 빠진 거야. 그래서 여자가 약혼반지를 에디한테 돌려보냈다지 뭐야. 에디는 광분해서 조를 보기만 하면 죽여버리겠다고 날뛰었다지. 하지만 에디는 유럽으로 파견되었고 조는 태평양으로 끌려갔지. 두 사람이 각자 다른 나라 사람들을 죽이느라 정신없을 때, 한때 에디와 약혼했던 그 여자, 즉 조의 아내는 술을 마시기 시작했고 그것 때문에 조의 인생은 지옥이 되고 말았지. 에디는 개새끼가 남의 여자를 가로채더니 벌 받은 거라고 악담을 해댔어. 에디는 군대에서 멋진 이탈리아 여군을 만나 결혼했지만 그 여자가 혈액이 감염되는 바람에 고생이 이만저만이 아니지. 길리건 가문에 저주라도 내린 건지, 쯧쯧.

제리는 아일랜드 어머니들이 하는 말이 맞는 것 같다면서, 어쨌든 나는 나랑 비슷한 사람, 즉 가톨릭계 아일랜드인과 결혼해야 한다면서 술주정뱅이나 혈액이 감염된 이탈리아 여자가 아닌지 잘 살펴봐야 할 거라고 한다.

그는 웃으면서 말하지만 눈에는 뭔가 심각한 표정이 서려 있다. 하지만 나는 아무 대꾸도 하지 않는다. 나는 가톨릭계 아일랜드인과 결혼해 아이들을 고해성사나 첫영성체에 끌고 다니고, 신부들을 볼 때마다 네, 신부님, 네, 그럼요, 신부님, 이라고 말하며 살 생각은 전혀 없다.

제리는 술집에 계속 남아 맥주나 더 마시자고 하지만 나는 오스틴 부인과 그 여동생 한나를 보러 가야 한다고 거절한다. 그러자 제리가 토라져서 말한다. 야, 아일랜드 사람이 운영하는 서티 투에 가서 마요나 케리 출신 아일랜드 여자애들하고 신나게 놀 수도 있는데, 왜 적어도 사십 줄은 되었을 스웨덴 아줌마들이랑 크리스마스이브를 보내려고 해?

나는 뭐라고 딱히 대답할 수가 없다. 나도 내가 어디로 가고 싶은지, 어떻게 해야 하는지 모르기 때문이다. 미국에 오고 나서는 늘 그렇다. 한 가지 결정을 내리고 나면 바로 또다른 결정을 내려야 한다. 리머릭에서는 어떻게 행동해야 하는지, 질문에 어떻게 대답해야 하는지 알고 있었다. 하지만 뉴욕에서 처음 크리스마스를 맞고 보니, 한쪽에서는 제리 케리스크가 아일랜드 사람이 운영하는 서티 투라는 술집에 가서 마요나 케리 출신 아일랜드 여자애들이랑 신나게 놀자고 꼬이고, 다른 한쪽에서는 혹시나 내가 음식물을 방으로 몰래 갖고 들어가지 않을까 호시탐탐 감시하는 스웨덴 아줌마와 아일랜드인 남편 때문에 너무 우울해서 어디로 튈지 모르는 또 한 명의 스웨덴 아줌마가 나를 잡아끌고 있다. 만약 오스틴 부인에게 가지 않으면 부인은 잔뜩 화가 나서 나를 당장 내쫓을 것이고, 그렇게 되면 나는 어머니에게 보내고, 집세를 내고, 술집에서 이 사람 저 사람에게 맥주 사주고 얼마 남지 않은 돈 몇 푼에 갈색 옷가방 하나 달랑 들고 크리스마스이브에 길거리에 나앉게 될 것이 분명하다. 그러한 상황을 설명하자, 제리는 내가 아일랜드 여자애들에게 맥주나 사주면서 밤을 보낼 형편이 못 된다는 것을 이해하고는 토라진 마음을 푼다. 제리도 집으로 꼬박꼬박 돈을 보내는 게 당연하다고 생각했는지 웃으면서 말한다. 그럼 성탄절 잘 보내! 늙은 스웨덴 소녀들이랑 광란의 밤을 보내라고! 바텐더가 그 소리를 듣고 귀를 쫑긋하더니 한마디한다. 스웨덴식 파티에 가면 조심해야 해. 그 사람들이 네게 글러그라는 자기들 토속주를 권할걸. 그런데 그걸 마시면 지금이 크리스마스이브인지 성모 잉태 대축일인지도 구별 못 하게 된단 말이야. 그 술은 시커먼데다 진하기까지 해서 그걸 먹고 버티려면 상당한 체력이 있어야 할 거야. 게다가 네게 온갖 생선도 먹일 거야. 날생선, 소금에 절인 생선, 훈제한 생선같이 고양이에게도 주지 못할 온갖 종류의 생선을 말이야. 스웨덴 사람들은 글러그만 마시면 뿅 가서 다시 바이킹이라도 된 것처럼 날뛴단 말이지.

제리는 스웨덴 사람들이 바이킹의 후손이라는 사실은 몰랐다고, 덴마크 사람들이 그런 줄로만 알았다고 한다.

그러자 바텐더가 말한다. 천만의 말씀! 북쪽에 살던 사람들은 모두 바이킹이지. 얼음이 있는 곳이면 어디에나 바이킹이 살았다고 보면 돼.

그런 것까지 알고 있다니 참 대단하다고 제리가 말하자, 바텐더가 그렇다면 그런 이야기를 한두 가지 더 들려주겠다고 나선다.

제리는 헤어지기 전에 딱 한 잔만 더 하자면서 맥주를 한 잔 더 주문한다. 나는 이미 캐리 씨 사무실에서 위스키를 큰 잔으로 두 잔이나 마신데다 제리와 함께 술집에 와서도 맥주를 네 잔이나 마신 터라 어떻게 될지 대책이 없지만 받아 마신다. 바텐더의 예언이 들어맞는다면 글러그와 온갖 종류의 생선을 다 먹어줘야 할 판인데 말이다.

우리는 〈나를 구속하지 마요〉라는 노래를 부르며 3번 애비뉴를 따라 걷고, 크리스마스이브라서 정신이 나간 듯이 군다. 지나가는 사람들이 날카로운 눈초리로 우리를 쏘아본다. 사방에서 크리스마스 전등이 춤을 추듯 너울거리고, 블루밍데일 백화점께에 이르자 백화점 불빛이 심하게 흔들린다 싶더니 결국 나는 3번 애비뉴의 전차 기둥을 붙잡고 먹은 것을 다 게워내고 만다. 제리가 주먹으로 내 배를 치면서 말한다. 다 게워내. 그래야 글러그가 들어갈 자리가 생기지. 내일이면 넌 새사람이 되어 있을 거야. 제리는 글러그, 글러그, 글러그,* 하면서 껄껄 웃어대다가 그만 차에 치일 뻔한다. 경찰이 달려와 우리더러 어서 인도로 올라가라고 소리친다. 부끄러운 줄 알아, 이 아일랜드 녀석들아! 주님의 생일을 경축해야 할 것 아니야! 제기랄!

67번 스트리트에 이르자 작은 간이식당이 눈에 띈다. 제리는 스웨덴 아줌마들을 만나러 가기 전에 정신 차리려면 커피를 한 잔 마셔야 한다면서, 자기가 커피 값을 낼 테니 들어가자고 한다. 식당 카운터에 앉아 커피를 마시면서 제리는 자기는 남은 인생을 빌트모어 호텔에서 노예처럼 일하면서 보낼 생각이 없고, 길리건 형제처럼 되고 싶지도 않다고 말한다. 그 형제는 미국을 위해 싸우고도 지금 어떤 꼴이 됐느냔 말이야. 관절염으로 고생하지, 마누라들은 혈액 감염 아니면 알코올중독으로 고생하고 있지. 그녀들이 얻은 건 고작 그런 거란 말이야. 오, 그렇게 되어서는 절대 안 되지. 난 5월 말 전쟁 기념일**에 캐츠킬 산맥***으로 떠날 거야. 캐츠킬은 아일랜드풍 알프스지. 거기라면 웨이터 일이든 청소부 일이든 일자리는 많거든. 게다가 팁까지 후하게 받을 수 있다고. 물론 유대인 구역이 있지. 팁을 주는 데 짠 유대인들이 몰려 있는 구역 말이야. 유대인들은 뭐든 미리 지불하고 오기 때문에 현금은 좀처럼 안 갖고 다녀. 그에 비해 아일랜드 사람들은 술을 퍼마시다가 종종 식탁 위나 바닥

---

* Glug, '꿀꺽꿀꺽 마시는 소리'를 뜻하는 의성어로 스웨덴 전통주 글러그와 동음이의어인 것에 착안해 말장난을 한 것이다.
** 우리나라의 현충일에 해당하는 미국의 기념일로, 5월 마지막 월요일이다.
*** 뉴욕 주 동부에 있는 산맥.

에 돈을 흘리지. 그러면 그 돈은 다 청소부의 몫이 된단 말이야. 어쩌다 다시 돌아와서 자기 돈 못 봤느냐고 빽빽거리는 인간도 있긴 하지만, 그럴 땐 못 봤다고 딱 잡아떼면 그만이거든. 아무것도 모르는 것처럼 행동하면 된다고. 그저 돈 받고 일이나 할 뿐이라는 듯 묵묵히 비질만 하면 돼. 물론 그놈들은 네 말을 믿지 않겠지. 거짓말쟁이라고 네 엄마까지 들먹이면서 펄펄 뛸 거야. 그래봤자 제놈들이 별수 있겠어? 다른 데 가서 일을 보는 수밖에. 캐츠킬에는 여자애들도 많아. 여기저기서 야외 댄스파티도 많이 열리지. 넌 그냥 메리 아가씨랑 왈츠를 추면서 숲속으로 가라고. 그리고 너도 모르는 사이에 죄인이 되고 말이야. 아일랜드 여자애들은 캐츠킬에 일단 왔다 하면 아주 환장을 하지. 그애들은 '슈래프트' 같은 일류 레스토랑에서 일하다 온 애들이야. 도시에서는 검은색 원피스에 앞치마를 두르고 네, 부인, 아, 그러세요, 부인? 매시드 포테이토에 덩어리가 너무 많다고요? 해가면서 심심한 매일매일을 보내다가 일단 캐츠킬에 들어오면 고양이처럼 흥분해서 어쩔 줄 모른다니까. 그러다가 결국 덜컥 임신해서 주례 신부가 노려보고 오빠들이 으름장을 놓는 가운데 션이니 케빈이니 하는 사내 녀석의 팔짱을 끼고 결혼식장으로 들어가는 거지.

나는 간이식당에서 제리가 해주는 캐츠킬과 아일랜드 여자애들 이야기를 밤새도록 듣고 싶다. 하지만 식당 주인은 크리스마스이브인 만큼 기독교를 믿는 고객들을 존중하는 의미에서 그만 문을 닫아야겠다고 한다. 그러면서 자신은 그리스인이라 사실 크리스마스가 자기 명절은 아니라는 말을 덧붙인다. 그 말을 듣고 제리가 크리스마스가 왜 당신의 명절이 아니냐고, 창밖을 내다보기만 해도 온 세상이 크리스마스가 명절인 걸 증명하고 있지 않느냐고 묻자 식당 주인은 한마디로 대답한다. 우리는 달라요.

제리는 그 정도로 해두고 더는 따지지 않는다. 나는 제리의 그런 점이 마음에 든다. 그는 맥주나 한잔 하면서, 캐츠킬에서 보낼 멋진 시간들을 꿈꾸면서, 그리스인들과 크리스마스가 어쩌고저쩌고하며 따지지 않고 인생을 유유히 살아가는 사람이다. 나도 그런 사람이 되고 싶다. 하지만 먹구름 같은 것이 내 뒤통수를 계속 짓누르고 있다. 스웨덴 아줌마들이 글러그를 준비해놓고 나를 기다릴 텐데. 보내준 돈 잘 받았다고, 그 돈으로 마이클과 알피에게 신발을 사주었고, 주님과 성모님의 은총 덕에 크리스마스 만찬으로 거위 요리도 해먹을 수 있다고 쓴 어머니의 편지도 와 있을 텐데. 갑자기 어머니가 당신도 새 신발이 필요하다는 말을 한 번도 한 적이 없다는 데 생각이 미친다. 그 생각을 하자 또다른 검은 먹구름이 내 머리를 짓누르기 시작한다. 작은 쪽문이라도 열어젖혀 이 먹구름들을 내보내고 싶다. 하지만 그런 건 없으니, 더는 먹구름이 몰려들지 않게 할 다른 방법을 찾아야만 한다.

그리스인 식당 주인이 우리에게 말한다. 잘 자게, 신사 분들! 아 참, 하루 묵은 도넛 좋아들 하쇼? 가져가쇼. 어차피 버릴 것들이니. 제리가 그거 먹고 기운내서 아일랜드인이 운영하는 서티 투에나 가야겠다며 하나만 가져가겠다고 대답한다. 서티 투에 가면 소금에 절인 쇠고기와 삶은 양배추, 보슬보슬한 흰 감자를 먹을 수 있을 거라면서. 그리스인은 봉투에 도넛과 과자 따위를 담아 내게 건네주면서 말한다. 자네는 좀 잘 먹어야겠어. 이거 가져가게나.

68번 스트리트에서 제리가 나에게 잘 가라고 인사를 한다. 나도 제리와 함께 서티 투에 가고 싶다. 현기증 나는 하루였지만 아직 다 끝난 게 아니다. 집으로 돌아가면 스웨덴 아줌마들이 날생선을 자르고 글러그를 휘저으며 나를 기다리고 있을 것이다. 그 생각을 하자 다시 속이 메슥거려 길거리에 토악질을 하고 만다. 크리스마스 분위기에 젖어 지나가던 사람들이 나를 보고는 우웩, 하는 소리를 내며 물러서더니 자기 아이들에게 말한다. 저런 역겨운 사람은 쳐다보지도 마라. 술 취한 사람이야. 나는 내가 이상한 사람인 양 아이들한테 말하지 말아달라고 부탁하고 싶다. 내가 습관적으로 술이나 퍼마시는 사람이 아니라고 말하고 싶다. 먹구름이 제 뒤통수를 짓눌러서 그래요. 우리 어머니가 거위 요리는 먹을 수 있게 되었지만 신발을 새로 사셔야 하거든요.

머릿속으로 캐럴을 흥얼거리며 선물 꾸러미를 잔뜩 든 채 아이들 손을 잡고 지나가는 사람들에게 그런 말을 해봤자 아무 소용 없다. 저 사람들은 불이 환하게 밝혀진 자기 아파트로 돌아가는 길이고, 저들에게는 어느 시인이 말했듯 '신神이 하늘에 계시니 이 땅의 모든 것이 평안'할 뿐이다.

오스틴 부인이 문을 열어주더니 여동생을 부른다. 오, 한나! 매코트 씨가 우리 주려고 도넛이랑 과자를 한 보따리 사왔어. 오스틴 부인의 동생인 한나라는 여자가 소파에 앉은 채 가볍게 손을 저어 보이더니 내게 말한다. 어머, 자상도 하셔라. 도넛을 사오다니. 아일랜드 사람이라 술이나 한 병 사들고 올 줄 알았는데 청년은 다르네. 언니, 이 청년에게 한잔 드려야지.

한나는 적포도주를 마시고 있다. 오스틴 부인이 식탁 위에 놓인 큰 그릇 쪽으로 가더니 거무튀튀한 글러그를 잔에 퍼준다. 다시 속이 뒤집힐 것 같지만 참아야만 한다.

이리 와서 앉아. 한나가 말한다. 아일랜드 청년, 자네에게 한 가지 말해주고 싶은 게 있어. 나는 자네 민족이라면 이가 갈리는 사람이야. 하지만 자네는 괜찮은 인간일지도 모르지. 우리 언니가 괜찮은 사람이라고 했거든. 게다가 맛있는 도넛까지 사오고. 하지만 자네 피부를 한 꺼풀 벗기면 그 안에 똥 말고 뭐가 들어 있을까?

오, 한나, 제발 그만해둬. 오스틴 부인이 말한다.

오, 한나, 제발 그만해둬? 웃기고 있네. 자네 민족이 술 마시는 것 말고 이 세상을 위해 한 일이 뭐가 있어? 언니, 이 청년에게 생선 요리라도 좀 주지그래? 제대로 된 스웨덴식 요리 말이야. 둥그런 얼굴의 아일랜드 놈, 너를 보니 구역질이 날 것 같아. 아일랜드 꼬마야, 너 이 시 들어본 적 있어?

그렇게 말하고 한나는 낄낄대면서 시를 읊조리고, 나는 한 손에는 글러그를, 다른 한 손에는 오스틴 부인이 억지로 떠안긴 생선 요리를 든 채 어떻게 해야 좋을지 몰라 우두커니 서 있다. 오스틴 부인은 글러그를 마시고 비틀거리며 내 옆을 지나 글러그가 담긴 큰 그릇 쪽으로 갔다가, 몸을 돌려 다시 한나가 앉아 있는 소파 쪽으로 간다. 한나는 잔에 포도주를 더 따른 뒤 홀짝거리고는 나를 노려보며 말한다. 그 아일랜드 놈과 결혼할 때 난 아직 어린애였어. 열아홉 살이었으니까. 그게 몇 년 전 일이지? 맙소사! 벌써 이십일 년이나 됐잖아. 언니, 언니는 결혼한 지 몇 년이나 된 거야? 한 사십 년쯤 됐나? 그 아일랜드 놈 때문에 내 인생을 허비하고 말았어. 그런데 넌 여기서 뭐 하고 있는 거니? 누가 널 여기에 보낸 거야?

오스틴 부인이요.

오스틴 부인. 오스틴 부인. 큰 소리로 말해봐, 이 썩은 감자 새끼야. 글러그 한 잔 마시고 큰 소리로 말해보란 말이야.

오스틴 부인이 글러그가 든 잔을 들고 휘청거리며 내게 다가와서는 말한다. 유진, 어서 침대로 가요.

오, 저는 유진이 아닌데요, 오스틴 부인.

오!

오스틴 부인은 몸을 돌려 비틀거리며 다른 방으로 가버리고, 한나는 다시 낄낄댄다. 저것 봐. 언니는 아직도 자기가 과부라는 걸 모른다니깐. 차라리 내가 과부였으면 좋겠다.

아까 마신 글러그 때문에 속이 뒤집힐 것 같다. 밖으로 달려나가려 하지만 문은 삼중으로 잠겨 있다. 나는 결국 밖으로 나가기도 전에 아래층 현관에 죄다 토해버리고 만다. 한나가 소파에서 비틀거리며 기어나오더니 소리친다. 빨리 부엌에서 걸레랑 세제 갖고 와서 이 구역질나는 것들 전부 치워! 넌 오늘이 크리스마스이브란 것도 몰라? 이게 네가 자비로우신 주님을 대접하는 꼴이야?

나는 물이 뚝뚝 떨어지는 자루걸레를 들고 부엌에서 현관으로 왔다 갔다하면서 내가 토한 것을 닦아내고 부엌 싱크대에 걸레를 짜내고 헹궈서 다시 현관으로 가 닦아내기를 되풀이한다. 그 일이 끝나자 한나는 내 어깨를 쓰다듬고 귀에 키스를 하더니 속삭인다. 넌 아일랜드 놈치고 그리 나쁜 녀석은 아닌 것 같아. 자기가 어질러놓은 것을 치우는 품새를 보니 가정교육을 잘 받고 자란 녀석 같다고. 그리고는 글러그든 생선이든 내가 가져온 도넛이든, 뭐든 마음대로 먹으라고 한다. 하지만 나는 자루걸레를 원래 있던 자리에 갖다놓고는 한나의 옆을 지나 그곳을 빠져나온다. 일단 내가 토한 것들을 말끔히 치운 이상 그 여자가 말하는 것도, 다른 누가 말하는 것도 듣고 있을 필요가 없다. 한나가 내 뒤통수에 대고 악을 쓴다. 너 지금 어디 가는 거야? 대체 어디로 갈 생각이냐고! 나는 그길로 위층 내 방으로 올라와 침대에 눕는다. 온 세상이 빙빙 도는 느낌이다. 라디오에서 흘러나오는 크리스마스캐럴을 듣고 있자니, 앞으로 미국에서의 내 인생이 어떨지 정말 궁금해진다. 내가 뉴욕에서 크리스마스이브를 어떻게 보냈는지 리머릭에 있는 사람들에게 편지를 써서 보내면 다들 내가 꾸며낸 이야기라면서 믿지 않을 거야. 아니면 뉴욕은 정신병원 같은 곳이 틀림없다고 말하겠지.

아침에 방문을 노크하는 소리가 들려서 나가보니 오스틴 부인이 짙은 색 안경을 쓰고 서 있다. 한나도 짙은 색 안경을 쓰고 계단 아래쪽에 서 있다. 오스틴 부인이 말했다. 어제 우리 집에서 약간의 불미스러운 일이 있었다는 말을 들었어요. 하지만 아무도 나나 내 동생을 비난할 수는 없어요. 다만 당신에게 최고의 스웨덴식 접대를 해주고 싶었을 뿐이라고요. 우리가 준비한 작은 파티에 당신이 그런 상태로 왔으니 꼭 우리 탓만은 아니잖아요? 가장 기독교적인 크리스마스이브를 보내고 싶었을 뿐인데 참으로 유감스럽네요. 그런데 매코트 씨, 한 가지 말해주고 싶은 것이 있어요. 우린 당신 행동을 조금도 고맙게 생각하지 않는다는 거예요. 그렇지 않니, 한나?

한나는 대답 대신 헛기침을 하고는 담배 연기를 내뱉더니 캑캑거리기만 할 뿐이다.

그들이 계단을 내려갈 때 오스틴 부인을 불러서 혹시 도넛 남은 것 없느냐고, 지난밤에 다 게워냈더니 속이 텅 비었다고 말하고 싶었지만 두 사람은 벌써 문밖으로 나가버린 뒤다. 창밖으로 자동차에 크리스마스 선물을 잔뜩 싣고 출발하는 두 여자가 보인다.

나는 하루 종일 창가에 서서 미국식으로 아이들의 손을 잡고 행복한 표정으로 교회에 가는 사람들을 구경할 수도 있다. 아니면 침대에 앉아 『죄와 벌』을 읽고 라스콜니코프가 무슨 짓을 하려는지 알아낼 수도 있다. 하지만 그 책을 읽으면 온갖 종류의 죄의식이 마음을 뒤흔들어놓을 것 같고, 내게는 그런 마음의 동요를 버틸 힘이 없다. 아무래도 크리스마스에 읽을 만한 책은 아닌 것 같다. 밖으로 나가 성 빈센트 페레르 성당으로 가서 영성체를 모시고 싶은 마음도 든다. 하지만 몇 년 동안 고해성사를 하지 않아서 내 영혼은 오스틴 부인네 글러그처럼 시커먼 상태다. 아이들 손을 잡고 행복한 표정으로 걸어가는 가톨릭 신자들은 성 빈센트 성당으로 가고 있는 것이 분명하다. 나도 그들을 따라가면 크리스마스 분위기를 느낄 수 있을 것만 같다.

성 빈센트 성당 같은 예배당에 들어가보는 것은 멋진 경험이다. 그곳에서 드리는 미사는 리머릭에서 드리던 미사와 거의 똑같을 것이다. 세계 어느 곳을 가더라도 미사는 다 같다. 사모아나 카불에 가더라도 마찬가지다. 비록 리머릭에 있는 성당에서는 나를 복사로 써주지 않았지만, 나는 아버지에게서 배운 라틴어 미사통상문을 아직도 줄줄 외우고 있다. 그러니 세상 어느 곳을 간다 하더라도 신부님의 미사통상문에 라틴어로 응답할 수 있다. 아무도 내 머릿속에 든 것들을 퍼낼 수는 없다. 내가 외우고 있는 모든 성인 성녀들의 축일도, 라틴어 미사통상문도, 아일랜드 32개 주의 주도와 특산물도, 아일랜드의 고난을 노래한 온갖 노래들도, 올리버 골드스미스의 아름다운 시 「황폐한 마을」도. 사람들이 나를 감옥에 가두고 그 열쇠를 없애버린다 해도, 내가 내 식대로 리머릭을 그리면서 섀넌 강 강둑을 따라 거닐고 라스콜니코프의 고뇌를 생각하는 것만큼은 그 누구도 막을 수 없다.

성 빈센트 성당에 와 있는 사람들은 〈햄릿〉을 보러 68번 스트리트의 플레이하우스로 가는 사람들과 같은 부류인 것 같다. 〈햄릿〉 대사를 줄줄 꿰는 것처럼 라틴어 미사통상문도 줄줄 외울 줄 아는 것 같다. 그들은 함께 기도서를 보고 성가를 부르면서 서로에게 미소 지어 보인다. 저 사람들이야 파크 애비뉴에 있는 자기 집 부엌에서 하녀 브리짓이 칠면조 요리를 준비하고 있을 테니 저렇게 미소 지을 만도 하겠지. 크리스마스 방학을 맞아 집으로 돌아온 고등학생 또는 대학생들도 부모와 함께 미사에 참례해서, 똑같이 방학을 맞아 집에 돌아와 신자석에 앉은 또래 친구들에게 미소를 지어 보이고 있다. 그들은 서로를 향해 미소 지을 여유가 있는 사람들이다. 어쩌다 눈 속에 빠지면 영영 못 찾겠다 싶을 정도로 눈부시게 새하얀 이를 가지고 있으니까.

성당은 이미 사람들로 가득 차 앉을 자리가 없다. 자리를 차지하지 못한 사람들은 뒤편에 서서 미사를 본다. 하지만 위스키와 글러그로 기나긴 크리스마스이브를 보내고 모든 것을 게워내 속이 텅 빈 나는 서 있을 힘조차 없다. 혹시나 하고 둘러보는데 가운데 통로의 신자석 끝에 빈자리가 하나 눈에 띈다. 그 자리에 가서 막 앉으려는데 한 남자가 잽싸게 내 쪽으로 달려온다. 줄무늬 바지에 연미복 재킷을 입은, 전형적인 정통 신사복 차림의 남자다. 그는 내게 인상을 쓰며 나지막이 말한다. 당장 이 자리를 뜨는 게 좋을걸. 여기는 특별 신자석이란 말이야. 어서 꺼져. 순간 얼굴이 화끈 달아오른다. 눈까지 벌게졌을 게 틀림없다. 중앙 통로를 따라 걸어나오는데 내게 시선이 집중되는 게 느껴진다. 방학을 맞은 아이들과 미사에 참석한 행복한 가족들은 저희 틈에 끼어든 놈이 도대체 어떤 녀석인지 한번 보자는 눈빛들이다.

성당 뒤편에 가서 서 있어도 소용없다. 모두 내가 특별 신자석에 끼어든 녀석이라는 걸 알고 이상한 눈초리로 보는 통에 성당을 나올 수밖에 없다. 나는 그동안 지은 수백 가지 죄에 크리스마스 미사에 참석하지 않은 중죄를 하나 더 보탰다. 하지만 하느님은 미사에 참석하려 했던 내 마음을 알고 계시리라 생각하기로 한다. 특별 신자석에 앉아 있는 행복한 파크 애비뉴 가족들 틈에 끼어든 게 내 잘못은 아니잖아.

배가 너무 고파서 미칠 것만 같다. '혼 앤드 하다트'*에 가서 뭐라도 좀 먹고 싶다. 하지만 커피 한 잔 시켜놓고 날짜 지난 신문이나 읽으면서 오갈 데 없이 하루 종일 죽치고 있는 인간으로 보이는 게 싫다. 하는

---

* 미국의 셀프서비스 식당. 에드워드 호퍼의 그림에서 흔히 볼 수 있는 삭막한 도시 인간들의 배경이 되기도 했다.

수 없이 몇 블록 떨어진 곳에 있는 '초크 풀 오너츠'*라는 간이식당으로 가서 콩 수프, 견과류를 넣고 치즈를 얹은 건포도 빵, 커피 한 잔 그리고 하얀 설탕 가루를 뿌린 도넛 하나를 사들고 누군가가 버리고 간 〈저널 아메리칸〉을 읽으면서 빈속을 채운다.

그러고 난 뒤에도 겨우 오후 두시밖에 안 되었고, 도서관도 다 문을 닫은 마당에 뭘 해야 좋을지 막막하기만 하다. 나는 아이들 손을 잡고 거리를 지나가는 사람들 눈에 오갈 데 없는 사람처럼 보일까봐 마치 저녁 식사에 초대받은 사람처럼 머리를 꼿꼿이 세우고 이 거리 저 거리를 부산하게 쏘다닌다. 문을 두드리면 누군가 나와서 어이, 프랭크, 제시간에 왔구먼, 하고 나를 반겨주는 집이 있었으면 싶다. 그러한 환대는 뉴욕 거리 곳곳의 사람들에게 당연한 일이다. 그들은 일 년 중 가장 성스러운 날 이 거리 저 거리를 배회하는 자가 있다는 사실도 모른 채 선물을 주고받고 근사한 크리스마스 만찬을 들면서 크리스마스를 보내고 있다. 나도 여느 뉴요커처럼 저녁 잘 먹고 라디오에서 흘러나오는 크리스마스캐럴을 배경음악 삼아 가족들과 이야기를 나누고 싶다. 아니면 리머릭으로 돌아가 어머니와 동생들과 함께 맛있는 거위 요리를 먹는 것도 좋겠다. 지금 나는 그토록 꿈꿔왔던 도시 뉴욕에 와 있건만, 새 한 마리 보이지 않는 거리를 걷다 지쳐 쓰러질 것만 같다.

내 방으로 돌아가 라디오나 들으면서 『죄와 벌』을 읽다가 잠드는 것 외에는 달리 할 일이 없다. 러시아 사람들이 왜 그렇게 일을 질질 끄는지 이해가 되지 않는다. 뉴욕의 형사 같으면 라스콜니코프처럼 자기가 노파를 죽였다는 자백만 빼고 온갖 것을 떠들어대는 녀석을 상대하느라 시간을 낭비하지는 않을 텐데. 당장 그 녀석을 체포해 경찰 기록에 올리

---

* 1930년대에 생긴 24시간 커피 체인점. 저가의 스낵과 음료를 판다.

고 곧바로 싱싱 교도소* 전기의자에 앉혔겠지. 미국인들은 살인을 저지른 게 분명한 사람과 한가하게 잡담이나 나눌 시간이 없는, 너무나도 바쁜 사람들이니까.

그런 생각을 하고 있는데 방문을 노크하는 소리가 들린다. 나가보니 오스틴 부인이다. 매코트 씨, 아래층에 잠시만 내려와볼래요?

나는 뭐라고 대답해야 할지 난감하다. 오스틴 부인과 그 여동생이 어젯밤과 오늘 아침에 한 말을 생각하면 마음 같아서는 엿이나 먹으라고 말해주고 싶지만, 나는 그저 묵묵히 그녀를 따라 아래층으로 내려간다. 아래층 식탁에는 온갖 종류의 음식이 차려져 있다. 오스틴 부인이 말한다. 오늘같이 좋은 날 매코트 씨가 갈 곳도 없고 먹을 것도 없을까봐 걱정돼서 동생네 음식들을 좀 싸왔어요. 그러면서 아침에 자기가 한 말은 미안하다며 너그러운 마음으로 이해해주길 바란다고 한다.

속을 채운 칠면조 요리와 희고 노란 온갖 종류의 감자에 크랜베리 소스를 뿌려 먹으니 달콤한 맛이 입안을 가득 채웠고, 덕분에 내 마음도 누그러진다. 오스틴 부인이 내게 글로그를 한 잔 건네자 여동생이 치워버린다. 없는 게 나아. 이 술 때문에 모두 맛이 갔었잖아.

식사를 마치자 오스틴 부인이 새로 산 텔레비전을 좀 보다 가라고 한다. 텔레비전에서는 예수의 생애에 관한 프로그램이 나오는데, 너무나 성스러운 내용이라 나는 보다가 그만 잠이 든다. 잠에서 깨어나보니 벽난로 선반 위에 걸린 시계가 새벽 네시 이십분을 가리키고 있다. 거실 옆방에서 유진, 유진, 하고 죽은 남편의 이름을 부르며 흐느껴 우는 오스틴 부인의 목소리가 들려온다. 아무리 여동생이 있고 크리스마스에 친척들과 저녁 식사를 할 수 있더라도 자기만의 남편이던 유진이 없으

---

* 뉴욕 주 오시닝에 있는 주립 교도소로, 미국에서 가장 악명 높은 교도소로 유명했다.

면 셀프서비스 식당에 죽치고 앉아 있는 사람만큼이나 외로운 거라는 생각이 든다. 그래도 리머릭에 있는 어머니와 동생들은 거위 요리를 먹고 있을 거라고 생각하니 크게 안심이 된다. 내년에 빌트모어 호텔에서 버스보이로 승진하면 돈을 더 보내서 우리 가족들이 새 신발을 신고 리머릭 거리를 우쭐대면서 다닐 수 있게 해줘야지.

10

에디 길리건이 오더니 라커룸으로 가서 평상복으로 갈아입고 나오라고 한다. 나와 함께 배를 타고 온 신부님이 캐리 씨 사무실에 와서 나와 함께 점심 식사를 하러 나가려고 기다리고 있다는 것이다. 에디는 내 표정을 살피더니 말한다. 너 뭣 땜에 얼굴이 그렇게 벌게졌냐? 그냥 신부님인데. 게다가 공짜로 점심까지 얻어먹게 됐잖냐.

점심이고 뭐고 그 신부님을 만나기 싫다고 말하고 싶다. 하지만 그랬다가는 에디나 캐리 씨가 왜 그러느냐고 물어볼 것이 분명하다. 사람들은 어떤 신부님이 됐든 점심을 먹으러 가자고 하면 무조건 따라가야 하는 걸로 알고 있다. 호텔방에서 무슨 일이 있었든, 설령 그게 내 잘못이 아니었다 해도 중요하지 않다. 에디나 캐리 씨에게 신부님이 어떤 식으로 내게 덤벼들었는지 말할 수도 없는 노릇이다. 말해봤자 믿을 리가 없다. 누구나 가끔씩 신부를 두고 뚱뚱하다거나 오만하다거나 비열하다는 말을 하긴 하지만, 신부가 호텔방에서 날 덮치려 했다는 말을 믿을 사람은 아무도 없다. 특히 자다가 죽을까봐 시도 때도 없이 고해성사를 하러 가는 병든 아내를 둔 에디나 캐리 씨 같은 사람에게 그런 말을 해봐야 믿을 리가 없다. 그들은 신부가 물 위를 걸어갔다고 해도 놀라지 않을 사람들이다.

신부님은 왜 로스앤젤레스로 돌아가지 않고 나를 다시 찾아온 거지? 왜 나를 그냥 내버려두지 않고 찾아와서 점심을 사주겠다는 거지? 병자나 죽어가는 사람들이나 방문할 일이지. 신부가 할 일은 그런 거 아닌가? 참회하러 버지니아에 있는 피정의 집에 간 지 넉 달이 다 되어가는데 마음 한구석으로는 아직도 대륙의 이쪽에 머무르고 있던 것이다. 그 사람 머릿속에는 점심 말고는 아무 생각도 없는 모양이다.

에디가 다시 라커룸으로 나를 찾아와 신부님이 생각이 바뀌어서 길 건너 '매캔스'라는 레스토랑에서 기다리고 있다고 전해준다.

레스토랑으로 걸어들어가 넉 달 전에 나를 덮치려고 했던 신부와 마주 앉는 것은 고역이다. 그가 나를 똑바로 보면서 악수를 청하고 내 팔꿈치를 받쳐주며 자리에 편히 앉을 수 있도록 도와주는데, 나는 어떻게 행동해야 좋을지 몰라 난감하다. 그는 나더러 좋아 보인다고, 얼굴에 살이 좀 붙은 것 같다고 하면서 잘 챙겨먹어야 한다고 한다. 그리고 미국은 위대한 나라니까 내가 노력만 한다면 성공할 수 있을 거라고 한다. 나는 그렇지 않다고, 미국인들 때문에 푸에르토리코인들한테 남은 음식을 못 얻어서 매일 바나나만 질리도록 먹었다고 말할 수도 있지만, 혹시나 내가 뉴요커 호텔 사건을 용서했다고 생각할까봐 말을 아낀다. 그렇다고 해서 내가 그에게 원한을 품고 있는 것은 아니다. 그는 누구를 때린 것도 누구를 굶겨 죽인 것도 아니고, 다만 술 때문에 그런 짓을 했을 뿐이니까. 그가 우리 아버지처럼 영국으로 달아나 처자식을 굶어죽게 내버려둔 것만큼 나쁜 짓을 저지른 건 아니었다. 하지만 그가 한 짓도 그릇된 일인 것은 틀림없다. 어쨌든 그는 신부이고, 신부는 어떤 이유로도 사람을 죽이거나 강간해서는 안 된다.

그가 저지른 짓 때문에 나는 이곳저곳 돌아다니며 사람들을 호텔방으로 끌어들여 덮치는 신부가 또 있을까 궁금해졌다.

그는 커다란 회색 눈으로 나를 바라보고 있다. 눈부실 정도로 새하얀 로만 칼라를 단 검은 사제복을 입고 있고, 얼굴은 잘 닦아서 반들반들 윤이 난다. 그는 로스앤젤레스로 돌아가기 전에 뉴욕에 잠깐 들른 거라고 한다. 그가 넉 달 동안 피정의 집에 머무른 덕분에 신의 은총을 받아 기쁨이 넘친다는 것을 한눈에 알아볼 수 있다. 나 같은 사람이 이런 사람과 마주 앉아 햄버거를 먹으려니 참으로 고역스럽다. 마치 내가 호텔방에서 누군가를 덮친 사람인 양 그가 나를 바라보는데, 눈을 어디다 둬야 할지 난감하기만 하다. 나도 똑바로 마주 보고 싶지만 성당의 제대 앞이나 강론대 앞 혹은 어두컴컴한 고해소 안의 신부들만 봐와서 그런지 눈앞의 신부를 똑바로 보는 일이 쉽지 않다. 그는 내가 그동안 온갖 죄를 저지르며 지냈다고 생각하는 모양이다. 그 생각이 맞을 수도 있지만, 적어도 나는 신부가 아니고 누군가를 괴롭힌 적도 없다.

그는 웨이터를 불러 음식을 주문한다. 그래, 햄버거가 좋겠군. 아니, 아니, 맥주는 됐어. 물이면 돼. 조금이라도 알코올이 들어간 건 절대 입에 대지 않을 거야. 그렇게 말하고 그는 자기가 무슨 말을 하는지 알아달라는 듯 내게 미소를 지어 보인다. 웨이터도 이 사람은 정말 성스러운 신부구나, 라고 생각하는 듯 미소를 짓는다.

그는 버지니아 주 주교님을 찾아가 고해성사를 했다고 한다. 죄를 용서받고 기도와 노동으로 사 개월을 보냈지만 그것만으로는 충분하지 않다는 느낌이 들었다고 한다. 그래서 자기 교구를 포기하고 로스앤젤레스의 가난한 멕시코인들과 흑인들을 위해 여생을 바칠 계획이라고 한다. 그는 웨이터에게 계산서를 가져오라고 하더니, 다시는 나를 만나고 싫지 않다고, 나를 마주 보는 것이 너무나 괴롭다고 한다. 대신 미사중에 나를 기억하겠다고 한다. 그리고 내게 아일랜드식 저주와도 같은 술을 조심하라고 한다. 죄를 짓고 싶은 유혹이 생길 때마다 자기가 그랬던 것처럼 성모마리아의 순수한 마음을 생각하며 묵상하라고 한다. 행운을 빈다! 주님의 축복이 함께하길! 야간학교도 다녀라. 그렇게 말하고 그는 택시를 타고 아이들와일드 공항*으로 향한다.

폭우가 쏟아지는 날이면 지하철 표에 10센트를 써야만 한다. 지하철을 타면 내 또래 젊은이들이 컬럼비아, 포드햄, NYU, 뉴욕 시티 칼리지 등의 마크가 찍힌 가방을 메고 책을 들고 서 있는 것을 볼 수 있다. 나도 그들 사이에 끼어 학생이 되고 싶다.

나는 내가 빌트모어 호텔에서 연회나 회의를 준비하면서 인생을 보내고 싶어하지 않는다는 걸 잘 알고 있다. 팜 코트를 청소하는 하우스맨으로 평생을 보내고 싶지는 않다. 부잣집 학생들이 진이나 토닉을 마시면서 헤밍웨이에 대해 이러쿵저러쿵 이야기를 나눈 뒤 저녁은 어디서 먹겠냐느니 서튼 플레이스에서 열리는 바네사네 파티에 가겠냐느니 그 파티는 작년에는 정말 지루했다느니 어쩌니 하고 떠들어대다가 웨이터들에게 쥐여주는 팁 몇 푼을 나눠갖는 버스보이도 되고 싶지 않다.

사람들 앞에서 벽의 일부인 양 처신해야 하는 하우스맨이 되고 싶지 않다.

지하철에서 대학생들을 보면서 나는 언젠가 그들처럼 책을 들고 교수들의 강의를 듣고 있을 내 모습을 상상한다. 가운을 입고 학사모를 쓰고 졸업한 다음, 직장에 들어가서 양복에 넥타이를 매고 서류가방을 들고,

---

*JFK 국제공항의 전신.

매일 저녁 지하철을 타고 퇴근해서 집에서 나를 기다리는 아내에게 키스해주고, 저녁을 먹고, 아이들과 놀아주고, 책을 읽다가, 아내와 정열을 나눈 후 푹 잠을 자고, 다음 날을 산뜻하게 시작하는 나 자신을 상상한다.

나도 지하철을 탄 대학생이 되고 싶다. 그들이 들고 있는 책을 보면 그들의 머릿속엔 온갖 종류의 지식이 꽉 차 있을 거라는 생각이 든다. 그들은 누구하고든 앉아서 셰익스피어나 새뮤얼 존슨이나 도스토옙스키에 대해 끝없이 토론할 수 있을 것 같다. 내가 만약 대학생이 된다면 보란 듯이 책을 들고 지하철을 타고 다니면서 사람들이 나를 감탄의 눈길로 바라보게 하리라. 그래서 그들도 언젠가 나처럼 대학생이 되고 싶다는 소망을 갖게 하리라. 내가 표도르 도스토옙스키의 『죄와 벌』을 읽고 있다는 걸 사람들이 볼 수 있도록 책을 한껏 치켜들고 다니리라. 하는 일이라고는 교수들의 강의를 듣고, 도서관에서 책을 읽고, 캠퍼스 나무 아래 앉아 배운 것을 토론하는 것이 전부인 대학생으로 사는 것은 정말 근사해 보인다. 대학 졸업장을 따서 남들보다 먼저 출세하고, 역시 대학을 나온 여자와 결혼하고, 침대에 앉아서도 세상의 중요한 일들에 대해 토론하는 인생은 정말이지 근사할 것 같다.

하지만 고등학교 졸업장도 없는데다 모두들 말하길 '눈帙 위에 생긴 오줌 구멍처럼 눈이 쑥 들어간' 내가 어떻게 대학 학위를 따고 출세할 것인가. 나이 든 아일랜드 이민자들은 열심히 일하면 손해 볼 건 없다고들 한다. 미국에서는 많은 사람들이 땀과 노동의 대가로 입신하니까. 하지만 인생을 살아가는 데는 자기 분수를 알고 자만하지 않는 것도 중요하다고 한다. 하느님께서는 교만을 일곱 가지 대죄 중에 가장 큰 죄로 치셨고, 나같이 젊은 사람이 이 나라에 들어왔을 때는 큰 욕심은 버리는 게 좋을 거라고들 한다. 미국에는 제 분수를 알고 땀과 노동으로 정직하게 돈을 벌고자 하는 사람들에게는 일자리가 얼마든지 있지.

3번 애비뉴에 있는 식당의 그리스인 주인이 식당 청소를 하던 푸에르 토리코인이 그만뒀다면서 매일 아침 여섯시에 와서 한 시간 동안 바닥을 쓸고 닦고 화장실을 청소해주면 달걀과 롤빵과 커피에 2달러까지 주겠다고 제안했다. 게다가 잘만 하면 정식으로 고용할 수도 있다고 했다. 그는 자기는 아일랜드 사람들을 좋아한다면서, 아일랜드인은 아주 오래전에 그리스에서 건너간 사람들이라 그런지 그리스 사람들과 비슷한 점이 많다고 했다. 헌터 칼리지의 교수가 자기에게 그 사실을 말해줬다는 것이다. 호텔에 가서 에디에게 그 말을 했더니 에디는 코웃음을 친다. 무슨 귀신 씻나락 까먹는 소리야? 그리스인이고 교수고 간에 다 정신이 어떻게 된 거 아니야? 천지창조 이래 아일랜드 사람들은 계속 그 조그만 섬에 있었어. 하긴, 그리스인 따위가 뭘 알겠어? 뭔가 아는 놈이라면 아무도 못 알아듣는 자기 나라 말로 버벅대면서 식당 허드렛일이나 하고 있겠어?

아일랜드인이 그리스에서 파생되어나온 민족이건 아니건 내게는 중요하지 않다. 중요한 것은 그 그리스인이 아침마다 나를 먹여주고 2달러씩 준다는 사실이다. 그 돈을 일주일간 모으면 10달러가 되고, 그중 5달러는 어머니에게 새 신발을 사 신으라고 보내고, 나머지 5달러는 더이상 배에서 갓 내린 아일랜드 촌뜨기처럼 보이지 않기 위해 번듯한 옷 한 벌을 사입는 데 쓸 수 있을 테니까.

그런데 운 좋게도 몇 달러를 더 절약할 수 있는 기회가 생긴다. 톰 클리포드가 내 셋방으로 찾아와서 말한다. 여기서 나가자. 3번 애비뉴와 86번 스트리트가 만나는 지점에 해리스 햇이라는 가게가 있는데 그 건물 위층에 큰 방 하나 나왔대. 방세는 우리 둘이 합쳐서 일주일에 6달러만 내면 되고, 일거수일투족 오스틴 부인의 눈치를 볼 필요도 없어.

음식이든 음료수든, 여자애들이든, 뭐든 마음대로 들여갈 수 있겠네?

톰이 말한다. 그럼, 여자애들도 데려갈 수 있지.

새로 이사 간 방은 앞뒤가 모두 트여 있고, 3번 애비뉴 쪽으로 내다보면 전차가 지나가는 것을 바로 눈앞에서 볼 수 있다. 전차를 탄 사람들에게 손을 흔들면 저녁에는 퇴근하고 집으로 가는 길이라 그런지 맞받아 손을 흔들어주는 사람이 꽤 있지만, 아침에는 출근길이라 다들 기분이 좋지 않은 탓인지 손을 흔들어주는 사람이 거의 없다.

톰은 우리가 세들어 살게 된 건물에서 야간 교대조로 근무한다. 그래서 밤이면 나 혼자 방을 독차지할 수 있다. 뭐라고 하는 상사도, 불을 끄라고 잔소리를 해대는 오스틴 부인도 없다. 내 인생에서 처음 맛보는 자유다. 나는 3번 애비뉴를 따라 산책하며 독일인들이 운영하는 상점과 술집들, 카페들, 아일랜드인들이 운영하는 술집들을 구경한다. 아이리시 댄스를 가르치는 댄스 교습소들도 있다. 그런 교습소들은 '캐러밴' '턱시도' '레이트림 하우스' '슬리고 하우스' 같은 간판을 달고 있다. 톰은 아이리시 댄스 교습소에는 절대 가지 않는다. 그는 독일에서 삼 년 동안 행복하게 지낸 경험이 있고 그때 독일어도 꽤 배웠기 때문에 독일 여자애들을 만나고 싶어한다. 아일랜드인이라면 신물이 난다는데 나는 그 말을 이해할 수 없다. 나는 아일랜드 음악을 듣기만 해도 눈물이 핑 돌면서 섀넌 강둑 위에 서서 강 위를 노니는 백조들을 바라보고 싶은 마음이 간절해지기 때문이다. 톰이야 아무 때건 마음만 먹으면 독일 여자애든 아일랜드 여자애든 스스럼없이 말을 걸 수 있지만, 나는 여자애들이 내 눈을 빤히 볼 거라는 생각에 누구에게도 쉽사리 말을 걸 수 없다.

톰은 아일랜드에서 나보다 교육을 더 받았기 때문에 원한다면 대학에도 갈 수도 있다. 하지만 자기는 돈 버는 게 더 좋다면서 미국이라는 나라가 원래 돈을 위해 존재하는 거 아니냐고 한다. 톰은 나에게 바보같이 빌트모어 호텔에서만 뼈 빠지게 일하지 말고 더 후한 보수를 주는 일자리를 찾아보라고 한다.

옳은 말이다. 빌트모어 호텔 하우스맨 일이나 아침마다 그리스인 식당을 청소해주는 일이나 모두 지긋지긋하다. 그리스인 식당에서 변기 청소를 할 때마다 어머니의 사촌 레이먼 그리핀에게 자전거 좀 빌리자고 단돈 몇 페니 받고 매일 그의 요강을 비워줘야만 했던 일이 생각나 분노가 치밀어오른다. 내가 변기 청소에 관해서만은 왜 그렇게 까다롭게 구는지, 그냥 자루걸레로 한 번 쓱 닦고 말면 될 것을 왜 티 하나 없이 깨끗하게 닦아내려고 용을 쓰는지 스스로도 알 수 없다. 나는 변기에 수프를 담아 먹어도 될 정도로 세제를 잔뜩 풀어서 반짝반짝 윤이 나게 닦는다. 그리스인은 만족하는 눈치지만, 그래도 가끔 이상하다는 듯이 나를 바라보면서 변기를 왜 그렇게 열심히 닦느냐고 묻는다. 그러면 나는 일주일 동안 10달러가 더 생기는 셈이고 아침까지 공짜로 얻어먹을 수 있으니 이 일자리를 놓치고 싶지 않아서 그런다고 둘러댄다. 그러면 그는 나처럼 영어도 할 줄 알고 지적인, 썩 괜찮은 아일랜드 젊은이가 왜 이런 하찮은 일을 하고 사는지 모르겠다면서, 고등교육을 받을 수도 있을 텐데 왜 식당에서 변기나 닦고 호텔에서 일하느냐고 묻는다. 만약 자기가 영어를 할 줄 안다면 대학에 들어가 그리스의 찬란한 역사와 플라톤과 소크라테스와 모든 위대한 그리스 작가들에 대해 공부할 거라면서. 그러고는 자기라면 변기 닦는 일 따위는 하지 않을 거라고, 영어를 할 줄 아는 사람이 변기 닦는 일이나 해서는 안 된다고 조언하는 것이다.

11

　톰은 '턱시도' 무도장에서 에머라는 여자애와 춤을 추고 있다. 에머의 오빠 리엄도 함께 있는데, 톰이 리엄과 함께 한잔하러 나간 사이 춤을 어떻게 추는지도 모르는 내가 에머와 춤을 추게 된다. 나는 친절한 그녀가 마음에 든다. 에머는 내가 발을 밟아도 화내지 않고, 춤을 추다가 내가 케리, 코크, 마요 등 아일랜드의 다른 주에서 온 젊은 남녀들과 부딪칠까봐 내 팔을 잡고 등을 감싸면서 바른 방향으로 이끌어준다. 가끔씩 내 서투른 동작을 보고 웃는 게 걸리긴 하지만, 그래도 곧잘 웃는 그녀가 마음에 든다. 내 나이 벌써 스무 살. 하지만 여태껏 여자애를 데리고 춤을 추러 가거나 영화를 보러 가거나 차 한잔 마시러 간 적이 한 번도 없다. 그러니 이제부터라도 배워야 한다. 나는 여자애들에게 말을 할 때 어떻게 해야 하는지도 아직 모른다. 우리집에 여자라고는 어머니밖에 없었으니까. 미사 때 신부님들이 절대 여자애들이랑 춤을 추거나 같이 길거리를 돌아다녀서는 안 된다고 위협하는 소리나 들으면서 리머릭에서 자란 내가 뭘 알겠는가.

음악이 끝나서 뒤돌아보니 톰과 리엄은 저쪽 구석에서 뭔가 이야기를 나누며 웃고 있다. 에머에게 무슨 말을 해야 할지, 어떻게 행동해야 할지 모르겠다. 그냥 무도장 한가운데 계속 서 있다가 다음 곡이 나오면 다시 춤을 춰야 하는지, 아니면 에머를 리엄과 톰이 있는 곳까지 데리고 가야 하는지 알 수 없다. 그저 멍청히 서서 이런저런 생각만 하고 있다. 계속 서 있으면 그녀에게 무슨 말을 해야 할 텐데 도대체 무슨 말을 하지? 만약 내가 톰과 리엄에게 데려가면 그녀는 내가 자기랑 있고 싶어 하지 않는다고 생각할 텐데. 그건 정말 최악이지. 난 정말 그녀랑 함께 있고 싶은걸. 잔뜩 긴장한 탓인지 내 가슴은 기관총처럼 두방망이질하고, 숨 쉬기도 힘들어서 톰이 파트너를 바꾸자고 말해주면 좋겠다는 생각까지 든다. 그러면 나는 구석으로 가서 리엄과 함께 웃고 떠들어야지. 하지만 한편으로는 에머와 함께 있고 싶으니 톰이 우리 쪽으로 오지 않았으면 좋겠다는 마음도 있다. 어쨌든 톰은 오지 않고, 지르박인가 뭔가 하는 음악이 시작된다. 남자들은 룸을 빙글빙글 돌면서 여자애를 허공으로 집어던졌다 받았다 하는 춤을 추기 시작한다. 춤이라고는 겨우 한 발을 다른 발 앞으로 옮겨놓는 것 정도밖에 못 하는 나로서는 꿈도 못 꿀 춤이다. 나도 에머 몸 어딘가에 손을 대고 지르박을 추어야 하나 생각하고 있는데, 에머가 내 손을 잡더니 톰과 리엄이 웃고 떠드는 곳으로 데려간다. 리엄이 나더러 턱시도에서 며칠만 더 연습하면 프레드 애스테어*가 되겠다면서 톰과 함께 웃어댄다. 진담이 아니라 농담을 하는 것이다. 그들이 웃어대고 내 얼굴은 화끈 달아오른다. 리엄이 말한 것보다 나에 대해 더 잘 안다는 듯, 내 가슴이 두방망이질하고 있고 그래서 숨

---

* 1930~1940년대에 진저 로저스와 함께 황금 콤비를 이루며 수많은 뮤지컬 영화를 히트시킨 스타.

쉬기도 힘들다는 걸 잘 안다는 듯, 에머가 옆에서 나를 바라보고 있기 때문이다.

　고등학교 졸업장도 없이 어떻게 이 생활에서 벗어날 수 있을지 고민하면서 하루하루를 보내는데, 한국에서 작은 전쟁이 났다는 소식이 들려온다. 전쟁이 커지면 나도 군대로 끌려가게 될 거라고들 한다. 하지만 에디 길리건은 그럴 리가 없다고 한다. 군대 사람들이 네 딱지투성이 눈을 보면 집에 가서 엄마랑 있으라고 할걸.

　하지만 중국이 전쟁에 개입하면서 내게도 정부에서 보낸 "반갑습니다"로 시작하는 편지가 날아온다. 나는 화이트홀 스트리트로 가서 중공군과 북한군을 물리치기에 적합한지 확인하는 신체검사를 받아야만 한다. 톰 클리포드는 군대에 가지 않으려면 눈을 소금으로 문질러서 덧나게 하고 의사가 검진할 때 끙끙 앓으면 된다고 한다. 에디 길리건은 머리가 아프다, 눈이 아프다면서 통증을 호소하고 시력표를 읽을 때 일부러 틀리게 말하면 된다고 한다. 나더러 바보처럼 굴지 말라면서, 뉴욕에 있으면 빌트모어 호텔 일도 계속하고 나중에 승진할 수도 있는데, 야간학교도 다니고, 눈이랑 이도 치료하고 살도 좀 찌고, 그렇게 몇 년 있으면 캐리 씨처럼 더블 슈트를 차려입고 으스대며 다닐 수 있는데 왜 굳이 전쟁터에 끌려가 짱깨들 총에 맞느냐는 것이다.

　에디나 톰, 혹은 다른 누구에게도 말할 수는 없지만, 나는 마오쩌둥이 한국에 군대를 보낸 덕분에 빌트모어 호텔에서 벗어날 수 있게 되었으니 무릎을 꿇고 그에게 감사하고 싶은 심정이다.

　화이트홀 스트리트의 군의관들은 내 눈을 보지도 않는다. 다만 벽에 걸린 시력표를 쭉 읽어보라고 하더니 통과라고 하고는 귀를 검사한다. 삐, 소리가 나더니 군의관이 내게 들었느냐고 묻는다. 그렇다고 대답하자 군의관은 좋았어, 라고 하더니 내 입을 들여다보고는 비명을 지른다. 세상에! 우선 치과 치료부터 받아야겠구먼. 하지만 충치 때문에 군대에 못 들어갔다는 말은 들어본 적이 없으니 정말 다행이다. 여기 모인 인간들 대부분의 이가 쓰레기 더미처럼 썩어빠졌다.

우리는 한 방에 모여 나란히 줄지어 서라는 명령을 받는다. 육군 중사가 의사와 함께 들어오더니 말한다. 좋아, 여러분. 각자 바지를 벗고 페니스를 잡도록! 자, 이제 그것들을 짜보도록! 의사는 페니스에서 배출된 것이 있는지 한 명 한 명 검사한다. 중사가 한 남자에게 소리친다. 너! 이름이 뭐야?

말도나도입니다, 중사님.

너 지금 발기한 거냐, 말도나도?

아, 아닙니다, 중사님. 전 그저…… 그저……

너 지금 흥분한 거지, 말도나도?

나는 말도나도가 누구인지 보고 싶지만, 똑바로 앞을 보지 않고 곁눈질을 했다가는 중사가 소리를 빽 지르며 뭘 보느냐고, 누가 보라고 했냐고, 호모 자식들이라고 한바탕 꾸지람을 퍼부을 것 같아 가만히 있는다. 중사는 우리더러 뒤돌아서 허리를 굽히고 엉덩이를 내밀라고 한다. 우리는 뒷걸음질로 의자에 앉아 있는 의사 앞까지 가서 엉덩이를 벌린 채 검진을 받아야 한다.

다음으로 우리는 정신과 의사의 칸막이 진료실 밖에 일렬로 서서 기다린다. 차례가 되어 들어가니 의사는 내게 여자애들을 좋아하느냐고 묻는다. 바보 같은 질문이라고 생각하면서도 나도 모르는 사이에 얼굴이 붉어진다.

네, 그렇습니다, 선생님.

그런데 왜 얼굴은 붉히고 그러지?

저도 잘 모르겠습니다, 선생님.

어쨌든 넌 남자애들보다 여자애들을 더 좋아하는 거지?

네, 선생님.

그럼 됐어, 가봐.

뉴저지에 있는 킬머 캠프로 보내진 우리는 오리엔테이션과 사상 교육을 받고, 군복과 장비를 지급받고, 머리도 빡빡 민다. 우리는 그곳 군인들에게 실컷 구박을 받는다. 하나같이 쓰잘데없는 쓰레기들 아니야? 이 캠프가 생긴 이래 최악의 보충병이고 징집병이다. 정말 엉클 샘Uncle Sam*의 얼굴에 먹칠을 할 놈들이구먼. 하긴, 중국 놈들 총검 앞에 던져질 고깃덩어리들이니까. 아니면 기껏해야 총알받이나 되거나. 이 게으름뱅이 낙오자들아! 너희는 그 사실을 단 일 분도 잊어서는 안 돼. 다들 차렷! 우향우! 턱은 당기고, 가슴은 내밀고, 어깨는 쫙 펴고, 배는 쏙 집어넣어. 야, 너! 여기가 빌어먹을 미용실인 줄 아냐? 오, 아가씨들, 그렇게 예쁜 걸음으로 토요일 밤에 무슨 짓을 하러 가시나?

나는 뉴저지에 있는 포트 딕스로 보내진다. 그곳에서 십육 주 동안 보병 기본 훈련을 받아야 한다. 우리는 또다시 매일 구박을 받는다. 네 녀석들은 구령 맞춰 행진도 제대로 못 하나? 거기 줄 똑바로 서. 빌어먹을! 니들 같은 놈들을 군인이라고 불러야 하다니. 군대 엉덩이에 난 빌어먹을 종기 같은 녀석들! 줄 똑바로 못 서? 제대로 못 하면 그 살찐 엉덩이에 상병님들의 군홧발이 날아갈 줄 알아. 하낫둘 하낫둘. 자, 자, 보조 맞춰 노래 불러.

---

* 성조기 무늬 모자를 쓰고 같은 무늬 옷을 입은, 미국 정부와 전형적인 미국인을 상징하는 캐릭터.

나는 저지Jersey에서 여자를 만났다네
그녀는 찌찌에 부스럼이 났다네
보조를 맞춰라, 군가에 맞춰
보조를 맞춰라, 군가에 맞춰
헛둘셋넷
헛둘셋넷

이게 네 라이플총이다. 알아들었나? 이게 네 라이플총이라고. 권총이
아니란 말이야. 권총이라고 불렀다가는 이걸 네놈 똥구멍에 쑤셔박을
줄 알아, 알겠나? 이게 네 라이플총, M1이야. 네가 군대에 있는 한 이
총이 네 몸의 일부고, 네 애인이자 네가 끼고 잘 놈도 바로 이 총이다.
이게 바로 너하고 되놈들 사이에 있는 거란 말이다, 알겠나? 이놈을 여
자 껴안듯이 품에 꼭 끼고 다녀야 한다. 아니지, 여자보다 더 꼭 껴안고
다녀야 한다. 떨어뜨리려만 봐. 그러면 그냥 아주 죽는 거야. 이놈을 떨어
뜨리는 날에는 딱 걸려서 영창 신세를 지게 된단 말이다. 이 총은 떨어
뜨리면 바로 발사돼서 웬 놈의 엉덩이를 날리게 된단 말이다. 그런 일이
일어나서 니들이 죽는 거야. 그냥 뒈진다고.
　우리를 훈련시키고 교육시키는 자들도 모두 우리보다 몇 개월 먼저
들어온 소집병이나 의무병이다. 그들은 훈련교관으로 통하고, 똑같은
사병임에도 불구하고 우리는 그들을 '하사님'이라고 불러야 한다. 그들
은 우리가 못마땅한 듯 늘 소리를 질러댄다. 그렇다고 우리가 말대꾸라
도 하는 날에는 난리가 날 것이 틀림없다. 평소에도 걸핏하면 우리에게
말하니까. 네놈들은 이제 딱 걸린 거야. 불알을 거머잡고 쥐어짜줄 테다.
　우리 소대에는 아버지나 형제가 2차 세계대전에 참전해서 군대에 대
해서라면 훤하다고 떠들어대는 녀석들이 몇 있다. 그들은 말한다. 군대

가 널 완전히 부순 다음 새로운 사람으로 만들어낼 때까지는 너를 군인이라고 말할 수 없어. 넌 나름대로 생각을 갖고 입대했고 그래서 네가 대단한 인물이나 된다고 생각할지 모르지만, 이 군대라는 곳은 아주 오랜 옛날부터, 그러니까 율리우스 카이사르인가 뭔가 하는 놈이 지배하던 시대부터 있던 거라서 삐딱한 신참들을 어떻게 다뤄야 하는지 빠삭하단 말이야. 네가 나름대로 충성심이라는 걸 갖고 군에 들어왔는지는 모르겠지만, 일단 군에 들어온 이상 충성심이고 나발이고 깡그리 사라지고 말걸. 그런 것들은 군에서는 개좆만큼도 의미가 없단 말이야. 군은 네게 어떻게 생각할지, 어떻게 느낄지, 어떻게 행동할지, 언제 똥 싸고 언제 방귀 뀌고 언제 여드름을 짤 것인지조차 다 말해줄 거야. 그게 마음에 안 들면 의회에 편지 써서 항의하든지. 누가 그렇게 했다는 말만 들려봐. 그놈 엉덩짝을 걷어차서 포트 딕스 이 끝에서 저 끝으로 나가떨어지게 만들걸. 그러면 그놈은 엄마, 누나, 애인, 옆 동네 창녀 이름까지 부르면서 울고불고 난리를 칠 테지.

소등 전에 나는 내무반 침상에 누워 동료들이 여자친구나 가족들, 엄마가 집에서 해주던 요리, 아빠가 전쟁에서 겪은 일들, 다들 총각딱지를 뗀 고등학교 졸업파티에 대해 두런두런 이야기하는 것을 듣는다. 그나저나 이 빌어먹을 군대에서 나가면 뭘 하지? 데비를 볼 때까지, 수를 볼 때까지, 캐시를 볼 때까지 어떻게 기다려? 섹스도 못 하고 거시기가 시퍼렇게 되도록 혼자서 용두질이나 해야 하다니. 여기에서 나가면 내 애인이든 형 애인이든 안 가리고 여자애랑 벌거벗고 한 달 동안 침대에서 뒹굴어야지. 바람 쐬러도 안 나갈 거야. 제대하면 일자리를 구하거나 장사를 시작해야지. 매일 밤 롱아일랜드 집으로 돌아가면 마누라한테 말해야지. 자기 그 팬티 좀 벗어. 난 시작할 준비가 되어 있다고. 우리 애나 하나 만들어보자고, 응?

그렇게 떠들어대는데 갑자기 하사가 불쑥 들어와 소리친다. 주둥아리들 닥쳐! 소등! 찍소리라도 들렸다가는 네 녀석들을 매춘부 방귀보다 더 빨리 취사반으로 보내버릴 줄 알아.*

하지만 하사가 자리를 뜨면 이야기는 다시 시작된다. 오 주간의 기본 훈련을 마치고 주말에 첫 외박을 나가면 시내에 가서 데비를, 수를, 캐시를 만날 거라는 이야기다.

나도 첫 외박 때 뉴욕으로 가서 애인이랑 잘 거라는 이야기를 하고 싶다. 모두를 웃기는 이야기, 아니면 적어도 그들이 고개를 끄덕일 만한 이야기를 해서 나도 그들의 일원이라는 것을 보여주고 싶다. 하지만 내가 입을 열면 저놈들이 말하겠지? 어이, 저 아일랜드 놈은 계집애들에 대해 어떻게 얘기하나 한번 들어보자. 그러면 그중 톰슨인가 뭔가 하는 녀석이 〈아일랜드의 눈빛이 미소 지을 때〉라는 노래를 부를 테고, 그러면 내 눈이 엉망진창인 걸 아는 이상 모두 웃어댈 테지.

하지만 고단한 하루를 보낸 후 저녁에 깨끗이 샤워하고 편안하게 침상에 누워 있으면 그런 것들은 별로 신경쓰이지 않는다. 프랑스 외인부대의 배낭보다도 더 무겁다는 60파운드짜리 배낭을 메고 행군했다가 뛰었다가, 무기를 분해했다가 다시 조립했다가, 사격 훈련을 했다가, 머리 위로 총알이 빗발치는 가운데 철조망 아래를 기어가는 훈련을 했다가, 밧줄을 타고 나무며 벽을 기어올랐다가, 총검을 들고 하사가 시키는 대로 '좆 같은 누렁이들'이라고 외치면서 자루를 향해 돌진했다가, 파란 헬멧을 써서 적으로 가장한 다른 부대원들과 숲속에서 한바탕 격투를 벌이다가, 어깨에 50구경 기관총 총신을 메고 언덕을 뛰어올랐다가, 진창 속을 기었다가, 60파운드짜리 배낭을 메고 수영을 했다가, 배낭을 베

---

* 미국 군대에서는 종종 가벼운 처벌로 취사반 근무를 시킨다.

개 삼아 누워 모기들한테 얼굴을 온통 뜯겨가며 숲속에서 야영을 하는 날도 허다하니, 샤워를 하고 침상에서 잘 수 있는 날은 행복한 날이다.

전투 훈련을 받지 않을 때는 큰 강의실에서 한국 사람들, 그러니까 북한 사람들이 얼마나 위험하고 비열한지 역설하는 강의를 듣는다. 하지만 제군들, 중국인들은 훨씬 더한 놈들이다. 중국인이 비열하다는 것은 전세계가 다 알고 있는 사실이다. 이 강의실에 중국인의 피가 섞인 인간이 있다 해도 어쩔 수 없다. 그게 사실인 걸 어쩌겠는가. 제군들, 내 아버지는 독일인인데, 2차 세계대전 중 자우어크라우트가 자유 배추가 되었을 때* 온갖 더러운 꼴을 다 참아야 했다고 말씀하셨다. 원래 그런 거다. 이건 전쟁이다, 제군들. 네 녀석들을 보면 미국의 장래가 걱정돼서 내 가슴이 다 무너져내린다.

강의가 끝나면 미 육군이 얼마나 명예로운지를 보여주는 영화가 상영된다. 미 육군은 영국군, 프랑스군, 인도군, 멕시코군, 스페인군, 독일군, 일본군을 모두 물리쳤다. 이제는 그 누런 쓰레기들과 중국 되놈들을 물리칠 차례. 미 육군은 한 번도 전쟁에서 패한 적이 없다. 단 한 번도. 그 사실을 기억하라, 제군들. 우리는 한 번도 빌어먹을 전쟁에서 패한 적이 없음을.

무기와 전략과 매독에 관한 영화도 보았다. 매독 영화의 제목은 〈은빛 총탄〉이다. 외국에서 병 걸린 여자들과 잠자리를 한 것을 후회하고 자신들의 어리석음을 뉘우치며 죽어가는, 목소리도 제대로 안 나오는 남자들이 나온다. 페니스는 다 떨어져나간 그 남자들은, 이제 할 수 있

---

* 1차 세계대전의 발발로 독일계 미국인들은 미국 사회에서 속죄양이 되었고, 결과적으로 그들은 민족성을 지키려고 하기보다는 미국 문화에 동화되려고 노력하게 되었다. 한 예로, 독일계 미국인들은 독일식으로 발효시킨 양배추 '자우어크라우트'를 '자유 배추(liberty cabbage)'라는 영어식 이름으로 바꿨다.

는 일이라고는 하느님과 집에서 기다리고 있을 가족들의 용서를 구하는 것뿐이라고 울부짖는다. 오, 엄마 아빠는 고향집 베란다에 앉아 레모네이드를 드시고 계시겠지. 누이는 뒤뜰에서 방학을 맞아 집에 온 대학생 쿼터백* 척이 밀어주는 그네를 타며 깔깔대고 있을 거야.

우리 부대 동료들은 내무반 침상에 누워 그 〈은빛 총탄〉이라는 영화 얘기를 떠들어댄다. 톰슨이라는 녀석은 그건 말도 안 되는 좆 같은 영화라고 말한다. 그런 식으로 매독에 걸리는 놈이야말로 말좆만도 못한 인간 아니야? 콘돔은 뭣하러 있냐, 안 그래? 야, 너, 디 안젤로, 너 대학은 나왔냐?

디 안젤로가 말한다. 너 말조심해.

톰슨이 말한다. 니가 아는 게 뭐가 있어? 스파게티나 먹어대는 이탈리아 놈이.

디 안젤로가 말한다. 뭐? 한 번 더 말해봐. 톰슨 너 이 개자식. 그따위 소리 한 번만 더 해봐.

톰슨이 웃으면서 말한다. 알았어, 알았다고.

어서, 이 자식아. 한 번 더 말해보라고.

못 하겠다, 어쩔래? 너 거기 칼 있지? 너희 이탈리아 놈들은 항상 칼을 가지고 다니잖아.

칼 따위 없어, 이 자식아. 맨몸이라고.

못 믿겠는걸.

칼 같은 거 없다니까, 이 자식아.

알았어.

톰슨과 디 안젤로의 실랑이가 끝나자 부대 전체가 조용해진다. 톰슨

---

* 미식축구에서 팀의 성적을 좌우하는 가장 중요한 포지션.

같은 인간들은 왜 다른 사람들에게 그따위로 말할까. 톰슨의 말투는 내가 이 나라에서 뭔가 다른 종류의 인간이라는 것을 상기시킨다. 쉽게 미국인이 될 수는 없는 모양이다.

정규군에 던피라는 나이 지긋한 육군 하사가 있다. 던피 하사는 무기를 지급하고 수리하는 무기 담당인데, 항상 위스키 냄새가 난다. 진작 쫓겨났어야 할 인물이지만, 톨 상사가 싸고도는 바람에 아직까지 버티고 있다. 톨 상사는 거구의 흑인인데, 배가 얼마나 나왔는지 탄띠를 두 개는 이어야만 허리에 두를 수 있을 정도다. 그는 너무 뚱뚱해서 어딜 가든지 항상 지프차를 타고 다닌다. 그는 우리만 보면 참을 수 없다는 듯 소리를 질러대며 이제껏 본 병사들 중 가장 게을러터진 녀석들이라고, 어쩌다가 이런 녀석들을 부하로 두게 되었는지 한탄스럽다고 한다. 그는 우리와 부대원 전체에게 우리가 막 거시기를 쪼물락거리기 시작할 때 던피 하사는 이미 몬테카시노에서 독일 놈들을 쳐부쉈다면서, 그를 성가시게 했다가는 자기가 맨손으로 등뼈를 끊어놓겠다고 으름장을 놓는다.

어느 날 밤 내가 내 총에 꽂을대를 넣고 올렸다 내렸다 하고 있는데, 던피 하사가 보고는 총을 홱 낚아채고 화장실로 따라오라고 한다. 그러고는 총을 다 분해하더니 총신을 뜨거운 비눗물에 집어넣어버리는 것이 아닌가. 놀란 나는 훈련교관들이 우리에게 총에 절대 물을 묻혀서는 안된다고, 물이 묻으면 총이 녹슬고 뻑뻑해져서 못 쓰게 된다고, 그런 망가진 총으로 어떻게 산을 넘어 밀려드는 수백만 중국 되놈들로부터 자신을 지킬 수 있겠느냐고, 그러니 꼭 아마인유로 총을 청소해야 한다고 신신당부했다는 말을 그에게 하고 싶다.

던피 하사는 제기랄, 한 마디를 내뱉더니, 꽂을대 끝에 달린 헝겊으로 총 안을 닦아내고 총구 너머로 엄지손톱을 본다. 그런 다음 총을 내게 넘겨준다. 총은 너무나 깨끗해져서 눈이 부실 정도로 반짝거린다. 나는 그에게 할 적당한 말을 찾아낼 수가 없다. 그가 왜 나를 도와주었는지도 알 수 없어 기껏 한다는 말이라고는 고맙습니다, 하사님, 뿐이다. 그는 내가 썩 괜찮은 녀석인 것 같다면서 자기가 제일 좋아하는 책을 빌려주 겠다고 한다.

제임스 T. 패럴이 쓴 『스터즈 로니건의 젊은 시절』이다. 손때가 묻어 너덜너덜해진 문고판. 던피 하사는 자기가 늘 읽던 책인데 이젠 내가 그 책을 평생 고이 간직하라고 한다. 제임스 T. 패럴은 미국이 낳은 가장 위대한 작가지. 뉴잉글랜드 출신의 그렇고 그런 엉터리 예술가들과는 달리 사람의 마음을 제대로 이해하고 있는 작가란 말이야.

다음 날 대령의 사열이 있다고 해서 우리는 식사를 마친 다음 내무반 에 틀어박혀 쓸고 닦고 광을 낸다. 소등 전에는 침상 앞에 일렬로 서서 톨 상사와 두 명의 정규군 중사에게 정밀 검사를 받는다. 세 사람은 구 석구석 들여다보다가 하나라도 잘못된 게 있으면 팔굽혀펴기를 시킨다. 우리는 〈내가 탄 마차는 고향으로 달려가네〉를 흥얼거리는 톨 상사의 발에 깔린 채 팔굽혀펴기를 50회씩 해야 한다.

대령은 모든 총을 검사하지는 않았지만 내 총을 보더니 놀란 듯 뒤로 흠칫 물러선다. 그러고는 나를 똑바로 본 다음 톨 상사에게 말한다. 이 총은 겁나게 깨끗하군, 상사. 그러더니 내게 질문한다. 미합중국의 부통 령이 누구인가, 병사?

앨번 바클리입니다, 대령님.

좋았어. 두번째 원자폭탄이 투하된 도시의 이름을 말해보게.

나가사키입니다, 대령님.

좋았어. 톨 상사, 이런 사람이 바로 우리가 원하는 군인이지. 어이, 병

사. 그것 참 겁나게 깨끗한 총이로군.

사열이 끝난 뒤 대령은 나에게 다음 날부터 자기 당번병으로 근무하라고 지시한다. 하루 종일 대령의 운전사와 함께 대령 차를 타고 다니면서 대령이 차에서 내릴 때마다 문을 열어주고 경례를 하고 문을 닫고 기다렸다가, 다시 경례를 하고 다시 문을 열어주고 경례하고 문을 닫는 것이 내 일이다.

당번병 역할을 잘해내고 큰 실수만 저지르지 않는다면 그다음 주에 금요일부터 일요일까지 삼 일간 외박을 할 수 있을 거라고 한다. 그 말을 듣고 뉴욕에서 여자애랑 잘 생각에 꿈에 부풀어 있는데, 톨 상사가 나더러 50달러를 내지 않고 대령의 당번병이 된 놈은 포트 딕스에서 나밖에 없다면서 총 하나 깨끗하게 닦았다고 그 자리를 얻다니 도대체 어찌 된 영문인지 이해할 수 없다고 한다. 그러면서 내게 묻는다. 그렇게 총을 깨끗이 닦는 법은 도대체 어디에서 배웠어?

아침에 대령에게 긴 회의가 두 건이나 있어서 내가 할 일이 없었기 때문에 나는 대령의 운전사인 웨이드 핸슨 중사와 잡담을 나누며 시간을 보낸다. 핸슨 중사는 바티칸이 세계를 접수하는 것이 못마땅하다며, 만약 가톨릭 신자가 미국 대통령으로 당선된다면 자기는 핀란드로 이민 갈 거라고 한다. 핀란드는 가톨릭이 제 분수를 알도록 어느 정도 통제를 가하는 나라라는 것이다. 핸슨 상사는 자기는 메인 주 출신이고 회중교 회주의자라면서, 그래서 어떤 외래 종교도 지지하지 않으며 그러한 사실에 자부심을 갖고 있다고 한다. 가톨릭 신자와 결혼한 자기 육촌은 메인 주를 떠나 가톨릭 신자들이 득시글거리는 보스턴으로 이주해야만 했다고도 한다. 그는 가톨릭 신자들이 어린 소년을 좋아하는 추기경들이나 교황에게 돈을 갖다바친다고 비난한다.

이날은 대령과 함께 보낸 시간이 그리 많지 않다. 대령이 점심때 이미 곤드레만드레가 되어 우리를 해산시켰기 때문이다. 핸슨 중사는 대령을 숙소까지 차로 데려다주고는 나도 내리라면서 자기 차에 생선 대가리 같은 놈을 태우고 싶지는 않다고 한다. 그는 중사이니 뭐라고 대꾸할 수도 없다. 하지만 그가 병졸이었다 해도 마땅히 대꾸할 말을 찾지 못할 것이다. 나는 그런 식으로 말하는 사람들을 도무지 이해할 수 없기 때문이다.

시계를 보니 오후 두시다. 다섯시 저녁 식사 시간까지는 자유다. PX에 가서 잡지책을 읽을 수도 있고, 라디오에서 흘러나오는 토니 베넷의 〈당신 때문에〉를 들을 수도 있고, 삼 일간의 외박을 받아 뉴욕으로 가서 에머를 만나는 상상도 할 수 있다. 에머와 함께 저녁을 먹고 영화를 봐야지. 아이리시 댄스를 함께 추게 될지도 몰라. 그러면 에머가 스텝을 가르쳐주겠지. 정말 근사한 상상이다. 왜냐하면 이번 삼 일간의 외박에는 내 생일도 끼어 있고 이제 나는 스물한 살이 되기 때문이다.

12

삼 일간의 외박을 앞둔 금요일, 중대 사무실 밖에는 정기 휴가증을 받으려는 사병들이 길게 줄을 서 있다. 나도 그 줄에서 기다리고 있는데, 스니드 하사가 나를 부른다. 그의 진짜 이름은 폴란드식이지만, 아무도 제대로 발음할 수 없기 때문에 그냥 미국식 이름으로 불린다.

어이, 병사. 그 꽁초 좀 주워.

어, 저는 담배 안 피우는데요, 하사님.

누가 담배 피우는지 물었나? 그 꽁초나 주우라니깐.

하위 에이브러모비츠가 내 옆구리를 쿡쿡 찌르면서 속삭인다. 바보같이 굴지 말고 얼른 주워.

스니드 하사는 양 옆구리에 손을 척 얹고는 시비조로 내게 말한다. 할 말 있나?

이 꽁초는 제가 떨어뜨린 게 아닙니다, 하사님. 저는 담배를 안 피웁니다.

알았다, 병사. 나를 따라와.

나는 그를 따라 중대 사무실로 들어간다. 그가 내 휴가증을 집어들더니 말한다. 자, 이제 내무반으로 가서 작업복으로 갈아입도록!

하지만 하사님, 저는 삼 일간의 외박을 받았습니다. 저는 대령님의 당번병입니다.

네가 대령의 똥구멍을 닦든 말든 나와는 상관없는 일이다. 당장 작업복으로 갈아입고 참호 팔 장비나 갖고 와!

오늘은 제 생일입니다, 하사님.

당장 나가지 못해? 나는 너를 영창에 처넣을 수도 있어.

그는 한 줄로 길게 늘어선 사병들 옆으로 걸어가라고 내게 명령하고, 내 휴가증을 흔들어 보이면서 사병들에게 거기에 대고 바이바이, 작별인사를 하라고 시킨다. 사병들은 웃으면서 시키는 대로 손을 흔들어 보인다. 달리 할 일도 없고, 나처럼 당하지 않으려면 시키는 대로 하는 수밖에 없을 테니까. 하위 에이브러모비츠만이 이런 일이 생겨서 정말 안됐다는 표정으로 내게 고개를 절레절레 흔들어 보인다.

스니드 하사는 연병장을 지나 숲속 빈터로 나를 데리고 가더니 명령한다. 자, 이 개자식아, 어서 파!

파라고요?

그래, 구덩이를 3피트쯤 파도록 해. 폭은 2피트로 하고. 빠를수록 좋을걸.

그 말을 듣고 나는 생각한다. 분명 구덩이를 빨리 팔수록 그만큼 휴가증도 빨리 돌려받고 외박을 나갈 수 있다는 뜻일 거야. 아니면 다른 뜻이 있는 걸까? 스니드 하사는 버크넬대학에서 이름난 풋볼 스타였지만, 입단하고 싶어했던 필라델피아 이글스 팀에서 자기를 받아주지 않자 군에 입대해 구덩이 파는 일이나 시키면서 심통을 부리고 있다는 것은 우리 부대원이라면 누구나 다 아는 사실이다. 그가 사병들에게 구덩이를 파고 휴가증을 묻게 한 다음, 다시 그 구덩이를 파헤쳐서 휴가증을 찾아 내게 만든다는 것을 나도 알고 있지만 왜 내가 이런 일을 해야 하는지 납득할 수 없다. 나는 마음속으로 중얼거린다. 이번 외박이 평범한 주말 외박이라면 내가 이러지 않아. 이번 외박은 삼 일간인데다 내 생일까지 끼어 있잖아. 그런데 왜 내가 이 짓을 해야 해? 하지만 시키는 대로 하는 수밖에. 기왕 이렇게 된 거 최대한 빨리 구덩이를 파고 휴가증을 묻은 다음 다시 파내는 수밖에 없지 뭐.

구덩이를 파는 동안 머릿속으로 이 순간 하고 싶은 일을 상상한다. 바로 손에 든 작은 삽으로 머리에서 피가 나고 맨살이 드러나도록 스니드를 닥치는 대로 갈기는 것. 뚱보 풋볼 선수의 몸뚱이를 파묻을 구덩이를 파는 것은 싫지 않다. 그게 바로 이 순간 내가 하고 싶은 일이다.

스니드가 내게 휴가증을 건네주며 구덩이에 묻으라고 한다. 내가 삽질을 끝내자 스니드는 내게 구덩이 자리를 잘 두드려 다지라고 한다. 보기 좋게 해놔야지!

금방 다시 파낼 구덩이인데 왜 보기 좋게 만들라고 하는지 이해할 수 없다. 스니드는 내게 소리친다. 뒤로 돌아! 앞으로 갓! 그는 나를 데리고 왔던 길로 다시 행진시킨다. 중대 사무실을 지나면서 보니 휴가증을 받으려고 길게 늘어서 있던 사병들은 이미 다 가버리고 없다. 스니드 하사가 이 정도에서 만족하고 다른 휴가증을 내주러 사무실 안으로 들어갈 줄 알았는데, 웬걸, 나더러 곧바로 취사반으로 가서 담당 중사에게 취사 지원자라고 말하고 명령에 복종하는 법을 한 수 가르쳐달라고 부탁하라고 한다. 내가 식당에 가서 그렇게 말하자 취사장에 있는 병사들이 모두 껄껄 웃어대고, 담당 중사는 다 함께 술이나 한잔 하면서 빌어먹을 필라델피아 이글스 팀 얘기나 해야겠다고 말한다. 그런 다음 중사는 헨더슨이라는 자를 불러 내게 할 일을 알려주라고 한다. 내가 맡게 된 일은 취사반 일 중 가장 고약한, 냄비와 프라이팬을 닦는 일이다.

헨더슨은 내게 주방기구들을 번쩍번쩍 광이 날 만큼 깨끗하게 닦으라고 말한다. 위에서 항상 검사하는데 어쩌다가 기름기가 남아 있는 게 발견되는 날에는 얼룩 한 개당 한 시간씩 취사병 노릇을 더 해야 한다면서, 잘못하면 피부색 누런 쓰레기들과 되놈들이 자기 집으로 완전히 돌아간 다음에도 취사장에서 일을 하고 있어야 할지도 모른다고 한다.

저녁 식사가 끝나자 냄비와 프라이팬들이 싱크대 주위에 산더미처럼 쌓인다. 내 뒤 벽 쪽에는 음식물 쓰레기통 몇 개가 나란히 놓여 있는데, 뉴저지의 파리 떼가 그 위에서 포식을 하고 있다. 열린 창문으로 날아들어온 모기들도 웽웽거리며 내 피를 빨아댄다. 취사장은 가스버너와 오븐에서 나는 연기와 수도꼭지에서 흘러나오는 뜨거운 물 때문에 발생하는 증기로 가득하고, 나는 금세 땀과 기름에 절어버린다. 하사와 중사들이 취사장을 둘러보면서 냄비와 프라이팬을 손가락으로 쓱 문질러 검사하고는 나더러 설거지를 전부 다시 하라고 한다. 그들이 그러는 것은 취사장 밖 식당에 앉아 풋볼 이야기를 하던 스니드가 하사와 중사들에게 취사장에 새로 끌려온 멍청한 녀석이나 갖고 놀라고 한마디 했기 때문이라는 걸 나는 잘 알고 있다.

식당 안이 조용해지고 할 일도 줄어들자 담당 중사가 내게 말한다. 오늘밤은 자유다. 하지만 내일 토요일 아침 공육시까지 여기로 다시 와야 한다. 중사는 분명 공육시라고 말한다. 그에게 나는 대령의 당번병으로 삼 일간 외박을 받기로 되어 있다고, 내일은 내 생일이고 뉴욕에서 나를 기다리는 여자친구도 있다고 말하고 싶다. 하지만 입을 열면 상황을 악화시킬 뿐이라 잠자코 있다. 나는 군대의 철칙을 잘 알고 있다. 상관에게는 이름과 계급과 군번 외에는 아무것도 말하지 마라.

에머에게 전화를 걸자 그녀가 울먹인다. 오, 프랭크, 지금 어디야?

PX에 있어.

PX가 뭔데?

군대 매점 말이야. 물건을 사고 전화도 걸 수 있는 곳.

그런데 왜 안 오는 거야? 우린 너에게 줄 작은 케이크도 사놓고 준비
도 다 했는데.

나 취사장에 끌려왔어. 거기서 냄비랑 프라이팬 닦는 일을 해야 해.
오늘밤이랑 내일, 아마 일요일도 일해야 할걸.

그게 뭔데? 무슨 말을 하는 거야? 너 괜찮아?

하루 종일 구덩이 파고 냄비와 프라이팬을 닦았더니 힘이 다 빠졌어.

왜 그런 일을 하게 됐는데?

담배꽁초를 줍지 않았거든.

왜 안 주웠어?

난 담배를 안 피우거든. 너도 알잖아. 내가 담배 안 피운다는 거.

그런데 왜 담배꽁초를 주워야 했는데?

그 씨발놈이, 오, 미안, 필라델피아 이글스에 못 들어가서 열받은 하
사 놈이 나더러 담배꽁초를 주우라는 거야. 그래서 난 담배를 안 피운다
고 했더니 나를 취사장으로 보내지 뭐야. 그래서 너랑 보내야 할 내 지
랄맞은, 아, 또 미안, 생일날 여기에 있는 거야.

프랭크, 나도 네 생일인 거 알아. 너 술 마셨어?

아니, 술은 무슨. 술 마시고 어떻게 구덩이 파고 또 설거지를 할 수 있
겠어?

그런데 구덩이는 왜 팠는데?

나더러 그 빌어먹을 휴가증을 파묻으라잖아.

오, 프랭크. 언제 널 볼 수 있는 거니?

나도 몰라. 어쩌면 영원히 못 보게 될지도 몰라. 그놈들이 냄비에 남

은 기름 얼룩 하나당 한 시간씩 취사장 일을 더 해야 한다고 했거든. 제대할 때까지 냄비 프라이팬이나 닦으면서 여기 있어야 할지도 몰라.

우리 어머니는 네가 그곳에서도 신부님이나 아니면 군목이라도 만날 수 있는지 궁금해하셔.

신부님 따위는 만나고 싶지 않아. 그 사람들은 하사보다 더 고약한 인간들이니까. 왜냐하면……

그 사람들이 어떻다고?

오, 아무것도 아니야.

오, 프랭크.

오, 에머.

토요일 저녁 식사 메뉴는 얇게 썬 고기와 감자 샐러드다. 취사병들은 능숙하게 요리들을 만들어낸다. 여섯시가 되자 중사가 오더니 네가 할 일은 끝났으니 가보라면서 일요일 아침에는 올 필요 없다고 한다. 그러면서 하지 않아도 될 말까지 한다. 스니드 같은 폴란드 미친놈은 아무도 좋아하지 않지. 필라델피아 이글스에서 왜 그 녀석을 마다했는지 알 만하지? 그러면서 내게 미안하게 생각한다고, 하지만 내가 상관이 직접 내린 명령을 어겼으니 자기로서도 어쩔 수가 없었다고 한다. 그럼 그렇지. 그는 내가 대령의 당번병이라는 것과 전후 사정을 죄다 알고 있었다. 하지만 군대란 원래 그런 곳. 나 같은 소집병은 무조건 입을 다무는 것이 상책이다. 상관에게는 이름과 계급과 군번 이외에는 아무것도 말하지 말 것. 시키는 일만 하고 입은 굳게 다물 것. 특히 아일랜드 사투리가 튀어나오려 할 때는 입을 꼭 틀어막을 것. 그것만 잘 지키면 온전한 불알로 여자친구를 다시 만날 수 있다.

감사합니다, 중사님!

그래, 가봐, 꼬맹이.

중대 안은 사무실에 남은 사람과 막사에 감금된 몇을 제외하고는 아무도 없다.

외출이 금지된 디 안젤로가 막사 안 침상 위에 누워 있다. 중대에서 중국인들이 얼마나 가난하게 살고 있는지 보여주는 영화를 상영했는데, 영화를 보고 난 후 마오쩌둥과 공산주의자들이 중국을 구할 거라고 지껄여대다가 막사에 감금된 것이다. 영화를 틀어준 중위가 공산주의는 사악하고 불경하고 비미국적인 이데올로기라고 하자 디 안젤로는 자본주의야말로 사악하고 불경하고 비미국적인 이데올로기라고 주장하면서, 어쨌든 자기는 무슨 '주의'라는 것들 자체가 다 쓸데없는 것이라고 생각한다고 말했다. 그러면서 무슨 '주의'를 들먹이는 인간들이 이 세상의 온갖 고통을 초래한 것 아니냐며, 진정한 민주사회에 '주의' 따위는 없다고 말했다. 중위가 너 정신이 어떻게 된 것 아니냐고 하자 디 안젤로는 자유 국가에서 하고 싶은 말도 마음대로 못 하느냐고 대들었고, 그 바람에 결국 막사에 감금되고 삼 주 동안 주말 외박도 못 나가는 신세가 되어버린 것이다.

디 안젤로는 침상 위에 누워 던피 하사가 내게 빌려준 문고판 『스터즈 로니건의 젊은 시절』을 읽고 있다. 그가 나를 보자 말한다. 네 로커 꼭대기에 놓여 있기에 좀 빌려보려고. 그런데 하느님 맙소사, 누가 너를 기름 구덩이에 빠뜨린 거야? 그는 자기도 나처럼 주말에 취사장으로 끌려간 적이 있는데 그때 던피 하사가 작업복에서 기름때 지우는 법을 알려주었다고 한다. 작업복을 입은 채 샤워 꼭지 아래 서서 참을 수 있는 한 최대로 뜨거운 물이 나오게 한 다음 화장실 청소할 때 쓰는 석탄산 비누와 빨래솔로 기름때를 문질러 닦아내야 한다는 것이다.

그렇게 샤워 꼭지 아래서 작업복을 벅벅 문지르고 있는데 던피 하사가 얼굴을 들이밀고는 뭐 하느냐고 묻는다. 기름때를 지우고 있다고 대답하자 그는 자기도 예전에 그렇게 했다면서, 자기는 총까지 한꺼번에 다 씻어냈다고 말한다. 내가 군대에 막 들어왔을 때 난 우리 부대에서 작업복과 총이 가장 깨끗한 병사로 유명했지. 그놈의 술만 아니었으면 지금쯤 일등 상사가 되어 은퇴할 날만 기다리고 있을 텐데. 술 얘기가 나왔으니 말인데, 지금 PX로 가서 맥주 한잔 할 참이었거든. 같이 가지 않겠나? 물론 그 비누 묻은 작업복은 벗어두고.

디 안젤로에게도 같이 가자고 말하고 싶지만, 그는 중국 공산주의자들을 찬양한 탓에 막사에 감금되어 있는 신세다. 나는 군복으로 갈아입으면서 디 안젤로에게 말한다. 마오쩌둥이 한국을 공격해준 덕분에 나도 빌트모어 호텔 팜 코트 로비에서 해방될 수 있었지. 그래서 마오쩌둥에게 고맙게 생각해. 그러자 디 안젤로가 대꾸한다. 너도 말조심해. 안 그러면 나처럼 막사에 감금되고 말 거야.

던피 하사가 막사 끝에서 나를 부른다. 빨리 와, 젊은 친구. 빨리. 난 지금 맥주가 마시고 싶어서 숨이 넘어갈 지경이란 말이야. 마음 한편으로는 막사에 남아서 디 안젤로와 이야기를 나누고 싶은 생각도 든다. 디 안젤로는 성품이 썩 괜찮은 녀석 같다. 하지만 나는 던피 하사 덕분에 대령의 당번병이 되어서 온갖 혜택을 누리고 있으니, 그가 술친구를 원할 때 따라가야만 한다. 만일 내가 던피 하사처럼 정규군 육군 하사라면 토요일 밤에 군 기지를 어슬렁거리지는 않을 것이다. 하지만 군대에는 던피 하사처럼 기다리는 식구도 돌아갈 집도 없는 사람들이 있다. 던피 하사가 맥주를 너무 빨리 마셔서 도저히 보조를 맞출 수가 없다. 그랬다가는 토할 것만 같다. 던피 하사는 술을 마시고 담배를 피우면서, 다른 한편으로는 오른손 가운뎃손가락으로 줄곧 하늘을 가리키며 내게 말한다. 전시戰時만 아니면 군대라는 곳은 참 좋은 곳이지. 풋볼 선수인가 뭔가였다는 스니드처럼 괴팍하게 굴지만 않으면 외로울 일도 없어. 게다가 결혼해서 애들을 낳으면 군대에서 모든 것을 다 알아서 돌봐줄 거야. 할 일이라고는 전투준비뿐이야. 그렇고말고. 던피 하사는 자기가 전투태세를 갖추고 있지 않다는 사실을 잘 아는 것 같다. 그는 자기 몸속에 독일제 유산탄 조각이 너무나 많아서 고철상에 팔아도 될 정도라고, 자신의 유일한 낙은 술 마시는 것뿐이라고 한다. 그도 한때 아내가 있었고 아이도 둘이나 있었지만, 아내가 아이들을 데리고 친정 부모가 사는 인디애나 주로 가버렸다고 한다. 던피 하사는 지갑에서 아내와 두 딸의 사진을 꺼내 내가 잘 볼 수 있도록 들어올린다. 다들 참 아름답다고 말하려는데 그가 갑자기 울음을 터뜨린다. 어찌나 심하게 우는지 나중에는 기침까지 해댄다. 나는 숨이 막히지 않도록 그의 등을 두들겨준다. 됐어, 됐어. 이 사진을 볼 때마다 이렇단 말이야. 내가 무엇을 잃었는지 잘 보게나, 젊은 친구. 포트 딕스 근교에 작은 집을 얻어 마누라와 딸들이 나를 기다리게 할 수도 있었는데. 내가 집으로 돌아가면 모니카가 저녁을 준비하고 있었겠지. 나는 일등 상사 군복을 입은 채 다리를 올리고 누워 낮잠을 잘 수도 있었을 테고. 됐어, 젊은 친구. 이제 그만 가세. 나가서 정신 좀 차리고 인디애나로 가봐야겠어.

하지만 던피 하사는 막사로 가던 중 마음을 바꿔 한잔 더 해야겠다며 발걸음을 되돌린다. 그걸 보자 그가 영원히 인디애나로 못 갈 거라는 생각이 든다. 그는 우리 아버지 같은 사람이다. 나는 침상에 누워 아버지 생각을 한다. 아버지는 당신 큰아들의 스물한번째 생일을 기억하고 있을까? 영국 코번트리에서 내 생일을 기억하며 축하의 잔을 높이 들고 있을까?

그렇지 않을 것 같다. 우리 아버지는 영원히 인디애나로 가지 못하는 던피 하사 같은 사람이니까.

13

일요일 아침, 디 안젤로가 나더러 함께 미사 보러 가지 않겠느냐고 했을 때 나는 적잖이 놀란다. 왜냐하면 디 안젤로처럼 중국 공산주의자들을 찬양하는 사람은 성당이나 예배당, 시나고그 같은 곳에는 발도 들여놓지 않을 거라고 생각했기 때문이다. 군대 성당으로 가는 길에 디 안젤로는 내게 자기가 교회에 대해 어떻게 생각하는지 말해준다. 그는 교회가 자기에 속해 있다고 생각하지, 자기가 교회에 속해 있다고 생각하지는 않는다고 한다. 교회가 거대한 기업처럼 행세하면서 하느님을 조각조각 내 로마교황청이 시키는 대로 하는 사람들에게만 조금씩 나눠주는 장사를 해먹는 것이 마음에 안 든다는 말도 한다. 그는 자기는 신부한테 고해성사도 하지 않고 매주 영성체를 하고 있으니 교황청 법대로라면 매주 죄를 짓는 셈이라고 말한다. 그러면서, 자기가 죄를 짓든 말든 그건 하느님과 자기의 일이니 남들이 알 바 아니고, 자기는 매주 토요일 밤 잠들기 전에 하느님께 직접 죄를 고백한다는 것이다.

그는 마치 하느님이 바로 옆방에서 맥주를 마시고 담배를 피우는 사람인 양 말한다. 내가 만일 리머릭으로 돌아가 그런 식으로 이야기한다면 머리를 얻어맞고 더블린행 기차 안으로 던져질 것이다.

주변 막사들을 보면 우리가 육군 기지에 와 있다는 것이 실감되지만, 군대 성당에 들어가보니 그야말로 가장 미국다운 곳에 와 있다는 생각이 든다. 장교들이 아내와 아이들을 데리고 미사를 드리러 왔다. 그들은 샤워를 하고 머리도 잘 감고, 깨끗하게 씻은 얼굴에 하느님의 은총을 받은 듯한 표정으로 앉아 있다. 그들은 왠지 메인 주나 캘리포니아 주의 작은 도시에 살면서 일요일이면 교회에 가고, 예배를 본 후에는 양 다리 요리와 완두콩, 으깬 감자, 애플파이를 먹고 아이스티를 마실 것만 같다. 주말이면 아빠는 주말판 신문을 읽다가 깜박 잠이 들어 신문을 바닥에 떨어뜨리고, 아이들은 만화책을 보고, 어머니는 부엌에서 설거지를 하면서 〈오, 아름다운 아침〉을 부를 것 같다. 식사 후에는 항상 이를 닦고 독립기념일에는 집 앞에 꼭 성조기를 다는 그런 사람들 같다. 그들은 가톨릭 신자이겠지만, 할머니 할아버지들이 중얼중얼하다가 코를 킁킁거리고 위스키나 포도주 냄새, 몇 주 동안 물과 비누 근처에도 못 가본 사람들에게서 나는 불쾌한 냄새가 진동하는 아일랜드나 이탈리아의 성당에서도 과연 편안한 마음으로 미사를 볼 수 있을까 의심스럽다.

나도 저런 전형적인 미국 가족의 일원이 되고 싶다. 장교의 딸로 보이는 금발에 파란 눈을 한 십대 소녀 옆으로 슬쩍 다가가, 내가 겉으로 보이는 것과는 달리 괜찮은 사람이라고 말하고 싶다. 여드름이 좀 나고 이가 썩었고 눈은 화재경보기처럼 시뻘겋지만, 속을 들여다보면 당신들과 똑같은 사람이라고 말하고 싶다. 깨끗한 영혼을 갖고 있고, 잘 정리된 잔디밭이 딸린 교외 집에서 내 어린 아들 프랭크의 세발자전거를 밀어주는 꿈을 꾸는 사람이라고 말하고 싶다. 내가 원하는 건 진짜 미국 아빠들처럼 주말판 신문을 읽고, 주말에 처갓집을 방문하기 전에 새로 산

뷰익*을 세차하고, 처갓집 포치 흔들의자에 앉아 시원한 아이스티 한 잔을 마시는 것뿐이라고 말하고 싶다.

신부님은 제대 앞에서 미사문을 웅얼거리고 있다. 내가 라틴어로 작게 응답하자, 옆에 있던 디 안젤로가 내 옆구리를 쿡쿡 찌르며 어디 아프냐고, 지난밤 던피 하사와 한잔하더니 술이 덜 깼느냐고 묻는다. 나도 디 안젤로처럼 매사에 결정을 내릴 수 있는 사람이 되고 싶다. 리머릭에 있는 파 키팅 이모부처럼 남들이 뭐라 하든 깽깽이방귀만큼도 신경쓰지 않는 사람이 되고 싶다. 내가 너무나 죄에 물들어서 고해성사를 하면 신부님이 내 죄는 자기가 용서할 수 있는 선을 넘었으므로 오직 주교나 추기경만이 용서할 수 있다고 할까봐 겁난다고 한다면, 디 안젤로는 코웃음을 치겠지. 자다가 죽어서 지옥에 가게 될까봐 두려워서 잠들지 못하는 날들도 있다고 해도 어이가 없어 웃을 것이 분명하다. 옆방에서 담배를 피우면서 술이나 마시는 하느님이라면 지옥을 만들어낼 리 없을 테니까.

먹구름이 박쥐처럼 내 머릿속에서 퍼덕거린다. 창문을 열어 먹구름을 날려보내고 싶다.

신부님이 성당 뒤쪽에 있는 봉헌 바구니를 들고 와 봉헌금을 접수할 자원자가 없느냐고 하자, 디 안젤로가 나를 통로로 끌고 나간다. 우리는 통로에서 제대를 향해 무릎 인사를 한 다음, 신자석으로 바구니를 돌린다. 가족을 데리고 온 장교와 하사관들이 봉헌금을 자기 아이들에게 건네주고, 아이들은 그것을 바구니에 넣는다. 그 모습을 보면서 모두가 미소 짓는다. 어린아이들은 의기양양한 표정을 지어 보이고, 부모들은 그런 아이를 자랑스러운 듯 바라본다. 부인들은, 우리는 가톨릭교회의 지

---

* 미국의 자동차회사 제너럴 모터스의 자동차 상표명.

봉 아래에서 모두 한 가족이에요, 라고 말하는 듯 서로에게 미소를 지어 보인다. 하지만 그들이 밖으로 나가면 사정이 달라질 거라는 것을 나는 잘 알고 있다.

봉헌 바구니가 신자석 여기저기로 돌려지고 봉헌이 끝나자 중사 한 명이 봉헌금을 집계해서 성당 측에 넘긴다. 디 안젤로가 자기는 그 중사가 어떤 사람인지 잘 안다고, 그는 봉헌금을 집계할 때 너 얼마, 나 얼마, 하는 식으로 몇 푼씩 떼어놓는다고 내게 귀엣말로 속삭인다.

나는 디 안젤로에게 앞으로 미사에 참석하지 않겠다고 말한다. 영혼이 온갖 불순한 생각과 죄 때문에 더러운데 미사에 참석해봐야 무슨 소용이겠어? 그리고 하느님 은총을 듬뿍 받는 것처럼 보이는 깔끔한 미국 가족들하고 미사를 같이 보는 것도 영 불편해. 내가 용기 내어 고해성사를 하고 영성체를 모실 수 있을 때까지는 미사에 가지 않겠어. 계속 안 가서 죄를 짓게 된다 하더라도, 나는 이미 지옥에 떨어질 운명인데 무슨 상관이야? 한 가지 중죄를 지으나 열 가지 중죄를 지으나 지옥에 떨어지기는 매한가지인걸.

내 말을 듣고 디 안젤로는 말한다. 바보 멍청이 같은 소리 그만해. 성당이 무슨 신부들 거냐? 네가 미사에 가고 싶으면 그냥 가는 거지.

그러나 아직은 디 안젤로처럼 생각할 수가 없다. 나는 신부들과 수녀들과 주교들과 추기경들과 교황이 두렵다. 나는 하느님이 두렵다.

월요일 아침, 나는 B중대에 있는 톨 상사의 방으로 가보라는 연락을 받는다. 톨 상사는 땀 때문에 색이 더 짙어진 카키색 군복 차림으로 안락의자에 앉아 있다. 나는 그 옆 탁자 위에 놓인 책, 도스토옙스키의 『지하 생활자의 수기』에 대해 그에게 물어보고 싶고 라스콜니코프에 대해서도 말하고 싶다. 하지만 군대에서는 상관에게나 다른 누구에게나 항상 말조심을 해야 한다. 어쩌다가 말실수라도 하는 날에는 또다시 냄비와 프라이팬을 닦아야 할지도 모른다.

그는 내게 쉬어 자세로 들으라고 한 다음 말한다. 왜 상관이 직접 내린 명령에 복종하지 않았지? 그가 교관이라고는 하지만 자네가 뭔데 감히 상급 하사에게 대들었냐고, 응?

그가 이미 모든 것을 알고 있는 듯 보여서 나는 어떻게 말해야 좋을지 모른다. 입을 잘못 놀렸다가는 다음 날 바로 한국으로 보내질 것 같아 잔뜩 겁을 먹고 서 있는데, 톨 상사가 말투를 바꿔서 말한다. 그 스니드인가 뭔가 하는 괴상한 폴란드 이름을 가진 하사는 자넬 교육시킬 권리가 분명히 있네. 하지만 그가 도를 지나친 건 사실이야. 특히 삼 일간의 외박을 앞둔 대령의 당번병에게 그래서는 안 되지. 자넨 외박을 할 권리가 있네. 아직도 외박을 받고 싶다면 다음 주에 나갈 수 있도록 조처해주지.

감사합니다, 상사님.

알았어. 나가보게.

상사님?

왜?

저도 『죄와 벌』을 읽었습니다.

오, 그래? 자네가 생긴 것만큼 바보는 아닐 거라고 짐작은 하고 있었네. 나가보게.

기초 훈련 14주째 되는 주말 우리가 유럽으로 파견될 거라는 소문이 돌았다. 15주째가 되니 한국으로 파견될 거라는 소문이 돌았다. 16주째에는 우리를 유럽으로 파견하기로 확정했다는 말이 들렸다.

14

우리는 배를 타고 함부르크로 가고, 거기에서 다시 바이에른 주의 존트호펜으로 가서 그곳 보충대에 합류한다. 포트 딕스에서 가져온 내 장비들은 완전히 산산조각이 나서 모두 유럽 사령부로 돌려보내야만 했다. 나는 영국에 가면 아일랜드에도 들를 수 있을 거라는 생각에 내심 영국으로 차출되기를 기대했다. 하지만 군대는 나를 독일 바이에른 지방의 작은 마을 렝그리스에 있는 막사로 보냈다. 나는 군견부대에서 개를 훈련시키는 일을 맡게 되었다. 중대장에게 나는 개를 좋아하지 않고, 리머릭에서 전보 배달을 하다가 개한테 발목을 물어뜯긴 적도 있다고 말하지만, 중대장은 누가 물어봤느냐면서 저기 고깃덩어리를 썰고 있는 하사에게 가보라고 한다. 피가 뚝뚝 떨어지는 벌건 고깃덩어리를 썰던 하사는 나더러 징징대는 소리 그만하고 양철 접시에 고기를 담아 사육장으로 가져가서 개에게 먹이라고 한다. 접시를 내려놓고 얼른 손을 빼야 해. 안 그러면 네 손이 저녁밥인 줄 알 테니까.

나는 사육장에 쭈그리고 앉아 내가 맡은 개가 먹이를 다 먹어치울 때까지 지켜보고 있어야만 한다. 하사는 그것을 '친화과정'이라고 부른다. 자네가 이 부대에 있는 동안 이 개가 자네 마누라가 될 것이다. 하지만 정확한 의미에서의 마누라는 될 수 없지. 이 개는 암컷이 아니니까. 무슨 말인지 알겠지? 아무튼 자네가 이 부대에서 네 가족처럼 여겨야 할 것은 자네의 M1 소총과 이 개뿐이라는 걸 명심하도록.

내가 맡은 개는 검은색 독일산 셰퍼드다. 나는 이 개가 마음에 들지 않는다. 이름은 이반인데, 다른 개들, 움직이는 것만 보면 짖어대는 다른 셰퍼드나 도베르만들과는 다르다. 녀석은 먹이를 다 먹어치우고는 나를 쳐다보면서 자기 입술을 핥더니 날카로운 이빨을 드러내며 뒤로 물러난다. 사육장 밖에서 나를 지켜보던 하사는 그 개는 짖지도 않고 시끄럽게 굴지도 않는 녀석이라 찍소리만 나도 죽는 전투에 제격이라고 한다. 나는 하사가 시키는 대로 천천히 몸을 굽혀 접시를 주워든 다음 개에게 말한다. 넌 참 착한 개로구나. 아이, 착해라, 우리 이반. 아이, 예뻐라, 우리 이반. 내일 아침에 다시 만나자. 안녕! 그다음엔 다시 하사가 시키는 대로 문을 닫고 걸쇠를 건 다음 손을 뺀다. 하사는 잘했다면서 보아하니 이반과 벌써부터 꽤 친한 친구 사이가 된 것 같다고 말한다.

나는 매일 아침 여덟시면 어김없이 운동장으로 나가 유럽 전역에서 차출된 군견 훈련병들과 함께 원을 그리며 행진한다. 하사는 원 가운데에 서서 하낫둘 하낫둘, 하고 구령을 붙인다. 그런 다음 개를 묶어놓은 가죽끈을 홱 잡아당기는데, 다행히도 녀석들은 재갈이 물린 채로 으르렁거린다.

우리는 육 주 동안 개와 함께 행진하고 뛰는 훈련을 한다. 렝그리스 뒤편의 산을 오르거나 강둑을 따라 경주를 하기도 한다. 우리는 개들의 재갈을 풀어줄 준비가 될 때까지 각자 맡은 개들을 먹이고 돌본다. 상관들은 재갈을 풀어주는 날이 졸업식이나 결혼식처럼 아주 특별한 날이라고 한다.

어느 날, 중대장이 나를 부른다. 행정병인 조지 시만스키 하사가 석 달간 휴가를 얻어 미국으로 가게 되었다면서, 나더러 행정병 훈련소에 가서 육 주간 교육을 받고 시만스키 하사 대신 행정병으로 근무하라는 것이다.

나는 행정병 훈련소에 가고 싶지 않다. 이반과 함께 있고 싶다. 육 주간 함께하면서 우리는 이미 친구가 되었다. 성질을 건드리면 이반은 이빨을 드러내기도 하지만, 나한테 으르렁거리는 것도 다 내가 좋다는 표현이라는 걸 나는 잘 알고 있다. 나는 이반을 사랑하고, 녀석의 재갈을 풀어줄 준비가 되어 있다. 손을 물어뜯기지 않고 녀석의 재갈을 풀어줄 수 있는 사람은 나 말고는 아무도 없을 것 같다. 녀석과 함께 슈투트가르트에 있는 제7부대로 가서 작전에 참여하고 싶다. 눈 속에 구덩이를 파고 녀석과 함께 누워 있으면 편안하고 따뜻할 것이다. 훈련 때 소련인 역할을 하는 한 병사를 상대로 녀석을 풀어주면 어떻게 되는지 시험해보고 싶다. 내가 말리기도 전에 녀석이 그 병사의 옷을 갈기갈기 찢어놓는 것을 보고 싶다. 내가 훈련용 소련 인형을 흔들면 이반이 목 대신 가랑이를 공격하는 것을 보고 싶다. 육 주 동안 행정병 훈련소에 가는 나를 대신해서 다른 병사가 이반을 돌보도록 할 수는 없다. 개는 일단 누군가에게 길들여지면 그 사람만 따른다는 것, 다른 훈련병이 다시 길들이는 데는 몇 달이 걸린다는 것은 군대 내에서는 누구나 다 아는 사실이다.

위에서 행정병 훈련소에 갈 녀석으로 왜 나를 지목했는지 이해할 수가 없다. 중대에는 고등학교 졸업자들이 가득한데, 왜 하필이면 고등학교 근처에도 못 가본 나 같은 사람을 행정병으로 쓰려고 하는 걸까. 행정병 훈련소에 가는 것이 어쩌면 고등학교를 안 나온 병사들에 대한 일종의 벌이 아닌가 하는 생각이 들 정도다.

머릿속에 또다시 먹구름이 몰려든다. 머리를 벽에 박기라도 하고 싶은 심정이다. 증오를 뜻하기 때문에 평소에 싫어하던 그 단어, '씨발'이라는 단어밖에 떠오르지 않는다. 중대장이 정말 죽이고 싶을 만큼 밉다. 그런데 이번에는 소위라는 놈이 내가 자기한테 경례를 하지 않고 지나쳤다고 시비를 걸어온다.

병사, 이리 와봐. 장교를 보면 어떻게 해야 하지?

경례를 해야 합니다, 소위님.

그런데?

죄송합니다, 소위님. 제가 미처 보지 못했습니다.

미처 보지 못했다고? 못 봤다고? 너 한국에 가서도 짱깨들이 언덕을 넘어서 떼지어 몰려오는데 못 봤다고 잡아뗄 참이냐? 응?

내 또래로 보이는 소위는 칙칙한 적갈색 수염을 기르고 있다. 나는 그에게 뭐라고 말해야 좋을지 몰라 잠자코 있지만 속으로는 위에서 나를 행정병 훈련소로 보내려 한다고, 그러니 소위 수천 명에게 인사를 하지 않는다 하더라도 괜찮은 것 아니냐고 말하고 싶다. 내가 이반과 함께 지난 육 주를 어떻게 보냈는지, 포트 딕스에서 휴가증을 땅에 묻고 얼마나 생고생을 했는지도 말하고 싶다. 하지만 머릿속에 먹구름이 꽉 끼어 있다. 나는 군에서는 이름과 계급과 군번 외에는 아무것도 말해서는 안 된다는 철칙을 다시 한번 되새기기로 한다. 하지만 마음속으로는 소위에게 이렇게 말하고 있다. 이 씨발놈아, 그따위 형편없는 적갈색 수염 달고 엿이나 먹어라!

그는 내게 이십일시에 작업복을 입고 자기한테 오라고 명령한다. 그 시각 다른 군견 훈련병들은 내 옆을 지나 렝그리스로 맥주를 한잔 하러 가고, 소위는 나더러 연병장의 잡초를 뽑으라고 한다.

잡초를 다 뽑은 뒤 나는 이반이 있는 사육장으로 가서 녀석의 재갈을 풀어준다. 나는 땅바닥에 앉아서 녀석에게 말한다. 네가 나를 물어뜯어 놓으면 나는 행정병 훈련소에 가지 않아도 될 거야. 하지만 녀석은 조금 으르렁대다가 내 얼굴을 핥는다. 내 기분이 어떤지 아는 사람이 아무도 없다는 게 차라리 다행으로 여겨진다.

중대 행정병 훈련소는 렝그리스의 한 막사 안에 있다. 우리는 책상에 앉아 교관들의 말을 들어야 한다. 행정병은 부대에서 가장 중요한 자리다. 장교들은 전사하거나 이동할 수 있고, 하사관들도 마찬가지다. 하지만 행정병 없는 부대는 총알 없는 총이다. 행정병은 작전 시 부대에 언제 결원이 발생했는지, 누가 전사하고 누가 부상당하고 누가 실종되었는지, 보급병의 대가리가 날아갔을 때 누가 그 업무를 이관받았는지 모두 파악하고 있어야 한다. 제군들, 행정병은 통신병의 궁둥이에 총알이 박혔을 때 우편물을 전달해야 하며, 병사들과 고향에 있는 가족들이 계속 연락을 취할 수 있도록 조처해야 한다.

행정병이 얼마나 중요한지에 대한 강의를 듣고 나서 우리는 타자치는 법을 배운다. 우리는 출결 보고서 복사본 다섯 부를 견본 삼아 타자 연습을 한다. 단 한 글자라도 잘못 치거나 겹쳐서 치면 전체를 처음부터 다 다시 쳐야 한다.

수정이란 없다. 이곳은 미합중국의 육군 부대다. 그러므로 우리는 수정 따위 용납하지 않는다. 보고서에 수정 자국을 허락하면 제군들은 전방에서도 대충 해도 된다는 생각을 갖게 될 것이다. 제군들, 우리는 지금 가증스러운 빨갱이들에 맞서 전열을 갖추고 있는 것이다. 대충은 없다. 완벽만이 있을 뿐이다. 완벽. 자, 이제 타자를 치도록.

서른 대의 타자기가 내는 탁탁, 톡톡, 철커덕 소리에 오타를 내서 종이를 찢고 처음부터 다시 쳐야 하는 병사 겸 타자수가 내는 신음 소리까지 뒤섞여 방 안은 전쟁터 같은 분위기다. 오타가 나면 우리는 제 머리를 쥐어박고 허공에 주먹을 휘두르다가 교관에게 사정한다. 거의 다했는데 딱 한 글자 오타가 났습니다. 이 빌어먹을 한 글자만 수정하면 안 될까요? 네? 제발.

수정이란 없다, 병사. 그리고 말조심해. 내 주머니에 우리 어머니 사진이 들어 있단 말이다.

행정병 훈련과정이 끝나고 나는 '우수' 등급이 찍힌 수료증을 받는다. 수료증을 수여하러 온 대위는 우리가 자랑스럽다고, 미합중국 육군 전체는 물론 연합군 사령관인 드와이트 아이젠하워 장군께서도 우리를 자랑스럽게 생각할 거라고 말한다. 대위는 이번 과정에서 서른 명 중 아홉 명만이 탈락하고 스물한 명이 통과해서 매우 자랑스럽다면서, 통과한 스물한 명은 고향에 있는 가족에게도 큰 자랑거리가 될 거라고 한다. 그는 우리에게 수료증과 함께 자기 아내와 두 딸이 구운 초코칩 쿠키를 나눠준다. 또 특별한 날이니만큼 그 자리에서 쿠키를 먹어도 된다고 허락하지만, 뒤에 있던 병사들이 쿠키에서 고양이 똥 같은 맛이 난다며 투덜댄다. 대위가 미소를 지으며 또다시 연설을 시작하려는데 갑자기 소령이 그에게 뭐라고 속삭인다. 나중에 들은 얘기지만 그때 소령은 대위에게 이렇게 말했다고 한다. 그만 주둥이 닥쳐. 자네 술을 너무 마신 것 같군. 그건 사실인 것 같았다. 그 대위는 입에서 위스키 병을 한 번도 떼본 적이 없는 것 같은 얼굴을 하고 있었으니까.

시만스키가 휴가를 받지 않았다면 나는 사육장에 남아 이반과 지내면서 다른 군견 훈련병들과 함께 랭그리스에 있는 비어슈투베*로 한잔하러 갈 수도 있을 것이다. 하지만 나는 일주일 동안 중대 사무실에서 시만스키의 책상 옆에 앉아 그가 보고서나 편지 따위를 타자로 치는 것을 지켜보고 있어야만 했다. 시만스키는 개들로부터 해방되어서 언젠가 민간인으로 사회생활을 할 때도 써먹을 수 있는 경력을 쌓게 되었으니 자기한테 고마워해야 한다고 말한다. 타자도 배우고 행운인 줄 알아. 언젠가 네가 『바람과 함께 사라지다』 같은 대작을 쓰게 될지 또 누가 알겠냐? 하하하.

시만스키가 휴가 떠나기 전날 밤, 렝그리스에 있는 한 맥줏집에서 작은 송별 파티가 열린다. 금요일이고, 나는 휴가증을 손에 쥐고 있다. 시만스키는 그다음 날이 되어야 휴가를 떠날 수 있기 때문에 파티 후에 막사로 돌아간다. 시만스키가 자리를 뜨자 그의 여자친구 루스가 주말 외박 동안 어디에 가 있을 거냐고 내게 묻는다. 그리고 시만스키는 없지만 자기 집으로 가서 맥주나 한잔 하자고 한다. 하지만 우리는 문을 열고 들어가자마자 미친 듯이 침대 위를 뒹굴며 흥분하기 시작한다. 그녀가 소리쳤다. 오, 맥. 오, 맥. 자기 너무 팔팔해. 그녀는 서른한 살, 꽤 나이 든 여자다. 하지만 그녀는 밤새 지치지도 않고 그 짓을 해대고, 덕분에 나는 한숨도 잘 수가 없다. 그녀가 시만스키와도 줄곧 그래왔다면 시만스키가 미국으로 가서 긴 휴식을 취해야 하는 것도 당연한 일이다. 어느덧 새벽이 되고 아래층에서 누군가 문을 두드리는 소리가 들린다. 그녀는 창 쪽으로 가서 밖을 내다보더니 비명을 지른다. 오, 맙소사! 시만스키야! 빨리 나가, 나가, 나가! 나는 침대에서 펄쩍 뛰어내려 서둘러 옷을 주워 입는다. 군화를 신고 바지를 입으려는데 바지가 군화에 걸렸는지 제대로 올라가지 않는다. 루스는 쉿쉿거리며 낮게 말한다. 창문으로 나가. 오, 제발. 빨리! 하긴 시만스키가 문을 두드리고 있으니 현관으

---

* 주로 맥주 등의 음료를 판매하는 독일의 대중식당.

로 나갈 수도 없는 노릇이다. 그가 나를 보았다가는 죽이려 들 것이 뻔하다. 나는 창밖으로 뛰어내렸지만 3피트쯤 쌓여 있던 눈 덕분에 다치지 않고 무사하다. 위에서는 시만스키가 나를 보지 못하도록 루스가 창문을 닫고 커튼을 치는 소리가 들린다. 나는 군화를 벗고 바지를 올린 다음 다시 군화를 신는다. 사방 천지가 눈이다. 날씨가 너무 추워서 불알은 단추만큼 쪼그라들었고, 허리까지 쌓인 눈이 바지 속 군화 속으로 스며든다.

　루스의 집에서 가까스로 빠져나온 나는 렝그리스로 가서 따뜻한 커피도 마시고 젖은 몸도 말릴 수 있는 카페가 어디 없나 찾아본다. 하지만 그 시간에 문을 연 카페는 하나도 없다. 하는 수 없이 막사로 돌아가면서 나는 투덜거린다. 아니, 하느님은 왜 시만스키 같은 인간을 만들어가지고 나에게 이 생고생을 시킨담?

　나는 중대 행정병이 되어 시만스키의 책상에 앉아 사무를 보게 된다. 행정병 일 중에서 가장 고약한 것은 매일 아침 출결 보고서를 타자로 쳐내는 일이다. 버딕 상사가 맞은편 책상에 앉아 커피를 마시면서 그 보고서가 얼마나 중요한지 아느냐고 잔소리를 해댄다. 본부에서 그 보고서를 기다리고 있단 말이야. 본부에서 그 보고서를 받으면 다른 중대 출결 보고서랑 합쳐서 슈투트가르트로 보내고, 거기에서 다시 자기들 거랑 합쳐서 프랑크푸르트에 있는 아이젠하워 장군에게 보낸다고. 그러면 장군이 그것들을 워싱턴에 있는 트루먼 대통령에게 보내게 되어 있지. 대통령은 보고서를 보고 유럽에 주둔하고 있는 미합중국 육군 병력이 얼마나 되는지 파악해서 소련 놈들이 갑자기 공격해올 경우를 대비해 작전을 세운단 말이야. 그놈들은 우리가 조금만, 단 한 명이라도 열세인 걸 알면 당장 쳐들어올 놈들이거든. 위에서 기다리고 있다고, 매코트. 그러니까 빨리 완성하도록 해.

전세계가 내 보고서를 기다린다고 생각하자 너무 긴장돼서 자꾸 오타가 나고, 그때마다 처음부터 다시 쳐야 한다. 내가 제기랄, 하면서 타자기에서 종이를 뜯어내 찢어버릴 때마다 버딕 상사는 눈썹을 이마 끝까지 추켜올린다. 그는 커피를 마시며 시계를 들여다보고는 눈썹을 실룩거린다. 나는 너무나 절망스러워서 그러다가 주저앉아 울음을 터뜨리게 될까 걱정이 된다. 본부에서 버딕 상사에게 전화를 걸어와 대령이, 장군이, 사단장이, 대통령이 기다리고 있다고 재촉을 해대고, 연락병은 보고서를 가지고 가려고 내 책상 옆에 서서 기다리고 있다. 그 때문에 더욱 초조해져서 제대로 타자를 칠 수가 없다. 다시 빌트모어 호텔로 돌아가 변기나 박박 문질러 닦고 싶은 심정이다. 마침내 오자 없는 보고서가 완성되자 연락병은 그걸 가지고 서둘러 떠나고, 버딕 상사는 초록색 손수건으로 이마에 맺힌 땀을 훔친다. 그는 나더러 다른 일은 다 집어치우고 하루 종일 사무실 책상에 앉아 오자 하나 없는 보고서를 칠 수 있을 때까지 타자 연습을 하고 또 하라고 명령한다. 그러고는 본부에서 보고서 하나 제대로 못 치는 개자식을 행정병으로 뽑은 병신이 누구냐고 말할지도 모른다고 한다. 그런 보고서라면 다른 행정병들은 십 분이면 끝낸다면서, 자기는 우리 중대가 부대 전체의 웃음거리가 되는 것을 원치 않는다고 한다.

그러니 매코트, 아무 데도 가지 말고 앉아서 완벽한 보고서를 쳐낼 수 있을 때까지 타자 연습을 하도록 해. 자, 빨리 시작해.

그는 매번 다른 숫자를 불러주고 그것을 받아 쳐보라고 하면서 밤낮으로 나를 연습시킨다. 그러면서 언젠가 자기한테 감사할 날이 올 거라고 한다.

그리고 진짜 그의 말대로 된다. 며칠이 지나자 나는 보고서를 엄청 빨리 칠 수 있게 되고, 본부에서는 중위를 보내 그것들이 전날 밤 엉터리로 만들어낸 숫자는 아닌지 확인하게 한다. 버딕 상사는 아니, 그럴 리가요. 제가 바로 옆에서 지켜보고 있었는걸요, 라고 해명하고, 중위는 나를 흘끗 보더니 말한다. 그렇다면 우린 여기에 하사감을 데리고 있는 거로군, 상사.

네, 그렇습니다, 중위님. 이렇게 대답하며 미소를 짓는 버딕 상사의 눈에 생기가 돈다.

시만스키가 돌아오고, 나는 다시 이반에게로 돌아갈 수 있겠거니 한다. 하지만 대위는 나더러 그냥 행정병으로 남아 보급을 담당하라고 한다. 종이, 담요, 베개, 콘돔 따위를 관리하면서 유럽 각지에서 온 군견 훈련병들에게 나눠주라는 것이다. 그들이 퇴역할 때는 반드시 다 회수해야 한다. 물론 콘돔은 빼고, 하하하.

나는 지하실에서 상자, 베개, 이불, 공 등 독일 말로 표기된 온갖 물건들을 회수해서 수를 세고 목록이나 작성하는 행정병으로 일하고 싶지 않다. 그걸 대위에게 어떻게 말해야 하나, 그 고민만 한다. 나는 이반에게 돌아가고 싶다. 다른 군견 훈련병들과 함께 렝그리스나 바트 묄츠, 뮌헨 같은 곳에 가서 맥주나 마시고 여자애들을 꼬이고 싶었다.

대위님, 제가 다시 군견 훈련병으로 배치될 가능성은 없나요?

그런 일은 없을 걸세, 매코트. 자넨 훌륭한 행정병이니까. 그만 나가보게.

그렇지만 대위님······

그만 나가보라고, 병사.

머릿속에 먹구름이 잔뜩 끼어 대위의 사무실을 가까스로 기어나오는데 시만스키가 나를 보고 웃으면서 말한다. 대위가 가혹한 처사라도 내렸냐? 그 멍멍이한테 못 보내주겠다던? 녀석에게 입 닥치라고 했다가 나는 다시 대위의 사무실로 끌려가 야단을 맞는다. 대위는 한 번만 더 그런 일이 발생하면 군 법정에 서게 될 거라면서, 그렇게 되면 내 군복무 기록은 알 카포네의 검거 기록만큼 휘황찬란해질 거라고 으름장을 놓는다. 그러면서 이렇게 덧붙인다. 이제 자넨 일병이 된 거야. 자네가 똑바로 처신하고 계산도 정확하게 하고 콘돔도 잘 관리하면 여섯 달 뒤엔 하사로 승진할 수도 있어. 이제 그만 나가보게.

그런데 일주일 만에 또다시 난처한 일을 겪게 된다. 어머니 때문이다. 일이 있어 렝그리스에 갔을 때 어머니에게 돈을 보내기 위해 본부에 들러 급료 공제 지원서를 작성한 적이 있었다. 그렇게 하면 군에서 매달 내 급료 중 절반을 떼어두었다가 리머릭으로 보내주는 것이다.

바트 퇼츠에서 맥주를 한잔 하고 있는데, 같은 맥줏집에서 슈냅스*를 마시던 공제 담당 데이비스가 술에 잔뜩 취해 내게 시비를 걸어온다. 야, 매코트. 네 어머니가 똥꼬 찢어지게 가난해서 안됐다. 갑자기 머릿속에 먹구름이 두텁게 깔리면서 눈에 보이는 게 없어진다. 나는 내 맥주잔을 내팽개치고 그에게 달려든다. 녀석을 목 졸라 죽여버리고 말겠다는 것 외에는 아무 생각도 안 난다. 그러자 중사 두 명이 달려들어 나를 데이비스로부터 떼어내고, 나는 헌병들에게 끌려간다.

나는 바트 퇼츠에 하룻밤 갇혀 있다가 다음 날 아침 대령 앞에 끌려간다. 대령은 저희끼리 맥주 마시고 노는 하사들에게 왜 덤벼들었느냐고 묻는다. 그들 중 공제 담당 하사가 내 어머니를 모욕했다고 대답하자, 대령은 그게 누구냐고 묻는다.

---

* 감자를 당화, 발효시켜 증류한 독일의 증류주.

데이비스 하사입니다, 대령님.

그리고 자네, 매코트. 자네는 어디 출신이지?

뉴욕입니다, 대령님.

아니, 아니. 내 말은 실제로 어디에서 살다 왔느냐는 말이다.

아일랜드입니다, 대령님.

그럼 그렇지. 그럴 줄 알았다. 자네 얼굴에 아일랜드 지도가 그려져 있거든. 어느 지방에서 왔지?

리머릭입니다, 대령님.

오, 그래? 우리 부모님은 케리와 슬라이고 출신이신데. 아일랜드는 아름답기는 하지만 가난한 나라지. 그렇지 않나?

네, 그렇습니다, 대령님.

좋아. 그러면 데이비스를 들여보내도록 해.

데이비스가 들어오자 대령은 자기가 하는 말을 받아적는 병사 옆으로 가서 속삭인다. 잭슨, 이건 비공개다. 기록하지 말게.

그런 다음 데이비스에게 질문을 던진다. 자, 데이비스. 자네 사람들 앞에서 이 병사의 어머니에 대해 뭐라고 말했지?

전…… 그저……

그 부인의 경제적 어려움은 기밀사항인데 그것에 대해 무슨 말을 했다고?

글쎄 그게…… 대령님……

데이비스, 자네는 참 야비한 녀석이로군. 자네를 군 법정에 세울 수도 있어. 하지만 자네가 술을 몇 잔 해서 실언을 했다고 보고하도록 하지.

감사합니다, 대령님.

자네가 그따위 소리를 지껄였다는 얘기가 한 번만 더 들리는 날에는 엉덩이에 선인장을 쑤셔박아줄 테니 그렇게 알아. 나가봐.

데이비스가 나가자, 대령이 내게 말했다. 우리 아일랜드 사람들은 말이지, 매코트, 일치단결해야 한다. 그렇지?

네, 대령님.

복도로 나가니 데이비스가 내게 손을 내밀며 말한다. 미안하다, 매코트. 그런 말실수를 하지 말았어야 했는데. 나도 급료에서 일부를 떼서 어머니께 보내드리고 있어. 우리 어머니도 아일랜드 사람이야. 그리고 어머니의 부모님도 아일랜드 사람이니까 나도 반은 아일랜드 사람인 셈이지.

내 인생에서 누군가의 사과를 받아본 것은 이때가 처음이다. 그 말을 듣자 순간 나는 얼굴이 붉어지고 무슨 말을 해야 좋을지 몰라 그저 웅얼거리면서 데이비스의 손을 쥐고 흔든다. 내게 미소를 지으면서 자기 어머니나 아버지도, 혹은 자기 조부모님도 아일랜드 사람이라고 말하는 사람에게 뭐라고 말해야 좋을지 알 수 없다. 하루는 내 어머니를 모욕하고, 그다음 날은 자기 어머니도 아일랜드 사람이라고 자랑스럽게 말하는 그런 사람들을 나는 도무지 이해할 수 없다. 왜 내가 입만 뻥긋하면 온갖 사람들이 자기도 아일랜드 사람이라면서 같이 술을 마시려 드는 걸까. 미국인인 것만으로는 세상살이에 충분치 않은 모양이다. 항상 아일랜드계 미국인이니 독일계 미국인이니 하면서 뭔가가 더해져야 한다. 그놈의 '계'자가 없었다면 어쩔 뻔했나.

15

　결국 상부의 지시에 따라 보급병이 되었을 때, 아무도 내게 한 달에 두 번씩 격주로 화요일에 부대의 침구류를 몽땅 거둬 트럭에 싣고 뮌헨 외곽에 있는 군 세탁소로 가져가야 한다는 것을 얘기해주지 않는다. 그건 별로 나쁘지 않은 일이다. 막사에서 벗어나 하루 동안 외출을 나가는 것이고, 다른 두 명의 보급병 라파포르와 베버와 함께 트럭의 이불 더미 위에 누워 세상 이야기를 나눌 수 있으니까. 우리는 막사를 떠나기 전 PX에 들러 한 달 치 배급품 커피 1파운드와 담배 한 보루를 받아들고 나가 독일인들에게 팔아치운다. 라파포르는 보초 설 때 총이 너무 무거워 어깨가 아프다면서 앙상한 어깨 위에 댈 코텍스 생리대도 챙긴다. 그걸 보고 베버가 자기는 여동생이 셋이지만 그런 짓은 안 한다고, 자기라면 가게에 가서 코텍스 좀 달라고 하느니 차라리 고자가 되겠다고 껄껄댄다. 그러자 라파포르는 배시시 웃으며 말한다. 베버, 네 여동생이 아직 기저귀나 차는 어린애인가보지.
　군에서 왜 우리에게 커피 1파운드를 주는 건지 참으로 모를 일이다.

어쨌든 또다른 보급병이 나는 담배를 안 피우니 좋겠다면서, 자기들도 담배를 안 피운다면 받은 담배를 독일 여자애들에게 팔고 그 대가로 같이 잘 수도 있을 텐데 참으로 아쉽다고 한다. B중대의 베버는 담배 한 보루면 한 다스의 계집애들이랑 빠구리를 할 수 있을 거라고 한다. 그런데 그가 이야기를 하다가 너무나 흥분한 나머지 그만 A중대의 이불 보따리에 담뱃불로 구멍을 내고 만다. 그러자 나처럼 처음으로 세탁소행 외출을 나온 A중대의 라파포르가 베버에게 벌컥 화를 내며 조심하지 않으면 개박살을 내주겠다고 으름장을 놓는다. 베버도 지지 않고 오오, 그래? 하며 대들고 나선다. 그때 운전병 벅이 트럭을 멈추고 소리친다. 야, 밖에 있는 녀석들! 지금 우린 우리밖에 모르는 비밀 술집에 왔어. 운이 좋으면 담배 몇 갑에 무슨 짓이든 할 준비가 된 계집애들이 뒷방에서 기다리고 있을지도 몰라. 다른 병사들이 내게 담배를 싸게 팔라고 졸라댄다. 그러자 벅이 내게 말한다. 바보처럼 넘어가지 마, 맥. 너도 사내 녀석인데 여자랑 하룻밤 자야 하지 않겠냐? 안 그랬다간 머리가 돌아버릴지도 모르니까.

벅은 희끗희끗한 반백에 목에는 2차 대전 참전 메달을 걸고 있다. 그는 한때 전투 임무를 부여받았으나 시간이 지날수록 술에 취해 난동을 부리는 일이 잦아져 결국 이등병으로까지 강등되었다고들 한다. 벅에 대해 다들 그렇게 말하지만, 군대에서 떠들어대는 이야기들은 언제나 적당히 에누리해서 들어야 한다는 것을 나는 잘 알고 있다. 벅은 포트 딕스에 있는 던피 하사를 떠올리게 하는 사람이다. 둘 다 자유분방한데다 전쟁에서 큰 몫을 해냈지만, 전시가 아닐 때는 뭘 해야 좋을지 몰라 술이나 마셔대는 사람, 그 술 때문에 한국전쟁에 참전할 수도 없는 사람이다. 그들에게 군대는 죽을 때까지 머물러야 할 유일한 집이다.

벅은 독일어를 할 줄 알고, 렝그리스에서 뮌헨까지 가는 길에 있는 온갖 비밀 술집과 그 바닥 사람들을 모두 알고 있는 듯하다. 어쨌든 술집 뒷방에 계집애들이라곤 없다. 베버가 투덜대자 벅이 말한다. 야, 베버, 꺼져버려. 저 나무 뒤로 가서 용두질이나 하라고. 그러자 베버는 굳이 나무 뒤로 갈 필요가 뭐 있겠느냐며 여기는 자유 국가니까 원하는 곳이라면 어디서든 용두질을 할 수 있다고 대꾸한다. 그러자 벅이 고개를 절레절레 흔들며 말한다. 그래, 그래. 알았어, 베버. 네가 길 한복판에서 거시기를 꺼내놓고 흔들어대든 말든 상관 안 할 테니 알아서 하셔.

벅은 우리를 다시 트럭에 태우고 작은 술집들을 지나쳐 곧장 뮌헨으로 향한다.

이런 곳으로 세탁물을 갖고 오지 말았어야 했다. 여기가 어떤 곳인지 말해주지도 않고 라파포르 같은 유대인을 이런 곳으로 보내서는 안 된다. 그는 트럭에서 고개를 내밀더니 우리가 도착한 곳 문에 달린 '다하우*'라는 악명 높은 포로수용소 간판을 올려다보고는 오, 이런, 하고 소리를 지르며 혼비백산했다.

문 앞에 선 헌병들의 검열에 응하기 위해 벅이 트럭 속도를 늦추자, 라파포르는 트럭에서 뛰어내리더니 미친 사람처럼 비명을 질러대며 뮌헨 거리를 뛰어간다. 놀란 벅이 트럭을 세우고, 우리는 헌병 두 명이 라파포르를 쫓아가 멱살을 잡고 지프차에 태워 다시 데리고 올 때까지 속수무책으로 지켜보기만 한다. 라파포르는 얼굴이 하얗게 질린 채 추위 속에 혼자 오래 버려져 있던 사람처럼 사시나무 떨듯 떠는데, 그 모습이 너무나도 안돼 보인다. 라파포르는 연신 잘못했어요, 잘못했어요. 안 돼요, 안 돼, 라고 외친다. 헌병들은 라파포르를 비교적 부드럽게 대한다.

---

* 2차 대전 당시 나치가 최초로 세운 유대인 강제 수용소.

그중 한 명이 초소에서 전화를 걸더니 라파포르를 돌아보며 말한다. 알았다, 병사. 자네는 안으로 들어갈 필요 없다. 이 근방에서 중위와 함께 있도록. 세탁이 끝날 때까지 기다려라. 동료들이 자네 중대의 세탁물을 처리해줄 거다.

트럭에서 세탁물을 내리는 동안 내 머릿속에서 우리를 도와주는 독일인들에 대한 궁금증이 고개를 든다. 그들은 왜 이 험한 시기에 이런 곳에 와 있을까? 다하우에 대해 무엇을 알고 있을까? 다른 트럭에서 짐을 내리던 병사들이 웃고 농담을 하고 이불 보따리로 서로를 치면서 장난을 할 때도 독일인들은 웃지도 않고 그저 묵묵히 일만 할 뿐이다. 머릿속에 어두운 기억이 자리잡고 있기 때문이리라. 그들이 다하우나 뮌헨에서 살아왔다면 여기가 어떤 곳인지 잘 알고 있을 게 분명하다. 나는 그들이 매일 이곳에 올 때마다 무슨 생각을 하는지 궁금하다.

벅이 나더러 그들에게는 독일어가 통하지 않는다고, 그들은 독일 사람이 아니라 헝가리, 유고슬라비아, 체코, 루마니아에서 온 난민이라고 말해준다. 그들은 누군가가 자기들의 거취 결정을 내려주기 전까지는 독일 전역에 있는 난민 수용소에서 살아야 한다는 것이다.

빨랫감 부리는 일이 끝나자 점심시간이 되었으니 자기는 식당에 가야겠다면서 벅이 자리를 떴고, 베버도 그를 따라나선다. 하지만 나는 리머릭에 있을 때 줄곧 신문이나 뉴스에서 보아온 그곳을 다 둘러보기 전에는 점심을 먹으러 갈 수가 없다. 이곳에는 히브리어와 독일어로 새겨진 명판들이 즐비하다. 명판들 아래에 집단 무덤이라도 있는 건 아닐까 궁금하다.

문이 조금 열린 아궁이들. 나는 이 안에서 어떤 것들이 태워졌는지 알고 있다. 잡지나 책에서 이곳 사진들을 많이 봤지만 사진은 사진이고,

이것들은 내가 원한다면 만져볼 수도 있는 진짜 아궁이다. 내가 진정 이것들을 만져보길 원하는 것인지 나 자신도 알 수 없다. 하지만 그냥 가버린다면, 다시는 이곳에 세탁하러 오지 못한다면, 나중에 스스로에게 이렇게 말하게 될 것 같다. 너는 다하우에 있는 그 아궁이들을 만져볼 수도 있었어. 하지만 그러지 않았어. 네 아이들과 손자 손녀들에게 뭐라고 말할래? 물론 거기에 손을 대는 게 무슨 의미가 있느냐고 말할 수도 있다. 하지만 혼자 있을 때면 스스로 이렇게 물을 것만 같다. 왜 너는 다하우에 있는 그 아궁이들을 만져보지 않았지?

나는 명판들을 지나 아궁이들이 있는 쪽으로 가서 그것들을 만져본다. 그러면서 죽은 유대인들 앞에서 가톨릭식으로 기도를 올리는 게 과연 합당한 일일지 생각해본다. 내가 영국인들에게 죽임을 당했을 때 라파포르 같은 유대인들이 내 무덤에 와서 히브리어로 기도를 올린다면 어떨까? 싫지 않을 것 같다. 그래, 괜찮을 거야. 신부님들도 우리 자신을 위한 기도가 아닌 이타적인 모든 기도는 하느님의 귀에 가 닿는다고 늘 말씀하셨잖아.

그렇다고는 해도 여전히 성모송 세 번을 바칠 수는 없다는 생각이 든다. 성모송에는 예수 그리스도가 나오는데, 예수가 근래에 유대인들에게 전혀 도움을 주지 않았다는 데 생각이 미쳤기 때문이다. 아궁이 문을 붙들고 주기도문을 외우는 게 타당한지도 알 수 없지만 적어도 유대인들에게 해가 되지는 않을 것 같다. 나는 고인들이 나의 무지함을 이해해주기를 바라면서 주기도문을 바친다.

베버가 식당 문 앞에 서서 나를 부른다. 매코트, 매코트, 여기 곧 문 닫는대! 먹으려면 빨리 와!

나는 식판에 굴라시*와 빵을 받아들고 벅과 베버가 있는 창가 쪽 자리로 가서 앉았다. 하지만 창밖의 아궁이들을 바라보니 굴라시를 먹을 기분이 영 아니다. 내가 음식을 마다하는 것은 난생처음 있는 일이다. 리머릭 사람들이 이런 날 보면 분명 미쳤다고 하겠지. 하지만 아궁이들이 나를 노려보고 있는데, 그곳에서 불에 타 죽어간 사람들, 특히 어린아이들이 자꾸 내 눈앞에 아른거리는데, 어떻게 굴라시 따위를 먹을 수 있겠는가? 신문에서 어머니와 함께 죽은 아기들의 사진을 볼 때마다 그애들은 관에서나마 어머니 품에 안겼으니 천국에서 영원히 함께할 수 있을 거라는 생각이 들었다. 하지만 다하우나 다른 유대인 수용소 사진들에는 그런 위안 따위는 없었다. 그런 곳에서 찍은 사진들 속 죽은 아기들은 죽은 개처럼 한쪽 구석에 던져져 있거나 어머니 품으로부터 떨어져 나와 한꺼번에 매장당한 모습들뿐이었다. 그러니 다하우에서 죽은 아기들은 영원히 혼자 황천을 떠돌아다닐 것 같았다. 제대한 후에도 식사로 굴라시가 나오면 다하우에서 본 아궁이들이 생각나서 아뇨, 됐습니다, 라고 말하게 될 것 같다.

명판들 아래에 집단 무덤이 있는지 물었더니 벅이 대답한다. 없어. 다 태워버리는 마당에 집단 무덤이 무슨 필요가 있었겠어? 그놈들이 다하우에서 한 짓이라는 게 바로 그런 거야. 개새끼들!

베버가 끼어든다. 어이, 벅. 난 네가 유대인인 줄 몰랐는데.

빌어먹을! 난 유대인이 아니야. 꼭 유대인이어야 사람다운 생각을 할 수 있는 거냐?

벅은 말을 돌려 라파포르가 배고프겠다면서 샌드위치라도 갖다줘야겠다고 한다. 그러자 베버는 별 웃기는 소리 다 들어보겠다면서 굴라시

---

* 쇠고기와 양파, 파프리카 등 온갖 채소를 넣고 끓인 헝가리식 스튜 요리.

로 어떻게 샌드위치를 만들 수 있느냐고 빈정대고, 벅은 샌드위치는 어떤 재료로도 만들 수 있다며 바보가 아니라면 잘 보라고 반박한다. 베버는 벅을 향해 가운뎃손가락을 세워보이며 네 어머니랑 붙어먹을 놈! 이라고 욕을 하고, 발끈한 벅이 근무중이던 중사가 뜯어말릴 때까지 베버를 흠씬 두들겨패준다. 중사가 큰 소리로 우리에게 외친다. 모두 나가! 식당은 곧 문을 닫을 거야. 남아서 걸레질을 하고 싶지 않거든 모두 나가라고!

벅은 트럭 운전석으로 들어가 앉았고, 베버와 나는 트럭 뒤칸에서 낮잠을 자면서 기다리다가 다 된 빨래를 받아 트럭에 싣는다. 라파포르는 문 옆에 쭈그리고 앉아서 군 신문인 〈성조지星條紙〉를 읽고 있다. 나는 내가 본 아궁이와 이곳에서 벌어진 불행한 일들에 대해 라파포르에게 말하고 싶지만, 그는 여전히 하얗게 질리고 얼어 있는 표정이다.

렝그리스로 가는 길 중간쯤에서 벅이 큰길을 벗어나 작은 오솔길로 들어서더니 야영장 같은 곳에 트럭을 세운다. 군데군데 판잣집과 곁집, 낡은 텐트들이 자리잡았고, 어린아이들이 이른 봄의 차가운 날씨에도 맨발로 뛰어놀고 있다. 어른들은 모닥불 가에 둘러앉아 있다. 벅은 운전석에서 펄쩍 뛰어내리더니 우리더러 커피와 담배를 가져오라고 한다. 라파포르가 왜 그러느냐고 묻자 벅이 대답한다.

거시기를 하고 가야지. 거시기 말이야. 쟤들이 공짜로 해주겠어?

베버가 말한다. 그래, 그래. 쟤들은 난민이라고.

그들은 우리를 보더니 여자고 남자고 가릴 것 없이 뛰어온다. 하지만 내 눈에 들어오는 것은 여자들뿐이다. 그들은 미소를 지으며 커피와 담배에 달려들고, 벅이 소리친다. 조심해. 쟤들이 네 물건을 채가게 내버려둬선 안 돼. 베버는 서른다섯쯤 되어 보이는 나이 든 여자와 함께 판잣집 뒤편으로 사라진다. 나는 라파포르를 찾아본다. 라파포르는 여전히 얼굴이 하얗게 질린 채 트럭 안에서 먼 산만 바라보고 있다. 벅이 한 여자애에게 신호를 보내고는 내게 말한다. 자, 얘가 네 자기야, 맥. 얘한 테 담배 주고 커피는 네가 가지고 있어. 지갑 조심하고.

여자애는 누더기 같은 분홍색 꽃무늬 원피스를 입고 있다. 하도 말라 서 몇 살인지 짐작하기조차 어렵다. 그녀는 내 손을 잡고 오두막 안으로 들어간다. 원피스 안에 아무것도 입지 않은 여자애는 금방 알몸이 된다. 여자애가 바닥에 깔린 천 더미 위에 드러눕고, 나는 너무 급해서 그녀에 게 덤벼든 뒤 내 바지를 끌어내린다. 하지만 바지가 군화에 걸려 다 내 려가지 않는다. 그녀의 몸은 차가웠지만 속은 뜨거웠고, 내가 너무 흥분 한 탓인지 일은 일 분 만에 끝나버린다. 그녀는 몸을 굴려 내 곁에서 빠 져나가더니 구석으로 가서 양동이 위에 쪼그리고 앉는다. 그 모습을 보 니 리머릭에 살 때 집 안 구석에 양동이를 놓아두던 게 생각났다. 그녀 는 양동이에서 일어나더니 옷을 주워입고 내게 손을 내밀면서 말한다.

담배?

나는 얼마나 주어야 할지, 단 일 분간 흥분한 대가로 담배 한 보루를 다 주어야 하는 건지, 아니면 스무 개비들이 한 갑만 주어도 되는지 알 수가 없다.

그녀가 다시 말한다. 담배? 구석에 있는 양동이를 보고, 나는 그녀에 게 한 보루를 다 줘야겠다고 생각한다.

하지만 그녀는 담배 한 보루를 받고도 성이 차지 않는 모양인지 내게 다시 말한다. 커피?

나는 그녀에게 말한다. 안 돼, 안 돼, 커피는 안 돼. 그러자 그녀가 내 게 다시 달려들어 바지 지퍼를 열고, 나는 너무나 흥분한 나머지 그녀와 함께 다시 천 더미 위로 엎어진다. 담배와 커피를 잔뜩 얻은 그녀는 그 제야 처음으로 미소를 지어 보인다. 그녀의 이를 보니 왜 잘 안 웃는지 알 것 같다.

벅은 트럭 운전석으로 돌아와 라파포르에게 한 마디도 하지 않았고, 나도 내가 한 짓이 부끄러웠기 때문에 아무 말도 하지 않는다. 나는 부끄러워할 필요 없다고, 받은 것에 대해 대가를 치렀고 커피까지 줬다고 스스로를 위로하려 했지만, 라파포르 앞에서는 왠지 모르게 자꾸 부끄러워진다. 라파포르가 난민들을 존중해서 그들을 이용하는 것을 마다했기 때문이 아닐까. 하지만 정말 그랬다면 왜 난민들에게 자기 담배와 커피를 나눠주면서 존중과 슬픔을 표현하지 않았을까, 하는 의구심이 생긴다.

베버는 라파포르에게는 신경도 쓰지 않고 지껄여댄다. 자기 파트너는 끝내주는 여자였는데 아주 싸게 먹혔다고, 겨우 담배 다섯 갑만 줬다고, 그래서 커피가 아직도 남아 있으니 렝그리스에서도 일주일 동안 여자와 붙어먹을 수 있겠다고 떠벌린다.

라파포르가 베버에게 병신 같은 놈이라고 욕을 하자 베버도 욕설을 퍼붓고, 결국 라파포르가 베버에게 덤벼든다. 둘은 빨래 더미 위를 뒹굴며 코피가 터지도록 싸운다. 벅이 트럭을 세우고 그만하라고 소리를 지르고, 나는 우리 C중대의 빨래에 피가 묻지나 않을까 걱정만 하고 있다.

16

다하우 세탁소 임무 다음 날부터 목이 부어오르기 시작했다. 의사가 보더니 볼거리라면서 짐을 싸서 뮌헨으로 가보라고 했다. 그러면서 혹시 아이들 가까이에 간 적이 있느냐고 묻는다. 볼거리는 원래 아이들한테 발병하는 것인데, 성인 남자가 볼거리를 앓게 되면 그것으로 그의 가계는 끝장이 난다는 것이다.

무슨 말인지 알겠나, 병사?

아니요, 선생님.

영원히 애를 못 가질 수도 있단 말일세.

나는 지프차를 타고 뮌헨로 호송된다. 차를 몰던 존 칼룬 하사가 내게 말한다. 볼거리는 독일 여자들이랑 놀아난 것에 대한 하느님의 벌이야. 넌 그걸 하느님의 계시로 받아들여야 해. 그는 그렇게 말하고 지프차를 세우더니, 자기와 같이 길가에 무릎을 꿇고 더 늦기 전에 하느님의 용서를 구하자고 한다. 작대기 둘인 하사가 시키는 짓이었으니 순순히 따르는 수밖에 없다. 기도하는 그의 입가에 거품이 이는데, 나는 그 거품이 광기의 전조라는 것을 리머릭에서 자랄 때부터 잘 알고 있다. 그러니 당장 함께 무릎을 꿇지 않으면 그가 하느님의 이름으로 미쳐 날뛸 것이 분명하다. 그는 하늘을 향해 두 팔을 올리더니 기도를 올리기 시작한다. 때마침 프랭크 매코트 병사에게 볼거리라는 선물을 내려주셔서 그가 행실을 고치고 영혼을 구원받을 수 있게 해주신 하느님 감사드립니다. 앞으로도 계속 그의 행실이 잘못될 때마다 스스로 알아차릴 수 있도록 수두, 치통, 홍역, 두통, 필요하다면 폐렴까지도 내려주시기를 간절히 원합니다. 볼거리에 걸린 매코트 병사를 뮌헨까지 데려다줄 사람으로 제가 선택된 것이 우연이 아님을 잘 압니다. 전능하신 하느님께서 저를 독일로 오게 하사 매코트 병사의 영혼과 다른 방탕한 영혼들을 구원의 길로 이끌게 하시려고 한국전쟁이 시작된 것도 잘 압니다. 이 모든 특권을 내려주신 하느님께 감사드립니다. 주님께서 바라시는 일이라면 앞으로도 뮌헨 군 병원의 볼거리 병동에서 매코트 병사의 영혼을 계속 돌볼 것을 약속드립니다. 주님께서 저를 구원해주셨으니 저는 정말 행복합니다. 정말 기쁩니다. 오, 주님, 기쁘고말고요. 그러고 나서 그는 운전대를 두드려가며 강가에 모이고 어쩌고 하는 노래를 부르기 시작한다. 그가 차를 너무 빨리 몰아서 볼거리가 낫기도 전에 도랑에 처박혀 죽는 건 아닌지 걱정이 될 지경이다.

그는 나를 데리고 군 병원 복도를 걸어가면서 흥얼흥얼 찬송가를 부르더니, 내가 구원받았음을 온 세상에 알리라고 한다. 주님께서 볼거리라는 계시를 보내셨으므로 기꺼이 뉘우칠 준비가 되어 있다고 사람들에게 말하고 하느님을 찬양하라는 것이다. 그가 병원 접수처의 중사에게 내게 성경책과 기도할 시간을 주라고 하지만, 중사는 당장 꺼지라고 호통칠 뿐이다. 그러자 칼룬 하사는 또다시 중얼거리기 시작한다. 오, 하느님, 저런 말을 한 중사에게 축복이 있기를 바라옵나이다. 진심으로 그러기를 원하옵나이다. 악의 편에 서 있는 저 중사를 위해 기도할 것을 약속드리나이다. 그런 다음 중사에게 말한다. 중사님께서 지금 당장 무릎을 꿇고 주 예수를 믿는다면 모든 이해를 초월하는 하느님의 화평을 얻게 될 것입니다. 그렇게 말하는 칼룬 하사의 입에서는 게거품이 잔뜩 일어 거의 턱까지 흘러내릴 지경이다.

중사는 책상 뒤에서 걸어나오더니 칼룬 하사를 밀어 병원 문밖으로 쫓아낸다. 칼룬 하사는 그 와중에도 계속해서 외친다. 회개하시오, 중사. 회개하시오. 자, 형제여, 잠시 고개를 숙이고 주님의 손길이 닿아 볼 거리에 걸린 이 아일랜드 청년을 위해 기도합시다. 오, 우리 함께 강가로 나갑시다.

중사는 그렇게 계속 하느님께 애원하며 기도하는 칼룬 하사를 뮌헨의 캄캄한 어둠 속으로 몰아낸다.

독일 위생병이 내게로 와서 자기 이름은 한스라고 소개를 하더니 나를 6인 병실로 데려간다. 그런 다음 환자복과 불룩한 얼음주머니 두 개를 내게 건네주면서 말한다. 이컨 쟈네 모게, 이컨 쟈네 샤타구네. 그러자 침대에 앉아 있던 네 명의 남자들이 합창하듯 그의 말을 흉내낸다. "이컨 쟈네 모게, 이컨 쟈네 샤타구네." 독일 위생병은 빙그레 웃으면서 얼음주머니를 하나는 내 목에, 하나는 내 사타구니에 대준다. 그러자 남자들이 자기들도 얼음 좀 더 달라며 얼음주머니를 야구공처럼 그에게 던지고 말한다. 한스, 자넨 얼음주머니를 그렇게 잘 잡으니 야구도 잘하겠어.

그런데 구석 쪽 침대에 앉아 있는 남자는 훌쩍거리기만 할 뿐 얼음주머니를 던지지 않는다.

한스가 그의 곁으로 가서 묻는다. 디미노, 쟈네도 얼음 필요해?

아니, 얼음 따윈 필요 없어. 얼음이 다 무슨 소용이겠어?

오, 디미노.

오, 디미노? 젠장, 빌어먹을 독일 병정 같으니라고. 당신들이 내게 한 짓을 좀 보라고. 이 빌어먹을 볼거리를 안겨줬잖아. 난 이제 영원히 애도 못 갖게 되었단 말이야.

오, 쟈녠 애를 가질 수 있을 거야, 디미노.

자네가 어떻게 알아? 내 마누라는 내가 호모라고 생각할 거야.

오, 디미노. 쟈녠 호모가 아니잖아. 한스는 그렇게 말한 다음 다른 남자들을 돌아보며 묻는다. 디미노가 호모인가?

그럼, 그럼, 쟨 호모지. 넌 호모 맞아, 디미노. 그러자 디미노라는 남자가 벽 쪽으로 돌아누워 다시 흐느껴울기 시작한다.

한스가 그의 어깨를 어루만지며 말한다. 져 녀석들도 진심으로 크러는 건 아닐 거야, 디미노.

그러자 남자들은 또다시 합창하듯 말한다. 진심이야, 진심. 넌 호모야, 디미노. 우리 불알도 부어올랐고 네 불알도 부어올랐지. 하지만 넌 우리와는 다른 울보 호모야.

그들이 합창하듯 외쳐대자, 한스는 다시 디미노의 어깨를 쓰다듬어주고 그에게 얼음주머니를 건네며 말한다. 쟈, 여기, 디미노. 샤타구닐 션하게 해야 해. 그러면 애도 마니마니 낳을 수 있을 거야.

그럴까, 한스? 정말이야?

그럼, 쟈녠 분명 애를 갸질 수 있을 거야, 디미노.

고마워, 한스. 자네는 정말 괜찮은 독일 병정이야.

고마워, 디미노.

한스, 그런데 자네는 진짜 호모인가?

응, 디미노.

그래서 자네가 내 사타구니에 기꺼이 얼음주머니를 올려주는 거야?

그건 아냐, 디미노. 그건 일이야.

네가 호모든 아니든 난 상관 안 해, 한스.

고마워, 디미노.

천만에, 한스.

그때 또다른 위생병이 책을 잔뜩 실은 카트를 밀고 병실로 들어온다. 나는 그걸 보고 이제부터 책을 실컷 읽을 수 있겠구나 생각한다. 아일랜드를 떠나올 때 배에서 읽기 시작한 도스토옙스키의 『죄와 벌』도 이제 드디어 끝낼 수 있겠어. 이제 스콧 피츠제럴드랑 P. G. 우드하우스 작품들도 읽어야지. 하지만 라스콜니코프와 노파 이야기가 계속 맴돌면서 도스토옙스키가 내 머릿속을 떠나지 않는다. 리머릭에서 피누케인 부인이 안락의자에 앉아 숨을 거둔 뒤 부인의 돈을 훔쳤던 기억이 떠올라 또다시 죄책감이 나를 엄습했다. 군종신부를 불러 내 끔찍한 죄를 고백할까.

아니다. 성당의 어두컴컴한 고해소라면 모를까, 훤한 대낮에 침대 옆에 칸막이를 쳐둔 채 볼거리 때문에 온통 부어오른 얼굴로, 그것도 신부가 나를 빤히 보는데 죄를 고백할 수는 없는 노릇이다. 피누케인 부인이 자기 영혼을 위한 미사를 드리기 위해 성당에 돈을 내놓을 계획이었다고, 그런데 내가 그 돈을 훔쳤다고는 신부에게 절대 고백할 수 없으리라. 난민 수용소에서 여자애랑 그 짓을 했다는 것도 절대 고백할 수 없을 것 같다. 하지만 그 여자애를 떠올리자 갑자기 나도 모르게 흥분이 돼서 담요 아래 손을 집어넣고 수음을 한다. 이미 지은 죄에 또 하나의 죄를 보태는 순간이다. 지금 신부에게 죄를 고백하면 나는 완전히 파문당할지도 모른다. 그러느니 차라리 트럭에 치이거나 높은 데서 떨어지는 물건에 맞아서, 죽기 전 그 자리에서 잠깐 완전한 통회를 한 번 하고 죽는 게 낫겠다. 그러면 신부 따윈 필요 없을 테니까.

때때로 나는 신부들만 없다면, 그래서 침대에 누워 하늘에 계신 하느님께 직접 이야기를 할 수만 있다면 내가 세상에서 가장 훌륭한 가톨릭 신자가 될 거라는 생각을 한다.

17

    퇴원을 하고 보니 두 가지 좋은 일이 나를 기다리고 있다. 하나는 내 타자 실력이 뛰어나서 하사로 승진한 것이다. 덕분에 내가 원하기만 하면 이 주간 아일랜드로 포상 휴가를 갈 수도 있다고 한다. 두번째로, 몇 주 전 어머니가 보낸 편지에는 운 좋게도 자네스보로에 새로 생긴 시영주택으로 이사도 가고 새로운 가구도 싸게 살 수 있게 되었다고 기뻐하는 내용이 적혀 있다. 어머니는 그 집 욕실에는 욕조도 있고 세면대도 있고 찬물, 뜨거운 물이 다 나오고, 부엌에는 가스레인지와 싱크대도 있고, 부엌에 딸린 작은 거실에는 벽난로가 있어서 그 옆에 앉아 무릎을 따뜻하게 데우면서 신문이나 연애소설을 읽을 수 있다고 좋아했다. 앞마당에는 작은 꽃이나 나무들을 키울 수 있는 정원도 있고, 뒷마당에는 온갖 종류의 채소를 심을 수 있는 작은 텃밭도 있다고 했다. 여태껏 어머니는 이 모든 사치를 모르고 살아왔다.

    기차를 타고 프랑크푸르트로 가는 내내 나는 새 집과 그 집에서 안락하게 지내는 어머니와 내 동생 마이클과 알피를 상상한다. 리머릭에서의 비참했던 지난날들을 생각하면 다시 리머릭으로 돌아가고 싶지 않다. 하지만 비행기가 아일랜드 연안에 가까워지고 구름이 들판 위로 그늘을 드리우며 흘러가는 아일랜드 특유의 신비로운 녹색 풍경을 대하자 나도 모르게 눈물이 솟는다. 사람들은 나를 흘끗 바라볼 뿐, 다행히도 왜 우는지는 묻지 않는다. 묻는다 해도 대답할 수 없으리라. 아일랜드에 대해 떠오르는 내 마음속 감정을 말로는 도저히 표현할 수 없을 것 같다. 적당히 표현할 말도 없고, 내가 이런 감정을 느끼게 되리라고는 상상도 못 했기 때문이다. 내 느낌을 셰익스피어나 새뮤얼 존슨, 또 도스토옙스키의 언어로밖에 달리 표현할 수 없다는 것이 이상하다.

어머니는 화사한 빛깔의 원피스를 입고 반짝반짝 빛나는 새 검정 구두를 신고 기차역에서 나를 기다리고 있다. 나를 보더니 어머니는 새로 해넣은 새하얀 이를 드러내고 미소를 지으며 반겨준다. 곧 열두 살이 될 내 동생 알피도 작년 견진성사 때 입었음직한 회색 양복을 입고 어머니 옆에 나와 있다. 알피는 나를 무척 자랑스러워하는 눈치다. 특히 내 가슴에 달린 하사 계급장을 보고 녀석은 의기양양한 표정으로 내 더플 가방을 들어주겠다고 나선다. 하지만 너무 무거웠는지 낑낑대기만 할 뿐 들어올리지는 못한다. 가방 속에는 어머니에게 줄 뻐꾸기시계와 드레스덴 도자기가 있기 때문에 알피가 가방을 계속 질질 끌고 가도록 내버려둘 수는 없다.

사람들이 미군 군복을 입은 내 모습을 신기한 듯 쳐다보고, 나는 선망의 시선을 받는 나 자신이 자랑스럽다. 리머릭 같은 작은 아일랜드 도시에서는 기차에서 내리는 미군 하사를 날이면 날마다 볼 수 있는 게 아니다. 내 모습을 보고 저 사람 누구야? 멋지지 않니? 하고 속삭이는 여자애들의 목소리를 들으며 거리를 걸어가고 싶다. 그들은 내가 한국전에 참전해서 중국인들을 맨손으로 때려잡았고, 용감해서 보여주지는 않겠지만 큰 부상을 입어 잠시 고향에 쉬러 왔다고 생각할 거다.

기차역을 빠져나와 거리를 걸어가는데, 잘못된 방향으로 가고 있다는 느낌이 든다. 어머니 말대로라면 분명 새 집은 자네스보로에 있는데, 우리가 처음 미국에서 아일랜드로 돌아왔을 때 걸어갔던 길을 그대로 따라 피플스 파크를 지나 리틀 배링턴 가에 있는 외할머니 집 쪽으로 가고 있다. 왜 이 길로 가느냐고 묻자 어머니는 새 집에 전기와 가스가 아직 안 들어온다고 한다.

전기와 가스가 왜 안 들어와요?

그게 글쎄, 신경을 안 썼더니.

왜 신경을 안 써요?

글쎄, 뭐라고 말해야 할지 모르겠구나.

그 말을 듣자 갑자기 화가 치밀어오른다. 나는 어머니가 리틀 배링턴 가의 빈민가를 벗어나 새 집에서 꽃을 가꾸고 정원이 내다보이는 부엌에서 차를 마시며 지낼 수 있게 되어 무척 기뻐하고 있는 줄로만 알았다. 어머니가 깨끗한 시트를 깐 벼룩 하나 없는 깨끗한 침대와 깨끗한 욕실을 쓰게 될 날을 학수고대하고 있는 줄로만 알았다. 하지만 아니었다. 어머니는 아직 빈민가에 남아 있다. 도저히 그 이유를 알 수가 없다. 어머니는 건강도 좋지 않고 다리를 심하게 절어 거동이 불편한 팻 외삼촌을 혼자 두고 이사를 갈 수 없었다고 한다. 네 외삼촌은 몸도 불편한데 아직도 리머릭 시내를 돌아다니며 신문을 팔잖니. 가엾기도 하지. 네 외삼촌은 지금 혼자서는 일상생활을 해나갈 수 없는 상황이란다. 우리가 어려울 때 네 외삼촌이 우리를 그 집에 받아줬잖니. 나는 어머니에게 그런 게 나와 무슨 상관이냐고, 나는 뒷골목의 그 우중충한 집으로 돌아가고 싶지 않다, 자네스보로에 있는 그 새 집에 전기와 가스가 들어올 때까지 내셔널 호텔에 머물겠다고 말한다. 가방을 어깨에 둘러메고 반대 방향으로 걸음을 옮기자, 어머니가 훌쩍거리며 내 이름을 부른다. 오, 프랭크, 프랭크. 하룻밤만, 마지막으로 단 하룻밤만 우리 어머니 집에서 잘 수 없겠니? 하룻밤 거기서 잔다고 죽는 것도 아니잖니. 하룻밤만.

나는 걸음을 멈추고 뒤돌아서 소리친다. 전 외할머니 집에서는 단 하룻밤도 자고 싶지 않아요. 그렇게 돼지우리 같은 데서 살 거면 내 급료에서 돈을 떼어 어머니한테 보내준 게 다 무슨 소용이에요?

어머니는 울면서 팔을 뻗쳐 나를 잡으려 하고, 알피는 놀라서 눈이 휘둥그레진다. 하지만 나는 개의치 않는다. 내셔널 호텔에 가서 방을 잡고 침대 위에 가방을 던져놓고 앉아 어머니에 대해 생각한다. 어머니는 왜 바보같이 그 빈민가에 더 머물겠다고 고집을 부리는 거야? 나는 하사 계급장이 달린 군복을 입은 채 계속 방 안 침대에 앉아 화만 내고 있을 것인가, 아니면 밖으로 나가 거리를 활보하며 세상 사람들이 나를 쳐다보고 감탄하게 만들 것인가를 고민한다. 창밖을 내다보니 테이즈 시계탑, 도미니크 성당, 리릭 영화관 등이 보이고, 그 너머로 극장 꼭대기 좌석으로 들어가는 문 앞에 줄지어 선 남자아이들이 보인다. 어릴 적에 2펜스로 영화를 보겠다고 그곳에 줄을 서서 기다리던 기억이 떠오른다. 누더기 옷을 걸친 아이들이 꽤나 소란스럽다. 창가에 한참 앉아 있자니 리머릭에서 보낸 내 지난날을 들여다보는 것 같다. 불과 십 년 전 열두 살 때 샤를 부아예와 함께 영화에 출연한 헤디 라마에게 빠져 있던 기억이 떠오른다. 두 사람은 알제에 함께 있었는데, 어느 날 샤를이 그녀에게 자기와 함께 떠나자고 한다. 나와 함께 카스바로 갑시다. 나는 어머니가 제발 좀 그만하라고 할 때까지 그 대사를 몇 주 동안 읊고 또 읊었다. 어머니는 샤를 부아예를 좋아해서 내가 외우는 대사보다는 샤를 부아예의 목소리를 더 듣고 싶어했다. 어머니는 제임스 메이슨도 좋아했는데, 우리 동네 여자들은 너무 잘생기고 위험한 남자의 분위기를 풍기는 제임스 메이슨이라면 다들 사족을 못 썼다. 여자들은 바로 그 위험한 분위기 때문에 제임스 메이슨에게 매력을 느끼는 거라고 입을 모아 말했다. 위험한 매력 없는 사내가 어디 사내야? 멜다 라이언스는 캐슬린 오코넬 가게에 모인 여자들에게 자기는 제임스 메이슨이 좋아 죽겠다면서 그를 만나면 금방이라도 삶은 달걀 껍질 벗어지듯 옷을 홀딱 벗을 수도 있을 것 같다고 말해 모두를 웃겼다. 그때 어머니가 다른 여자들보다 더 큰 소리로 웃어젖혔던 것도 기억난다. 혹시 어머니가 캐슬린 오코넬 가게에 가서 멜다나 다른 여자들에게 우리 프랭크가 기차에서 내리자마자 집에 가지 않겠다고 고집을 부렸다며 떠들어대는 것은 아닐까, 그러면 그 여자들은 또 자기 집으로 가서 프랭키 매코트가 미군 군복을 입고 돌아왔는데 어찌나 거만하고 잘난 척을 하는지 가난한 자기 엄마가 사는 뒷골목 집으로는 가지 않겠다고 했다며 제 아빠처럼 행동거지가 이상할 때부터 알아봤다고 떠들어대는 것은 아닐까, 걱정이 된다.

마지막으로 이번 한 번만 외할머니 집까지 걸어가도 뭐 어떠랴 싶다. 또 내 동생들 마이클과 알피가 온 세상 사람들에게 큰형이 왔다고 자랑하며 다닐 텐데, 내가 하사 계급장을 달고 가주지 않으면 녀석들이 슬퍼할지 모르겠다는 생각도 든다.

내셔널 호텔 계단을 내려가자마자 리릭 영화관에 모여 있던 소년들이 나를 보더니 페리 광장을 가로질러 큰 소리로 외쳐댄다. 어이, 양키 병사, 유후! 당신 추잉검 있어? 주머니에 몇 실링이라도 있어? 아니면 캔디바라도?

녀석들은 '캔디'를 미국 사람처럼 발음하더니 그게 우스웠는지 저희끼리 또 벽에 몸을 부딪치면서 숨이 넘어갈 정도로 웃어댄다.

주머니에 두 손을 푹 찌른 채 한쪽 구석에 서 있는 한 소년이 눈에 들어온다. 두 눈이 시뻘건데다 딱지까지 앉아 있고, 얼굴은 여드름투성이

162

에 머리는 두개골이 앙상하게 드러날 정도로 빡빡 민 소년이다. 십 년 전 내 모습이 꼭 저랬다고 인정하기가 쉽지 않다. 녀석도 광장 건너편에서 큰 소리로 나를 부른다. 어이, 양키 병사, 뒤로 돌아봐. 살진 엉덩이 좀 보게. 녀석의 말라비틀어진 엉덩이를 힘껏 걷어차주고 싶다. 군견 이반에게 돌아가고 싶은 마음뿐인 일개 보급병이라 하더라도 전세계를 구한 미군 군복을 입고 있는 내게 최소한의 존경심은 보여야 하지 않나. 저 딱지눈 녀석이 내 계급장을 보면 일말의 존경심이라도 가질 거라고 생각할 수도 있겠지만 아니올시다이다. 뒷골목에서 자란 애들은 원래 그렇게 행동할 수밖에 없는 법. 속으로는 어떤지 몰라도 겉으로는 깽깽이방귀만큼도 신경쓰지 않는 척 군다.

그래도 나는 광장을 가로질러가서 딱지눈 녀석에게 한마디 해주고 싶다. 녀석의 멱살을 잡고 흔들면서, 나도 네 나이 때 꼭 너 같은 꼴을 하고 있었지만 리릭 영화관 밖에 서서 살진 엉덩이가 어떠니 하면서 양키들을 놀리지는 않았다고 말하고 싶다. 사실은 그래도 나는 저 딱지눈 녀석과는 달랐다고 스스로를 납득시키고 싶다. 나도 녀석처럼 툭하면 영국인이나 미국인, 또 새 자전거를 타고 양복 주머니에 만년필을 꽂고 지나가는 누구라도 놀려대고, 번듯한 부잣집을 보면 창에 돌멩이를 던지고 깔깔대며 달아나다가 화를 냈다.

내가 할 수 있는 일이라고는 그 딱지눈 녀석과 다른 녀석들이 내 엉덩이를 공격하지 못하도록 벽 쪽으로 몸을 틀고 걸어가는 것밖에 없다.

머릿속이 혼란과 먹구름으로 가득 찬다. 그런데 갑자기 다른 생각이 떠오른다. 영화 속에 나오는 미군 병사처럼 녀석들에게 가서 주머니 속에 있는 잔돈을 쥐여주는 것이다. 그렇게 해도 크게 손해 볼 것은 없겠다 싶다.

녀석들은 내가 다가오는 것을 보자 금방이라도 달아날 태세다. 하지만 겁쟁이로 보이기 싫어서 누구 하나 선뜻 먼저 달아나지도 못하는 눈치다. 내가 동전을 몇 개씩 나눠주자 녀석들은 어, 이거 뭐야, 하면서 좋아라 한다. 녀석들의 싹 바뀐 태도를 보자 나도 기분이 좋아진다. 딱지눈은 자기 몫을 받아 챙기고는 아무 말도 하지 않더니, 내가 등을 돌려 뚜벅뚜벅 발걸음을 옮기자 내 등 뒤에 대고 소리친다. 어이, 선생, 당신은 엉덩이가 뚱뚱하지 않은걸, 전혀.

다른 어떤 말보다도 나를 기분 좋게 해주는 말이다.

배링턴 가를 벗어나 내가 살던 골목길로 들어서자마자 사람들이 나를 보고 수군대는 소리가 들린다. 어머, 세상에! 프랭키 매코트가 미군 군복을 입고 나타났어. 캐슬린 오코넬 부인도 자기 가게 문 앞에 서서 나를 보고 활짝 웃더니 클리브스 토피 사탕 하나를 건네준다. 자, 프랭키. 너 어릴 때 이거 좋아했잖니. 이 토피 때문에 리머릭의 이란 이는 죄다 썩어빠졌지만 말이야. 오코넬 부인의 외눈박이 조카딸도 옆에 서 있다. 그녀는 감자 자루를 칼로 열다가 칼이 미끄러져 얼굴 쪽으로 튀는 바람에 한쪽 눈을 잃었다. 그녀도 클리브스 토피를 보며 활짝 웃고 있다. 한쪽 눈을 잃고도 그렇게 웃을 수 있다는 게 신기하다.

오코넬 부인이 골목 저 아래를 지나가던 작고 뚱뚱한 여자를 부른다. 패터슨 부인, 프랭키가 왔어. 완전 영화배우가 다 됐다니까. 패터슨 부인이 달려와 내 얼굴을 두 손으로 감싸쥐고 말한다. 어이구, 프랭키. 네가 와서 네 가엾은 어머니가 얼마나 좋으시겠니. 네 엄마는 그동안 정말 말도 못하게 고생하셨단다.

해전에 참가했던 남편이 죽은 뒤 내놓고 화이트 씨와 열애중인 머피 부인도 나를 보고 미소를 지으며 한마디 한다. 너 정말 영화배우 같구나, 프랭키. 그런데 눈 아프던 건 어떻게 됐니? 어머, 정말 눈도 말끔히 나왔네.

골목 안 사람들이 모두 문밖으로 나와 나를 보고 멋있다며 한마디씩 한다. 장님인 퍼셀 부인까지도 내가 멋져 보인다고 한마디 거든다. 나는 그 말을 만약 부인이 볼 수 있었다면 하고 싶었을 말로 이해한다. 내가 가까이 다가가자 퍼셀 부인은 우리가 함께 라디오를 통해 셰익스피어와 션 오케이시*의 극작품을 듣던 시절을 떠올리며 나를 껴안는다.

그녀는 내 목에 팔을 감더니 말한다. 어머나, 세상에. 너 비쩍 말랐구나. 미국 군대에서는 먹을 것도 안 준다던? 어쨌든 너한테서 좋은 냄새가 나는구나. 양키들한테서는 항상 좋은 냄새가 나더라.

나더러 자기 집 부엌으로 들어와 라디오 극을 들으라고 하면서 차와 잼을 듬뿍 바른 빵을 흔쾌히 내주던 부인의 친절한 모습이 떠오른다. 눈이 푹 꺼진데다 거의 미동도 없는 퍼셀 부인의 얼굴을 바로 보기가 힘들다. 골목 안 사람들이 다 나와서 그렇게 나를 반겨주니 어머니한테 화를 내고 돌아서서 내셔널 호텔에서 잔뜩 토라져 있던 나 자신이 부끄러워진다. 아들이 기차역에서 내리자마자 잔뜩 화가 나서 집에 오지도 않는다는 말을 어머니가 이웃들에게 어떻게 할 수 있었겠는가? 외할머니 집에 가서 어머니에게 내가 얼마나 미안한지 말하고 싶지만, 눈물이 날까봐 아무 말도 할 수가 없다. 그러자 어머니는 내가 어릴 적에 그랬던 것처럼 놀리는 한마디를 한다. 너 오줌보가 눈에 가서 붙었나보구나.

어머니는 웃기려고, 당신의 눈물을 거두고 우리 모두가 울먹이는 장면을 덜 창피하게 하려고 그런 농담을 한다. 그런 다음, 리머릭의 다른 어머니들처럼 말한다. 너 굶고 살았니? 왜 이렇게 말랐어? 차 한잔 하련?

---

* 아일랜드의 유명한 극작가. 대표작으로 「주노와 공작」 「쟁기와 별」 등이 있다.

팻 삼촌은 부엌에 앉아 있다. 삼촌이 고개를 들어 나를 쳐다보는데, 두 눈이 벌겋게 짓무르고 누런 진물이 배어나오고 있어서 구역질이 날 것만 같다. 리릭 영화관 앞에서 보았던 그 딱지눈 녀석이, 또 어린 시절의 내 모습이 생각난다.

어머니의 오빠인 팻 삼촌은 리머릭 전역에서 앱Ab 시언으로 통한다. 어떤 사람들은 팻 삼촌을 애봇Abbot, 즉 수도원장이라고 부르기도 하는데, 그 이유를 아는 사람은 아무도 없다. 삼촌은 나를 보더니 말한다. 야, 프랭키, 너 군복 멋있다. 총은 어땠냐? 삼촌은 잇몸에 겨우 남아 있는 누런 치근齒根을 드러내며 활짝 웃는다. 삼촌의 머리는 희끗희끗 센데다 오랫동안 감지 않아 떡이 져 있고, 얼굴의 잔주름에는 때가 잔뜩 끼어 있다. 옷도 오랫동안 안 빨았는지 기름때로 반질반질하다. 어머니가 같이 사는데 왜 외삼촌을 씻기지도 않고 이 지경이 되도록 놔두었을까. 생각해보니 외삼촌은 씻지 않겠다고 고집 부리기로 유명한 사람이다. 밤낮으로 같은 옷만 입고 그 옷이 너덜너덜해져서 다 떨어질 때까지 벗지 않는 사람이다. 한번은 어머니가 비누를 못 찾아서 외삼촌에게 비누 못 봤느냐고 물으니 외삼촌의 답은 이랬다. 나더러 비누 찾아내라고 하지 마. 난 비누라곤 구경도 못 해봤으니까. 일주일 동안 안 썼거든. 외삼촌은 그 말을 아주 자랑스럽게 했다. 나는 당장 외삼촌을 발가벗겨 뒷마당으로 데리고 나간 뒤 호스로 뜨거운 물을 끼얹어 얼굴의 때며 눈에 낀 고름이며 다 닦아내고 싶은 심정이다.

어머니가 차를 준비한다. 잔이 없어서 다 먹고 빈 잼 유리병에 차를 마시던 예전과 달리, 번듯한 잔과 접시를 꺼내는 모습이 보기 좋다. 외삼촌은 새 잔을 안 쓰겠다고 고집을 부린다. 내 잔이 따로 있단 말이야. 금도 잔뜩 가고 때가 덕지덕지 묻어서 온갖 세균이 들끓는 그런 잔을 창피하게 왜 쓰느냐고 어머니가 나무라도 삼촌은 아랑곳하지 않는다. 이건 우리 엄마가 쓰던 잔이야. 엄마가 나한테 남겨주고 간 거라고. 어릴 때 거꾸로 떨어져 머리를 다친 사람과는 얘기가 통하지 않는 법이다. 외삼촌이 일어나 절뚝거리며 뒷마당에 있는 화장실로 가자 어머니가 말한다. 이사가서 당분간 나랑 새 집에서 지내자고 아무리 말해도 소용없어. 절대 안 나간다고 버티는 거야. 오래전에 어머니가 준 머그잔, 프라하의 아기 예수상像, 침실에 걸린 예수 성심화, 그런 것들이 고스란히 남아 있는 이 집을 절대 떠날 수 없단다. 나는 그런 게 다 무슨 상관이 있나 싶다. 어머니는 아직 학교에 다니는 알피와 가엾게도 사보이 레스토랑에서 접시나 닦는 마이클을 돌봐야 하는 입장인데.

차를 마시고 나서 나는 사람들이 나를 보고 감탄하게 하고 싶은 마음에 알피를 데리고 오코넬 거리로 산책을 나간다. 길에서 일을 마치고 집으로 돌아오는 마이클을 만난다. 마이클을 보자 마음이 아프다. 검은 머리칼은 눈썹까지 흘러내려 있고, 하루 종일 설거지를 해서 외삼촌 옷처럼 기름에 전 옷 밑으로 뼈가 앙상하게 드러나 보인다. 녀석은 나를 보더니 부끄러운 듯 씨익 미소를 지어 보인다. 우아, 형 정말 좋아 보인다. 나도 녀석에게 미소 지어 보이긴 하지만 뭐라고 말해야 할지 모른다. 어머니가 이 자리에 있었더라면 왜 마이클이 이 꼴로 다니게 내버려두냐고 버럭 소리를 질렀을 것이다. 왜 마이클에게 번듯한 옷 한 벌 사주지 않았느냐고, 왜 사보이 레스토랑에서는 마이클에게 앞치마 하나 안 줘서 녀석의 옷이 저렇게 기름때에 절게 만드느냐고, 왜 열네 살밖에 안 된 녀석이 학교를 그만두고 접시닦이나 해야 하느냐고 소리라도 지르고 싶다. 마이클이 에니스 로드나 북부 순환로 쪽 동네에서 태어났다면 지금쯤 학교에 다니면서 럭비나 하고 방학 때는 킬키*로 여행이나 다녔

---

* 아일랜드 서남부 해변의 휴양도시. 특히 리머릭 사람들에게 인기가 많다.

을 거다. 아이들은 여전히 맨발로 뛰어다니면서 딱지가 앉힌 눈으로 세상을 바라보고, 내 동생 마이클은 접시닦이나 하고, 어머니는 새 집으로 이사도 못 가고 꾸물거리고 있는 리머릭에 도대체 내가 왜 왔을까. 내가 기대했던 리머릭의 모습은 이런 게 아니었다. 마음이 너무 울적해서 빨리 독일로 돌아가 렝그리스에서 맥주나 마시고 싶다.

나는 언젠가는 우리 어머니, 마이클, 알피를 뉴욕으로 데려가 이 지긋지긋한 곳에서 벗어나게 하리라 마음먹었다. 말라키는 이미 뉴욕에서 직장을 다니면서 공군에 들어갈 준비를 하고 있다. 공군에 입대하면 한국전에 강제로 끌려가는 일은 없기 때문이다. 막내 알피는 형들처럼 열네 살에 학교를 그만두게 하고 싶지 않다. 알피는 적어도 우리가 다니던 리미 국립학교가 아닌, 크리스천 브러더스 같은 번듯한 학교에 다니게 하고 싶다. 그래서 언젠가는 고등학교에 가서 라틴어도 배우고 온갖 중요한 지식들을 배우게 하고 싶다. 어쨌든 알피는 당장은 옷도 신발도 먹을 것도 있어서 남들 앞에서 창피할 일은 없다. 알피 녀석은 뼈만 남은 마이클과는 달리 체격이 다부지다.

우리는 발걸음을 돌려 다시 오코넬 가를 따라 걸었고, 누군가 나를 알아보고 내 이름을 부를 때까지는 사람들이 미군 군복을 입고 걸어가는 나를 보고 감탄한다고 착각한다. 아니, 이게 누구야? 프랭키 매코트 아냐? 사실 리머릭 사람들이라면 누구나 내가 진짜 미국 군인이 아니라는 걸 안다. 미군 군복을 입고 하사 계급장을 달았을 뿐, 내가 리머릭 뒷골목 출신이라는 건 다들 안다.

어머니가 환하게 웃으며 우리 쪽으로 걸어온다. 어머니는 내일이면 새 집에 전기와 가스가 들어오니 이사도 금방 갈 수 있을 거라고 한다. 그러면서, 애기 이모가 내가 왔다는 소식을 듣고 한번 만나보고 싶어한다고 한다. 이모가 우리 가족 모두를 집으로 초대했단다. 차 마시러 오라고 말이야. 지금쯤 우리를 기다리고 있을 거야.

이모는 활짝 미소를 지으며 우리를 반겨준다. 아기를 낳지 못해 얼굴에 심통뿐이던 예전 모습과는 사뭇 다르다. 설사 예전에 심통을 부렸다 해도, 이모는 첫 직장에 입고 가라고 내게 번듯한 옷 한 벌을 장만해준 사람이다. 이모는 내 군복과 하사 계급장에 감동해서 줄곧 차를 더 마시겠느냐, 햄을 더 먹겠느냐, 아니면 치즈라도 더 먹겠느냐 내게 묻는다. 하지만 알피와 마이클에게는 그다지 너그럽지 않다. 동생들은 어머니가 챙길 뿐이다. 녀석들은 수줍음을 타서 더 달라는 말을 못 한다. 이모가 무서워서 그러는지도 모르지만. 어쨌든 내 동생들은 이모가 아기를 낳은 적이 없어서 성격이 사납다는 것을 잘 알고 있다.

이모의 남편 파 키팅 이모부는 식탁에 와서 앉지 않고 머그잔을 든 채 난롯가에 앉아 연신 담배만 피우면서 기진맥진할 때까지 기침을 해댄다. 그러다가 배를 움켜잡고 웃으면서 말한다. 이놈의 담배 때문에 내가 죽지.

제발 담배 좀 끊으라는 어머니의 말에 이모부는 대답한다. 안젤라, 담배 없이 어떻게 살라고? 여기 이렇게 앉아 차나 마시면서 불이나 들여다보고 있으라고?

어머니가 대꾸한다. 담배가 형부를 죽일지도 몰라요.

내가 어떻게 된다 해도 난 깽깽이방귀만큼도 신경 안 써, 안젤라.

나는 이모부의 그런 점이 마음에 든다. 어떤 것에도, 어떤 일에도 아랑곳하지 않는 태도. 이모부처럼 될 수 있다면 무척 자유로울 것 같다. 물론 이모부처럼 세계대전에 참전해서 독일군 가스에 망가지고, 퇴역 후에는 수년간 리머릭 가스회사에서 일하면서 더 나빠지고, 이제는 난롯가에서 담배 연기에 전 폐를 갖고 싶지는 않다. 이모부같이 진실만을 말하는 사람이 거기 그렇게 앉아 스스로를 망가뜨리고 있는 게 안타깝

다. 내가 우체국 시험을 보려고 했을 때, 자기만의 생각을 가지라고 얘기해준 단 한 사람이 이모부다. 그 덕에 나는 돈을 모아 미국에 갈 수 있었다. 거짓말하는 파 키팅 이모부는 상상조차 할 수 없다. 이모부는 만약 거짓말을 하게 된다면 가스나 담배 연기보다 양심의 가책 때문에 더 빨리 죽을지도 모를 사람이다.

이모부는 살집이라고는 하나도 없고, 가스회사에서 삽으로 코크스와 석탄 따위를 아궁이에 퍼넣는 일을 해서 몸이 온통 까맣다. 이모부가 난롯가에서 고개를 들어 위를 쳐다볼 때면 푸른 눈동자를 둘러싼 흰자위만 하얗게 빛난다. 이모부가 우리를 바라볼 때면 마이클을 특히 아낀다는 게 한눈에 보인다. 나는 이모부가 내게도 그런 애정 어린 눈길을 보내주었으면 했지만 그런 일은 없다. 나는 그저 이모부가 오래전에 내게 첫 맥주를 사주었고 진실만을 얘기해준 사람이라는 사실에 만족해야 한다. 나는 내가 이모부를 어떻게 생각하는지 말하고 싶다. 하지만 웃음거리가 될까봐 말하지 않는다.

애기 이모네 집에서 차를 마신 다음 내셔널 호텔로 돌아갈까 생각해보았지만 어머니의 상처받은 눈빛을 또다시 보게 될 것 같아 걱정스럽다. 그냥 외할머니 침대에서 마이클과 알피와 복닥거리며 자야겠다. 벼룩이 날 못 살게 굴 것을 생각하니 끔찍하다. 리머릭을 떠난 이후로 내 인생에 벼룩은 없었는데, 이제 미군 병사가 되어 몸에 살도 좀 붙었으니 산 채로 녀석들에게 뜯어먹히겠구나.

어머니가 나를 안심시키려는 듯 말한다. 아니야. 벌레란 벌레는 다 죽여버리는 DDT라는 가루가 나와서 그걸 온 집 안에 뿌려두면 괜찮단다. 나는 어머니에게 포트 딕스에서 우리가 모기에게 시달리지 않도록 하려고 작은 비행기들이 하늘을 날아다니며 우리 머리 위로 뿌려대는 것도 그거라고 말해준다.

그래도 마이클과 알피와 한 침대에 누워 있자니 잠자리가 너무 비좁다. 게다가 맞은편에서는 외삼촌이 예전에 늘 그랬던 것처럼 침대에 앉아 끙끙거리며 신문지에 싼 피시앤드칩스를 먹고 있다. 그 소리를 들으니 예전에 너무 배가 고파서 외삼촌이 피시앤드칩스를 먹고 바닥에 버려둔 신문지를 주워 거기에 밴 기름을 빨아먹던 게 생각난다. 나는 이제 미군이 되어 리머릭으로 돌아와 군복을 의자 등받이에 걸쳐놓고 낡은 침대에 누워 있건만, 리머릭의 모든 것은 그때나 지금이나 변한 게 하나도 없다. 다만 DDT가 들어와 벼룩이 사라졌을 뿐이다. 그래도 리머릭의 어린애들이 DDT 덕분에 벼룩에 시달리지 않고 푹 잘 수 있다고 생각하니 그나마 위안이 된다.

　다음 날 어머니는 마지막으로 외삼촌을 설득해보려고 애를 쓴다. 우리와 함께 자네스보로로 이사 가자. 하지만 외삼촌의 대답은 변함없다. 앙 해. 앙 해. 거꾸로 떨어진 외삼촌의 대답은 늘 그런 식이다. 외삼촌은 가지 않겠다고, 그냥 그 집에 있겠다고 버틴다. 우리가 나가면 우리가 몇 년 동안 사용했던 외할머니의 침대, 그 큰 침대를 자기가 독차지할 수 있을 거라고 좋아한다. 항상 쓰고 싶던 그 침대에서 이제 아침마다 외할머니의 머그잔으로 차를 마실 거라고 한다.
　그런 외삼촌을 바라보는 어머니의 눈에 눈물이 고이고, 그 모습을 보니 나는 또다시 짜증이 난다. 나는 어머니가 빨리 짐을 싸서 떠났으면 좋겠다. 애봇 삼촌이 그렇게 바보같이 굴고 고집을 부리면 그냥 내버려두면 될 일이다. 내 짜증스러운 표정을 눈치챘는지 어머니가 말한다. 넌 저런 오빠를 둔 심정이 어떤 건지 잘 모를 거다. 동생들이 다 멀쩡하니 너는 행복한 줄 알아야 해.
　멀쩡하다고요? 지금 도대체 무슨 말을 하시는 거예요?

네 동생들은 모두 건강하고 분별력도 있고 거꾸로 떨어진 적도 없으니 행복한 줄 알라고.

그렇게 말하고 어머니는 또다시 울기 시작한다. 어머니가 외삼촌에게 차 한잔 하겠느냐고 묻자 외삼촌은 조금 전과 똑같은 대답을 한다. 앙 해.

오빠, 새 집으로 이사 가서 새 욕조에 따뜻한 물 받아놓고 목욕하고 싶지 않아?

앙 해.

오, 오빠. 오, 오빠. 오빠.

어머니는 너무 울어서 힘이 빠진 듯 의자에 털썩 주저앉고, 외삼촌은 그런 어머니를 진물 나는 눈으로 물끄러미 바라볼 뿐이다. 한 마디 말도 없이 그렇게 어머니를 바라만 보던 외삼촌은 외할머니의 머그잔을 들고 말한다. 너희 때문에 요 몇 년 동안 못 쓴 우리 엄마 머그잔과 우리 엄마 침대를 이젠 내가 다 쓸 거야.

알피가 어머니에게 다가가 이제 새 집에 가는 거냐고 묻는다. 겨우 열한 살밖에 안 된 알피는 새 집으로 이사 가게 되어 신이 나는 모양이다. 이미 사보이 레스토랑으로 출근해서 접시를 닦고 있을 마이클도 퇴근 후에는 새 집으로 와서 찬물과 뜨거운 물이 모두 나오는 욕실에서 난생 처음 제대로 된 목욕을 할 수 있을 것이다.

어머니는 눈물을 닦고 일어서면서 말했다. 오빠, 정말 우리랑 같이 안 갈 거야? 진짜? 오빠가 원하면 그 머그잔은 가지고 갈 수도 있어. 저 침대는 안 되지만.

앙 해.

그래? 그럼 이걸로 됐어. 이 집은 내가 자라난 집이야. 미국으로 떠날 때 나는 이 골목을 돌아보지도 않았지. 이젠 모든 게 달라졌어. 난 이제 마흔넷이고 모든 게 달라졌다고.

어머니는 코트를 입고는 자기 오빠를 물끄러미 바라보고 서 있다. 나는 어머니가 한탄하는 게 지겨워서 어머니를 그만 이 집에서 끌어내고 싶다. 우리가 나가면 어머니도 마지못해 따라 나올 것 같아서 나는 알피에게 어서 가자고 말한다. 어머니는 마음에 상처를 받을 때마다 안 그래도 창백한 얼굴이 더욱더 창백해지고 날카로운 콧날은 더욱더 날카로워지는데, 지금이 꼭 그렇다. 어머니는 내가 생활비를 보내서 좀더 번듯한 삶을 살 수 있게 한 것이 무슨 잘못이라도 되는 양 내게 말도 걸지 않으려 한다. 나도 어머니와 말하고 싶지 않다. 거꾸로 떨어져서 머리가 정상이 아닌 오빠와 함께 빈민가에 남아 있길 원하는 사람이라면, 우리 어머니라 하더라도 도저히 이해할 수 없기 때문이다.

어머니는 자네스보로로 가는 버스 안에서도 계속 이 모양이다. 그런데 새 집 문 앞에 도착해서 가방을 뒤적거리더니 당황한 듯 말하는 것이 아닌가. 어머나, 세상에. 열쇠를 두고 왔어. 애초부터 어머니가 그 낡은 집을 떠나고 싶어하지 않았다는 증거다. 포트 딕스에 있을 때 던피 하사가 내게 그런 말을 한 적이 있다. 자기 아내는 열쇠를 잘 잃어버리는데, 그건 집으로 돌아가고 싶지 않아서 그런 거라고. 그런 습관은 자기 집 문을 두려워하는 마음이 있다는 걸 암시한다고. 나는 혹시라도 창문이 열려 있으면 안으로 들어갈 수 있을까 해서 옆집 문을 두드려 뒷마당으로 좀 들여보내달라고 부탁한다.

가까스로 새 집에 들어가서도 나는 기분이 영 별로지만 어머니는 다르다. 집 안에 발을 들여놓자마자 어머니의 얼굴에서 창백함은 사라지고 콧날도 날카로워 보이지 않는다. 집에는 어머니가 장만해둔 가구가 다 들어와 있다. 그제야 어머니는 리머릭의 다른 어머니들이 진작 했을 법한 말을 꺼낸다. 자, 우리 차나 한잔 할까? 어머니는 이제 〈주노와 공작)*에서 여주인공 주노에게 소리를 질러대던 보일 선장 같다. 차, 차, 차. 한 남자가 죽어간다면 당신은 그에게 차라도 한잔 마시게 해줘야지.

---

* 션 오케이시의 1924년작 희곡을 알프레드 히치콕 감독이 1930년에 영화화한 것.

18

리머릭에 살 때 나는 늘 크루즈 호텔이나 스텔라 무도장에 춤추러 가는 사람들을 구경만 했다. 하지만 이제 미군 군복을 입고 가슴에는 하사 계급장을 단 어른이 되었으니 조금도 부끄러워하지 않고 그런 곳에 갈 수 있다. 사람들이 나더러 한국전에 참전한 적이 있느냐고, 부상을 당한 적이 있느냐고 물으면 거기에 대해서는 아무 말 하고 싶지 않다는 듯 그저 옅은 미소나 지을 참이다. 약간만 절뚝거리면 내가 부상을 당해서 그러는 것이려니 생각하고 춤을 제대로 못 추더라도 너그럽게 이해해줄 거라는 계산에서다. 사실 나는 평생 제대로 춤을 춰본 적이 한 번도 없다. 어쨌든 부상을 당하다니 그것 참 안됐다며 레모네이드나 흑맥주를 마시자고 나를 좌석으로 이끌고 갈 자상한 아가씨가 있을지도 모를 일이다.

악단과 함께 무대 위에 서 있던 버드 클랜시는 내가 걸어들어가자마자 나를 알아보고 가까이 오라는 신호를 보낸다. 야, 프랭키. 잘 지냈냐? 전쟁에서 돌아온 용사로구나, 하하하. 뭐 특별히 듣고 싶은 곡 없냐?

내가 〈미 순찰병〉이 듣고 싶다고 대답하자 그는 마이크를 잡고 말한다. 신사 숙녀 여러분, 우리의 친구 프랭키 매코트가 전쟁에서 돌아왔답니다. 그 말에 사람들이 모두 나를 돌아보고, 나는 마치 천국에 와 있는 기분이 든다. 하지만 〈미 순찰병〉이 시작되자 그들은 내게서 시선을 거두고 플로어를 돌면서 춤을 추기 시작한다. 연주대 옆에서 춤추는 그들을 지켜보면서 미군 하사가 자기들 한가운데에 있는데 어떻게 아랑곳하지 않고 저렇게 춤을 출 수 있지 하는 생각이 든다. 이렇게 금방 외면당할 줄은 몰랐다. 어쨌든 체면을 살리기 위해서는 아무 여자애에게나 춤을 신청해야 한다. 여자애들은 벽을 따라 길게 놓인 의자에 앉아 레모네이드를 마시면서 수다를 떨고 있다. 내가 다가가서 같이 춤추지 않겠느냐고 묻자, 여자애들은 하나같이 고개를 저으며 아니요, 괜찮아요, 하고 대답한다. 그중 딱 한 명이 좋아요, 하면서 일어서는데 다리를 약간 전다. 그걸 보고 나는 적잖이 곤혹스러워진다. 그 여자애가 자기를 놀린다고 생각할지도 몰라서 나는 절뚝거리는 시늉을 그만둔다. 밤새도록 그렇게 서 있게 놔둘 수도 없어서 나는 그애를 데리고 플로어로 나간다. 그러자 사람들의 시선이 전부 우리에게 쏠리는 것이 느껴진다. 오른쪽 다리가 왼쪽보다 더 짧은 여자애는 한 발짝 내디딜 때마다 곧 쓰러질 듯이 균형을 잃는다. 이렇게 심하게 다리를 저는 파트너와 어떻게 춤을 춰야 할지 고민이 되기 시작한다. 가짜 상이군인 시늉을 하려던 내가 얼마나 어리석었는지 깨닫는다. 내가 한쪽으로 비틀거리고 내 파트너가 다른 쪽으로 비틀거리며 춤을 추었다면 사람들은 모두 우리 꼴을 보고 웃음을 터뜨렸을 것이다. 그런데 그보다 더 곤혹스러운 것은 그 여자애에게 해줄 적당한 말이 생각나지 않는다는 것이다. 말만 잘하면 어떤 곤란한 상황도 벗어날 수 있으련만, 나는 아무런 말도 할 수가 없다. 다리를 절다니 참 안됐군요, 어쩌다가 그렇게 다리를 절게 됐나요? 라고 물어볼 수도 없다. 그런데 불행인지 다행인지 내가 말을 꺼낼 틈도 없이 그녀가 나를 다그친다. 밤새도록 그렇게 멍하니 서 있을 건가요? 그러니 그녀를 데리고 플로어로 나가 악단의 연주에 맞춰 버드 클랜시가 "채터누가 칙칙폭폭, 나를 빨리 고향으로 보내주오—"라고 노래를 불러대는 가운데 춤을 출 수밖에 없다. 내가 다리를 심하게 저는 여자애랑 춤을 춰야 하는 상황에 하필이면 빠른 곡을 선택한 버드가 원망스럽기만 하다. 〈달빛 세레나데〉라든가 〈센티멘털 저니〉 같은 음악을 연주했더라면 그나마 뉴욕에서 에머에게 배운 스텝이라도 밟아보며 춤을 출 수 있을 텐데. 여자애는 리머릭 뒷골목에서나 들을 수 있는 말투로 여기가 장례식장인 줄 아느냐며 따지고 든다. 자, 양키 아저씨, 이렇게 빙글빙글 돌아봐요. 여자애는 그렇게 말하고는 한 발짝 뒤로 물러나더니 멀쩡한 한쪽 다리를 축으로 해서 팽이처럼 빙글빙글 빠르게 도는 것이다. 춤을 추던 다른 커플이 우리와 부딪치자 말한다. 멋져, 매들린. 너 정말 짱이야. 너 오늘밤 정말 마음먹고 나왔나보구나. 진저 로저스보다 더 멋진걸.

　벽을 따라 앉아 있던 여자애들도 깔깔대기 시작한다. 얼굴이 어찌나 화끈거리던지 버드 클랜시에게 차라리 〈새벽 세시〉 같은 곡을 연주해달라고 애원하고 싶을 정도다. 그러면 매들린이라는 여자애를 다시 자리로 데려다주고 춤추는 걸 아예 포기할 작정이다. 그런데 웬걸, 버드가 느린 곡인 〈거리의 양지〉를 연주하기 시작하자 매들린은 내게 찰싹 달라붙어서 내 가슴에 코를 파묻더니 나를 밀면서 절뚝거리는 스텝으로 플로어를 도는 것이 아닌가. 그러더니 내게서 한 발짝 물러나며 말한다. 흥, 양키들은 춤을 이렇게 추나보지. 이제부턴 춤을 어떻게 춰야 하는지 잘 아는 리머릭 남자들하고만 춰야겠어. 어쨌든 고마웠어. 진짜야.

　벽을 따라 앉은 여자애들은 그 말을 듣고 한층 더 큰 소리로 깔깔 웃어댄다. 춤출 파트너를 구하지 못해 맥주나 마시면서 시간을 때우던 남자들도 웃어댄다. 그 난리를 쳤으니 아무도 나랑 같이 춤추려고 하지 않을 게 뻔하다. 차라리 자리를 뜨는 게 낫겠다. 너무나도 비참한 심정이다. 나 자신이 너무나도 부끄럽게 느껴진다. 그래서 그들도 스스로를 부끄러워하도록 만들어야겠다는 생각이 든다. 유일한 방법은 절뚝거리는 시늉을 해서 내가 진짜 전쟁에서 부상을 입고 돌아온 사람이라고 생각하게 만드는 것이다. 하지만 내가 절뚝거리며 문 쪽으로 걸어가자 여자애들은 비명을 지르며 발작에 가까운 웃음을 터뜨린다. 나는 계단을 뛰어내려가 거리로 뛰쳐나온다. 너무나도 창피해서 섀넌 강에 몸을 던지고 싶은 심정이다.

다음 날 어머니는 내가 지난밤 무도장에 가서 먼그렛 가에 사는 매들린 버크와 춤을 추었다는 얘기를 들었다고 한다. 모두 프랭키 매코트가 멋진 군복을 입고 나타나 몸도 성치 않은 매들린과 춤을 추다니 참으로 기특하다고 말했다는 것이다.

하지만 그런 건 중요하지 않다. 나는 이제부터는 군복을 입고 나다니지 않으리라 결심한다. 그냥 평상복을 입고 다니면 아무도 내 엉덩이가 양키처럼 피둥피둥한지 보려고 들지 않겠지. 그리고 무도장에 다시 가더라도 여자애들이 춤 신청을 거절하든 말든 관심 없는 척하며 바 옆에 서서 다른 남자들이랑 술이나 마셔야겠어.

휴가는 아직 열흘이나 남았지만 그 열흘이 십 분이 돼서 커피 한 통에 담배 한 보루면 원하는 것은 무엇이든 얻을 수 있는 렝그리스로 빨리 돌아가고 싶다. 어머니는 내게 왜 그렇게 시무룩해 보이느냐고 한 소리 했지만, 그토록 비참한 어린 시절을 보냈고 어른이 되어서도 무도회장에서 창피나 당한 리머릭에 대해 내가 느끼는 이상한 감정을 제대로 설명할 수가 없다. 다리가 불편한 매들린 버크에게 친절을 베풀었다고 남들이 날 칭찬한다 해도, 그런 건 나와 상관없는 일이다. 내가 그런 것 때문에 리머릭에 다시 온 건 아니다. 다음부터는 상대방의 두 다리 길이가 같은지 확인도 하지 않고 춤을 신청하는 바보짓은 절대로 하지 않을 거다. 그러느니 차라리 여자애들이 화장실 가는 거나 지켜보고 앉아 있는 게 낫다. 아니면 차라리 벅이나 라파포르, 심지어 베버와 함께 다하우로 빨래나 하러 가는 게 마음 편하겠다.

하지만 어머니에게 그런 말을 할 수는 없다. 특히 가고 오는 것에 대해서는 누구에게라도 말을 꺼내기 어려운 법이다. 나는 사람이 자다가 죽어서 며칠 동안 방 안에 썩은 내가 진동해도 이웃들이 알아차리지 못하는 뉴욕 같은 대도시에도 금방 적응해야 했고, 군대에 들어가서는 미국 전역에서 온 온갖 종류의 인간들에게 금방 익숙해져야 했고, 독일에 가서는 거리나 술집에서 우연히 마주치게 되는 사람들에게도 금방 익숙해져야 했다. 술집에서 옆 테이블의 평범해 보이는 독일인들에게 다가가 "유대인 죽여본 사람 있어요?"라고 묻고 싶은 적도 있었다. 물론 군대 오리엔테이션 시간에 쓸데없는 소리 지껄이지 말고 독일 사람들을 무자비한 공산주의에 맞서 함께 싸우는 동지라고 생각하라는 강의를 듣긴 했다. 하지만 정말 궁금한 걸 살짝 물어보거나 그들의 얼굴을 빤히 들여다보고 싶은 마음이 생기는 건 어쩔 수 없었다.

갈 때나 올 때나 가장 힘든 건 바로 리머릭이다. 나는 미군 군복에 하사 계급장을 달고 리머릭의 거리를 쏘다니며 사람들로부터 선망의 눈길을 받고 싶었다. 만약 내가 리머릭에서 자라지 않았더라면 그런 눈길을 받을 수도 있었으리라. 하지만 리머릭 사람들에게 나는 전보를 배달하거나 이슨 사의 말단 직원으로 일하던 프랭키 매코트로 각인되어 있었기 때문에, 누구든 기껏해야 이런 말을 던질 뿐이다. 이런, 이게 누구야. 프랭키 매코트 아냐? 정말 근사해 보이는구나. 눈 아프던 건 어떻게 됐니?

가엾은 어머니는 어떠시고? 네가 이렇게 좋아 보인 적이 없다, 프랭키.

내가 장군 옷을 입고 나타난다 해도 그들에게 나는 딱지눈을 하고 전보나 배달하던 프랭키 매코트, 가난에 찌든 어머니를 둔 프랭키 매코트다.

하지만 리머릭에 머물면서 가장 좋은 점은 알피와 마이클과 함께 돌아다닐 수 있다는 것이다. 마이클은 그애에게 미쳐 졸졸 따라다니는 여자애 때문에 바쁘긴 하지만. 여자애들은 모두 검은 머리에 푸른 눈을 하고 수줍게 미소 짓는 마이클을 미친 듯이 좋아한다.

그애들은 마이클에 대해 이렇게 말한다. 오, 마이키 존. 그앤 너무 멋져.

여자애들이 직접 대놓고 그런 말을 하면 마이클은 부끄러운 듯 얼굴을 붉혔고, 그러면 여자애들은 더더욱 녀석에게 홀딱 반하는 것 같다. 어머니는 마이클이 춤을 엄청 잘 추는데다 마이클만큼 〈4월의 소나기가 그대에게 다가올 때〉를 잘 부르는 사람도 없다고 들었단다. 어느 날 저녁 식사중에 라디오에서 앨 존슨*이 죽었다는 뉴스가 흘러나오자, 마이클은 식사를 하다 말고 벌떡 일어나 울면서 방으로 뛰어들어갔다. 조그만 녀석이 저녁을 먹다 말고 울어젖혔다는 건 보통 문제가 아니었다. 그건 마이클이 앨 존슨을 얼마나 좋아하는가를 말해주는 것이기도 했다.

그처럼 재능 있는 마이클은 꼭 미국으로 가야 한다. 나는 어떻게든 그렇게 만들 것이다.

며칠 동안 나는 평상복을 입고 리머릭의 거리를 걸어다닌다. 우리가 살던 곳들을 둘러보면서 이제 과거라는 어두운 터널을 지나 반대편 끝으로 나가면 행복의 시간들이 기다리고 있을 거라는 생각을 해본다. 나

---

* 미국의 대중가수이자 배우. 1927년 최초의 유성영화 〈재즈 싱어〉에서 주연을 맡아 톱스타가 되었다.

는 좋았든 나빴든 어쨌든 교육이라는 걸 받았던 리미 국립학교를 찾아가 한동안 바라보다가, 우리 어머니가 우리를 굶겨죽이지 않으려고 찾아가던 성 빈센치오 회에도 들른다. 이 성당 저 성당을 하나씩 찾아다니자니 곳곳에서 갖가지 기억이 떠오른다. 말소리, 합창 소리, 성가 부르는 소리, 신부님의 강론 소리, 웅얼웅얼 고해성사를 하는 소리도 들려온다. 리머릭의 거리란 거리는 다 둘러보고 문이란 문들은 다 바라보면서, 내가 전보 배달을 안 해본 집이 없다는 사실도 깨닫는다.

리미 국립학교의 선생님 몇 분과도 마주쳤는데, 그들은 하나같이 나더러 참 착한 소년이었다고 말한다. 교리문답서나 아일랜드의 기나긴 비극의 역사를 수놓은 갖가지 사건들의 이름과 구체적인 날짜를 제대로 외우지 못한다고 나를 회초리나 몽둥이로 후려치던 것은 다 잊어버린 모양이다. 스캔런 선생님은 크게 한밑천 마련하지 못한다면 미국에 가 있는 게 다 무슨 소용이겠냐고 하고, 교장 선생님이었던 오할로란 선생님은 차를 몰고 지나가다가 나를 보고는 차를 세우고 미국 생활은 어떠냐고 묻더니, '지식에 이르는 길에는 왕도가 없다'는 옛 그리스 속담을 들먹이며 내가 책에 등을 돌리고 장사나 하면서 기름때 낀 금고나 뒤적거린다면 정말 실망스러울 거라고 한다. 그러고는 루스벨트 대통령 같은 미소를 지어 보이더니 다시 차를 몰고 가버린다.

내가 다니던 성 요셉 성당뿐 아니라, 전보를 배달하거나 고해성사를 하러 간 적이 있는 다른 성당의 신부님들과도 마주친다. 하지만 그들은 알은체도 하지 않고 나를 그냥 지나쳐버린다. 그런 그들을 보면서 나는 신부들로부터 가벼운 눈인사라도 받으려면 웬만한 부자는 되어야 하는 모양이라고 생각한다. 프란체스코회 신부들만은 그러지 않겠지만.

나는 고요한 성당에 앉아 제대와 강론대, 고해소 등을 바라보면서 내가 이제까지 미사에 몇 번이나 참석했던가, 죽을 만큼 겁을 먹었던 강론은 얼마나 되는가, 고해성사 드리기를 포기하기 전에 내가 고백한 죄로 충격을 받은 신부님은 몇이나 될까 헤아려본다. 좋은 신부님을 만나 죄를 고백한다 해도 지금의 나로서는 지옥의 불길을 면하기 어렵다는 것을 잘 안다. 어떤 때는 차라리 내가 지옥의 불길이니 뭐니 하는 것들을 걱정할 필요 없는 신교도나 유대교도였으면 싶다. '진정한 신앙'에 속해 있다는 것은 어떤 변명의 여지도 없이 덫에 걸린 것이나 마찬가지다.

아버지 동생 에밀리 고모에게서 편지가 왔다. 할머니께서 내가 독일로 떠나기 전에 북부로 와서 할머니와 친가 식구들을 보고 가기를 바라신다는 내용이다. 아버지도 그들과 함께 살면서 툼 근처 농장의 일꾼으로 일하고 있다고 한다. 그렇게 오랜 세월이 지난 지금, 아버지도 나를 만나보고 싶어한다고 한다.

할머니를 만나뵈러 북부로 가는 것은 상관없지만, 아버지를 만나면 무슨 말을 해야 할지 곤혹스럽다. 내 나이 스물둘. 이제 어른이 된 나는 뮌헨이나 리머릭의 거리에서 아이들을 볼 때마다 내가 아버지라면 그런 아이들을 버려두고 떠나지는 못할 거라는 생각을 한다. 아버지는 내가 열 살 때 일자리를 구해 돈을 부쳐주겠다면서 우리를 아일랜드에 남겨두고 영국으로 떠났지만, 어머니 말대로 자기 새끼들보다는 술을 선택한 사람이었다. 어머니는 할머니가 너무 쇠약하시니 내가 아일랜드에 다시 올 때까지 살아 계실지 모르겠다며 북부에 한번 다녀오는 것이 좋겠다고 한다. 어머니는 살다보면 단 한 번만 할 수 있는 일들이 있다면서, 그런 일들은 단번에 해버리는 것이 좋다고 조언한다.

어머니가 아버지와 함께 어린 것들 넷을 끌고 미국에서 아일랜드로 돌아왔을 때 할머니로부터 받은 냉대를 생각하면 할머니에 대해 그렇게 이야기하는 것은 뜻밖이다. 하지만 어머니가 이 세상에서 가장 싫어하는 것 두 가지가 바로 누구에게 원한을 품는 것과 돈을 빌리는 일이다.

미군 군복을 입고 북부로 가는 기차를 타면 분명 주위의 선망 어린 시선을 받게 될 테지만, 막상 내가 입을 열면 사람들은 리머릭 억양을 듣고는 관심을 거두고 고개를 돌려 책이나 신문을 읽을 게 틀림없다. 그렇다면 미국식 억양을 쓰면 되겠다 싶어서 어머니를 상대로 연습을 해보았는데, 어머니는 꼭 에드워드 G. 로빈슨*이 물 밑에 가라앉아 웅얼거리는 소리 같다며 넘어갈 듯이 웃어젖혔다.

그러니 누군가 내게 말을 걸어오면 고개를 끄덕이거나 내저으면서 전쟁에서 심각한 부상을 입은 탓에 뭔지 모를 슬픔을 안고 있는 듯한 표정을 짓는 수밖에 없다.

하지만 그런 계획은 다 소용없었다. 알고 보니 사람들은 이미 아일랜드에 들락거리는 미군들에 익숙해져 있다. 그러니 더블린행 기차에서도, 벨파스트로 가는 기차로 갈아타서도 객차 한구석에 앉은 나는 눈에 띄지 않았고, 호기심에 찬 이런 질문들도 받지 않는다. 한국전에 참전하고 돌아왔어요? 중국인들은 소문대로 그렇게 잔인하던가요? 그러니 더는 절뚝거리는 시늉을 할 필요도 없고, 그런 시늉을 하고 싶지도 않다. 시늉을 하는 것은 거짓말을 하는 것과 마찬가지여서, 일단 했다 하면 계속해야 한다는 것을 기억해야 하니까.

할머니는 나를 보더니 오, 너 군복을 입으니 정말 근사하구나, 라고 말한다.

에밀리 고모는 이렇게 말한다. 너 이제 사나이가 다 되었구나.

아버지는 이렇게 말한다. 오, 왔구나. 어머니는 어떠시니?

잘 지내고 계세요.

---

* 루마니아 태생의 미국 배우.

네 동생 말라키와 마이클은? 그리고 또 그 밑에…… 이름이 뭐더라?

알피요.

맞아, 알피. 막둥이 알피는 어떠니?

모두 잘 지내고 있어요.

아버지는 작은 소리로 오, 그래, 하더니 한숨을 내쉬며 말한다. 그것 참 반가운 소식이로구나.

아버지가 나더러 한잔하러 나가지 않겠느냐고 묻자 할머니가 말린다. 얘야, 말라키, 그 이야기라면 그만해라.

전 그냥 술집에서 나쁜 사람들과 어울리면 안 된다는 걸 애한테 미리 알려주려고 그러는 거예요.

우리 아버지는 그런 사람이다. 내가 열 살 때 영국으로 돈 벌러 가서는 리머릭에 있는 처자식은 굶어죽을 판인데도 독일군이 사방에서 폭격을 해대는 와중에 코번트리의 한 술집에서 주머니에 있는 마지막 한 푼까지도 술 마시는 데 다 써버린 사람이다. 그러고는 이제는 자기가 성화聖化의 은총을 입은 사람이라도 되는 양 행세한다. 그 모습을 보니 아버지가 어릴 때 높은 데서 떨어져서 머리를 다쳤다느니, 뇌수막염을 앓은 적이 있다느니 하는 이야기들이 어느 정도 사실일 거라는 생각이 든다.

만약 아버지가 어릴 적에 떨어져서 머리를 다쳤거나 뇌수막염을 앓은 게 진짜라면 차라리 그렇게 술을 마셔대면서 집으로 돈 보내는 일 따위는 까맣게 잊어버린 데 대한 핑계가 될 수도 있다. 하지만 독일군이 사방에서 폭격을 가했다는 건 핑계가 될 수 없다. 폭격이 있었든 없었든 간에 다른 리머릭 남자들은 집으로 꼬박꼬박 돈을 보냈기 때문이다. 심지어 영국 여자에게 홀딱 빠져서 딴살림을 차린 남자들조차 계속 돈을 보냈다. 물론 영국 여자들은 아일랜드 남자들이 자기 처자식을 부양하는 것을 질색팔색하는 걸로 워낙 악명이 높았기 때문에, 코흘리개 어린 것들이 서넛 생겨서 이리저리 뛰어다니며 밥 달라 죽 달라 징징거리면 송금하는 돈의 액수가 점점 줄어들다가 마침내는 끊기기도 했다. 전쟁이 끝나고 아일랜드에 있는 가족과 영국에 있는 가족들 사이에서 이러지도 저러지도 못하고 쩔쩔매는 아일랜드 남자들이 상당수 있었다. 그런 남자들이 택할 수 있는 길이라고는 캐나다나 오스트레일리아행 배에 몸을 싣고 떠나 영영 소식을 끊어버리는 것뿐이었다.

하지만 우리 아버지는 그런 사람이 못 되었다. 아버지가 어머니와의 사이에서 일곱 아이를 낳을 수 있었던 건 어머니가 침대에서 아내로서의 의무를 다했기 때문이다. 하지만 영국 여자들은 술 몇 잔 마시고 술기운에 덤벼드는 아일랜드 남자에게 넘어갈 만큼 호락호락하지 않다. 이 말은 매코트 성을 가진 아이들이 영국의 코번트리 거리를 뛰어다닐 일은 없었다는 뜻이다.

연신 오, 그래, 를 되뇌며 옅은 미소를 짓고 있는 아버지에게 무슨 말을 해야 할지 알 수 없다. 지금 나와 얘기하는 사람이 제정신인지, 거꾸로 떨어지거나 뇌수막염에 걸려서 정신이 어떻게 됐는지 알 수가 없기 때문이다. 하긴, 자리에서 일어나 바지 주머니에 손을 깊이 찔러넣은 채 휘파람으로 〈릴리 마를렌〉을 흥얼거리며 집 안을 어슬렁어슬렁 걸어다니는 사람에게 무슨 말을 어떻게 할 수 있겠는가? 에밀리 고모가 내게 아버지는 몇 해 동안 술을 마시지 않았다고, 술을 끊느라 죽을 고생을 했다고 귀띔해준다. 나는 고모에게 우리 어머니도 우리 모두를 먹여 살리느라 죽을 고생을 했다고 말해주고 싶다. 하지만 아버지가 가족에게 연민의 정을 갖고 있다는 것을 알 뿐더러, 과거를 들춰봐야 무슨 소용이 있겠나 싶어서 잠자코 있다. 고모는 또 어머니가 자기 사촌과 불륜을 저지르고 있다는 소식을 듣고 아버지가 얼마나 괴로워했는지, 어머니가 그 사촌과 부부처럼 살고 있다는 소식이 어떻게 해서 북부까지 흘러들어왔는지, 어떻게 해서 코번트리에 있는 아버지의 귀에까지 들어가게 되었는지도 말해준다. 사방에서 폭탄이 떨어지는 코번트리에서 그 소식을 듣고 아버지는 너무나 분개한 나머지 밤낮으로 술만 퍼마셨다고 한다. 공습이 한창일 때 아버지가 거리로 뛰쳐나가 하늘의 독일 공습기를 향해 두 팔을 높이 쳐들고 괴로워서 미칠 것 같은 자기 머리에도 제발 한 방 떨어뜨려 달라고 사정하는 것을 코번트리에 다녀온 남자가 봤다고도 한다.

할머니는 옆에서 고개를 끄덕끄덕하며 그래, 그랬지, 하고 에밀리 고모의 말에 동조했다. 나는 리머릭에서 형편이 어려워지기 훨씬 전부터 아버지는 이미 술에 절어 산 사람이라고 말하고 싶다. 우리가 브루클린의 술집이란 술집은 다 뒤져가며 아버지를 찾아다녀야만 했다는 말도 하고 싶다. 아버지가 돈만 보내주었더라도 우리가 살던 집에서 쫓겨나 어머니의 사촌 집에 얹혀사는 일 따위는 없었을 거라고 말하고 싶다.

하지만 너무 쇠약해진 할머니 앞에서는 말을 자제할 수밖에 없다. 내 얼굴은 딱딱히 굳고 머릿속에는 검은 먹구름이 몰려온다. 결국 나는 가만히 서서 할머니와 고모에게 아버지는 그전부터 항상 술을 퍼마셨다고, 아기들이 태어났을 때도 죽었을 때도 술을 마셨다고, 술에 취한 채 또 술을 마셨다고 말해버린다.

그러자 할머니는 내 말이 사실이 아니라고 말하려는 듯, 아버지를 변호하려는 듯 오, 프랜시스, 하며 고개를 젓는다. 그걸 보자 안에서 분노가 치밀어오른다. 뭐라고 해야 할지 아무 생각도 나질 않아서 가방을 어깨에 둘러메고 계단을 내려가 툼 쪽으로 발걸음을 옮긴다. 등 뒤에서 에밀리 고모가 나를 부르는 소리가 들린다. 프랜시스, 오, 프랜시스, 어서 돌아와. 할머니가 네게 하실 말씀이 있대. 계속 발걸음을 옮기면서도 돌아가고 싶은 마음이 간절하다. 나쁘면 나쁜 대로 아버지가 어떤 사람인지 알고 싶다. 게다가 할머니는 그런 상황에서 어떤 어머니라도 했을 법한 행동을 한 것뿐이었다. 거꾸로 떨어져서 머리를 다쳤든 뇌수막염을 앓았든, 당신이 보시기에는 가엾기만 한 아들을 변호하고 싶었던 것이다. 그때 마침 지나가던 차가 내 옆에 멈춰 서지만 않았더라도 나는 돌아갔을지도 모른다. 차의 운전자는 내게 툼에 있는 시외버스 터미널까지 태워주겠다고 한다. 나는 차에 올라타고, 덕분에 다시 돌아가는 일은 없다.

차 안에서도 말할 기분은 아니지만, 내게 친절을 베푼 남자에게는 예의 바르게 굴어야 한다. 그런데 그 남자가 머니글래스의 매코트 가는 비록 가톨릭 집안이긴 해도 훌륭한 집안이라고 말하는 것이다.

비록 가톨릭 집안이긴 해도.

나는 남자에게 당장 차를 세우라고 말한 뒤 가방을 짊어지고 차에서 내리고 싶지만, 툼까지 반밖에 못 간 상황에서 그렇게 했다가는 다시 할머니 집으로 돌아가고 싶은 마음이 들 것 같아 잠자코 있는다.

돌아갈 수는 없어. 우리 가족의 과거가 사라져 없어진 건 아니니까. 돌아갔다가는 또다시 어머니와 어머니가 저지른 죄 얘기가 나올 거고, 그랬다가는 나나 할머니 가족이나 감정이 격해지고 말 테니까. 그러면 나는 또다시 가방을 끌고 할머니 집을 뛰쳐나와 툼을 향해 발걸음을 옮기게 되겠지.

남자에게 차를 태워줘서 고맙다고 인사하면서도 내 머릿속에는 저 남자도 7월 12일에 북을 두드리며 다른 신교도들과 함께 거리를 행진할까* 하는 생각이 든다. 하지만 남자가 무척이나 친절한 얼굴을 하고 있

---

* 일명 '오렌지 행진'. 신교도를 이끌던 윌리엄 3세가 1690년 조지 2세가 이끄는 가톨릭 교도들을 물리친 것을 기념하기 위해 매년 7월 12일에 신교도들이 한데 모여 북, 나팔, 피리 등을 연주하며 가톨릭 구역을 지나간다.

어서 어떤 이유건 북을 두드리며 거리를 행진하는 모습은 상상하기 어렵다.

툼에서 버스를 타고 벨파스트로, 벨파스트에서 기차를 타고 더블린으로 가는 내내 할머니 집으로 돌아가고 싶다는 생각이 나를 괴롭힌다. 할머니를 다시는 못 볼지도 모른다는 생각, 옅은 미소를 지으며 오, 그래, 를 연발하는 아버지를 슬쩍 눈감아줄 수 있을지도 모른다는 생각이 든다. 하지만 이미 리머릭행 기차에 올라타 있으니 돌아가고 말고 할 것도 없다. 머릿속에 아버지, 고모, 할머니의 모습이 어른거린다. 나는 7에이커의 척박한 땅을 끼고 사는 그네들의 서글픈 삶을 생각한다. 이윽고 리머릭에 있는 어머니 생각이 난다. 마흔네 살이 될 때까지 일곱 아이를 낳고, 그중 셋은 죽고, 원하는 것이라고는 작은 평화와 안식과 위로뿐인 우리 어머니. 그다음에는 포트 딕스에 있는 던피 하사와 렝그리스에 있는 벅의 서글픈 삶에 대해서도 생각한다. 두 사람 다 바깥세상에서는 어떻게 해야 할지 몰라서 그저 군대를 자기 집 삼아 살아가고 있다. 그런 생각들을 계속하자니 눈물이 흘러내릴 것만 같다. 내가 눈물을 흘리면 같은 칸에 탄 다섯 명의 다른 승객들이 미군 군복을 입은 나를 멍하니 바라보다가 이렇게 말하겠지. 맙소사, 저 구석에서 저렇게 우는 양키는 대체 누구래? 울고 있는 나를 어머니가 봤으면 또 이렇게 말했을 거다. 네 오줌보가 눈에 가서 붙었나보다. 아니면 같은 칸에 탄 사람들이 이렇게 말할지도 모른다. 저런 사람이 한국전에 참전해서 중국인들과 맞붙어 싸웠단 말이야?

내가 탄 칸에 다른 사람이 아무도 없어도 눈물을 참아야만 한다. 눈물 딱 한 방울과 그 소금기만으로도 내 눈은 평소보다 더 벌겋게 부어오를 텐데, 눈 위에 난 오줌 구멍 같은 눈을 달고 리머릭 거리를 걸어가고 싶지는 않다.

문을 열어주던 어머니가 가슴에 손을 얹으면서 소리친다. 맙소사, 유령인 줄 알았다. 왜 이렇게 빨리 왔니? 너 어제 아침에 떠났잖아. 어제 갔는데 오늘 돌아와?

어떻게 그렇게 빨리 돌아오게 되었는지 어머니에게 말할 수는 없다. 북부에서 할머니 가족들이 어머니에 대해, 어머니가 저지른 끔찍한 죄에 대해 얼마나 나쁘게 말했는지 말할 수 없다. 그리고 그것 때문에 괴로워한 아버지를 성자聖者 취급하고 있다는 것도 말할 수 없다. 더욱이 나도 과거의 일로 인해 다시금 고통받고 싶지 않기 때문에, 북부와 남부 사이에, 툼과 리머릭 사이에 끼어 괴로워하고 싶지 않기 때문에 어머니에게 그런 말을 꺼낼 수는 없다.

나는 아버지는 여전히 술을 마시고 있다고 거짓말을 한다. 그러자 어머니의 얼굴이 창백해지고 날카로운 콧날이 더욱더 날카로워진다. 나는 어머니에게 뭘 그리 놀라느냐고 말한다. 아버지는 늘 그랬잖아요.

그러자 어머니가 말한다. 엄만 네 아버지가 비록 북부에 있긴 하지만 술을 끊고 너희와 얘기라도 할 수 있게 되길 바랐다. 아버지 얼굴도 잘 모르는 마이클과 알피가 언젠가는 아버지를 만나볼 수 있기를 바랐지. 엄만 그애들이 술에 취해 제정신이 아닌 아버지를 보게 되는 일은 없었으면 했거든. 그 사람 맨정신이었을 때는 세상에 그렇게 좋은 남편이 없었고 그렇게 좋은 아버지가 없었지. 언제나 노래를 부르거나 이야기를 들려주거나 세계정세에 대해 한마디씩 해서 나를 웃게 했어. 술이 모든 것을 망쳤어. 마귀가 씌인 거야. 그런 아버지는 차라리 없는 게 나아. 나는 이제 몇 푼이나마 돈도 들어오고 있고 평화와 위로와 안식을 얻었으니 그걸로 됐어. 어머니의 말을 듣는 동안, 북부까지 다녀오느라 종일 굶었던 나는 배가 무척 고파왔다. 따뜻한 차 한 잔 마시면 딱 좋겠다.

리머릭으로 돌아와 남은 휴가 기간에 내가 할 수 있는 일이라고는 미국으로 다시 돌아가야 하고 오랫동안 리머릭에 돌아오지 않을 거란 사실을 곱씹으며 거리를 어슬렁어슬렁 돌아다니는 것밖에는 없다. 나는 성 요셉 성당에 가서 내가 첫 고백을 했던 고해소 옆에 무릎을 꿇고 있다가, 견진성사 때 주교님께서 내 뺨을 어루만지며 나를 진정한 교회의 군사로 받아들인 곳을 보기 위해 제대 난간 쪽으로 가본다. 우리가 몇 년간 살았던 로든 골목에도 가본다. 어떻게 그러고 살 수 있을까 싶게 그곳 사람들은 여전히 공동 화장실 하나를 함께 쓰고 있다. 다운스 씨네 집은 뼈대만 남아 있는데, 빈민가를 지나면 다른 곳이 나온다는 것을 일러주는 이정표 같다. 다운스 씨는 돈을 벌어 가족들을 모두 영국으로 데려갔다. 가장이 열심히 일하고 아내와 자식들에게 보내야 할 돈으로 술을 마시지 않은 결과다. 다운스 씨 같은 아버지를 바랄 수도 있겠지만 그만두었다. 불평해봐야 아무 소용 없는 일이다.

19

렝그리스에서 지낼 시간도 몇 달 남지 않았고 내가 할 일이라고는 부대 보급실을 관리하는 것과 부대 도서실에서 책을 읽는 것밖에는 없다.

더는 세탁물을 들고 다하우에 갈 일도 없다. 우리가 난민 수용소에 갔다는 것을 라파포르가 누군가에게 누설했고, 그 말이 중대장의 귀에까지 들어가는 바람에 우리는 중대장 앞에 끌려가서 군인답지 않은 행동을 했다고 한바탕 꾸지람을 들은 뒤 두 주 동안 막사에 갇혀 지내야만 했다. 라파포르는 우리에게 미안하다면서 어떤 나쁜 자식이 입을 잘못 놀려 비밀이 새나가게 될 줄은 몰랐다고 했다. 하지만 난민 수용소 여자들이 정말 불쌍했다면서 나더러 베버 같은 인간들과는 어울리지 말라고 했다. 벅은 괜찮지만 베버는 인간 말종이라고 했다. 라파포르는 나더러 어떻게 하면 교육을 받을 수 있을지만 생각하라고 했다. 내가 만약 유대인이었다면 항상 그 생각만 했을 거라면서. 내가 뉴욕에서 대학생들을 부러워했다는 것을 라파포르가 어떻게 알았을까. 그는 또 내가 제대하면 한국전 참전 군인들에게 주는 보조금을 받게 될 거라면서 그러면 대학에도 갈 수 있을 거라고 한다. 고등학교 졸업장도 없는데 무슨 수로 대학에 가느냐고 내가 반박하자, 라파포르는 할 수 없는 이유 말고 할 수 있는 이유에 대해 생각하라고 제법 훈계를 하는 것이다.

라파포르는 늘 그런 식으로 말한다. 유대인들은 늘 그런 식으로 말하는지도 모른다.

나는 라파포르에게 묻는다. 뉴욕에 가서도 먹고살려면 돈을 벌어야 하는데, 돈을 벌면서 어떻게 고등학교에 다녀?

그러자 라파포르가 대답한다. 야간학교가 있잖아.

그렇게 해서 언제 고등학교 졸업장을 따?

몇 년 걸리겠지.

난 그렇게는 못 해. 낮에는 일하고 밤에는 학교 가고, 그렇게 하면서 몇 년을 보내야 한단 말이야? 그랬다가는 한 달도 못 돼서 죽겠다.

그럼 뭐 마땅히 다른 할 일이라도 있니?

아니, 잘 모르겠어.

그러면 결론은 뻔한 거네, 뭐.

눈이 다시 벌겋게 부어오르고 진물이 나기 시작한다. 나는 병가를 받아 군의관을 찾아간다. 군의관은 마지막으로 치료받은 것이 언제냐고 묻는다. 군대에 들어오기 전에 뉴욕에서 진료를 받은 적이 있는데 그때 의사가 뉴기니에서 옮아온 병이라고 했다고 대답했더니 군의관은 그 의사 말이 맞다고 한다. 자네가 걸린 병이 바로 그 병이네. 가서 머리를 빡빡 민 다음 이 주 후에 다시 오게나. 군대에서는 거의 항상 모자나 헬멧을 쓰고 다니기 때문에 머리를 미는 것쯤은 상관없다. 다만 렝그리스로 술 마시러 갔을 때 여자들이 내 머리를 보고 이렇게 소리칠까봐 조금 걱정이 되긴 한다. 어머, 아일랜드 아찌가 성병에 걸렸나봐. 내가 성병에 걸린 게 아니라고 설명할라치면 그 여자들은 내 뺨을 어루만지며 성병에 걸렸든 안 걸렸든 언제든지 자기들을 찾아오라고 하겠지 하는 상상도 해본다. 이 주가 지나도 눈은 나아지지 않는다. 군의관은 뮌헨에 있는 군 병원에 가서 진찰을 받아보는 게 좋겠다고 한다. 내 증상은 비듬이나 뉴기니에서 옮아온 것이 아닌지도 모른다. 그 군의관은 나를 빡빡이로 만들어놓고도 오진을 해서 미안하다는 말도 없다. 그는 지금처럼 소련군이 국경을 위협해 밀고 들어오는 심각한 상황에 우리 군인들이 건강해야 한다면서, 내가 걸린 눈병이 혹시라도 유럽에 주둔해 있는 우리 군대 전체에 퍼지게 될까봐 나를 그냥 놔둘 수가 없다고 한다.

나는 다시 지프차를 타고 군 병원으로 호송된다. 이번에 지프차를 몰게 된 사람은 쿠바인 하사 비니 간디아다. 비니는 자기는 천식 환자인데 군에 들어오기 전에는 드럼을 연주했다고 한다. 그는 군대 생활이 무척 힘들다는 건 알고 있었지만 자기 나라에서 음악으로 먹고살기가 점점 어려워지고 쿠바에 있는 가족에게 돈을 보내기 위해 어떻게든 방도를 찾아야 했기 때문에 군에 입대한 거라고 한다. 자기는 어깨가 너무 말라서 소총도, 50구경 기관총도 제대로 못 짊어지고 신병 훈련과정에서 쫓겨날 줄 알았다고 한다. 그런데 어느 날 코텍스라는 걸 발견하고는 머리에 불이 반짝 켜지는 느낌이 들었다는 것이다. 오, 이런. 바로 이거야. 코텍스를 어깨 위 속옷 밑에 끼워넣고 나니 군대에서 시키는 일은 무엇이라도 할 수 있을 것만 같았다. 라파포르도 코텍스를 어깨에 대고 다니는 것을 떠올리고 나는 코텍스를 만든 회사에서 자기들 제품이 미국 전투병들에게 큰 도움이 되고 있다는 것을 알고나 있을지 궁금해진다. 뮌헨으로 가는 내내 비니는 팔꿈치로 운전을 하면서 손에는 드럼스틱을 쥐고 단단한 곳이라면 어디든지 두들겨대고 박자에 맞춰 헤이, 아무개씨, 오늘밤에 무얼 할까요, 밥 밥 다 도 밥 도 도 디 도 밥, 하고 노래를 불러댄다. 너무 흥분한 나머지 천식 증세가 나타나면 숨을 헐떡이면서 지프차를 세우고는 인공호흡기에 펌프질을 해야 한다. 운전대에 이마를 대고 엎드려 있다가 고개를 든 그의 눈에는 숨을 쉬려고 안간힘을 쓴 탓에 눈물이 맺혀 있다. 그는 나더러 눈만 좀 아픈 것 외에는 몸이 멀쩡하니 감사해야 한다면서, 천식을 앓느니 차라리 눈이 아픈 게 낫겠다고 한다. 이제 그는 그 빌어먹을 인공호흡기 없이는 드럼스틱을 두드려댈 수 없다. 눈 아픈 것쯤이야 드러머를 말릴 수 없지. 드럼만 칠 수 있다면 난 눈이 먼다 해도 상관 않겠어. 빌어먹을 드럼을 못 치게 된다면 살아 있는 게 다 무슨 소용이겠어? 사람들은 천식을 앓지 않는 걸 감사할 줄 모른단 말이야. 멀쩡하게 숨을 잘 쉬는 건 당연하게 여기고 사는 게 힘들다느니 죽겠다느니 하면서 우는소리만 하고 앉았거든. 그 사람들에게 하루라도 천식을 앓게 해봐. 딱 하루. 그러면 숨을 내쉴 때마다 하느님께 감사하며 살게 될걸. 언젠가는 머리에 뒤집어쓰면 그 안에서는 아기처럼 숨 쉴 수 있는 헬멧 같은 게 발명될 거야. 그럼 랩을 하면서 신나게 드럼도 칠 수 있을 거라고. 오, 진짜 그렇게만 된다면 천국에 있는 기분일 거야! 진 크루파, 버디 리치,* 그 녀석들은 천식 따윈 앓지 않았단 말이야. 재수 좋은 녀석들. 그러면서 그는 내가 제대한 후에도 눈이 멀지 않았으면 나를 세계에서 가장 멋진 거리인 뉴욕의 52번 스트리트로 데리고 가겠다고 하더니, 금방 말을 고쳐 내가 앞을 못 보더라도 꼭 데려가겠다고 한다. 꼭 앞이 보여야만 소리가 들리는 법은 아니니까. 야, 그것 참 볼만하겠다. 하나는 숨을 헐떡거리면서, 다른 하나는 하얀 지팡이를 짚거나 맹도견을 데리고 52번 스트리트를 왔다갔다하는 거 말이야.

---

* 둘 다 미국의 재즈드럼 연주자이자 지휘자이다. 진 크루파는 대표적인 테크니션 드러머이고, 버디 리치는 스윙 드럼 연주의 제1인자로 불렸다.

그럼 너는 레이 찰스*와 나란히 앉아서 음악에 대해 이런저런 이야기도 나눌 수 있겠는걸. 그 상상을 하자 우스웠던지 비니는 한참 웃어대다가 또다시 천식이 도진 듯 숨이 넘어가게 기침을 한다. 간신히 숨을 고른 비니가 말한다. 천식은 정말 지랄맞아. 뭔가 조금이라도 재미있는 걸 생각하다가 웃음이 터져나오면 그다음에는 숨이 넘어가게 기침을 하게 된다니까. 나는 사람들이 마음대로 웃고 다니면서 그걸 당연하게 생각하는 걸 보면 울화가 치밀어. 그 사람들은 천식을 앓으면서 드럼을 친다는 게 어떤 건지, 웃을 수 없다는 게 어떤 건지 한 번도 생각해본 적 없을 거야. 하긴, 사람들이 그런 걸 생각할 리가 없지.

뮌헨 군 병원에 있는 의사는 내 눈을 검진해보더니 뉴욕의 의사나 렝그리스의 군의관이나 다 돌팔이들이라고 하면서 뭔가 은빛으로 반짝이는 것을 내 눈에 떨어뜨린다. 그게 들어가자 산酸을 집어넣은 것처럼 눈이 따끔거린다. 의사가 말한다. 엄살 부리지 마. 사나이답게 굴어야지. 이런 눈병에 걸린 부대원은 자네만이 아니네. 그는 또 나더러 한국전에 끌려가 엉덩이가 날아가지 않은 것을 감사하게 생각해야 한다면서, 독일에 있는 부대원 중 절반이 빨치산들과 싸우기 위해 한국에 끌려갔다고 한다. 그는 나에게 위, 아래, 오른쪽, 왼쪽을 보라고 시키면서 눈 구석구석에 안약을 한 방울씩 떨어뜨린다. 그러고 나서 내게 말한다. 도대체 누가 눈이 이런 사람을 군대에 집어넣은 거야? 그는 내게 독일로 오게 된 것을 천만다행으로 알라면서, 만일 한국에 갔더라면 지금쯤 되놈들과 맞서 싸우느라 맹도견이 필요했을 거라고 한다. 그렇게 해서 나는 병원에 며칠간 입원한다. 그는 나더러 눈을 크게 뜨고 입만 굳게 다물면 훌륭한 부대원이 될 거라고 한다.

---

* '20세기 소울뮤직의 대부'로 불렸던 미국의 전설적인 흑인 맹인 가수.

나는 그가 왜 계속 나를 부대원이라고 부르는지 알 수 없다. 안과 의사들은 다른 의사들과 뭔가 다른 구석이 있나보다.

병원에 있으면서 가장 좋은 점은 눈이 아프긴 하지만 밤낮으로 책을 읽을 수 있다는 것이다. 의사는 내게 눈을 쉬게 해야 한다고 말하고는, 옆에 있던 간호병에게 차도가 보일 때까지 내 눈에 매일 은빛 액체를 넣으라고 지시한다. 아폴로라는 이름의 간호병은 그 안과 의사가 순 엉터리라면서 페니실린 연고를 가져와 내 눈꺼풀 위에 발라준다. 아폴로는 자기가 실연을 당하는 바람에 의과대학을 중퇴하긴 했지만 의학이라면 좀 안다고 한다.

어느 날 거울을 보니 눈이 말끔하게 나아 있었다. 말끔하게 나은 눈을 보니 의사가 나를 다시 렝그리스로 돌려보낼까봐 걱정이 되기 시작한다. 렝그리스로 돌아가게 되면 제인 그레이, 마크 트웨인, 허먼 멜빌 따위를 읽으면서 보내는 한가로운 날들도 안녕이다. 아폴로는 걱정하지 말라면서 내게 말한다.

의사가 병실에 들어올 때 눈을 소금으로 문질러대는 거야. 그러면 네 눈은 꼭……

눈 속에 난 오줌 구멍처럼 보이게 말이야?

그렇지.

오래전 리머릭에 있을 때 어머니가 어느 치사한 인간으로부터 음식 살 돈을 받아내기 위해 내 눈을 소금으로 문질러서 더 빨갛게 보이게 만든 적이 있다고 말하자 그가 말한다. 그랬구나. 하지만 그때는 그때고 지금은 지금이야.

아폴로는 군에서 배급받은 커피와 담배는 어디에 있느냐고 노골적으로 묻는다. 너는 지금 그런 게 필요 없잖아. 페니실린 연고와 소금을 처방해준 대가로 그걸 나한테 넘겨주면 좋겠는데. 그렇게 하지 않으면 의사가 와서 그 은빛 액체를 네 눈에 집어넣을 거고, 그러면 넌 렝그리스로 돌아가서 제대하기 전 마지막 석 달을 담요와 이불이나 세면서 보내게 될걸. 그러면서 아폴로는 뮌헨에는 여자들이 넘쳐나서 한 명쯤 데리고 자는 건 일도 아니라고 한다. 하지만 자기는 폭격 맞은 건물 안에서 그렇고 그런 매춘부를 안는 거 말고 수준 있는 여자를 원한다고 한다.

그런데 허먼 멜빌의 책 『피에르 또는 애매모호함』때문에 문제가 생기고 말았다. 『모비 딕』과는 달리 너무나 지루해서 대낮에 그 책을 읽다가 그만 잠이 들어버리고 만 것이다. 누군가 흔들어 깨워서 일어나보니 아폴로가 두고 간 페니실린 연고를 의사가 흔들어 보이고 있는 게 아닌가.

일어나. 빌어먹을! 너 이거 어디서 났어? 아폴로지? 그렇지? 그 아폴로라는 부대원 말이야. 미시시피 의과대학을 중퇴했다는 그 빌어먹을 놈.

그러고는 문 쪽으로 걸어가더니 복도에 대고 소리친다. 아폴로, 당장 이리 와! 그러자 아폴로의 목소리가 들려왔다. 네, 군의관님, 갑니다.

너, 이 나쁜 자식! 이 연고, 네가 줬지?

네, 군의관님. 어느 정도는…… 제가 줬습니다.

너 지금 무슨 말을 하고 있는 거야?

이 사병이 하도 괴로워하기에…… 눈이 아프다고 막 비명을 질러댔습니다.

눈이 아프다고 비명을 질러?

네, 군의관님. 사실입니다. 통증이 심하다고 비명을 질러대기에 제가 페니실린을 발라줬습니다.

누가 너한테 그러라고 했나! 네가 의사야?

아닙니다, 군의관님. 그냥 미시시피대학에 있을 때 그렇게 하는 걸 본 적이 있습니다.

미시시피 소리는 집어치워, 아폴로.

네, 군의관님.

그리고 자네, 이런 눈을 하고 대체 뭘 읽고 있는 거야?

『피에르 또는 애매모호함』이라는 책입니다, 군의관님.

맙소사! 대체 어떤 책이야?

저도 잘 모르겠습니다, 군의관님. 제 생각으로는 갈색 머리 여자와 금발 여자 사이에서 이러지도 저러지도 못하는 피에르라는 남자의 이야기 같습니다. 피에르라는 남자가 뉴욕에서 책을 쓰려고 하는데, 그가 머무는 방이 너무 추워서 가끔 여자들이 그의 발을 데워주려고 뜨거운 벽돌을 가져 옵니다.

맙소사! 이제 자네 부대로 돌아가도록 하게. 여기에 엉덩이를 붙이고 누워서 그따위 책이나 읽을 거라면 차라리 부대로 돌아가 전투준비나 하는 게 낫겠어. 그리고 너 아폴로, 포격부대의 연습용 말뚝 인형으로 보내버리지 않는 걸 다행으로 알아.

네, 군의관님.

다음 날 비니 간디아가 나를 다시 렝그리스로 데려다주는데, 이번에는 드럼스틱을 두드리지 않고 운전만 한다. 지난번에 나를 뮌헨에 데려다주고 돌아가는 길에 사고가 나서 죽을 뻔했기 때문에 이제 그 짓은 하지 않는다는 것이다. 운전하고, 드럼 치고, 천식 다스리고, 이것들을 한꺼번에 다 할 수는 없겠더라고. 그뿐이야. 선택을 해야 하니 결국 드럼스틱을 내던지는 수밖에. 혹시 사고가 나서 손을 다쳐 연주를 못 하게 되면 난 차라리 머리를 오븐에 집어넣고 죽어버리고 말 거야. 그뿐이야. 빨리 뉴욕으로 돌아가 세상에서 가장 멋진 거리인 52번 스트리트를 거닐고 싶어. 네가 뉴욕에서 다시 나를 만나겠다고 약속만 하면 널 뉴욕의 온갖 멋진 재즈 바에 데리고 가줄게. 돈은 필요 없어. 난 그 동네 재즈 바 사람들은 다 알고, 거기 친구들도 내가 이 빌어먹을 천식만 아니었다면 무대 위에서 크루파와 리치와 함께 신나게 연주했을 사람이라는 걸 잘 알거든.

　군 당국에서 군법에 따라 내가 구 개월을 더 복무하면 육 년간의 육군 예비군 의무를 면제받을 수 있는데 그렇게 하겠느냐고 물어왔다. 육군 예비군 신분인 남자는 미합중국에서 민주주의를 수호하기 위해 필요하다고 판단될 경우 언제든지 소집해서 어디로든 파병할 수 있는데, 구 개월을 더 복무한다고 서약하면 그런 의무를 면제해주겠다는 것이다. 구 개월간 군대에 더 남는다면 나는 담요나 이불, 콘돔을 나눠주고, 마을로 나가 맥주를 마시고, 거기에서 만난 여자애들과 이따금씩 잠을 자고, 부대 도서실에서 책을 빌려 볼 수 있다. 아니면 그사이에 아일랜드로 다시 가서 친할머니에게 그렇게 화를 내고 떠나서 죄송했노라고 말할 수도 있다. 뮌헨의 댄스 교습소에 가서 춤을 좀 배워서 리머릭 여자애들이 미군 군복을 입고 하사 계급장을 단 나와 춤을 추려고 길게 줄을 서게 만들 수도 있다.
　하지만 에머가 내가 돌아올 날을 손꼽아 기다린다는 내용의 편지를 보내오는 마당에 구 개월씩이나 독일에 더 머무를 수는 없다. 나는 그녀가 나를 그토록 좋아하는지 몰랐는데, 그녀가 나를 좋아한다고 하니 당연히 나도 그녀를 좋아하게 되었다. 난생처음 여자애로부터 좋아한다는 말을 들은 나는 너무나 흥분한 나머지 나도 그녀를 사랑한다는 내용의 답장을 보냈고, 그녀도 나를 사랑한다는 답장을 보내왔다. 그 편지를 받고 나는 마치 천국에 있는 듯한 느낌이었다. 당장 짐을 싸서 비행기에 올라타 그녀 곁으로 가고픈 생각뿐이었다.
　나도 그녀를 얼마나 그리워하는지 모른다고, 렝그리스에서 매일매일 그녀의 편지에서 나는 향수 냄새를 맡으며 지내고 있다고 편지를 써서 그녀에게 보낸다. 그러고서 우리가 뉴욕에서 함께 생활하는 모습을 상상해본다. 나는 아침마다 난방이 잘되는 번듯한 사무실로 출근해서 책상에 앉아 중요한 서류에 결재를 하고, 퇴근 후에는 에머와 저녁 식사를 하고 일찌감치 잠자리에 들어 그녀와 실컷 사랑을 나누며 흥분하는 꿈을 꾼다.

물론 흥분하고 어쩌고 하는 내용은 편지에 쓰지 않는다. 에머는 순수한 여자일뿐더러, 어쩌다가 에머의 어머니가 내가 그런 상상을 했다는 걸 알게 되는 날에는 내 면전에서 문을 쾅 닫아버릴까봐 겁이 나니까. 그러면 이 세상에서 나를 사랑한다고 말해준 유일한 여자와 헤어져 또다시 외톨이가 될지도 모를 일이다.

내가 빌트모어 호텔에서 일할 때 여대생들을 넘봤다는 이야기, 렝그리스에서, 뮌헨에서, 그리고 난민 수용소에서 여자애들과 그 짓을 했다는 이야기는 에머에게 차마 할 수 없다. 그랬다가는 그녀가 너무나 충격을 받아서 자기 가족들에게, 특히 오빠 리엄에게 다 말할 것이고, 그렇게 되면 나는 생명이 위태로워질 것이다.

라파포르는 결혼하기 전에 신붓감에게 다른 여자애들과 무슨 짓을 했는지 다 말하는 게 의무라고 한다. 그러자 벅이 말한다. 바보 같은 소리! 무조건 입 다무는 게 상책이야. 특히 결혼할 여자한테는 아무 소리 않는 게 좋아. 사회도 군대나 마찬가지야. 절대 말하지 말 것. 절대 자진해서 나서지 말 것.

베버는 아무한테도 무슨 얘기도 해서는 안 된다고 한다. 그러자 라파포르가 베버에게 넌 나가서 여자들이나 꼬셔, 인마, 하고 면박을 준다. 하지만 베버는 아랑곳하지 않고 말한다. 난 결혼하게 되면 여자한테 이것 한 가지는 확실히 해주겠어. 절대 성병을 얻지 않는 거. 성병은 전염될 수도 있잖아. 나는 내 새끼가 성병에 걸린 엄마 몸에서 태어나길 바라지 않거든.

그러자 라파포르가 한마디 한다. 어쭈, 짐승도 양심은 있구먼.

미국으로 떠나기 전날 밤, 바트 튈츠의 한 레스토랑에서 나를 위한 환송 파티가 열린다. 장교와 하사관들은 자기 부인을 데리고 온다. 그것은 일반 사병들은 독일 여자친구들을 데리고 올 수 없음을 뜻하는 것이기도 하다. 고향에서 그들의 아내가 기다린다는 걸 아는 장교 부인들은 그런 일을 절대 용납하지 않는다. 무엇보다도, 미국의 건전한 가정을 위협하는 독일인 여자애와 장교 부인이 한자리에 나란히 앉을 수는 없는 일이다.

대령은 환송 연설을 하면서 내가 가장 뛰어난 병사 중 한 사람이라고 입에 발린 말을 한다. 버딕 상사도 앞으로 나와 환송의 변을 한마디 하고는 담요나 이불, 보호장구 등을 철저히 관리한 것을 칭송하는 의미에서 감사패 비슷한 것을 건네준다.

그가 보호장구라는 말을 하자, 테이블 여기저기에서 킬킬거리는 소리가 들려온다. 그러자 장교들이 노려보며 말한다. 조용히 하지 못해? 여기 우리 아내들도 와 있단 말이야.

장교의 부인들 중에는 내 또래로 보이는 벨린다라는 여자가 있는데, 남편만 없다면 술 몇 잔 마시고 용기를 내 말을 걸고 싶을 만큼 외모가 빼어나다. 그런데 그럴 필요도 없이 그 여자가 내 쪽으로 와서 몸을 기울이고는 속삭인다. 이 자리에 와 있는 부인들 모두가 당신이 아주 잘생겼다고 하는군요. 그 말을 듣자 나는 얼굴이 화끈 달아올라 그 자리에 계속 있을 수가 없다. 화장실로 가 화끈거리는 얼굴을 진정시키고 자리에 돌아와보니 다른 여자들이 벨린다가 뭐라고 소곤대는 말을 듣고는 깔깔대다가 나를 보고 한층 더 큰 소리로 웃어젖힌다. 벨린다가 나한테 한 말 때문에 그 여자들이 웃는다는 것을 충분히 짐작할 수 있다. 다시금 얼굴이 화끈 달아오르면서 세상에 믿을 사람 하나도 없다는 생각이 든다.

어떻게 된 건지 눈치챈 벅이 내게 귓속말을 한다. 이 여자들 정말 왕재수야, 맥. 저따위로 너를 놀려대다니.

나는 벅의 말이 맞다고 생각하지만, 그럼에도 불구하고 렝그리스에서 가져갈 마지막 추억이 벨린다와 장교 부인들이 나를 놀린 일이라니 서글프다.

20

킬머 캠프를 떠나 제대한 날, 나는 맨해튼 3번 애비뉴에 있는 브레피니 바에서 톰 클리포드를 만났다. 우리는 소금에 절인 고기와 겨자 소스를 잔뜩 바른 양배추 요리를 먹고 시원한 맥주도 마셨다. 톰은 아일랜드인이 경영하는 사우스 브롱크스의 '로건스 보딩 하우스'라는 하숙집에 살고 있었고, 우리는 일단 거기에 내 짐을 내려놓고 이스트 54번 스트리트에 있는 에머의 아파트로 가서 에머를 만나기로 했다.

로건 씨는 대머리에 고깃덩어리처럼 불그레한 얼굴을 한 노인이었다. 나이가 꽤 들어 보였는데도 부인은 상당히 젊은데다 돌도 안 된 아기까지 있었다. 부인의 이름은 노라이고 아일랜드 킬케니 출신이라고 했다. 로건 씨는 자기가 '아일랜드인의 고대 교단'과 '콜럼버스 기사단'*이라는 조직에서 상당히 높은 자리를 차지하고 있다면서, 자신의 종교적 윤리적 입장과 관련해서 실수를 범하는 일은 절대 없도록 하라고 당부했

---

* 각각 아일랜드와 북미의 로마가톨릭교 비밀결사를 가리킨다.

다. 또 열두 명의 하숙생은 일요일 아침에 미사에 참석하고, 가능하면 영성체까지 모셔야 아침 식사를 할 수 있었다. 영성체를 모셨다는 것을 입증해줄 두 명의 목격자가 있으면 소시지까지 곁들여 먹을 수 있었다. 물론 모든 하숙생들은 자기가 영성체를 모셨다는 것을 입증해줄 두 명의 목격자를 확보하고 있었다. 그런데 어느 날 하숙생들이 서로 영성체를 모셨다고 떠들어대자 소시지 값을 대느라 화가 나 있던 로건 씨는 자기 부인의 옷과 모자로 변장하고는 성당에 잠입해 네드 기넌과 케빈 헤이스만 미사에 참석하고 나머지 하숙생들은 성당 근처에도 오지 않았다는 것을 알아냈다. 나머지는 그 시간에 윌리스 애비뉴에 있는 한 술집 뒷문으로 몰래 들어가 영업시간인 정오보다 이른 시간에 불법으로 술을 마셨다. 그러고는 술냄새를 풀풀 풍기면서 아침을 얻어먹겠다고 하숙집으로 어슬렁어슬렁 돌아왔다고 한다. 로건 씨가 술을 마셨나 안 마셨나 확인하게 숨을 내쉬어보라고 하자 그들은 발끈해서 소리쳤다고 한다. 이 나라는 엄연한 자유 민주 국가예요. 그까짓 소시지 하나 얻어먹겠다고 하숙집 주인한테 내 숨 냄새까지 맡게 해야 한다면, 차라리 덜 익힌 계란과 우유, 말라비틀어진 빵조각과 묽어빠진 차 한 잔으로 아침을 때우는 게 낫겠어요.

로건 씨의 당부는 계속되었다. 우리 집에서는 절대 욕이나 농담을 해서는 안 돼. 그랬다가는 군말 않고 나가라는 소리를 듣게 될 거야. 나는 내 마누라와 내 아들 루크가 아일랜드 총각 열두 명이 벌이는 추잡한 짓거리를 보는 일이 없도록 할 거야. 자네들 침대는 모두 지하에 있지만 창피한 짓을 하는지 안 하는지 알아내는 방법이 다 있어. 수년이 걸려서 자리잡은 이 하숙집 사업을 구대륙에서 온 노동자 열두 명이 망치게 놔둘 순 없지. 요즘엔 도처에 깜둥이들이 이사 오는 바람에 동네 분위기가 엉망이 됐지만 말이야. 그놈들은 일자리도 없고 도덕도 윤리도 없는 순

204

상것들이란 말이야. 게다가 거리에는 아비 없는 깜둥이 후레자식들이
야만인처럼 날뛰고 돌아다니니, 나 원 참.

하숙비는 아침과 잠자리를 제공하는 조건으로 일주일에 18달러였다.
만약 저녁까지 먹을 작정이면 매일 1달러씩 더 내야 한다고 했다. 열두
명의 하숙생에 침대는 여덟 개뿐이었는데, 모두 부두나 창고에서 일하
고 근무시간이 각기 달라서 지하에 있는 방 두 개에 침대를 가득 채워둘
필요가 없다는 이유에서였다. 침대가 다 차는 토요일 밤만큼은 다른 사
람과 한 침대를 써야 했지만, 그것 역시 문제가 되지 않았다. 토요일 밤
이면 모두 성 니콜라스 가로 한잔하러 나가서, 하룻밤쯤 남자든 여자든
양이든, 누구랑 자도 상관없을 만큼 취해버렸기 때문이다.

열두 명이 함께 쓰는 욕실은 단 하나뿐이었다. 비누는 각자 자기 것을
가져와서 써야 한다고 했다. 처음에는 분명 흰색이었을 폭이 좁고 기다
란 수건이 두 장 있었다. 로건 씨는 수건에 있는 검은 줄은 위아래를 구
별하기 위한 것이라고 했다. 벽에는 수건을 쓰는 방법에 대한 안내문도
씌어 있었다. "수건의 위쪽은 배꼽 윗부분을, 아래쪽은 배꼽 아랫부분을
닦는 데 쓰도록 하시오. J. 로건 백." 수건은 이 주일에 한 번 갈아주는
데, 항상 술에 취한 하숙생이 벽에 적힌 규정을 어겨서 시비가 붙었다.

하숙생들 중 가장 나이가 많은 사람은 마흔두 살 먹은, 리스둔바르나
출신의 크리스 웨인이었다. 그는 스물두 살짜리 애인을 미국으로 데려
오려고 건설 현장에서 열심히 일하면서 돈을 모으고 있었다. 결혼해서
애도 낳을 계획이라는데, 애를 만들 정력이 남아 있긴 한지 의심스러울
정도로 늙어 보였다. 하숙생들은 그의 성이 웨인이고 좀 어리숙해 보이
기도 해서 그를 공작Duke이라고 불렀다.* 그는 술도 담배도 하지 않고

---

* 당시 유명했던 영화배우이자 미성숙한 남자의 전형이던 존 웨인의 별명이 듀크였다.

일요일마다 미사에 참례해 영성체도 모시면서 다른 하숙생들을 멀리했다. 그는 경건과 절제의 생활이 몸에 밴 탓인지 수척해 보였고, 검은 곱슬머리 사이사이에는 희끗희끗한 흰 머리도 나 있었다. 그는 자기 수건과 비누, 그리고 침대보 두 장을 따로 챙겨서 혹시 우리가 그걸 사용할까봐 항상 가방에 넣고 다녔다. 밤마다 잠자리에 들기 전에는 침대 옆에서 무릎을 꿇고 묵주기도를 바쳤다. 그는 자기만의 침대를 확보하고 있는 유일한 하숙생이었다. 그의 침대에서 풍겨나오는 신성한 기운 때문에 술을 마셨든 안 마셨든 아무도 감히 그와 한 침대에서 잘 수 없고, 그가 없을 때조차 그의 침대를 쓸 엄두를 낼 수 없기 때문인 듯했다. 그는 주중에는 매일 아침 여덟시부터 오후 다섯시까지 일을 하고 로건 씨 가족과 함께 저녁을 먹었다. 로건 씨 가족은 그를 좋아하는 눈치였다. 그도 그럴 것이, 그가 로건 씨에게 일주일에 7달러를 더 벌게 해주는데다 몸이 말라빠져 먹는 양이라고 해봐야 얼마 되지 않았으니 말이다. 하지만 웨인 공작이 기침을 하고 손수건에 피가 섞인 가래를 뱉어내기 시작하자 로건 씨 부부의 태도가 달라졌다. 그들은 어린 아들 때문에라도 안 되겠다며 공작에게 빨리 다른 하숙집을 알아보라고 했다. 그 말을 듣자 그는 발끈해서 로건 씨에게 개자식이라고 욕을 퍼부으면서 그가 참으로 형편없는 인간이며 동정심마저 느낀다고 했다. 그러면서 아들이 진짜 자기 자식이라고 생각한다면 한번 하숙생들의 얼굴을 일일이 들여다보라고, 그러면 장님이 아닌 이상 그 아이와 닮은 놈을 찾아낼 수 있을 거라고 악담을 하는 것이었다. 그러자 로건 씨는 씩씩대며 공작에게 덤벼들 듯한 기세로 안락의자에서 벌떡 일어났다. 로건 씨의 심장이 멀쩡했다면 그 자리에서 당장 그를 죽여버렸을지도 모른다. 하지만 평소 심장이 좋지 않았던 로건 씨는 그에게 덤벼들다가 가슴을 거머쥐며 멈칫했다. 부인 노라가 비명을 지르며 달려와 그만하라고, 잘못하다가는 애

206

딸린 과부가 되겠다고 사정하자 로건 씨는 부인의 말을 들을 수밖에 없었다.

그러자 웨인 공작은 껄껄대며 노라에게 말했다. 걱정 마쇼. 저애야 항상 아버지가 있을 테니. 이 방 안에 있는지도 모르지.

그러고는 기침을 하며 그 방을 나가 지하실로 내려가버렸고, 그 뒤로 그를 본 사람은 아무도 없었다.

그후로는 하숙집 생활이 한층 더 고달파졌다. 로건 씨는 모든 하숙생을 의심의 눈초리로 감시하기 시작했고, 자기 부인에게 시도 때도 없이 소리를 질러댔다. 게다가 수건 두 장 중 한 장은 치워버렸고, 돈을 절약하기 위해 오래된 빵만 샀고, 아침 식사로는 분유와 달걀이 전부였다. 그는 우리의 얼굴을 똑바로 보면서 웨인 공작이 한 말이 진실인지 아닌지 확인해봐야겠다면서 모두 고해성사를 하라고 했다. 하지만 우리 대부분은 그렇게 못 하겠다고 버텼다. 하숙생들 중 의심을 받을 만큼 그 집에 오래 머무른 사람은 네 사람뿐이었으니까. 그 집에 가장 오래 있었던 하숙생 피터 맥나미는 로건 씨를 빤히 보며 로건 씨 부인 노라와 놀아나는 일 따위는 꿈에도 생각해본 적이 없으며, 노라는 뼈밖에 안 남아 있기 때문에 그녀가 돌아다니면 아래층에선 뼈 부딪치는 소리가 들릴 지경이라고 말했다.

그러자 로건 씨는 안락의자에 앉아 숨을 헐떡이며 피터에게 말했다. 그 말은 기분이 상하는구먼, 피터. 우리 마누라한테서 뼈 부딪치는 소리가 들린다고? 우리 집에 있던 하숙생들 중 가장 괜찮은 자네가 어떻게 그런 말을 하나? 방금 떠난 그 녀석은 짐짓 신앙심이 깊은 척하며 오랫동안 우리를 농락해왔어. 그 자식이 떠난 건 정말 하느님 덕이야.

죄송해요, 로건 씨. 감정 상하게 할 생각은 아니었어요. 다만 노라는 누가 봐도 그렇게 매력적인 파트너는 아니거든요. 댄스파티에 가더라도 우리 중 어느 누구도 노라를 두 번씩 쳐다보진 않을 거예요.

로건 씨는 우리를 쭉 둘러보며 물었다. 진짜 그런가?

네, 그래요, 로건 씨.

확실해, 피터?

그럼요, 로건 씨.

알았네, 피터. 그렇게 말해줘서 고맙네.

하숙생들은 모두 부두나 창고에서 일하면서 돈을 괜찮게 벌고 있다. 톰은 포트 웨어하우스라는 창고에서 트럭에 짐을 싣거나 트럭에 실려온 짐들을 부리는 일을 하는데, 제시간에 가서 열심히 일하고 반 혹은 두 배 가량 초과근무까지 하면 일주일에 100달러는 넘게 벌 수 있다고 한다.

머천트 냉동회사에 다니는 피터 맥나미는 시카고에서 냉동 트럭이 도착하면 고기를 내려 냉동고에 저장하는 일을 한다. 피터는 금요일이면 술에 취했든 안 취했든 고기 몇 덩어리를 로건 씨에게 갖다주기 때문에 로건 씨 가족은 피터를 좋아한다. 사실 그 고기는 일주일치 하숙비 18달러를 대신하는 것이다. 우리는 한 번도 그 고기를 본 적이 없는데, 몇몇 하숙생들의 말에 따르면 로건 씨는 그걸 매주 윌리스 애비뉴에 있는 정육점에 내다 판다고 한다.

하숙생들은 모두 말로는 빨리 돈을 모아 고국 아일랜드로 돌아가 평화와 안식을 누리고 싶다고 하지만 술 마시는 데는 돈을 아끼지 않는다. 오직 톰만 자기는 절대 아일랜드로 돌아가지 않겠다면서 아일랜드는 시궁창처럼 끔찍한 곳이라고 한다. 그러면 다른 하숙생들은 그걸 모욕으로 받아들이고 밖으로 나가 한판 승부를 벌이자고 한다. 그러면 톰은 웃으면서 자기는 자기가 진정으로 원하는 게 뭔지 안다고, 자기가 원하는 것은 싸구려 하숙집에서 여러 사람과 수건을 같이 쓰면서 싸움질이

나 하고 술이나 마시고 아일랜드 타령이나 하면서 징징대는 게 아니라고 한다. 네드 기넌만 톰의 말에 맞장구를 치는데, 네드는 하숙집을 떠난 웨인 공작처럼 폐병을 앓고 있고 살날이 얼마 남지 않아서 그런지 누가 뭐라고 하든 상관하지 않는다. 그는 고향 킬데어의 자기가 태어난 집에 가서 죽을 계획으로 돈을 모으고 있다. 아일랜드로 돌아가면 아침에 커러 경마장에 가 울타리에 기대서서 트랙에 짙게 깔린 안개 사이로 말들이 훈련받는 것을 보고 싶다고 한다. 태양이 고개를 내밀고 안개가 걷혀 모든 것이 초록으로 변할 때까지 마냥 그렇게 있고 싶다는 것이다. 그렇게 말하는 네드의 눈가에는 눈물이 반짝이고 뺨에는 옅은 분홍색이 감돈다. 입가에는 잔잔한 미소까지 머금고 있어서 그를 잠시라도 안아주고 싶은 마음이 들 정도지만, 하숙집에서 그랬다가는 모두 눈살을 찌푸릴 것이 분명하다. 로건 씨가 폐병에 걸린 네드를 쫓아내지 않는 것은 참으로 이상한 일이다. 네드가 너무 불쌍해 보여서 그런지 로건 씨는 그의 기침, 침, 각혈 때문에 폐병이 옮을지 모르는 갓난아기가 있다는 사실도 잊어버린 듯 네드를 친아들처럼 대한다. 베이커 앤드 윌리엄스 웨어하우스에서 네드에게 계속 월급을 주는 것도 신기한 일이다. 네드는 깃털 하나 들어올릴 수 없을 정도로 약해서 회사 사무실에 앉아 전화 받는 일을 하고 있다. 전화를 받지 않을 때는 천국에 가서 성녀 테레사*와 이야기를 나눌 소망을 품고 프랑스어를 공부한다. 로건 씨는 그에게 아주 부드러운 말투로 그 부분에서는 그의 생각이 틀린 것 같다면서 천국에서 쓰는 말은 라틴어라고 한다. 그러자 하느님이 어떤 언어를 쓰시는가를 놓고 하숙생들 사이에 한바탕 논쟁이 벌어진다. 피터 맥나미가 하

---

* 가톨릭 성녀. 프랑스 노르망디에서 태어났다. 리지외의 카르멜회에 들어가 수도생활을 하다 어린 나이에 결핵으로 사망했다.

느님은 분명 히브리어로 말씀하신다고 단언하자, 로건 씨는 금요일마다 자기에게 고기를 가져다주는 피터의 기분을 상하게 하고 싶지 않은지 피터의 말이 맞을지도 모르겠다고 맞장구를 친다. 톰 클리포드가 껄껄대며 우리가 천국에 가서 성 패트릭이나 성 브리지드를 만나게 될지도 모르니까 우리의 모국어인 아일랜드어나 열심히 갈고닦아야 한다고 하자 네드를 제외한 모든 하숙생들이 일제히 그를 노려본다. 네드는 무슨 말을 듣든 항상 미소를 짓는 녀석이고 킬데어에서 뛰노는 말들을 꿈꾸는 사람에게 그런 것은 별로 중요하지 않을 것이다.

피터 맥나미는 이 세상에는 온통 우리를 위협하는 것투성이인데 우리가 이렇게 멀쩡하게 살아 있는 것이 신기하다고 한다. 아일랜드의 날씨, 결핵, 영국인들, 데 발레라 정권, 로마가톨릭교회, 모두 우리를 못살게 구는 것들 아니야? 게다가 이젠 돈 몇 푼 벌자고 부두나 창고에서 엉덩이가 부서져라 일해야 하다니. 로건 씨가 피터에게 자기 부인 앞에서 말 좀 삼가달라고 하자 피터가 대답한다. 죄송해요. 제가 너무 흥분했나봐요.

톰이 포트 웨어하우스에 취직해 트럭에서 짐 부리는 일을 하지 않겠느냐고 내게 물어온다. 그러자 옆에 있던 에머가 절대 안 된다며, 나는 사무실에 앉아 머리를 쓰는 일을 해야 한다고 한다. 톰은 사무실 일이 창고 일보다 보수가 훨씬 박한데다 양복에 넥타이를 매고 사무실에 앉아 있어봐야 엉덩이만 성당 문짝만큼 펑퍼짐해질 뿐이라고 반박하고 나선다. 나도 사무실에서 일하고 싶었지만 창고에서 일하면 일주일에 75달러를 벌 수 있다고 한다. 그 정도면 빌트모어 호텔에서 받던 35달러에 비해 상상할 수 없을 정도로 큰 액수다. 에머도 돈을 모아 상급학교에 진학할 수만 있다면 그것도 괜찮겠다며 한 발짝 물러선다. 아마 자기 가족이 모두 고등교육을 받았기 때문에 그런 식으로 말했을 것이다. 에머는 내가 짐을 올리고 내리느라 나이 서른다섯에 등골이 휜 늙은이가 되는 것은 원치 않는다. 에머는 하숙집에서 하숙생들끼리 술이나 마시고 농담이나 지껄인다는 것을 톰과 내 이야기를 들어서 잘 알고 있다. 그녀는 내가 술집에서 술이나 마시면서 시간을 낭비하는 대신 뭔가를 해내길 바란다.

에머는 똑똑하고 술도 담배도 하지 않는다. 고기도 거의 먹지 않고 혈액에 영양분을 공급한다면서 가끔 닭고기만 조금 먹을 뿐이다. 그리고 미국 사회에서 돈을 벌어 출세하기 위해 록펠러센터에 있는 비즈니스 스쿨에 다니고 있다. 에머의 머리가 명석한 것은 나한테 좋은 일이지만, 나는 창고에서 일하면서 돈을 많이 벌고 싶다. 대신 에머한테, 그리고 나 자신한테 언젠가는 꼭 대학에 가겠다고 약속했다.

포트 웨어하우스 사장인 캠벨 그로엘 씨는 나를 보더니 너무 허약해 보인다며 망설이는 눈치다. 하지만 하역 플랫폼에서 일 잘하기로 소문난 톰 클리포드가 나보다 더 작고 가냘프다는 것을 깨달았는지 톰의 반만큼만이라도 힘을 쓸 수 있다면 고용하겠다고 한다.

하역 플랫폼의 주임은 에디 린치라는 브루클린 출신의 뚱뚱한 남자다. 그는 나나 톰에게 말할 때 껄껄 웃으면서 배리 피츠제럴드*의 말투를 흉내낸다. 나는 그가 그러는 것이 그다지 우습지 않지만 어쨌든 그는 나의 상사이고 나는 일주일에 75달러를 벌어야만 하기 때문에 억지로라도 웃어준다.

정오가 되면 우리는 플랫폼에 앉아 선착장 모퉁이에 있는 식당에서 가져온 도시락을 먹는다. 우리는 간으로 만든 기다란 소시지와 양파를 넣고 겨자를 듬뿍 바른 샌드위치에 머리가 얼얼할 정도로 차가운 라인

---

* 아일랜드의 영화배우. 대표작으로 〈조용한 사나이〉〈나의 길을 가련다〉 등이 있다.

골드 맥주를 곁들여 마신다. 아일랜드 노동자들은 지난밤에 술 마신 이야기를 하면서 아침에 숙취 때문에 얼마나 골치가 아팠는지 모르겠다며 웃어댄다. 이탈리아 노동자들은 집에서 싸온 점심을 먹으며 우리더러 어떻게 간으로 만든 소시지같이 너저분한 음식을 먹을 수 있느냐고 빈정댄다. 그러면 아일랜드 노동자들은 발끈해서 싸우려 들지만, 에디 린치가 이 선착장에서 누구든 싸움을 벌이는 사람은 다른 일자리를 알아봐야 할 거라고 한마디 하면 기세를 꺾고 그 자리에 주저앉는다.

하역 플랫폼에서 일하는 사람들 중에 흑인이 단 한 명 있었는데 이름은 호러스이다. 호러스는 항상 우리와 멀찌감치 떨어져 앉아 이따금씩 미소를 지어 보일 뿐 아무 말도 하지 않는다. 원래 다 이런 식이기 때문이다.

일이 끝나는 오후 다섯시가 되면 우리 중 누군가가 어이, 여보게들, 자, 딱 한 잔만 하러 가세, 딱 한 잔만, 하고 외쳐대고, 우리는 그 '딱 한 잔'이라는 말에 웃음을 터뜨린다. 술집에서 우리는 부두에서 일하는 항만 노동자들과 한데 어울려 술을 마시는데, 그들은 항상 자기들 조합인 미 동부 항만하역 노조가 미국 노동 총동맹이나 산업별 조직회의에 가입해야 하느니 말아야 하느니 하는 문제로 언쟁을 벌인다. 그런 이야기를 하지 않을 때는 불평등한 고용 관행을 가지고 또 언쟁을 벌인다. 그래서 그런지 사장이나 십장들은 노동자들과 부딪칠까봐 더 멀리 맨해튼에 있는 술집으로 간다.

술자리에 늦게까지 남은 날은 너무 많이 마신 탓에 머리도 어지럽고 브롱크스에 있는 하숙집으로 돌아갈 필요도 없다. 그런 날에는 노숙자들이 추위를 피하려고 플랫폼의 커다란 드럼통 안에 밤새 피워놓는 모닥불 옆에 누워서 잠을 청한다. 새벽이 밝아오면 에디 린치가 우리에게 다가와 배리 피츠제럴드의 말투로 어이, 어여, 엉덩이 떼고 일어나, 하고 소리를 지른다. 나는 아직 술이 덜 깼지만 에디 린치에게 영덩이가 아니라 엉덩이라고 말해주고 싶다. 하지만 그는 브루클린 출신인데다 나의 상사라서 그가 영덩이라고 하든 엉덩이라고 하든 내버려두는 수밖에 없다.

부두에서 야근을 하게 되는 경우도 가끔 있다. 미 동부 항만하역 노조 소속의 항만 노동자들만으로는 일손이 부족할 때 나처럼 운전사 조합원 자격이 있는 노동자들을 임시로 고용하는 것이다. 그런 경우 항만 노동자들의 일자리를 뺏는 일이 없도록 조심해야 한다. 그들은 자기 일자리를 뺏는 녀석의 두개골에 갈고리를 매달아 바다에 빠뜨리고 배와 선창 사이에 끼워넣어 쥐도 새도 모르게 죽이는 일쯤은 아무렇지도 않게 여긴다. 그들은 창고에서 일하는 우리보다 벌이가 좋지만 고용이 불안정한 탓에 매일매일 일자리를 지키기 위해 싸워야 한다. 나도 창고에서 갈고리를 사용하지만 그걸 물건 실어올리는 일 외에 다른 용도로 사용한다는 것은 꿈에도 생각한 적이 없다.

창고 일을 시작하고부터 삼 주 동안 간 소시지와 맥주밖에 못 먹은 나는 전보다도 훨씬 말라비틀어졌다. 에디 린치는 브루클린 토박이 말투로 말한다. 어럽쇼, 너랑 클리포드는 참새 똥꼬에 집어넣어도 들어가겠다, 야.

게다가 매일 밤 술을 마셔대고 부두에서 뼈 빠지게 일한 탓에 눈은 다시 벌겋게 부어오르기 시작한다. 특히 유나이티드 프루트 사의 배에 실려온 쿠바산 매운 고추를 운반할 때는 더욱더 심하게 부풀어오른다. 내게 유일하게 위안을 주는 것은 맥주뿐이다. 내가 맥주를 벌컥벌컥 들이켜면 에디 린치는 옆에 앉아 소리친다. 맙소사! 이 꼬마가 얼마나 맥주를 마시고 싶었으면 맥주를 자기 눈에 들이붓는다냐.

창고에서 일하고 받는 보수는 썩 괜찮은 편이다. 머릿속에 혼란과 암흑이 가득 들어찰 때가 있지만, 그럭저럭 만족하고 지낼 만하다. 3번 스트리트를 지나는 전차는 매일 아침 양복이나 원피스를 산뜻하고 깨끗하게 차려입은 행복한 얼굴들로 가득하다. 그들은 전차 안에서 신문을 읽거나 휴가 계획에 대해 이야기를 나누고, 자기 아이들이 학교에서 얼마나 잘하고 있는지 떠벌린다. 나는 그들이 머리가 허옇게 셀 때까지 매일 직장에 다니고 자기 자식들과 손자 손녀들에게 만족하며 살 거라는 걸 잘 알고 있다. 그러면서 나도 그들처럼 살 수 있을까 생각해본다.

6월이 되자 신문마다 대학 졸업식 기사들이 실린다. 학사복을 입고 환하게 웃는 졸업생과 그 가족들의 사진과 함께다. 어느 날 나는 전차 안에서 그 사진들을 들여다보다가 차량이 심하게 덜컹거리는 바람에 다른 승객들과 부딪친다. 그러자 그들이 노동자 복장을 한 나를 의심스러운 눈초리로 쳐다본다. 나는 그들에게 내가 이런 꼴로 있는 것은 당분간만이라고 말하고 싶다. 나도 언젠가는 대학에 가고, 또 당신들처럼 양복을 입을 거라고.

21

창고에서 일하는 동안 나는 더 강해져서 누군가 웃으면서 맥주 한잔 하러 가자고 해도, 딱 한 잔만이라고 해도 싫다고 말할 수 있는 사람이 되고 싶다. 특히 영화를 보러 가거나 닭고기를 먹으러 가기로 에머와 약속이 되어 있을 때는 술 먹자는 제안을 딱 잘라 거절할 수 있어야만 한다. 때때로 술자리가 길어져 에머에게 전화를 걸어서 아무래도 야근을 해야 할 것 같다고 하면 똑똑한 에머는 그 말을 믿지 않는다. 내가 거짓말을 할수록 에머의 목소리는 냉랭해지고, 급기야 우리 둘은 더는 통화를 하지 않게 되고, 나도 거짓말을 할 필요가 없어진다.

시간이 흘러 어느덧 한여름이다. 어느 날 톰이 에머가 다른 남자를 사귀고 있다고 알려준다. 약혼을 했고 커다란 약혼반지도 끼고 다닌다고 한다. 약혼자는 브롱크스 출신의 보험회사 직원이라고 한다.

에머는 나와 전화 통화조차 하지 않으려고 한다. 그녀의 집을 찾아가 문을 두드려도 열어주지 않는다. 나는 내가 얼마나 달라졌는지, 생활방식도 얼마나 많이 뜯어고쳤는지, 이제는 간 샌드위치도 먹지 않고 폭음도 하지 않고 얼마나 성실하게 사는지 얘기할 수 있게 일 분만 시간을 내달라고 그녀에게 사정했다.

그래도 에머는 나를 집 안에 들여놓지 않으려 한다. 약혼을 했다고 말하는 그녀의 손에서 다이아몬드 반지가 반짝거린다. 그걸 보자 나는 미칠 것만 같아 벽을 두드리고 머리를 쥐어뜯고 그녀의 발아래 몸을 던지고 싶다. 그녀와 헤어져 비틀거리며 로건 씨네 하숙집으로 돌아가고 싶지 않다. 에머와 에머의 보험쟁이 약혼자를 포함한 이 세상 사람들 모두가 깨끗한 수건을 잔뜩 쌓아두고 쓰고 졸업식 날 행복한 얼굴로 사진도 찍고 매끼 식사 후에 꼭 이를 닦아 하얗게 빛나는 완벽한 미국식 치아를 드러내며 미소 지을 때, 나만 여러 명이 수건 한 장을 같이 써야 하는 하숙집에서 먹고 자며 부두나 창고에서 뼈 빠지게 일하고 밤늦도록 술이나 퍼마시고 싶지 않다. 나는 그녀의 집 안으로 들어가 우리 앞에 펼쳐질 나날들에 대해, 내가 번듯한 회사에 취직해 양복을 차려입고 출퇴근하며 우리 둘만의 아담한 아파트도 장만해서 같이 살게 될 날들에 대해 이야기를 나누고 싶다. 세상의 유혹에 더는 굴하지 않고 성실하게 살아갈 거라고 말하고 싶다.

그래도 에머는 나를 들여보내주지 않는다. 누군가를 만나기로 약속해서 곧 나가봐야 한다는 것이다. 그 누군가가 바로 그 보험쟁이라는 것은 분명하다.

그 사람이 지금 집 안에 있는 거야?

그녀는 아니라고 대답하지만 나는 그가 집 안에 있다고 믿는다. 나는 당장 그 녀석을 끌어내 매운맛을 보여주겠다고, 녀석을 때려눕히고 말겠다고 소리를 지른다.

그러자 그녀는 내 코앞에서 문을 쾅 닫아버린다. 너무나도 충격을 받아 눈물도 다 말라버리고 온몸의 온기가 전부 빠져나가버린 느낌이다.

이 순간 내 인생은 문전박대의 연속이 아닐까 하는 생각도 든다. 어쨌든 나는 너무나 충격을 받아서 브레피니 바bar로 맥주 한잔 마시러 갈 생각조차 할 수가 없다. 길에선 사람들이 나를 비켜 지나갔고, 지나가던 자동차들은 경적을 울려댄다. 독방에 수감된 것처럼 너무나 춥고 외롭다. 나는 3번 애비뉴에서 브롱크스행 전차를 타고 가면서 에머와 그녀의 보험쟁이 약혼자에 대해 생각한다. 술도 마시지 않고, 담배도 피우지 않고, 닭고기 따위에는 손도 대지 않고, 깔끔하고 단정한 모습으로 함께 차를 마시며 망신스럽게 굴었던 나를 비웃고 있을 둘을 상상한다.

미국이라는 나라에서는 부부가 확신에 찬 얼굴로 거실에 앉아 미소 지으며 손잡고 함께 나이 먹어가는 것이 정상이다. 그들은 누군가가 술을 권하면 아니, 됐어요, 우리는 맥주 안 마셔요, 단 한 잔도, 라고 말하는 사람들이다.

나는 그동안의 내 행동 때문에 에머가 나를 그렇게 취급한다는 것도 잘 알고 있다. 에머가 원하는 사람은 차나 홀짝거리면서 보험 이야기로 에머를 지루하게 만드는 그 남자가 아니라 나라는 것도 알고 있다. 내가 창고 일과 부두 일을 그만두고, 간 소시지와 맥주도 끊고, 번듯한 직장에 다니기만 한다면 그녀는 다시 나를 좋아하게 되고 다시 나를 만날 것이다. 톰의 말에 따르면 그 둘은 내년까지는 결혼할 계획이 없는 것 같으니 아직 기회는 남아 있다. 내가 새사람이 되어 새로운 인생을 시작한다면 에머가 나를 만나줄 거다. 하지만 지난 몇 달간 그 보험쟁이가 소파에 앉아 에머에게 키스를 하고 그 짐승의 앞발 같은 손으로 그녀의 어깨죽지를 더듬은 것을 떠올리기는 싫다.

톰은 그 보험쟁이가 아일랜드계 미국인이고 가톨릭 신자여서 적어도 결혼식 날까지는 그녀의 순결을 지켜줄 거라고 했지만 아일랜드계 미국인 가톨릭 신자들도 음험한 마음을 품는 법이다. 그런 사람들도 모두 나

못지않게 음란한 꿈들을 꾸고, 특히 보험쟁이라면 두말할 나위도 없다. 나는 에머의 그 남자가 결혼식 날 밤에 무슨 짓을 할지 미리 생각해두고 있다는 것도 잘 알고 있다. 그리고 그 남자는 결혼하기 전에 신부님에게 가서 자기가 품었던 음란한 생각들을 죄다 고백할 의무가 있다. 그러자 만일 내가 결혼을 하게 되면 신부님에게 가서 그동안 내가 바이에른에서, 오스트리아 국경 부근에서, 때로는 스위스에서 여자들과 저질렀던 온갖 짓거리들을 다 고백해야 한다는 데 생각이 미쳤고, 결혼을 하지 않는 것이 조금은 다행스럽게 느껴진다.

어느 날 직업소개소에서 신문에 낸 직원 채용 공고가 눈에 들어온다. '사무실 내근. 정규직. 신분 보장. 보수 양호. 육 주간의 유급 수습 기간을 거쳐 채용. 양복에 넥타이 필수. 군 전역자 우대.'

지원서 양식에는 어느 고등학교를 졸업했는지 쓰는 난이 있다. 나는 어쩔 수 없이 거짓으로 기재해넣는다. 1947년 6월 아일랜드 리머릭의 크리스천 브러더스 고등학교 졸업.

직업소개소 직원은 내게 직원 채용을 원하는 회사는 청십자사라고 말해준다.

뭘 하는 회사인가요?

보험회사입니다.

하지만……

하지만이라뇨?

아, 네, 아무것도 아닙니다.

보험회사에 취직해 출세하면 에머가 다시 나를 받아줄 거라고 생각하니 아무려면 어떠랴 싶다. 이제 그녀는 두 명의 보험쟁이 중 한 사람을 선택해야 하는 입장이다. 그중 하나가 벌써 그녀의 손에 다이아몬드 반지를 끼워주긴 했지만.

에머에게 다시 얘기하기 전에 청십자사에서 육 주간의 수습 기간을 마쳐야 한다. 청십자사 사무실은 4번 스트리트의 빌딩에 있는데, 입구가 마치 성당 문처럼 으리으리하다. 수습 직원으로 뽑힌 사람은 모두 일곱 명인데, 다들 고등학교를 졸업했다. 그중 한 명은 한국전에서 심한 부상을 당해서 입이 한쪽으로 돌아갔고, 그 입에서 침이 흘러내려 어깨까지 뚝뚝 떨어진다. 그 사람의 말을 알아듣는 데만 며칠이 걸린다. 그는 자기처럼 부상을 입고도 주변에 도와줄 사람이 아무도 없는 상이용사들을 위해 일하고 싶어서 그 회사에 지원했다고 한다. 하지만 수습 기간이 며칠 지나자 자기가 원하던 회사는 '적십자사'인데 잘못 찾아왔다는 것을 알고 진즉 그 사실을 말해주지 않은 수습 교육 담당자를 원망한다. 그가 비록 미국을 위해 열심히 싸우다 그 모양이 되긴 했지만, 어쨌든 입이 한쪽으로 돌아가 붙은 사람과 하루 종일 앉아 있는 것이 고역스러웠던 우리는 그가 가버리자 시원해한다.

수습 교육 담당자의 이름은 푸블리오이다. 그는 제일 먼저 우리에게 자기는 뉴욕대에서 경영학 석사과정을 밟고 있다면서, 우리가 지원서에 기재한 내용이 사실과 다름이 없는지 꼭 확인하라고 한다. 대학 졸업자도 아니면서 대학을 졸업했다고 기재한 사람이 있으면 당장 고치라고, 청십자사에서는 거짓말을 절대 용납하지 않는다고 한다.

로건 씨네 하숙생들은 아침마다 내가 셔츠에 넥타이를 매고 양복을 입는 걸 보고는 한바탕 웃어댄다. 내 보수가 일주일에 47달러이고 수습 기간이 끝나도 50달러를 받게 된다는 말을 듣고는 더 큰 소리로 웃어댄다.

로건 씨 집에 남아 있는 하숙생은 이제 여덟 명뿐이다. 네드 기넌은 말을 보기 위해 고향인 킬데어로 돌아가 그곳에서 죽었고, 다른 두 명은 돈 잘 모으기로 소문난 슈래프트 레스토랑 여종업원들과 결혼해서 고향으로 가 오래된 농가를 샀다. 검은 선으로 아래위를 구분하던 수건은 여전히 욕실 벽에 걸려 있지만, 피터 맥나미가 한바탕 난리를 치고 자기 수건을 사들고 나간 뒤 아무도 그 수건을 쓰지 않는다. 피터는 다 큰 남자들이 샤워 후에 물을 뚝뚝 떨어뜨리고 마치 늙은 개처럼 머리를 뒤흔들어 말리면서 돌아다니는 걸 보는 것도 지긋지긋하다면서, 봉급의 절반을 위스키에 낭비하면서 왜 자기 수건 한 장 살 생각은 안 하는지 모르겠다고 잔소리를 했었다. 정말 그건 못 참아주겠어! 그러던 어느 토요일, 하숙생 다섯 명이서 섀넌 공항에서 사온 면세품 아이리시 위스키를 나눠 마시며 아일랜드 라디오 프로그램에서 흘러나오는 노래를 따라 부르고 떠들다가, 분위기가 무르익어 다들 춤이나 추러 맨해튼으로 나가자고 했다. 하숙생들은 먼저 샤워를 한 후 온몸을 흔들어대며 말리는 대신 라디오 음악에 맞춰 지그 춤을 추면서 빙글빙글 돌기 시작했다. 그렇게 신나게 춤추고 있는데 갑자기 노라가 화장지를 갈려고 노크도 없이 샤워실 문을 여는 바람에 그 꼴을 보게 되었다. 노라는 비명을 지르며 계단을 뛰어올라가 로건 씨에게 그것을 일러바쳤고, 로건 씨는 자기가 와도 상관하지 않고 벌거벗은 채 웃고 춤추며 신나게 놀고 있는 다섯 남자를 보고는 꽥 소리를 질렀다. 세상에! 네 녀석들은 조국 아일랜드뿐 아니라 신성한 가톨릭교회를 망신시킬 놈들이야! 네 녀석들을 알몸 그대로 몽땅 길거리로 내쫓고 싶은 심정이라고! 도대체 어떤 에미가 이 따위 자식들을 낳은 거야? 그러고는 혼자 뭐라고 웅얼거리며 그냥 위층으로 올라가버렸다. 그도 그럴 것이, 일주일에 18달러씩 내는 하숙생 다섯을 모조리 쫓아낼 수는 없는 노릇이다.

피터가 자기 수건을 사가지고 와서 모두를 놀라게 했다. 다들 그걸 빌려쓰려고 했지만 피터는 저리 가라고 소리치고는 다른 하숙생들이 자기 수건을 쓰지 못하게 숨겨뒀다. 하지만 수건이라는 게 젖은 그대로 개켜서 침대 매트리스 아래나 욕조 옆에 숨겨두었다가는 더 축축해지고 곰팡이가 피는 법이어서, 어디엔가 걸어두고 말려야만 한다. 수건을 말릴 안전한 장소를 찾지 못해 고심하던 피터에게 노라가 자기 집에 걸어두면 수건이 마를 때까지 잘 지켜보겠다고 했다. 노라와 로건 씨는 피터가 잊지 않고 금요일 밤마다 고기를 갖다주는 것에 대해 고맙게 생각하던 터라 그런 호의를 베푼 것이다. 물론 그것은 훌륭한 해결책이었다. 적어도 로건 씨가 피터를 의심하기 전까지는. 피터는 마른 수건을 가지러 위층으로 올라갈 때마다 잠시 동안 노라와 이야기를 나누었고, 그것을 본 로건 씨는 자기 아기 루크와 피터를 번갈아 보기 시작하더니 급기야 양 눈썹이 맞닿을 정도로 미간을 잔뜩 찌푸리며 더는 참을 수 없다는 듯 소리쳤다. 피터, 자네 마른 수건 하나 가져가는 데 하루 종일 걸리나? 노라는 이 집에서 해야 할 일이 많은 사람이란 말일세. 그러자 피터가 사과했다. 아, 죄송해요, 로건 씨. 정말 죄송합니다. 하지만 그것으로 로건 씨의 성이 풀릴 리가 없다. 피터가 계단을 내려오려는데, 로건 씨가 또다시 험상궂은 표정으로 어린 루크와 피터를 번갈아가며 쳐다보더니 말했다. 자네에게 할 얘기가 있네, 피터. 이제는 우리에게 고깃덩어리를 안 가져다줘도 돼. 그리고 수건 말릴 곳도 어디 딴 곳을 찾아봐. 노라는 자네 수건이 마르는 걸 지켜보는 일 외에도 할 일이 많은 사람이란 말이네.

그날 밤, 위층 로건 씨 집에서 고함과 비명 소리가 들려오더니, 다음 날 아침 피터의 수건에 떠나줄 것을 요청하는 로건 씨의 메모가 꽂혀 있었다. 메모에는 피터가 수건을 말린다는 핑계로 자기 부부의 선한 심성을 이용해 자기 가족에게 엄청난 피해를 주었다는 말도 적혀 있었다.

피터는 개의치 않고 바로 롱아일랜드에 있는 사촌 집으로 이사했다. 우리는 피터가 그립다. 어쨌든 피터는 그 사건으로 우리에게 수건의 세계를 열어주었고, 우리 모두 수건을 갖게 되었다. 그후로는 하숙집 여기 저기에 수건이 널려 있다. 지하 침실의 축축한 습기 탓에 수건은 제대로 마르지 않지만, 피터 덕분에 우리는 다른 사람의 수건을 쓰지 않는 어엿한 인간으로 살아갈 수 있게 된 것이다.

22

아침마다 양복에 넥타이를 매고 〈뉴욕 타임스〉를 손에 들고 전차를 타는 것은 신나는 일이다. 이제 사람들은 나를 〈데일리 뉴스〉나 〈미러〉에 실린 만화나 보는 천한 노동자로 보지 않는 듯하다. 내가 뭔가 중요한 일을 하러 보험회사로 양복을 입고 출근하는, 신문에 실린 어려운 어휘도 다 이해하는 사람이라고 여길 수도 있다.

하지만 양복을 입고 전차에서 〈뉴욕 타임스〉를 읽으면서 선망의 시선을 받는다 해도 컬럼비아, 포덤, 뉴욕대, 뉴욕시티 칼리지 등의 마크가 찍힌 책을 들고 다니는 대학생들을 볼 때마다 나도 모르게 7대 죄악 중 하나인 질투를 저지르게 되는 것은 어쩔 수 없다. 내가 절대 그들 중 한 사람이 될 수는 없을 거라는 공허한 느낌이 든다. 나도 서점에 가서 대학 마크가 찍힌 책을 사들고 뽐내며 전차를 타고 다닐 수도 있지만, 내가 대학생이 아니라는 것을 들키면 웃음거리가 될 거라는 사실을 잘 안다.

우리는 푸글리오 씨로부터 청십자사가 제공하는 온갖 종류의 건강 보험, 가족 보험, 개인 보험, 기업 보험, 미망인 보험, 고아 보험, 상이군인 보험, 장애인 보험 등등에 대한 강의를 듣는다. 그는 강의를 하다가 너무 흥분한 나머지 이런 말까지 한다. 사람들이 청십자사 보험에 가입한 이상 이제는 아파도 걱정할 것 하나 없다고 생각하면서 잠자리에 든다면 그건 정말 멋진 일 아닌가요? 우리는 창문도 몇 개 없는 작은 강의실에 앉아 강의를 듣는데, 늘 담배 연기가 자욱해서 공기가 매우 탁하다. 게다가 여름 오후에 보험료에 대해 신이 나서 떠들어대는 푸글리오 씨의 강의를 들으면서 졸지 않기란 거의 불가능하다. 매주 금요일이면 시험을 보는데, 끔찍한 것은 푸글리오 씨가 월요일에 결과를 발표하면서 높은 점수를 받은 수습 사원들은 칭찬하고 나처럼 낮은 점수를 받은 사람들은 잔뜩 인상을 쓰며 노려본다는 것이다. 내 점수는 형편없다. 그도 그럴 것이, 나는 보험 따위에는 관심도 없기 때문이다. 독일셰퍼드도 길들이고 유럽 주둔 부대에서 조간 보고서를 가장 빨리 타자로 칠 수 있었던 나 같은 남자를 두고 보험쟁이와 약혼한 에머가 제정신인가 하는 생각만 든다. 나는 에머에게 전화를 걸어 나도 보험회사에 취직했다고, 하지만 돌아버릴 것 같다고, 나를 이 지경으로 만들어놓고 넌 행복하냐고 따지고 싶다. 그녀가 그런 식으로 내 마음을 산산조각내지만 않았다면 나는 포트 웨어하우스에서 계속 일하면서 간 샌드위치를 먹고 맥주나 마시면서 즐겁게 지낼 수 있었다. 에머에게 전화를 걸고 싶었지만 또다시 그녀의 냉랭한 목소리를 듣게 될까 두렵다. 우울한 마음을 달래기 위해 브레피니 바로 간다.

브레피니 바에는 톰이 와 있다. 톰은 가장 좋은 방법은 상처가 저절로 아물게 그냥 내버려두는 거라고 한다. 녀석은 술이나 한잔 하자면서 내게 농담조로 말한다. 그런 끔찍한 옷은 어디서 구했냐? 나는 대답한다. 야, 네가 내 옷이 어쩌고 하면서 비웃지 않아도 청십자사랑 에머 때문에 이미 미칠 지경이야. 그러니 그따위 소리는 집어치워. 그러자 톰이 웃으면서 말한다. 어떻게든 살게 돼 있어. 곧 하숙집에서 나와 퀸스의 우드 사이드에 있는 아파트로 이사 갈 거야. 너도 같이 갈래? 같이 살면 집세는 일주일에 10달러씩 나눠 내면 되거든. 음식은 우리가 직접 만들어 먹어야 하고.

또다시 에머에게 전화해서 청십자사에 괜찮은 일자리도 구했고 곧 퀸스에 있는 아파트로 이사 가게 될 거라고 말하고 싶어진다. 하지만 그녀의 얼굴은 내 기억 속에서 가물가물 사라져가고 있고, 마음속 한구석에는 뉴욕에서 싱글로 살아가게 돼서 기쁘다고 속삭이는 소리가 들린다.

에머가 나를 원하지 않는다면 보험회사에 취직해서 매일 숨 막히는 방에서 꾸벅꾸벅 졸면서 내게 적의의 눈길을 보내는 푸글리오 씨의 강의를 듣고 앉아 있을 필요가 뭐 있을까. 강의실에 앉아서 푸글리오 씨가 결혼한 남자의 첫째 의무는 자기 마누라가 과부가 되어도 살아남을 수 있도록 훈련시키는 거라고 떠들어대는 소리나 듣고 있는 것은 정말 고역이다. 나는 이따금 '과부로 살아남기' 강의를 듣는 푸글리오 씨의 부인을 상상하면서 이런 의문을 품는다. 푸글리오 씨는 그런 강의를 저녁 식탁에 앉아서 할까, 아니면 밤에 침대에 앉아서 할까?

무엇보다도 하루 종일 양복을 입고 좁은 강의실에 앉아 강의를 듣고 나면 입맛이 싹 달아난다. 간 샌드위치를 사도 대부분을 매디슨 파크에 있는 비둘기들에게 던져주게 된다.

공원에 앉아서 셔츠에 넥타이를 맨 남자들이 직장, 주식 시장, 보험에 대해 이런저런 이야기를 나누는 것을 듣고 있자니 의문이 든다. 저 사람들은 머리가 허옇게 셀 때까지 저 일을 할 거라는 것을 알면서도 만족하는 걸까. 그들은 자기들이 직장 상사를 어떻게 물 먹였는지 떠들어댄다.

왜 있잖아? 꿀 먹은 벙어리처럼 의자에 붙박여서 한 마디 못 하고 앉아 있는 꼴이라니! 그들도 언젠가는 상사가 될 것이고 부하들에게 물 먹을 날이 올 텐데, 그때도 자기들 일을 좋아할 수 있을까 싶다. 어떤 날엔 모든 일을 다 때려치우고 아일랜드로 가서 섀넌 강이나 멀케어 강의 강둑을 따라 걷고만 싶다. 아니면 차라리 독일로 돌아가 렝그리스 뒤편의 산에 올라가고도 싶다.

청십자사에서 나와 같이 교육을 받는 수습 사원 한 명이 사무실로 돌아가다가 나를 보고는 말한다.

여어, 매코트. 지금 두시야. 안 들어가?

그는 한국전에 참전해 기병대에서 탱크를 몰았던 전력이 있는 탓인지 기병들이 말을 몰 때 그러는 것처럼 사람들을 '여어'라고 부른다. 마치 세상 사람들에게 자기는 평범한 보병 출신이 아님을 알려주려는 것 같다.

우리는 함께 보험회사 건물 쪽으로 걸어간다. 하지만 나는 성당 문 같은 그 큰 입구로 들어갈 수가 없다. 내가 이 보험의 세계에 맞지 않는다는 것을 잘 알고 있다.

여어, 매코트. 어서 가자. 늦었어. 푸글리오가 또 지랄할 거야.

난 안 들어갈래.

뭐라고?

안 들어간다고. 나는 4번 애비뉴 쪽으로 내려가봐야겠어.

여어, 매코트. 너 미쳤니? 넌 해고당하고 말 거야. 망할 자식, 난 간다.

찬란한 7월의 태양 아래, 나는 유니언 광장까지 마냥 걸어간다. 광장에 앉아서 내가 무슨 짓을 했는가 생각해본다. 큰 회사를 그만두거나 회사에서 해고되면 다른 회사에도 정보가 들어가기 때문에 취직의 문은 영원히 닫혀버린다고들 한다. 청십자사는 큰 회사이니만큼 이 회사를 그만두면 앞으로 다른 큰 회사에 번듯한 일자리를 구하겠다는 희망은 아예 버리는 게 좋을 거라고들 한다. 하지만 지원서에 거짓으로 기재한 사실이 나중에 탄로나느니 지금 그만두는 것이 낫겠다는 생각이 든다. 푸글리오 씨는 허위 사실 기재는 중대한 범죄라며, 탄로가 나면 해고당할 뿐만 아니라 수습 기간에 받은 봉급도 모두 반납해야 한다고 했다. 게다가 그 사람 이름 위에 빨간 마크를 찍어서 경고용으로 다른 회사들에 보낼 거라고 했다. 그 마크는 그런 짓을 한 자는 미국 내 기업 시스템에 영원히 발도 들여놓을 수 없다는 것을 뜻하지. 그러니 차라리 러시아로 이민 가는 게 나을 거야.

푸글리오 씨는 그런 식으로 말하는 사람이다. 그러니 나는 푸글리오 씨 같은 사람으로부터 벗어날 수 있게 된 것만으로도 기쁘다. 유니언 광장을 벗어나 브로드웨이를 따라 걷자니 나처럼 딱히 할 일이 없어서 거리를 거니는 다른 뉴요커들이 눈에 들어온다. 그중에는 이름에 빨간 마크가 찍혀서 취직이라곤 할 수 없는 인간임을 한눈에 알아볼 수 있는 사람들도 몇몇 있다. 수염을 기르고 액세서리를 한 남자들도 보이고, 긴 머리를 늘어뜨리고 샌들을 신고 다니는 여자들도 보인다. 그들은 미국 내 기업 시스템에 절대 발도 들여놓을 수 없는 사람들처럼 보인다.

뉴욕 시청, 저 멀리 보이는 브루클린브리지, 프로테스탄트 교회, 성 바오로 성당 등 뉴욕에 살면서도 미처 눈여겨보지 못했던 곳들이 처음으로 눈에 들어온다. 성 바오로 성당에는 아일랜드를 위해 교수형을 당한 로버트 에멧*의 형인 토머스 애디스 에멧이 묻혀 있다. 브로드웨이를 따라 걸어내려가니 트리니티 성당이 나오고, 그 아래로 월 스트리트가 길게 뻗어 있는 것이 보인다.

저 아래 스태튼아일랜드 페리가 왔다갔다하는 근처에서 나는 '빈 포

---

* 아일랜드의 유명한 독립운동가. 1803년 반란을 일으켰다가 실패하여 처형당했다.

트'라는 작은 식당으로 들어간다. 간 샌드위치에다 시원한 맥주 한 조끼를 곁들여 마시고 싶은 생각만이 간절하다. 넥타이를 풀어헤치고 양복 재킷을 의자 등받이에 걸쳐두자 내 이름에 빨간 마크가 찍힌 채 그 답답한 세상으로부터 완전히 벗어났다는 해방감이 든다. 간 샌드위치를 다 먹어치우고 나니 이제 에머는 완전히 내 사람이 아니라는 것이 실감난다. 혹 내가 미국 내 기업 시스템에서 겪을 고생을 듣게 된다면 에머는 동정의 눈물을 흘리기야 하겠지. 하지만 결국엔 브롱크스 출신의 보험쟁이한테 정착한 걸 다행으로 생각할 거야. 모든 것을 보험으로 보장 받는 걸 알면 든든하겠지. 그 여잔 보험으로 보장되지 않는 것은 어떤 것도 선택하지 않을 거야.

스태튼아일랜드 페리의 삯은 5센트다. 자유의 여신상과 엘리스 섬을 보자 1949년 10월 아이리시 오크 호를 타고 뉴욕으로 들어왔던 날이 생각난다. 그때 뉴욕을 지나쳐 강을 더 올라가 퍼킵시에서 하룻밤 정박하고 그다음 날 올버니에 도착했지. 거기에서 기차를 타고 뉴욕으로 다시 왔고. 그때로부터 거의 사 년이 지난 지금 나는 넥타이를 양복 주머니에 쑤셔넣고 재킷은 어깨에 걸친 채 스태튼아일랜드 페리에 몸을 싣고 있구나. 일자리도 잃었고, 여자친구는 떠나버렸고, 이름에는 빨간 마크가 찍힌 채. 빌트모어 호텔로 가서 처음에 했던 그 일을 다시 시작할 수도 있겠지. 로비를 청소하고 변기를 닦고 카펫을 깔고. 하지만 안 돼. 하사 계급장까지 달았던 내가 그런 밑바닥으로 다시 내려갈 수는 없어.

엘리스 섬과 두 건물 사이에 끼어 썩어가는 나무배를 보자 나보다 앞서 이곳을 스쳐간 많은 사람들의 얼굴이 떠오른다. 우리 아버지, 어머니, 그리고 아일랜드의 대기근을 피해 이곳까지 흘러왔던 많은 사람들, 혹시라도 병에 걸려 유럽으로 다시 송환될까봐 전전긍긍하며 숨죽이고 이곳까지 숨어들어왔던 사람들. 그들의 신음 소리가 엘리스 섬을 휘감고 도는 물 위에 웅웅거리며 떠도는 듯하다. 그때 구대륙으로 송환된 사람들은 갓난아기를 품에 안은 채 체코슬로바키아나 헝가리로 보내졌을까? 어쨌든 그런 식으로 구대륙으로 송환된 사람들은 인류 역사상 가장 슬픈 사람들인 것 같아. 나처럼 눈이 곪고 이름에 빨간 마크가 찍힌 사람보다 더 딱한 사람들. 그래도 나는 미국 여권이라도 있잖아.

어느덧 페리가 부두에 닿아 배에서 내려야 한다. 뱃삯을 지불하고 섬으로 들어가 다음 페리가 오길 기다리면서 나는 선착장 휴게소에서 맥주도 한잔 하고, 이십오 년 전 이 항구에 발을 내디뎠을 어머니, 아버지에 대해 계속 생각한다. 나는 페리를 왕복으로 여섯 번이나 타면서 선착장에 닿을 때마다 맥주를 한 잔씩 하고, 병 때문에 구대륙으로 다시 송환되었던 사람들에 대해서도 계속 생각한다. 너무나 울적해진다. 나는 결국 톰 클리포드에게 전화를 걸어 녀석을 빈 포트로 불러낸다. 녀석을 만나면 퀸스에 있다는 그 작은 아파트로 이사 들어갈 수 있는지 물어볼 작정이다.

빈 포트로 나를 만나러 온 톰에게 나는 이 말부터 한다. 여기 간 샌드위치가 꽤나 맛있어. 그러자 톰은 자기는 이제 간 샌드위치 따위는 안 먹는다고 한다. 이젠 좀 나은 걸 먹어야 하잖아. 톰은 내 얼굴을 보고 웃으면서 말한다. 너 꽤나 마셨구나. 간 샌드위치도 제대로 발음하지 못하는 걸 보면. 나는 그에게 대답한다. 아니야, 오늘이 푸글리오 씨와 끝장을 본 날이란 말이야. 청십자사도. 그 답답한 강의실도. 빨간 표딱지도. 그리고 다시 송환된 사람들. 역사상 가장 슬픈 사람들.

톰은 내가 무슨 말을 하는지 모르겠다는 표정으로 말한다. 너 눈이 사팔뜨기가 됐어. 어서 재킷이나 걸쳐. 퀸스로 가서 잠이나 좀 자.

포트 웨어하우스의 캠벨 그로엘 씨는 나를 다시 받아준다. 나는 다시

주당 75달러라는 괜찮은 봉급을 받을 수 있게 되어 기쁘다. 그로엘 씨는 조금만 있으면 일주일에 이틀은 지게차를 몰고 주당 77달러를 받을 수 있을 거라고 한다. 플랫폼에서 일하면 화물 운반대에 과일이나 후추가 든 상자나 곤포, 자루 따위를 실어올리면서 하루 종일 서 있어야 하지만, 지게차를 몰면 짐이 선적된 화물 운반대를 들어올려서 그걸 창고 안으로 집어넣은 다음 다시 짐이 선적될 때까지 앉아서 기다리면 되니까 훨씬 쉽다. 게다가 기다리는 동안 신문을 읽어도 뭐라고 할 사람이 아무도 없다. 하지만 〈뉴욕 타임스〉를 읽고 있노라면 가끔 비웃으며 이렇게 말하는 녀석들이 있다. 오, 저 지게차에 거대한 지성이 타고 계시네. 내 임무 중 하나는 유나이티드 프루트 사 선박에서 내린 매운 고추 상자들을 훈증 창고*로 옮겨 저장하는 것이다. 일이 별로 없는 날에 창고는 휴식 장소로 그만이다. 맥주를 가져와서 신문을 읽거나 낮잠을 자도 뭐라 하는 사람이 없다. 심지어 캠벨 그로엘 씨가 사무실에서 나오는 길에 훈증 창고에서 쉬는 나를 보더라도 그저 웃으며 한마디 할 뿐이다. 쉬엄쉬엄 하게. 더운 날이야.

흑인인 호러스는 후추 자루 위에 걸터앉아 자메이카 신문을 읽거나 캐나다에서 대학을 다니는 아들이 보내온 편지를 읽고 또 읽는다. 호러스는 편지를 읽다가는 자기 허벅지를 철썩 내리치면서 오, 몬, 오, 몬, 하고 소리치며 웃어댄다. 그가 그런 식으로 말하는 것을 처음 들었을 때는 꼭 아일랜드 말투 같아서 그에게 혹시 아일랜드 코크 주에서 오지 않았느냐고 물어보았다. 그러자 그는 껄껄 웃으면서 대답했다. 섬나라에서 온 사람들은 모두 아일랜드 같은 섬나라의 피를 갖고 있지, 몬.

---

* 식료품, 사료, 목재 등을 수입할 때 유해한 동식물이 국내에 들어오는 것을 방지하고 곡물을 장기간 저장할 때 병충해를 방지하기 위해 약제를 투입해 보관하는 곳.

호러스와 내가 훈중 창고에서 같이 죽을 뻔한 일이 있다. 맥주를 마신데다가 날씨가 너무 더워서 꾸벅꾸벅 졸다가 그만 창고 바닥에 쓰러져 잠이 들고 말았다. 그런데 갑자기 덜컹하고 문이 닫히더니 연기가 막 피어오르는 것이 아닌가. 우리는 문을 열려고 안간힘을 썼지만 단단히 잠겨 있었고, 연기가 계속 뿜어져나와 질식할 것만 같았다. 그때 호러스가 잔뜩 쌓인 후추 자루 위로 올라가 창문을 깨고 살려달라고 소리쳤다. 마침 밖에서 문을 닫고 있던 에디 린치가 호러스의 목소리를 듣고 문을 다시 열어주었다.

우리를 보고 에디 린치는 말했다. 운이 좋은 녀석들이구먼. 허파도 씻어낼 겸, 다시 살아난 것도 기념할 겸, 맥주나 한잔 하러 가세. 그러자 호러스는 자기는 그 술집에 갈 수 없다고 말했다.

무슨 소리야? 에디의 물음에 호러스는 대답했다. 그 술집은 흑인은 사절인걸.

말도 안 되는 소리.

오, 몬. 난 말썽을 일으키고 싶지 않아. 내가 아는 술집으로 가서 마시자고, 몬.

나는 호러스가 왜 그렇게 쉽게 포기하고 사는지 이해할 수 없다. 그는 캐나다에서 대학에 다니는 어엿한 아들까지 둔 사람인데 왜 뉴욕의 술집에서 맥주 한 잔을 마시지 못한단 말인가. 호러스는 내게 나는 너무 젊어서 이해 못 할 거라고 한다. 검둥이가 이 사회에서 치러야 할 싸움을 대신해줄 수는 없다고 한다.

옆에서 듣고 있던 에디가 말한다. 그래, 자네 말이 맞아, 호러스.

몇 주 후, 캠벨 그로엘 씨가 뉴욕 항의 경기가 예전 같지 않다면서 불황이 계속된다면 아무래도 몇 사람을 내보내야 할 것 같다고 한다. 나는 경력이 얼마 안 되는 신입 축에 속했으니 사람을 내보낸다면 제일 먼저 잘릴 판이다.

포트 웨어하우스에서 조금 떨어진 곳에 있는 머천트 냉동회사에서 여름휴가를 떠난 직원을 대신해 플랫폼에서 일할 사람이 필요하다기에 가본다. 그들은 내게 말한다. 이곳에서는 아무리 더운 날이라도 따뜻하게 입어야 하네.

내가 맡은 일은 시카고에서 실려온 쇠고기를 냉동 트럭에서 내려 냉동고로 옮기는 일이다. 밖은 8월 한여름이지만 고기를 걸어놓는 작업을 하는 냉동고 안은 몸이 꽁꽁 얼어붙을 정도로 춥다. 같이 일하는 일꾼들이 웃으면서 말한다. 아마 우리가 북극에서 적도까지 가장 빨리 왔다갔다할 거야.

플랫폼 십장이 휴가 간 사이에 대신 십장직을 맡고 있는 피터 맥나미가 나를 보더니 다짜고짜 소리친다. 아니, 이게 누구야? 난 네가 생각이 제대로 박힌 놈이라고 생각했는데. 학교에 다녀야 할 녀석이 왜 여기서 고깃덩어리나 실어나르고 있냐고. 핑계댈 생각은 아예 마. 군인 지원금으로 공부해서 얼마든지 출세할 수 있는데 여기에서 이러고 있다니. 그리고 이런 일은 아일랜드 사람들이 할 일이 아니야. 이곳으로 몰려온 아일랜드인들은 기침을 콜록콜록 해대다가 피를 뱉어내고야 자기들이 결핵에 걸린 걸 알게 된단 말이야. 결핵은 아일랜드인들에게 내려진 저주 같은 거야. 하지만 또 모르지, 우리가 그런 고통을 받는 마지막 세대가 될지도. 내가 할 일은 누가 고깃덩어리 위에 기침을 해대는지 감시해서 회사 측에 보고하는 거야. 보건 당국에 적발되면 당장 공장 문을 닫고 모두 쫓겨나서 길거리에서 엉덩이나 긁어대며 일자리를 구하러 다녀야 할걸.

그러더니 피터는 화제를 바꾸어 말한다. 이젠 이 모든 게임에도 신물이 나. 롱아일랜드의 사촌과 같이 지내는 것도 쉽지 않더라고. 그래서 브롱크스에 있는 다른 하숙집으로 들어갔지. 또다시 그 지긋지긋한 게임이 시작된 거지, 뭐. 금요일 밤이면 고깃덩어리를 슬쩍해서 하숙비 대신 갖다주는 거. 울 엄마는 허구한 날 편지를 보내서 나를 괴롭혀. 왜 괜찮은 처자 하나 잡아서 살림 차릴 생각을 하지 않느냐고. 왜 당신한테 손자를 안겨주지 않느냐고. 어미가 무덤에 기어들어갈 때까지 기다리는 거냐고. 빨리 색시를 구해 결혼을 하라고 하도 성화를 해대서 이제 울 엄마 편지는 읽고 싶지도 않아.

머천트 냉동회사에서 일을 시작하고 두번째로 맞이한 금요일에 피터가 신문지에 고깃덩어리를 싸갖고 와서는 나한테 시내로 나가 한잔하지 않겠느냐고 제안한다. 술집에서 고깃덩어리를 바 의자 위에 올려두고 술을 마시는데, 언 고기가 녹아 피가 배어나온 것을 본 바텐더가 화를 내며 소리를 버럭 지른다. 저런 걸 바에 올려두다니! 당장 치워! 피터는 알았어, 알았다고, 하고 대답하고는 바텐더가 한눈을 파는 사이에 얼른 그걸 남자 화장실에 갖다두고 나온다. 자리로 돌아온 피터는 맥주에서 위스키로 술을 바꿔 마시면서 자기 엄마가 자기를 얼마나 괴롭히는지에 대해 한참을 떠들고, 같은 캐번 주 출신인 바텐더도 피터의 말을 한마디씩 거들어가며 맞장구를 쳐준다. 그 둘은 나더러 그게 얼마나 괴로운 일인지 이해 못 할 거라고 한다.

그런데 갑자기 남자 화장실에서 비명이 들려오고, 이어 덩치 큰 남자 하나가 화장실에서 비틀거리며 나오더니 변기 위에 커다란 쥐 한 마리가 앉아 있다고 소리친다. 그러자 바텐더가 피터에게 소리를 빽 지르며 말했다. 야, 이 빌어먹을 새끼 맥나미! 너 그 거지 같은 고깃덩어리를 거기에 갖다둔 거야? 당장 갖고 나가.

피터는 화장실로 가서 고깃덩어리를 주섬주섬 챙겨들고 나와서는 나한테 말한다. 자, 가자, 매코트. 이젠 이 짓도 끝이야. 금요일 밤에 고깃덩어리를 여기저기 끌고 다니는 것도 이젠 지긋지긋하다고. 댄스홀에 가서 색싯감이나 찾아봐야겠어.

우리는 택시를 타고 예거 하우스로 간다. 하지만 그곳에서도 고깃덩어리는 갖고 들어갈 수 없다고 한다. 그래서 피터는 그걸 입구의 물품 보관소에 맡겨두려 했지만 그들은 그런 물건은 맡아줄 수 없다고 거절하고, 결국 옥신각신 말다툼이 벌어지고 만다. 지배인이 달려와 어서 그 고깃덩어리를 치우라고 하자, 피터는 고깃덩어리로 지배인을 내리친다. 지배인이 사람 살려 소리치자 아일랜드 케리 주 출신인 덩치 큰 남자 둘이 나와 피터의 멱살을 잡더니 계단 아래로 밀어낸다. 끌려가면서도 피터는 소리쳤다. 난 색싯감을 찾으러 온 것뿐인데 왜들 이래? 이런 짓을 하다니 부끄러운 줄 알아! 그러자 케리 주 출신의 두 덩치들이 피터를 비웃으면서 소리친다. 별 미친 녀석 다 보겠네. 잠자코 물러나지 않으면 고깃덩어리를 네 목에 칭칭 감아주겠다! 피터는 인도 한가운데 서서 두 덩치를 똑바로 쳐다보며 말한다. 좋아, 그럼 이 고깃덩어리나 받아. 하지만 녀석들은 받지 않으려 한다. 그러자 피터는 그걸 길 가는 사람들에게 주려 했지만 다들 고개를 절레절레 내저으며 걸음을 재촉할 뿐이다.

이걸 어떻게 해야 하지? 인류의 절반이 굶어 죽어가고 있는데 내 고깃덩어리를 받겠다는 인간은 아무도 없으니.

하는 수 없이 우리는 고깃덩어리를 들고 86번 스트리트에 있는 라이트 레스토랑으로 가서 소고기 옆구리살을 줄 테니 대신 식사 2인분을 달라고 부탁한다. 그러자 식당 점원은 단호하게 안 된다고 한다. 보건 당국에서 법으로 금지하고 있거든요. 그러자 피터는 길 한가운데로 달려가 고깃덩어리를 중앙선 위에 내려놓고 뛰어나온다. 그러자 차들이 고깃덩어리를 피하기 위해 차선을 벗어나고, 피터는 그 광경을 보고 껄껄 웃어댄다. 경찰차와 구급차가 사이렌을 울리고 라이트를 번쩍이며 달려와 길모퉁이를 돌아 고깃덩어리가 있는 곳에 멈춰 서자 피터는 더한층 큰 소리로 껄껄 웃어댄다. 사람들이 머리를 긁적이며 고깃덩어리 주위를 빙 둘러섰다가 결국 고깃덩어리를 경찰차 뒤에 넣고 가버릴 때까지 피터는 마냥 그렇게 웃어대고 있다.

피터를 보니 술이 완전히 깬 듯 말짱한 얼굴을 하고 있다. 우리는 다시 라이트 레스토랑으로 들어가 달걀과 베이컨을 주문한다. 피터가 말한다. 오늘이 금요일이지? 하지만 이젠 상관없어. 길거리로 지하철로 고깃덩어리를 끌고 다니는 것도 이게 마지막이야. 아일랜드인으로 사는 것도 이젠 지긋지긋해. 아침에 일어나보면 신교도 미국인이든 아니면 뭐 그 비슷한 거라도 되어 있었으면 좋겠어. 어쨌든 오늘 저녁 값은 네가 내줄래? 난 돈을 모아 버몬트로 가서 평범하게 살 거야.

그런 다음 그는 뚜벅뚜벅 밖으로 걸어나간다.

23

머천트 냉동회사의 일이 많지 않은 날이면 우리의 퇴근 시간도 빨라진다. 나는 퀸스로 가는 전차를 타는 대신 허드슨 스트리트까지 걸어가 '화이트호스'라는 선술집에 들른다. 나는 스물세 살이 다 되었지만 맥주와 소시지 샌드위치를 주문하면 열여덟 살 이상이라는 걸 증명할 신분증을 보여달라고들 한다. 신문에서 시인들이, 특히 딜런 토머스*같이 자유분방한 문인들이 즐겨 찾는다고 소개한 술집 안은 조용하기만 하다. 창가 쪽에 앉은 사람들은 다들 시인이나 예술가처럼 보인다. 그들이 나를 보면 핏자국투성이 작업복 바지를 입은 녀석이 왜 저기 앉아 있을까 하고 의아하게 생각할 것 같다. 나도 머리 긴 여자애들과 창가 자리에 앉아 도스토옙스키를 어떻게 읽었는지, 그리고 어떻게 해서 허먼 멜빌의 작품 때문에 뮌헨 병원에서 쫓겨났는지 얘기해주고 싶다.

하지만 술집에 앉아서 내가 할 수 있는 일이라고는 이런저런 질문들

---

* 영국 웨일스 출신의 시인이자 작가.

로 나 자신을 괴롭히는 것뿐이다. 내가 여기 앉아 소시지 샌드위치와 맥주를 앞에 두고 뭘 하고 있는 거지? 난 이 세상에서 도대체 뭘 하고 있는 거야? 앞으로도 계속 고깃덩어리를 트럭에서 내려 냉동고에 쌓으면서 남은 인생을 보내야 하나? 에머는 교외의 아담한 집에서 애들을 키우면서 모든 것이 보험으로 완벽하게 보장되는 삶을 살고 있는데, 나는 퀸스의 좁은 아파트에서 인생을 끝내야 하나? 매일 전철에서 만나는 대학생들이나 부러워하면서?

소시지 샌드위치나 먹고 이렇게 앉아 있을 수는 없다. 머릿속에 해답이 떠오르지 않는 한 맥주도 마시지 말아야 한다. 나지막한 소리로 뭔가 심각한 대화를 나누는 시인과 예술가들이 오는 이 술집에 내가 있어서도 안 되는 거다. 간 샌드위치도 소시지 샌드위치도, 매일매일 어깨에 짊어지는 냉동된 고깃덩어리들의 감촉도 모두 지긋지긋하다.

나는 소시지 샌드위치를 옆으로 밀쳐두고 맥주도 반이나 남긴 채 술집 밖으로 걸어나온다. 허드슨 스트리트를 건너 블리커 스트리트를 따라 걸으면서 내가 어디로 가는지도 모르는 채 아는 동네가 나올 때까지 계속 발걸음을 옮긴다. 어느덧 워싱턴 스퀘어에 와 있었고, 내 눈앞에 뉴욕대가 우뚝 서 있다. 나는 내게 고등학교 졸업장이 있든 없든 제대 군인 자격증을 가지고 가야 할 곳이 바로 그곳이라는 것을 깨닫는다. 한 학생이 입학처를 일러주고, 입학처 여직원은 내게 지원서를 건네준다. 여직원은 내가 작성한 지원서를 보더니 잘못 썼다면서 언제 어디서 고등학교를 졸업했는지 기재하라고 한다.

고등학교를 다닌 적이 없는데요.

고등학교를 다닌 적이 없다고요?

네, 하지만 제대 군인 자격증이 있어요. 그리고 평생 책을 읽으면서 살아왔어요.

저런. 하지만 우린 고등학교 졸업자나 그와 동등한 학력을 소지한 사람만 뽑는데요.

그래도 전 책을 많이 읽었어요. 도스토옙스키의 작품도 읽었고, 허먼 멜빌의 『피에르 또는 애매모호함』도 읽었어요. 『모비 딕』만큼 훌륭한 작품은 아니지만 뮌헨에서 병원에 입원해 있을 때 다 읽었다고요.

정말 『모비 딕』을 읽었나요?

네, 그리고 『피에르 또는 애매모호함』 때문에 뮌헨 병원에서 쫓겨났고요.

여직원은 이해할 수 없다는 표정을 지어 보이더니 내 지원서를 들고 다른 방으로 들어가고, 잠시 후 어떤 여자와 함께 다시 나온다. 꽤 친절해 보이는 여자인데 입학처장이라고 한다. 입학처장은 나더러 매우 특이한 케이스라면서, 내가 아일랜드에서 어떤 교육을 받았는지 물어본다. 자신은 미국 학생들보다 대학 교육을 받기에 더 적합한 소양을 갖춘 유럽 학생들을 종종 보아왔다면서, 내가 일 년 내내 평균 B학점을 유지하겠다고 약속하면 뉴욕대에 등록할 자격을 주겠다고 한다. 그러면서 나에게 어떤 일을 하고 있느냐고 묻는다. 내가 냉동회사에서 고기 운반하는 일을 하고 있다고 대답하자 입학처장은 놀란 표정으로 말한다. 오, 이런. 매일매일 새로운 것을 배우게 된다니까요.

입학처장은 나는 고등학교 졸업자가 아닌데다 종일 근무를 하고 있으니 일단 두 과목, 문학 입문과 미국 교육사만 수강하라고 한다. 나는 내가 왜 문학에 입문해야 하는지 이해할 수 없다. 하지만 입학처 여직원은 문학 입문은 내가 도스토옙스키나 멜빌의 작품을 읽었다 하더라도 꼭 수강해야만 하는 과목이라고 한다. 그러면서 고등학교 교육도 받지 못한 사람이 그런 작품들을 읽었다니 정말 대단하다고 한다. 그리고 내가 유럽에서 충분히 공부하지 못했기 때문에 모르고 있던 미국의 문화적 배경을 미국 교육사 강의에서 배우게 될 거라고 한다.

어쨌든 천국에 와 있는 기분이다. 우선 해야 할 일은 보라색과 흰색이 섞인 뉴욕대 북커버로 감싼 교재를 사는 일이다. 그 책들을 들고 다니면 지하철에서 사람들이 경탄의 눈으로 나를 바라볼 거라는 생각을 하니 벌써부터 가슴이 설렌다.

내가 대학 수업에 대해 아는 거라고는 오래전 리머릭에서 영화를 통해 본 것이 고작이다. 그런 내가 이제 대학 강의실에 앉아 미국 교육사 강의를 듣게 된 것이다. 미국 교육사 강의는 맥신 그린이라는 교수가 맡고 있는데 청교도들이 자기 자식들을 어떻게 교육시켰는가에 대해 이야기하고, 내 주위에 앉아 있던 학생들은 모두 공책에 뭔가를 받아적는다. 나도 무슨 말을 받아적어야 하는지 알고 싶다. 하지만 나는 교수가 교단 위에서 떠들어대는 말 중에서 어떤 말이 중요한 말인지, 아니면 교수의 강의 내용을 전부 외워야 하는 것인지도 알 수 없다. 어떤 학생들은 손을 들어 질문을 하기도 했는데, 나는 도저히 그런 질문들을 할 수 있을 것 같지가 않다. 그렇게 했다가는 강의실에 있던 학생들 모두가 나를 쏘아보며 이상한 억양으로 말하는 쟤는 누구야? 라고 수군댈 것만 같다. 미국식 억양을 연습해봤지만 도대체 흉내낼 수가 없다. 내가 입만 뻥긋하면 사람들은 웃으며 그거 아일랜드 사투리 아닌가요? 하고 물어온다.

그런 교수는 청교도들이 종교적 박해를 피해 고향 영국을 떠났다고 말하는데, 나는 그 부분이 이해되지 않는다. 청교도는 영국인들이었는데, 영국인이라면 항상 다른 민족을, 특히 아일랜드인들을 박해해온 사람들이지 박해당한 사람들은 아니지 않은가? 그런 생각이 들자 손을 번쩍 들어 교수에게 아일랜드인들이 영국 통치하에서 얼마나 고통받았는지 말하고 싶다. 하지만 강의를 듣는 학생들은 모두 고등학교 졸업증을 갖고 있고, 내가 입을 열면 내가 자기들과 다르다는 걸 금방 눈치챌 것만 같다.

다른 학생들은 거리낌 없이 손을 들어 발표도 잘들 한다. 그들은 발표를 할 때마다 항상 이런 말로 시작한다. 음, 제 생각에는……

나도 언젠가는 손을 번쩍 들고 음, 제 생각에는…… 하고 내 의견을 발표할 수 있겠지, 라고 생각하지만 청교도들과 그들의 교육방식에 대해 어떻게 생각해야 좋을지 알 수 없다. 그런 생각을 하고 있는데 교수가 말한다. 사상이란 갑자기 하늘에서 뚝 떨어지는 것이 아니에요. 궁극적으로 보면 청교도들은 나름대로 세계관을 확립한, 종교개혁의 아들딸들이었죠. 그들은 그러한 세계관에 입각해 교양을 갖추고 그들의 아이들을 가르치고 키웠습니다.

그러자 또다시 학생들은 공책에 뭔가 적기 시작한다. 특히 여학생들이 남학생들보다 더 부지런히 받아적고 있다. 여학생들은 교수의 입에서 나오는 말 한 마디 한 마디가 다 중요한 것처럼 부지런히 받아적는다.

그런 모습을 보며 앉아 있자니, 미국 교육에 관한 이 두꺼운 책을 뭐하러 들고 다니나 싶다. 지하철에서 사람들이 내가 그런 책을 들고 있는 걸 보고 내가 대학생이라는 걸 알아차리고 경탄의 눈으로 바라보라고? 앞으로 분명히 시험도, 중간고사와 학기말고사도 치르게 될 텐데. 그렇다면 시험 문제들은 다 어디에서 나오는 걸까? 교수는 저렇게 많이 지껄여대고 교재는 700페이지가 넘는 분량인데. 그걸 다 기억하지 못한다면 나는 낙제하게 될 텐데.

교실에는 예쁘장하게 생긴 여학생들도 많다. 그 여학생들 중 한 명에게 칠 주 후에 있을 중간고사를 치르기 전에 무얼 공부해야 하는지 물어보고 싶다. 나도 대학 카페테리아나 그리니치빌리지에 있는 커피숍에 가서 여학생들과 함께 메이플라워호를 타고 미국으로 건너온 영국인들과 그들의 청교도적 사고방식과 생활방식에 대해, 그리고 청교도들이 어떻게 아이들을 죽도록 겁먹게 했는지에 대해 이야기를 나누고 싶다. 나는 도스토옙스키와 멜빌의 작품들을 읽은 소감을 그들에게 말할 수도 있고, 그러면 그들은 감동을 받아 나한테 홀딱 반하겠지. 그러면 우리는 함께 미국 교육사를 공부하면서 즐거운 시간을 보낼 수 있을 텐데. 그녀는 나를 위해 스파게티를 만들고 우리는 침대로 가서 열정을 불태우겠지. 그런 다음 함께 침대에 앉아 두꺼운 대학 교재를 읽으면서 뉴잉글랜드에 정착한 청교도들은 왜 그렇게 비참하게 살아야만 했을까 이야기를 나누겠지.

강의실에 앉아 있는 남학생들은 열심히 필기를 하는 여학생들을 바라보고 있다. 그들은 교수 따위는 신경도 쓰지 않고 수업이 끝난 다음 어떤 여학생에게 말을 붙일까 궁리하고 있다는 걸 눈치챌 수 있다. 수업이 끝나자 예상했던 대로 남학생들은 예쁘장하게 생긴 여학생들에게 몰려든다. 그러면 그애들은 가지런한 하얀 이를 드러내며 미소를 지어 보인다. 그들은 남학생들과 이야기를 나누는 데 익숙한 듯하다. 그도 그럴 것이, 고등학교에 다닐 때도 남학생들과 곧잘 이야기를 나누었을 테니까. 하지만 예쁜 여학생이 수업을 듣고 나오면 어김없이 강의실 밖에서 한 남학생이 기다리고 있게 마련이다. 그러면 그 여학생과 이야기를 나누면서 밖으로 나오던 남학생의 얼굴에서 웃음기가 싹 가시는 것을 볼 수 있다.

토요일 아침 수업의 강사는 허버트 선생이다. 그 수업을 듣는 여학생들은 모두 그 선생을 좋아하는 듯하다. 여학생들이 선생의 신혼여행에 대해 물어보는 걸 보면 분명 그 선생과 잘 아는 사이인 것 같다. 허버트 선생은 씩 웃고는 바지 주머니에 든 동전을 찰랑거리면서 자기 신혼여행 이야기를 들려준다. 하지만 나는 그런 이야기가 문학 입문과 무슨 상관이 있는지 의아하기만 하다. 허버트 선생은 우리더러 만나고 싶은 작가와 그 이유에 대해 200단어 분량으로 글을 써보라고 한다. 내가 선택한 작가는 조너선 스위프트다. 나는 『걸리버 여행기』를 재미있게 읽었기 때문에 그를 만나고 싶다고 썼다. 그러한 상상력을 갖춘 사람이라면 함께 차를 마시거나 맥주 한잔 같이 하기에 딱 좋은 사람일 것 같다고.

허버트 선생은 교단에 서서 학생들이 제출한 에세이를 쭉 훑어보더니 내 이름을 부른다. 프랭크 매코트가 누구야? 어디 앉아 있지?

나는 얼굴이 벌겋게 달아올라 손을 들고 내가 프랭크 매코트라고 대답한다. 허버트 선생이 다시 묻는다. 자네가 조너선 스위프트를 좋아한다고 쓴 학생이지?

네, 그렇습니다.

그의 상상력 때문이라고, 응?

네.

그러자 그의 얼굴에서 미소가 사라지고 목소리도 냉랭해진다. 강의실 전체의 시선이 나한테 쏠리는 것을 느낄 수 있다. 당황해서 안절부절못하고 있는데 허버트 선생이 이어서 말한다. 자네, 스위프트가 풍자가라는 사실을 알고 있는가?

나는 그가 무슨 말을 하는 건지 알 수 없다. 하지만 어쨌든 거짓말로라도 대답을 해야만 한다. 네, 그런데요.

그렇다면 자넨 아마도 스위프트가 영국 문학사상 가장 위대한 풍자가라는 것도 알고 있겠구먼.

전 스위프트가 아일랜드 사람인 걸로 알고 있는데요.

허버트 선생은 강의실을 죽 둘러보더니 비죽 웃으며 말한다. 그렇다면 매코트 군, 내가 버진아일랜드 출신이면 내가 버진(처녀)이란 말인가?

그러자 강의실 전체가 웃음바다가 되고, 내 얼굴은 불에 덴 듯 화끈거린다. 허버트 선생이 나를 갖고 놀면서 내 분수를 깨우쳐줘서 모두가 함께 웃고 있다. 허버트 선생은 내 에세이를 단도직입적으로 비판하기 시작한다. 제군들, 매코트 군이 쓴 에세이는 문학에 대한 단순한 접근의 전형적인 예라고 할 수 있다.『걸리버 여행기』는 어린이를 위한 동화로 볼 수도 있지만, 그 작품이 아일랜드 문학사가 아니라 영국 문학사에서 중요한 까닭은 작품에 깔려 있는 탁월한 풍자에 있다. 우리가 대학에서 위대한 문학작품을 읽을 때는 유치하고 평범한 감상을 넘어서도록 노력해야 한다. '유치하고'라는 단어를 말할 때 허버트 선생은 나를 본다.

수업이 끝나자 여학생들은 허버트 선생 주위에 몰려들어 생글생글 웃으면서 신혼여행 이야기가 너무 재미있었다느니 하면서 떠들어댄다. 나는 너무나 부끄러워서 학생들과 마주치지 않기 위해 엘리베이터를 타는 대신 6층에서 1층까지 계단으로 내려가야겠다고 마음먹는다.『걸리버 여행기』를 잘못 이해하고 좋아한 얼뜨기라고 내게 경멸의 눈초리를 보내는 학생들은 물론, 동정의 눈길을 보내는 학생들도 모두 피하고 싶다. 나는 책을 가방에 챙겨넣는다. 지하철에서 사람들이 나를 경탄의 눈으로 바라보든 말든, 그런 건 중요하지 않다. 이제 여학생에게 말을 걸 수도 없고 사무실 일자리도 구할 수 없을 것 같다. 첫 문학 수업에서 바보 취급을 당하고 나니 애초에 왜 리머릭을 떠나왔던가 하는 후회가 몰려온다. 그냥 리머릭에 눌러앉아 우체부 시험을 쳤더라면 지금쯤 우체부가 되어 편지를 배달하고 여인네들과 수다나 떨면서 리머릭의 이 거리저 거리를 누비고 다닐 텐데. 집에 돌아가서는 이 세상에 근심 걱정 하나 없이 느긋하게 차를 마실 텐데. 그리고 조너선 스위프트가 풍자가든 음유시인이든 그런 건 깽깽이방귀만큼도 신경쓰지 않고 내 마음대로 그의 작품을 즐길 수 있을 텐데.

24

아파트로 돌아가보니 톰은 노래를 부르거나 빼빼 마른 금발 여자와 수다를 떨면서 아일랜드식 스튜를 만들고 있다. 여자는 건물 1층에서 세탁소를 운영하는 그리스인 집주인의 마누라인데, 내가 자리를 피해줬으면 하는 눈치다. 나는 하는 수 없이 밖으로 나와 우드사이드를 지나 도서관으로 간다. 그리고 지난번 눈여겨봐두었던 션 오케이시의 『내가 문을 두드릴 때』를 빌린다. 더블린에서 가난하게 자란 한 남자의 이야기인데, 나는 그 책을 읽으면서 그런 것들도 글의 소재가 될 수 있다는 것을 처음 알게 된다. 찰스 디킨스의 책에도 런던에서 가난한 어린 시절을 보낸 사람들의 이야기가 나오긴 한다. 하지만 디킨스의 주인공은 결국 서머싯 공작이 오래전에 잃어버린 아들이거나 나중엔 모두 오래오래 행복하게 잘살았다는 식이다.

션 오케이시의 작품에는 오래오래 행복하게 잘살았다는 결말 같은 건 없다. 또 그는 나보다 눈이 더 나빴던 모양이다. 그래서 학교도 거의 다닐 수 없었다. 오케이시는 혼자 글을 읽고 쓰는 법을 깨치고, 독학으로 아일랜드어도 공부했고, 나중에 애비 극단Abbey Theatre의 극본을 쓰는 극작가가 되어 그레고리 부인도 만나고 시인 예이츠도 만났다고 한다. 하지만 모두가 그에게 등을 돌리자 결국 아일랜드를 떠나야만 했다. 오케이시는 나처럼 강의실에 앉아 조너선 스위프트 때문에 웃음거리가 되었어도 가만히 있지는 않았을 것 같다. 당당하게 맞서 싸우고 앞이 잘 안 보여서 벽에 부딪히는 한이 있어도 씩씩하게 걸어나갔을 것이다. 내가 본 아일랜드 작가들 중에 누더기 같은 옷, 오물, 굶주린 사람들, 죽어가는 아기들에 대해 쓴 사람은 션 오케이시가 처음이다. 다른 작가들은 전원 풍경이나 요정, 늪지대 위에 깔리는 안개 따위에 대해 떠들어대는데, 눈 때문에 고생하고, 가난에 찌들려 고통받는 어머니를 둔 작가를 만난 것만으로도 내게는 적잖은 위안이 된다.

한 가지를 알게 되면 다른 것까지도 배우게 되는 법이다. 나는 션 오케이시가 그레고리 부인이나 예이츠에 대해 쓴 것을 보고 그 사람들이 어떤 사람들인지 알아보기 위해 브리태니커 백과사전을 뒤지기 시작했고, 도서관 직원이 불을 껐다 켰다 하면서 문 닫을 시간임을 알릴 때까지 정신없이 책장을 넘겼다. 열아홉이 될 때까지 리머릭에서 살았으면서도 어떻게 내가 태어나기 전에 더블린에서 있었던 일을 하나도 모르고 있었을까. 나는 아일랜드 작가들이 얼마나 유명했는가를 알아보기 위해 브리태니커 백과사전을 뒤적이며 예이츠, 그레고리 부인, 조지 윌리엄 러셀, 그리고 내가 이제껏 리머릭에서도 다른 어떤 곳에서도 들어본 적이 없는 방식으로 글을 썼던 아일랜드 극작가 존 밀링턴 싱* 등에 대해 열심히 공부한다.

---

* 아일랜드의 극작가. 아일랜드 토착민의 일상어와 생활, 전설을 소재로 독특한 세계를 보여주었다. 『애런 제도』 『골짜기의 그림자』 등의 작품을 남겼다.

나는 퀸스에 있는 한 도서관에 파묻혀 아일랜드 문학에 눈 뜨면서 왜 선생님들이 이런 작가들에 대해 이야기해주지 않았을까 의아하게 생각한다. 그리고 그들이 모두 신교도였다는 공통점을 발견한다. 리머릭의 선생님들은 신교도들을 위대한 아일랜드 작가로 인정해주고 싶지 않았기 때문에 리머릭 출신의 아버지를 두었던 션 오케이시조차 언급하지 않았던 것이다.

　문학 입문 둘째 주 수업에 허버트 선생이 말한다. 아, 내 개인적 견해로는 문학작품에서 가장 중요한 요소 중 하나가 바로 '재미'라고 생각한다. 조너선 스위프트의 작품에는, 그리고 조너선 스위프트의 숭배자, 우리의 친구 프랭크 매코트의 글에는 바로 그런 '재미'가 있다. 매코트의 스위프트 이해에는 어떤 순수함 같은 것이 느껴진다. 그 순수함이 열정과 묘하게 결합되어 읽는 맛을 자아낸다. 그러면서 허버트 선생은 학생들에게 서른세 명의 수강생들 중 진정으로 위대한 작가를 선택한 사람은 프랭크 매코트 하나뿐이라면서, 자기는 이 강의실에 로이드 더글러스나 헨리 모튼 로빈슨 같은 작가를 위대한 작가로 생각하는 학생들이 있다는 데 대해 적잖이 실망했다고 말한다. 그러면서 나더러 스위프트를 어떻게 알게 되었으며 그의 작품을 언제 처음 읽었느냐고 묻는다. 그래서 나는 열두 살 때 리머릭에서 눈이 먼 할아버지에게 돈을 받고 책을 읽어주면서 처음 읽었다고 대답한다.
　지난주에 창피당한 것을 생각하면 이 수업에서는 입도 뻥긋하고 싶지 않지만 강사가 물어보니 대답할 수밖에 없다. 안 그랬다가는 대학에서 쫓겨날지도 모를 일이니까. 다른 학생들은 나를 보더니 저희끼리 뭐라고 수군거린다. 나는 그들이 나를 비웃는 것인지 나에게 감탄하는 것인지 파악할 수가 없다. 수업이 끝나고 이번에도 엘리베이터를 타는 대신 계단으로 내려가기로 마음먹는다. 그런데 맨 아래층으로 내려가보니 거기에는 '비상구'라고 표시된 문이 하나 있을 뿐 다른 출구라고는 찾아볼 수 없다. 그 문을 밀면 화재경보기가 울릴 것이다. 하는 수 없이 엘리베이터를 타려고 다시 6층까지 계단으로 걸어올라간다. 하지만 비상계단 쪽의 문이란 문은 모두 잠겨 있다. 결국 다시 아래로 내려와 그 비상구를 여는 수밖에 없다. 문을 열자마자 화재경보기가 요란하게 울려댄다. 나는 대학 사무실로 끌려가 거기에서 뭘 하고 있었는지, 화재경보기는 왜 울리게 했는지 등 진술서를 써야만 한다.

진술서에 첫 주에는 나를 놀리고 둘째 주에는 나를 칭찬한 강사 때문에 내가 얼마나 곤란을 겪었는지 써봤자 아무 소용 없을 것이니 나는 그저 엘리베이터 공포증이 있다고, 하지만 앞으로는 꼭 엘리베이터를 타도록 하겠다고 쓴다. 나는 그들이 듣고 싶어하는 말이 바로 그것이라는 사실을 잘 알고 있다. 군대에서 터득한 일종의 처세술이다. 사무실에서 일하는 사람들에게는 그들이 듣고 싶어하는 말을 해주는 것이 상책이라는 것. 그렇게 하지 않았다가는 언제나 더 높은 사람에게 불려가서 더 긴 진술서를 쓰게 된다는 것.

25

 톰은 이제 뉴욕이라면 지긋지긋하다면서 디트로이트로 갈 거라고 한다. 거기 가면 아는 사람들도 있고 자동차 공장 조립라인에서 일하면 돈도 꽤 많이 벌 수 있을 거라면서. 그러니까 같이 가자. 대학 따윈 잊어버려. 졸업증 따는 데도 몇 년 걸릴 텐데. 게다가 대학을 나와도 돈도 많이 못 벌 거야. 조립라인에서 일만 빨리빨리 잘하면 작업 주임이나 감독으로 승진할 수도 있어. 순식간에 더 올라가서 양복에다 넥타이를 매고 사무실에 앉아 사람들에게 이래라저래라 지시를 내리는 자리에 앉게 될 거야. 그러면, 맞은편에는 비서 아가씨가 다리를 꼬고 앉아 머리를 찰랑거리며 뭐 필요한 거 없느냐고 물어보겠지?

 물론 나도 톰과 같이 가고 싶다. 나도 돈을 벌어서 새 차에 금발 아가씨, 어떤 죄의식도 없는 신교도 아가씨를 태우고 디트로이트를 누비고 다니고 싶다. 나도 미국인들처럼 화사한 색깔의 옷을 입고 리머릭으로 돌아가 뽐내고 싶다. 하지만 사람들이 내가 하는 일을 물으면 공장 조립라인 앞에 하루 종일 서서 뷰익 몸체에 부품을 끼워넣는 일을 한다고는 차마 할 수 없을 것 같다. 그보다는 뉴욕대에 다닌다고 말할 수 있으면 좋겠다. 비록 그들 중 몇 명으로부터 대학? 아니, 너 같은 녀석이 어떻게 대학엘 다 들어갔다냐? 넌 열네 살에 학교를 그만둔 후론 고등학교에도 발을 들여놓은 적이 없잖아, 라고 빈정대는 소리를 듣게 될지라도. 또 리머릭 사람들은 나를 보고 뒤에서 이렇게 수군댈지도 모르겠다. 그 녀석 꽤나 자존심 강한 녀석이었지. 돼먹지 못한 녀석, 자기가 뭐 대단한 사람인 양 거들먹거리며 돌아다닐 때 벌써 알아봤다고. 누구는 이 세상에 태어나서 나무나 베고 물이나 길으면서 살아야 하는 판에, 자기도 리머릭 뒷골목에서 어린 시절을 보낸 주제에 뭐 그리 대단하다고 저러고 돌아다니는 거야?

나와 함께 훈증 창고에서 죽을 뻔했던 흑인 친구 호러스는 나더러 애써 들어간 대학을 그만둔다면 정말 그런 바보천치도 없을 거라면서, 자기는 캐나다에서 대학에 다니는 아들을 계속 공부시키기 위해 뼈 빠지게 일하고 있는데 미국에서 살아남으려면 그 방법밖에 없다고 한다.

내 아내는 브로드 스트리트에 있는 사무실에서 청소부 일을 하는데, 그래도 캐나다에서 공부하는 어엿한 대학생 아들이 있어서 행복한 마음으로 일한다네. 우리 아들이 이 년 후에 대학을 졸업할 예정이라 우리 부부는 그때를 위해 월급에서 단 몇 푼이라도 떼서 저금하고 있지. 우리 아들 티모시는 소아과 의사가 되고 싶어해. 자메이카로 가서 병든 아이들을 치료하는 게 꿈인 녀석이야.

자넨 자네가 백인인 걸, 그것도 제대 군인 지원금을 받을 수 있는 건강한 백인 청년인 걸 감사하게 생각해야 해. 물론 눈 때문에 조금 어려움이 있을 수도 있겠지만, 그래도 이 나라에서는 눈이 좋은 흑인으로 살아가는 것보다 눈이 안 좋은 백인으로 살아가는 것이 훨씬 낫다네. 만약 우리 아들이 대학을 그만두고 공장 조립라인 앞에 서서 자동차에 담배 라이터나 끼워넣는 일을 하겠다고 하면 난 당장 캐나다로 가서 녀석의 목을 부러뜨려놓고 말 거야.

창고에서 일하는 사람들 중에는 내가 왜 점심시간에 호러스와 나란히 앉아서 이런저런 이야기를 주고받는지 이해할 수 없다면서 비웃는 인간들도 있다. 아프리카 밀림에서 뚝 떨어진 조상을 둔 녀석과 저러고 앉아서 뭘 주절거리는 거지? 또 수업 준비를 하느라 플랫폼 끝에 앉아 책이라도 읽고 있으면 그들은 나를 보고 지가 무슨 요정이라도 된다고 저 난리를 치냐고 빈정대고 손목을 흐느적거리면서 요정 흉내를 낸다. 나는 짐을 들어올릴 때 쓰는 쇠갈고리를 그들의 머리에 내리꽂고 싶다. 그때 에디 린치가 나타나 그들에게 한 소리 한다. 그만두지 못해? 저 꼬마 좀 내버려둬. 네놈들 조상은 아직도 진흙탕에서 뒹굴고 있을 게다. 자기 엉덩이에 나무둥치가 박혀도 모를 무식한 녀석들!

녀석들은 에디에게 감히 말대꾸를 하지는 못하고, 대신 나한테 앙갚음을 한다. 트럭에서 짐을 내리고 있는데 갑자기 상자를 떨어뜨려서 내 팔을 다치게 하거나, 지게차로 나를 벽 쪽으로 밀어버리고는 말하는 것이다. 이런, 네가 거기 있는 줄 몰랐는걸. 녀석들은 또 무슨 수작인지 점심 식사 후에 나한테 다가와 친근한 척 말을 붙이며 샌드위치 잘 먹었느냐고 묻는다. 맛있었다고 대답하자 녀석들은 나를 조롱한다. 맙소사! 조이가 네 햄 위에다 비둘기 똥을 발라뒀는데 그것도 몰랐냐?

그러자 내 머릿속에 시커먼 먹구름이 몰려온다. 쇠갈고리를 들고 조이라는 녀석에게 달려가고 싶지만 그 순간 햄이 목구멍으로 넘어와서 플랫폼에 대고 구역질을 한다. 녀석들은 그 광경을 보고는 서로 부둥켜안고 한바탕 웃어댄다. 웃지 않는 사람은 조이와 호러스뿐이다. 머리가 시원찮은 조이는 플랫폼 한쪽 끝에 서서 멍하니 하늘만 바라보고 있고, 호러스는 반대쪽 끝에 서서 그 광경을 지켜보면서 아무 말도 하지 않는다.

결국 햄을 다 게워내고 나서야 구역질이 멈춘다. 나는 호러스가 무슨 생각을 했는지 알 것 같다. 그는 나를 지켜보면서 만약 자기 아들 티모시에게 그런 일이 생긴다면 당장 그 바닥을 떠나라고 해야겠다는 생각을 했을 것이다. 나도 그래야만 한다는 생각이 든다. 나는 갈고리를 들고 에디 린치에게 가서 그가 다치지 않게 손잡이 쪽을 앞으로 해서 내밀었다. 그는 갈고리를 받아 들고는 다른 손으로 내게 악수를 청하며 말한다. 그래, 매코트 군. 행운을 비네. 봉급은 수표로 보내주겠네. 줄곧 플랫폼에서만 일하다가 결국 플랫폼 감독의 자리에까지 오른 에디는 교육이라고는 받아본 적이 없는 사람이지만 상황이 어떻게 돌아가는지, 또 내가 무슨 생각으로 그러는지도 알고 있다. 나는 호러스에게로 가서 악수를 청한다. 하지만 아무 말도 할 수가 없다. 그에게 어떤 묘한 애정 같은 것을 느끼고 있기 때문에 더욱 말을 하기가 힘들다. 문득 호러스가 내 아버지였으면 좋겠다는 생각이 든다. 호러스도 아무 말 하지 않는다. 말이라는 게 아무 의미도 없는 때가 있다는 걸 그도 알고 있는 것이다. 그는 그저 내 어깨를 툭툭 두드려주며 고개만 끄덕인다. 내가 포트 웨어하우스에서 마지막으로 들은 건 에디 린치의 고함 소리다. 다시 일들 해! 이 게으른 새끼들아!

토요일 아침 톰과 나는 전차를 타고 맨해튼에 있는 시외버스 정류장으로 간다. 톰은 디트로이트로, 나는 군대 가방을 짊어지고 워싱턴 하이츠에 있는 하숙집으로 가는 길이다. 톰은 차표를 끊은 다음 짐칸에 짐을 싣고 버스에 올라타면서 묻는다. 너 정말 안 갈 거야? 디트로이트에 정말 안 갈 거냐고. 거기 가면 엄청 신나는 인생이 펼쳐질지도 모르는데?

아무 생각 없이 그 버스에 올라탈 수도 있다. 내가 가진 것은 몽땅 가방에 챙겨넣고 나왔으니 톰의 짐 옆에 내 가방을 던져놓고 차표 한 장 사서 버스에 올라타면 그만이다. 디트로이트로 가서 돈도 많이 벌고, 나한테 뭐든 해줄 금발 아가씨와 비서 아가씨들도 만나고, 신나는 모험을 떠날 수도 있다. 하지만 애써 들어간 대학을 그만두는 바보천치가 어디 있느냐는 호러스의 말이 떠올라서 고개를 가로젓는다. 이윽고 문이 닫히고 톰은 버스 안에 자리를 잡고 앉아 내게 미소를 지으며 손을 흔들어 보인다.

워싱턴 하이츠로 가는 A선 전차 안에서 나는 톰과 호러스, 디트로이트와 뉴욕대 사이에서 갈팡질팡한다. 공장에 취직해서 아침 여덟시부터 저녁 다섯시까지 일하고, 한 시간 동안 점심을 먹고, 일 년에 두 주의 휴가를 받고 살 수는 없을까? 저녁이면 집으로 돌아가 샤워를 한 다음 외출해서 여자도 만나고, 책을 읽고 싶을 때는 아무 때나 마음껏 책을 읽으며 그냥 그렇게 편하게 살 순 없을까? 한번은 나를 조롱했다가 그다음에는 나를 칭찬하는 그런 교수 따윈 신경 안 쓰고 살 순 없을까? 보고서나 두꺼운 교재를 읽는 숙제나 시험에 신경 안 쓰고 살 순 없을까? 그러면 난 정말 자유인이 될 텐데.

하지만 디트로이트에 가도 전차나 버스를 타고 다니면 또다시 책을 들고 다니는 대학생들을 보게 되겠지. 그럼 공장 조립라인에서 일하면서 돈이나 벌어보겠다고 뉴욕대를 포기한 나 자신이 한심해서 후회하게 될 거야. 대학 졸업장 없이는 결코 만족하면서 살아갈 수 없을 거야, 비록 내가 놓친 것을 아까워하긴 하겠지만.

뉴욕대에 다니면서, 특히 커피나 치즈 샌드위치를 사먹으러 학교 카페테리아로 갈 때, 내가 대학에 대해 얼마나 모르고 있었던가를 매일매일 깨닫는다. 카페테리아는 항상 학생들로 붐비는데, 그들은 책은 아무렇게나 내던진 채 군데군데 무리지어 앉아 강의 얘기만 한다. 학점을 너무 낮게 준다고 불평하며 교수들을 욕하는 학생들이 있는가 하면, 지난 학기에 썼던 보고서를 이번 학기에 또 써먹었다고 자랑하는 학생들, 백과사전을 베끼거나 다른 전문서적에서 몇 마디 바꿔서 숙제를 해 내도 모르는 교수들을 비웃으며 깔깔대는 학생들도 있다. 학생들의 말에 따르면, 대부분의 강의는 수강생이 너무 많아 교수는 학생들이 제출한 보고서를 건성으로 넘겨볼 수밖에 없고, 조교가 있다 하더라도 아무것도 모르는 것들이라고 한다. 이들에게 대학에 다니는 것은 신나는 게임에 불과한 듯하다.

그곳에서는 모두가 떠들어대기만 하고 귀 기울여 듣는 사람은 아무도 없다. 나는 그 이유를 알 것 같다. 나도 그들처럼 떠들어대고 불평하는 평범한 학생이 되고 싶다. 하지만 그들이 '평균 학점'이 어쩌고 얘기할 때 그저 마음 편히 앉아서 듣고 있을 수만은 없다. 그들은 괜찮은 대학원에 진학할 수 있는 평균 학점, 부모들이 마음 졸이고 있을 평균 학점에 대해 떠든다.

그들은 평균 학점에 대해 이야기하지 않을 때는 인생, 신의 존재, 심각한 세계정세 등 모든 것에 대해 떠들어댄다. 그러다가도 언제 누가 모든 이들을 심각하게 만들 바로 그 단어, '실존주의'라는 단어를 내뱉을지도 모를 일이다. 그들은 의사가 되어야겠다느니 변호사가 되어야겠다느니 하고 떠들어대다가도, 누군가가 두 손 들고 모든 것이 의미가 없다고, '우리가 매일 할 수 있는 가장 중요한 행위는 자살하지 않기로 결심하는 것'이라고 말한 알베르 카뮈만이 의미 있는 사람이라고 선언하면 다들 심각한 표정으로 바뀐다.

책은 내던져둔 채 모든 것이 허망하다고 하면서 심각한 표정을 짓는 그런 학생들 사이에 끼어들자면, 당장 사전을 뒤져서 실존주의가 무엇인지, 알베르 카뮈가 누구인지부터 알아봐야 한다. 내가 그런 생각을 하는 동안 학생들은 다른 단과대 이야기로 넘어가고 있다. 그들의 이야기를 들어보면 사람들이 가장 시시하게 생각하는 단과대가 바로 내가 속한 사범대라는 것을 알 수 있다. 그들은 경영대나 워싱턴 스퀘어 문리대를 최고로 치는 반면 사범대를 최하위로 꼽는다. 사범대를 나오면 선생이 되는 건데, 누가 선생이 되려고 하겠어? 우리 어머니도 선생님인데, 보수도 형편없고 선생을 우습게 아는 꼬마들 모아놓고 온갖 고생 다 하면서 가르쳐봤자 돌아오는 건 법케스*뿐이라고.

그들이 말하는 투를 봐서 법케스라는 것이 그다지 좋은 뜻을 가진 말은 아닌 것 같다. 어쨌든 나는 실존주의라는 단어를 찾아보면서 그 단어도 함께 찾아봐야겠다고 생각한다. 카페테리아에 앉아서 학생들이 하는 유식한 얘기를 듣고 있노라면 나는 저 학생들을 절대 못 따라잡을 거라는 생각에 기분이 울적해진다. 저 녀석들은 분명 고등학교를 졸업했을 테고 부모들은 자기 자식이 뉴욕대에 갔으니 의사나 변호사가 되리라 생각하고 열심히 일하고 있을 텐데, 정작 본인들은 카페테리아에 앉아 실존주의니 자살이니 하는 얘기나 하면서 시간을 보내고 있다는 걸 알기나 할까? 그런데 고등학교 졸업장도 없고, 눈은 곪고, 이도 다 썩었고, 모든 것이 엉망진창인 내가 여기에서 도대체 무얼 하고 있나 싶다. 자살을 얘기하는 똑똑한 친구들 그룹에 끼지 않은 것이 차라리 다행이다. 내가 선생이 되고 싶어한다는 걸 그 똑똑한 친구들이 아는 날에 나는 웃음거리가 될 것이 분명하다. 아무래도 카페테리아의 다른 쪽으로 가서 장래에 선생이 될 사범대 학생들 옆에 앉아야 할 것 같다. 그렇게

---

* 히브리어로 '사소한 것' '가치 없는 것'을 뜻하는 말.

해서 내가 상위권 단과대에 못 들어간 인생 낙오자들과 어울린다는 것을 증명한다 하더라도 할 수 없다.

커피와 치즈 샌드위치를 다 먹어치운 다음 내가 할 일은 만약의 경우에 대비해 도서관에 가서 실존주의라는 단어도 찾아보고 도대체 무엇이 카뮈를 그토록 슬프게 했는지 조사하는 것이다.

26

새 하숙집 주인인 애그니스 클라인 부인은 내가 묵을 방을 보여주면서 일주일에 12달러라고 한다. 68번 스트리트 오스틴 부인 집의 복도 끝 셋방과는 비교도 안 되는 진짜 방이다. 침대와 책상, 의자는 물론, 방 한쪽 구석 창가에 작은 소파까지 놓여 있다. 몇 달 후 내 동생 마이클이 아일랜드에서 오면 그 소파에서 자면 되겠다.

애그니스 클라인 부인은 내가 문에 들어서기가 무섭게 자기 인생사를 늘어놓는다. 내 성만 가지고 내가 유대인일 거라고 성급하게 결론 내려서는 안 돼요. 성이 클라인이긴 하지만 그건 유대인인 우리 남편 성을 따서 그렇게 된 거고 원래 성은 캔티예요. 이보다 더 아일랜드적인 성은 없다는 걸 젊은이도 잘 알 거예요. 크리스마스 때 달리 갈 곳이 없으면 우리 집으로 와서 나한테 남은 유일한 혈육인 우리 아들 마이클과 함께 셋이서 같이 보내는 게 어때요? 부인은 또 남편 에디 때문에 자기 인생이 어떻게 꼬이게 되었는지 이야기해준다. 전쟁이 터지기 직전 우리 남편은 자기 어머니의 임종이 얼마 안 남았다는 소식을 듣고 유산을 물려받을 속셈으로 당시 네 살밖에 안 된 우리 아들 마이클을 데리고 독일로 건너갔지요. 물론 바로 독일 놈들에게 체포되었어요. 남편과 마이클, 시어머니를 비롯해 클라인 가家 전체가 수용소행 신세가 되었는데, 나치들에게 마이클은 워싱턴 하이츠에서 태어난 미국 시민권자라고 아무리 말해봐야 소용없었대요. 결국 남편은 불귀의 객이 되었고 우리 아들 마이클만 가까스로 살아남아 전쟁이 끝난 후 미국인들에게 자기는 미국 시민권자라고 말해서 미국으로 건너올 수 있었죠. 부인은 그렇게 해서 가까스로 껍데기만 남은 마이클이 복도 끝 작은 방에 머물고 있다고 내게 일러준다. 부인은 크리스마스 날 오후 두시쯤 부엌으로 오라면서 저녁 식사를 들기 전에 가볍게 한잔하자고 한다. 칠면조 요리는 준비 못 하겠지만, 난 젊은이만 괜찮다면 유럽식 저녁을 준비하고 싶은데 어때요? 하지만 진짜로 올 마음도 없으면서 온다고 하지는 마세요. 크리스마스 날 갈 곳이 있다면, 혹시 으깬 감자 요리를 만들어줄 아일랜드 아가씨라도 있다면 굳이 안 와도 돼요. 크리스마스를 복도 끝 방에 있는 마이클 껍데기와 단둘이 보내는 것도 이번이 처음은 아니니까 내 걱정은 하지 마요.

크리스마스 날 부엌에서 이상한 냄새가 풍겨나와 부엌으로 가보니 클라인 부인이 프라이팬에 뭔가를 열심히 지지고 있다. 피에로기, 폴란드식 요리지요. 마이클이 좋아해서요. 보드카에다 오렌지 주스를 섞어 마셔봐요. 요즘같이 감기 걸리기 쉬운 때 딱 좋은 술이지요.

우리는 술잔을 들고 거실에 둘러앉는다. 부인은 남편 이야기를 한다. 자기 남편이 있었으면 크리스마스 날 거실에 둘러앉아 옛날식 피에로기에다 보드카를 곁들여 마시는 것은 꿈도 못 꿨을 거라고 한다. 에디에게 크리스마스는 평소처럼 일하는 날이었거든요.

클라인 부인이 전등 밝기를 조절하려고 몸을 기울이자 가발이 벗겨진다. 갈색 머리카락이 듬성듬성 나 있는 그녀의 맨머리를 보니 보드카를 마신 탓인지 웃음이 터져나온다. 그러자 부인이 말한다. 그래요, 계속 그렇게 웃어봐요. 언젠가 당신 어머니 가발이 벗겨지면 그때도 그렇게 웃을 수 있나 어디 한번 보자고요. 그러고는 재빨리 가발을 다시 눌러쓴다.

나는 클라인 부인에게 우리 어머니는 모발이 튼튼해서 그럴 일은 없을 거라고 대답한다. 그러자 부인이 말한다. 그러시겠지요. 당신 어머니는 나치 소굴에 제 발로 기어들어간 미치광이를 남편으로 둔 적은 없을 테니까. 그 인간만 아니었어도 마이클은 오늘 같은 날 침대에서 벌떡 일어나 피에로기 생각에 군침을 흘리며 보드카 한 잔이라도 할 수 있었을 텐데. 오, 이런! 피에로기!

부인은 의자에서 벌떡 일어나 부엌으로 달려간다. 이런, 조금 타긴 했지만 그래도 바삭바삭해서 먹을 만하군요. 내 철학은…… 내 철학이 뭔지 아세요? 부엌에서 뜻대로 안 되는 일은 무엇이든 내게 유리하게 바꾸자는 것. 내가 자우어크라우트와 키엘바사를 요리하는 동안 보드카 한 잔 더 하시죠.

부인은 내 잔에 술을 더 따라주다가 내가 키엘바사가 뭐냐고 묻자 나무라듯 말한다. 세상에! 몰라도 너무 모르네. 미군에서 이 년을 복무하고도 키엘바사를 몰라요? 이러니 공산주의자들이 득세하고 있는 것도 놀랄 일이 아니네요. 그건 폴란드식 소시지에요. 자, 내가 키엘바사 굽는 걸 잘 봐요. 이다음에 아일랜드 여자 아닌 다른 괜찮은 여자와 결혼했을 때 그 여자가 키엘바사를 먹고 싶어할지도 모르니까.

우리는 부엌에서 보드카를 한 잔 더 마시며 키엘바사가 지글지글 익어가고 자우어크라우트가 식초 냄새를 풍기며 끓는 것을 지켜본다. 클라인 부인은 쟁반에 접시 세 개를 담은 다음 마이클을 위해 마니슈비츠*를 한 잔 따르면서 말한다. 마이클은 피에로기와 키엘바사에 마니슈비츠를 곁들여 마시는 것을 좋아해요.

부인을 따라 침실을 지나 작고 어두운 방으로 들어가니 부인의 아들 마이클이 침대에 앉아 앞만 똑바로 보고 있다. 우리는 의자를 끌어다 앉은 다음 마이클의 침대를 식탁 삼아 가져온 음식을 차린다. 클라인 부인이 라디오를 틀자 아코디언 연주가 움파움파 하고 흘러나온다. 부인이 말을 꺼냈다. 얘가 제일 좋아하는 음악이지요. 앤 유럽적인 건 뭐든 좋아해요. 향수를 느끼나봐요. 유럽에 대한 향수. 젠장, 그렇지 마이클? 그렇지? 어머니가 네게 말하고 있잖니. 메리 크리스마스, 마이클! 빌어먹을 메리 크리스마스! 부인은 가발을 벗더니 구석으로 휙 내던진다. 더이상 가식은 떨지 않겠어, 마이클. 이젠 지긋지긋해. 어머니한테 말해봐. 안 그러면 내년에는 미국식으로 요리할 거다. 내년에는 칠면조 요리를 할 거라고, 마이클. 스터핑**에다 크랜베리 소스, 온갖 재료를 왕창 집어넣어서 말이야, 마이클.

마이클 껍데기는 똑바로 앞만 보고 있다. 마이클의 접시 위에 놓인 키엘바사에서 기름이 배어나와 번들거린다. 클라인 부인은 라디오 채널을 계속 돌리다가 빙 크로즈비의 〈화이트 크리스마스〉가 나오자 주파수를 고정한다.

이제는 이런 것에 익숙해지는 게 좋을 거야, 마이클. 내년에는 빙 크로즈비 음악을 들으면서 스터핑이나 먹자꾸나. 키엘바사 따위는 이제 안 만들 거야.

부인은 자기 접시를 치우고는 마이클의 팔꿈치에 머리를 대고 곯아떨어진다. 나는 잠시 망설이다가 내 접시를 들고 부엌으로 돌아가 내

---

* 미국에서 대중적으로 가장 널리 알려진 달짝지근한 와인의 이름.
** 마른 빵에 갖은 양념을 한 것. 칠면조 속에 채워넣는 재료이다.

몫의 저녁을 쓰레기통에 몽땅 버린다. 그러고는 방으로 돌아와 잠을 청한다.

머천트 냉동회사의 옛 동료 티미 코인은 내 하숙집에서 가까운 웨스트 180번 스트리트 720번지 메리 오브라이언의 하숙집에 기거하고 있다. 티미는 나더러 아무 때나 차 한잔 마시러 오라고 하면서 하숙집 주인 메리 아줌마는 아주 친절한 분이라고 했다.

그 집은 하숙집이라기보다는 차라리 커다란 아파트에 가까운 곳이다. 네 명의 하숙생이 일주일에 18달러를 내면 원하는 아무 때나 아침 식사를 할 수 있다고 한다. 브롱크스의 로건 씨네처럼 아침을 얻어먹으려면 꼭 미사에 참례해야 하고 은혜를 입어야 한다는 규칙 따위도 없다. 하숙집 주인인 메리 아줌마부터 일요일 아침에 성당에 가는 것보다는 부엌에 앉아 차를 마시고 담배를 피우면서 하숙생들과 웃고 떠드는 것을 더 좋아한다. 아줌마는 하숙생들이 지난밤 마신 술 때문에 머리가 아파 죽겠다면서 다시는 술을 마시지 말아야겠다고 다짐하는 걸 듣고는 깔깔대며 웃어댄다. 메리 아줌마는 나더러 자기 하숙생들 중 한 명이라도 아일랜드로 떠나게 되면 언제든지 자기 집으로 들어와도 된다고 한다. 아일랜드로 돌아가는 하숙생이 늘 한 명씩 생기더라고. 걔들이야 뭐 그동안 모은 돈 몇 푼 들고 고향으로 돌아가서 조그만 농가도 사고 마을 처녀와 결혼해서 자리잡고 살고 싶은 마음에 그러는 거겠지만, 허구한 날 난롯가에서 뜨개질이나 하는 마누라만 처다보고 살다보면 뉴욕의 불빛과 이스트사이드의 댄스홀, 3번 애비뉴의 아늑한 술집이 생각날걸.

나는 애그니스 클라인 부인으로부터 벗어나기 위해서라도 메리 오브라이언 아줌마의 집으로 이사 가고 싶다. 클라인 부인은 내 방문에 열쇠 꽂는 소리가 들리면 냅다 달려와 보드카와 오렌지 주스를 건네주려고 매일 저녁 문 뒤에서 기다리고 있는 것 같다. 그 여자는 내가 뉴욕대 수업을 위해 책도 읽고 보고서도 써야 한다는 것도, 부두나 창고회사의 플랫폼에서 일하느라 녹초가 되어 있다는 것도 아랑곳하지 않고 그저 내게 자기 인생 이야기를 들려주고 싶어한다. 우리 에디가 얼마나 나를 뿅가게 만들었는지 알아요? 다른 아일랜드 남자들은 눈에 들어오지도 않았죠. 유대인 여자애들은 특히 조심해야 해요, 프랭크. 꽤나 매력적이니까. 왜 있잖아, 굉장히 거시기한 거. 그래, 맞아. 엄청 육감적이라고 해야겠지. 그래서 남자들은 순식간에 유대인 여자에게 빠져서 결국 결혼식장에서 유리잔을 발로 밟아 깨뜨리는 거야.[*]

유리잔을 발로 밟는다고요?

그래요, 프랭크. 프랭크라고 불러도 괜찮겠죠? 유대인 여자들은 남자가 유리잔을 발로 밟아 깨뜨려야 비로소 결혼이 성립되는 것으로 보거든요. 그리고 남자가 개종할 것을 요구하죠. 자기 아이들도 유대교 신자가 되어 모든 것을 물려받길 바라는 거예요. 나도 유대교로 개종하려고 했지만 우리 엄마는 내가 유대인이 되면 조지워싱턴교에서 뛰어내리겠다고 협박했어요. 우리끼리 하는 말이지만, 나는 그 당시에 우리 엄마가 다리에서 뛰어내리든 예인선에서 뛰어내리든 상관없었어요. 내가 개종하지 않은 건 엄마 때문이 아니에요. 나는 아버지와의 의리를 지킨 거예요. 아버지는 술 때문에 문제가 좀 있긴 했지만 그래도 점잖은 분이셨죠. 하지만 캔티 같은 성을 가진 사람에게 뭘 기대할 수 있었겠어요? 케리 주에 널린 게 캔티 성이라던데. 주님께서 내게 건강만 허락해주신다면 언젠가 케리 주를 보러 가고 싶어요. 듣자 하니 녹원이 푸르른 아름다운 곳이라면서요? 여기서는 녹원 같은 건 구경도 못 하잖아요. 내가

---

[*] 유리잔을 깨뜨리는 유대교식 결혼 풍습 '케투바'를 말함.

만날 보는 거라고는 이 아파트와 슈퍼마켓, 그리고 복도 끝 방에 틀어박혀 있는 마이클 껍데기뿐인걸요. 우리 아버지는 내가 유대인이 된다면 당신께서 엄청 상심할 거라고 말씀하셨죠. 하지만 고통받는 유대인들에 대해 특별히 반감 같은 걸 갖고 있었기 때문은 아니었어요. 우리 아일랜드 민족도 고통받기는 매한가지였으니까. 아버지 말씀은 내가 유대인이 되면 그건 오랜 세월 동안 도처에서 교수형이나 화형을 당했던 우리 조상들에게 등 돌리는 짓이라는 것이었지요. 어쨌든 아버지는 내 결혼식에 오셨지만 어머니는 안 오셨어요. 어머니는 내가 하는 짓이 예수님을 십자가에 도로 못 박고 상처 나게 하는 짓이라고 말하면서, 굶어죽어도 신교도의 수프는 안 얻어먹는 아일랜드 사람들이 내가 하는 짓을 보면 뭐라고 하겠느냐고 했어요. 에디는 나를 품에 안고 자기도 가족들과 문제가 있다면서, 누군가를 사랑할 때는 세상 다른 사람들은 개코도 신경 쓰지 말라고 했지요. 그랬던 에디가 어떻게 되었죠? 결국 망할 놈의 아궁이에 쑤셔박혔잖아요.

클라인 부인은 내 침대에 주저앉아 술잔을 바닥에 내려놓더니 양손으로 얼굴을 감싸쥐고 중얼거린다. 빌어먹을! 빌어먹을! 그놈들이 남편에게 무슨 짓을 했는지, 마이클이 뭘 봤는지 생각하면 난 잠을 이룰 수가 없어. 마이클은 무얼 봤을까? 나도 신문에서 사진들을 보긴 했지. 난 그들을 잘 알아, 독일 놈들 말이야. 그놈들은 이곳 뉴욕에도 살고 있지. 정육점을 하면서 자식들을 낳아 기르면서 잘들 산다고. 그놈들에게, 당신이 우리 에디를 죽였나요? 라고 물으면 그놈들은 나를 똑바로 쳐다보기만 한단 말이야.

클라인 부인은 울음을 터뜨리더니 내 침대에 누워 그만 곯아떨어지고 만다. 나는 부인을 흔들어 깨워 말하고 싶다. 나도 지금 피곤해 죽겠어요. 그리고 나는 일주일에 12달러씩이나 방세를 낸다고요. 그런데 내가 아줌마를 내 침대에서 재우고 대신 구석에 있는 저 딱딱한 소파에서 자야겠어요? 게다가 저 소파는 몇 달 후면 내 동생 마이클이 와서 쓸 소파란 말이에요. 하지만 나는 어쩔 줄 모르고 서 있다.

내가 메리 오브라이언 아줌마와 그 집 하숙생들에게 이 얘기를 들려주자 그들은 뒤집어질 듯 웃어댄다. 메리 아줌마가 말한다. 저런, 그녀에게 신의 축복이 있기를! 나도 가엾은 애그니스와 그녀의 친척들을 잘 알고 있지. 언젠가 애그니스가 완전히 정신이 나가서 가발도 안 쓰고 동네를 돌아다니면서 보는 사람마다 랍비가 어디 있느냐고 물어본 적이 있어. 빈 껍데기만 남은 불쌍한 자기 아들 마이클을 위해서 개종하겠다고 말이야.

이 주에 한 번 수녀 두 명이 클라인 부인을 도와주러 온다. 수녀들은 마이클을 씻겨주고 침대 시트도 갈아준다. 그들은 아파트도 청소하고 클라인 부인이 목욕하는 동안 별일이 없도록 욕실 밖에서 지키고 서 있다. 또 클라인 부인의 가발이 엉클어져 보이지 않도록 빗질도 해준다. 수녀들은 부인 몰래 보드카 병에 물을 타기도 한다. 만약 부인이 그걸 마시고도 취한다면 그건 다 본인이 그렇게 상상하는 것일 뿐이다.

메리 토머스 수녀가 내게 관심을 보이며 묻는다. 성당은 열심히 다니고 있나요? 책이랑 공책을 들고 다니는 걸 본 것 같은데 어느 대학에 다니고 있지요? 내가 뉴욕대에 다닌다고 대답하자 수녀는 인상을 찌푸리더니 그런 학교에 다니면 신앙을 잃게 될까 걱정되지 않느냐고 묻는다. 클라인 부인과 침대에 누워만 있는 마이클을 그토록 자상하게 돌봐주는 메리 토머스 수녀와 베아트리스 수녀에게 성당에 나간 지 몇 년 됐다고 대답할 수는 없다.

어느 날 메리 토머스 수녀는 신부님 아닌 어느 누구에게도 말하지 말라며 자기가 임의로 마이클에게 세례를 주었노라고 속삭인다. 마이클의 어머니가 아일랜드계 가톨릭 신자인 이상 엄밀히 따지면 마이클은 진짜 유대인은 아니죠. 마이클이 병자성사도 받지 못하고 죽게 된다면 어떻게 될지는 생각하기도 싫어요. 그 아이는 이미 독일에서 충분히 괴로움을 당했잖아요. 어린 꼬마였을 때 아버지가 끌려가는 걸 지켜봤으니. 아니, 그보다 더한 일을 봤을지도 모르죠. 그러니까 마이클은 세례로서 정화되는 은총을 누릴 자격이 충분히 있는 것 아닌가요? 어느 날 아침 마이클이 침대에서 깨어나지 않는 일이 생길지도 모르니까요.

메리 토머스 수녀는 또 나한테 이런 질문도 던진다. 그런데 학생은 이 하숙집에서 애그니스가 술을 마시게 하는 사람인가요, 아니면 말리는 사람인가요? 나는 메리 토머스 수녀에게 학교 다니고 일하느라 잠잘 시간도 부족할 정도로 바빠서 다른 것에는 신경쓸 겨를도 없다고 대답한다. 그러자 수녀는 부탁한다. 애그니스의 영혼의 고통을 조금이라도 덜어줄 수 있도록 학생이 좀 도와줄 수 없을까요? 잠시라도 짬을 내서 가엾은 애그니스가 물 탄 보드카를 마시고 술기운에 정신 못 차리거나 잠들어 있을 때 복도 끝 방으로 가서 마이클 옆에 무릎을 꿇고 앉아 성모송을 몇 번 바치는 거예요. 가능하면 묵주기도도 한두 단 바치는 것이 좋겠지요. 기도를 드린다고 해서 마이클이 그걸 이해할 리 없지만 혹시 또 아나요? 주님의 도움으로 성모송이 마이클의 상처받은 머릿속으로 들어가서 그애를 다시 생명의 길로, 그애의 외가 쪽으로 대대로 이어져 내려온 진정한 신앙의 길로 되돌아오게 만들지?

메리 토머스 수녀는 그렇게만 해준다면 무엇보다도 먼저 내가 공산주의의 온상인 뉴욕대로부터 벗어날 수 있도록 기도해주겠다고 한다. 그 학교에 계속 다니면 당신은 영생의 영혼을 잃게 될지도 몰라요. 사람이 세상을 다 얻고도 자기 영혼을 잃는다면 무슨 소용이 있겠어요? 무신론적 공산주의의 온상인 뉴욕대 말고 포드햄대학교나 세인트존스대학교에 하느님께서 당신을 위해 마련해둔 자리가 분명 있을 거예요. 매카시 상원의원*이 뉴욕대를 소탕하기 전에 그 대학을 떠나는 게 좋을걸요. 오, 주님께서 그분을 축복하고 지켜주시길! 제 말이 맞죠, 베아트리스 수녀님?

베아트리스 수녀는 고개만 끄덕일 뿐 다른 말은 하지 않는다. 베아트리스 수녀는 그 집에만 오면 너무 바빠서인지 별로 입을 열지 않는다. 메리 토머스 수녀가 내 영혼을 무신론적 공산주의로부터 구원하기 위해 애를 쓰는 동안 베아트리스 수녀는 클라인 부인을 목욕시키고 마이클을 닦아준다. 때때로 마이클의 방문을 열면 코를 찌르는 역한 냄새가 복도까지 풍겨나오지만 베아트리스 수녀는 아랑곳하지 않고 그 방에 들어간다. 베아트리스 수녀는 마이클을 씻기고 침대 시트를 갈아주면서 콧노래까지 부른다. 이따금 클라인 부인이 술을 잔뜩 마시고 나서 목욕하지 않겠다고 성질을 부리면 베아트리스 수녀는 부인을 끌어안고 콧노래를 부르면서 부인의 벗어진 머리에 얼마 남지 않은 갈색 머리카락을 어루만져준다. 그러면 부인은 금세 아기처럼 순해진다. 그런 일이 있을 때마다 메리 토머스 수녀는 화를 내며 소리친다. 클라인 부인! 이런 식으로 우리 시간을 빼앗으면 안 되죠. 우리는 다른 불쌍한 영혼들, 가톨릭 신자들도 돌봐야 한단 말이에요. 가톨릭 신자들요.

그러면 클라인 부인은 우는 소리로 말한다. 저도 가톨릭 신자예요. 저도 가톨릭 신자라고요.

그건 생각 좀 해봐야 할 문제 같군요, 클라인 부인.

클라인 부인이 흐느껴 울면 베아트리스 수녀는 부인을 더 꼭 끌어안

---

* 미국 정치인. 공화당 상원의원을 지냈다. 냉전시대였던 1950년대 반공산주의 운동을 한 대표적 인물이다.

고 양손으로 부인의 머리를 감싼 채 천국을 향해 미소 지으면서 콧노래를 불러준다. 메리 토머스 수녀는 손가락을 가로저으며 내게 말한다. 진정한 신앙의 길을 벗어난 사람과는 결혼하지 않도록 하세요. 결국 저렇게 되고 말 테니까.

27

내 지도교수인 영문과의 맥스 보가트 교수를 만나러 가라는 내용의 편지가 와 있다. 보가트 교수는 내 성적이 미국 교육사는 B 마이너스, 문학 입문은 C로 만족스럽지 않다면서, 정식 학생이 아닌 내가 대학을 계속 다닐 수 있으려면 평균 B학점은 유지해야 한다고 말한다. 학장은 고등학교 졸업장이 없는 내게 특혜를 베풀었는데, 내가 결국 학장을 실망시킨 거라고 한다.

저는 일을 해야 하거든요.

일을 해야 하다니, 그게 무슨 말이지? 일은 누구나 하는 건데.

저는 매일 밤, 또 어떤 날엔 낮에도 부두 창고에서 일해야 하거든요.

일과 학교 중 하나를 선택하도록 해야지. 이번 한 번만 더 봐주겠네. 이미 내려진 유예 조치에 다시 한번 유예 조치가 더해진 거야. 내년 6월에는 전 학점 B 혹은 그 이상이길 바라네.

예전에는 대학이 숫자, 글자, 학점, 평균 점수, 그리고 내게 유예 조치를 내리려는 사람들로 그득한 곳일 거라고는 생각지 못했다. 대학은 친절하고 학식 있는 남녀 교수들이 자애로운 방식으로 가르치며, 내가 이해를 못 하는 게 있으면 하던 일을 멈추고 설명해주는 그런 곳일 거라고 생각했다. 학생들이 수십 명씩, 때로는 수백 명씩 이 강의실에서 저 강의실로 옮겨다니고, 교수들이 학생들은 보지도 않고 강의하리라고는 생각지도 못했다. 어떤 교수는 창밖만, 어떤 교수는 천장만 바라보며 강의하고 또 어떤 교수는 강의 시간 내내 누렇고 너덜너덜한 공책에 코를 처박고 그 내용을 읽어줄 뿐이다. 학생들이 질문을 하면 교수들은 손을 저으며 무시해버린다. 영국 소설에는 케임브리지와 옥스퍼드 학생들이 항상 교수의 방에 모여 셰리주를 마시면서 소포클레스에 관해 토론하는 장면이 나오지 않던가. 나도 그들처럼 소포클레스에 관해 토론하고 싶다. 그러려면 먼저 그의 작품을 읽어야 하는데, 밤에 머천트 냉동회사에서 일하고 나면 내게 여유로운 시간이란 남지 않는다.

소포클레스에 관해 토론하고, 실존주의와 카뮈의 자살론에 대해 생각하면서 우울해할 수 있으려면 냉동창고 일부터 그만두어야 한다. 밤일만 안 해도 대학 카페테리아에 앉아『피에르 또는 애매모호함』이나『죄와 벌』이나 셰익스피어의 작품 전반에 대해 얘기할 수 있다. 카페테리아에는 레이철, 네이오미 같은 이름을 가진 여자애들이 앉아 있는데, 대부분은 클라인 부인이 말한 대로 아주 육감적인 유대계 여자애들이다. 쟤들도 아마 신교도 여자애들처럼 세상의 허망함에 절망해서 죄의식도 없이 모든 육감적인 짓을 저지를 준비가 되어 있을지도 모른다. 쟤들한테 말을 걸 용기만 있었으면 좋겠다.

1954년 봄, 나는 뉴욕대의 정식 학생이 되고 부두와 창고에서는 시간제로 일하거나 인력회사에서 소개해줄 때만 임시직으로 일한다. 처음소개받은 일은 7번 애비뉴에 있는 모자 공장 일이다. 공장 주인 마이어 씨는 내가 할 일은 아주 쉬운 일이라면서, 우중충한 색깔의 여성용 모자에 깃털을 갖다 붙이기만 하면 된다고 한다. 깃털을 여러 가지 색의 염료통에 담갔다가 마르면 어울리는 색의 모자에 갖다 붙이면 되는 것이다. 정말 쉽지? 그럴 것 같지? 그런데 언젠가 푸에르토리코 놈들에게 이일을 시킨 적이 있었는데, 아찔할 정도로 현란한 조합을 만들어내는 게 아니겠어? 푸에르토리코 놈들은 사는 게 무슨 부활절 행진이라도 되는 줄 아나봐. 모자에 어울리게 깃털 색깔을 맞추려면 무엇보다도 감각이 있어야 해. 감각 말이야. 브루클린에 사는 유대인 여자들은 유월절에 행진용 모자 같은 건 쓰고 싶어하지 않거든. 무슨 말인지 알아듣겠지?

자넨 꽤 똑똑해 보여. 대학생이라고 했지? 그럼 이런 쉬운 일은 문제도 아니겠네. 이게 어렵다면 대학에 다닐 수도 없을 테니까. 나는 며칠간 어디 좀 다녀와야 하니까 재봉이랑 재단 일을 하는 푸에르토리코 여자들을 제외하면 자네 혼자 일해야 할 걸세. 그럼 난 이만 가보겠네. 푸에르토리코 여자들이 자넬 도와줄 거야, 하하.

나는 그에게 어떤 색들이 서로 어울리고, 어떤 색들이 서로 어울리지 않는지 물어보고 싶지만 그는 이미 가버리고 없다. 내가 깃털을 염료통에 담갔다가 꺼내서 모자에 갖다 붙이면 푸에르토리코 여자들은 연신 킥킥거린다. 내가 모자 한 묶음을 다 마치면, 그 여자들은 그걸 가져다 벽에 있는 선반 위에 올려놓고 또다른 모자 묶음을 내온다. 나는 색깔을 좀 다양하게 해보려고 깃털에 여러 가지 색깔의 염료를 묻혀 무지개를 만들어본다. 깃털 하나를 붓으로 사용하여 다른 깃털에 물방울무늬, 줄무늬, 노을빛, 달이 차고 기우는 모양, 파도치는 강 위에서 물고기들이 헤엄치는 모양, 둥지에 앉은 새 모양 등을 그려넣는다. 그런데 푸에르토리코 여자들은 웃느라 재봉틀도 못 만지고 있다. 내내 여자들은 웃지 않으려고 애쓰면서 키득거리고, 그때마다 나는 얼굴이 붉어진다. 내가 무엇을 잘못했는지 물어보고 싶다. 나는 깃털을 모자에 붙이러 태어난 게 아니라고, 나는 지금 대학생이고, 독일에서 개를 훈련시켜본 적도 있고, 부두에서 일한 적도 있다고 말하고 싶다.

사흘 뒤, 마이어 씨는 모자를 보더니 몸이 굳은 채 문 앞에 서버린다. 그가 여자들을 바라보자 모두, 정말 미쳤죠?라고 말하는 듯이 고개를 절레절레 흔들어 보인다. 마이어 씨가 내게 묻는다. 도대체 무슨 짓을 한 거야? 뭐라고 대답해야 좋을지 모르겠다. 맙소사! 자네 뭐야? 자네도 푸에르토리코 놈인가?

아닌데요, 사장님.

자네 아일랜드 사람이지, 그렇지? 그래. 자네 아무래도 색맹인 것 같아. 내가 그걸 물어보지 않았네. 내가 자네한테 색맹인지 물어본 적 있나?

아니요, 사장님.

자네가 색맹이 아니라면, 이런 조합이 나올 수 없지. 자네한테 비하면 푸에르토리코 놈들은 아무것도 아니네그려. 무슨 말인지 알아? 아일랜드 사람들은 바로 그게 문제야. 색채 감각, 예술 감각이 전혀 없단 말이야. 아일랜드 사람치고 화가로 이름 날린 사람 있나? 한 명이라도 있으면 이름을 대보라고.

없는 것 같은데요.

자네, 반 고흐라고 들어봤나? 렘브란트는? 피카소는?

들어봤습니다.

내가 말하고자 하는 게 바로 그거야. 너희 아일랜드 사람들은 뛰어난 민족이지. 존 매코맥* 같은 좋은 가수도 있고. 아일랜드 사람들 중에는

---

* 아일랜드 태생의 테너 가수. 독일 가곡의 명인으로 불렸다. 자신의 독창회 레퍼토리에 반드시 아일랜드 민요를 포함시킨 것으로 더욱 인기를 끌었다.

훌륭한 경찰관도 많고, 훌륭한 정치가, 훌륭한 성직자도 많지. 특히 아일랜드 출신 성직자들이 많아. 하지만 화가는 없어. 아일랜드 화가가 그린 그림이 벽에 걸려 있는 걸 본 적 있나? 머피, 레일리, 루니? 아니. 그건 너희 민족이 오직 한 가지 색깔, 녹색밖에 모르기 때문이야. 내 말이 맞지? 자네한테 한 가지 충고하겠는데, 앞으로 색깔과 관련된 일은 하지 말도록 하게. 경찰관이 되거나, 공무원이 되도록 해. 자, 이 봉투 받고, 가서 잘살게. 내겐 유감 품지 말고.

인력회사 사람들은 고개를 내저으며 말한다. 대학생인 자네한테 딱 맞는 일이라고 생각했는데. 모자에 깃털 다는 게 도대체 뭐가 어려워? 마이어 씨가 우리 회사에 전화를 걸어 말하더군. 더는 아일랜드 출신 대학생은 보내지 마요. 걔네들은 색맹이란 말이에요, 색맹. 멍청해도 좋으니, 색깔을 잘 구별해서 내 모자들을 망치지 않을 사람을 보내달라고요.

인력회사 사람들은 나더러 타자를 칠 줄 안다면 일거리가 꽤 있다고 한다. 나는 얼른 타자를 칠 줄 안다고, 군대에서 배웠고 썩 잘 친다고 대답한다.

그후 인력회사는 나를 맨해튼 전 지역에 있는 모든 종류의 사무실에 보낸다. 나는 아침 아홉시부터 저녁 다섯시까지 하루 종일 책상에 앉아 목록, 송장, 주소, 선하증권 등을 타자로 친다. 사무실의 윗사람들은 일을 시켜놓고 내가 실수를 저질렀을 때 말고는 말을 거는 법도 없다. 사무실에 있는 다른 직원들도 나를 싹 무시한다. 나는 그저 내일 당장 그만둘 수도 있는 임시직, 그들 표현대로라면 '임시'이기 때문이다. 그들은 나를 보지도 않는다. 그들은 내가 책상에 앉아 죽더라도 저희끼리 전날 본 텔레비전 프로그램 이야기나 빨리 금요일이 와서 사무실에서 벗어나 저지 해변으로 놀러 갔으면 좋겠다는 이야기를 하며 모른 척 지나갈 인간들이다. 내게 번번이 커피나 빵을 사오라는 심부름을 시키면서도 나에게 한 번 먹으라고 권하지도 않는다. 그들은 건수만 생기면 파티를 연다. 누가 승진했다고 파티를 열고, 누가 임신했다고 파티를 열고, 누가 약혼하거나 결혼했다고 파티를 연다. 그들은 사무실 한쪽 구석에 빙 둘러서서 퇴근하기 전 한 시간 동안 크래커와 치즈 따위를 안주 삼아 포도주를 마신다. 여직원이 아기를 낳아 사무실로 데리고 오면 여자들은 우르르 몰려가 아기를 만져보며 말한다. 정말 예쁘다, 애. 네 눈 닮았다, 미란다. 정말 네 눈을 쏙 빼닮았어. 하지만 남자들은 고작 이렇게 말할 뿐이다. 안녕, 미란다. 좋아 보이네. 그놈 참 잘났다. 남자들은 아기를 보고 좋아하거나 나대서는 안 되는 걸로 되어 있는 모양이다. 다른 사람들이 즐거운 시간을 보내고 있을 때 나만 파티에 초대받지 못하고 혼자서 열심히 타자기를 두드리노라면 이상한 기분이 든다. 게다가 윗사람이 한마디 할라치면 그들은 나를 향해 소리친다. 어이, 거기. 미안하지만 잠깐 멈춰줄래? 여기서 말하는 소리가 잘 안 들린단 말이야.

나는 그들이 도대체 어떻게 그런 사무실에서 매일매일, 몇 년 동안 계속 일할 수 있는지 신기하기만 하다. 계속해서 시계만 쳐다보게 되고 청십자사에서 그랬던 것처럼 벌떡 일어나 밖으로 나가버리고 싶은 충동을 느낄 때도 많다. 사무실 사람들은 시간 따위는 별로 신경쓰지도 않는 것 같다. 그들은 물 마시러 갔다가, 화장실에 갔다가, 이 책상에서 저 책상으로 왔다갔다하며 수다를 떨다가, 책상에 앉아 다른 책상에 앉아 있는 동료에게 전화를 걸어 그날 입은 옷이 예쁘다느니 헤어스타일이 멋있다느니 화장이 잘되었다느니 다이어트해서 몇 파운드 뺐다느니 하는 이야기들을 지껄여댄다. 여직원들은 어쩌다가 살이 빠진 것 같다는 소리를 들으면 한 시간 내내 싱글거리며 손을 엉덩이에 얹고 돌아다닌다. 그들은 또 자기 아이들, 아내, 남편 자랑을 늘어놓고, 두 주간의 여름휴가를 어떻게 보낼 것인가에 대해 수다를 떤다.

4번 애비뉴에 있는 한 큰 무역회사에 파견 나간 적도 있다. 일본 인형 수입 관련 문서 한 다발을 타자기로 쳐내다가 사무실 시계를 보니 오전 아홉시 반이다. 창밖에는 아침햇살이 반짝이고 있고 길 건너편 커피숍에서 키스를 하는 두 남녀가 보인다. 오전 아홉시 삼십삼분. 남녀는 작별 인사를 하고 각자 반대 방향으로 걸어간다. 하지만 금방 뒤돌아보더니 서로에게 달려가 다시 키스를 한다. 오전 아홉시 삼십육분. 나는 벌떡 일어나 의자 등받이에 걸쳐둔 재킷을 얼른 걸쳐 입는다. 부장이 자기 방 문가에 서서 묻는다. 어이, 무슨 일이야? 나는 대답도 하지 않고 사무실 밖으로 뛰쳐나간다. 엘리베이터 쪽으로 가니 사람들이 기다리고 서 있다. 나는 계단 쪽으로 가서 7층에서 1층까지 단숨에 뛰어내려간다. 키스를 하던 두 남녀는 어디론가 사라지고 없다. 나는 못내 아쉽다. 그들을 한 번만 더 볼 수 있었으면. 그들이 사무실로는 가지 않았으면 좋겠다. 하루 종일 앉아서 일본 인형 목록을 타자로 쳐내야 하는 그런 사무실, 모두에게 자기들이 약혼했다고 알리면 부장이 포도주와 치즈와 크래커로 퇴근 전 한 시간 동안 축하 파티를 열어주는 그런 사무실로는 가지 않았으면 좋겠다.

내 동생 말라키가 공군에 복무하면서 다달이 군인 수당을 보내주기 때문에 어머니는 리머릭에서 비교적 여유롭게 살고 있다. 어머니는 앞뒤에 정원이 딸린 집에서 꽃이나 양파, 당신이 심고 싶은 것들은 무엇이든 심고 키우면서 살고 있다. 어머니는 옷도 사고, 빙고 게임도 하고, 킬키 해변으로 나들이를 갈 돈도 있다. 막내 알피는 크리스천 브러더스에서 중등교육을 받고 온갖 기회를 누리고 있다. 알피는 새 집, 깨끗한 시트, 새 침대, 깨끗한 베개, 깨끗한 담요가 있으니 밤새도록 벼룩들과 씨름할 필요도 없다. DDT도 있다. 알피는 아침마다 난로에 불을 피우려고 애쓸 필요도 없다. 가스스토브가 있으니까. 매일 달걀을 먹을 수 있기 때문에 제 형들처럼 만에 하나 달걀을 먹게 되면 어떻게 해서 먹을까 고민할 필요도 없다. 알피는 번듯한 옷을 입고 번듯한 신발을 신고 다니고, 바깥 날씨가 아무리 나빠도 항상 따뜻하게 지낼 수 있다.

마이클을 불러올 때가 되었다. 마이클을 뉴욕으로 데려와서 출세하게 만들 작정이다. 뉴욕에 도착한 마이클은 너무 말라서 안쓰러울 정도다. 우선 마이클을 데리고 나가 햄버거와 애플파이를 사먹여 살부터 찌우고 싶다. 마이클은 나랑 클라인 부인의 집에 머무르면서 이 일 저 일을 하다가 결국 군대에 가게 되었다. 마이클은 어차피 군대에 갈 거라면 우중충한 육군 유니폼보다는 푸른색 공군 유니폼이 더 멋있어 보이고 여자애들 꼬이기에도 좋을 거라고 한다. 말라키가 제대하자 이번에는 마이클이 어머니에게 군인 수당을 보내줄 수 있게 되고, 덕분에 어머니는 다시 삼 년 동안 돈 걱정 없이 지낼 수 있게 되었다. 이제 나도 뉴욕대를 졸업할 때까지 내 걱정만 챙길 수 있다.

28

그녀가 심리학 강의실로 사뿐사뿐 걸어들어오자 교수는 입을 떡 벌리더니 분필을 꽉 쥐었고 그 바람에 분필은 부러지고 만다. 교수가 실례지만 학생, 이라고 말하자 그녀는 교수에게 미소를 지어 보이고, 교수도 한 번 씨익 웃어 보이고는 그녀에게 묻는다. 이 강의실에서는 이름 알파벳순으로 앉기로 되어 있는데, 학생 이름은 어떻게 되나?

앨버타 스몰인데요. 그녀의 대답에 교수는 내 뒷줄을 가리키며 저기 가서 앉으라고 한다. 그녀가 자기 자리로 가 앉는 데 하루 종일이 걸려도 지루하지 않을 것 같다. 그녀의 금발, 푸른 눈, 육감적인 입술, 죄의 유혹을 불러일으키는 풍만한 가슴, 우리 몸 한복판을 떨리게 만드는 얼굴, 그 모든 것에 넋이 나간 우리는 그녀를 하염없이 바라본다. 몇 줄 뒤에서 그녀가 실례합니다, 하고 속삭이는 소리와 그녀가 자기 자리로 가 앉을 수 있도록 길을 터주느라 학생들이 일어섰다 앉았다 하며 한바탕 술렁이는 소리가 들려온다.

나도 그 학생들 중 한 명이었으면 좋겠다. 그녀가 내 앞으로 지나갈 때 그녀의 머리카락이 내 몸에 와 닿는 걸 느껴보고 싶다.

수업이 끝나자 나는 영화에나 나올 법한 아름다운 그녀가 복도 쪽으로 걸어나와 강의실 밖으로 나가는 것을 가까이에서 지켜보고 싶어진다. 아닌 게 아니라, 그녀는 내 옆을 지나갈 때 내게 살짝 미소를 지어 보인다. 뉴욕대에서 가장 아름다운 여자애가 내게 미소를 지어 보이다니, 신께서 나에게 이런 친절을 베풀 때도 다 있구나. 금발 머리에 푸른 눈을 한 그녀는 스칸디나비아 미인의 혈통을 이어받은 게 틀림없다. 나는 그녀에게 이렇게 말하고 싶다. 안녕? 커피 한잔 하러 갈래? 치즈 샌드위치나 먹으면서 실존주의에 대해 이야기를 나누었으면 하는데. 하지만 덩치가 산만 한 남학생이 뉴욕대 풋볼 팀 마크가 찍힌 점퍼를 입고 복도에서 그녀를 기다리는 것을 보자 내가 그녀에게 그런 말을 건넬 일은 없겠구나 싶다.

그다음 주 심리학 강의 시간에 교수는 내게 융과 집단 무의식에 대해 질문한다. 내가 입을 열자마자 모두 강의실 여기저기서 쟨 누구야? 아일랜드 사투리를 쓰네, 하고 말하듯 나를 뚫어져라 바라본다. 교수마저도 내게 묻는다. 어, 방금 내가 들은 것이 아일랜드 사투리 맞나? 나는 그렇다고 대답한다. 그러자 교수는 학생들에게 가톨릭교회는 전통적으로 정신분석에 거부감을 나타내왔다고 말하고는 내게 묻는다. 내 말이 맞지, 매코트 군? 교수가 나를 몰아세우고 있다는 느낌이 든다. 집단 무의식에 대한 그의 질문에 답하려는데 왜 갑자기 가톨릭교회 얘기를 꺼내는 것인지, 내가 가톨릭교회를 변호라도 해야 하는 것인지 황당하기만 하다.

잘 모르겠는데요, 교수님.

내가 그 교수에게, 리머릭에 있는 구속주회 신부들은 일요일 아침 미사 때마다 강론대 앞에 서서 프로이트와 융은 둘 다 지옥의 가장 밑바닥으로 떨어지고 말 인간들이라고 비난했다고 말해봤자 아무 소용 없는 일이다. 내가 강의실에서 무슨 말을 하더라도 그들은 내 발음만을 들을 뿐 내용은 귀 기울여 듣지 않을 것이 분명하다. 나도 내 입속으로 들어가 아일랜드 억양을 뿌리째 뽑아내버리고 싶을 때가 종종 있다. 내가 아무리 미국 사람처럼 발음하려고 애를 써도 사람들은 고개를 갸우뚱거리며 내게 묻는다. 제가 방금 들은 것이 아일랜드 사투리 맞지요?

수업이 끝나고 그 금발이 이번에도 내 옆으로 지나가기를 기다리고 있는데 그녀가 내 쪽으로 다가오더니 발걸음을 멈추고 그 푸른 눈으로 나를 바라보며 미소 짓는 것이 아닌가! 그녀가 안녕, 이라고 말하자 내 가슴은 두방망이질하기 시작한다. 그녀가 계속해서 말한다. 내 이름은 마이크야.

마이크?

응. 사실 진짜 이름은 앨버타지만 사람들은 마이크라고 불러.

밖에는 그녀를 기다리는 풋볼 선수도 없다. 그녀는 나더러 다음 수업까지 두 시간이 남았는데 함께 로키스로 가서 맥주 한잔 하지 않겠느냐고 묻는다.

나는 십 분 뒤에 수업이 있지만 모두의 눈길을 잡아끄는 그녀가 다른 사람을 다 제쳐두고 나에게 '안녕' 하고 말을 건네는데 이 기회를 놓칠 수는 없다. 풋볼 선수 밥이 볼까봐 우리는 서둘러 로키스로 간다. 그녀가 다른 '남자애'랑 한잔한다는 걸 알게 되면 밥이 한바탕 난리칠 것이 분명하다.

나는 그녀가 왜 모든 남학생들을 '남자애'라고 부르는지 이해할 수 없다. 나는 스물셋이나 먹었는데.

그녀는 자기와 밥은 약혼한 사이나 다름없다고. 다시 말해 자기와 밥은 언약식을 한 사이라고 한다. 나는 그녀가 무슨 말을 하는 건지 알아들을 수 없다. 그녀의 말인즉슨, 여학생과 남학생이 언약식을 했다면 그 둘은 약혼하기로 약속한 사이라는 것이다. 보통 언약식을 한 여학생은 남자친구의 고등학교 졸업반지를 목걸이에 끼워 걸고 다닌다고 한다. 하지만 그녀는 밥의 졸업반지를 걸지 않았다. 내가 궁금해하자 그녀는 자기도 밥으로부터 언약의 표시로 자기 이름이 새겨진 금발찌를 받긴 했지만 그런 건 날라리 푸에르토리코 여자애들이나 하는 짓이어서 그 발찌를 차지는 않는다고 한다. 보통 발찌를 받은 직후에 약혼반지를 받으니 반지를 받을 때까지 기다릴 거라고도 한다.

그녀는 자기는 로드아일랜드 출신이라면서, 그곳에서 일곱 살 때부터 친할머니 손에서 자랐다고 한다. 우리 어머니가 열여섯, 우리 아버지가 스물이었을 때 나를 낳았지. 무슨 일이 있었는지 짐작할 수 있겠지? 우리 어머니 아버지는 속도위반을 한 거야. 그런데 전쟁이 터져서 아버지는 군대에 끌려가 시애틀로 파견되었고, 그걸로 결혼생활도 끝이 났지. 나는 신교도지만 매사추세츠의 폴리버에서 가톨릭 수도원 학교를 다녔어. 그녀는 고등학교를 졸업한 그해 여름을 떠올리며 미소를 짓는다. 그 해 여름 자기는 매일 밤 다른 남자애들과 데이트를 즐겼다고 한다. 그녀는 웃고 있지만 나는 분노와 질투의 감정이 복받쳐오르는 것을 느낀다. 자동차극장에서 그녀 옆에 앉아 팝콘을 먹고 그녀에게 키스했을 그 녀석들을 모조리 죽여버리고 싶다. 그녀는 지금은 아버지와 계모와 함께 리버사이드 드라이브에 살고 있다고 한다. 할머니도 와 계신데, 자기가 대도시 뉴욕에 적응해서 자리잡을 때까지 당분간 계시는 거라고 한다. 그녀는 내 아일랜드 억양이 참 마음에 든다고, 그리고 강의실 뒤에서 늘 보는, 곱슬거리는 내 검은 머리도 참 마음에 든다고, 조금도 부끄러워하지 않고 말한다. 그 말을 듣자 내 얼굴은 화끈 달아오른다. 로키스 안은 어두컴컴하지만 그녀는 내 얼굴이 새빨개진 것을 눈치채고 나더러 큐트, 귀엽다고 한다.

사람들이 쓰는 그 '큐트'라는 말에 익숙해지기가 쉽지 않다. 아일랜드에서 '큐트하다'라고 하면 아주 교활하거나 비열하다는 뜻이다.

로키스에 앉아 스크린에서 막 걸어나온 버지니아 마요*처럼 아름다운 여자애와 맥주를 마시자니 천국에 와 있는 기분이다. 로키스에 있는 남학생들의 선망의 시선이 느껴진다. 거리로 나가도 마찬가지일 것 같다. 뉴욕대 전체에서, 아니, 맨해튼 전체에서 가장 아름다운 여자애랑 거리를 거닐면 내가 누구인지 궁금해하면서 돌아다보지 않겠는가.

그렇게 두 시간이 지나자 그녀는 이제 그만 수업에 들어가봐야겠다고 한다. 나는 영화에서 본 것처럼 그녀의 책을 들어주려고 하지만 그녀는 사양한다. 아니, 괜찮아. 밥이랑 마주칠지도 모르니까 넌 그냥 여기 좀더 있다 나오는 게 좋겠어. 내가 너 같은 애랑 같이 있는 걸 밥이 보면 기분이 좋진 않을 거야. 밥은 덩치가 엄청 크다는 것 너도 알지? 맥주 잘 마셨어. 다음 주 심리학 강의 때 보자. 그녀는 웃으면서 그렇게 말하고는 밖으로 나간다.

그녀가 마신 잔이 탁자 위에 그대로 놓여 있다. 잔에는 분홍색 립스틱 자국이 묻었다. 나는 그녀의 향취를 느끼기 위해 그 잔을 내 입술에 갖다대고 언젠가 그녀의 입술에 직접 키스하게 될 그 순간을 상상해본다. 그런데 잔을 뺨에 갖다대자 갑자기 마이크가 풋볼 선수에게 키스하는 장면이 떠오르며 내 머릿속에 먹구름이 몰려오기 시작한다. 그녀는 그와 약혼한 사이나 다름없다면서 왜 나와 로키스에 앉아 이야기를 나눈 걸까? 미국에서는 원래 그렇게들 하는 걸까? 한 남자가 한 여자를 사랑

---

* 1940~1950년대 미국 영화계를 풍미했던 금발의 미녀 영화배우. 〈월터의 비밀 인생〉 〈웨스트포인트 스토리〉 〈은술잔〉 등의 영화에 출연했다.

한다면 언제나 그 여자에게 충실해야 하는 거지만, 그 여자를 사랑하지 않는다면 로키스 같은 곳에서 다른 여자랑 한잔할 수도 있지 않은가. 나와 로키스에 같이 온 걸 보면 그녀는 밥을 사랑하지 않는 것 같아. 그런 생각을 하자 기분이 한결 좋아진다.

그녀가 내 아일랜드 억양이나 벌겋게 부어오른 눈을 측은하게 여겨서 그런 건 아닐까? 그녀는 여자가 먼저 말을 걸어오지 않는 한 내가 여자에게 좀처럼 말을 걸지 못한다는 걸 눈치챈 걸까?

여자에게 다가가 안녕, 하고 말을 걸 수 있는 남자들이 미국 전역에 널렸다 하더라도 나는 도저히 그렇게 할 수가 없다. 무엇보다도 그런 말을 쓰지 않고 자랐기 때문에 그런 말을 하게 된다 하더라도 바보스럽게 느껴질 것만 같다. 안녕하세요, 라든가 뭔가 좀더 어른다운 인사를 해야 할 것 같다. 여자들이 내게 말을 걸어온다 해도 무슨 말을 해야 할지 모르겠다. 나는 그들이 내가 고등학교도 못 나오고, 아일랜드의 빈민가에서 자란 인간이라는 걸 알게 될까 두렵다. 나는 내 과거가 너무나도 부끄럽고, 거짓말을 할 수밖에 없다.

영작문 수업의 강사 캘리트리 선생은 종종 우리에게 한 가지 소재를 가지고 에세이를 써보라고 한다. 가능하면 어린 시절에 우리에게 의미 있었던 사물, 집 안에 있었던 어떤 물건을 소재로 해서 글을 쓰라고 한다.

나의 어린 시절에 관한 한 다른 사람들에게 알리고 싶은 것은 하나도 없다. 캘리트리 선생이나 같은 강의실에 있는 그 누구도, 내가 로든 골목 안 사람들 모두와 화장실을 함께 쓰며 살았다는 사실을 알게 되는 게 싫다. 뭔가 지어낼 수는 있지만 다른 학생들이 말하는 것들, 가족들이 함께 타고 다녔던 자동차, 아버지의 오래된 야구 글러브, 형제들과 함께 신나게 타고 놀았던 썰매, 오래된 아이스박스, 숙제를 하던 부엌 식탁 같은 것들은 생각조차 해낼 수 없다. 내가 생각해낼 수 있는 것은 동생 세 명과 함께 자야 했던 침대뿐이다. 나는 부끄럽지만 결국 그 침대에 대해 쓰기로 결심한다. 뭔가 근사하고 번듯한 것을 지어내서 쓴다면 마음이 편치 않을 것 같아서다. 게다가 캘리트리 선생만 읽을 테니 나는 안심하고 글을 쓴다.

침 대

내가 어릴 적 리머릭에서 자랄 때였다. 우리 어머니는 나와 동생 말라키, 마이클, 그리고 아직 걷지도 못하는 어린 알피가 함께 쓸 침대를 얻을 수 있을까 해서 가톨릭계 자선단체인 성 빈첸시오 아 바오로 회로 갔다. 성 빈첸시오 아 바오로 회 직원은 어머니에게 배급표를 주면서 아이리시타운에 있는 중고 가구점에 가면 중고 침대를 받을 수 있을 거라고 했다. 어머니는 낡은 침대는 누가 썼던 것인지도 모르고, 또 온갖 병균이 득시글거릴지도 모르니 새 침대를 얻을 수 없겠느냐고 직원에게 물어보았다.

그러자 그 직원은 얻어쓰는 주제에 이것저것 가릴 형편이냐면서 까다롭게 굴지 말라고 어머니한테 면박을 주었다.

하지만 어머니는 포기하지 않았다. 적어도 그 침대에서 누가 죽지나 않았는지 알아야겠다고 했다. 그 정도의 요구사항은 너무 지나친 것도 아니었다. 어머니는 열병이나 폐병 환자가 죽어나간 침대에서 당신의 어린 네 아들이 자고 있다는 걸 생각하면 밤새 잠을 이룰 수 없을 거라고 했다.

그 말을 듣고 성 빈첸시오 아 바오로 회 직원은 어머니에게 말했다.

이봐요, 부인. 중고 침대가 싫다면 그 배급표를 도로 돌려주시오. 당신처럼 까다롭게 굴지 않는 다른 사람에게 줘야겠소.

그러자 어머니는 황급히 아, 아니에요, 라고 대답하고는 집으로 돌아가 침대 매트리스와 스프링 박스 등을 실어갈 수 있게 알피의 유모차를 끌고 중고 가구점으로 갔다. 아이리시타운의 중고 가구점 주인 남자는 온통 머리카락이 붙은데다 얼룩과 때투성이인 매트리스를 보여주며 그걸 가져가라고 했지만 어머니는 소라도 그런 침대에는 재우지 않겠다고 말한 뒤 구석에 있는 다른 매트리스를 가리키며 가져가면 안 되겠느냐고 물었다. 그러자 가구점 주인은 투덜거리며 말했다. 알았어요, 알았어. 제기랄, 요즘에는 배급표 갖고 온 인간들도 꽤나 까다롭게 군단 말이야. 그는 우리가 매트리스를 밖으로 끌어내는 동안에도 계산대 뒤에 서서 뒷짐만 지고 있었다.

철제 침대틀, 매트리스, 스프링까지 모든 침대 부품을 유모차로 실어나르자니 집에서 가구점까지 세 번이나 왔다갔다해야 했다. 어머니는 어쩌다 이 지경이 되었는지 남 보기 부끄럽다며 밤에 실어나르면 안 되겠느냐고 했지만, 가구점 주인은 정각 여섯시에 가게 문을 닫으며 성모님 가족이 침대를 사러 와도 문을 열어주지 않는다고 했다.

한쪽 바퀴가 뒤뚱거려서 제멋대로 나가는 유모차에 짐을 잔뜩 싣고 가자니 여간 힘든 것이 아니었다. 게다가 매트리스에 깔린 알피가 빽빽 울어대며 어머니를 찾으니 더 힘들게 느껴졌다.

아버지는 집에서 침대를 위층으로 끌고 가 침대 받침대 위에 스프링 까는 것을 도와주었다. 하지만 우리가 아이리시타운까지 2마일가량 되는 거리를 유모차를 밀고 왔다갔다하는 것은 도와주지 않았다. 아버지도 그런 모습을 남들에게 보이는 것은 수치스러운 일이라고 생각하는 모양이었다. 우리 아버지는 북아일랜드 출신이었다. 북아일랜드 사람들은 뭔가 특별한 방법으로 집에 침대를 가져오는가보다 싶었다.

성 빈첸시오 아 바오로 회에서 침대 시트와 담요 배급표는 안 줬기 때문에 우리는 침대에 낡은 코트를 깔고 자야만 했다. 어머니가 난롯불을 피우고 우리는 난롯가에 둘러앉아 차를 마셨다. 어머니는 그래도 우리가 바닥에서 자지 않아도 되니 얼마나 감사할 일이냐고 했다.

그다음 주 영작문 시간에 캘리트리 선생은 교단 위에 놓인 책상 모퉁이에 걸터앉더니 가방에서 우리가 지난주에 제출한 에세이를 꺼내들고는 학생들에게 말한다. 여러분이 제출한 에세이는 대체로 나쁘지 않았다. 하지만 너무 감상적인 글도 몇 편 있었다. 내가 여러분에게 읽어주고 싶은 에세이가 한 편 있다. 글을 쓴 학생이 싫어하지만 않는다면. 제목은 '침대'.

캘리트리 선생은 나를 보며 괜찮겠지? 라고 묻는 듯 양 눈썹을 치켜세운다. 나는 그에게 안 돼요, 안 돼. 내가 어디 출신인지 사람들에게 알려서는 안 돼요, 라고 말하고 싶지만 입이 떨어지지 않는다. 얼굴은 벌써부터 화끈 달아오르고, 나는 그저 괜찮다는 듯 어깨를 으쓱해 보이는 수밖에 없다.

선생은 내가 쓴 '침대'를 읽어내려간다. 강의실 전체의 시선이 일시에 나한테 쏠리는 것이 느껴진다. 부끄럽다. 그나마 마이크 스몰이 강의실에 없어서 다행이다. 그녀가 다시는 나를 안 볼 거라는 생각이 든다. 같이 강의를 듣는 여학생들도 이제 나를 멀리할 것이다. 나는 그들에게 이건 순전히 지어낸 이야기라고 말하고 싶지만 캘리트리 선생은 글을 다 읽은 다음 학생들에게 말한다. 난 이 글에 A를 주겠네. 아주 솔직담백하고 소재가 풍부한 글이야. 그는 그 '풍부'라는 단어를 말할 때 살짝 웃어 보인다. 내 말이 무슨 뜻인지 알고 있겠지? 그는 나더러 소재가 풍부한 나의 과거에 대해 계속 탐색해보라고 하면서 다시금 미소를 지어 보인다. 그가 무슨 말을 하는 건지 이해가 가질 않는다. 나는 내가 그런 침대에 대해 글을 썼다는 것을 후회하기 시작한다. 또 모두가 나를 동정의 대상으로 여길까봐 겁이 난다. 다음번 영작문 수업에는 우리 가족들을 교외의 아늑한 집에 사는 가족으로, 우리 아버지를 연금을 받고 사는 은퇴한 우체부로 묘사해야겠다고 생각한다.

수업이 끝나자, 모두 나한테 눈인사를 하며 미소를 지어 보인다. 벌써부터 나를 동정하기 시작한 듯하다.

마이크 스몰도, 그녀의 애인인 풋볼 선수도, 둘 다 나와는 다르게 어디 먼 세상에서 온 사람들이다. 그들은 미국의 서로 다른 지방 출신이지만 청춘 남녀. 청춘 남녀의 세계는 어디서나 비슷비슷한 법이고 그들은 토요일 밤이면 데이트를 한다. 남학생이 여학생 집 앞에서 여학생을 만난다. 물론 여학생이 문 앞에서 남학생을 기다리는 법은 없다. 그랬다가는 여학생이 너무 적극적임을 나타내는 꼴이 되고 결국 소문이 돌아 그 여학생은 평생 토요일 밤마다 외톨이가 되기 십상이니까. 남학생은 여학생의 집 거실에 앉아 여학생을 기다린다. 여학생의 아버지는 침묵으로 일관하며 마땅찮은 표정으로 신문 너머로 남학생을 넘겨본다. 아버지는 예전에 자기가 데이트할 때 어땠는지를 기억하고 있기 때문에 그 남학생이 자기 딸에게 무슨 짓을 할 것인가 넘겨짚고 있는 것이다. 여학생의 어머니는 부산을 떨며 남학생에게 무슨 영화를 보러 갈 것인지, 몇 시에 돌아올 것인지 등을 물어본다. 자기 딸은 착한 아이이고, 푹 자줘야 생기 있는 얼굴로 교회에 갈 수 있다는 말도 덧붙인다. 영화관에서 둘은 손을 잡는다. 어쩌다 운이 좋으면 남학생은 여학생에게 키스를 할 수도, 또 실수인 척 여학생의 가슴을 살짝 스칠 수도 있을 것이다. 그런 일이 생기면 여학생은 남학생을 살짝 노려볼 것이다. 몸은 신혼여행을 위해 아껴둬야 한다는 뜻으로. 영화를 보고 난 후 그들은 스포츠머리를 한 남학생과 스커트에 짧은 양말을 신은 여학생이 쌍쌍이 앉아 있는 스낵 코너로 가서 다른 커플들과 마찬가지로 햄버거와 밀크셰이크를 사먹는다. 주크박스에서 흘러나오는 노래들을 따라하다가 프랭크 시네트라의 목소리에 여학생들은 꺅 소리를 지른다. 여학생은 상대방 남학생이 마음에 들면 자기 집 앞에서 헤어질 때 오래도록 키스를 해도 그대로 내버려둔다. 남학생은 자기 혀끝을 여학생의 입안에 밀어넣는다. 남학생은 그 상태로 계속 머물러 있고만 싶다. 하지만 여학생은 뒤로 물러나며 잘 가, 오늘 즐거웠어, 고마워, 하고 집으로 들어간다. 그것 역시 몸은 신혼여행을 위해 아껴두겠다는 뜻이다.

　남학생이 몸을 만지고 키스하는 것까지는 허락하지만 끝까지 가게 내버려두지 않는 여학생들이 있다. 그런 여학생들을 남학생들은 '90퍼센트'라고 부른다. '90퍼센트'에게는 희망이 있지만 끝까지 간 여학생들은 마을에 소문이 좍 퍼져 아무도 그 여학생과 결혼하려 하지 않는다. 결국 그 여학생은 어느 날 짐을 싸서 누구라도 무슨 짓이든 할 수 있는 도시 뉴욕으로 떠난다.

　여기까지가 내가 영화에서 보거나, 군대에 있을 때 미국 각지에서 모여든 녀석들로부터 얻어들은 이야기다. 군대에서 만난 녀석들은 남학생에게 차가 있을 경우 여학생이 데이트를 허락한다면 그것은 여학생이 자동차극장에 가서 팝콘을 먹고 영화를 보는 것 이상을 기대하고 있음을 뜻하는 것이라고 했다. 그럴 때 그냥 키스만 하는 건 말도 안 되는 일이라고 했다. 그런 거라면 보통 영화관에서도 할 수 있는 일이니까. 자동차극장에선 혀를 여자애 입안에 집어넣고 그녀의 가슴을 어루만질 수도 있는데, 그때 여학생이 남학생이 자기 젖꼭지를 만지게 내버려둔다면 그 여학생은 이미 그 남학생의 여자가 되었다는 뜻이라고 했다. 젖꼭지는 다리를 벌리게 하는 열쇠와도 같은 것이라면서. 차 안에 다른 커플이 없다면 주로 뒷좌석에서 일이 벌어지는데, 그때는 영화고 뭐고 다 뒷전이 된다고 했다.

군대에서 만난 녀석들에 따르면 웃기는 사태도 종종 발생한다고 했다. 자기는 잘돼가고 있는데 뒷자리 친구는 파트너가 꼿꼿이 앉아서 영화만 보는 바람에 작업에도 못 들어가는 경우, 혹은 반대로 친구는 잘돼가고 있는데 자기는 일이 잘 안 풀려서 바지 안에서 폭발할 지경인 경우 등. 한 녀석은 친구와 일을 끝낸 여자가 자기까지 불룩게 만들려고 한 적도 있었다면서 이렇게 말했다. 그땐 말이야, 정말 천국도 그런 천국이 없더라고. 그 짓을 하는 건 둘째 치고 나를 퇴짜 놓았던 년이 말이야, 앞좌석에 앉아서 돌처럼 굳은 얼굴을 하고 영화만 열심히 보는 척하다가 글쎄, 뒷자리 신음 소리를 듣고는 더 못 참겠다는 듯 나를 덮치는 거야. 그래서 난 뒷자리에서 두 여자 사이에 끼어서…… 그다음은 말 안 해도 다 알겠지? 크크.

군대에서 만난 녀석들은 이런 말도 했다. '90퍼센트' 여자들에게는 그래도 조금이라도 존중하는 마음이 남아 있는데, 끝까지 가게 내버려두는 여자들에게는 그런 마음이 하나도 안 생겨. 물론 절대 안 된다고 말하고 앉아서 영화만 보는 여자들은 100퍼센트 존중하게 되지. 그 여자들이야말로 '하자 없는 상품'이고 순결한 여자거든. 그런 여자가 내 아이들의 엄마가 돼야 하는 거야. 남자들과 놀아난 여자와 결혼한다면 나중에 내 아이들의 진짜 아버지가 나인지 아닌지 어떻게 알겠어?

나는 마이크 스몰이 자동차극장에 간다면 꼿꼿이 앉아서 영화만 보는 쪽일 거라고 생각한다. 그 이상을 생각하면 괴로워서 견딜 수가 없다.

특히 그녀가 자기 아버지가 안에서 기다리고 있는 집 앞에 서서 그 풋볼 선수와 키스하는 건 상상만 해도 견디기 어렵다.

수녀들은 내게 클라인 부인이 술 때문에 제정신도 아니고, 가엾은 마이클 껍데기를 돌보지 않고 있다고 한다. 그들에겐 누군가의 보살핌이 필요하기 때문에 그들을 가톨릭 신자의 가정으로 보내야 할 것 같다고 한다. 혹시 어떤 유대인 조직에서라도 알게 되면 마이클을 데려가겠다고 나설지도 모르기 때문에 그들은 마이클 얘기는 아무한테도 하지 않는다. 메리 토머스 수녀는 자기가 유대인을 싫어하는 건 아니지만 마이클같이 소중한 영혼을 잃고 싶지는 않다고 말한다.

메리 오브라이언 아줌마네 하숙생들 중 한 명이 아일랜드로 돌아갔다. 그 하숙생은 아버지로부터 5에이커의 땅을 물려받아 아랫동네에 사는 여자와 결혼할 계획이라고 했다. 나는 일주일에 18달러를 내는 조건으로 그 하숙생의 침대를 물려받고 아침으로 냉장고에 있는 것을 마음대로 꺼내먹을 수 있게 됐다. 다른 아일랜드 하숙생들은 부두나 창고에서 일하고 있어서 과일 통조림이나 럼주, 위스키 따위를 집으로 갖고 온다. 배에서 짐을 부리다가 떨어진 상자에서 집어왔다고 한다. 메리 아줌마는 자기가 뭔가 원하는 게 있다고 말하면 다음 날 그게 상자째 부두 하역장에 떨어져 있다니 정말 신난다고 한다. 일요일 아침이면 우리 하숙생들은 아침을 준비하기도 귀찮아서 그저 진한 시럽에 푹 담근 파인애플 조각에다 럼주를 곁들여 마신다. 메리 아줌마가 우리에게 일요일인데 미사에 가야 하지 않겠느냐고 일러주기는 하지만, 파인애플과 럼주로 잔뜩 기분이 좋아진 우리가 그 말에 신경쓸 리 없다. 이윽고 흥에 취한 티미 코인이 일요일 아침인데도 불구하고 노래를 부르자고 졸라댄다. 머천트 냉동회사에 다니는 티미는 금요일 밤이면 가끔 커다란 고깃덩어리를 하숙집으로 가져오는데, 하숙집에서 일요일에 미사에 참례하는 사람은 티미밖에 없었다. 티미는 미사에 가면서도 금방 돌아올 테니 파인애플과 럼주를 다 먹어치우지 말라고 당부한다.

쌍둥이인 프랭키 레넌과 대니 레넌은 아일랜드계 미국인이다. 프랭키는 따로 나가 아파트에 살고 있고 대니는 메리 아줌마 집에 하숙하고 있다. 그들의 아버지인 존 레넌 씨는 늘 술 한 병을 종이 봉지에 싸서 들고 다니는 노숙자 신세다. 레넌 씨는 메리 아줌마의 아파트를 청소해주고 그 대가로 그 집에서 샤워하고 샌드위치나 음료수 따위를 얻어먹는다. 프랭키와 대니는 자기 아버지를 보면 웃으면서 이렇게 노래를 부른다. 오, 우리 아버지, 아버지는 내게 너무나도 멋진 분이셨죠.*

프랭키와 대니는 미국에서 가장 우수한 대학 중 하나이면서 수업료도 없는 시립대학에 다니고 있다. 그들은 회계학을 공부하지만 문학 강의도 열심히 듣는다. 어느 날 프랭키는 지하철에서 어떤 여학생이 제임스 조이스의 『젊은 예술가의 초상』을 읽고 있어서 그 옆에 앉아 제임스 조이스의 작품세계에 대해 논하고 싶었다고 한다. 34번 스트리트에서 181번 스트리트까지 가는 길 내내 자리에서 일어나 조금씩 그녀 앞으로 다가갔어. 하지만 말을 걸 용기는 없었고, 그녀 옆자리에는 번번이 다른 승객이 앉았지. 하지만 지하철이 181번 스트리트에 멈춰 섰을 때 난 마침내 용기를 내 그녀에게 허리 굽혀 인사하고 말했어. 정말 대단한 작품이죠, 그렇죠? 그러자 그녀가 벌떡 일어나 뒤로 물러서면서 소리를 지르는 거야. 그녀에게 미안하다고 말하고 싶었지만 지하철 문은 닫혀버렸고 난 승강장에 홀로 남아 지하철 안에 타고 있던 승객들의 따가운 시

---

* 1950년대에 에디 피셔가 불러 미국에서 대유행했던 노래 〈오, 마이 파파〉의 가사.

선을 받아야 했지.

그들은 재즈를 좋아한다. 그들은 거실에서 축음기에 베니 굿맨의 음반을 걸어놓고 손가락으로 박자를 맞춰가면서, 음반 녹음에 참여한 베니 굿맨, 진 크루파, 해리 제임스, 라이어넬 햄프턴 등 위대한 뮤지션들에 관한 이야기들을 내게 들려준다. 마치 자기 강의에 도취된 교수처럼 열정적으로 떠들어댄다. 이건 역사상 가장 위대한 재즈 콘서트 음반이야. 흑인 뮤지션이 카네기홀에서 연주한 최초의 케이스지. 라이어넬 햄프턴의 연주를 잘 들어봐. 벨벳처럼 부드러우면서 미끄러지듯 흘러가는 저 리듬. 잘 들어봐. 이번에는 베니가 나오지, 들어봐. 자, 해리가 잘 들으라고 몇 소절 읊조려. 난 날고 있네, 난 날고 있어. 이때 크루파가 손발을 두드리며 밥-밥-두-밥-디-밥 흥얼거리는 거야. 자, 이제 노래가 나오고 밴드 전체가 미친 듯이 다 함께 연주! 관중도 흥분했어. 오, 다들 제정신이 아니야. 그야말로 열광의 도가니지!

그들은 또 카운트 베이시의 곡도 들려준다. 카운트 베이시가 한 음 한 음 두드릴 때마다 그들은 손가락을 까닥거리며 웃어댄다. 듀크 엘링턴의 곡을 들을 때는 손가락으로 박자를 두드리며 온 거실을 휘젓고 다니다가 한 번씩 멈춰 서서 내게 말한다. 자, 들어봐. 잘 들어보라고. 나는 이런 음악을 한 번도 들어본 적이 없었기 때문에 레넌 형제가 시키는 대로 귀를 쫑긋 세우고 생전 처음 접하는 그 음악들을 듣고, 그들을 따라 웃는다. 뮤지션들은 멜로디에 맞춰 노래를 흥얼거리며 음을 안팎으로 뒤집었다가 아래위로 뒤집었다가 다시 제자리에 갖다놓는 듯하다. 그 연주는 마치 듣는 이에게 이렇게 말하는 듯하다. 이봐, 우린 너희의 음을 빌렸지만 그걸 우리 마음대로 연주한다고. 하지만 걱정 마, 다시 제자리로 돌려놓을 테니까. 자, 봐. 다시 제자리로 돌아왔잖아. 자, 친구, 흥얼거리며 따라해봐, 어서. 노래를 불러보라고.

다른 아일랜드 하숙생들이 시끄럽다고 난리를 친다. 패디 아서 맥거 번이 투덜댄다. 이런 걸 즐기다니 네놈들은 분명 아일랜드인이 아니야. 그 기계에다 아일랜드 노래나 좀 틀지그래? 아일랜드 춤곡은 어때?

　그러자 레넌 형제는 껄껄 웃으면서 말한다. 우리 아버지가 그 진창을 빠져나온 지 한참 됐거든. 여긴 미국이야, 알겠어? 그리고 이건 엄연한 음악이라고. 그래도 패디 아서는 축음기에서 듀크 엘링턴의 음반을 내려놓고 아일랜드 음악가인 프랭크 리가 이끄는 타라 실리드 밴드의 연주곡을 튼다. 우리는 거실에 빙 둘러앉아 가볍게 박자를 두드리며 그 음악을 듣고, 레넌 형제는 웃으면서 거실을 빠져나간다.

29

　내가 새로 옮긴 하숙집 주소를 어떻게 알아냈는지 메리 토머스 수녀가 내게 클라인 부인과 마이클이 떠나기 전에 그 집에 와서 작별 인사라도 하면 좋겠다는 내용의 쪽지를 보내왔다. 그리고 침대 밑에 두고 간 책 두 권도 가져가라고 했다. 그 집 밖에는 앰뷸런스가 기다리고 있다. 2층에서는 메리 토머스 수녀가 클라인 부인에게 가발을 쓰라고 재촉하고 있다. 랍비는 못 만날 거예요. 부인이 이사 가는 곳에는 랍비 따윈 없다고요. 그곳에 가서는 랍비나 찾지 말고 무릎 꿇고 묵주기도를 바치면서 주님께 용서를 빌도록 해요. 아래층에서는 베아트리스 수녀가 마이클 껍데기를 달래고 있다. 자, 마이클. 앞으로 네가 살게 될 그곳은 꽃과 나무가 있고, 새들이 지저귀고, 좋으신 주님께서 함께하시는 곳이란다. 메리 토머스 수녀가 위층에서 소리친다. 수녀님, 수녀님은 지금 시간 낭비하고 있는 거예요. 그앤 수녀님이 무슨 말을 하는지 알아듣지도 못한다고요. 그러자 베아트리스 수녀가 대답한다. 상관없어요, 수녀님. 이 아이도 어쨌든 주님의 자녀인걸요. 주님의 유대인 자녀요.

그앤 유대인이 아니에요, 수녀님.

그게 무슨 상관 있나요, 수녀님? 그게 도대체 무슨 상관이 있냐고요.

상관있죠, 수녀님. 고해신부님께 여쭤보세요.

알았어요, 수녀님. 그렇게 하지요. 그리고 베아트리스 수녀는 계속해서 다정한 말로 유대인일 수도 아닐 수도 있는 마이클을 어르면서 성가를 흥얼거린다.

메리 토머스 수녀가 내게 말한다. 참, 학생 책을 잊어버릴 뻔했네요. 저기 침대 밑에 있더군요.

수녀는 내게 책을 넘겨주고 더러운 것을 만지기라도 한 듯 손을 툭툭 털며 말한다. 아는지 모르는지 모르겠는데, 아나톨 프랑스는 가톨릭교회 용어 색인에도 올라와 있는 작가이지만 D. H. 로렌스는 타락할 대로 타락한 영국 작가랍니다. 지금쯤 지옥 밑바닥을 헤매고 있겠지요. 주님께서 우리 모두를 구원해주실까요? 학생이 뉴욕대에 다니면서 그런 책을 읽는다면 저는 학생의 영혼을 심히 걱정하지 않을 수가 없네요. 촛불을 밝히고 학생을 위해 기도하겠어요.

아니에요, 수녀님. 『펭귄의 섬』*은 그냥 제가 읽고 싶어서 읽는 거고요. 『사랑에 빠진 여인들』**은 수업에 필요해서 읽는 거예요.

그러자 메리 토머스 수녀는 하늘을 향해 눈을 희번덕거리더니 말한다. 맙소사, 젊은 친구가 참 뻔뻔하기도 하지. 학생의 어머니가 참으로 가엾군요.

문 앞에서 기다리고 있던 하얀 가운을 입은 남자 두 명이 들것을 들

---

* 아나톨 프랑스가 1908년에 발표한, 종교와 권력에 집착하는 인간들을 풍자하는 내용의 소설.
** D. H. 로렌스가 1920년에 발표한 소설.

고 마이클이 있는 아래층으로 내려간다. 클라인 부인은 그들을 보자 소리친다. 오, 랍비! 랍비시여, 저를 좀 도와주세요. 그러자 메리 토머스 수녀가 클라인 부인을 끌고 가 다시 의자에 앉힌다. 그리고 그들은 복도 끝 방으로 급하게 들어간다. 하얀 가운을 입은 남자들이 마이클을 들것에 싣고 나오고, 그 옆에서 베아트리스 수녀가 마이클의 해골 같은 얼굴을 어루만지며 아일랜드 억양으로 알란나! 알란나! 하고 말하며 따라나온다. 정말 네게 남은 건 아무것도 없구나, 마이클. 그래도 이제 넌 하늘도 볼 수 있고 하늘에 떠 있는 구름도 볼 수 있을 거야. 베아트리스 수녀가 그렇게 말하며 엘리베이터까지 마이클을 따라가는 걸 보니 나도 내 영혼이 어떻다느니, 내가 끔찍한 책들을 읽고 있다느니 하는 메리 토머스 수녀의 잔소리에서 벗어나 마이클을 따라가고 싶어진다. 하지만 가발에 모자를 쓰고 옷을 다 차려입고 있는 클라인 부인에게 작별 인사는 해야 한다. 클라인 부인이 내 손을 잡고 말한다. 마이클을 잘 보살펴줘, 에디. 그렇게 해줄 거지?

에디라고. 그 이름을 듣자 라파포트와 다하우 세탁장의 끔찍한 기억이 몰려와 가슴을 에는 듯한 아픔이 느껴진다. 그리고 내가 이 세상에서 암흑 말고 다른 무엇을 볼 수 있을까 하는 생각이 든다. 베아트리스 수녀가 마이클에게 약속한 꽃과 새와 나무들과 주님의 모습을 나도 언젠가 볼 날이 있을까.

군대에서 배운 것들은 뉴욕대에서도 쓸모가 있다. 절대 손을 들지 마라. 네 이름을 알리지 마라. 절대 먼저 나서지도 마라. 고등학교를 갓 졸업한 학생들, 열여덟 살가량 되는 학생들은 손을 번쩍 들어 학생들과 교수들에게 자기 생각을 말한다. 교수들은 내 얼굴을 똑바로 보고 질문을 한 다음 내가 어물어물 대답하기 시작하면 내 말이 끝나기도 전에 묻는다. 어, 내가 방금 들은 것이 아일랜드 사투리 맞나? 그런 말을 들은 다음부터는 강의실 안에서 도대체 마음 편히 앉아 있을 수가 없다. 아일랜드 작가나 조금이라도 아일랜드와 관련된 이야기가 나올 때마다 마치 내가 아일랜드 전문가나 되는 듯 강의실 전체의 시선이 내게 집중된다. 심지어 교수들도 내가 아일랜드 문학과 역사에 관해 다 안다고 생각하는 것 같다. 제임스 조이스나 예이츠에 관한 이야기가 나오면 그들은 내가 그 분야의 전문가라도 되는 양, 내가 고개를 끄덕이며 그들이 말한 것이 옳다고 맞장구쳐주기를 바라는 표정으로 내 얼굴을 바라보기도 한다. 나는 달리 어떻게 할 방도가 없기 때문에 그저 고개만 끄덕일 뿐이다. 만에 하나 내가 방금 들은 것에 대해 잘 모르겠다는 듯, 혹은 동의할 수 없다는 듯 고개를 내저으면 교수는 분명 그 문제를 더 깊이 파고들 것이고, 그렇게 되면 모두에게, 특히 여학생들에게 내 무식이 탄로날 것 같기 때문이다.

가톨릭에 대해서도 마찬가지다. 내가 질문에 대답할라치면 그들은 내 아일랜드 억양을 눈치채고, 나는 모교회母教會를 위해 마지막 피 한 방울 남을 때까지 싸울 준비가 된 가톨릭 성도가 되어버린다. 성모 무염시태, 성 삼위일체, 성 요셉 금욕 교리와 신부라면 꼼짝 못하는 아일랜드 사람들을 비웃으며 나를 놀리는 교수들도 있다. 그들이 그런 식으로 말할 때 뭐라고 말해야 좋을지 알 수 없다. 그들은 내 학점을 좌지우지할 수 있는 사람들이다. 그들이 내 평균 학점을 깎아버리면 나의 아메리칸드림은 물거품이 되어 결국 알베르 카뮈가 말한 대로 매일매일 자살하지 않도록 결심하면서 살게 될 것만 같다. 나는 가방끈이 긴 교수들이 두렵다. 그들은 언제라도 다른 학생들 앞에서, 특히 여학생들 앞에서 나를 바보로 만들 수 있는 사람들이니까.

강의실 한가운데 우뚝 서서 모든 사람들에게 나는 아일랜드니 가톨릭이니 하는 것에 신경쓸 만큼 그렇게 한가한 사람이 아니라고 말하고 싶다. 나는 먹고살기 위해 밤낮으로 일해야 하고, 강의를 쫓아가기 위해 책도 읽어야 하는 바쁜 사람이라고 말해주고 싶다. 잠잘 시간조차 없어서 도서관에서 곯아떨어지기 일쑤고, 참고문헌을 제대로 달아 학기말 리포트를 작성해야 하는데 a와 j가 잘못 찍히는 타자기 때문에 고생하고 있다고, 글자가 잘못 찍히면 처음부터 다시 다 쳐야 하고, a와 j를 빼고는 리포트를 쓸 수도 없다고, 그 덕에 잠을 설치고 지하철에서 깜빡 졸다가 마지막 정거장까지 가서야 깨어나 내가 어느 구區에 와 있는지도 모른 채 당황해서 사람들에게 여기가 어디냐고 물어보는, 그렇게 바쁘게 살아가야 하는 사람이라고 말하고 싶다.

눈이 벌겋게 부어오르지 않고 아일랜드 사투리도 쓰지 않는다면 나는 그저 순수한 미국인이 될 수 있고, 교수들이 예이츠니 제임스 조이스니 아일랜드 문예부흥이니 하는 이야기들로 나를 괴롭히는 일도 없을 텐데. 그러면 교수들이 이렇게 말하지도 않을 텐데. 아일랜드 사람들은 신부들의 폭압에 찌들고 지나치게 금욕하고 성을 억압하는 바람에 지구상에서 곧 멸종할 것 같은 가난한 민족이긴 하지만 그래도 참 영리하고 재치가 있지. 또 그 나라는 아름다운 초록색이잖나. 그렇지, 매코트 군?

교수님 말씀이 맞는 것 같습니다.

오, 저 학생이 내 말이 맞는 것 같다고 하는군. 카츠 군, 자네는 거기에 대해 어떻게 생각하나?

교수님 말씀이 맞을 거라고 생각합니다. 저는 아일랜드 사람들을 많이 알지 못하거든요.

학생들, 방금 매코트 군과 카츠 군이 말한 것을 곰곰이 생각해보게. 여기에서 우린 바로 켈트족과 히브리족의 교차점을 보게 되는 걸세. 두 민족은 모두 수용하고 타협할 자세가 되어 있는 민족이란 말이야. 그렇지 않나, 매코트 군? 카츠 군?

우리는 고개를 끄덕인다. 나는 어머니가 자주 했던 말이 생각난다. '고개 한번 끄덕여주는 것은 눈먼 말에게 윙크하는 거나 같다.' 그 말을 교수에게도 해주고 싶다. 하지만 나의 아메리칸드림을 무산시킬 수도 있고, 학생들, 특히 여학생들 앞에서 나를 바보로 만들 수도 있는 막강한 권력을 가진 자의 기분을 상하게 하는 위험을 무릅쓰고 싶지는 않다.

가을 학기 월요일과 수요일 아침에는 미들브룩이라는 여교수의 영문학 강의를 듣는다. 교수는 강단 위로 올라가 의자에 앉아서, 책상 위에 교재로 쓰는 두꺼운 책을 올려놓고 읽어내려가면서 설명을 덧붙이고, 가끔씩 질문을 할 때만 학생들을 본다. 강의는 베어울프부터 시작해서 존 밀턴으로 끝났다. 교수는 존 밀턴에 대해 이렇게 말했다. 최고의 작가지요. 우리 시대에는 좋지 않은 평가를 받기도 하지만 언젠가 그의 재능이 인정받는 시대가 올 거예요. 그의 시대가 도래할 거라고요. 그 강의 시간에 학생들은 신문을 읽거나, 단어 맞추기 퍼즐을 하거나, 쪽지를 주고받거나, 다른 강의 준비를 한다. 야간 근무를 해서 잠을 제대로 자지 못한 나는 강의 시간에 깨어 있기가 힘들다. 교수가 내게 질문을 던지면 브라이언 맥필립스가 팔꿈치로 나를 쿡쿡 찔러 깨워서 질문과 답을 귓속말로 알려준다. 나는 들은 것을 그대로 더듬더듬 대답하고, 그러면 교수는 때때로 책에 얼굴을 박고 불만 섞인 목소리로 뭔가 중얼거린다. 그것은 문제가 있다는 뜻이고, 결국 그 문제는 학기말에 C학점으로 드러난다.

허구한 날 지각하고 결석하고 수업중에 곯아떨어지기 일쑤인 내가 C학점을 받아 마땅하다는 것은 나도 잘 알고 있다. 나는 교수에게 내가 얼마나 죄스럽게 느끼는지 말하고, 내게 낙제점을 주어도 비난할 생각은 없다고 말하고 싶다. 하지만 다른 한편으로는 해명하고 싶은 생각도 있다. 비록 모범 학생은 아니지만 그래도 내가 영문학 교재를 얼마나 열심히 읽고 다니는지 말하고 싶다. 아닌 게 아니라 나는 뉴욕대 도서관에서도, 지하철에서도, 또 부두나 창고에서 일할 때도 점심시간까지 쪼개어가면서 영문학 책을 읽고 다닌다. 창고 플랫폼에서 문학 서적을 읽는다고 시비에 말려든 사람은 이 세상에 나밖에 없다는 것을 교수가 알아줬으면 좋겠다. 창고 플랫폼에서 일하는 사람들은 내게 시비를 걸어온다. 어이, 저 대학생 좀 보게나. 너무 잘나셔서 우리하고는 상대도 하기 싫은가보지? 내가 그들에게 앵글로색슨어는 참으로 기묘한 언어라고 말하면 그들은 대꾸한다. 개 같은 소리 하지 마. 그건 영어가 아니야. 넌 네가 뭐 대단한 인물인 줄 아나보지? 우린 대학 근처에도 못 가봤지만 아일랜드에서 갓 들어온 애송이에게 속아넘어갈 만큼 바보는 아니란 말이야. 영어도 아닌 것을 영어라고? 그 책 속을 샅샅이 찾아봐. 영어가 한마디라도 있나.

그런 일이 있은 후 그들은 내게 말도 걸지 않는다. 플랫폼 감독은 나더러 다른 인부들이 나를 트럭으로 깔아뭉개버리거나 일부러 짐을 떨어뜨려 내 팔을 떨어져나가게 만들지도, 또 지게차로 나를 박아버리는 시늉을 할지도 모르니 창고 안으로 들어가 엘리베이터 관리하는 일을 하라고 한다.

영문학 교수에게 내가 교재에 나오는 작가와 시인들에 대해 어떻게 생각하는지 말하고 싶다. 내게 그들 중 그리니치빌리지의 카페에서 술이라도 한잔 하고 싶은 작가가 있는지 묻는다면 단연 초서*를 꼽겠다고,

---

* 중세 영국 최고의 시인. '영시의 아버지'로 불린다. 대작 『캔터베리 이야기』로 중세 유럽 문학의 기념비를 세웠다.

초서라면 어느 때고 술 한잔 사주면서 캔터베리 순례자들에 대한 이야기를 듣고 싶다고 말하고 싶다. 또한 나는 교수에게 내가 존 던의 설교를 얼마나 좋아하는지, 그가 신교도 목사만 아니었다면(신교도 목사가 선술집에 앉아서 술을 쭉 들이켠다는 말은 들어본 적이 없으니까) 그에게도 술 한잔 사주면서 이야기를 나누고 싶다는 말도 하고 싶다.

하지만 나는 그런 말을 할 수 없다. 강의실에서 손을 번쩍 들어 내가 어떤 것을 얼마나 좋아하는지 말하는 것은 대단히 위험한 일이라는 생각이 들기 때문이다. 그렇게 말했다가는 교수가 엷은 미소를 띠며 나를 측은하다는 듯 바라볼 것만 같다. 그러면 강의실에 앉아 있던 학생들도 모두 내게 동정의 미소를 던질 것만 같다. 그렇게 되면 결국 나는 스스로를 바보 같다고 느끼며 얼굴이 벌겋게 달아오른 채 대학에서 다시는 뭔가를 좋아하지 않겠다고, 뭔가를 좋아하게 되더라도 그 말을 절대 입 밖에 내지 않겠다고 다짐하게 될 것만 같다. 내 옆자리에 앉은 브라이언 맥필립스에게만은 그런 말을 할 수 있다. 그런데 앞자리에 앉아 있던 녀석이 내 말을 주워듣고 고개를 뒤로 돌려, 편집증 환자 아니야? 라고 내뱉는다.

편집증. 뉴욕대 학생들이 무슨 뜻으로 그 단어를 쓰는지 사전부터 찾아봐야 한다. 그들이 그 말을 할 때 왼쪽 눈썹을 머리에 닿을 정도로 추켜올리는 걸 보건대 나를 미친 녀석으로 몰아붙이는 것 같긴 한데, 그 단어가 무슨 뜻인지도 모르면서 대꾸할 수도 없는 노릇이다. 브라이언 맥필립스라면 분명 알고 있을 것 같지만 브라이언은 늘 자기 왼쪽에 앉은 조이스 팀파넬리와 이야기하느라 바쁘다. 그 둘이 항상 서로 마주 보고 미소를 짓고 하는 걸로 봐서 둘 사이에 모종의 감정이 싹트고 있는 것이 분명하다. 그러니 편집증이라는 단어 따위로 둘을 방해할 수는 없는 노릇이다. 이제 항상 사전을 옆구리에 끼고 다니면서 누군가 요상한 말을 툭 던지면 그 자리에서 얼른 펼쳐들고 무슨 뜻인지 알아낸 다음 추켜올린 눈썹이 내려가게 할 만큼 삼빡한 대답으로 쏘아줄 작정이다.

아니면 차라리 군대에서 배운 대로 아무 말 않고 내 할 일만 하는 방법도 있다. 이상한 말로 다른 사람을 괴롭히는 사람들에게는 그 방법이 최선인 것 같다. 물론 그 사람들은 내가 그렇게 대응하면 정말 싫어하지만.

철학 입문 시간에 종종 내 옆자리에 앉는 앤디 피터스가 브로드 스트리트에 있는 매뉴팩처러 트러스트라는 은행에 일자리가 났다고 알려준다. 개인 대출 신청 서류를 처리하는 일인데, 오후 네시부터 밤 열두시까지든지 밤 열두시부터 아침 여덟시까지든지 근무시간은 둘 중 하나를 선택하면 된다고 한다. 그 일의 가장 좋은 점은 일만 끝나면 언제든지 퇴근할 수 있어서 여덟 시간 동안 꼬박 앉아 있을 필요가 없는 거라고 한다.

그 일을 하기 위해서는 타자 시험을 봐야 한다. 물론 나는 군대에서 개를 훈련시키다가 끌려나와 중대 사무실 타자수로 근무한 경력이 있기 때문에 그쯤이야 식은 죽 먹기다. 은행 측에서 나를 고용하겠다고 결정한다. 나는 오후 네시부터 밤 열두시까지 일하는 쪽을 택해서 수업은 오전 중에 듣고 밤에는 잠을 잘 수 있다. 수업이 없는 수요일과 금요일에 창고나 부두에서 일하면 마이클이 공군에서 제대해 더는 어머니에게 군인 수당을 보내줄 수 없을 때를 대비해 여분의 돈도 모아둘 수 있다. 수요일과 금요일에 벌어들이는 돈은 통장에 따로 넣어둔다. 군인 수당이 끊겨도 어머니가 신발이나 양식거리를 얻으러 성 빈첸시오 회를 들락거리는 일은 없어야 한다.

은행의 야간 근무 조에는 여자가 일곱, 남자가 넷 있다. 우리가 할 일은 접수된 개인 대출 신청 서류들을 잔뜩 쌓아놓고 신청자들에게 대출

가म 혹은 불가不可 통지문을 보내는 것이다. 휴식 시간에 앤디 피터스는 만약 친구의 대출 신청이 기각된 것을 보면 그것을 '대출 가'로 바꿔놓을 수도 있다고 한다. 낮 시간에 근무하는 대출 담당자들이 쓰는 코드가 있는데 그것만 슬쩍 바꿔놓으면 된다는 것이다.

우리는 매일 밤 수백 통의 대출 신청서를 처리한다. 사람들은 아기가 태어났다고, 휴가를 가야겠다고, 차를 사야겠다고, 가구를 구입해야겠다고, 빚을 갚아야 한다고, 병원비를 지불해야 한다고, 장례를 치러야 한다고, 아파트 인테리어를 개조해야겠다고 대출을 신청한다. 이따금 딱한 사연을 담은 편지를 동봉해서 대출을 신청하는 경우도 있다. 그런 편지를 보게 되면 우리는 타자를 멈추고 편지를 쭉 읽어내려간다. 사정이 딱하면 여자들은 울음을 터뜨리고 남자들도 울고 싶은 심정이 된다. 그런 편지에는 아기가 죽어서 장례 비용이 필요한데 은행에서 좀 도와달라는 내용, 혹은 남편이 도망가서 어떻게 해야 좋을지, 어디에 도움을 청해야 할지 모르겠다면서 자기는 일생 동안 한 번도 직장을 다녀본 적이 없는데 지금 딸린 애가 셋이어서 직장을 구하고 값싼 보모를 구할 때까지 당분간 버티려면 300달러가 필요하다는 내용 등이 적혀 있다.

어떤 남자는 은행에서 자기에게 500달러를 빌려준다면 평생 동안 매달 자기 피를 은행에 기증하겠다고 제안하기도 했다. 자기 혈액형은 희귀하니까 은행 측으로서도 손해 볼 것 없는 거래라면서, 지금 당장 어떤 혈액형인지 밝힐 수는 없지만 은행에서 자기를 도와주기만 한다면 금만큼이나 귀한 혈액을 매달 얻게 되는 거라고, 그만한 담보물도 없을 거라고 거래 조건을 당당하게 내세웠다.

자기 피를 담보물로 제공하겠다는 그 남자의 대출 신청은 기각되었다. 앤디는 그 서류는 그냥 넘겨버리면서도, 담보물이 없다는 이유로 기각된 애 셋 딸린 여자의 대출 신청 서류는 '대출 가'로 코드를 바꿔놓는다. 그러면서 이렇게 말한다. 빌어먹을 놈의 저지 해변 모래사장에 누워서 이 주를 보내겠다는 놈들에게는 돈을 빌려주고 손가락만 빨고 있는 아기가 셋이나 딸린 여자의 대출 신청은 기각하다니. 봐, 친구야. 이래서 혁명이 일어나는 거라고.

앤디는 은행 측이 얼마나 멍청한가를 입증하기라도 하려는 듯 매일 밤 대출 서류의 코드를 몇 건씩 바꿔놓는다. 낮 동안 그놈의 머저리 같은 대출 담당자 놈들이 무슨 짓을 했는지 알 것 같아. 할렘 가 주소라고? 깜둥이라고? 기각. 푸에르토리코인이라고? 물론 기각. 그러면서 앤디는 뉴욕에 사는 푸에르토리코인들 중 자기가 신용이 좋아서 대출이 승인된 거라고 생각하는 이들이 꽤 있는데, 실은 그 배후에 동정심을 느낀 앤디 피터스가 있었노라고 말한다. 푸에르토리코인들이 사는 동네에서는 주말에 집 밖에 차를 내다놓고 세차하는 것을 대단한 행사처럼 생각한단 말이야. 그 사람들은 주말에 교외로 나들이 갈 일이 없을지도 몰라. 그저 차를 닦는 일이 중요한 거야. 한쪽에서 차를 닦고 있으면 나이든 푸에르토리코인들은 현관 앞 계단에 앉아 보데가스*에서 사온 1쿼트짜리 세르비자**를 병째로 마시면서 라디오에서 흘러나오는 티토 푸엔테***의 연주를 크게 틀어놓고 그 광경을 구경한다니까. 그러고 있다가 젊은 여자애들이 엉덩이를 흔들면서 지나가면 넋을 놓고 바라보지. 그게 바로 사는 거라고. 사는 데 그거 말고 뭐가 더 있겠어?

앤디는 줄곧 푸에르토리코인들에 대해 얘기한다. 그 사람들이야말로 이 빡빡한 도시에서 어떻게 살아야 제대로 사는 것인지를 아는 사람들

---

* 남미계 미국인들이 운영하는 식료품 잡화점.

** 스페인 맥주.

*** '라틴 음악의 대부' '맘보의 왕'으로 불리는 푸에르토리코 출신의 전설적인 뮤지션.

이지. 빌어먹을 네덜란드 놈들이나 영국 놈들 대신 스페인 사람들이 허드슨 강을 건너왔어야 하는 건데, 그러지 않은 게 정말 역사의 비극이야. 그랬다면 우리는 지금쯤 시에스타도 즐기고 온갖 화려한 빛깔의 옷을 입고 다닐 수도 있을 텐데. 이 도시에 '회색 양복을 입은 사나이*' 따위는 없었을 거란 말이지. 내가 마음대로 할 수만 있다면 자동차 구입을 위해 대출을 신청하는 푸에르토리코인들에게는 모두 대출 승인을 해주겠어. 그러면 이 도시 곳곳에서 푸에르토리코인들이 자기 차를 번쩍번쩍 광내는 광경을 볼 수 있겠지. 그러면 그 옆에서는 푸에르토리코 늙은이들이 그 광경을 구경하면서, 종이 봉지에 싼 맥주도 벌컥벌컥 들이켜고 티토 음악도 듣고 간간이 엉덩이를 흔들면서 길거리를 지나가는 여자애들이랑 시시덕거리겠지. 그 여자애들은 살이 다 비치는 촌스러운 블라우스에 가슴골에는 목걸이를 달랑거리고 말이야. 그러면 정말 살 만한 도시가 되지 않을까?

같이 근무하는 여자들은 앤디가 하는 말을 듣고 까르르 웃어대면서도 제발 좀 조용히 해달라고, 아이들과 남편이 집에서 기다리고 있기 때문에 빨리 일을 끝내고 나가고 싶다고 말한다.

일이 일찍 끝나는 날이면 우리는 밖으로 나가 맥주를 한잔씩 한다. 앤디는 자기가 어떻게 해서 서른한 살이나 되는 나이에 뉴욕대에서 철학을 공부할 생각을 했는지 이야기해준다. 난 한국전쟁은 아니지만 유럽에서 발발한 큰 전쟁에 참전했다가 불명예제대를 하게 되었지. 그 바람에 은행에서 밤일이나 하면서 돈을 벌어야 하는 처지가 된 거야. 그게 종전 바로 전 1945년 봄의 일이야, 죽여주지?

---

* 슬로언 윌슨의 동명 베스트셀러 소설을 원작으로 한 그레고리 펙 주연의 1956년작 영화의 제목. 여기서는 자본주의사회에 순응적인 남자 주인공을 가리킨다.

똥 밟은 거야. 말 그대로 똥 밟은 거라고. 프랑스 부대 참호에서 시원하게 한판 누고 밑 닦고 막 단추를 채우려는데, 글쎄 빌어먹을 중위 놈과 중사 놈이 내 쪽으로 어슬렁어슬렁 걸어오는 거야. 그러더니 나더러 참호 밖에 조금 떨어진 곳에 서 있던 양과 무슨 짓을 했느냐고 다그치는 거 있지. 사실 막 팬티를 끌어올리려는데 거시기가 불끈 서 있어 팬티가 잘 안 올라가서 낑낑대고 있었거든. 중위 녀석이 그걸 보고 그렇게 생각할 수도 있었겠다 싶었지. 그래서 난 장교라면 지긋지긋한 사람이지만 설명을 하면 알아듣겠지 싶어서 이렇게 말했지.

글쎄, 중위님. 제가 저 양이랑 그 짓을 했을 수도 있고 안 했을 수도 있겠죠. 하지만 지금 중요한 건 중위님께서 저와 저 양의 관계에 대해 별난 관심을 가지고 계시다는 겁니다. 지금은 전쟁중이지 않습니까, 중위님. 문제는 제가 이 프랑스 부대 참호에서 변을 봤고 때마침 눈에 보이는 곳에 양이 있었다는 거지요. 저는 열아홉 살이에요. 고등학교 졸업 파티 날 이후로는 한 번도 그 짓을 해본 적이 없어요. 양이야 물론 사랑스럽죠. 더더구나 프랑스 양이라면 더더욱 매혹적이죠. 제가 그런 양을 덮치려고 한 것처럼 보이는 것도 당연하겠죠. 네, 그럴 수도 있겠죠. 하지만 저는 절대 그 짓은 안 했어요. 중위님과 저 중사님이 끼어드는 바람에 할 수 없었죠. 나는 그 말을 듣고 중위가 껄껄 웃을 줄 알았어. 그런데 그 중위 놈은 웃는 대신 거짓말 말라며 내 얼굴에 양이랑 그 짓을 했다고 쓰여 있다는 거야. 내가 온몸으로 양을 탐했다고 쓰여 있다는 거야, 글쎄. 내가 그런 생각을 했을 수도 있겠지. 하지만 절대 그런 일은 없었는데 그렇게 말하니 너무나 부당하다는 생각이 들더라고. 그래서 순간 그자를 밀어버렸지. 친 게 아니고 그저 조금 밀었을 뿐이라고. 그런데 세상에, 그자가 나한테 피스톨, 카빈, 라이플 등 온갖 총을 들이대는 거야. 정신을 차려보니 군법 재판소에 와 있더군. 게다가 재판소에서 내 변호를 맡은 대위 녀석은 술에 취해 있고 말이야. 그 녀석이 나더러 양과 성교한 더러운 자식이라면서 자기가 반대편에 서서 나를 기소하지 못하는 것이 원통하다고 하더군. 자기 아버지는 양을 숭배하는 몬태나 주의 바스크족* 출신이래나 뭐래나. 나는 내가 상관을 모욕한 죄 때문인지, 양을 덮친 죄 때문인지, 도대체 뭣 때문에 여섯 달이나 영창살이를 한 건지 아직도 모르겠어. 그러고 나서 불명예제대를 한 거야. 그런 일을 겪고 나면 너라도 뉴욕대에서 철학을 공부하고 싶은 생각이 들걸.

---

* 스페인의 피레네 산맥 근방에 살고 있는 소수민족으로, 20세기 초 프랑스와 스페인으로부터 미국으로 대거 이민을 가 정착했다.

30

캘리트리 선생 때문에 나는 리머릭에 대한 기억을 공책에 끄적거려보게 되었다. 일단 리머릭의 거리들과 선생님들, 신부님들, 이웃들, 친구들, 가게들의 이름을 죽 적어보았다.

그 '침대' 에세이 사건 이후 캘리트리 선생의 강의 시간에 다른 학생들이 나를 전과는 다른 눈으로 본다는 것을 확실히 느낄 수 있다. 여학생들은 누군가가 죽었을지도 모르는 침대에서 매일 밤 잠을 자야만 했던 사람과는 데이트 안 할 거라고 저희끼리 수군대는 모양이다. 마이크 스몰이 내게 자기도 그 에세이에 대한 이야기를 들었다면서 내 에세이가 그 강의를 듣는 남녀 학생들을 얼마나 감동시켰는지 말해준다. 나는 그녀가 내 출신을 알게 되는 것을 원치 않았다. 하지만 그녀는 내 에세이를 읽고 싶다고 계속 졸라대고, 다 읽고 난 다음 눈물이 그렁그렁해서 말한다. 오, 난 정말 몰랐어. 정말 끔찍했을 것 같아. 그러면서 그녀는 내 글을 읽으니 디킨스가 생각난다고 한다. 하지만 디킨스의 소설은 항상 행복한 결말로 끝나는데 어떻게 내 글과 비교할 수 있을까 싶다.

물론 나는 마이클 스몰에게 그런 말을 하지 않는다. 그랬다가는 내가 시비를 건다고 생각하고 그 자리에서 당장 발길을 돌려 그 풋볼 선수 밥에게 가버릴 것만 같아서 겁이 난다.

캘리트리 선생은 이번에는 우리더러 미움, 어두운 기억, 좌절 등을 소재로 가족에 관한 에세이를 쓰라고 한다. 나는 과거의 기억으로 돌아가고 싶지 않지만 어머니에게 일어났던 어떤 일은 꼭 써야만 할 것 같다.

밭떼기

전쟁이 시작되자 아일랜드 정부는 식량을 배급하면서 가난한 사람들에게는 리머릭 외곽에 있는 밭 마지기를 빌려주었다. 정부 측에서는 한 가족당 16분의 1 에이커의 밭을 할당해주면서 개간하고 일군 후 원하는 채소를 심으라고 했다.

우리 아버지는 로스브라이언 로드 옆에 있는 밭을 신청했는데 정부에서 그 밭을 일굴 가래와 쇠스랑도 빌려주었다. 아버지는 내 동생 말라키와 나에게 로스브라이언으로 함께 가서 밭 가는 걸 도와달라고 했다. 마이클은 가래를 보자 자기도 따라가겠다고 울어댔다. 하지만 마이클은 겨우 네 살밖에 안 되는 어린애였기 때문에 데려가봤자 방해만 될 터였다. 아버지는 이렇게 말하며 마이클을 달랬다. 뚝! 울지 않고 집에 얌전히 있으면 아빠가 집으로 돌아올 때 베리 따올게.

나는 아버지에게 가래를 내가 들고 가도 되느냐고 물어보았다. 하지만 이내 그렇게 말한 것을 후회하게 되었다. 우리 집에서 로스브라이언까지는 수 마일 떨어진 거리였다. 말라키가 쇠스랑을 들고 휘둘러서 사람 눈을 빼낼 뻔하자 아버지는 쇠스랑을 빼앗았다. 쇠스랑을 뺏긴 말라키가 울음을 터뜨렸고, 아버지는 대신 집으로 돌아올 때 가래를 들고 오게 해주겠다고 약속했다. 내 동생은 우리를 따라오는 개를 보자 쇠스랑 따위는 금방 잊어버렸다. 개는 막대기를 던지면 잡아오는 놀이를 하고 싶어했는데, 몇 마일 쫓아오더니 지쳤는지 하얀 거품을 내뿜고 두 발 사이에 막대기를 끼운 채 우리를 올려다보면서 바닥에 널브러졌다. 우리는 개를 그대로 내버려둔 채 걸음을 재촉할 수밖에 없었다.

아버지는 밭뙈기를 보더니 고개를 절레절레 흔들며 말했다. 이런, 바위랑 돌투성이잖아. 우리가 그날 하루 종일 한 일이라고는 바위와 돌을 골라내 길 쪽에 낮은 돌담을 쌓는 것뿐이었다. 아버지는 가래로 연신 바위들을 파냈다. 나는 겨우 아홉 살밖에 안 된 나이였지만 옆에 있는 밭뙈기에서 일을 하고 있던 두 남자가 아버지를 보고 나지막이 웃는다는 것을 눈치챌 수 있었다. 나는 아버지에게 그 사람들이 왜 웃는지 물어보았다. 그러자 아버지는 껄껄 웃으면서 리머릭 사람들에게는 검고 기름진 땅을 주고, 아버지처럼 북부 지방에서 온 사람에게는 돌투성이 땅을 줘서 그렇다고 했다.

우리는 땅거미가 내릴 때까지 열심히 일했다. 하지만 나중에는 너무 허기가 져서 돌 하나 들어올릴 힘도 없었다. 우리는 아버지가 가래랑 쇠스랑을 모두 들어도 아랑곳하지 않았다. 아버지가 우리들까지 업고 갔으면 하는 마음이었다. 아버지는 우리를 칭찬했다. 우리 아들들, 다 컸구나. 일도 이렇게 잘하고. 어머니가 아주 자랑스러워하실 거야. 집에 가면 차와 토스트를 먹을 수 있을 거다. 아버지는 기다란 가래와 쇠스랑을 들고 성큼성큼 앞으로 걸어가다가 중간쯤에서 갑자기 발걸음을 멈추고는 말했다. 맞아, 마이클! 마이클에게 베리 따다 주기로 약속했잖아. 다시 돌아가야겠다.

말라키와 내가 너무 지쳐서 한 걸음도 더 걸을 수 없다고 불평을 하자 아버지는 그러면 우리끼리 집으로 돌아가라고, 아버지 혼자 베리를 따러 가겠다고 했다. 나는 베리는 내일 따러 오면 되지 않느냐고 했지만, 아버지는 마이클에게 내일이 아니라 바로 오늘 베리를 따주기로 약속했다면서 가래와 쇠스랑을 어깨에 메고 왔던 길을 성큼성큼 되돌아갔다.

마이클은 우리를 보자, 베리, 베리, 하면서 울기 시작했다. 우리는 마이클을 윽박질렀다. 아빠가 너 줄 베리 따러 로스브라이언까지 다시 갔단 말이야. 뚝 그치지 못해? 우린 너무 배가 고파서 지금 당장 차랑 빵을 먹어야 해. 그러자 마이클은 울음을 뚝 그쳤다.

우린 너무 배가 고파 빵 한 덩어리를 다 먹을 수 있을 것 같았다. 하지만 어머니는 아버지 몫을 남겨둬야 한다고 했다. 그러면서 고개를 절레절레 흔들며 말했다. 베리 따겠다고 그 먼 길을 다시 돌아가다니. 참 어리석은 양반이야. 어머니는 문 앞에 서서 아버지가 언제 오나 골목길을 내다보는 마이클을 보고는 다시 한번 고개를 내저었다.

이윽고 마이클은 아버지의 모습을 발견하고 골목길로 달려나가 소리쳤다. 아빠! 아빠! 베리 가져왔어? 아버지의 목소리도 들려왔다. 오, 마이클. 아빠 금방 갈게. 금방.

아버지는 가래와 쇠스랑을 구석에 세워놓고 코트 주머니에 든 것들을 식탁 위에 쏟아놓았다. 아버지는 베리를 가져온 것이다. 아이들의 손이 닿지 않는 덤불 꼭대기나 나무 뒤쪽에서 딸 수 있는 커다랗고 즙이 많은 블랙베리였다. 아버지는 깜깜한 로스브라이언 숲속에서 그 베리들을 따온 것이다. 내 입안에 침이 고였다. 어머니에게 베리를 먹어도 되느냐고 묻자 어머니는 대답했다. 마이클에게 물어보렴. 그건 다 마이클 거니까.

하지만 마이클에게 물어보고 말고 할 것도 없었다. 마이클이 그중에서 가장 크고 즙이 많아 보이는 것을 나한테 건네줬다. 마이클은 말라키에게도 한 개를 주고 어머니에게도 몇 개 주었다. 그런 다음 아버지에게도 몇 개 주려 하자 아버지는 이렇게 대답했다. 아니야, 너 먹어, 마이클. 그건 다 네 거다. 그러자 마이클은 나와 말라키에게 베리한 개씩을 더 주었고 우리들은 얼씨구나 하고 받아먹었다. 그걸 받아먹으면서도 이런 생각이 들었다. 나 같으면 혼자 다 먹을 텐데 마이클은 다르구나. 아니면 녀석이 겨우 네 살밖에 안 되어서 어떻게 해야할지를 모르기 때문에 그런 건 아닐까 싶기도 했다.

그날 이후 우리는 일요일을 제외하고는 매일 그 밭뙈기로 가서 바위와 돌들을 치웠다. 마침내 흙이 드러나자 우리는 아버지가 감자와 당근, 양배추 따위를 심는 것을 도왔다. 가끔 아버지가 일하고 계실 때 우리끼리 살며시 빠져나와 베리를 찾아 여기저기 헤매다녔고, 어떤 때는 베리를 너무 많이 먹어댄 탓에 설사를 하기도 했다.

아버지는 조금만 있으면 우리가 심은 것을 수확할 수 있을 거라고 했다. 하지만 아버지가 그 밭에 다시 갈 일은 없었다. 리머릭에는 일자리라고는 없었는데 영국에서는 군수공장에서 일할 사람들이 많이 필요하다는 소문이 돌았다. 아버지는 영국인들이 그동안 우리 아일랜드 사람들에게 한 짓을 생각하면 영국인들을 위해 일을 한다는 것은 상상조차 할 수 없다고 말했지만 돈의 유혹을 뿌리치기란 쉽지 않았고, 미국이 전쟁에 개입한 마당에 그럴듯한 명분도 생긴 셈이었다.

아버지는 결국 수백 명의 남녀 노동자들과 함께 영국으로 떠났다. 영국으로 떠난 대부분의 사람들은 집으로 돈을 보내왔지만 우리 아버지는 고향에 가족이 있다는 사실도 다 잊어버린 듯 돈을 버는 족족 코번트리에 있는 술집에 다 갖다바쳤다. 어머니는 결국 외할머니에게 돈을 빌리고 식품점을 운영하는 캐슬린 오코넬 부인에게 외상을 져야 했다. 어머니는 먹을거리를 구하기 위해 성 빈첸시오 회나 자선을 베푸는 곳이라면 어디든지 찾아갔다. 어머니는 언젠가 우리가 심은 감자나 당근, 양배추 따위를 수확하게 되면 많은 보탬이 될 거라고, 그때가 되면 끼니 걱정은 안 하고 살 수 있을 거라고 했다. 그래, 그땐 우리도 남들처럼 제대로 먹을 수 있을 거야. 그리고 주님께서 은혜를 베풀어주신다면 우리에게 맛있는 햄도 한 조각 주실 수 있겠지. 아일랜드 햄의 본산지인 리머릭에 살면서 그 정도 바라는 게 지나친 욕심은 아니잖아?

마침내 그날이 왔다. 어머니는 갓난아기 알피를 유모차에 태우고 옆집 해넌 씨 집에 가서 석탄 자루를 빌려와서는 말했다. 이 자루에 가득 채워오자. 말라키 녀석이 혹시라도 쇠스랑 끝으로 사람들 눈이라도 파내게 될까봐 쇠스랑은 내가 들고 녀석한테는 가래를 들게 했다. 어머니는 우리들에게 이렇게 으름장을 놓았다. 그 기구들 휘두르지 마. 그랬다간 네 녀석들 아구창을 박살낼 줄 알아.

주둥이에 한 대 날리시겠다는 말씀이었다.

로스브라이언에 가보니 다른 여자들이 밭을 파고 있었다. 그곳에 혹여 남자가 있다면 그 사람은 영국으로 건너가서 일을 할 수 없을 만큼 늙은 사람일 터였다. 어머니는 낮은 담장 너머로 이 여자 저 여자에게 인사를 건넸지만 아무도 대답하는 이가 없었다. 어머니는 혼잣말로 중얼거렸다. 모두 너무 오랫동안 허리를 굽히고 일해서 귀가 멀었나보다.

어머니는 알피가 탄 유모차를 담장 밖에 세워놓고 마이클에게 베리 따러 돌아다니지 말고 아기를 보라고 일렀다. 말라키와 나는 담을 훌쩍 뛰어넘었지만 어머니는 담장 위에 올라앉아 다시 한쪽 다리를 반대편에 내려놓고야 담을 넘을 수 있었다. 어머니는 잠시 주저앉아 말했다. 이 세상에 갓 캐낸 감자에다 소금과 버터를 쳐서 먹는 것만큼 맛있는 것도 없지. 그걸 먹을 수 있다면 난 무슨 짓이라도 할 수 있을 것 같아, 호호.

우리는 가래와 쇠스랑을 들고 우리가 일군 밭으로 갔지만 막상 거기에 가보니 차라리 집에 있을 것 그랬다는 생각이 들었다. 밭은 우리가 일군 상태 그대로 흙만 보송보송했고 감자와 당근과 양배추를 심은 구멍에는 하얀 벌레들이 꿈틀거리고 있었다.

어머니가 우리에게 물었다. 이 밭이 맞니?

네.

어머니는 밭뙈기를 샅샅이 훑어보았다. 다른 여자들은 허리를 굽혀 밭에서 뭔가를 뽑아내느라 정신없이 바쁜 모습이었다. 나는 어머니가 그 여자들에게 뭔가 물어보고 싶어한다는 걸 눈치로 알아챌 수 있었다. 하지만 어머니도 당신이 그래봤자 소용없다는 걸 잘 알고 있었다. 내가 가래와 쇠스랑을 들고 가려 하자 어머니는 내게 소리쳤다. 그것들 그냥 놔둬. 몽땅 다 없어진 마당에 그게 우리한테 무슨 소용이 있겠니? 나는 어머니에게 뭐라고 말하고 싶었지만 백지장 같은 어머니의 얼굴을 보니 뭐라고 말했다가는 한 대 맞을 것만 같아 뒤로 주춤 물러나 담을 넘었다.

어머니도 다시 담 위에 올라앉아 다른 한쪽 다리를 땅바닥에 내리고 바닥에 주저앉았다. 한동안 그렇게 주저앉아 있던 어머니에게 마이클이 물었다. 엄마, 베리 따러 가도 돼요?

어머니는 대답했다. 그래. 그러려무나.

캘리트리 선생이 이 이야기를 좋아한다면 그 선생은 나더러 학생들 앞에서 그 글을 읽어보라고 할 거야. 그러면 학생들은 눈을 굴리며 말하겠지. 또 비참한 이야기 하나 나왔군. 여학생들은 지난번 침대에 관한 글을 들었을 때보다 더 나를 동정하겠지만 그걸로 충분하다고 말할 거야. 분명해. 내가 계속 나의 비참한 어린 시절에 대해 써나간다면 그들은 말할 거야. 그만, 그만. 인생은 다 그렇게 힘든 거야. 우리도 힘든 게 있다고. 자, 그렇다면 이제부터 나는 우리 가족이 리머릭 교외로 이사가 그곳에서 모두 잘 먹고 잘살고 적어도 일주일에 한 번은 목욕을 하면서 살았다고 써야겠군.

31

패디 아서 맥거번은 나더러 그렇게 시끄러운 재즈를 계속 들으면 결국 레넌 형제처럼 완전히 양키가 되고 말 거라고, 그러면 내가 아일랜드인 이라는 사실을 까맣게 잊어버릴 텐데 그때 내 꼴이 뭐가 되겠느냐고 한 다. 레넌 형제가 제임스 조이스를 얼마나 좋아하는지 그에게 얘기해봤 자 소용없을 것 같다. 그래봤자 오, 제임스 조이스? 웃기고 있네. 나는 캐번 주에서 자랐지만 그곳 사람들은 그따위 이름은 한 번도 들어본 적 이 없어. 너도 똑바로 처신하지 않으면 언젠가 할렘 가로 가서 깜둥이 계집애들이랑 지르박이나 추고 있을 거라고. 이렇게 대꾸할 게 뻔하다.

그는 토요일 밤에 아이리시 댄스 무도회에 갈 거라면서 조금이라도 생 각이 있으면 같이 가자고 한다. 오직 아일랜드 여자애들하고만 춤을 추 고 싶다면서, 미국 애들이랑 춤췄다가는 무슨 꼴을 당할지 모른다면서.

패디와 함께 렉싱턴 가에 있는 예거 하우스란 곳으로 가보니 미키 카 턴이 자기 밴드 루디 모리시와 함께 〈어머니의 사랑은 축복〉이라는 노 래를 부르고 있다. 천장에서는 거대한 크리스털 조명이 빙빙 돌면서 무도장에 은빛 반짝이 같은 불빛을 흩뿌린다. 패디 아서는 무도장으로 들어서자마자 여자애에게 춤을 신청하더니 바로 왈츠를 추기 시작한다. 패디는 함께 춤출 파트너를 어렵지 않게 구한다. 그도 그럴 것이, 턱에 여드름이 약간 나긴 했지만 6피트 1인치의 큰 키에 검은 곱슬머리, 짙고 검은 눈썹, 푸른 눈을 한 멋진 녀석이니까. 게다가 패디가 멋진 태도로 함께 추실까요, 아가씨, 하면 싫다고 말하는 여자애는 아무도 없다. 패디는 일단 플로어에 나가면 왈츠든, 폭스트롯이든, 린디 합이든, 투스텝이든, 어떤 춤이든 간에 파트너는 거의 보지도 않고 이끌면서 근사하게 춤을 추었고, 패디가 파트너를 다시 자리로 데려다주면 벽을 따라 앉아 킥킥거리던 여자애들은 부러워서 어쩔 줄 모르는 표정으로 쳐다본다.

혹시라도 용기가 생길까 싶어 바에 앉아 맥주를 마시고 있는데 패디가 내게 다가와 왜 춤을 추지 않느냐고 묻는다. 벽 쪽에 멋진 여자애들이 즐비하게 앉아 있는데 쟤네랑 춤 안 추려면 여긴 뭣하러 왔어?

패디 말이 옳다. 벽 쪽에 앉아 있는 멋진 여자애들은 리머릭의 크루즈 호텔에 드나드는 여자애들이랑 비슷하다. 다만 그녀들은 아일랜드에서는 결코 볼 수 없는 스타일의 옷들을 입고 있다. 실크나 호박단, 혹은 나한테는 이상하게만 보이는 천으로 만들고 여기저기 레이스 리본이 달린 분홍색, 암갈색, 하늘색 드레스들을 입고 있다. 어깨가 다 드러난 드레스는 앞부분이 너무나 딱딱해서 그녀들이 오른쪽으로 몸을 홱 돌려도 드레스는 따라서 움직이지 않고 그 자리에 그대로 남아 있다. 긴 머리는 혹시라도 어깨 위로 내려올세라 한껏 틀어올려 머리핀이나 머리끈 같은 걸로 고정시켜두었다. 그녀들은 손을 무릎 위에 살짝 올려놓은 채 화려한 지갑을 만지작거리며 간혹 서로 말을 주고받을 때만 미소를 지어 보인다. 어떤 여자애들은 댄스곡이 몇 번이나 바뀌도록 남자들로부터 춤 신청도 받지 못하고 앉아 있다가 결국 하는 수 없이 옆자리에 있는 여자애들이랑 춤을 추기도 한다. 그들은 플로어 위에서 쿵쿵거리며 춤을 추다가 곡이 끝나면 우르르 바에 몰려가 여자 커플들의 음료인 레모네이드나 오렌지 스쿼시를 마신다.

나는 패디에게 그냥 안전하게 바에 앉아 있겠다고 말하고 싶다. 어떤 춤을 추든 빈속이 메슥거리는 느낌만 들 것 같다고, 설사 여자애가 나와 함께 춤춘다고 해도 뭐라고 말해야 좋을지조차 모른다고 말하고 싶다. 나는 뽐빠뽐빠 소리에 맞춰 왈츠를 출 줄은 알지만, 다른 남자애들처럼 플로어에서 춤을 추면서 여자애들에게 뭐라고 속삭여서 그녀들이 일 분 동안 춤도 출 수 없을 정도로 웃게 만들 자신이 없다. 독일에 있을 때 벅이 여자애를 웃게 만들면 그녀 다리 사이로 반은 기어들어간 셈이라고 말했던 것이 기억난다.

패디는 다시 춤을 추더니 여자애 한 명을 바bar로 데리고 온다. 여자애는 자기 이름은 모라라고 하면서 내게 수줍음을 많이 타는 미국계 아일랜드인 자기 친구 돌로레스와 함께 춤을 추지 않겠느냐고 묻는다. 모라는 또 나더러 나도 미국에서 태어난데다 줄곧 재즈만 듣는 사람이니 아이리시 댄스에 대해서 잘 모르는 돌로레스와 좋은 짝이 될 거라고 한다.

모라는 그렇게 말하고는 패디를 바라보며 살짝 미소 짓는다. 패디도 그녀에게 미소로 화답하면서 내게 찡긋 윙크를 한다. 이윽고 모라가 말한다. 잠깐만요. 돌로레스가 괜찮은지 한번 보고 올게요. 모라가 자리를 뜨자 패디는 내게 오늘밤 모라와 함께 집으로 갈 거라고 한다. 그녀는 슈래프트 레스토랑의 수석 웨이트리스인데, 자기 아파트도 있고 아일랜드로 돌아갈 돈도 꽤 모아두었다면서 자기는 오늘밤 땡잡은 거라는 것이다. 패디는 나더러 돌로레스와 잘해보라면서 다시 한번 윙크를 해 보인다. 그러고는 이렇게 말한다. 오늘밤 아무래도 구멍 구경을 할 것 같은데.

구멍 구경이라. 물론 내가 하고 싶은 짓도 그 짓이지만 나는 결코 그런 식으로 말할 수는 없을 거다. 나는 리머릭에서 마이키 몰로이가 그 짓에 대해 말하던 흥분이라는 표현이 차라리 더 마음에 든다. 내가 만약 패디처럼 온갖 아일랜드 여자애들을 품에 안고 자는 처지가 된다면 그 여자애들을 일일이 기억하지 못할 거다. 그러면 그녀들은 내가 진짜 좋아하는 여자를 만날 때까지는 결국 하나의 구멍에 지나지 않는 존재가 되는 거다. 내가 진짜 좋아하는 여자는 그녀가 이 세상에 태어난 이유가 나의 쾌락을 위해서만은 아님을 깨닫게 해줄 것이다. 나는 마이크 스몰에 대해서도 한 번도 그런 식으로 생각해본 적이 없었고, 나처럼 구석에 서서 얼굴을 붉히고 부끄러움을 타고 있는 돌로레스에 대해서도 그런 식으로 생각할 수 없다. 패디가 내 옆구리를 쿡쿡 찌르면서 나지막이 속삭인다. 쟤한테 춤추러 나가자고 해, 제발.

겨우 웅얼웅얼 한마디 하려는데, 고맙게도 미키 카턴이 왈츠곡을 연주하기 시작했고, 루디가 그 곡에 맞춰 〈아일랜드에는 아름다운 마을이 하나 있다네〉를 부르기 시작한다. 유일하게 내가 바보같이 춤추지 않을 자신이 있는 곡이다. 돌로레스는 내게 미소를 지어 보이며 얼굴을 붉히고 나도 따라 얼굴을 붉힌다. 얼굴이 빨개진 두 사람은 플로어를 돌면서 춤을 추기 시작하고 우리 얼굴 위로 은빛 반짝이 같은 불빛이 쏟아진다. 내가 비틀거리면 그녀도 따라 비틀거리고, 비틀거림조차 하나의 스텝인 양 우리의 춤 속에 자연스럽게 녹아내린다. 어느덧 나는 프레드 애스테어, 그녀는 진저 로저스가 된 듯하다. 그녀를 빙글빙글 돌리며 춤을 추다가 벽을 따라 앉아 있는 여자애들을 흘깃 보니 다들 경탄의 눈길로 나를 바라보면서 나와 춤을 추고 싶어 안달이 난 표정들을 하고 있다.

왈츠곡이 끝나자 나는 미키가 린디 합이나 지르박 같은 곡을 연주할까봐 어서 플로어를 뜨고 싶지만 돌로레스는 멈춰 서서 이 곡도 추지 않을래요? 하고 묻는 표정으로 나를 바라본다. 사실 그녀의 스텝은 무척 경쾌했고 그녀의 터치는 부드럽기 그지없었다. 멋지게 춤을 추는 다른 커플들을 보자, 나도 돌로레스와 그렇게 못 할 것 뭐 있겠나 싶어 용기를 내어 그녀를 밀고 당기고 팽이처럼 빙빙 돌리기 시작한다. 다른 여자애들이 나를 경탄의 눈길로 바라보며 돌로레스를 부러워하고 있다는 확신이 들자 나는 자신감이 넘쳐 신나게 춤을 추고, 그러다가 그만 문 쪽에 앉은 한 여자애의 삐죽 삐져나온 목발에 걸려 벽 쪽에 앉은 여자애들의 무릎 위로 나가떨어지고 만다. 여자애들은 술도 주체 못 하는 인간들은 플로어에 나가서는 안 된다고 떠들어대면서 나를 거칠게 밀어버린다.

모라를 끌어안고 문 앞에서 서 있던 패디는 웃음을 터뜨렸지만 모라는 웃지 않는다. 모라는 동정하듯 돌로레스를 쳐다본다. 하지만 돌로레스는 담담하게 나를 일으켜 세우며 내게 괜찮느냐고 묻는다. 모라가 다가와 돌로레스에게 뭐라고 속삭이더니 내 쪽을 돌아보며 말한다. 돌로레스 좀 바래다줄래요?

그렇게 하죠.

모라와 패디가 나가버리자 돌로레스는 자기도 집으로 돌아가고 싶다고 한다. 돌로레스는 집이 퀸스라고 한다. 그녀는 나더러 E선 전차만 타면 안전하니까 굳이 집까지 바래다주지 않아도 된다고 한다. 널 집까지 바래다주면 혹시라도 네가 나를 집 안으로 데리고 들어가 우리 둘이 결국 흥분에 이르게 될지도 몰라서 그러는 거야, 라고 말할 수는 없는 노릇이다. 그녀는 확실히 자기 아파트를 가지고 있고, 내가 목발에 걸려 넘어진 것을 불쌍하게 생각했는지 내게 퇴짜 놓을 생각은 없는 듯 보인다. 잘만 하면 그녀의 따뜻한 침대로 들어가 벌거벗은 채 서로를 탐하다가 미사도 빼먹고, 십계명의 제6계명을 어기며, 그런 일이 계속되어 나중에는 미사니 십계명이니 하는 것 따위는 깽깽이방귀만큼도 신경쓰지 않게 될 날이 올지도 모르겠다.

E선 전차가 도착하자 우리는 재빨리 함께 전차에 올라탄다. 그녀에게서는 향수 냄새가 난다. 그녀의 허벅지가 내 다리에 와 닿는 것을 느낄 수 있다. 그녀가 나와 거리를 두지 않는 것은 좋은 징조다. 내가 슬며시 그녀의 손을 잡아도 그대로 내버려두자 나는 천국에 온 것 같다. 그런데 그녀가 갑자기 해군에 가 있는 자기 애인 '닉' 이야기를 하기 시작한다. 나는 그녀의 손을 그녀의 무릎 위에 도로 갖다놓는다.

이 세상 여자들을 도대체 이해할 수가 없다. 마이크 스몰도 로키스에서 나와 맥주를 마시고는 금방 자기 애인 밥에게 달려가더니, 이 여자는 내가 E선 전차에 타고 마지막 역인 179번 스트리트까지 따라가도록 꼬시고 있다. 패디 아서 같으면 그런 짓을 참을 리가 없다. 패디라면 다시 댄스홀로 돌아가 군대에 가 있는 애인 따위도 없고 밤새 방해할 사람도 없는 파트너를 다시 만들 테니까. 패디 녀석은 조금이라도 의심스러우면 바로 다음 정거장에서 내렸을 거야. 나도 그렇게 못 할 이유가 뭐 있어? 나는 포트 딕스에서 이 주의 병사로 뽑힌 적도 있고, 군견을 훈련시킨 적도 있고, 대학에 다니고 있고, 책도 많이 읽었는데. 그런 내가 지금 꼴이 이게 뭐람? 뉴욕대 근처를 지날 때면 혹시라도 밥과 마주치게 될까봐 가슴 졸이며 숨어 다니더니, 이제는 다른 남자와 결혼할 예정인 여자를 집까지 바래다주고 있다니. 이 세상 사람들에게는 다들 누군가가 있는 모양이지. 돌로레스에게는 닉이, 마이클 스몰에게는 밥이 있고, 패디 아서는 지금쯤 맨해튼에서 모라와 한창 흥분하고 있을 테니 말이야. 그런데 전차 종착역까지 남의 여자를 따라가고 있는 나는 얼마나 바보 같은 인간이야?

나는 돌로레스를 전차에 남겨두고 다음 정거장에서 혼자 내릴 작정이다. 그런데 그녀가 갑자기 내 손을 잡더니 내가 얼마나 괜찮은 녀석인지, 내가 얼마나 춤을 잘 추었는지 얘기하는 것이 아닌가. 그녀는 또 목발 일에 대해서는 참으로 유감스럽게 생각한다면서, 그 일만 아니었으면 우리는 밤새 춤을 출 수도 있었을 거라고 한다. 그리고 내 말투가, 특히 내 귀여운 사투리가 듣기 좋다고 한다. 나더러 참 잘 자란 사람 같다면서 내가 대학에 다니는 것도 참으로 마음에 든다고 한다. 그녀는 내가 왜 패디 아서 같은 사람과 어울리는지 모르겠다면서 패디 아서는 모라를 대하는 태도만 봐도 썩 좋은 사람이 아니라는 것을 한눈에 알아볼 수 있다고 한다. 그녀는 내 손을 꼭 쥐면서 자기를 집까지 데려다주다니 너무 착하다고, 나를 영원히 못 잊을 것 같다고 한다. 나는 내 다리에 바짝 와 닿는 그녀의 허벅지를 느끼며 결국 마지막 정거장까지 가고야 만다. 전차에서 내리려고 일어섰을 때는 흥분해서 불끈 솟아오른 바지 앞섶을 감추기 위해 몸을 수그려야만 한다. 나는 그녀와 집까지 걸어갈 생각이었으나 그녀가 버스 정류장에 멈춰 서더니 자기 집은 퀸스 빌리지에 있어서 버스를 타고 좀더 들어가야 한다고 한다. 정말 내가 거기까지 따라갈 필요는 없다. 그녀는 혼자 버스를 타면 된다. 그녀는 다시 한번 내 손을 꼭 쥐었다. 나는 어쩌면 패디 아서처럼 운이 트여 그녀와 침대에서 뒹굴 수도 있겠다는 망상을 한다.

　버스를 기다리는 동안 그녀는 또다시 내 손을 잡더니 해군에 가 있다는 자기 애인 이야기를 다시 하기 시작한다. 우리 아버지는 닉을 얼마나 싫어하는지 몰라요. 닉은 이탈리아인이거든요. 아버지는 닉이 없는 자리에서 닉에 대해 온갖 욕을 해요. 하지만 우리 어머니는 닉을 참 좋아해요. 하지만 그걸 내색할 수도 없지요. 그랬다가는 아버지가 잔뜩 화가 나서 술에 취해 집으로 들어와 가구란 가구는 죄다 부숴버릴 테니까요. 그런 일이 한두 번이 아니었거든요. 제일 심했던 때는 내 동생 케빈이 집에 왔을 때였어요. 케빈이 아버지에게 대든다고 한바탕 난리가 났죠. 케빈에게 온갖 욕설을 퍼붓고, 발로 걷어차고, 난리도 아니었어요. 케빈은 아버지만큼 덩치가 좋은 녀석이에요. 포드햄대학의 라인배커*거든요.

라인배커가 뭐죠?

라인배커를 몰라요?

모르는데요.

라인배커를 모르는 애는 처음 보겠네.

애라고? 내 나이가 스물네 살인데 그녀는 나를 애라고 부른다. 그렇다면 미국에서는 성인으로 인정받으려면 마흔이나 되어야 하나.

나는 그녀의 집까지 가는 내내 그녀가 아버지와 사이가 너무 안 좋아서 혼자 따로 나와 사는 여자였으면 하고 바란다. 그런데 웬걸, 그녀는 자기 아버지 집에 살고 있고, 그것으로 흥분의 밤을 향한 내 꿈도 사라지고 만다. 나는 그 나이 정도의 여자라면 나 같은 녀석을 데려갈 수 있는 자기만의 공간에 살고 있기 때문에 그녀가 나를 마지막 정거장까지 따라가게 한 거라고 생각했다. 일이 이렇게 된 마당에 그녀가 내 손을 수천 번 잡는다 한들 무슨 소용이 있으랴. 마지막 정거장까지 따라가도 함께 흥분할 기약이 없는 여자라면 한밤중에 퀸스의 버스 안에서 아무리 손을 꽉 잡는다 한들 무슨 소용이 있으랴.

그녀는 앞뜰 잔디 위에 성모마리아상과 분홍색 새 조각이 있는 집에 살고 있다. 작은 철문 앞에 서서, 그녀에게 키스를 하면 그녀가 흥분해서 우리 둘이 나무 뒤로 가서 그 짓을 할 수 있을지도 모른다는 상상을 하고 있는데 안에서 고함 소리가 들려온다. 무슨 짓이냐, 돌로레스! 어서 들어오지 못해? 이 시간에 집에 돌아오다니 제정신이야? 저 개자식한테 살고 싶으면 어서 돌아가라고 말해. 그녀는 오, 하고 소리치더니

---

*미식 축구에서 라인맨의 바로 뒤에서 수비하는 선수.

안으로 뛰어들어간다.

메리 아줌마네 하숙집으로 돌아가니 모두 아침 일찍 일어났는지 베이컨과 달걀과 진한 시럽에 담근 파인애플에 럼주를 곁들여 마시고 있다. 담배를 뻐끔대던 메리 아줌마가 나를 보더니 알 만하다는 듯 미소를 지어 보인다.

지난밤에 재미가 좋았나보지?

32

은행의 주간 근무자들이 퇴근할 때쯤 되면 브라이디 스토크 아줌마가 자루걸레와 양동이를 들고 와 세 층을 모두 청소한다. 브라이디 아줌마는 커다란 자루도 끌고 와서 쓰레기통에 있는 쓰레기들을 거기에 비우고 다시 화물 엘리베이터로 끌고 가 지하실 어딘가에 갖다버린다. 앤디 피터스가 브라이디 아줌마에게 자루가 몇 개 더 있으면 여러 번 왔다갔다할 필요가 없을 거라고 하자, 아줌마는 회사 측이 짜게 굴어서 자루를 하나밖에 안 준다고 하면서, 그까짓 것 하나 살 수도 있지만 포드햄대학교에 다니는 자기 아들 패트릭의 뒷바라지를 하느라 밤낮으로 일해야 하는 형편에 매뉴팩처러 트러스트 사에 자루까지 보태주어야 하겠느냐고 한다. 한 층의 쓰레기를 다 버리려면 자루를 두 번 채워야 하니까 아줌마는 매일 밤 지하실까지 여섯 번을 오르내려야 하는 셈이다. 앤디는 아줌마에게 자루 여섯 개만 있으면 지하실까지 한 번만 내려갔다 오면 되고 시간과 에너지가 절약될 테니, 일도 더 빨리 끝나 패트릭과 남편이 있는 집으로 더 빨리 돌아갈 수 있다고 아줌마를 설득하려 한다.

남편이라고? 남편은 벌써 십 년 전에 술 먹다가 죽었는걸.

오, 죄송해요.

죄송할 것 하나 없어. 그 인간은 걸핏하면 주먹을 휘둘러댔거든. 그 인간한테 맞은 자국이 아직까지 남아 있단 말이야. 패트릭도 마찬가지고. 그 인간은 어린 패트릭을 두들겨패는 것조차 아무렇지도 않게 생각하는 인간이었지. 그 어린것이 더 울지도 못할 지경에 이를 때까지 애를 두들겨팼어. 하루는 하도 심하게 두들겨패는 바람에 애를 데리고 집에서 나와 지하철 매표소에 있는 아저씨에게 제발 좀 들여보내달라고 사정한 적도 있어. 그때 경찰에게 가톨릭 자선단체가 어디에 있는지 물어봤어. 그 단체가 우리를 돌봐주고 내게 이 일자리를 구해주었지. 그래서 나는 자루가 하나밖에 없어도 감사하게 생각하고 있어.

앤디가 아줌마에게 그렇게 노예처럼 비굴하게 굴 필요는 없다고 하자 아줌마는 이렇게 대답한다.

난 노예가 아니야. 그 미치광이로부터 벗어났으니 엄청 출세한 셈이지. 하느님께는 죄송한 일이지만 그 인간 장례식에도 가지 않았는걸.

아줌마는 한숨을 쉬면서 자루걸레에 몸을 기댄다. 아줌마는 자루걸레 손잡이가 턱에 닿을 정도로 키가 작은 분이다. 커다란 갈색 눈에 입술은 너무 얇아 미소를 지으려 할 때도 움직일 입술이 없는 것처럼 보인다. 말라빠진 아줌마가 안쓰러워서 앤디와 나는 커피 마시러 나갈 때마다 아줌마에게 치즈버거와 프렌치프라이, 밀크셰이크 따위를 사다드리는데, 가만히 보니 아줌마는 그 음식들에 손도 대지 않고 집으로 가져간다. 포드햄대에서 회계학을 공부하고 있다는 아들 패트릭에게 갖다주려는 것이다.

어느 날 밤 아줌마가 쓰레기로 불룩해진 자루 여섯 개를 화물 엘리베이터에 쑤셔넣으면서 울고 있는 것이 아닌가. 우리는 엘리베이터에 우리가 탈 자리가 있는지 확인한 다음 아줌마와 함께 그 엘리베이터를 타고 지하실로 내려갔다. 은행 측에서 갑자기 선심을 베풀어 자루를 사준 것이냐고 묻자 아줌마는 대답했다.

그럴 리가 있겠어. 다 우리 아들 패트릭 덕분이야. 일 년만 더 있으면 포드햄대를 졸업할 녀석이 글쎄 피츠버그 출신 여자애랑 사랑에 빠져서 새로운 인생을 시작하기 위해 캘리포니아로 떠난다는 쪽지 하나만 달랑 남기고 떠나버렸지 뭐야. 난 스스로에게 다짐했지. 내가 이따위로 대접받는다면 이제부턴 자루 하나 가지고 죽을 고생은 하지 않겠다고. 그런데 맨해튼 이 거리 저 거리를 헤매다니다가 커널 스트리트에서 자루 파는 중국인 상점을 한 군데 발견했지 뭐야. 이런 대도시에서 자루 찾는 게 뭐 그리 어려울까 생각할 수도 있겠지만, 중국인들이 없었으면 어떡할 뻔했나 하는 생각이 들었다니까.

아줌마는 더 한층 서럽게 울어대며 스웨터 소맷자락으로 눈가를 닦아낸다. 앤디가 아줌마를 달랜다. 진정하세요, 스토크 부인.

브라이디 아줌마라고 불러. 이제부턴.

좋아요, 브라이디 아줌마. 저희랑 저 길 건너로 가서 뭐 좀 드시고 기운 차리세요.

아니, 아니, 괜찮아. 먹고 싶은 생각도 없어.

앞치마 벗고 저희랑 같이 가세요, 브라이디 아줌마.

커피숍에서 아줌마는 자기는 이제 브라이디 아줌마도 하고 싶지 않다면서 자기를 브리지드라고 부르라고 한다. 브라이디는 하녀들에게나 어울리는 이름이고 브리지드가 좀더 점잖은 이름인 것 같다면서. 아줌마는 처음에는 치즈버거 하나를 다 못 먹을 것 같다고 했지만, 치즈버거뿐 아니라 프렌치프라이까지 케첩을 듬뿍 발라 다 먹어치우고는 밀크셰이크를 빨대로 쪽쪽 빨아 마시면서 가슴이 찢어질 것 같다고 한다. 앤디는 아줌마에게 왜 갑자기 자루를 살 생각을 했느냐고 묻는다. 아줌마는 자기도 모르겠다면서, 패트릭이 그런 식으로 떠나버린 것과 남편한테 얻어맞던 기억이 머릿속에 하나의 문을 열어준 것 같다고 한다. 그러면서 아줌마는 자루 하나 가지고 고생하던 날들도 이제 끝났다고 한다. 앤디가 그것들은 서로 아무 상관이 없다고 하자, 아줌마는 앤디 말이 맞지만 이제 더는 신경쓰고 싶지 않다고 했다. 난 이십여 년 전에 퀸 메리 호를 타고 이곳에 왔지. 그땐 미국에 온다는 사실만으로도 흥분한 젊고 건강한 아가씨였는데. 지금 내 꼴을 좀 봐. 허수아비처럼 삐쩍 마른 꼴이라니. 이제 이런 꼴로 지내는 날도 끝났어. 아줌마는 커피숍에 애플파이가 있으면 하나 주문해 먹고 싶다고 한다. 그러자 앤디가 자기는 수사학과 논리학, 철학을 공부하고 있지만 아줌마가 갑자기 이러는 것만은 도저히 이해할 수 없다고 하고, 아줌마는 애플파이가 빨리 나오지 않는다고 투덜댄다.

책도 읽어야 하고 학기말 리포트도 써내야 하지만, 나는 마이크 스몰에게 빠져서 도서관에 앉아 창밖을 내다보며 그녀가 워싱턴 스퀘어를 가로질러 대학 본부 건물과 뉴먼 클럽 사이를 왔다갔다하는 것만 눈으로 쫓을 뿐이다. 그녀는 가톨릭 신자도 아니면서 수업과 수업 사이 비는 시간이면 뉴먼 클럽에 들르는데, 그녀가 그 풋볼 선수 밥과 함께 있는 것을 볼 때마다 내 가슴은 무너져내리고 〈지금쯤 어느 누가 그녀에게 키스하고 있을까〉라는 노래가 머릿속에 울려퍼진다. 물론 나는 누가 그녀에게 키스하고 있는가 잘 알고 있다. 200파운드의 거구인 그 미스터 풋볼 선수가 허리를 굽혀 그녀의 입술에 키스하고 있을 거라는 걸 잘 알고 있다. 세상에 마이클 스몰이 없었다면 나는 점잖고 유머 감각도 뛰어난 그 풋볼 선수를 좋아했을지도 모른다. 그래도 나는 찰스 아틀라스*가 튼튼한 근육을 만들어주겠다고 약속하는 그림이 그려진 만화책 뒤표지를 찾고 싶다. 나도 그 만화에서처럼 해변에서 밥을 보자마자 그의 얼굴에 모래를 끼얹을 수 있는 근육질의 우람한 남자가 되고 싶다.

여름이 다가오자 밥은 ROTC 유니폼을 입고 훈련을 받으러 노스캐롤라이나로 떠났다. 그리고 마이크 스몰과 나는 마음껏 자유롭게 만나 그리니치빌리지의 거리를 함께 거닐고, 맥두걸 스트리트에 있는 몬테스에서 함께 식사를 하고, 화이트호스나 산레모에서 함께 맥주를 마시고, 스태튼아일랜드 페리도 함께 탄다. 둘이서 손을 잡고 갑판 위에 서서 맨해튼의 스카이라인이 아련히 멀어져가는 것을 바라보고 있노라면 너무나 행복하다. 하지만 다른 한편으로는 눈이 상하고 폐가 나쁘다고 유럽으로 돌려보내졌던 이민자들이 내 머릿속에 다시금 떠오른다. 뉴욕의 물 위에 솟아 있는 화려한 고층 건물들을, 그 건물의 불빛들이 어스름에 반짝이는 모습을, 뱃고동을 울리며 내로 해협을 지나가는 예인선들과 나팔 소리를 내는 보트들을 이미 보아버린 그들이 다시 유럽 마을이나 동네로 돌아갔을 때 그 심정이 어떠했을까? 그들도 엘리스 섬에서 창문을 통해 이 모든 것을 듣고 보았을까? 뉴욕에 대한 기억이 그들에게 고통을 안겨주지나 않았을까? 그들의 눈꺼풀을 까뒤집거나 가슴팍을 툭툭 치는 제복 입은 남자들이 없는 장소를 통해 이 나라로 다시 들어오려고 시도하지는 않았을까?

마이크 스몰이 내게 무슨 생각하고 있느냐고 물었을 때, 나는 마땅히

---

* 미국 보디빌딩 콘테스트의 1921년 우승자. 본명은 안젤로 시칠리아노이다. 일약 슈퍼스타로 부상해서 명성이 높아지자 이름을 찰스 아틀라스로 바꾸고 '다이나믹 텐션'이라는 신체 단련 통신 강좌를 열었다. 미국 아이들은 십오 년 이상 잡지에 실린 그 강좌에 대한 광고를 보면서 자랐다고 하는데, 그중에서도 특히 허약한 남자가 보디빌딩을 통해 몸을 단련시켜 자기를 괴롭힌 남자에게 모래를 끼얹었다는 설정의 광고가 유명하다.

대답할 말을 찾아낼 수가 없다. 예전에 유럽으로 되돌려보내진 이민자들을 생각하고 있다고 대답하면 나를 이상한 사람으로 생각할까봐 겁이 난다. 우리 어머니나 아버지가 그런 식으로 돌려보내졌다면 나는 맨해튼의 화려한 불빛, 그 현란한 꿈을 앞에 두고 갑판 위에 서 있을 수 없을 것 같다.

게다가, 무슨 생각을 하고 있는 거야? 뭐 하고 있는 거야? 하는 식으로 질문하는 사람들은 미국 사람들밖에 없다. 아일랜드에서 살 때는 한 번도 그런 질문을 들어본 적이 없었으니까. 내가 마이크 스몰에게 이토록 빠져 있지만 않다면 나는 그녀에게 내가 무슨 생각을 하고 있든, 무슨 일을 하고 있든, 너는 네 일이나 걱정하라고 대답했을 것이다.

마이크 스몰에게 내 인생에 대해 너무 많이 말해주고 싶지 않다. 부끄럽기도 했고, 모든 사람들이 모든 것을 소유한 미국의 작은 도시에서 자라난 마이크가 이해할 수 있을 것 같지도 않기 때문이다. 하지만 그녀가 로드아일랜드에서 자기 할머니와 함께 살았던 때를 이야기할 때면 그녀의 얼굴에도 그늘이 드리워진다. 여름에는 수영을 하고, 겨울에는 스케이트를 타고, 헤이라이드*도 가고, 보스턴으로 여행도 가고, 데이트를 즐기고, 고등학교 졸업앨범을 편집하고, 그렇게 살아온 그녀의 인생은 할리우드 영화 속 이야기 같다. 하지만 그녀의 부모님이 갈라서면서 티버턴 친할머니 집에 남겨진 기억을 이야기할 때는 다르다. 그녀는 어머니가 너무 보고 싶어서 몇 달 동안 울면서 잠들었다고 얘기하며 눈물을 쏟아낸다. 내가 만약 다른 친척집에 보내져서 편안하게 살 수 있었더라면 나도 그녀처럼 가족을 그리워했을까? 매일 같은 빵을 먹고 같은 차를 마시고, 벼룩이 우글거리는 다 무너져가는 침대에서 다 함께 자야

---

* 건초를 실은 커다란 짐수레를 타고 가는 일종의 피크닉.

만 했던, 골목 안 사람들 모두가 화장실 하나를 같이 써야 했던 나날들을 그리워했을 거라고 생각하기는 어렵다. 절대. 내가 그런 것들을 그리워할 리가 없어. 그래도 우리 어머니와 동생들과 함께 지낸 시간들, 저녁이면 벽난로에 불을 피워놓고 다 같이 식탁에 둘러앉아 이야기를 나누던 시간들, 벽난로 안에서 너울거리는 불꽃에서 온갖 세상들, 작은 동굴들과 활화산과 온갖 종류의 형상과 이미지들을 보았던 그런 시간들은 그리워했을 수도 있다. 내가 부자 할머니와 살았다 해도 그런 것들은 그리웠겠지. 함께 둘러앉아 이야기를 나눌 형제자매도 없고, 벽난로도 없었던 마이크 스몰에게 측은한 마음이 들었다.

그녀는 초등학교를 졸업하던 날 굉장히 들떠 있었다고 내게 말한다. 그런데 아버지가 그녀의 졸업을 축하해주는 파티에 참석하기 위해 뉴욕에서 오기로 되어 있었는데, 마지막 순간에 예인선 인부들을 위한 피크닉에 참석해야 해서 못 온다고 전화를 했다는 것이다. 그 이야기를 하면서 그녀는 또다시 눈물을 흘린다. 그날 그녀의 할머니는 당신 아들에게 전화를 걸어 여자 꽁무니나 쫓아다니는 빌어먹을 망나니 같은 녀석이라면서 티버턴에 다시는 발을 들여놓지 말라고 아들을 단단히 혼내주었다고 한다. 적어도 그녀에게는 할머니가 있었다. 할머니는 항상 그녀 옆에서 모든 것을 해주셨다고 한다. 할머니는 그녀를 따뜻하게 안아주고 뽀뽀해주고 감싸주는 분은 아니셨지만, 항상 집을 깨끗하게 청소하고 빨래도 깨끗하게 빨아주고 학교에 가져갈 도시락을 매일매일 정성스럽게 싸셨다고 한다.

마이크는 눈물을 훔치면서 모든 것을 가질 수는 없는 법이라고 한다. 나는 아무 말도 할 수 없지만 왜 사람은 모든 것을 가질 수 없는 걸까, 또 모든 것을 줄 수도 없는 걸까라는 의문이 들었다. 집도 깨끗하게 치우고 빨래도 깨끗하게 빨고 도시락도 정성스럽게 싸주면서 뽀뽀도 해주고 안아주고 감싸줄 수도 있는 것 아닌가? 하지만 마이크에게 그런 말을 할 수는 없다. 그녀가 자기 할머니를 아주 강인한 분이라면서 존경하기 때문이다. 나는 차라리 마이크가 할머니는 자기를 안아주고, 뽀뽀해주고, 감싸주기도 했다고 말했으면 좋겠다.

밥이 ROTC 캠프에 가 있는 동안 마이크는 나를 자기 집으로 초대했다. 그녀는 자기 아버지 앨런 씨와 새어머니 스텔라와 함께 컬럼비아대학교 근처의 리버사이드 드라이브에 살고 있다. 그녀의 아버지는 뉴욕항에 위치한 댈젤 견인회사 소속 예인선 선장으로 일하고 있고 그녀의 새어머니는 임신중이다. 로드아일랜드에 사시는 그녀의 할머니도 뉴욕에 와 계시는데, 그녀가 뉴욕에 정착해서 적응할 수 있을 때까지 뉴욕에 머무를 예정이라고 한다.

마이크는 나더러 자기 아버지는 다른 사람들이 선장님이라고 부르는 것을 좋아한다고 일러준다. 내가 안녕하세요, 선장님, 이라고 말을 건네자 그녀의 아버지는 목구멍에 가래가 끓는 듯 그르렁거리더니 내 손가락 관절이 으스러질 정도로 손을 꽉 잡는다. 그것만 봐도 그가 얼마나 강한 남자인지 알 수 있다. 그녀의 새어머니는, 안녕, 젊은 친구? 하더니 내 뺨에 키스를 해준다. 그녀는 자기도 아일랜드 사람이라면서 앨버타가 아일랜드 남자애들과 어울리는 것을 보니 기쁘다고 한다. 아일랜드 사람인 그녀조차 나를 애라고 부른다. 마이크의 할머니는 거실에서 양손을 머리 뒤에 대고 편한 자세로 안락의자에 누워 있다. 마이크가 나를 소개하자 할머니는 이마 언저리를 실룩거리더니 내게 왔냐? 하고 인사를 건넨다.

그런데 내 입에서 이런 말이 튀어나오고 만다. 그렇게 안락의자에 앉아 계시니 참 팔자 좋아 보이시네요.

그러자 그녀의 할머니는 나를 노려보고, 그걸 보고 나도 내가 말실수를 했다는 것을 금방 깨닫는다. 마이크와 그녀의 새어머니가 드레스를 보러 다른 방으로 가버리자 나는 어색해서 견딜 수가 없다. 나 혼자 거실 한가운데 우두커니 서 있는데, 선장은 담배를 피우면서 신문만 들여다보고 있다. 아무도 나한테 말을 거는 사람이 없다. 나를 내버려두고 다른 방으로 가버린 마이크 스몰에게 배신감마저 들었다. 그것도 나를 무시하는 자기 아버지와 할머니와 셋이 있게 내버려두고. 나는 이런 상황에서 사람들에게 뭐라고 말해야 좋을지 알 수 없다. 예인선 사업은 어떠신가요? 라고 물어야 할까, 아니면 그녀의 할머니에게 마이크를 키우느라 정말 고생이 많으셨어요, 라고 말하는 게 좋을까.

리머릭에 있는 우리 어머니 같으면 사람을 이처럼 우두커니 방 한가운데 서 있게 내버려두지는 않았을 거야. 어머니는 집에 손님이 오면 여기 앉으세요, 차 한잔 하실래요? 하고 다정하게 말을 건넸는데. 그도 그럴 것이 리머릭 뒷골목에서는 사람을 무시하는 것은 도리가 아니고, 집에 찾아온 손님에게 차 한잔 대접하지 않는 것은 더더욱 도리가 아닌 걸로 생각하잖아.

선장처럼 좋은 직업을 가진 사람과 안락의자에 편안하게 앉아 있는 그의 어머니가 내게 얼굴에 입은 달려 있느냐고 묻지도 않고, 좀 앉으라고 권하지도 않는 것이 내겐 더더욱 이상하게만 느껴진다. 마이크가 어떻게 나를 거실 한가운데 우두커니 서 있게 내버려두고 나가버릴 수 있을까 싶기도 하지만, 만약 마이크가 이런 상황에 처했다면 자리에 앉아서 내 동생 말라키가 늘 그랬던 것처럼 상냥한 대화로 주위 사람들을 기분 좋게 만들었을 거라는 생각도 든다.

그렇다면? 내가 자리에 앉는다면 이 사람들은 뭐라고 할까? 오, 허락도 받지 않고 자리에 앉다니 참 느긋하군그래, 라고 할까? 아니면 아무 말도 하지 않고 있다가 내가 나가면 등 뒤에서 욕을 할까?

그들은 등 뒤에서 얘기를 하는 쪽일 것 같다. 그러면서 밥이 훨씬 낫다고, ROTC 유니폼을 입은 밥의 모습은 얼마나 멋지냐고 저희끼리 이야기할 것 같다. 하사 계급장이 달린 카키색 여름 군복을 입은 내 모습을 그들이 보았더라면 내게도 똑같이 그런 말을 했을 텐데, 라는 생각이 들다가도 꼭 그렇지만도 않을 것 같다. 어쨌든 그들은 고등학교 졸업장도 있고 눈도 깨끗하고 장래도 촉망되고 쾌활한 성격인데다 장교 유니폼을 입으면 더할 나위 없이 멋지게 보이는 밥을 더 좋아할 것 같다.

뉴잉글랜드에서는 아무도 아일랜드 사람들을 좋아하지 않는다는 것을, 어딜 가도 '아일랜드인 지원 사절*'이라고 쓰인 간판이 걸려 있었다는 것을 역사책에서 읽어서 이미 알고 있다.

나는 아무에게도 아무 부탁도 하고 싶지 않다. 발길을 돌려 그 집을 막 빠져나오려는데, 마이크가 금빛 머리칼을 찰랑거리며 활짝 미소를 머금은 채 통통 튀는 듯한 걸음으로 걸어나온다. 그리니치빌리지로 저녁 먹으러 나갈 채비를 마친 모양이다. 나는 그녀에게 사람을 거실 한가운데 우두커니 서 있게 만들고 아일랜드 사람을 싫어하는 티를 역력히 내는 사람들과는 상종도 하고 싶지 않다고 말하고 싶지만, 그녀의 푸른 눈과 빛나는 얼굴, 그토록 명랑하고 깨끗하고 미국적인 얼굴을 보자 그녀가 나한테 영원히 거기 그렇게 서 있으라고 명령해도 개처럼 꼬리를 흔들며 그 자리에 서 있을 수 있을 것만 같다.

엘리베이터를 타고 내려오면서 그녀는 내가 할머니에게 말실수를 했다면서, 자기 할머니는 연세가 예순다섯인데다 요리하랴, 집 안 청소하랴 정신없이 바쁘게 살아오신 분이고, 그런 분에게 안락의자에 몇 분 앉

---

* 1920년대에 감자 흉작 때문에 아일랜드인들이 대거 미국에 이민 오자 그들은 미국 노동시장에서 천덕꾸러기가 되었고, 그 결과 미국에서는 '아일랜드인 지원 사절'이라는 간판을 내걸고 아일랜드인을 차별 대우하는 곳이 많이 생겼다.

아 있다고 해서 그런 식으로 말하는 것은 이만저만한 실례가 아니라고
한다.

　나는 그녀에게 이렇게 말하고 싶다. 오, 그러셔? 네 할머니고 요리고
청소고 나발이고 다 엿이나 먹으라고 해. 네 할머니는 수도꼭지만 틀면
더운물, 찬물이 콸콸 쏟아져나오는 집에서 음식이고 음료수고 옷이고
가구고 다 갖춰놓고 돈 걱정 없이 살아왔으면서 불평할 게 뭐 있어? 이
세상에는 대식구를 돌보면서도 불평 한 마디 안 하고 사는 여자들이 널
렸다고. 네 할머니가 아파트 하나 간수하면서, 얼마 안 되는 식구 몇 명
돌보면서 불평을 늘어놓는다면 그건 정말 개가 웃을 일이지. 네 할머니
더러 웃기지 말라고 해.

　내가 하고 싶은 말은 그것이지만 그 말을 삼킬 수밖에 없다. 마이크
스몰이 마음에 상처를 입고 다시는 나를 만나지 않겠다고 할지도 모를
일이기 때문이다. 살면서 입에서 튀어나오려는 말을 도로 집어넣는 것
은 참으로 쉽지 않은 일이다. 그녀처럼 아름다운 여자와 사귀는 것도 참
으로 쉽지 않은 일이다. 그녀는 마음만 먹으면 언제라도 다른 남자를 사
귈 수 있을 테니까. 차라리 내가 눈이 안 좋은 것도, 고등학교 졸업장이
없는 것도 아랑곳하지 않을 별로 예쁘지 않은 여자애를 사귀었어야 하
는 것이 아닌가라는 생각이 든다. 그런 여자애였다면 내게 앉으라고 의
자도 권하고 차도 내오고 했을 테고, 나는 하고 싶은 말을 계속 삼킬 필
요도 없었을 거다. 앤디 피터스는 평범하게 생긴 여자와 살아야 인생이
편한 법이라고 늘 내게 말한다. 특히 가슴이 작거나 절벽인 여자는 조
금만 관심을 가져주어도 고마워하며, 영화에서 말하는 것처럼 나를 있
는 그대로 사랑해줄 거라고 한다. 나는 마이크 스몰이 첫날밤을 위해 자
기 몸을 아껴두는 여자라고 생각하고 있기 때문에 그녀의 가슴 따위는
언감생심 생각조차 할 수 없다. 하지만 풋볼 선수 밥이 그녀와 흥분하고

있는 모습을 상상하면 괴로워서 견딜 수가 없다.

베이커 앤드 윌리엄스 창고회사의 플랫폼 감독이 지하철에서 나를 보더니 인부들이 여름휴가를 떠난 동안 자기 회사에서 일하지 않겠느냐고 제안했다. 아침 여덟시부터 낮 열두시까지만 일하면 된다고 한다. 일하기 시작한 둘째 날, 나는 일을 마친 다음 혹시 호러스와 샌드위치라도 함께 먹을 수 있을까 해서 포트 웨어하우스로 가본다. 호러스는 흑인이고 나는 백인이지만 종종 호러스가 우리 아버지였으면 하는 생각을 한다. 내가 창고회사에서 누구에게라도 그런 말을 한다면 플랫폼 전체의 웃음거리가 될 것이 분명하다. 호러스는 창고회사 사람들이 흑인에 대해 어떻게 말하는지, 깜둥이니 뭐니 하는 말들이 오가는 것도 틀림없이 들었을 것이다. 나는 그가 모욕적인 상황에서도 어떻게 주먹을 휘두르지 않고 잘 참아내는지 신기하기만 하다. 그는 그런 상황에서 주먹을 휘두르는 대신 고개를 숙이고 옅은 미소만 지어 보일 뿐이다. 처음에는 그가 귀가 먹었거나 좀 모자라거나 둘 중 하나일 거라고 생각했지만 나중에 귀가 먹은 것이 아님을 알았고, 캐나다에서 공부하는 자기 아들에 대해 말하는 것을 듣고는 그도 기회만 있었다면 대학에 가고도 남았을 사람임을 알 수 있었다.

호러스는 레이트 스트리트에 있는 한 간이식당에서 걸어나오다가 나를 보더니 미소를 지으며 말했다. 오, 몬! 어쩐지 네가 올 것 같더라. 엄청 큰 샌드위치와 맥주를 샀는데 선창가에 가서 함께 먹지 않을래?

나는 레이트 스트리트를 따라 선창가로 가려고 했지만 그는 나를 돌려세우며 말한다. 창고회사 사람들이 우리를 볼지도 몰라. 하루 종일 날 놀려댈 거야. 호러스의 말대로 그들은 정말 하루 종일 낄낄대면서 언제 우리 어머니랑 아는 사이가 됐느냐고 호러스를 놀려댈 인간들이다. 그

생각을 하자 더더욱 보란 듯이 레이트 스트리트 쪽으로 걸어가고 싶어
진다. 하지만 호러스가 나를 말린다. 안 돼, 몬. 보다 큰일을 위해서 감
정을 아껴둬야지.

이게 큰일이지 뭐가 큰일이겠어요?

이건 아무것도 아니야, 몬. 그들은 그저 무지해서 그러는 것뿐이라고.

우린 맞서 싸워야 해요.

안 돼, 얘야.

세상에! 그가 나를 자기 아들 부르듯이 '얘야'라고 부르다니.

안 돼, 얘야. 난 싸울 시간이 없어. 난 그들의 그라운드에 발을 들여놓
고 싶지 않아. 내 싸움은 내가 결정해. 내겐 대학에 다니는 아들이 있고
성치 않은 몸으로 브로드 스트리트에서 사무실 야간 청소 일을 하는 아
내가 있단 말이야. 자, 샌드위치나 들어, 몬.

머스터드소스를 듬뿍 바른 햄 앤드 치즈 샌드위치다. 우리는 입가
심으로 라인골드 맥주 큰 병을 주거니 받거니 하며 나눠 마신다. 그런
데 갑자기 선창가에 앉아서 호러스와 함께 보내는 이 순간을 영원히 잊
지 못할 거라는 느낌이 나를 사로잡는다. 뭔가 건질 게 있나 싶어 하늘
을 뱅뱅 돌며 날고 있는 갈매기들, 내로 해협으로 끌고 가거나 정박시
킬 예인선을 기다리며 허드슨 강을 따라 줄지어 서 있는 배들, 우리 뒤
로, 그리고 우리 머리 위 웨스트사이드 고속도로를 따라 정신없이 달려
가는 차들, 부두 사무실의 라디오에서 흘러나오는 본 먼로의 〈단추와
리본〉, 내게 샌드위치를 한 조각 더 건네주며 살 좀 찌라고 말하는 호러
스, 내가 샌드위치를 떨어뜨릴 뻔하자 깜짝 놀라는 호러스. 나는 너무나
마음이 약해져서 샌드위치 위로 눈물을 떨구고 만다. 왜 이러는지 나도
알 수가 없다. 부둣가에서 호러스와 함께 먹는 이 샌드위치, 함께 마시
는 이 맥주, 나를 이토록 행복하게 만드는 이런 순간은 다시 오지 않으

리라고 내게 속삭이는 그 슬픔의 힘에 대해, 나는 호러스에게도 나 자신에게도 뭐라고 설명할 수가 없다. 그저 그 슬픔의 힘에 굴복하여 눈물을 흘릴 수밖에 없다. 스스로가 너무 바보같이 느껴져서 호러스의 어깨에 얼굴을 기대고만 싶다. 호러스도 그런 내 기분을 눈치챘는지 가까이 다가와 내가 마치 자신의 친아들이라도 되는 양 내 어깨를 감싼다. 그 순간 우리 두 사람에게는 흑인이니 백인이니 하는 것도, 그 밖의 그 무엇도 중요하지 않다. 우리는 샌드위치를 내려놓고 그렇게 가만히 앉아 있는다. 갈매기가 날아와 샌드위치를 휙 낚아채더니 게걸스럽게 먹어치운다. 그 모습을 보고 호러스와 나는 껄껄 웃는다. 호러스가 희디흰 손수건을 내 손에 쥐여준다. 내가 그걸로 눈물을 훔치고 다시 돌려주려고 하자 그는 손을 내젓는다. 그냥 가져. 나는 그 손수건을 죽을 때까지 간직하겠다고 마음먹는다.

호러스에게, 우리가 울 때마다 우리 어머니는 우리한테 네 오줌보가 눈에 가서 붙었나보다고 말했다고 하자 호러스는 껄껄 너털웃음을 터뜨린다. 이제 호러스는 내가 다시 레이트 스트리트로 발걸음을 옮겨도 개의치 않는다. 플랫폼에 있던 남자들도 호러스와 우리 어머니에 대해 농담을 하지 않는다. 껄껄 웃어넘기는 달인의 기분을 상하게 할 수는 없기 때문이다.

33

그녀는 이따금 칵테일파티에 초대받는다. 그러면 그녀가 나를 칵테일파티에 데려가는데, 나는 사람들이 딱딱한 빵조각이나 크래커 따위를 조금씩 집어먹으면서 코에 코를 맞대고 이야기를 나눌 뿐 리머릭의 파티에서처럼 노래를 부르거나 이야기를 들려주는 사람이 아무도 없는 것이 이상하기만 하다. 그러다가 하나둘씩 시계를 보기 시작하더니, 배고프지 않아? 밖으로 나가 뭣 좀 먹을까? 라고 말하고는 쌍쌍이 나가버리는 것이다. 그 사람들은 그런 것을 파티라고 부른다.

뉴욕의 업타운에서는 그런 식으로 파티를 한다. 나는 그런 파티가 하나도 마음에 들지 않는다. 특히 양복을 입은 남자가 마이크에게 다가와 자기를 변호사라고 소개한 다음 내 쪽으로 고개를 까딱해 보이고는 왜 저런 남자와 데이트를 하느냐고, 자기와 저녁 먹으러 나가지 않겠느냐고 그녀에게 데이트 신청을 할 때는 그런 파티가 더더욱 싫어진다. 그런 남자들은 그녀가 나 같은 남자를 빈 잔을 든 채 노래 부르는 사람 하나 없고 모든 것이 말라비틀어진 파티장에 혼자 있도록 남겨두고 나가버리는 것이 당연하다는 듯이 말한다. 그녀도 그런 제안을 받으면 우쭐해하면서도 아뇨, 괜찮아요, 라고 대답한다. 나는 그녀가 빈민가 출신인데다 고등학교 근처에도 못 가보고 눈밭에 난 오줌 구멍처럼 쑥 들어간 눈으로 세상을 멍하니 바라보는 나 같은 남자와 파티에 남아 있기보다는 양복을 단정하게 차려입은 변호사 양반과 데이트하러 나가고 싶지 않을까 하는 생각도 든다. 마이크도 언젠가는 깨끗한 푸른 눈에 티 하나 없이 깨끗한 이를 하고 그녀를 칵테일파티에 데려가고, 웨스트체스터로 이사해 그곳 컨트리클럽에 가입하고, 함께 골프도 치고, 마티니도 마시고, 진에 취한 밤이면 함께 시시덕거릴 남자와 결혼할 게 분명하다.

나는 내가 어떤 것을 더 좋아하는지 이미 알고 있다. 나는 수염을 기른 남자들과 머리를 길게 늘어뜨리고 구슬 장식을 한 여자들이 찻집이나 맥줏집에서 시를 읽는 뉴욕의 다운타운을 더 좋아한다. 그들 중에는 케루악, 긴즈버그, 브리지드 머내건 등* 신문이나 잡지에 이름이 오르내리는 인물들도 있다. 그들은 다락방이나 월세방에 살지 않을 때는 전국 각지를 떠돌아다니는가 하면, 커다란 병에 든 와인을 병째로 마시고 마리화나를 피우고 바닥에 드러누워 재즈를 음미한다. 음미. 그들은 재즈를 듣는 것을 그렇게 표현한다. 그들은 손가락을 튕기면서, 오, 멋져, 끝내줘! 해가면서 재즈를 음미한다. 그들은 리머릭에 있는 파 키팅 이모부처럼 웬만한 일에는 깽깽이방귀만큼도 신경쓰지 않는다. 넥타이를 매고 칵테일파티에 가야 한다면 그들은 아마 죽을지도 모른다.

어느 날 그놈의 넥타이 때문에 마이크와 나는 처음으로 싸우게 되었다. 나는 마이크가 성질부리는 것을 그날 처음 보았다. 칵테일파티에 가

---

* 모두 비트족에 속하는 대표적 문인들이다. 비트족은 1950년대 중반 샌프란시스코와 뉴욕을 중심으로 대두된 보헤미안적인 문학가, 예술가 그룹으로, 보수적인 기성질서에 반발해 저항적 문화와 기행을 추구했다.

기로 한 그날, 리버사이드 드라이브에 있는 그녀의 아파트 앞에서 그녀는 나를 보자마자 대뜸 쏘아붙였다. 넥타이는 어디 갔어?

집에 있는데.

이건 칵테일파티란 말이야.

난 넥타이 매는 거 싫어해. 그리니치빌리지에 있는 사람들은 넥타이 따위는 매지 않는단 말이야.

그리니치빌리지 사람들이 뭘 매든 난 상관 안 해. 이건 칵테일파티란 말이야. 남자들 모두 넥타이를 매고 가야 하는 거라고. 넌 지금 미국에 있는 거야. 브로드웨이에 있는 남성복 상점에 가서 넥타이 하나 사자.

집에 넥타이가 있는데 넥타이를 왜 또 사?

왜냐하면 난 지금 그 꼴로는 너를 파티에 데려갈 수 없거든.

그녀는 브로드웨이 쪽으로 116번 스트리트를 성큼성큼 걸어가더니 손을 내밀어 택시를 잡고는 내가 따라오는지 돌아보지도 않고 택시에 올라탔다.

나는 7번 애비뉴에서 전철을 타고 워싱턴 하이츠로 가면서 왠지 모를 고통을 느꼈다. 나의 고집스러움을 탓하면서, 그녀가 나를 완전히 포기하고 양복 입은 변호사 양반에게 가버릴까봐 걱정하면서, 그녀가 풋볼 선수 밥이 ROTC에서 돌아올 때까지 여름 내내 그 변호사 양반하고 칵테일파티에 드나들지도 모른다는 생각을 하면서. 어쩌면 그녀는 밥도 버리고 그 변호사 양반에게 가서 대학을 졸업하고 웨스트체스터나 롱아일랜드로 가서 살지도 모른다는 생각까지 들었다. 그 동네에서는 모든 남자들이 주중에 매일 넥타이를 매고, 그중 몇몇은 매일 다른 넥타이를, 사교모임에 갈 때는 특별한 넥타이를 맬지도 몰라. 그녀는 숙녀라면 팔꿈치까지 오는 흰 장갑을 껴야 한다는 자기 아버지 말을 명심하면서 머리에서부터 발끝까지 쫙 빼입고 컨트리클럽에 드나들면서 행복해할 것만 같았다.

패디 아서가 한 벌 쫙 빼입고 넥타이는 매지 않은 채 계단을 내려오고 있었다. 패디는 아이리시 댄스를 추러 가는 길이라면서 나더러 같이 가자고 했다. 혹시 아냐? 돌로레스를 다시 보게 될지. 하하!

나는 방향을 바꿔 그를 따라 계단을 다시 내려가면서 말했다. 난 이 세상에서나 저세상에서나 돌로레스를 영원히 못 보게 된다 해도 상관없어. 걔가 나한테 한 짓을 생각하면 말이야. 나를 꼬드겨서 E선 전차를 타게 하고 퀸스 빌리지까지 끌고 갔잖아. 난 그날 밤 혹시 흥분이라도 할 일이 있나 싶어서 잔뜩 기대했지 뭐야. 다운타운으로 가는 전철을 타기 전에 패디와 나는 브로드웨이에 있는 한 술집에 들러서 맥주를 한 잔씩 했다. 패디가 내게 묻는다. 이런, 너 무슨 일 있냐? 무슨 생각에 빠져 있는 거야?

마이크 스몰과 넥타이 때문에 다퉜다는 얘기를 하자 패디는 일말의 동정심도 보이지 않고 말했다. 그러게 신교도 여자애들이랑 어울려 다니면 그 꼴이 된다니까. 리머릭에 계신 어머니가 아시면 뭐라고 하시겠어?

어머니가 뭐라고 하든 상관없어. 나는 마이크 스몰에게 미쳐 있으니까.

패디는 위스키를 시키면서 나한테도 한잔 하라고 했다. 자, 기분 풀어. 진정하고. 이거 마시면 머리가 덜 복잡할 거야. 뱃속에 위스키를 두 잔쯤 부어넣자, 그리니치빌리지 바닥에 누워 마리화나를 피우고 머리를 길게 늘어뜨린 여자애들과 와인을 병째로 마시면서, 우리를 천국으로 데려갔다가 다시 길고 낮고 구슬픈 소리로 마음을 진정시켜줄 찰리 파커의 음반을 듣고 싶어졌다.

패디에게 그렇게 말하자 녀석은 나를 노려보며 말했다. 어라, 이놈 보게. 너 지금 날 놀리냐? 넌 뭐가 문제인지 알아? 신교도 아니면 깜둥이들과 어울린다는 거야. 다음번에는 유대인들과 어울리겠군. 그러면 너는 완전히 지옥행이야.

　패디 옆에 앉아서 파이프 담배를 피우고 있던 한 노인이 우리의 대화에 끼어들었다. 맞는 말일세, 젊은 친구. 맞는 말이야. 자네 친구에게 유유상종하라고 말해주게나. 나도 평생 전화회사에서 일하면서 아일랜드 사람들하고만 어울려 지냈지. 그러니까 아무 문제도 없었어, 알겠나? 유유상종하면서 살아왔단 말일세. 나도 온갖 뜨내기들과 결혼한 젊은 친구들을 많이 봐왔는데 그들은 신앙을 저버리고 결국 일요일에 야구 시합이나 보러 가더군.

　우리 동네에 체코슬로바키아의 술집에서 이십오 년간 일하고 고향으로 돌아온 사람이 하나 있었는데 체코슬로바키아 말은 한 마디도 못하면서 고향에 와서는 잘 정착하더라고. 그게 다 유유상종한 덕분이지. 그 사람은 체코슬로바키아에서 몇 안 되는 아일랜드 사람들하고만 어울려 지냈다는 거야. 다 우리 주님과 성모님 덕이야. 자, 유유상종의 미덕을 아는 아일랜드 남녀들을 기리는 의미에서 내가 한잔 사지. 그래야 아이가 태어나도 그 아버지가 누구인지 알 것 아닌가? 제길, 가장 중요한 건 아버지가 누구인지 아는 것 아니냐고.

　우리는 유유상종의 미덕을 지키고 자기 아버지가 누구인지 아는 모든 사람들을 위해 잔을 들어 건배했다. 패디는 그 노인 쪽으로 몸을 돌리더니 둘이서 고국 아일랜드 이야기를 하기 시작했다. 노인은 고국에 가본 지 벌써 사십 년이 다 되어간다면서 자기는 꼭 그리운 고향 마을 고트로 돌아가서 가엾은 자기 어머니, 평생 배신자 색슨족 군주에 맞서 싸운 자기 아버지 옆에 묻히고 싶다고 했다. 그러고는 자기 잔을 높이 들어올리더니 노래를 부르기 시작했다.

　주여, 아일랜드를 구하소서. 영웅들은 말하지

주여, 아일랜드를 구하소서. 그들은 모두 말하지
높디높은 교수대에서 사라진다 해도
전쟁터에서 죽는다 해도
오, 아일랜드를 위해서라면 무슨 상관 있으리

그들은 점점 더 위스키에 빠져들고 나는 지금쯤 누가 마이크 스몰에게 키스하고 있을지 생각하며 바에 있는 거울만 노려보고 있었다. 다시 그녀와 거리를 활보하면서 지나가는 사람들의 부러움 어린 시선을 받고 싶었다. 패디와 노인은 이따금씩 나한테 조국 아일랜드를 위해 죽어간 수천 명의 남녀 선열들을 생각해보라면서 내가 미국 성공회 신자들과 어울려 다니는 걸 보면 그들이 저세상에서 얼마나 슬퍼들 하겠느냐고 한마디씩 했다. 패디가 다시 내게 등을 보이자 나는 거울 속의 내 모습을 멍하니 바라봤다. 그러고 있자니 도대체 내가 어떤 세상에 와 있나 하는 생각이 들었다. 이따금 노인은 패디를 제치고 내 쪽으로 몸을 기울이며 말했다. 유유상종해야 혀. 유유상종. 자유의 땅, 용감한 자들의 고향 뉴욕에 와 있는데 아직 아일랜드 리머릭에 있는 것처럼 행동하고 아일랜드 사람만 만나라고? 아일랜드 여자애들하고만 데이트하라고? 어찌나 신앙심이 깊은지 뭐든 안 된다고 말해서 날 질리게 한 여자애들과? 로스코먼의 농장에 정착해 아이를 일곱이나 줄줄이 낳아 키우면서, 소 세 마리, 양 다섯 마리, 돼지 한 마리 기르면서 살기를 원하는 패디 먹이 아닌 다음에야 모든 남자를 거절하는 그런 여자애들 말이야? 아일랜드의 슬픈 고난의 역사나 듣고 피둥피둥 살이 찐 아일랜드 촌년들과 춤이나 추라고?
　내 머릿속에는 마이크 스몰밖에 없다. 금발에 푸른 눈을 한, 달콤하고, 미국 성공회 신자다운 생활방식으로 매사에 거침없이 살아가는, 가장 미국적인 여자. 머릿속에는 로드아일랜드의 작은 마을 티버턴에서 할머니 손에 자란 아름다운 추억이 자리하고 있는 여자. 그녀는 내려갠 싯 강이 내려다보이는 창가에 드리워진 작은 커튼이 하늘하늘 나부끼는 방에서 깨끗한 시트가 깔린 침대에 누워 깨끗한 이불을 덮고 깨끗한 베개에 금발 머리를 누이고, 소풍, 헤이라이드, 보스턴 여행, 남자애들 따위를 꿈꾸며 잠들었겠지. 아침에 일어나 눈을 뜨면 할머니가 영양가 풍부한 미국식 아침을 차려주었겠지. 잘 먹고 학교로 가서 낮에는 온갖 남자애들, 여자애들, 선생들을 호려놓으라고. 나를 포함한 모든 사람들을 호려놓으라고. 이 술집 바에 앉아서 괴로워하고 있는 나를.

위스키 탓인지 머릿속에 먹구름이 꽉 긴 듯한 느낌이 들었고 나는 패디와 그 노인에게 이제 아일랜드의 고난이 어쩌고저쩌고 하는 이야기는 지긋지긋하다고, 동시에 두 나라에 살 수는 없다고 말할 뻔했다. 하지만 나는 바에서 역적모의를 하는 두 사람을 놔두고 그냥 밖으로 나와서 179번 스트리트를 벗어나 브로드웨이를 따라 116번 스트리트까지 걸어갔다. 한동안 기다리고 있으면 마이크 스몰이 양복 입은 변호사 양반의 에스코트를 받으며 집으로 돌아오는 모습을 보게 될지도 모른다는 생각을 하면서. 그 모습을 보고 싶기도 했고 보고 싶지 않기도 했다. 그러고 있는데 갑자기 순찰차가 멈춰 서더니 차에 타고 있던 경찰이 내게 소리쳤다. 저리 비켜, 젊은 친구. 바너드* 여대생들도 다 잠자리에 들었다고.

저리 비키라고? 경찰이 소리를 질러대니 시키는 대로 순순히 하는 수밖에. 난 지금 누가 그녀에게 키스하고 있는지 안다고, 그녀는 그 변호사의 팔에 안긴 채 영화관에 있을 거라고, 그의 손가락 끝이 첫날밤을

---

* 뉴욕 시 컬럼비아대학교 산하에 있는 여자대학 바너드 칼리지를 말함.

위해 아껴둔 그녀의 가슴 가장자리에 매달려 있을 거라고, 팝콘을 먹는 사이사이에 키스를 하고 꼭 껴안고 있을지도 모른다고 경찰에게 말해봐야 아무 소용 없을 테니까. 나는 길 건너 컬럼비아대학의 정문을 멀거니 바라보며 브로드웨이 한가운데에 서 있다. 어느 쪽으로 가야 할지 막막하기만 하다. 캘리포니아나 오클라호마에서 온 여자애라도 낚아봐? 마이크 스몰처럼 푸른 눈에 금발 머리를 하고, 충치나 치통이라곤 앓아본 적 없는 새하얀 이를 드러내며 항상 즐겁게 웃는 그런 여자애를? 그런 애들이야 항상 즐겁겠지. 그애들에게는 인생이 탄탄대로일 테니까. 대학을 졸업하고, 그녀 말대로 좋은 '남자애'를 만나서, 우리 어머니가 늘 타령하는 평화와 안식이 보장되는 그런 삶을 살 테니까.

경찰이 내게 다가와서 계속 비키라고 했다. 나는 경찰이 뒤에서 손가락질하면서 옆에 있는 자기 동료에게, 저기 위스키에 전 구대륙 아일랜드 놈이 또 한 명 있군, 이라고 말하는게 싫어서 내 일말의 자존심을 지키기 위해 116번 스트리트를 똑바로 건너려고 노력했다. 경찰들은 이 모든 일이 마이클 스몰이 나한테 넥타이를 매라고 했고 내가 그 요구를 거절했기 때문에 일어났다는 걸 몰랐다. 아니, 알 리도 없고 그런 상황을 이해할 수도 없었다.

웨스트 엔드 바는 컬럼비아대 학생들로 붐비고 있었다. 나도 이곳에서 맥주 한잔 하면 뉴욕대보다 한 등급 위인 컬럼비아대 학생으로 쳐주지 않을까. 그러면 금발 여대생이 나한테 호감을 품고 내게서 마이크 스몰에 대한 집착을 떨쳐낼지도 모른다는 생각도 들었다. 하지만 브리지트 바르도가 내 침대에 기어들어온다 해도 마이크 스몰에 대한 미련을 버릴 수 있을 것 같지 않았다.

컬럼비아대 학생들이 목청을 높여가며 인생의 허무에 대해 떠들어대는 것을 보니 차라리 뉴욕대 카페테리아에 앉아 있는 게 낫겠다. 모든 것이 얼마나 부조리한지 알아? 중요한 것은 고난 속에서도 품위를 잃지 않는 거야.* 황소의 뿔**이 너를 들이받고 네 엉덩이를 뜯어먹는 그런 위기의 상황에 처하게 되었을 때 너는 비로소 그게 진리의 순간이라는 것을 알게 될 거야. 헤밍웨이를 읽어보라고. 장 폴 사르트르도 읽어봐. 그들이야말로 세상을 아는 사람들이지.

은행이나 부두, 창고에서 일하지 않아도 된다면 나도 어엿한 대학생 노릇을 하며 인생의 허무가 어쩌니 하면서 떠들어댈 텐데. 우리 부모님이 번듯한 삶을 살았더라면, 그래서 나를 대학에 보낼 정도로 여유가 있었더라면 나도 술집이나 카페테리아에 앉아 매일매일 일어나는 자살의 유혹에 대해 설파하는 카뮈나 황소의 뿔을 두려워하지 않는 용기에 대해 서술한 헤밍웨이를 내가 얼마나 좋아하는지 모든 사람들에게 말하고 다닐 수도 있을 텐데. 내게 돈과 시간이 충분하다면, 절망이라는 주제에 관한 한 뉴욕의 어느 대학생에게도 뒤지지 않았을 텐데. 하지만 어머니한테는 절대 그런 말을 할 수가 없었다. 어머니의 반응은 뻔했다. 어라, 애 좀 봐. 건강하고, 신발이라도 신고 다니고, 머리도 멀쩡하잖아. 그 이상 뭘 더 바라니?

맥주를 마시면서 이 나라는 도대체 어떻게 된 나라인지 궁금해졌다. 경찰이 시민한테 이리 가라 저리 가라 명령하질 않나, 사람들이 햄 샌드위치에 비둘기 똥을 집어넣질 않나, 풋볼 선수와 약혼하기로 약속한 여자애는 내가 넥타이를 매지 않았다고 나를 두고 그냥 가버리질 않나, 유대인 수용소에서 온갖 고초를 겪고 나와 아무한테도 해를 끼치지 않았

---

* Grace under pressure. 헤밍웨이가 소설 속에서 그려낸, 역경을 이겨냄으로써 미덕을 이루어내는 영웅상.

** 새로운 소설기법과 새로운 시대정신을 추구한 1920년대 미국 모더니즘 문학의 선도적 소설로 평가받는 헤밍웨이의 출세작 『태양은 다시 떠오른다』에 나오는 상징적 테마.

고 유대인으로 남을 자격이 있는 마이클에게 수녀들이 가톨릭 영세를 주려고 하질 않나, 대학생들이 실컷 먹고 마시면서 실존주의가 어떠니 허무가 어떠니 하면서 떠들어대질 않나, 다시 경찰이 나타나서 저리 비키라고 말하질 않나.

나는 브로드웨이를 거슬러 컬럼비아대를 지나 워싱턴 하이츠를 지나 조지워싱턴교로 가서 허드슨 강을 바라봤다. 먹구름과 온갖 소음으로 가득 찬 내 머릿속에 리머릭과 다하우와 에드 클라인이 왔다갔다했다. 쓰레기처럼 버려졌다 미군에 의해 구출된 마이클, 우리 어머니, 마요의 에머, 로드아일랜드의 마이크 스몰, 껄껄 웃으면서 넌 눈밭에 난 오줌 구멍 같은 눈을 하고는 결코 아일랜드 여자애들과 춤도 못 출걸, 이라고 말하는 패디 아서, 그런 이들이 내 머릿속을 오락가락했다. 나는 허드슨 강을 바라보며 나 자신에 대한 연민으로 괴로워했다. 저 멀리서 하늘이 밝아오더니 태양이 떠올라 이 건물 저 건물로 옮겨다니며 맨해튼을 다시 황금의 신전 기둥으로 바꿔놓았다.

34

　며칠 후 그녀가 눈물을 흘리며 내게 전화를 걸어온다. 지금 바깥에 있
는데, 브로드웨이랑 116번 스트리트가 만나는 곳으로 데리러 와줄 수
있어? 아버지랑 문제가 있었어. 돈도 하나도 없고 어떻게 해야 좋을지
모르겠어. 그녀는 길모퉁이에서 기다리고 있다가 전철에 오르자 내게
자초지종을 말한다. 자기가 넥타이 사건 때문에 아직도 안 좋은 감정이
남아 있다는 건 나도 잘 알고 있지만, 그래도 자기한테 전화를 걸어 만
나야겠다는 생각을 했지. 그래서 차려입고 나오는데, 아버지가 안 된다
고 하면서 나가지 말라는 거야. 내가 그래도 나가겠다고 하니까 아버지
가 내 얼굴을 치는 거 있지. 그 바람에 입을 맞아서 이 모양이 된 거야.
과연 그녀의 입은 퉁퉁 부어 있다. 그녀는 아버지 집에서 완전히 도망나
온 거라면서 절대 돌아가지 않겠다고 한다. 메리 오브라이언 아줌마는
그녀더러 운이 좋다면서, 때마침 하숙생 한 명이 고향집의 아랫동네 처
녀와 결혼하기 위해 아일랜드로 돌아갔기 때문에 방이 하나 비어 있다
고 한다.

마이크가 밥 대신 나한테로 왔으니, 한편으로는 그녀의 아버지가 그녀를 친 것이 내게는 기쁜 일이 되었다. 물론 며칠 후 그 사실을 안 밥이 분개해서 나를 우리 하숙집 앞으로 불러내 비열한 아일랜드 촌뜨기 네 놈의 머리통을 박살내주겠다고 협박한다. 그런데 내가 머리를 한쪽으로 피하고 밥이 주먹으로 벽을 치는 바람에 그는 뼈가 으스러져 깁스를 하러 병원에 가야 한다. 녀석은 병원에서 나오면서 어디 두고 보자고, 조물주와 미리 화해해두는 것이 좋을 거라고 내게 으름장을 놓는다. 하지만 며칠 후 뉴욕대에서 녀석과 다시 마주쳤을 때 녀석은 내게 우정의 악수를 청하고, 그후론 그 녀석을 다시 보지 못한다. 녀석은 어쩌면 나 모르게 마이크 스몰을 불러넬지도 몰라. 하지만 그땐 이미 늦은 거야. 그녀는 자기가 첫날밤을 위해 얼마나 몸을 잘 간수해왔는지도 잊어버리고 나를 그녀의 침실로, 그녀의 침대로 들어가게 허락한 뒤다. 우리가 첫 관계를 가진 그날 밤 그녀는 내가 자기 처녀성을 앗아갔다고 말한다. 사실 그녀를 생각한다면 죄책감을 가지거나 슬퍼해야 하지만, 내가 그녀의 첫 남자, 군대에서 동료들이 말했던 것처럼 한 여자의 기억 속에 영원히 남을 첫 남자가 된 마당에 그런 생각이 들지는 않는다.

하지만 우리는 메리 오브라이언 아줌마의 하숙집에 오래 머물러 있을 수 없다. 한 침대에서 자고 싶은 욕망을 억누를 수 없고, 또 하숙집에는 보는 눈들도 있기 때문이다. 패디 아서는 이제 내게 말을 걸지 않는다. 그가 신앙심이 깊어서 그런 건지, 애국자여서 그런 건지는 알 수 없지만, 어쨌든 내가 가톨릭 신자도 아니고 아일랜드인도 아닌 여자와 같이 있는 것에 대해 화가 난 것이다.

그녀의 아버지인 선장 양반이 마이크에게 매달 얼마씩을 보내주겠다는 전갈을 보내온다. 덕분에 그녀는 브루클린에 작은 아파트를 얻을 수 있게 된다. 나도 그녀와 같이 살고 싶지만 그 선장이나 그녀의 할머니가 그 사실을 아는 날에는 무슨 수치스러운 짓이냐고 할 것이 뻔하기 때문에, 나는 그리니치빌리지 다우닝 스트리트 46번지에서 소위 말하는 '찬물 아파트cold-water flat'를 구한다. 더운물이 나오는데도 사람들이 왜 그곳을 찬물 아파트라고 부르는지 이해할 수 없다. 하지만 그 아파트에는 난방이 되지 않는다. 난방장치라고는 커다란 석유 히터가 고작인데, 히터를 켜두면 하도 빨갛게 달아올라 터져버리지나 않을까 겁이 날 정도다. 방을 따뜻하게 하기 위해 나는 하는 수 없이 메이시 백화점에 가서 전기담요를 하나 산다. 전기담요에 달린 긴 코드 덕에 나는 방 안을 돌아다닐 수 있다. 부엌에 욕조가 하나 있고, 복도 맞은편에 사는 이탈리아인 노부부와 함께 쓰는 화장실은 복도에 있다. 하루는 그 이탈리아 노인이 내 방문을 두드리더니 나더러 자기들 화장지에는 손대지 말고 내 화장지를 사다가 화장실에 걸어두라고 한다. 노부부는 자기들 화장지에 표시를 해두었기 때문에 내가 조금이라도 쓰려고 들면 바로 알아차릴 수 있다. 그러니 조심하시라는 말씀. 그는 서투른 영어로 지난번에 내 방에 세들어 살던 사람과 화장지 때문에 옥신각신한 적이 있다면서, 아직도 몹시 화가 나는 듯 내 얼굴에 대고 주먹을 휘두르며 자기 화장지에 손대면 큰코다칠 줄 알라고 으름장을 놓는다. 하지만 내가 자기들 화장지에 손대지 않는다는 걸 확실히 해두기 위해 우선은 화장지 한 롤을 내게 주겠다고 한다. 그는 자기 아내는 좋은 사람이라면서, 우선 내게 화장지를 주는 것이 좋겠다고 한 사람도 바로 자기 아내라고 한다. 그러면서 자기 아내가 아프니 아무 말썽 없이 조용히 지내주기 바란다고 당부한다. 카피체?*

마이크는 브루클린 하이츠의 헨리 스트리트에 작은 아파트를 구한다.

---

* 이탈리아어로 '알겠어?'라는 뜻.

그녀의 아파트에는 혼자 쓸 수 있는 욕실도 있었고 화장지 따위로 시비를 거는 사람도 없다. 그녀는 나더러 내가 구한 셋방이 정말 형편없다면서, 난방도 안 되고 요리할 공간도 없고 화장지 따위로 시비를 거는 이탈리아 사람들이 있는 그런 곳에서 어떻게 살 수 있느냐고 한다. 그녀는 나를 딱하게 생각해 종종 자기 아파트에서 자고 가게 해준다. 그리고 아버지 집에서 얻어맞고 나올 때까지는 커피 한 잔 탈 줄 몰랐던 그녀는 종종 나를 위해 맛있는 저녁을 만들어준다.

학기가 끝나자 마이크는 아버지 주먹에 맞아서 생긴 종기 때문에 치과 치료를 받기 위해 로드아일랜드로 돌아간다. 나는 홀로 뉴욕대에 남아 여름 특강을 듣는다. 나는 로드아일랜드에서 할머니와 느긋하고 편안하게 지내고 있을 그녀를 생각하면서 책을 읽고, 공부하고, 학기말 리포트를 쓰고, 자정부터 아침 여덟시까지 은행에서 일하고 일주일에 두번은 베이커 앤드 윌리엄스 창고회사에서 지게차를 몬다.

그녀는 내게 전화를 걸어 자기 할머니는 내가 팔자 편하다고 말한 것 때문에 화가 났던 건 다 풀렸다면서 할머니가 가끔 나에 대해 좋게 말하기도 한다고 말한다.

어떤 말?

할머니는 네 검은 곱슬머리가 참 보기 좋대. 그리고 우리 아버지랑 있었던 일에 대해서도 유감스럽게 생각한다고 하셨어. 그래서 말인데, 우리 할머니가 네가 로드아일랜드에 놀러 와서 하루 이틀 정도 머물다 가도 된다고 하셨거든.

은행에서 뜻하지 않은 일이 생기는 바람에 나는 일주일간 로드아일랜드에 갈 수 있게 된다. 어느 날, 일하는 곳에서 가까운 브로드 스트리트의 한 커피숍에서 어떤 남자가 옆에 와서 앉더니 내가 전날 밤에 하는 얘기를 들었다면서 나더러 아일랜드인이 아니냐고 묻는다.

그런데요.

오, 그렇군요. 저도 아일랜드인이에요. 말 그대로 토종 아일랜드인이죠. 저희 아버지는 칼로 출신이고, 저희 어머니는 슬리고 출신이죠. 실례지만 당신 이름은 다른 사람에게서 들어서 알고 있습니다. 그리고 당신은 전미 트럭 운전사 조합의 조합원이자 국제항만노조의 조합원이라면서요?

제 국제항만노조 조합원 자격은 만료되었는데요.

상관없어요. 저는 노동조합의 조직책입니다. 우리는 그 빌어먹을 놈의 은행, 아, 제 말버릇을 용서하세요, 그 은행에 침투하려고 합니다. 당신도 이 일에 관심 있으시죠?

그럼요, 물론이죠.

우리가 찾아봤는데, 은행의 당신 조에서 노동조합에 가입한 적이 있는 사람은 당신밖에 없더군요. 우리가 당신에게 바라는 것은 약간의 힌트만 달라는 거예요. 당신도 알다시피, 또 저들도 잘 알고 있듯이 은행 측에서는 직원들에게 형편없는 월급을 주고 있잖아요. 그러니 그리 많은 정보도 필요 없고, 여기저기에서 조금씩만 정보를 얻으면 되지요. 그리 서두를 필요도 없고요. 자, 몇 주후에 봅시다. 여기 계산은 내가 하지요.

다음 날 목요일 저녁, 월급 수표를 받고 있는데 감독이 와서 말한다. 자넨 이제 여기서 일할 필요 없네, 매코트 군.

그는 다른 사람들도 다 잘 들으라고 다시 한번 말한다. 자넨 오늘밤에도, 앞으로도 여기에서 일할 필요가 없네. 가서 자네의 노동조합 친구들에게 이 사실을 말하게나. 이곳은 은행이야. 우린 빌어먹을 노동조합 따위는 필요 없어.

다른 사람들은 아무 말도 하지 않는다. 타자수도, 은행원도. 그들은 그저 고개만 끄덕이고 있다. 앤디 피터스가 있었으면 한마디 했겠지만,

앤디는 오후 네시에서 밤 열두시까지 일하는 조다.

수표를 받아들고 나와 엘리베이터를 기다리고 있는데 이사 한 명이 자기 사무실에서 나오다가 내게 묻는다. 매코트 군 맞지?

나는 대답 대신 고개를 끄덕인다.

대학을 졸업할 예정이라고 하던데, 맞지?

네.

우리 회사에서 일할 생각 없나? 외국에 나갈 수도 있고, 삼 년만 일하면 다섯 자리 수 봉급도 받을 수 있다네. 그 정도면 괜찮은 보수지. 자넨 우리랑 같은 민족이야, 그렇지? 아일랜드 사람 맞지?

네.

나도 아일랜드인이네. 우리 아버지는 위클로 출신이고 어머니는 더블린 출신이지. 자네가 이런 은행에서 일하게 된다면 모든 문이 열리는 셈이지. '아일랜드인의 고대 교단'도 '콜럼버스 기사단'도 모두 만날 수 있을 걸세. 우리 민족은 우리가 돌봐야지. 우리 민족을 우리가 안 돌보면 누가 돌보겠는가?

전 지금 막 해고된걸요.

해고됐다고? 자네 지금 무슨 말을 하는 건가? 뭣 때문에 해고됐어?

커피숍에서 노동조합 조직책과 이야기를 나눴다고요.

자네가 그랬단 말인가? 노동조합 조직책과 이야기를 나눴어?

네.

정말 어리석은 짓이네. 이보게, 젊은 친구. 우린 탄광도, 부엌도, 하수구도 다 벗어났어. 이제 우리에겐 노동조합 따위는 필요하지 않아. 아일랜드 사람들은 언제쯤 철이 들까? 자네 자신에게 한번 물어봐. 그렇다는 답밖에 안 나올 거야.

나는 그 자리에서, 또 엘리베이터를 타고 내려가면서 아무 말도 하지 않는다. 은행에서 막 해고된 마당에 아무런 할 말도 없어 잠자코 있는다. 나는 아일랜드 사람들이 철이 드느니 어쩌느니 하는 얘기를 나누고 싶지 않고, 왜 만나는 사람마다 자기 어머니 아버지가 아일랜드의 어느 지방 출신인지를 내게 말하는지도 알 수 없다.

그 남자는 나와 계속 논쟁하고 싶은 모양이었지만, 나는 그의 욕구를 만족시켜주지 않는다. 우리 어머니가 말했듯이 상대방이야 갈 데까지 가게 내버려두고 내 갈 길이나 가는 것이 낫겠다 싶다. 그는 내 등 뒤에 대고 소리친다. 이 바보 같은 자식! 넌 결국 도랑이나 파고, 맥주병이나 나르고, 블라니 스톤 바에서 술 취한 아일랜드 놈들에게 위스키나 따라주면서 살게 될 거야. 그러더니 혼잣말로 중얼거린다. 이런 제기랄! 자기 민족을 챙기는 게 무슨 잘못이야? 그런데 이상하게도 그의 목소리에 어떤 슬픔 같은 것이 배어 있다. 내가 마치 자기를 실망시킨 아들이라도 되는 것처럼.

로드아일랜드의 프로비던스 기차역에 도착하니 마이크 스몰이 마중 나와 있다. 우리는 함께 티버턴으로 가는 버스를 탔다. 가는 도중에 주류 판매점에 들러 할머니가 좋아하시는 필그림스 럼을 한 병 산다. 마이크의 조이 할머니는 안녕, 하고 인사만 건넬 뿐 손을 내밀거나 뺨에 키스를 하지는 않는다. 저녁 시간이기 때문에 소금에 절인 고기, 양배추, 삶은 감자 등이 준비되어 있다. 조이 할머니 말이, 아일랜드 사람들이 좋아하는 음식이기 때문에 준비했다고 한다. 할머니는 여행을 해서 피곤할 텐데 술 한잔 하지 않겠느냐고 한다. 마이크는 나를 보며 미소를 짓는다. 사실은 할머니가 럼주에 콜라를 섞어 한잔 하고 싶어서 그런다는 걸 우리 둘 다 눈치채고 있다.

할머니는 어떠세요? 한잔하실래요?

글쎄, 어떨지 모르겠네. 그래, 한잔하지 뭐. 앨버타, 네가 준비 좀 해 주겠니?

네, 할머니.

콜라는 너무 많이 넣지 마라. 난 콜라를 많이 마시면 속이 쓰리더라.

우리는 블라인드와 커튼과 휘장이 쳐진 어두컴컴한 거실에 둘러앉았다. 거실에는 책도, 잡지도, 신문도 없고 사진만 몇 장 걸려 있는데, 하나는 마이크의 아버지인 선장이 젊은 시절 해군 대위 군복을 입고 찍은 사진이고, 또 하나는 금발 천사 같은 모습을 하고 있는 어릴 적 마이크의 사진이다.

술 마시는 소리만 홀짝홀짝 들릴 뿐 거실 안에는 침묵이 흐른다. 마이크는 복도에서 전화를 받고 있고 조이 할머니와 나는 서로 할 말이 없다. 정말 멋진 집이군요, 하고 말할 수만 있어도 좋으련만 솔직히 밖에는 햇빛이 쨍쨍한데도 안은 어두컴컴한 그 집이 마음에 들지 않는다. 이윽고 조이 할머니가 마이크를 부른다. 앨버타, 하루 종일 전화통 붙들고 있을 거냐? 손님이 와 있잖니. 그녀는 내게 찰리 모런과 통화중이라고 말해준다. 찰리는 앨버타와 학창 시절부터 쭉 친해온 사이로 징그러울 만큼 수다 떨기를 좋아한다.

찰리 모런이라고? 그녀는 나를 어두컴컴한 방에 자기 할머니와 단 둘이 있게 내버려두고 옛 남자친구와 전화로 수다를 떨고 있다. 내가 은행과 창고를 왔다갔다하면서 노예처럼 일한 지난 몇 주간 그녀는 로드아일랜드에서 찰리와 희희낙락하고 있었단 말인가.

조이 할머니가 내게 말을 건넨다. 한 잔 더 하게나, 프랭크. 그 말은 당신도 한 잔 더 하고 싶다는 뜻이다. 할머니가 나더러 속이 쓰리니까 콜라는 너무 많이 넣지 말라고 했기 때문에, 나는 이참에 할머니를 취하게 해서 손녀딸과 내가 마음대로 할 수 있도록 잔에 럼주를 두 배로 많이 넣는다.

그런데 웬걸, 술이 들어가니 할머니는 한층 더 활기가 넘친다. 자, 어서 먹어. 제길, 아일랜드 사람들은 먹는 걸 좋아하잖아. 식사를 하는 동안 할머니는 계속 묻는다. 그거 맛있니, 프랭크?

네, 맛있네요.

그래? 그럼 어서 먹어. 난 항상 이렇게 주장하지. 감자 없는 식사는 식사가 아니라고. 난 아일랜드 사람도 아닌데 말이야. 그럼, 그렇고말고. 난 아일랜드 피라고는 한 방울도 안 섞인 사람이지. 스코틀랜드 피가 조금 섞여 있을지 모르지만. 우리 어머니 성이 맥도널드거든. 그건 스코틀랜드 성 아니니? 그렇지?

그렇죠.

아일랜드 성은 아니고?

네, 아일랜드 성은 아닌데요.

식사 후 함께 텔레비전을 본다. 할머니는 텔레비전에 나온 루이 암스트롱을 보면서 못생긴 것이 노래도 더럽게 못한다고 투덜대더니 안락의자에 앉은 채 스르르 잠이 든다. 마이크가 할머니를 흔들어 깨우면서 침실로 가서 주무시라고 말한다.

나더러 침실로 가라고 하지 마. 이런 빌어먹을. 네가 대학생이라고 해도 난 아직 네 할머니야. 그렇지 않니, 밥?

전 밥이 아닌데요.

밥이 아니라고? 그럼 넌 누구냐?

전 프랭크인데요.

오, 그 아일랜드 녀석. 음, 그런데 밥은 참 좋은 녀석이지. 밥은 장교가 될 거야. 넌 뭐가 될 거냐?

교사요.

교사? 오, 저런. 넌 캐딜락은 못 몰겠구나. 그러더니 그녀는 발을 질질 끌면서 계단을 올라간다.

자, 이제 할머니는 자기 침실에서 코를 고며 잘 거고, 마이크가 내 침실로 오겠다 싶은데 웬걸, 그녀는 신경이 잔뜩 곤두선 표정으로 나한테 이렇게 말하는 것이다. 할머니가 갑자기 깨서 우리를 보면 어떻게 해? 그러면 자긴 길거리로 쫓거나 프로비던스로 가는 버스에 올라타야 할걸. 마이크가 나한테 잘 자라고 하면서 키스만 해주는 게 내겐 더할 나위 없는 고문이다. 나는 어둠 속에서도 그녀가 귀여운 그림이 그려진 분홍색 파자마를 입고 있다는 걸 알아볼 수 있는데, 그녀는 내 방에서 잘 수는 없다고, 할머니가 다 들으실 거라고 한다. 나는 그녀에게 하느님이 옆방에 와 계신다 해도 상관없다고 말하지만, 그녀는 안 돼, 안 돼, 이렇게만 말하고는 나가버린다. 그 모습을 보면서 나는 도대체 어떻게 침대에서 마음껏 즐길 수 있는 기회를 뿌리치고 저렇게 나갈 수 있을까, 하는 생각이 들 뿐이다.

새벽부터 조이 할머니는 진공청소기를 들고 아래층, 위층을 청소하며 투덜거린다. 이놈의 집구석은 호건 뒷골목 같단 말이야. 할머니는 집 안을 쓸고 닦는 것 외에는 달리 할 일이 없는 듯 열심히 청소를 해서 집은 티 하나 없이 깨끗하다. 그리고 주제 파악하라고 나를 다그치는 듯 '호건 뒷골목' 운운하고 있다. 호건 뒷골목이 뉴욕에서 가장 위험한 아일랜드 빈민가 지역이라는 것을 알고 하는 말이다. 할머니는 진공청소기가 예전처럼 먼지를 잘 빨아들이지 않는다고 투덜대지만 집 안은 이미 깨끗해서 빨아들일 먼지 한 톨 없다. 할머니는 이번에는 앨버타가 늦잠을 잔다고 투덜댄다. 내가 아침을 세 번이나 차려야 해? 내 거, 제 거, 제 남자친구 거까지?

이웃에 사는 애비 할머니가 놀러와 조이 할머니와 커피를 마시면서 이런저런 불평을 늘어놓는다. 애들, 먼지, 텔레비전, 노래도 못 부르고 더럽게 못생긴 루이 암스트롱, 먼지, 식료품 값, 옷값, 아이들, 폴리버와 인근 지역까지 죄다 삼켜버리고 있는 포르투갈인들. 가게란 가게는 죄다 차지하고 있는 아일랜드인들도 끔찍한데! 그나마 아일랜드인들은 술에 안 취했을 때는 영어라도 하지. 그들은 또 미용사들이 머리도 제대로 못하면서 돈만 많이 받아처먹는다고 투덜댄다.

애비 할머니가 말한다. 오, 조이. 오늘따라 말이 좀 그러네.

아, 난 진심으로 하는 말이야. 빌어먹을 것들.

우리 어머니가 이곳에 있으면 놀랄 거다. 어머니는 이 여자들이 도대체 왜 불평을 하는지 이해하지 못할 것 같다. 어머, 세상에. 여긴 없는 게 없네. 따뜻하고 깨끗한 집에서 잘 먹고 잘살면서 매사에 불평을 늘어놓다니. 어머니와 리머릭 뒷골목에 있는 여자들은 워낙 가진 게 없기 때문에 불평할 것도 없었다. 그들은 모든 것이 다 하늘의 뜻이라고 믿었다.

조이 할머니는 모든 것을 가졌지만 진공청소기처럼 툴툴댄다. 그게 조이 할머니의 빌어먹을 기도하는 방식일지도 모른다.

티버턴에서 마이크는 앨버타로 불린다. 조이 할머니는 마이크가 애그니스 앨버타라는 자기 이름을 놔두고 왜 마이크같이 빌어먹을 사내 녀석 이름을 쓰는지 모르겠다고 툴툴댄다.

우리는 티버턴을 산책한다. 나는 앨버타와 결혼해서 티버턴에서 선생 노릇을 하면 어떨까 상상의 나래를 편다. 우리는 반짝반짝 윤이 날 정도로 깨끗한 부엌에서 아침마다 달걀에 커피를 곁들인 아침을 먹으며 〈프로비던스 저널〉 신문을 읽을 테지. 커다란 욕실에 뽀송뽀송하고 두꺼운 타월을 갖춰놓고 따뜻한 물을 그득 받은 욕조에 몸을 담근 채 작은 커튼 사이로 아침해가 지긋이 밀려오는 내러갠싯 강을 느긋하게 바라볼 테지. 우리도 자가용이 있으니까 호스넥 해변과 블록 섬으로 여행을 떠나거나, 낸터킷에 있다는 마이크의 외가 친척들을 만나보러 갈 수도 있겠지. 세월이 흐르면서 내 머리카락은 하나둘 빠지고 배는 불룩 튀어나오겠지. 금요일 밤이면 우리는 지역 고등학교 농구 시합을 구경하겠지. 거기서 내가 컨트리클럽에 가입할 수 있도록 도와줄 후원자를 만나게 될지도 몰라. 컨트리클럽에서 나를 받아준다면 나는 골프를 치기 시작하겠지. 그건 분명 내 인생의 끝을 뜻하는 거야. 내 인생의 무덤으로 가는 첫발을 내딛는 거라고.

티버턴 여행을 하고 나니 뉴욕으로 빨리 돌아가고 싶을 뿐이다.

35

1957년 여름, 나는 뉴욕대에서 학사과정을 마치고 가을에는 교육위원회에서 주관하는 고등학교 영어 교사 자격시험에 합격한다.

석간신문인 〈월드 텔레그램 앤드 선〉의 학교 동정란에는 종종 교사 모집 공고가 실리는데, 대부분 직업고등학교 교사 모집 공고다. 친구들은 내게 전부터 충고했다. 직업고등학교는 근처에도 가지 마. 거기 애들은 거의 도살자 수준이야. 널 잘근잘근 씹어서 뱉어내고 말걸. 〈폭력 교실〉*이라는 영화를 한번 보라고. 한 선생이 직업고등학교는 미국 학교 시스템의 쓰레기통이고 선생들은 그 쓰레기통 뚜껑에 앉아 있을 뿐이라고 말하는 장면이 나오지. 어쨌든 그 영화를 한번 봐. 그럼 마음이 바뀔걸.

브롱크스에 있는 새뮤얼 곰퍼스 직업고등학교에 영어 교사 자리가 하나 났다는 소식이 들려서 찾아가본다. 학교의 교무과장은 나를 보더니 너무 젊다면서 학생들에게 꽤나 시달리겠다고 한다. 그는 자기 아버지

---

* 미국의 학교와 십대 갱 문제를 다룬 영화이다.

는 더니골 출신이고 어머니는 킬케니 출신이라면서, 나를 도와주고 싶다고 한다. 그는 말로는 같은 민족을 도와야 한다고 하면서도 자기도 어떻게 할 도리가 없다는 듯 어깨를 으쓱해 보이며 내게 손을 내민다. 그는 끙 하고 의자에서 일어나더니 내 어깨에 손을 얹고 나를 문 앞까지 바래다주면서 말한다. 일이 년 후에 살도 좀 찌고 그 순진한 얼굴도 좀 달라지면 우리 학교에 다시 오게나. 자넬 기억해두겠네. 자네가 수염을 기르게 된다면 굳이 다시 오는 수고를 하지 않아도 되네. 그는 수염을 못 견뎌해서 자기 학교에 빌어먹을 비트족을 들이고 싶어하지 않는다. 어쨌든 그는 나더러 보수가 그다지 좋지는 않지만 나와 같은 부류의 사람들이랑 어울릴 수 있는 가톨릭계 학교를 알아보라면서, 착한 아일랜드 아이는 유유상종할 줄 알아야 한다는 충고까지 덧붙인다.

브루클린에 있는 그레이디 직업고등학교의 교무과장은 내게 이렇게 말한다. 그래요, 당신을 도와드리고는 싶지만 그런 사투리로는 아이들을 가르치기가 좀 그럴 것 같네요. 걔네들은 당신 말투가 웃긴다고 생각할 겁니다. 이곳 아이들은 표준말을 써도 가르치기가 힘든데 사투리를 쓰면 두 배로 힘들 거예요. 그러면서 그는 나에게 교사 자격시험을 볼 때 스피치 시험을 어떻게 통과했느냐고 묻고, 나는 언어교정을 받는다는 조건으로 대리교사 자격증을 발급받았다고 대답한다. 그러자 그는 이렇게 말한다. 그래요? 그렇다면 배에서 방금 내린 아일랜드 촌사람 티를 벗으면 그때 다시 와보시죠, 하하하. 어쨌든 같은 민족 사람들과 어울려야 한다는 것을 잊지 마세요. 나도 아일랜드 사람이거든요. 다른 피는 몰라도 아일랜드 피가 아마 4분의 3쯤은 섞여 있을 거요.

앤디 피터스를 만나 한잔하면서 내가 살도 좀 찌고 나이도 더 들어 보이고 완전히 미국 사람처럼 말할 수 있을 때까지는 교사 자리를 얻기 힘들 것 같다고 말하자 앤디는 이렇게 말한다. 제기랄, 선생질 따위는 잊어버리고 장사나 해. 한 가지에 집중하라고. 허브캡* 장사는 어때? 그 품목을 독점하는 거야. 자동차 수리 공장에 취직해서 허브캡에 대해 알아낼 수 있는 건 다 알아내서, 사람들이 수리 공장에 찾아와서 허브캡 이야기만 나오면 다들 너를 찾게 만드는 거야. 혹시 허브캡 파동이라도 올지 알아? 허브캡이 떨어져나가면 공중으로 휙 날아가서 어느 모범 주부의 목을 딸 수도 있거든. 그러면 모든 텔레비전 방송국에서 전문가의 조언을 구하기 위해 너를 찾을 거야. 그땐 독립해서 네 사업을 시작하는 거지. 매코트 허브캡 백화점. 국내외 허브캡 신품, 중고품 모두 취급. 안목 있는 수집가들을 위한 앤티크 허브캡도 있습니다. 어때?

너 진심으로 하는 말이야?

뭐, 꼭 허브캡이 아닐 수도 있지. 야, 너 학계에서 무슨 짓들을 하는지 잘 봐라. 인간 지식의 절반을 독점하면서, 초서의 「바스의 여장부」**에 나오는 남근숭배 이미지나 스위프트의 똥 덩어리 찬양 주위에 울타리나 치고 있잖아. 그 울타리를 각주니 참고문헌이니 하는 것들로 장식하겠지. 그러고는 '접근금지, 무단통행자는 종신직을 박탈당할 것'이라는 표지판을 붙이는 거야. 나도 우아하게도 한 몽골 철학자를 연구하고 있지만 말이야. 한때는 아일랜드 철학자를 독점 연구할까 해서 버클리라는 사람을 찾아냈는데 벌써 다른 녀석들이 발톱을 디밀고 있더라고. 아일랜드 철학자 한 사람에게 그렇게 많은 인간들이 달라붙어 있더라니까. 빌어먹을! 그 단 한 사람에게 말이야. 인간들이라는 게 도대체 생각들이나 하고 사는 건지. 그래서 나는 몽골 철학자나 중국 철학자에 들러붙기로 했지. 아무래도 몽골어나 중국어, 아니면 그 지역에서 하는 어

---

* 자동차의 휠캡.
** 스파의 도시 바스를 배경으로 한 여장부의 성(性)에 대한 이야기.

떤 말이라도 배워야 할 것 같아. 한 명이라도 찾아내면 그땐 그 인간이 내 것이 되는 거지. 네가 잘 드나드는 그 이스트사이드 칵테일파티에서 중국 철학자 얘기를 마지막으로 들은 게 언제지? 어쨌든 난 박사학위를 따서 별로 유명하지 않은 학술지에 내가 연구한 몽골 철학자에 대한 논문을 실을 거야. 미국 현대어문협회 학술대회에 참석해 술 취한 동양학자들에게 수준 있는 강의를 한 다음 아이비리그나 뭐 그 사촌뻘 되는 대학들에서 교수로 와달라는 요청을 퍼부을 때까지 기다리는 거지. 그러고는 트위드 재킷을 입고 입에 파이프를 문 채 점잖을 빼는 거야. 그러면 교수님 사모님들께서 나한테 몰려와 브롱크스 동물원에 있는 야크나 판다의 똥꼬에 끼어 은근슬쩍 미국으로 흘러들어온 그 에로틱한 몽골 시들을 영어로 낭송해달라고 사정하겠지. 한 가지만 더 말해줄게. 네가 대학원에 갈 경우에 대비해서 한 가지 충고를 하겠는데 말이야, 일단 대학원에 들어가면 네 지도교수가 무엇에 대해 박사논문을 썼는지부터 알아보도록 해. 그걸 열심히 읽은 다음 교수한테 그 이야기를 하는 거야. 그 작자가 만약 테니슨*의 물의 이미지를 전공했다면 그 작자한테 물을 흠뻑 뿌려주라고. 만약 조지 버클리를 연구했다면 한 손을 탁 쳐서 나무가 숲에서 쓰러지는 소리를 내주는 거야.** 너 내가 어떻게 해서 뉴욕대의 웃기는 철학 수업에서 살아남았을 것 같아? 교수가 가톨릭 신자일 때는 아퀴나스를 갖다대고, 유대인이면 마이모니데스***를 들이미는 거야. 무신론자를 만나서 무슨 말을 해야 좋을지 생각나지 않을 때도 있

---

* 영국의 계관시인. 빅토리아 시대의 대표 시집으로 평가받는 『인 메모리엄』을 비롯해 많은 작품을 남겼다.
** 경험론자이자 관념론자인 조지 버클리가 현상과 실재를 동일시하고 유심론적 형이상학을 제시함으로써 회의주의에 대항한 것을 빗대어 하는 말.
*** 12세기의 유명한 유대인 랍비이자 철학자.

지. 그런 작자들 앞에서는 어떤 입상을 취해야 좋을지 도무지 알 수 없는 법이지만 케케묵은 니체 이야기를 꺼낼 수는 있겠지. 그 구닥다리 새끼야 어떻게든 편리한 쪽으로 틀어서 써먹을 수 있을 테니 말이야.

앤디는 내게 버드는 역사상 가장 위대한 미국인이라면서 에이브러햄 링컨 대통령과 엑스 랙스를 발명한 맥스 키스[*]와 맞먹는 인물이라고 말한다. 또 버드야말로 노벨상을 타고 상원에 한자리를 차지해야 할 인물이라고 한다.

버드가 누군데?

맙소사, 매코트 너 정말 걱정되는구나. 재즈를 좋아한다는 녀석이 버드도 모르냐? 찰리 파커 말이야, 인마. 재즈계의 모차르트. 알겠어? 알아들었냐고. 모차르트, 그게 바로 찰리 파커란 말이야.

찰리 파커가 선생질이랑 허브캡이랑 마이모니데스랑 네가 말한 다른 것이랑 무슨 상관이 있어?

이것 봐, 매코트. 그게 바로 너의 문제점이야. 항상 연관성을 따지는 거, 항상 논리를 따지는 거 말이야. 그러니까 아일랜드 사람들 중에 철학자가 없는 거야. 그러니까 아일랜드에는 빌어먹을 신학자들이나 개똥변호사들만 많은 거라고. 그러니 너무 따지지 마. 목요일 저녁에 나 좀 일찍 끝나니까 그때 52번 스트리트로 같이 가서 음악이라도 좀 듣자. 알겠지?

목요일 저녁, 우리는 이 클럽 저 클럽 헤매다니다가, 하얀 드레스를 입은 흑인 여자가 마치 흔들리는 배에 탄 듯 마이크를 꽉 잡고 쉰 목소리로 노래를 부르고 있는 한 클럽에 들어간다. 앤디가 내게 속삭인다.

---

[*] 1900년대 초 헝가리에서 브루클린으로 이민 온 이민자로, 훗날 약사가 되어 맛이 좋은 변비약 엑스 랙스(Ex-Lax)를 만들어냈다.

저 사람이 빌리야. 빌리를 저런 곳에 세워두다니. 이 사람들도 참, 부끄러운 줄 알아야지.

앤디는 그렇게 말하고는 무대 쪽으로 성큼성큼 걸어가더니 그 여자가 무대에서 내려오는 걸 도와주려는 듯 손을 잡으려 한다. 하지만 여자는 앤디에게 뭐라고 욕을 하더니 비틀비틀하다가 결국 무대에서 떨어지고 만다. 바에 앉아 있던 남자 하나가 벌떡 일어나 그 여자를 문 쪽으로 데리고 간다. 여자의 꺽꺽대는 쉰 목소리 중간중간에 들리는 뚜렷한 목소리를 듣고 나는 비로소 그 여자가 바로 빌리 홀리데이라는 것을 알아차린다. 어렸을 적 리머릭에서 '공군 네트워크'라는 라디오 채널을 통해 그녀의 목소리를 들었는데, 그때는 맑은 목소리로 〈베이비, 난 당신에게 사랑밖에 줄 게 없어요〉라는 노래를 불렀다.

앤디가 내게 말한다. 일은 그렇게 된 거라고.

일은 그렇게 된 거라니? 무슨 말이야?

그냥 일이 그렇게 됐다는 말이야. 그게 다야. 제기랄, 내가 책이라도 한 권 써야겠냐?

네가 빌리 홀리데이를 어떻게 아느냐고.

나는 어릴 때부터 빌리 홀리데이를 좋아했어. 혹시라도 그녀를 보게 될까 싶어서 이 52번 스트리트로 온 거라고. 그녀의 코트 자락도 만지고, 그녀의 변기도 닦아주고, 욕조에 그녀가 목욕할 물도 받아주고, 그녀의 발이 닿은 땅에 키스도 할 요량으로 왔다고. 내가 프랑스 양을 건드렸다는 누명을 쓰고 불명예제대했다고 그녀에게 말하자 그녀는 그걸로 노래를 만들어도 되겠다고 했어. 저세상에 가면 어떻게 될지 모를 일이지만, 나는 빌리와 버드 사이에 영원히 앉아 있을 수 없다면 저세상 따위에는 가고 싶지도 않아.

1958년 3월 중순, 신문에 또다시 영어 교사를 구한다는 공고가 난다. 스태튼아일랜드에 있는 매키 직업기술고등학교다. 교감 선생인 미스 시스테드는 내 교사 자격증을 쭉 훑어보더니 나를 교장 선생인 모세스 소롤라 선생에게 데려간다. 교장 선생은 일어나지도 않고 책상 의자에 가만히 앉아 한 손에는 담배를 쥔 채 코로 내뿜는 연기 속에서 눈을 가늘게 뜨고 나를 쳐다보면서 말한다. 이건 비상사태요. 머드 선생이 학기 중에 갑자기 은퇴하겠다고 하는 바람에 그 자리를 대신할 선생을 구하고 있는 거요. 그 선생은 정말 생각이 없는 사람이오. 그런 사람 때문에 교장 노릇이 더 힘들어진다니까. 그러면서 그는 영어만 가르치는 게 아니라고, 매일 사회를 세 시간, 영어를 두 시간 가르치는 조건이라고 한다.

하지만 전 사회에 대해서는 하나도 모르는데요.

그러자 그는 담배 연기를 내뿜더니 다시 눈을 가늘게 뜨고 내게 말한다. 그런 걱정은 안 해도 돼요. 그러고는 나를 교무과장인 액팅 선생에게 데리고 간다. 액팅 선생은 나더러 매일 세 시간씩 경제시민의식에 대해 가르쳐야 한다면서 『당신과 세계』라는 교재를 내민다. 교장 선생은 담배 연기 사이로 희미한 미소를 지으며 말한다. 『당신과 세계』, 그 책 하나면 다 될 거요.

나는 다시 그에게, 나는 경제학에 대해서도, 시민의식에 대해서도 아는 게 하나도 없다고 말하지만, 그는 별거 아니라는 듯이 말한다. 그냥 애들보다 몇 페이지 더 먼저 읽어두면 돼요. 선생께서 뭐라고 말하든 녀석들한테는 다 새로운 내용일 테니까. 녀석들한테 지금은 1958년이다, 너희는 지금 스태튼아일랜드에 살고 있다, 그렇게 말한 뒤 애들 이름을 하나하나 불러주면 녀석들은 놀라워하면서 그러한 정보를 제공해준 것에 대해 감사할 거요. 연말쯤 되면 녀석들은 선생 이름도 처음 듣는 것처럼 행동할 거요. 선생이 대학에서 들은 문학 강의들은 잊어버리시오.

여기 놈들은 아이큐가 그다지 높지 않으니까.

교장 선생은 나를 은퇴할 예정인 머드 선생에게 데리고 간다. 교장 선생과 교실 문을 열고 들어가보니, 남녀 학생들은 창밖으로 고개를 내민 채 운동장에 있는 친구 녀석들의 이름을 불러대고 있고, 머드 선생은 자기 책상 앞에 앉아 학생들이 자기한테 종이비행기를 던져대는 것도 무시한 채 여행 책자를 들여다보고 있다.

머드 선생의 은퇴가 결정되었습니다.

소롤라 교장 선생이 그렇게 말하고 자리를 뜨자 머드 선생이 내게 말한다. 그래요, 젊은 양반. 난 여길 한시라도 빨리 빠져나가고 싶어요. 오늘이 무슨 요일이죠? 수요일? 금요일이 내 마지막 날이에요. 그다음엔 선생이 이 미치광이 소굴에 들어오는 거죠. 난 여기에서 삼십이 년이나 일했는데 누가 알아주기라도 하나요? 쟤네들? 쟤네 부모들? 누가 개코라도 알아주겠느냐고요. 점잖지 못한 말을 해서 미안합니다만, 젊은 양반, 그들의 새끼들을 뼈 빠지게 가르쳐도 돌아오는 건 접시닭이 봉급이었지요. 그때가 몇 년이더라? 1926년이었지, 아마. 캘빈 쿨리지가 대통령으로 있을 때였죠. 나는 그때 이 학교에 들어왔어요. 쿨리지 대통령 다음으로 취임한 공황 대통령 후버, 그다음에 루스벨트, 트루먼, 아이젠하워까지. 창밖을 보세요. 여기에서 바라보는 뉴욕 항의 경치는 정말 멋지죠. 월요일 아침에 이 녀석들이 당신을 미치게 만들지만 않는다면 커다란 배가 지나가는 것을 볼 수 있을 거예요. 그 배의 갑판 위에서 손을 흔들고 있는 여자가 보이면 그게 바로 나일 거예요. 손을 흔들며 미소를 짓고 있겠죠. 나는 하늘이 허락한다면 살아생전 다시는 보고 싶지 않은 게 두 가지 있는데, 하나는 스태튼아일랜드고 또 하나는 저 녀석들이에요. 괴물 같은 녀석들. 쟤들을 좀 보세요. 차라리 브롱크스 동물원에 있는 침팬지들을 가르치는 게 더 나을걸요. 지금이 몇 년이죠? 1958년이

그렇군요 365

죠? 내가 어떻게 그렇게 오래 버텼나 몰라. 여기서 버티려면 조 루이스 정도는 되어야 할걸요. 어쨌든 행운을 빌어요. 정말 행운이 필요할 거예요.

36

학교에서 나오기 전 소롤라 교장 선생이 나더러 그다음 날도 학교에 나와서 머드 선생이 수업을 진행하는 것을 한번 보라고, 모두 다섯 시간의 수업을 참관하면서 수업 진행에 대해 좀 배우라고 한다. 교장 선생은 가르치는 일의 절반은 수업을 잘 진행하는 것이라고 하는데 나는 그 말이 무슨 뜻인지 알아듣기 힘들다. 교장 선생이 담배 연기 사이로 미소를 지어 보이며 말하는 속내를 어떻게 해석해야 좋을지도 알 수 없다. 나는 그가 농담을 하는 건가 하고 되새겨본다. 교장 선생은 타자로 친 내 시간표를 책상 위로 넘겨준다. 시간표에는 경제시민의식 세 시간, 2학년 영어 두 시간이라고 적혀 있다. 맨 위에는 '정규 수업'과 '참여 연구 및 활동'이라는 말이 적혀 있고, 아래쪽에는, '교내 순시, 구내식당, 5교시'라고 적혀 있다. 교장 선생이 내가 무식한 놈이라고 생각하고 마음을 바꿔 채용하지 않겠다고 할까봐 이 말들의 뜻을 묻지는 않는다.

페리를 타러 어슬렁어슬렁 언덕을 따라 내려가는데 한 학생이 뒤에서 나를 소리쳐 부른다. 매코트 씨, 매코트 씨! 매코트 씨 맞지요?

그런데.

교장 선생님께서 좀 보자고 하세요.

그 학생을 따라 다시 언덕을 올라가는데, 교장 선생이 왜 나를 다시 보자고 하는지 알 것 같다. 마음을 바꿔 수업 진행에 대해 더 잘 알고 정규 수업이 무엇인지도 잘 아는 경력 많은 교사를 채용하기로 마음먹은 게 분명해. 그런데 이 일자리를 못 잡으면 나는 또다시 교사 모집 공고 탐색에 나서야 할 텐데.

소롤라 교장 선생은 학교 교문 앞에 서서 나를 기다리고 있다. 그는 입에 담배꽁초를 문 채 한 손으로는 내 어깨를 감싸며 말한다. 선생한테 좋은 소식이 있소. 생각보다 더 빨리 일을 시작하게 되었소. 머드 선생이 선생을 보고는 꽤 믿음직스러웠는지 오늘 당장 그만두기로 결심했다는군. 사실, 머드 선생은 벌써 떠났소. 뒷문으로 말이오. 열두시가 될까 말까 할 때쯤이었나? 어쨌든 그래서 선생이 내일 당장 근무를 시작할 수 있나 해서 불렀소. 월요일까지 기다릴 필요 없이.

하지만 전……

아, 알고 있소. 준비가 안 되어 있다는 말씀이시지? 상관없소. 선생이 스스로 방법을 터득할 때까지 아이들을 바쁘게 만들 거리를 주겠소. 나도 수시로 드나들면서 녀석들이 똑바로 하고 있는지 볼 거고.

그러면서 그는 나더러 지원하자마자 바로 교사생활을 시작할 수 있게 되었으니 황금 같은 기회를 잡은 거라고 한다. 나는 아직 젊으니 아이들을 좋아하게 될 거고 그들도 나를 좋아하게 될 거라면서, 매키 고등학교에는 지원과 도움을 아끼지 않는 교직원들이 널렸다고 한다.

물론 나는 이렇게 대답한다. 네, 그럼 내일 시작하겠습니다.

이 학교가 내가 꿈꾸던 직장은 아니지만 달리 다른 교사 자리를 구할 수 없는 바에야 직업학교에서라도 일하는 수밖에 없다. 스태튼아일랜드 페리에 몸을 싣자 뉴욕대에서 만난, 교외에 있는 고등학교에서 나온 교사 모집 담당자들이 했던 말이 생각난다. 그들은 내가 매우 총명하고 열정적으로 보이긴 하지만 말씨가 문제라고 했다. 그들은 내 말씨가 꽤나 매력적이라는 것은 인정한다면서, 〈나의 길을 가련다〉에서 피츠기번 신부 역을 맡았던 배리 피츠제럴드를 연상시킨다고 했다. 하지만 자기들 학교에서는 매우 높은 스피치 수준을 요구한다면서 그러한 기준은 내 경우에도 예외가 될 수 없다고 했다. 왜냐하면 사투리는 전염되는 것이니 자기 아이들이 집에 와서 배리 피츠제럴드나 모린 오하라처럼 말하는 것을 들으면 학부형들이 뭐라고 하겠느냐는 것이었다.

나도 롱아일랜드나 웨스트체스터 같은, 교외에 있는 그럴싸한 학교에서 근무하고 싶다. 나도 그곳 학생들처럼 똑똑하고, 명랑하고, 항상 미소를 머금고 있는 학생, 내가 『베어울프』나 『캔터베리 이야기』 같은 문학작품에 대해, 또 중세의 기사 시인들이나 형이상학에 대해 이야기할라치면 펜을 집어들고 집중하는 학생들을 가르치고 싶다. 그런 학교에서 근무하면 학생들에게 존경도 받고, 학기말엔 학부모들의 아름다운 저택으로 저녁 초대도 받고, 자기 아이에 대해 의논하러 온 젊은 어머니들도 만날 수 있을 거다. 어쩌면 회색 플란넬 정장을 입는 남편이 출장 가고 없는 사이에 일이 벌어질지도 모르고, 그렇게 되면 나는 외로운 아내들을 위해 교외를 드나들어야 할지도 모른다는 생각까지 든다.

하지만 교외의 학교 따위는 다 잊어버려야만 한다. 내 무릎 위에는 교사로서의 첫날을 무사히 넘길 수 있도록 나를 도와줄 『당신과 세계』라는 책이 놓여 있다. 나는 책장을 넘기며 경제학적 관점에서 본 간략한 미국 역사를 읽어내려간다. 미국 정부, 미국의 은행 시스템에 대한 단원도 있고 주식시장을 파악하는 법, 은행계좌를 만드는 법, 가족경제를 관리하는 법, 대출 받는 법, 저당 설정하는 법 등을 알려주는 단원들도 있다.

매 단원의 말미에는 배운 내용을 잘 알고 있는가를 확인하기 위한 문제와 토론을 위한 질문들이 제시되어 있다. 1929년 주식시장 붕괴의 원인은 무엇인가? 앞으로 이런 일이 일어나지 않게 하려면 어떻게 해야 할까? 돈을 모으고 그 돈을 불리고 싶다면 어떻게 해야 할까? 1. 유리 단지에 넣어둔다. 2. 일본 주식시장에 투자한다. 3. 침대 매트리스 밑에 숨겨둔다. 4. 은행에 저금한다.

활동 제안이라는 코너도 있는데 거기에는 이전에 이 책을 사용한 학생이 연필로 적어놓은 듯한 메모도 있다. 가족회의를 소집해 어머니, 아버지와 가정의 재정 상태에 대해 의논하라. 이 책에서 배운 것들을 그분들께 알려드리고 어떻게 하면 가계부를 더 잘 정리할 수 있는지도 알려드려라(그들이 너를 두들겨패더라도 놀라지 마라). 학급 친구들과 뉴욕 주식시장을 둘러보라(하루 동안 학교를 땡땡이칠 수 있으니 좋아들 할 것이다). 지역사회에서 필요로 하는 상품으로 무엇이 있는지 생각해보고 그 상품을 공급할 작은 회사를 차려보라(스패니시 플라이*). 연방준비제도이사회에 편지를 보내 그 기관에 대해 어떻게 생각하는지 말하라(그들에게 우리 몫도 좀 남겨달라고 말하라). 1929년 대공황을 기억하고 있는 사람들과 인터뷰를 하고 1000단어 내외의 보고서를 작성하라(어떻게 자살하지 않고 버틸 수 있었는지 물어보라). 열 살짜리 어린이에게 금본위제에 대해 알아듣게 설명하라(녀석을 잠재우기 딱 좋은 방법이군). 브루클린브리지를 건설하는 데 얼마가 들었으며 지금 그 다리를 건설한다면 얼마쯤 들 것인가를 보고서로 작성하라(안 하면 혼날걸).

페리가 엘리스 섬과 자유의 여신상을 스쳐 지나가고 있는데도, 나는

---

* 여성 흥분제의 대명사.

경제시민의식에 대해 너무나 걱정한 나머지 이곳에 발을 디뎠던 수많은 사람들, 그리고 눈이 나쁘다고, 심장이 나쁘다고 다시 유럽으로 돌려보내졌던 가엾은 이민자들에 대해 생각할 겨를조차 없다. 나는 어떻게 미국 십대 청소년들 앞에 서서 그들에게 정부기관에 대해 설명할 수 있을 것인가, 나 자신도 여기저기에 빚을 지고 있는 마당에 어떻게 그들에게 저축의 미덕을 역설할 수 있을 것인가, 그 걱정만 하고 있다. 페리가 선착장에 다다르자 내게 닥칠 내일을 생각하면서 빈 포트 술집에서 맥주 몇 잔 못 할 게 뭐 있나 싶다. 맥주 몇 잔을 걸치자 술김에 전철을 타고 화이트호스 술집으로 가서 패디와 톰 클랜시와 수다나 떨고 그들이 술집 뒷방에서 노래 부르는 거나 들을 생각으로 그리니치빌리지까지 간다. 마이크에게 전화를 걸어 내가 취직했다는 희소식을 전하자 그녀는 지금 어디 있느냐고 물은 뒤, 일생일대의 중요한 날을 앞두고 밖에서 술이나 마시고 돌아다니는 바보가 어디 있느냐며 어떻게 하는 것이 내게 좋은지 안다면 빨리 집으로 돌아가라고 잔소리를 늘어놓는다. 때때로 그녀는 자기 할머니처럼 말한다. 항상 이래라저래라 하는 자기 할머니처럼. 당장 이리 오지 못해? 빨리 일어나지 못해?

마이크의 말이 옳다. 하지만 그녀는 고등학교를 졸업했으니 가르치는 일을 시작하게 된다 하더라도 교실에서 학생들에게 뭐라고 말해야 할지 잘 알 것이다. 하지만 나는 비록 대학 졸업장은 땄지만 머드 선생 반 학생들에게 뭐라고 말해야 좋을지 알 수 없다. 〈굿바이 미스터 칩스〉에 나오는 로버트 도냇이나 〈폭력 교실〉에 나오는 글렌 포드처럼 행동해야 할까? 제임스 캐그니처럼 거드름을 피우며 교실로 들어서는 게 좋을까? 아니면 아일랜드 선생들처럼 회초리나 채찍을 손에 들고 고함을 치며 행진하듯 걸어들어갈까? 나한테 종이비행기를 던지는 학생이 있으면? 그 녀석 얼굴에 내 얼굴을 바짝 갖다대고 이렇게 말할까? 한 번 더

해봐, 이 자식아. 혼나고 싶어? 창밖으로 고개를 내밀고 운동장에 있는 친구들 이름을 불러대는 녀석들에게는 또 어떻게 해야 할까? 그 녀석들이 〈폭력 교실〉에 나오는 학생들 같다면 너무 거칠어서 내가 뭐라고 하든 상관하지 않을 테고, 그러면 나머지 녀석들도 나를 무시할 텐데.

그런 생각을 하고 있는데 패디 클랜시가 화이트호스의 뒷방에서 노래를 부르다 말고 나와서 내게 말한다. 난 널 도저히 이해할 수 없어. 지금 이 나라 고등학교가 어떤 꼴인지는 모두가 알고 있는 사실인데. 그렇지. 한마디로 폭력 교실 그 자체라고 할 수 있지. 네 대학 졸업장으로 변호사가 되거나 사업을 해보거나 아니면 돈을 벌 수 있는 다른 방도를 찾아보지 왜 하필이면 선생질이냐고. 그러면서 그리니치빌리지에서도 선생들을 몇 명 보았는데 대부분 첫 방에 포기하고 만 사람들이었다고 한다.

패디의 말이 옳다. 모두의 말이 다 옳다. 하지만 맥주를 잔뜩 들이켠 탓에 몽롱해진 나는 아무 걱정도 되지 않는다. 아파트로 돌아가 옷을 입은 채 침대에 털썩 드러누웠다. 긴 하루를 보내서 피곤하고 맥주도 마셨지만 이상하게도 잠이 오질 않는다. 벌떡 일어나 『당신과 세계』를 몇 장 읽어보다가, 단원 평가문제를 풀어보다가, 주식시장에 대해, 주식과 채권의 차이에 대해, 정부 삼부三府에 대해, 불경기와 불황에 대해 어떻게 설명할 것인가를 상상해보다가, 침대에서 일어나 밖으로 나가 하루를 버티기 위해 커피를 마신다.

새벽에 나는 허드슨 스트리트의 한 커피숍에서 부두 하역부, 트럭 운전사, 창고 노동자, 상점 계산원들 옆에 앉아 있다. 나는 왜 저들처럼 살면 안 되는 걸까? 저들처럼 하루에 여덟 시간 일하고, 〈데일리 뉴스〉를 읽고, 야구 경기나 재미있게 보고, 맥주 몇 잔 걸친 뒤 마누라가 기다리고 있는 집으로 돌아가고, 애들을 키우고, 그렇게 살면 안 되는 걸까? 저 사람들은 선생들보다 돈도 더 많이 벌고, 『당신과 세계』에 대해 걱정하지 않아도 되고, 섹스라면 환장을 하면서 교실에는 앉아 있기 싫어하는 십대 청소년들을 상대하지 않아도 되는데. 이십 년 후면 저 사람들은 은퇴해서 플로리다의 태양 아래 앉아서 점심때와 저녁때를 기다리며 그렇게 살 텐데. 매키 직업기술고등학교에 전화해서 그 학교에 못 나가겠다고, 나는 좀더 편하게 살고 싶다고 말할 수도 있다. 소롤라 교장 선생에게 베이커 앤드 윌리엄스 창고회사에서 검사원을 모집하고 있으니 거기로 가봐야겠다고, 대학 졸업장만 있으면 당장 들어갈 수 있는 자리니 거기로 가 평생 플랫폼에 서서 뭐가 들어오고 뭐가 나가는지 클립보드에 선박 적하 목록이나 기록하며 살 거라고 말할 수도 있다.

하지만 이내 마이크 스몰이 생각난다. 내가 매키 고등학교에 가지 않고 대신 베이커 앤드 윌리엄스 창고회사에서 검사원으로 일하기로 했다고 말하면 그녀는 부두에서 빌어먹을 검사원 노릇 따위나 하려고 대학에서 공부했느냐고 내게 화를 낼 것이 분명하다. 그러고는 나를 집 밖으로 쫓아낸 다음 다시 그 풋볼 선수 밥의 품으로 돌아갈 거고, 그러면 나는 이 세상에서 다시 외톨이가 되어 하는 수 없이 아이리시 댄스나 추러 가고, 신혼 첫날밤까지는 몸을 허락하지 않는 아일랜드 여자애들이나 집에 바래다줘야 할 거다.

나는 교사로서의 첫 출근 날 그 모양을 해가지고 학교에 가는 나 자신이 부끄러웠다. 전날 밤 화이트호스에서 퍼마신 술은 덜 깼고, 아침에 커피를 일곱 잔이나 마신 탓에 놀란 토끼처럼 말똥말똥해진 눈은 눈밭에 난 오줌 구멍처럼 퀭하니 들어가 있고, 이틀이나 면도를 하지 않은 탓에 얼굴에는 거뭇거뭇 수염이 자라나 있고, 양치질을 제대로 하지 않아 혓바닥에는 허옇게 백태가 끼어 있고, 피로에 수십 명의 미국 십대들을 만나러 가야 한다는 두려움이 겹쳐 가슴은 두방망이질 치고 있다. 그 순간 리머릭을 떠나온 것이 후회되기 시작한다. 그냥 그곳으로 돌아가 우체국에서 모두가 존경하는 우체부로 일한 다음 은퇴 후에는 연금도 받고 모라라는 이름의 착한 아가씨와 결혼해 두 아이를 낳아 기르면서 토요일마다 고해성사를 보고, 일요일마다 영성체도 하고, 지역사회의 대들보가 되어 우리 어머니의 자랑거리가 되고, 모교회의 품에서 죽는 그런 일생을 살 수도 있었을 텐데. 그러면 내 장례식에 수많은 친구들과 친척들이 찾아와 내 죽음을 애도할 텐데.

커피숍에 있던 한 부두 하역부가 자기 친구에게 말하는 소리가 들린다. 우리 아들이 6월에 세인트존스대학을 졸업할 건데 말이야, 그 녀석을 대학 보내느라 내가 얼마나 고생했는지 알아? 하지만 난 참 운이 좋은 놈이야. 아들 녀석이 내 고생을 알아주고 고마워하거든. 그놈의 졸업식 날, 난 장하다고 내 두 어깨라도 두드려줄 작정이야. 전쟁에서 살아남았지, 선생 되고 싶어하는 아들 녀석 대학 보냈지, 그 정도면 장한 일을 한 것 아니야? 그애 엄마는 선생이 되고 싶어했지만 되지 못했어. 그래서 자기 꿈을 대신 이뤄준 아들 녀석을 더 자랑스러워하지. 졸업식 날 우리 부부는 세상에서 가장 자랑스러운 부모가 될 거야. 그거면 됐지 달리 뭘 더 바라겠어, 안 그래?

그 부두 하역부나 포트 웨어하우스의 호러스가 내가 무슨 생각을 하고 있는지 알면 나를 가만 놔두지 않을 것 같다. 대학 졸업장도 따고 교사가 될 기회까지 주어졌으니 운 좋은 줄 알라고 나에게 말할 것이다.

학교 서무 여직원은 나더러 시스테드 교감 선생을 만나보라고 하고, 시스테드 교감 선생은 소롤라 교장 선생을 만나보라고 하고, 소롤라 교장 선생은 교무과장을 만나보라고 하고, 교무과장은 다시 서무 여직원에게 가서 출근 카드를 받아오라고 하면서 왜 나를 자기한테 보냈는지 모르겠다고 한다.

서무 여직원은 오, 벌써 갔다 왔어요? 하더니, 출근할 때와 퇴근할 때 출퇴근 기록기에 출근 카드 찍는 법을 알려준다. 그러면서 어떤 이유로든 학교 건물을 벗어날 때는 반드시 자기한테 와서 출퇴근 기록기에 카드를 찍어야 한다고 한다. 언제 비상상태가 일어나 나를 찾게 될지 모르기 때문에, 또 학교에서는 자기 마음대로 학교 안팎을 드나드는 선생은 원하지 않기 때문이라고 한다. 그리고 서무 여직원은 나더러 다시 시스테드 교감 선생에게 가보라고 한다. 시스테드 교감 선생은 나를 보고 놀란 표정으로 벌써 왔느냐고 하더니, 내가 수업을 맡은 반의 빨간 딜레이니 북*을 내게 넘겨주며 말한다. 이 책의 사용법은 물론 잘 알고 있겠죠. 바보 같다고 생각할까봐 나는 그냥 잘 알고 있는 척한다. 시스테드 교감 선생은 나를 다시 서무 여직원에게 보내 내 담임 반의 출석부를 받아가라고 하고 나는 그 여직원에게도 출석부 사용법을 잘 알고 있는 것처럼 거짓말을 해야만 한다. 그녀는 궁금한 게 있으면 아이들한테 물어보라고 한다. 아이들이 선생들보다 더 잘 안다니까요.

지난밤 퍼마신 술과 새벽에 마셔댄 커피 때문에, 그리고 다섯 시간의 수업, 내가 담임을 맡게 된 반, 교내 순시 등 내 앞에 있는 일들에 대한 두려움 때문에 내 몸은 떨리고 있다. 페리를 타고 다시 맨해튼으로 돌아가 은행에 앉아서 대출 관련 서류나 처리하고 싶은 심정이다.

서로 밀고 당기고 깔깔대며 복도를 뛰어가던 학생들이 나를 확 밀치고 지나간다. 아니, 저 녀석들은 내가 선생인 걸 모르나? 옆구리에 끼고 있는 출석부와 『당신과 세계』가 안 보이냔 말이야. 리머릭의 선생들 같으면 저렇게 소란 피우는 녀석들을 절대 용서하지 않을 텐데. 리머릭 선

---

* 각 학생에 관한 모든 정보를 담은 카드를 일렬로 꽂아 한눈에 알아보도록 만든 일종의 교사용 시스템 북.

생들은 회초리를 손에 들고 복도를 왔다갔다하다가 똑바로 걷지 않는 놈이라도 발견하면 가차 없이 종아리에 회초리 세례를 퍼부었는데.

도대체 이놈들과 뭘 해야 하지? 서로 분필, 지우개, 볼로냐 샌드위치 따위를 집어던지고 있는 이 녀석들과 나의 교사생활 첫날을, 경제시민의식 첫 수업을 어떻게 시작해야 하는 거지? 내가 교실로 들어가 교탁 위에 출석부와 교재를 내려놓으면 녀석들이 물건 집어던지기를 멈추고 나를 쳐다볼 줄 알았다. 그런데 웬걸, 녀석들은 나를 완전히 무시하고 나는 어떻게 해야 좋을지 몰라 잠시 멍하니 서 있다가 가까스로 입을 연다. 내가 교사로서 처음 내뱉은 말은 이것이다. 샌드위치 그만 집어던져! 그러자 녀석들은 저 작자는 누구야? 하는 표정으로 나를 쳐다본다.

수업 시작을 알리는 종이 울리자 녀석들은 제자리로 가서 앉더니 저희끼리 소곤대다가 나를 쳐다보며 킥킥거리다가 다시 소곤댄다. 나는 스태튼아일랜드에 발을 들여놓은 것 자체를 후회하기 시작한다. 그들은 나더러 보라는 듯이 교실 벽을 따라 붙어 있는 칠판 쪽으로 고개를 돌린다. 누군가가 휘갈겨 써놓은 커다란 글씨가 보인다. 머드 선생이 떠났다. 늙은 뚱뚱보가 은퇴했다. 그것을 읽는 나를 보고 녀석들은 저희끼리 소곤대며 다시 킥킥거리기 시작한다. 나는 아무 말 않고 수업을 시작하려고 『당신과 세계』를 펼쳐든다. 그러자 여학생 하나가 손을 번쩍 든다.

말해봐.

선생님, 출석은 안 부르세요?

오, 그렇지. 출석 불러야지.

그건 제가 할 일인데요, 선생님.

여학생이 엉덩이를 흔들며 통로를 지나 내 탁자 쪽으로 나오자 남학생들은 우우, 하고 소리를 질러대고, 어디선가 이런 소리가 들린다. 오, 다니엘라, 내 남은 인생 어떻게 할 거니? 그 여학생은 내 탁자 뒤에 서서 반 전체를 똑바로 보더니 몸을 굽혀 딜레이니 북을 펼쳐든다. 한눈에 봐도 블라우스가 너무 꼭 끼어 터질 듯한 모습이다. 남학생들은 또다시 우우 소리를 내기 시작한다.

내가 뉴욕대에서 읽은 심리학 책에 따르면 열다섯 살의 소녀는 같은 또래의 소년들보다 몇 년은 더 성숙한데, 그 여학생은 그러한 사실을 알고 있는 듯 태연하게 미소를 짓고 있다. 학생들이 우우, 하고 야유를 퍼부어도 여학생에게 그런 건 아무렇지도 않은 듯하다. 여학생이 내게 속삭인다. 전 벌써 졸업반 남자친구가 있는걸요. 커티스 고등학교의 풋볼 선수예요. 거기 애들은 정말 똑똑해요. 이 반 애들처럼 자동차 수리공이나 될 기름때 묻은 얼간이들과는 다르죠. 이 얼간이들도 그 사실을 알고 있다. 남학생들은 그 여학생이 자기들 이름을 하나씩 불러나가자 가슴을 움켜쥐고 기절하는 시늉을 한다. 여학생이 느긋하게 출석을 부르는 동안 나는 바보처럼 한쪽 구석에 멍하니 서서 기다린다. 여학생이 남학생들을 갖고 논다는 것을 한눈에 알아볼 수 있다. 그러고 보니 저 여학생은 혹시 나까지도 우롱하고 있는 것은 아닐까, 꼭 끼는 블라우스를 입고 반 전체를 제압하면서 내가 경제시민의식 수업을 시작하는 것을 방해하고 있는 것은 아닐까, 하는 생각까지 든다. 여학생은 어제 결석했던 한 학생의 이름을 부르더니 부모님 사유서를 내라고 하고, 이름을 불렀는데 대답이 없으면 그 학생을 꾸짖고 나서 출석카드에 N으로 기록한다. 그러고는 반 학생들 전체에게 말한다. N이 다섯 개면 학기말 통지표에 F를 받는 거 잘 알지? 그러고는 내 쪽을 돌아보며 확인한다. 선생님, 제 말이 맞죠?

뭐라고 대답해야 좋을지 몰라 그저 고개만 끄덕이는데 갑자기 얼굴이 화끈 달아오른다.

그러자 다른 여학생이 이렇게 소리쳤다. 어이, 선생님. 선생님 참 귀엽네요. 그러자 내 얼굴은 한층 더 달아오른다. 남학생들은 워워, 하고 소리를 질러대며 손바닥으로 책상을 두드리고 여학생들은 서로 마주 보며 웃는다. 누군가가 너 미쳤니? 이본, 하고 소리치자 그 여학생은 되받아친다. 하지만 사실인걸. 저 선생님 정말 귀엽잖아. 나는 내 낯빛이 언제쯤 정상으로 돌아올지, 내가 도대체 언제쯤 경제시민의식 수업을 할 수 있을지, 도대체 언제까지 다니엘라와 이본의 손아귀에서 놀아나게 될지 궁금하다.

다니엘라는 출석을 다 불렀다고 말한 뒤 화장실에 다녀와야 하니 허가증이 있어야 된다면서 서랍에서 나무로 된 작은 허가증을 꺼내들고 또다시 엉덩이를 흔들면서 교실 밖으로 빠져나간다. 그러자 또다시 우우, 하는 소리가 터져나오고 한 남학생이 다른 남학생에게 이렇게 말하는 소리가 들린다. 조이, 일어나봐, 조이. 네가 쟤를 얼마나 좋아하는지 보여주라고. 네가 일어선 걸 좀 보여줘. 그러자 조이는 얼굴이 빨개지고, 또다시 교실 전체가 웃음소리와 킥킥거리는 소리로 가득 찬다.

수업 시간이 반이 지나도록 나는 경제시민의식에 대해서는 한 마디도 꺼내지 못한다. 나는 어떻게든 교사 노릇, 학교 선생 노릇을 해야겠다 싶어서 『당신과 세계』를 집어들고 학생들에게 이렇게 말한다. 자, 책을 펼치도록. 몇 단원까지 했지?

안 단원까지 안 나갔어요.

안 단원까지 안 나갔다니, 그게 무슨 말이야? 한 단원도 안 배웠다고?

아니요, 안 단원까지 안 나갔다고요. 머드 선생님이 우리한테 아무것도 안 가르쳐주지 않았다고요.

머드 선생님이 너희한테 아무것도 가르쳐주지 않으셨다고?[*]

---

[*] 프랭크는 학생들의 문법 실수 '2중 부정'을 교정해주고 있다.

네, 선생님. 우리가 한 말을 왜 그대로 반복하세요? 아무것도, 아무것도 안 가르쳐주지 않았다니까요. 머드 선생님은 한 번도 이런 식으로 우리를 귀찮게 한 적이 없어요. 머드 선생님은 좋은 분이었다고요.

그들은 고개를 끄덕이며 저희끼리 중얼거린다. 그럼, 머드 선생님은 참 좋았지. 그 말을 듣자 머드 선생이 비록 녀석들 등쌀에 못 이겨 은퇴했다 하더라도 내가 그 선생과 겨뤄야 할지도 모른다는 생각이 든다.

그때 한 학생이 손을 번쩍 든다.

말해봐.

선생님은 스코틀랜드인가 뭔가 하는 곳 출신인가요?

아니, 난 아일랜드인이다.

네? 아일랜드인이라고요? 아일랜드 사람들은 술을 좋아한다던데, 그렇죠? 위스키 퍼마시는 걸 좋아한다던데, 맞죠? 선생님은 성 패트릭의 날**에도 나오실 거예요?

난 성 패트릭 축일에도 출근한다.

선생님도 그날 다른 아일랜드 사람들처럼 술에 취해서 퍼레이드하고 토하고 그럴 거예요?

내가 말했지. 난 여기에 올 거라고. 자, 이제 책을 펼쳐봐.

또 번쩍 올라가는 손 하나.

어떤 책 말이에요, 선생님?

이 책 말이다. 『당신과 세계』.

우린 그딴 책 없는데요, 선생님.

우리는 그 책을 가지고 있지 않은데요.

** 3월 17일. 이교도를 몰아내고 아일랜드에 기독교를 포교한 아일랜드 수호성인 성 패트릭을 기념하는 아일랜드 최대의 경축일이다.

또 우리가 한 말을 반복하시네.

우리는 제대로 된 영어를 말해야 하니까.

선생님, 이건 영어 시간이 아니잖아요. 경제시민의식 시간이잖아요. 우린 돈이랑 딴것들에 대해서 배우기로 되어 있는데 돈에 대해 안 가르치시네요.

다니엘라가 돌아오자 또다른 학생이 손을 든다. 선생님, 선생님 이름은 뭐예요? 다니엘라는 허가증을 탁자 위에 도로 올려놓고는 반 전체에게 대답한다. 선생님 이름은 매코이야. 화장실에서 들었는데 총각이래.

나는 내 이름을 칠판에 적는다. 미스터 매코트.

교실 뒤쪽에 앉아 있던 여학생이 큰 소리로 묻는다. 선생님, 애인 있으세요?

그러자 녀석들은 또다시 웃어대고 나는 또다시 얼굴이 달아오른다. 녀석들은 서로 쿡쿡 찔러대며 웃고 여학생들은 저희끼리 소곤거린다. 정말 귀엽지 않니? 나는 『당신과 세계』로 도피해야 되겠다 싶어서 녀석들에게 말한다.

책을 펼쳐봐. 1장. 자, 처음부터 시작하겠다. '미합중국 역사 개관.'

매코이 선생님.

매코트, 매코트라고.

네, 알았어요. 우린 그 콜럼버스니 뭐니에 대해 잘 알고 있거든요. 보가드 선생님 시간에 역사를 배운다고요. 선생님이 역사를 가르치는 걸 알면 보가드 선생님은 뒤집어질걸요. 그 선생님은 역사를 가르치고 돈을 받으니까요. 그러니까 이건 선생님이 할 일이 아니라고요.

나는 책에 있는 걸 가르치기로 되어 있어.

머드 선생님은 책에 있는 걸 가르치지 않았는데요. 그 선생님은 개똥도, 아, 죄송, 어쨌든 아무것도 안 가르치지 않았다고요, 매코이 선생님.

매코트.

아, 네.

종이 울리자 녀석들은 신이 나서 교실 밖으로 뛰쳐나가고 다니엘라가 내 책상으로 오더니 말한다. 걱정 마세요, 선생님. 쟤들 말은 들을 필요도 없어요. 쟤들은 하나같이 바보들이거든요. 전 법률 비서가 되기 위해 상업 과목을 듣고 있어요. 누가 알아요? 제가 나중에 변호사가 될지. 제가 애들 출석이랑 다른 것들은 맡을게요. 그러니까 다른 애들 말은 개코도, 아, 죄송, 하나도 듣지 마세요, 매코이 선생님.

그다음 수업 시간에는 모두 서른다섯 명의 여학생이 있는데 다들 하얀 옷을 입고 앞 단추를 아랫단에서 목 끝까지 채우고 앉아 있다. 머리 모양은 하나같이 비하이브 스타일*이다. 그들도 나를 본체만체하고는 책상 위에 작은 상자를 올려놓고 거울을 들여다보면서 눈썹을 뽑고, 뺨에 파우더 퍼프를 두드려대고, 립스틱을 바른 다음 립스틱이 잘 먹도록 이 사이로 입술을 앙다물고, 손톱을 줄로 다듬은 다음 후 불어 가루를 털어내고 있다. 내가 출석을 부르려고 딜레이니 북을 펼쳐들자 그들은 놀란 표정으로 나를 바라보며 말한다. 아, 대리 교사세요? 머드 선생님은 어디 갔나요?

머드 선생님은 은퇴하셨다.

오, 그러면 선생님이 우리의 정식 선생님이 되는 건가요?

그렇다.

나는 그들에게 무슨 상점에라도 와 있는 줄 아냐고, 도대체 무슨 공부를 하고 있느냐고 다그친다.

그러자 그들은 미용학을 공부하고 있다고 대답한다.

---

* 머리칼을 뒤로 빗어넘겨 둥근 돔처럼 높게 과장시킨 머리 모양.

그게 뭔데?

말 그대로 미용술을 공부하는 거죠. 그런데 선생님 이름은 뭐예요?

나는 칠판에 적어둔 내 이름을 가리킨다. 미스터 매코트.

아, 네. 이본이 선생님은 참 귀여운 분이셨다고 말해주었어요.

'귀여운 분이셨다고'가 아니라 '귀여운 분이라고'라고 고쳐주고 싶지만, 이번은 그냥 넘어가야만 한다. 내가 그들의 틀린 문법을 하나하나 고쳐주기 시작하면 경제시민의식은 영원히 시작도 못 할 것 같아서다. 사실 그보다 더 우려되는 것은 그들이 나더러 문법 규칙을 설명해달라고 하면 결국 내 무식이 드러나게 될지도 모른다는 것이다. 다른 데는 신경쓰지 않기로 했다. 『당신과 세계』의 첫 장인 '미국 역사 개관'부터 설명해나가기 시작했다. 콜럼버스부터 메이플라워호를 타고 온 청교도들, 독립전쟁, 1812년 제2차 영미전쟁, 남북전쟁에 이르기까지 죽 설명을 해가는데, 교실 뒤편에서 또다시 한 여학생이 손을 치켜든다.

말해봐.

매코트 선생님, 왜 우리에게 그런 것들을 말해주시는 거죠?

너희가 너희 나라의 역사를 알지 못한다면 경제시민의식도 이해할 수 없기 때문이다.

매코트 선생님, 지금은 영어 시간이에요. 선생님이면서 지금이 무슨 시간인지도 모르신단 말이에요?

그러고는 그들은 눈썹을 뽑고 손톱을 다듬고 잔뜩 부풀린 머리들을 흔들어대더니 나를 동정 어린 눈빛으로 쳐다본다. 나더러 머리 모양이 엉망이라면서 한눈에 봐도 평생 동안 한 번도 손톱 손질을 해본 적이 없는 걸 알겠다고 한다.

미용실에 좀 가보시지 그래요? 아님 저희가 좀 다듬어드릴까요?

그들은 빙긋 웃으며 서로 쿡쿡 찔러대다가 내 얼굴이 다시 달아오르는 것을 보고는 이렇게 말한다. 정말 귀여워. 오, 저런. 저 선생님 좀 봐. 부끄러워하고 있어.

나는 사태를 수습해야겠다는 생각이 든다. 선생답게 굴어야만 해. 어쨌든 나는 미합중국 육군에서 하사까지 지낸 사람이 아닌가? 군대에서 나는 부하들에게 명령을 내렸고 부하들이 명령을 따르지 않을 때면 혼내주기도 했지. 상사의 명령을 따르지 않는 자는 바로 군법회의에 넘기도록 되어 있으니까. 이 학생들에게도 그런 식으로 명령을 내려야겠어.

다 치우고 책을 펼치도록.

책이라뇨?

뭐든 영어 시간에 보던 교과서 말이야.

우리한테 책이라곤 『대지의 거인들』밖에 없어요. 그런데 그건 정말 세상에서 가장 지루한 책이라고요. 그러자 반 전체가 합창을 하고 나선다. 우, 우, 지루해, 지루해, 지루해.

그 책은 유럽에서 미국으로 이민 와 초원에서 살게 된 어떤 가족의 이야기인데, 등장인물들은 모두 우울하고 자살 이야기만 한다는 것이다. 자살하고 싶은 마음이 들까봐 아무도 그 책을 끝까지 읽지 않았다고 한다. 초원에서 우울하게 사는 유럽 사람이 안 나오는 재미있는 로맨스 읽으면 안 돼요? 아님 영화라도 보면 안 되나요? 제임스 딘이 나오는 영화도 볼 수 있잖아요. 오, 어떡해, 제임스 딘. 그가 죽었다는 걸 믿을 수가 없어. 우린 아직도 제임스 딘이 나오는 영화를 보고 그에 대해 말할 수 있는데. 오, 우린 영원히 제임스 딘을 볼 거야.

미용 소녀들이 나가자 이번에는 내가 담임을 맡은 학생들이 들어올 시간이다. 다음 수업까지 남은 팔 분 동안, 나는 다음 수업에 들어올 서른세 명의 인쇄반 학생들을 위한 행정 업무를 해야 한다. 수업 시작을 알리는 종이 울리자 그들이 몰려들어온다. 모두 사내 녀석들인데 내게 협조적이다. 그들은 내게 무엇을 해야 하는지 알려주고 걱정 말라고 한다. 출석을 부른 다음, 결석한 학생들의 명단을 시스테드 교감 선생에게 넘겨주고, 결석한 학생들의 부모나 담당 의사가 쓴 결석 사유서를 받아두고, 버스나 기차, 페리를 타고 갈 학생들에게 학생 승차권을 나눠주는 것이 내가 할 일이다.

한 학생이 교무실에 있던 머드 선생의 우편함을 들고 와서 내게 건네준다. 열어보니 학교 안팎에서 보내온 각종 통지서와 편지들이 들어 있다. 불량 학생들에게 교육상담 받으러 오라고 보낸 소환장들, 각종 명단과 양식들을 요청한 편지들과 2차, 3차 독촉장들이다. 머드 선생은 자기 우편함을 몇 주 동안 열지 않은 모양이다. 머드 선생이 내게 떠넘긴 일들을 생각하니 머리가 무거워진다.

녀석들은 나더러 매일 출석을 체크할 필요는 없다고 했지만, 일단 출석을 부르기 시작하자 중단할 수가 없다. 학생들 대부분이 이탈리아 출신이어서 아디놀피, 부스칼리아, 카치아마니, 디파초, 에스포지토, 갈리아르도, 미첼리 등 녀석들 이름을 부르고 있노라면 마치 오페라 대사를 외우는 것 같다.

나는 녀석들이 따라하도록 국기에 대한 맹세를 낭독하고, 국가 〈성조기여, 영원하라〉를 선창해야 한다. 나는 그런 것들을 제대로 못 외우지만 상관없다. 녀석들은 가슴에 손을 얹고 저희 나름대로 개사한 국기에 대한 맹세를 읊어대고 있고, 나도 "스태튼아일랜드 깃발에 대고 하룻밤의 정사에 대한 충성을, 어느 누구에게도 안 보이지만 오직 나만 사랑하고 나한테만 키스를 해주는 한 여자에 대한 충성"을 맹세하고 있으니까.

녀석들이 〈성조기여, 영원하라〉를 부를 때 몇몇은 〈넌 사냥개에 불과해〉라는 노래를 흥얼거린다.

교무과장이 다음 시간인 3교시에 자기 집무실로 오라는 전갈을 보내왔다. 3교시면 수업계획안을 작성할 시간이다. 어쨌든 교무과장에게 가보니 내가 해야 할 일들을 시시콜콜 늘어놓는다. 매 수업 전에 수업계획표를 작성해둬야 합니다. 수업계획표 작성 양식이 있으니 그것에 맞춰 작성해야 해요. 모든 학생들이 공책을 깨끗하고 단정하게 정리하는지 확인해야 하고, 학생들이 교과서를 겉표지로 잘 싸두는지도 확인해야 해요. 그렇게 하지 않는 학생은 점수를 깎도록 하세요. 창문은 항상 위에서부터 6인치 정도 열려 있는지 확인하도록 하세요. 매 수업이 끝난 후에는 학생들에게 쓰레기를 모아오라고 시키세요. 수업이 시작할 때와 끝날 때 교실 문 앞에 서서 학생들을 맞이하고 배웅해야 해요. 칠판에 매 수업의 제목과 수업목표를 깨끗한 글씨로 적어두도록 하세요. 그리고 예/아니요로 대답할 수 있는 질문은 하지 않도록 하세요. 교실 안에서 불필요한 잡담이 오고가는 일이 없도록 잘 감시하고, 손을 들어 화장실에 다녀와도 되느냐고 묻는 학생들 외에는 모든 학생들이 자기 자리에 얌전히 앉아 있도록 지도하세요. 남학생들에겐 교실 안에서는 반드시 모자를 벗으라고 하세요. 어떤 학생도 먼저 손을 들지 않고 말하도록 내버려둬서는 안 돼요. 학생들은 수업이 모두 끝날 때까지 교실 안에 남아 있어야 합니다. 예비종이 울렸을 때 학생들이 나가게 해서는 안 됩니다. 설명 드리자면, 예비종은 수업 마치기 오 분 전에 울리는 겁니다. 수업이 끝나기도 전에 학생들이 복도로 나와 있다가 발각되면 선생께서 직접 교장 선생님께 해명해야 할 겁니다. 질문 있나요?

교무과장은 두 주 후면 중간고사가 있을 예정이라면서 그 시험을 준비시키는 데 집중해서 수업을 진행해야 할 거라고 한다. 그는 나더러 영어 시간에는 학생들이 철자법과 어휘에 통달하게 만들라고 한다. 필수 어휘 목록에 있는 단어들을 공책에 백 번씩 쓰게 하고 그렇게 하지 않는 학생들은 점수를 깎으라고, 그리고 모든 학생들에게 소설 두 권을 읽고 독후감을 쓰게 하라고 한다. 경제시민의식 수업 시간에는 『당신과 세계』의 진도를 절반 이상 나가야 한다고 한다.

5교시 시작을 알리는 종소리가 들린다. 학교 구내식당으로 교내 순시를 나가야 할 시간이다. 교무과장은 내게 그 일은 아주 쉬운 일이라면서 학생들이 가장 무서워하는 제이크 호머 선생과 같이 하라고 한다.

계단을 따라 구내식당으로 올라가는데 머리가 지끈거리고 입이 타는 듯하다. 나도 머드 선생처럼 배를 타고 떠나고만 싶었다. 하지만 배를 타고 떠나기는커녕 계단을 지나가는 학생들에게 이리 밀리고 저리 밀리다가 한 선생과 딱 마주친다. 그 선생은 나를 보더니 식권을 보여달라고 한다. 벗어진 머리가 목도 없이 어깨 바로 위에 딱 붙어 있는 땅딸막한 사내다. 그 사내는 주걱턱을 쑥 내밀면서 두꺼운 안경알 너머로 나를 노려본다. 나는 그에게 선생이라고 말하지만 그는 믿으려 하지 않는다. 그러면서 나더러 수업 시간표를 보여달라고 한다. 오, 미안. 당신이 매코트 선생이군요. 난 제이크 호머라고 합니다. 함께 식당으로 가실까요? 나는 그를 따라 계단을 올라가 복도를 지나 학생식당으로 간다. 식당에는 학생들이 길게 두 줄로 늘어서 있다. 한 줄은 남학생 줄, 한 줄은 여학생 줄이다. 호머 선생이 말한다. 남학생과 여학생을 따로 떼어놓는 것이 가장 큰일이지요. 저 또래 녀석들은 짐승이나 마찬가지니까요. 특히 사내 녀석들은. 하지만 그게 저애들 잘못은 아니지. 다 자연의 섭리인 것을. 내 마음대로 할 수만 있다면 아예 여학생들을 다른 식당에 몰아넣고 싶소. 사내 녀석들은 늘 점잔 빼며 잘난 체를 하다가도 어쩌다 둘이서 한 여학생을 좋아하게 되면 반드시 싸움이 붙지요. 혹시 애들이 싸우는 걸 보게 되더라도 그 자리에서 당장 끼어들지는 마시오. 깡패 새끼들끼리 싸우고 저희끼리 해결을 보게 내버려두는 게 상책이니까. 오뉴월이 되어 날씨가 따뜻해지면 더 난리들이랍니다. 여학생들이 두터운 스웨터를 벗어버리면 사내 녀석들은 그 가슴팍 때문에 환장을 한다니까요. 여학생들은 남학생들이 자기들을 보고 반응을 보인다는 걸, 그 녀석들이 애완견처럼 꼬리를 흔들면서 헐떡거린다는 것을 잘 알고 있지요. 우리가 할 일은 녀석들을 갈라놓는 거요. 남학생이 여학생 구역에 가고 싶으면 우리한테 와서 허가를 받아야 해요. 그렇게 하지 않으면 벌건 대낮에 이백여 명의 애새끼들이 그 짓을 하는 걸 보게 될 테니까요. 우리가 학생식당을 돌면서 해야 할 일이 또 하나 있소. 녀석들이 자기 쟁반과 먹다 남은 쓰레기를 잘 치우는지 감시하는 일이오. 그리고 녀석들이 자기가 먹은 자리를 깨끗이 치우는지 감시하는 것도 잊지 말아야 해요.

호머 선생은 나더러 군대에 갔다 왔느냐고 묻는다. 내가 그렇다고 대답하자 그는 이렇게 말한다. 선생이 교사가 되겠다고 결심했을 때는 이런 짓거리까지 해야 할 거라고는 생각지도 못했을 거요. 식당 감시인, 쓰레기 감독, 심리치료사, 베이비시터까지 하게 되리라고는 생각지도 못했을 거란 말이오. 이 나라의 선생들을 뭘로 생각하는지, 쯧쯧. 교사로 남아 있는 한 이 녀석들이 돼지처럼 먹어대는 것을 지켜보고 다 먹었으면 깨끗이 치우라고 잔소리나 하면서 평생을 보내게 될 거요. 의사나 변호사는 사람들에게 치우라고 말하면서 돌아다니지 않는데. 유럽 선생이라면 이따위 짓거리는 하지 않아도 될 텐데. 유럽 고등학교 선생들은 교수 취급을 받는다고요.

남학생 하나가 쟁반을 취사실 쪽으로 가지고 가다가 아이스크림 껍질이 떨어진 것도 모르고 그냥 지나치자 호머 선생이 그를 불러 세운다.

어이, 너. 저 아이스크림 껍질 주워.

그러나 녀석은 말을 듣지 않는다. 제가 떨어뜨린 것 아닌데요.

누가 너한테 물어봤냐? 난 너한테 저걸 주우라고 말했다.

제가 왜 저걸 주워야 하지요? 전 저걸 줍지 않을 권리가 있어요.

너 이리 와봐. 네 권리가 어떤 건지 알려주마.

그러자 갑자기 식당 안이 조용해진다. 모두가 숨죽여 지켜보는 가운데 호머 선생은 그 녀석의 왼쪽 어깻죽지 살가죽을 틀어잡더니 그걸 시계방향으로 비튼다. 너한테는 다섯 가지 권리가 있다. 첫째, 입 닥칠 권리. 둘째, 시키는 대로 할 권리. 나머지 세 가지는 일일이 열거할 필요도 없어.

호머 선생이 계속 살가죽을 비틀어대자 녀석은 인상 쓰지 않고 태연한 척하려고 애를 쓰지만 선생이 너무나 세게 비틀어대자 마침내 무릎이 꺾이고 만다. 녀석은 소리친다. 알았어요, 호머 선생님. 알았다고요. 주울게요.

그러자 호머 선생은 녀석을 놓아준다. 됐어, 이 녀석. 넌 그래도 생각이 있는 녀석이구나.

녀석은 어깨를 축 늘어뜨리고 어기적어기적 자기 자리로 돌아간다. 수치스러운 모양이지만 나는 그럴 필요는 없다고 생각한다. 리머릭의 리미 국립학교 선생들도 그런 식으로 아이들을 괴롭혔지만 우리는 좀처럼 선생들의 말을 듣지 않았다. 여학생들, 남학생들이 모두 호머 선생과 나를 노려보는 눈길에서 그건 이 학교에서도 마찬가지라는 걸 알 수 있다. 나도 아일랜드 학교 선생들이나 제이크 호머 선생처럼 무서운 선생이 될 수 있을까 궁금해진다. 뉴욕대 심리학 교수들은 이런 상황에서 어떻게 해야 하는지 가르쳐주지 않는다. 하긴, 교수들이야 고등학교 학생식당에서 학생들을 감시해야 할 일도 없을 테니까. 그런데 만일 호머 선생이 결근을 하면 그땐 어떡하지? 나 혼자 이백 명이나 되는 학생들을 감독해야 하잖아. 내가 여학생에게 종잇조각을 주우라고 했을 때 그 여학생이 말을 안 듣는다고 여학생 무릎이 덜덜 떨릴 때까지 어깻죽지를 비틀 수는 없는 노릇이다. 아니, 난 호머 선생만큼 나이도 들고 무서워질 때까지는 그렇게는 못 할 것 같다. 하지만 호머 선생도 여학생들의 경우 어깨를 비틀지는 않고 "얘들아"라고 부르면서 확실히 더 부드럽게 대하고 있다. 이 자리 치우는 것 좀 도와주지 않겠니? 그러면 여학생들은 네, 호머 선생님, 하고 순순히 대답하고, 호머 선생은 싱긋 웃으면서 어기적어기적 그 자리를 뜬다.

호머 선생이 취사실 가까이에서 내 옆에 서서 말한다. 저 후레자식들은 혼내줄 때는 인정사정없이 족쳐야 해요. 그러고 있는데 한 남학생이 우리 앞에 와서 머뭇거린다. 그래, 무슨 일이지?

호머 선생님, 지난번에 선생님께 빌린 1달러를 돌려드리려고요.

그게 무슨 말인가, 학생?

지난달에 제가 점심 값이 없어서 점심을 못 사먹고 있는데 선생님께서 제게 1달러를 꿔주셨잖아요.

됐어. 그 돈으로 가서 아이스크림이나 사먹어.

하지만 호머 선생님.

어서 가봐, 학생.

고맙습니다, 호머 선생님.

그래, 가봐.

호머 선생은 내게 그 남학생에 대해 이야기해준다. 참 괜찮은 녀석이지요. 쟤가 얼마나 힘든 일을 겪었는지 선생은 상상도 못 할 거요. 그래도 학교는 안 빠집니다. 저애 아버지는 이탈리아에서 무솔리니 일당에게 고문을 당해 거의 죽을 뻔했다고 합디다. 그 사람들이, 이 녀석들의 가족들이 얼마나 힘든 일을 겪었는지 선생은 상상도 못 할 거요. 이 나라는 세계에서 가장 잘사는 나라니까요. 선생이 얼마나 축복받은 사람인지 알아야 해요, 매코트 선생. 지금부터 그냥 프랭크라고 불러도 되겠소?

아무래도 상관없습니다, 호머 선생님.

이제부터 나도 제이크라고 부르쇼.

그렇게 하지요, 제이크. 선생.

그다음에는 선생들이 점심을 먹을 차례다. 제이크는 나를 꼭대기 층에 있는 교사식당으로 데려간다. 소롤라 교장 선생이 나를 보더니 다른 자리에 앉아 있는 선생들에게 인사시킨다. 로언트리 선생, 인쇄 기술 담당, 크릭스먼 선생, 보건 교육 담당, 고든 선생, 기계 담당, 길피네인 선생, 미술 담당, 가버 선생, 스피치 담당, 보가드 선생, 사회 담당, 마라테아 선생, 사회 담당.

나는 쟁반 위에 샌드위치와 커피를 담아 빈자리로 가 앉는다. 하지만 이내 보가드 선생이 나한테로 오더니 자기 이름은 밥이라고 하면서 자기랑 다른 선생들과 함께 앉자고 한다. 나는 혼자 있고 싶다. 다른 사람들하고 같이 있을 때 무슨 말을 해야 좋을지도 모르겠거니와 내가 입만 열면 그들이 오, 선생은 아일랜드 사람이군요, 라고 말할 테고 나는 어떻게 된 일인지 설명을 해야 할 테니까. 물론 흑인으로 살아가는 것보다는 덜 힘든 일이다. 말투야 언제든지 바꿀 수 있지만 피부 색깔은 결코 바꿀 수 없으니까. 흑인이 된다면 정말 성가실 것 같다. 사람들이 내 앞에서는 반드시 흑인 문제에 대해 이야기를 꺼내야 한다고 여긴다면 무척 성가실 것 같다. 말투만 바꾸면 사람들이 자기 부모님이 아일랜드 어느 주 출신이라고 말하지 않겠지만 흑인일 때는 정말 빠져나갈 구멍이 없을 성싶다.

하지만 보가드 선생이 수고스럽게도 내 자리까지 찾아온 마당에 그 제안을 거절할 수가 없다. 내가 커피와 샌드위치를 들고 그들 자리에 가서 합석하자 그들은 다시 자기 이름을 대면서 소개한다. 잭 크릭스먼 선생이 묻는다. 오늘이 첫날이시죠? 정말 이 일을 하고 싶으신 건가요?

그러자 다른 선생들은 이 일에 발을 들여놓게 되어 참으로 안됐다는 듯 고개를 절레절레 흔들며 웃어대지만, 밥 보가드 선생만은 웃지 않는다. 그는 식탁 위로 몸을 기울이며 말한다. 가르치는 일보다 더 중요한 일이 이 세상에 또 있나요? 그런 일이 있다면 어떤 일인지 알고 싶군요. 그러자 모두 무슨 말을 해야 할지 모르겠다는 듯 가만히 있는다. 이윽고 가버 선생이 말문을 열어 내게 무슨 과목을 가르치느냐고 묻는다.

영어요. 정확하게 말씀드리자면 영어만 가르치는 것은 아니죠. 학교 측에서 경제시민의식도 하루에 세 시간씩 가르쳐야 한다고 했으니까요. 그러자 길피네인 선생이 말한다. 오, 선생님은 아일랜드 분이시군요. 이곳에서 아일랜드 사투리를 들으니 재미있네요.

그 여선생은 나한테 자기 조상 이야기를 하면서 나더러 어디 출신이냐고, 언제 미국에 왔냐고, 아일랜드로 돌아갈 계획이냐고, 유럽에서는 구교도와 신교도들이 왜 그렇게 싸워대냐고 묻는다. 그러자 잭 크릭스먼 선생이 끼어들어 아일랜드의 구교도와 신교도 사이의 갈등은 유대인과 아랍인 사이의 갈등보다 더 심각하다고 말하고, 스탠리 가버 선생은 자기는 그렇게 생각하지 않는다면서 이렇게 말한다. 아일랜드의 구교도와 신교도는 적어도 기독교라는 한 가지 공통점이 있잖소. 하지만 유대인과 아랍인은 밤과 낮처럼 달라요. 크릭스먼 선생이 무슨 엉터리 같은 소리야, 하고 빈정대자, 가버 선생도 말씀 참 유식하게 하시는군요, 라고 받아친다.

종이 울리자 나는 밥 보가드 선생과 스탠리 가버 선생과 함께 계단을 따라 내려간다. 보가드 선생은 나더러 자기는 머드 선생님 반이 어떤 상황인지 잘 알고 있다면서 몇 주 동안 아무것도 배우지 않고 방치된 탓에 아이들이 모두 엉망진창 제멋대로일 거라고 한다. 그러면서 도움이 필요하면 언제든지 자기한테 말하라고 한다. 사실 도움이 필요하긴 합니다. 도대체 경제시민의식을 어떻게 가르쳐야 할지 모르겠어요. 두 주 후면 중간고사도 있을 텐데 아이들은 책을 한 자도 보지 않은 상태더라고요. 그러니 성적을 매길 만한 아무 근거가 없는데 어떻게 하지요?

그러자 가버 선생은 나더러 걱정 말라고 한다. 이 학교 선생들은 대부분 아무 근거도 없이 성적을 매기지요. 이 학교에는 글을 읽는 능력이 초등학교 3학년 수준밖에 안 되는 녀석들도 많지만 그건 선생 탓이 아니지요. 그런 녀석들은 다시 초등학교로 돌려보내야겠지만 키가 180센티미터가 넘고 초등학생 의자에 앉아 있기에는 덩치도 너무 큰 녀석들을 초등학교로 돌려보냈다가는 초등학교 선생들만 더 골치 아프게 되겠지요, 하하.

가버 선생과 보가드 선생은 내 수업 시간표를 보고는 고개를 절레절레 흔든다. 아직도 세 시간이나 더 남았네. 정말 최악의 시간표로군요. 새로운 선생이 감당하기에는 너무 벅찬 시간표 같은데요. 애들은 점심을 먹은 탓에 단백질과 설탕으로 잔뜩 충전돼서 밖으로 뛰쳐나가 뭐라도 올라타고 싶어할 텐데 말이에요. 가버 선생이 말을 받는다. 섹스. 그놈들 관심은 온통 그것뿐이지. 섹스, 섹스, 섹스. 하지만 학기 중에 들어오면 다 그런 거지, 뭐. 특히 머드 선생님 반을 물려받게 되었으니 말입니다.

행운을 빕니다. 가버 선생이 말한다.

도움이 필요하면 내게 말해요. 보가드 선생이 말한다.

나는 6교시, 7교시, 8교시에는 단백질과 설탕, 섹스, 섹스, 섹스와 씨름할 작정으로 수업에 들어갔는데, 웬걸, 쏟아지는 질문과 반항 때문에 내가 말할 틈이 없다. 머드 선생님은 어디 갔어요? 죽었어요? 애인하고 눈이 맞아 달아났어요? 하하하. 선생님은 새로 왔나요? 선생님은 우리랑 계속 같이 있을 거예요? 여자친구 있어요, 선생님? 아니요, 우린 『당신과 세계』 따위는 안 갖고 있는데요. 바보 같은 책이에요. 왜 영화 애기 하면 안 되나요? 5학년 때 담임 선생님은 영화 얘기도 매일 해줬는데 나중에 학교에서 쫓겨났어요. 하지만 참 대단한 분이었죠. 선생님, 출석 부르셔야죠. 머드 선생님은 항상 출석은 불렀거든요.

사실, 머드 선생은 출석을 부를 필요가 없었을 것이다. 반반마다 그 일을 맡아 하는 당번이 하나씩 있다. 출석 당번은 대부분 공책 정리도 잘하고 글씨도 반듯하게 쓰는, 부끄러움을 타는 여학생들이다. 그 여학생들이 출석 부르는 일을 맡아 하면 봉사활동 점수를 받게 되어 나중에 맨해튼에 있는 회사에 취직할 때 유리하다고 한다.

영어 수업에 들어온 2학년 학생들은 머드 선생님이 학교를 그만뒀다는 말을 듣고는 환호성을 지른다. 그 여잔 정말 형편없었어. 우리한테 『대지의 거인들』인가 뭔가 하는 그 지겨운 책을 만날 읽으라고 하고, 다 읽었다고 하면 또 『사일러스 마너』* 따위나 읽으라고 하고. 책깨나 읽었다는 학생 루이스가 창가 자리에 앉아서 모두에게 말한다. 그건 음흉한 영국 노인과 어린 소녀에 관한 이야기야. 미국에서는 읽을 책이 못 되지.

머드 선생은 그들에게 다가올 중간고사를 대비해 『사일러스 마너』를 읽고 『대지의 거인들』과 비교하는 에세이를 쓰라고 했다는 것이다. 8교시 영어 수업에 들어온 2학년 학생들은 이렇게 투덜댄다. 초원에 사는 우울한 사람들 이야기와 음흉한 영국 노인에 관한 이야기를 비교하라니, 도대체 그 선생은 정신이 있는 거야, 없는 거야?

그들도 역시 환호성을 지르며 말한다. 우린 그 바보 같은 책들은 읽고 싶지 안 해요.

그 바보 같은 책들은 읽고 싶지 않다고?

---

* 영국의 여성 작가 조지 엘리엇이 1861년에 발표한, 영국 빅토리아시대를 배경으로 한 소설.

네?

아니야, 아무것도. 예비종이 울리자 녀석들은 코트와 가방을 주섬주섬 챙겨들더니 문 쪽으로 몰려나간다. 나는 소리를 지를 수밖에 없다. 앉아! 저건 예비종이야.

그러자 그들은 놀란 토끼 눈을 하고 나를 쳐다본다. 왜 그러시죠, 선생님?

예비종이 울렸을 때는 나가는 게 아니라고.

머드 선생님은 예비종이 울렸을 때도 나가도 된다고 했는데요.

난 머드 선생님이 아니야.

머드 선생님은 너그러웠다고요. 그냥 가게 해주셨는데. 그런데 선생님은 왜 그렇게 치사하게 구는 거죠?

그러고 그들은 문밖으로 나가버린다. 나는 그들을 막을 수가 없다. 소롤라 교장 선생이 복도에 있다가 나더러 예비종이 울렸을 때 학생들을 내보내서는 안 된다는 것도 모르냐고 다그친다.

잘 알고 있습니다, 교장 선생님. 하지만 쟤들을 막을 수가 없었어요.

알았소, 매코트 선생. 하지만 내일부터는 녀석들을 좀더 엄하게 다스리도록 해요.

네, 교장 선생님.

나는 속으로 이렇게 생각한다. 이 인간 진심으로 하는 말이야, 아니면 나를 갖고 놀자는 거야?

37

스태튼아일랜드를 오가는 페리에는 갑판 위를 돌아다니며 손님들의 구두를 닦아주는 이탈리아 노인이 한 명 있다. 나는 힘든 밤을 보냈고 그보다 더 힘든 하루를 보낸 터라, 오늘 같은 날에 구두 한번 못 닦을쏘냐, 하는 마음으로 그 노인을 부른다. 구두 닦는 값 1달러에 팁 25센트까지 해서 큰맘 먹고 1달러 25센트 정도는 쓸 생각이다. 하지만 노인은 고개를 절레절레 흔들며 서투른 영어로 내게 말한다. 차나니 새 구두 하나 사 신으소. 딜란시 스트리트에 가면 나 동생이 구두 가게를 하고 있는디 페리에서 구두 닦는 알폰소라고 나 이름만 대면 싸게 해주 거요.

내 구두를 다 닦고 난 뒤에도 노인은 고개를 가로저으며 50센트만 받겠다고 우긴다. 노인은 이렇게 낡아빠진 구두는 몇 년 만에 처음 본다면서, 죽은 사람한테도 이런 거지발싸개 같은 건 안 신길 거라고 한다. 그러면서 딜란시 스트리트에 가면 자기 동생한테 자기가 보냈다고 말하는 걸 잊지 말라고 한다. 나는 그에게 이제 막 취직을 해서 새 구두를 살 형편이 못 된다고 말한다. 그러자 노인은 말한다. 알떠, 알떠. 1딸라만 조.

당신 선상 맞지? 내가 어떻게 알았느냐고 묻자, 노인의 대답인즉슨 선생들은 모두 이렇게 너덜너덜한 구두를 신고 다닌다는 것이다.

나는 구두 닦은 값 1달러에 팁을 얹어 그에게 준다. 그는 또다시 고개를 절레절레 흔들더니 닦아, 닦아, 하고 소리치며 멀어져간다.

3월의 화창한 봄날에 갑판 위에 앉아, 자유의 여신상에 카메라를 들이대며 흥분해서 떠드는 관광객들과 눈앞에 길게 펼쳐진 허드슨 강과 맨해튼의 고층 건물들이 우리 쪽으로 다가오는 것을 바라보자니 기분이 좋아진다. 하얀 거품이 이는 바다는 살아 움직이는 듯하고, 내로 해협 위로 불어오는 미풍에는 따뜻한 봄기운이 실려 있다. 오, 좋은데, 하는 소리가 입에서 저절로 나온다. 페리 갑판에 찰싹찰싹 물을 튀기는 파도, 그 파도 속으로 항구를 밀어넣을 듯한 예인선, 평저선平底船, 화물선, 정기선, 그 사이로 왔다갔다하며 움직이는 낡은 페리. 다리 위로 올라가 이 모든 광경을 내려다보고 싶다.

서로 쿡쿡 찌르고, 윙크하고, 킥킥 웃어대고, 불만을 늘어놓고, 선생인 내가 하는 말마다 토를 달거나 아예 나를 교실에 놓인 가구들 중 하나인 양 본체만체하는 이삼십 명의 고삐리들을 매일 마주하는 것보다는 이렇게 사는 것이 나을 것 같다. 뉴욕대에서 어느 날 아침 친구들과 대화를 나누던 중 누군가가 내뱉었던 말이 떠오른다. 우린 혹시 편집증 환자가 아닐까?

편집증. 그때 나는 그 단어의 뜻을 사전에서 찾아봤다. 내가 교실 앞쪽에 서 있는데 한 녀석이 옆자리에 있는 녀석에게 뭐라고 속삭이고는 둘이서 킥킥거릴 때면 그 녀석들이 날 보고 그러는 것은 아닐까, 하는 생각이 들었고, 학생식당에서는 녀석들이 내 말투를 흉내내고 벌건 내 눈을 흉보는 것은 아닐까, 하는 생각이 들었다. 나는 그 녀석들이 충분히 그러고도 남으리라는 것을 알고 있었다. 리머릭에서 리미 국립학교에 다닐 때 우리도 그랬다. 내가 그런 것까지 신경을 쓸 것 같으면 차라리 매뉴팩처러 트러스트 사의 대출계에서 평생을 보내는 편이 나았다.

평생 이 짓을 해야 하나? 아침에 지하철을 타고, 다시 페리로 갈아타고 스태튼아일랜드로 와서 또 언덕길을 올라가 매키 직업기술고등학교로 출근해 출퇴근 기록기에 출근 카드를 찍고, 우편함에서 한 무더기의 우편물을 꺼내들고, 학생들에게 매 수업 시간, 매일매일 잔소리나 하면서? 앉아, 제발. 공책 펼쳐봐. 펜도 꺼내. 종이가 없다고? 자, 종이 여기 있다. 펜이 없다고? 옆 사람한테 빌려. 칠판에 써놓은 것들을 공책에 옮겨적도록. 뭐? 거기서는 안 보인다고? 조이, 브라이언과 자리 좀 바꿔주겠니? 어서. 야, 조이. 너 그렇게 바…… 아니다, 아니야. 바보라는 소리는 안 했다. 그냥 브라이언과 자리 좀 바꿔주라고 부탁하는 거다. 브라이언은 안경을 써야 할 것 같구나. 뭐, 브라이언? 안경 따윈 필요 없다고? 그래? 그러면 왜 자리를 옮겨달라고 했지? 됐다, 됐어. 어쨌든 조이, 자리 좀 옮겨주겠니? 프레디, 그 샌드위치 치우지 못해? 여긴 학생식당이 아니잖아. 네가 배가 고프든 말든 지금은 안 돼. 샌드위치 먹으러 화장실에 가겠다고? 안 돼. 화장실에서 샌드위치 먹으면 안 되는 것도 모르냐? 무슨 일이냐, 마리아? 아프다고? 양호실에 가봐야겠다고? 알았다. 여기 허가증 있어. 다이안, 네가 양호실까지 마리아 좀 데려다줄래? 그리고 양호 선생님이 뭐라고 하셨는지 내게 말해다오. 물론 양호 선생님은 마리아가 어디가 아픈지 네게 말해주지는 않을 거다. 난 그저 마리아가 수업에 다시 들어올 수 있는지 그걸 알고 싶은 게다. 뭐야, 앨버트? 너도 아프다고? 아니? 아니라고? 앨버트, 그냥 자리에 앉아서 네 공부나 해라. 너도 양호실에 가야겠다고? 앨버트, 너 진짜로 아픈 거야? 설사를 한다고? 자, 여기 화장실 허가증 있다. 화장실에 하루 종일 있지는 마라. 나머지 학생들은 칠판에 있는 것들을 공책에 옮겨적도록. 곧 있으면 시험이 있다는 것 다들 알고 있겠지? 시험을 치르게 될 거라고. 뭐야, 서배스천? 펜에 잉크가 없다고? 저런, 왜 진작 말하지 않았니? 그래, 지금 말하고 있는데, 그걸 왜 십 분 전에 말하지 않았냐고. 뭐? 아픈 학생들이 말하는 걸 방해하고 싶지 않았다고? 참 사려 깊구나, 서배스천. 서배스천에게 펜 좀 빌려줄 사람? 어서. 넌 또 뭐야, 조이? 서 배스천이 뭐라고? 뭐라고? 그런 식으로 말하면 못써, 조이. 서배스천, 너는 앉거라. 교실에서 싸우면 안 돼. 뭐야, 앤? 나가봐야겠다고? 어딜 가야겠다는 거냐, 앤? 응? 그날이 시작된 것 같다고? 네 말이 맞다, 조 이. 그걸 세상 사람들에게 다 알릴 필요는 없겠지. 뭐라고, 다니엘라? 앤을 화장실까지 데려다주겠다고? 왜? 뭐? 앤이 영어를 잘 못한다고? 그게 네가 앤을 화장실까지 데려다주는 거랑 무슨 상관이 있지? 이번엔 또 뭐냐, 조이? 여자애들 말버릇이 저게 뭐냐고? 참아라, 다니엘라. 네 가 참아. 기분 나쁘게 생각하지 마라. 뭐야, 조이? 넌 신앙심이 깊어서 사람들이 그런 식으로 말해서는 안 된다고 생각한다고? 알았어. 어쨌든 참아라, 다니엘라. 넌 앤을 옹호해주고 싶어서 그런 거지? 앤은 화장실 에 가야만 하고. 그래, 가봐. 앤을 데리고 가라고. 자, 너희는 칠판에 있 는 것들을 공책에 옮겨적도록. 뭐? 너도 안 보여? 자리를 옮기고 싶다 고? 알았어, 자리 옮겨. 여기 빈자리 있다. 네 공책은 어디 있냐? 버스에 두고 내렸다고? 알았다. 종이가 필요해? 종이를 주마. 펜도 없다고? 자, 여기 펜 있다. 너도 화장실에 가고 싶다고? 알았어, 가, 가, 가. 화장실 에 가란 말이야. 가서 샌드위치를 먹든, 끼리끼리 시시덕거리든 마음대 로 하란 말이야. 오, 주님, 정말이지 맙소사네, 맙소사.

매코이 선생님.

매코이가 아니라 매코트야.

그런 식으로 말함 안 돼요. 주님의 이름을 그럴 때 쓰심 안 된단 말예요.

그들은 또 내게 묻는다. 오, 매코트 선생님. 선생님은 내일 휴가를 내셔야겠네요. 내일은 성 패트릭의 날이잖아요. 그죠? 선생님은 아일랜드 인이니까 퍼레이드를 하러 가셔야죠.

나도 하루 휴가를 내고 하루 종일 침대에서 뒹굴고 싶은 마음이 굴뚝 같다. 휴가를 낸 선생 대신 수업에 들어오는 임시 선생들은 출석 체크도 잘 하지 않기 때문에 그날만큼은 마음 놓고 땡땡이를 칠 수 있으니 학생들도 좋아할 것 같다. 선생니임, 그렇게 하세요. 매코트 선생니임. 아일랜드 친구들과 축제를 즐기세요. 선생님이 만약 아일랜드에 계셨다면 그런 날 학교에 안 오셨겠죠, 그렇죠?

그다음 날, 내가 출근하자 녀석들은 툴툴댄다. 이런, 제기랄. 앗, 죄송, 선생님. 무슨 아일랜드 사람이 이래요? 혹시 오늘밤에 아일랜드 친구들과 파티하시고 내일 학교에 안 나오시는 거예요?

난 내일도 학교에 나올 거다.

그날 녀석들은 내게 초록색으로 된 온갖 것들을 갖다준다. 초록색 스프레이를 뿌린 감자, 초록색 베이글, 초록색 병에 든 하이네켄 맥주뿐만 아니라, 구멍을 뚫어 눈, 코, 입을 표시한 양배추 머리에 공작실에서 만든 초록색 레프러콘* 모자까지 씌워서 내게 갖다준다. 양배추 이름은 케빈이고 모린이라는 이름의 가지를 여자친구로 두고 있다. 2피트 높이의 커다란 카드도 있는데, 그 카드는 샴록**, 실렐라***, 위스키 병, 초록색 소고기 소금절임 요리 따위를 초록색 종이로 만든 콜라주로, '해피 성 패

---

* 아일랜드 민화에 나오는, 황금을 숨긴 곳을 가르쳐준다는 작은 노인의 모습을 한 요정.
** 클로버와 비슷한 아일랜드의 국화(國花). 잎이 세 개로, 성 패트릭이 기독교의 삼위일체 교리를 설명하기 위해 사용했다고 한다.
*** 오크나무나 산사나무 따위로 만든 곤봉.

트릭 데이'라고 적혀 있다. 또 주교장主敎杖 대신 초록색 맥주잔을 들고 '오늘은 아일랜드인들을 위한 위대한 날'이라고 말하고 있는 성 패트릭과 '내게 키스해줘요, 난 아일랜드인이에요'라고 적힌 풍선을 든 내 모습도 그려져 있다. 그 카드에는 또한 토끼풀 모양의 행복한 얼굴들과 내가 맡은 다섯 반의 수십 명 아이들의 사인도 담겨 있다.

교실 안이 떠들썩하다. 저기요, 매코트 선생님. 왜 초록색 옷을 안 입으셨어요? 안 입으셔도 되니까! 이 바보야, 선생님은 아일랜드인이잖아. 매코트 선생님, 왜 퍼레이드에 안 가세요? 선생님은 일을 시작한 지 얼마 안 됐잖아, 멍충아. 여기 온 지 일주일밖에 안 됐다고.

그때 소롤라 교장 선생이 교실 문을 연다. 별일 없나요, 매코트 선생?

아, 네.

그는 내 책상 쪽으로 다가오더니 카드를 보고는 미소를 짓는다. 녀석들이 선생을 좋아하나보군요. 선생이 여기 온 지 얼마나 되었지요? 한 일주일 됐나?

네. 그 정도 됩니다.

그래요. 이거야 아주 좋은 일이죠. 하지만 선생이 아이들을 다시 수업에 전념하게 만드셔야죠. 그렇게 말하고 교장 선생이 나가려는데 아이들이 교장 선생의 뒤통수에다 대고 소리친다. 해피 성 패트릭 데이, 소롤라 교장 선생님! 하지만 그는 뒤돌아보지 않고 그냥 나가버린다. 교실 뒤편에서 한 학생이 이렇게 말하는 소리가 들린다. 소롤라 선생은 그지 같은 이탈리아계잖아. 그러자 드잡이가 벌어진다. 내가 『당신과 세계』로 시험 문제를 내겠다고 으름장을 놓자 싸움은 겨우 중단된다. 그때 또 누군가가 말하는 소리가 들린다. 소롤라 선생은 이탈리아인이 아니야. 피니시라고.

피니시? 피니시가 뭔데?

핀란드인 말이야, 이 멍충아. 종일 컴컴한 나라.

소롤라 선생은 핀란드 사람 같지 않은데.

이런, 똥통아. 그럼 핀란드 사람은 어떻게 생겼는데?

몰러. 하지만 그 선생은 어쨌든 핀란드 사람 같지는 않아. 시칠리아 사람 같은데.

그 선생은 시칠리아 사람이 아니야. 핀란드 사람이라니깐. 그럼 내기 하자. 자, 내가 1달러 걸게. 또 내기할 사람?

아무도 그 내기에 응하지 않는다. 나는 말한다. 자, 그만 됐다. 이제 공책을 펼치도록.

그러자 녀석들은 또 볼멘소리를 낸다. 공책을 펼치라고요? 오늘은 성 패트릭의 날이고 우리가 선생님한테 카드고 뭐고 잔뜩 준비해드렸는데 우리보고 공책을 펼치라고요?

알아. 카드 만들어준 건 고맙게 생각해. 하지만 오늘은 정식 수업일이 야. 그리고 곧 있으면 시험도 있을 거란 말이야. 그러니까 빨리 『당신과 세계』 진도를 나가야 한다.

그러자 교실 전체가 투덜대는 소리로 가득 차고 초록이고 뭐고 다 물 건너간 분위기다. 오, 매코트 선생님. 선생님은 우리가 그 책을 얼마나 싫어하는지 모르실 거예요.

오, 매코트 선생님. 아일랜드 얘기나 그 비슷한 얘기라도 좀 들려주시 면 안 될까요?

매코트 선생님, 여자친구 얘기 좀 해주세요. 선생님한테는 분명히 멋 진 여자친구가 있을 것 같은데요. 선생님은 정말 귀여운 분이니까요. 우 리 어머니는 이혼녀인데 선생님을 만나보고 싶대요.

매코트 선생님, 우리 누나도 선생님 또래인데요. 괜찮은 은행에 다니 고 있거든요. 누나는 옛날 음악을 좋아해요. 빙 크로즈비 같은 거요.

매코트 선생님, 전 텔레비전에서 〈조용한 남자〉라는 아일랜드 영화를 본 적이 있는데요, 그 영화에서 존 웨인이 자기 마누라를 막 패더라고요. 그 여자 이름이 뭐였더라? 근데 정말 아일랜드에서는 남자들이 자기 마누라를 그렇게 막 패나요?

녀석들은 『당신과 세계』 공부만 안 할 수 있다면 무슨 짓이든 할 태세다.

매코트 선생님, 선생님도 부엌에서 돼지 키우셨나요?

우린 부엌이 따로 없었단다.

네? 부엌이 없으면 요리는 어떻게 해요?

대신 벽난로가 있어서 거기에다 차 마실 물도 끓이고 빵도 굽고 했지.

녀석들은 우리가 전기도 없이 살았다는 것이 믿기지 않는지, 그렇다면 냉장고도 없이 음식물은 어떻게 저장했느냐고 묻는다. 부엌에서 돼지를 키웠느냐고 물었던 녀석이 냉장고 없이 사는 사람이 어디 있느냐고 말하자, 또다른 녀석이 모르는 소리 말라고, 자기 어머니는 시칠리아에서 자랐는데 냉장고 없이 살았다더라고 되받아친다. 그러자 돼지 운운하던 녀석이 못 믿겠다면서 방과 후에 어두운 뒷골목에서 좀 보자고, 둘 중 하나만 살아남을 때까지 붙어보자고 한다. 그러자 여학생들은 그 두 녀석을 말리며 진정하라고 타이른다. 한 여학생은 나더러 그렇게 어렵게 살아서 참 안됐다고 한다. 시간을 거슬러 올라갈 수 있다면 선생님을 저희 집으로 데려와 따뜻한 물에 목욕도 마음대로 하고 냉장고에 있는 것도 뭐든지 꺼내먹을 수 있게 하고 싶어요. 뭐든지요. 그러자 여학생들은 너도 나도 고개를 끄덕이고 남학생들은 잠자코 있는다. 그때 마침 쉬는 시간을 알리는 종이 울리고, 나는 구원받은 심정이 된다. 왠지 기분이 이상해져서 빨리 교사 화장실로 도피하고 싶은 마음뿐이다.

나는 고삐리들의 지연작전술을 차츰 배워간다. 아이들은 그날의 학업

과제를 피하려고 어떤 기회라도 붙잡고 늘어진다. 녀석들은 아부를 하거나, 감언이설로 꼬드기거나, 가슴에 손을 얹고 자기들은 진심으로 아일랜드와 아일랜드 사람들에 대한 이야기를 듣고 싶어서 그러는 거라고 맹세한다. 진작 그런 질문들을 할 수도 있었을 텐데 녀석들은 성 패트릭의 날까지 기다렸다. 그날만큼은 내가 아일랜드의 전통과 종교, 뭐 그런 것들을 떠올리고 싶어할 거라고 계산한 듯싶다. 선생님, 아일랜드 음악에 대해 이야기 좀 해주세요. 아일랜드는 사시사철 초록빛이라던데 진짜가요? 아일랜드 여자애들은 끝이 살짝 들린 귀여운 코를 하고 있다면서요? 아일랜드 남자들은 밤낮으로 술만 마시고 마시고 또 마신다던데 진짜가요, 매코트 선생님?

교실 여기저기서 협박과 맹세의 소리가 들려온다. 난 오늘 학교에 안 있을 거야. 난 시내에서 하는 퍼레이드 보러 갈 거야. 오늘 가톨릭 학교들은 모두 쉰다며? 난 가톨릭 신자야. 그러니까 오늘 같은 날 내가 못 쉴 게 뭐가 있어? 씨팔. 이 수업 끝나면 니들은 내가 페리 타고 가는 걸 보게 될 거야. 너도 같이 갈래, 조이?

안 돼. 울 어머니가 날 죽이려 들 거야. 난 아일랜드인이 아니거든.

뭐라고? 누군 아일랜드인이냐?

아일랜드 사람들은 그 퍼레이드에 아일랜드 사람들만 참석하길 바란단 말이야.

웃고 있네. 난 그 퍼레이드에 흑인들도 참가하는 걸 본 적이 있는걸. 흑인들도 끼는데, 이탈리아계 가톨릭 신자인 나는 여기 이렇게 죽치고 앉아 있으라고?

그 사람들이 안 좋아한다니깐.

상관없어. 아일랜드 사람들도 콜럼버스가 없었다면 이 나라에 오지도 못했을걸. 콜럼버스도 이탈리아 사람이었잖아.

우리 삼촌이 그러는데 콜럼버스는 유대인이었다던데?

오, 조이. 엿 먹으라 그래.

그러자 교실 안이 또다시 술렁거렸다. 싸워! 싸워! 싸워! 조이, 저 녀석 한 대 쳐. 한 대 치라고. 싸움도 하나의 지연작전이다. 수업 시간을 그냥 흘려보내고 선생이 수업을 못 하게 만드는 지연작전.

아무래도 선생인 내가 개입해야 할 순간이 왔다. 자, 그만. 됐다, 됐어. 이제 공책을 펼치도록. 그러자 또다시 투덜대는 소리가 들려온다. 공책, 공책, 공책. 매코트 선생님, 우리한테 왜 이러시는 거죠? 우린 성 패트릭의 날에 『당신과 세계』 따위는 쳐다보고 싶지도 않다고요. 우리 어머니의 어머니도 아일랜드인이었어요. 그러니까 우리도 이날을 기념해야죠. 아일랜드 학교 이야기 좀 해주시면 안 돼요, 네?

알았다.

어쨌든 난 초보 선생이고 첫번째 전투에서 진 셈이다. 다 성 패트릭 때문이다. 나는 그 수업 시간에도, 그리고 다른 수업 시간에도 학생들에게 아일랜드 학교 이야기를 들려준다. 아일랜드 선생들이 회초리, 채찍, 몽둥이 등을 들고 다니면서 어떻게 우리에게 모든 걸 외우게 하고 암송시켰던가를, 우리가 교실에서 어쩌다가 싸움이라도 할라치면 어떻게 우리를 죽이려 들었던가를 녀석들에게 이야기해준다. 우리는 절대 선생에게 질문을 해서는 안 되었고, 우리끼리 토론을 해서도 안 되었다는 것, 열네 살이 되면 학교를 그만두고 우편 배달부가 되거나 아니면 백수가 되어야 했다는 것까지 이야기해준다.

그런 식으로 나는 다른 선택의 여지 없이 녀석들에게 아일랜드 이야기를 들려준다. 그날 내 수업에 들어온 학생들은 하루 땡잡은 셈이다. 나로서도 달리 어떻게 할 도리가 없다. 물론 『당신과 세계』나 『사일러스 마너』 따위로 녀석들에게 으름장을 놓고는 학생들을 휘어잡고 선생 노룻을 제대로 했다고 자족할 수도 있다. 하지만 그랬다가는 녀석들이 또다시 화장실에 다녀와야겠다, 양호실에 가봐야겠다, 학생 지도 교사를 만나보러 가야 한다. 그도 아니면 맨해튼에 있는 숙모가 암으로 죽어가고 있는데 가봐도 되냐는 등 온갖 요청과 핑곗거리를 쏟아냈을 것이다. 내가 철저하게 수업 일정에 따라 강제로 수업을 진행했다 하더라도, 나는 나 자신에게 제대로 한 건지 물어봤을 것이고, 그랬다면 내 마음속의 목소리는 이렇게 대답했을 것이다. 미국 교실에서는 일군의 노련한 학생들이 한 명의 미숙한 선생을 이겨먹을 수도 있는 법이라고.

고등학교는 어때요, 매코트 선생님?

난 고등학교는 안 다녔는데.

서배스천이 말한다. 그것 봐. 내가 분명히 말해두는데, 너 나중에 두고 보자, 이 개자식아.

그러자 녀석들이 서배스천에게 소리친다. 입 닥쳐, 서배스천.

매코트 선생님, 아일랜드에는 고등학교가 없었나요?

고등학교야 많이 있었지만 내가 다니던 중학교 애들은 고등학교에 갈 여건이 못 되었지.

세상에. 나도 그런 나라에서 살고 싶네. 고등학교에 갈 필요도 없는 그런 나라 말이야.

교사식당에도 생각이 다른 두 개의 파벌이 있다. 구세대 선생들은 내게 이렇게 말한다. 선생은 젊고 또 새로 오셨지만 애새끼들이 선생 머리 꼭대기에 기어오르지 않도록 하세요. 교실에서 우두머리가 누구인지 그 녀석들에게 가르쳐줘야 해요. 교실에서는 선생이 우두머리라는 걸 말이에요. 가르치는 일에서 통제는 아주 중요한 부분이에요. 통제 없이는 가르치는 것도 거의 불가능하지. 선생에게는 학생들을 통과시킬 수도 낙제시킬 수도 있는 권한이 있소. 학생들도 자기들이 낙제하면 사회의 어느 한 군데도 자기들을 받아주는 곳이 없을 거라는 걸 잘 알고 있지요. 그 녀석들이 접시닭이가 되더라도 그건 그 녀석들 잘못이지요. 후레자식들. 어쨌든 녀석들에게 말려들지 마시오. 교실에서는 당신이 우두머리니까요. 당신은 빨간 펜을 든 선생이란 말이요.

구세대 선생들은 대부분 제2차 세계대전에서 살아남은 사람들이다. 그들은 직접적으로 말하지는 않지만, 몬테카시노 전투, 벌지 전투*, 일본 포로수용소 등에 대한 기억, 탱크를 타고 독일 도시로 들어가 자기 어머니의 가족을 찾았던 기억 등 자기들이 겪은 힘든 시절을 은근히 자랑한다. 그것 봐. 이 애새끼들한테서 얻을 게 뭐 있나. 우리가 목숨 걸고 싸운 덕분에 저희는 매일 학교에 나와 교실에 편하게 앉아 있다가 주는 밥이나 얻어먹으면서도 만날 식사가 형편없다고 징징거리기나 하지. 제 어머니 아버지가 먹던 음식보다 백배는 더 낫구먼.

젊은 선생들은 구세대들만큼 단정적이지 않다. 그들은 교육심리학, 교육철학 강의를 듣고 존 듀이를 읽은 사람들이어서 그런지, 내게 학생들도 인간인 만큼 그들의 절실한 요구를 들어줘야 한다고 말한다.

나는 절실한 요구라는 말이 무슨 뜻인지 알지 못하지만 무식이 탄로날까봐 잠자코 있다. 젊은 선생들은 구세대 선생들에 대해 고개를 절레절레 흔들며 내게 말한다. 전쟁은 끝났고 학생들은 적군이 아닌데도 저 선생들은 저런다니깐. 학생들은 우리 아이들이에요.

나이 많은 선생 하나가 끼어든다. 절실한 요구라고? 비행기에서 뛰어내려 독일군이 득시글거리는 들판으로 떨어져보라지. 그러면 절실한 요

---

* 1944년 12월 제2차 세계대전 당시 서유럽 전선에서 벌어졌던 연합군과 독일군 간의 대규모 전투. 이 전투 결과 몰락해가던 독일군은 다시 한번 기세를 되찾게 되었다.

구가 어떤 것인지 알게 될 테니까. 존 듀이고 나발이고 웃기지 말라고 해. 대학교수란 놈들도 마찬가지야. 고등학교 교육이 어쩌고저쩌고 떠들어대지만 다 허튼 소리! 그 작자들은 고등학교에 대해 아는 척 설레발치지만 실은 아무것도 모른다고.

그러자 스탠리 가버 선생이 말을 받는다. 맞아요, 우리는 매일 무장을 하고 전투에 뛰어드는 거나 마찬가지라니까요. 그러자 선생들이 모두 웃음을 터뜨린다. 가버 선생은 학교에서 가장 쉬운 수업인 스피치 담당이기 때문이다. 교재도 필요 없고, 숙제 내줄 필요도 없는 수업을 담당하는 선생이 전투에 뛰어드는 것이 어떤 것인지 알기나 할까 싶은 것이다. 그가 하는 일이라고는 자기 책상에 앉아서 몇 안 되는 학생들에게 오늘 이야기하고 싶은 것 아무거나 말해봐, 하고 시킨 다음 그들의 발음을 고쳐주는 것뿐이다. 그는 내게 이렇게 말한다. 고등학생이 되어서야 발음을 교정하는 건 너무 늦은 거지요. 이건 〈마이 페어 레이디〉가 아니잖습니까. 그리고 나는 헨리 히긴스 교수도 아니고. 가버 선생은 자기가 수업할 기분이 아니거나 학생들이 그다지 말하고 싶어하지 않을 때면, 학생들에게 그만 나가보라고 하고는 자기는 교사식당에 가서 미국 교육의 현실을 개탄한다.

소롤라 교장 선생이 담배 연기 사이로 속을 알 수 없는 웃음을 내비치며 가버 선생에게 묻는다. 그래서 가버 선생, 은퇴를 앞둔 기분이 어떻소?

가버 선생도 빈 웃음을 지으며 말한다. 교장 선생님도 잘 아실 텐데요. 은퇴하신 지 꽤 됐잖아요.

마음 같아서는 모두 그 말에 한바탕 웃음을 터뜨렸겠지만, 다들 교장 선생을 의식하고 참는다.

내가 맡은 반 학생들에게 교재로 쓸 책을 수업 시간에 가져오라고 하자 녀석들은 머드 선생이 자기들에게 책 같은 것을 준 적이 없다고 딱 잡아뗀다. 경제시민의식 수업에 들어온 녀석들도 『당신과 세계』라는 책에 대해서는 들어본 적도 없다고 하고, 영어 수업에 들어온 녀석들도 『대지의 거인들』이나 『사일러스 마너』 같은 책은 한 번도 본 적이 없다고 한다. 이에 교무과장이 설명한다. 학생들이 책을 받으면 영수증을 쓰게 되어 있으니 머드 선생의 책상을, 아니, 죄송, 매코트 선생의 책상을 잘 뒤져보면 어딘가 영수증이 있을 거요.

책상을 샅샅이 뒤져봤지만 영수증 따위는 없다. 책상 안에는 여행 책자, 십자말풀이 책자, 각종 양식 및 지침서, 머드 선생이 써두고 부치지 않은 편지들, 머드 선생이 예전에 가르쳤던 학생들이 보낸 편지들, 독일어로 된 바흐의 전기, 프랑스어로 된 발자크의 전기 등이 들어 있다. 내가 머드 선생님이 너희에게 책 나눠주고 영수증을 받은 적이 있지? 라고 묻자 다들 정말 모른다는 듯 순진한 얼굴을 하고는 서로를 마주 보며 고개를 가로 젓는다.

너희 책 안 받았어?

책을 받은 기억이 없는데요. 머드 선생님은 아무것도 안 했거든요.

나는 아이들이 거짓말을 한다는 것을 알고 있다. 왜냐하면 각 반에 두세 명 정도 책을 갖고 있는 아이들이 있기 때문이다. 나는 그 아이들이 정상적인 방법으로 그 책을 입수했다는 것도 잘 알고 있다. 분명 선생들이 책을 나눠주고 아이들로부터 영수증을 받은 것이 틀림없다. 책을 갖고 있는 아이들에게 그 책을 어떻게 구했느냐고 물어볼 수도 있지만, 그런 질문은 그애들을 난처하게 만들 것이 분명하다. 그애들이 자기 학급 친구들 전체를 거짓말쟁이로 만들게 할 수는 없다.

교무과장이 복도에서 나를 부르더니 묻는다. 그래, 그 책들은 어떻게 됐나요? 내가 책을 갖고 있는 아이들을 난처하게 만들 수 없어서 그냥 됐다고 대답하자 그는 제기랄, 하더니 당장 다음 수업 시간에 들어와서 아이들에게 말한다. 자, 책 가지고 있는 사람 손들어봐.

그러자 한 학생이 손을 든다.

그래, 넌 그 책을 어디서 구했니?

어, 어, 머드 선생님한테서 받았는데요.

그러면 영수증에 사인도 했니?

어, 그게 그러니까, 네.

네 이름이 뭐냐?

훌리오인데요.

네가 그 책을 받았다면 다른 친구들도 받았겠네, 그렇지?

그 순간 내 가슴이 심하게 두방망이질치고 화가 난다. 내가 아무리 새로 온 선생이라 해도 그 반은 내가 맡은 반이고, 어느 누구도 함부로 내 교실에 들어와 내 학생을 이토록 난처하게 만들 수는 없는 법이라는 생각이 든다. 아무래도 그 학생과 교무과장 사이에 끼어들어야겠다 싶어서 교무과장에게 말한다. 그것에 대해서는 제가 이미 훌리오한테 물어봤는데요. 그날 훌리오는 결석을 해서 그날 저녁 머드 선생님한테서 따로 책을 받았대요.

오, 그래요? 정말 그런 거냐, 훌리오?

네.

그러면 나머지 학생들. 너희는 언제 그 책을 받았지?

아무도 대답하는 학생이 없다. 아이들은 내가 거짓말을 한다는 것을 알고 있고 훌리오도 알고 있다. 교무과장도 물론 내가 거짓말을 한다고 의심하는 눈치다. 하지만 달리 어떻게 할 방도가 없다고 판단했는지, 철저히 진상을 규명해보도록 하지, 라고 말하고는 나가버린다.

교실 안이 한바탕 술렁이고, 다음 날 문제의 『당신과 세계』와 『사일러스 마녀』가 책상마다 얌전히 놓여 있다. 교무과장이 교장 선생과 함께 교실로 들어와 그걸 보더니 할 말을 잃고, 교장 선생은 옅은 미소를 지어 보이며 내게 말한다. 매코트 선생, 이제 정상으로 돌아간 거지요?

그날 하루만큼은 교무과장과 교장이라는 외부 침입자들에 대항해 선생과 학생들이 일치단결한 날이니만큼 책상마다 책이 얌전히 놓여 있을 수 있지만, 그들이 나가버리자 밀월관계도 끝이 난다. 녀석들은 합창하듯 입을 모아 그 책들에 대한 불만을 털어놓기 시작한다. 이 책들이 얼마나 지루한지 아세요? 게다가 정말 무겁다고요. 이런 무거운 책을 왜 매일 학교에 들고 와야 해요? 영어 수업 시간에 들어온 녀석들은 이렇게 말한다. 『사일러스 마녀』야 얇은 책이어서 상관없지만 『대지의 거인들』은 들고 오려면 아침 잔뜩 먹어야겠네. 그 책은 정말 큰데다가 지루하기까지 하단 말이에요. 선생님, 정말 우리 매일 이걸 들고 다녀야 해요? 그냥 사물함에 넣어두고 다니면 안 되나요?

그걸 사물함에 넣어두면 언제 읽어?

그냥 수업 시간에 읽으면 안 되나요? 다른 선생님들은 그래, 헨리, 네가 19페이지 읽어라, 좋았어, 낸시, 네가 20페이지 읽어라, 그러시는데요. 그렇게 해서 책을 끝낸단 말이에요. 걔들이 책 읽을 때 우리는 책상에 머리 박고 낮잠이나 자지만요. 하하하, 농담이에요, 매코트 선생님.

38

내 바로 아래 동생 말라키가 뉴욕 맨해튼에서 두 명의 동업자와 '말라키스'라는 바를 운영하고 있다. 또 말라키는 '아이리시 플레이어스'라는 극단에서 활동하는데, 종종 라디오나 텔레비전에도 나오고 신문에도 말라키의 이름이 언급되어서 덕분에 나도 매키 직업기술고등학교에서 꽤 유명해진다. 이제 학생들도 내 이름을 알게 되어 더는 나를 매코인이라고 부르지 않는다.

안녕하세요, 매코트 선생님. 선생님 동생을 텔레비전에서 봤어요. 정말 근사하던데요.

매코트 선생님, 우리 어머니가 선생님 동생을 텔레비전에서 봤대요.

매코트 선생님, 선생님은 왜 텔레비전에 안 나오세요? 선생님은 왜 그냥 선생님만 하나요?

매코트 선생님, 선생님도 아일랜드 억양으로 말씀하시는데 왜 선생님 동생만큼 안 웃겨요?

매코트 선생님, 선생님도 텔레비전에 나올 수 있잖아요. 배 위에서 머드 선생님 손을 잡고 선생님의 주름진 이마에 키스하는 러브 스토리 같은 것도 찍을 수 있잖아요. 히히.

맨해튼 시내에 갔다온 선생들은 내게 말라키가 나오는 연극을 봤다고 말한다.

오, 그 친구 참 웃기더군. 선생 동생 말이야. 연극이 끝난 후에 그 친구한테 인사하러 가서 선생하고 같은 학교에 근무한다고 말했더니 아주 친절하게 대해주더군. 그런데 말이야, 그 친구 술 마시는 걸 진짜 좋아하더군.

내 둘째 동생 마이클은 공군을 제대한 후 말라키를 도와 바에서 일한다. 사람들이 술을 사주겠다고 하면 녀석들은 건배! 원샷!을 외쳐가며 그 술을 받아먹는다. 녀석들이 누구인데 술을 마다하겠는가. 바가 문을 닫으면 내 동생들은 집으로 가지 않고 바에 남아 영업이 끝난 후의 시간을 즐긴다. 동업자들과 동생들, 경찰관과 뉴욕 어퍼 이스트사이드의 고급 사창가에서 일하는 우아한 마담들이 저희끼리 모여 술을 마시면서 이야기를 나누는 것이다. 그런 다음 그들은 고개가 돌아가게 만드는 유명인사들이 드나드는 센트럴파크 사우스 호텔의 고급 식당 루빈스에서 아침을 먹는다.

말라키는 이렇게 떠들어댄다. 어서 들어와, 아가씨들. 3번 애비뉴 일대의 늙은 떨거지들은 모두 지옥에나 가라고 해! 사실, 오래된 술집의 주인들은 여자 혼자만 오면 이상하다는 듯한 눈초리로 쳐다본다. 술집에 혼자 오는 여자는 아무 쓸모 없는 사람 취급을 당하고 좋은 자리도 배정받지 못한다. 가까스로 어두컴컴한 구석 자리로 안내받아도 술은 두 잔 이상 주문할 수 없다. 어쩌다가 남자가 가까이 다가오는 낌새라도 보이면 가게를 나가줘야 한다.

말라키네 바에 여성 전용 아파트인 바비존 레지던스에 사는 여자들이 와서 당당히 자리잡고 술을 마신다는 소문이 퍼지자, P. J. 클라크, 투츠 쇼어, 엘 모로코 등 유명한 술집에 드나들던 남자들이 말라키네 바로 몰려든다. 이어서 유명인사들의 사생활도 엿보고 말라키의 최근 행적도 보도하려는 연예기자들이 말라키네 바로 모여든다. 바에는 유명한 플레이보이들과 그 애인들, 제트족*의 원조에 해당하는 부자들도 있다. 그들은 대대손손 거액의 재산을 상속받고 남아프리카 다이아몬드 광산에까지 손을 뻗치고 있는 부자들이다. 말라키와 마이클은 맨해튼의 고급 아파트에서 열리는 파티에 종종 초대받는데, 그런 아파트들은 너무 넓어서 파티가 끝나고 며칠 후 구석방에서 손님들이 나타나는 일도 있다. 동생들이 초대받는 파티 중에는 벌거벗고 헤엄치는 햄프턴 호텔 파티도 있고, 부잣집 여성들이 순종 말을 타고 나타나면 부유한 남성들이 그 여성들 위에 다시 올라타는 코네티컷 파티도 있다.

아이젠하워 대통령은 줄곧 골프만 치다가 법안에 서명하거나 군산軍産 복합체의 위협에 대해 경고하고,** 리처드 닉슨은 호시탐탐 기회를 노리고 있고, 그동안 말라키와 마이클은 사람들에게 술을 따라주며 그 사람들을 웃게 만든다. 그러면 모두 껄껄대며 외친다. 말라키, 술 좀더 따라봐. 더. 마이클, 얘기 좀더 해봐. 너희 두 녀석은 정말 재미있다니까.

한편 우리 어머니 안젤라 매코트는 리머릭에서 안락한 주방에 앉아 차를 마시거나 집에 놀러 온 사람들로부터 뉴욕의 황금시대에 관한 이야기를 들으며 신문에서 오려낸, 말라키가 〈잭 파 쇼〉***에 출연했다는 기

---

* 제트여객기로 세계 각지를 다니면서 여가를 즐기는 사람들을 가리키는 말.
** 1961년 미국 아이젠하워 대통령이 퇴임연설에서 "거대한 군사기구와 군수 관련 대기업이 결합하여 미국 사회 전체에 중대한 영향을 미치고 있다"고 경고한 것을 가리킨다.
*** 당시 인기 진행자였던 잭 파가 진행을 맡은 토크쇼.

사를 읽고 있다. 어머니가 할 일이라고는 차를 마시고, 집 안과 당신의 몸을 단장하고, 알피 뒷바라지를 하는 것뿐이다. 알피도 꽤 커서 학교를 졸업하고 취직 준비를 하고 있다. 나는 어머니가 뉴욕에 와본 지도 오래되었으니 알피와 함께 뉴욕으로 와서 당신의 세 아들 프랭크와 말라키와 마이클이 잘 지내고 있는 것을 봤으면 좋겠다고 생각한다.

내가 세들어 사는 다우닝 스트리트의 찬물 아파트는 너무나 불편하지만 달리 어쩔 도리가 없다. 선생 월급이 쥐꼬리인데다 그나마 알피가 취직할 때까지는 그중 몇 달러를 떼서 어머니에게 보내줘야 하기 때문이다. 처음 그 집에 이사 들어갔을 때 부엌에 있는 무쇠 스토브에 넣을 등유를 사러 블리커 스트리트에 있는 이탈리아인 꼽추의 상점으로 갔다. 그 꼽추는 스토브에는 기름을 조금만 넣어야 한다고 내게 일러주었다. 하지만 내가 기름을 너무 많이 넣은 탓인지 스토브는 벌겋게 달아올라 마치 불타는 커다란 괴물 같아졌다. 하지만 나는 불을 줄이거나 아예 끄는 방법을 몰랐기 때문에 그냥 뛰쳐나와 화이트호스 술집으로 줄행랑쳤다. 나는 신경이 온통 곤두선 채 아파트에서 펑 하는 폭발음이 들려오고 이어서 소방차 사이렌 소리가 들리기를 조마조마한 마음으로 기다리며 오후 내내 그 술집에 앉아 있었다. 술집에 앉아, 다우닝 스트리트 46번지로 다시 돌아가 연기가 풀풀 나는 건물 잔해에서 새까맣게 탄 시체들이 실려나오는 것을 봐야 하나, 용기를 내 화재 조사관이나 경찰들의 조사를 받아야만 하나, 아니면 브루클린에 있는 앨버타에게 전화해 셋집이 잿더미로 변했고 세간도 다 탔다고 말하고 또다른 찬물 아파트를 구할 때까지만 재워달라고 부탁해볼까, 이런저런 궁리를 했다.

하지만 폭발이나 화재 따위는 없었다. 나는 안도의 한숨을 쉬고는 욕조에 들어가 느긋하게 목욕이나 하면서 어머니가 종종 말했듯이 작은 평화와 위로와 안식을 구해야겠다고 생각했다. 하지만 아파트가 너무 추워서 조금 있으니 머리가 얼어붙기 시작하고 형편없는 꼴이 됐다. 그래서 머리까지 온몸을 물 안에 집어넣었더니 다시 물 밖으로 나올 때 고통스러웠고 머리에 묻은 물이 다시 얼어붙기 시작했다. 나는 정신없이 재채기를 해댔고, 턱은 딱딱 소리를 내면서 떨렸다.

찬물 아파트에서는 욕조에 느긋하게 몸을 담그고 책을 읽기란 애초에 불가능한 일이다. 따뜻한 물에 담긴 몸 부분은 발갛게 익어서 쪼글쪼글 주름까지 생기지만 책을 들고 있느라 밖으로 나온 손은 냉기로 인해 시퍼렇게 얼어붙기 일쑤다. 작은 책인 경우에는 번갈아가며 한 손으로 책을 들고 다른 한 손은 따뜻한 물에 담글 수도 있지만, 그 방법은 책을 축축하게 만들 위험이 있다. 그렇다고 매번 손을 뻗어 수건으로 닦을 수도 없는 노릇이다. 목욕이 끝난 후 따뜻하고 보송보송한 수건으로 몸을 닦아야 하기 때문이다.

나는 머리에 스키 모자를 쓰고 손에는 싸구려 장갑이라도 끼면 문제를 해결할 수 있지 않을까 생각했다. 그러면서도 한편으로는 혹시 내가 목욕을 하다가 심장마비로 죽게 된다면 구급차를 타고 온 사람들이 내가 왜 욕조에서 모자와 장갑을 끼고 있었는지 의아하게 생각해 그 사실을 〈데일리 뉴스〉에 알릴 것이고, 그러면 졸지에 나는 매키 직업기술고등학교와 지금껏 드나들었던 여러 술집에서 웃음거리가 되지 않을까 하는 걱정이 들기도 했다.

어쨌든 집이 폭발할 뻔했던 그날, 나는 스키 모자와 싸구려 장갑을 사고 욕조에 뜨듯한 물을 가득 채웠다. 그리고 자신에게 좀더 너그러워질 필요가 있겠다는 생각으로 독서 따위는 포기하고 욕조에 몸을 담갔다. 라디오도 틀어 스토브가 터져버릴까 안절부절못하며 힘든 오후를 보낸 남자에게 딱 알맞은 음악을 들으면서, 머리가 얼어붙지 않도록 가급적 자주 물속으로 미끄러져 들어갔다 나왔다 하면서 목욕을 즐겼다. 욕조에서 나오자마자 앨버타가 선물한 분홍색 수건으로 재빨리 몸을 닦고, 플러그를 꽂은 채 욕조 옆 의자 위에 걸쳐둔 전기담요로 몸을 감싸고, 새로 산 모자를 쓰고 장갑도 끼고 아늑하고 따뜻한 침대 속으로 쏙 들어갔다. 창밖에 내리는 눈을 바라보면서, 스토브가 저절로 꺼진 것에 대해 하느님께 감사드리며 『안나 카레니나』를 읽다가 스르르 잠이 들었다.

매뉴팩처러 트러스트 사에서 야간 근무 조로 일할 때 알게 된 브래드포드 러시가 내 얘기를 듣고 내 방 아래로 이사왔다. 브래드포드 러시는 은행에서 같이 일하는 사람들이 자기를 브래드라고 부르면 브래드포드, 브래드포드, 내 이름은 브래드포드라고, 하며 발끈했다. 그는 성격이 더러워서 다들 아침이나 점심 혹은 우리끼리 '오전 세시'라고 부르는 야식을 먹으러 나갈 때도 아무도 같이 가자고 말하는 사람이 없었다. 한번은 결혼하게 되어 일을 그만두는 한 여직원이 브래드포드도 같이 한잔하러 가자고 초대한 일이 있었다. 그는 석 잔 정도 술을 마신 후 자기는 콜로라도 출신인데 예일대를 졸업한 후 어머니가 육 개월 동안 골수암으로 고생하시다 결국 자살로 생을 마감해서 그 고통을 극복하기 위해 뉴욕에 와서 사는 거라고 털어놓았다. 그러자 결혼할 예정이라던 그 여직원은 울음을 터뜨렸고, 우리는 브래드포드가 왜 우리의 작은 파티에 먹구름을 끼었는지 이해할 수 없었다. 다우닝 스트리트로 가는 전철을 같이 타고 가면서 나는 브래드포드에게 왜 그랬느냐고 물었고, 그는 대답 대신 희미한 미소만 지어 보였다. 그 모습을 보니 그의 머리가 어떻게 된 건 아닌지 의심스러웠다. 또 나는 그가 아이비리그 졸업장을 갖고 있으면서도 왜 월 스트리트에서 자기와 비슷한 수준의 사람들과 일하지 않고 임시직 은행원으로 일하는지 의아했다.

그후 내가 전기요금을 체납해서 전기가 끊겼을 때 당분간 그의 전기를 쓰게 해달라고 부탁한 일이 있었는데, 그때 그가 왜 그냥 안 된다고 말하지 않았는지 모를 일이었다. 혹한이 기승을 부리던 2월의 어느 날이었다. 집으로 돌아온 나는 평화와 위로와 안식을 얻기 위해 부엌 욕조에 따뜻한 물을 받아 목욕할 준비를 했다. 여느 때처럼 의자 위에 전기담요도 걸쳐두고 라디오도 켰다. 하지만 아무 소리도 들리지 않았고 전기담요도 따뜻해지지 않았다. 전등을 켜도 불이 들어오지 않았다.

욕조에 담긴 물에서는 뜨거운 김이 올라오고 있었고 나는 이미 벌거벗고 있었다. 나는 전기를 끊어버린 전기회사에 욕을 퍼부었다. 모자를 쓰고 장갑을 끼고 양말을 신고 온기 없는 전기담요를 뒤집어썼다. 아직 날이 어두워지기 전이었지만 계속 그런 상태로 있을 수는 없었다.

브래드포드. 그러면 기꺼이 내게 도움을 주리라는 생각이 들었다.

브래드포드의 아파트 문을 두드리자, 그가 예의 그 찡그린 얼굴로 문을 열었다. 그래, 무슨 일이야?

브래드포드, 위층 내 아파트에 문제가 좀 생겼어.

그런데 너 전기담요는 왜 뒤집어쓰고 있는 거야?

바로 그 얘기를 하러 온 거야. 내 아파트 전기가 끊겼어. 그런데 이 전기담요 외에는 내 몸을 따뜻하게 할 수 있는 게 하나도 없거든. 그래서 말인데 내가 창문으로 전기 코드를 내려보낼 테니까 네가 그 코드에 달린 플러그를 네 방 콘센트에 좀 꽂아주겠니? 내가 전기요금을 내서 전기가 다시 들어올 때까지만 말이야. 빨리 조치를 취하겠다고 약속할게.

그는 그렇게는 못 하겠다고 말하고 싶은 눈치였다. 하지만 대답 대신 고개만 끄덕일 뿐이었다. 내가 위층에서 코드를 내려보내자 브래드포드는 그것을 자기 방에 끌고 들어갔다. 나는 다시 아래층으로 내려가 고맙다는 인사를 하려고 방문을 세 번이나 두드렸으나 안에서는 아무 응답이 없었다. 그후 그는 계단에서 나와 마주쳐도 거의 아는 체를 하지 않왔다. 나는 그가 그 전기 코드 때문에 그러는 거려니 생각했다. 매키 직업고등학교의 전기 담당 선생은 그렇게 전기를 빌려써도 하루에 요금이 얼마 안 나간다고 하면서 그 정도 일을 가지고 화를 내는 사람을 이해할 수 없다고 했다. 그 인색한 친구에게 자기 방에 전기 코드를 꽂는 불편을 감수하게 해서 미안하다는 표시로 몇 달러 쥐여줄 수도 있지 않을까요? 하긴, 그런 딱한 인간들에게는 돈이 문제가 아니죠. 그런 인간들은 안 된다고 말할 줄을 모른다니까요. 속만 쓰려하다가 결국 몸까지 망치게 되지요.

처음에 나는 전기 담당 선생의 말이 다소 과장되었다고 생각했다. 그런데 브래드포드는 나한테 점점 더 적대적인 태도를 보이기 시작하는 것이었다. 그래도 예전에는 나를 보면 살짝 웃어주거나, 눈인사를 하거나, 뭐라고 투덜거리는 소리라도 냈는데, 이제는 나를 봐도 한 마디 말도 없이 싸늘한 얼굴로 그냥 지나쳐버렸다. 나는 아직 밀린 전기요금 낼 돈을 마련하지 못했고 언제까지 그런 식으로 전기를 빌려쓸 수 있을지 모를 일이었으므로 그가 그러는 것이 걱정되기 시작했다. 너무나 걱정이 된 나머지 나는 목욕은 할 수 있는지, 담요는 데울 수 있는지 확인하기 위해 먼저 라디오를 켜보았다.

그런 식으로 내 전기 코드는 브래드포드의 방 콘센트에 두 달 간 꽂혀 있었다. 그런데 꽃샘추위가 기승을 부리던 4월 말, 마침내 그가 나를 배반했다. 라디오를 켜고, 의자 위에 전기담요를 걸쳐두고, 수건 모자 장갑 따위도 따뜻하게 데우기 위해 전기담요 위에 놓아두고, 욕조에 물을 받고 몸에 비누칠을 하고 엑토르 베를리오즈의 〈환상 교향곡〉을 들으며 욕조에 편안히 누워 있는데, 2악장 중간쯤 되었을까, 음악에 흥분되어 몸이 욕조 위로 떠오르는 듯한 느낌이 드는가 싶더니 갑자기 모든 것이 멈춰버렸다. 라디오도, 전등도 다 꺼져버렸다. 의자에 걸쳐둔 전기담요도 싸늘하게 식어가고 있을 게 분명했다.

　물론 나는 그게 다 브래드포드 그 녀석이 한 짓이라는 걸 알고 있었다. 찬물 아파트에서 욕조에 따뜻한 물을 받아 몸을 담그고 있는 사람의 전기 코드를 뽑아버리다니. 나 같으면 그 사람에게도, 다른 누구에게도 그런 짓은 하지 못할 거야. 중앙난방이 되는 집이라면 또 모를까, 난방도 안 되는 찬물 아파트에 세들어 사는 친구에게는 절대 그런 짓을 할 수 없어.

　나는 욕조 한쪽에 몸을 기대고 바닥을 두드렸다. 혹시나 그가 실수로 그랬을지도 모른다는 생각을 하면서, 그가 친절하게 다시 플러그를 꽂아줄지도 모른다는 기대를 하면서. 하지만 웬걸, 아래층에서는 아무 소리도 들려오지 않았고, 라디오도 전등도 다시 켜지지 않았다. 욕조에 받아둔 물은 아직 따뜻했기 때문에 나는 한동안 욕조에 누워 생각을 했다. 어떻게 인간이 저렇게 치사할 수가 있지? 그것도 예일대를 졸업했다는 인간이 말이야, 일부러 전기 코드를 자기 콘센트에서 빼버려 위층에 있는 동료를 얼어죽게 만들다니. 그의 그런 배반 행위는 나로 하여금 희망을 버리고 복수를 생각하게 만들기 충분했다.

　하지만 내가 진정으로 원하는 건 복수가 아니라 전기였다. 나는 브래드포드가 이성을 되찾게 만들 방법을 궁리했다. 긴 줄에다 숟가락을 매달아 창문을 열고 밖으로 늘어뜨린 다음 그걸로 그의 창을 두드렸다. 그 줄 끝에 내가 있다는 걸 녀석이 알아차리라고 전기 좀 줘, 전기, 라고 부르짖듯이 그의 창문을 두드려댔다. 그가 성가셔하면서도 무시해버릴지 모른다는 생각이 들긴 했지만, 나는 그가 예전에 자기는 수도꼭지에서 물 떨어지는 소리만 들려도 밤새 잠을 못 이룬다고 말한 것을 기억하고 있었기 때문에, 필요하다면 그가 더 못 견딜 때까지 숟가락으로 그의 창문을 두드리리라 마음먹었다. 다른 사람 같으면야 못 견디고 위층으로 올라와 내 아파트 문을 두드리면서 그만하라고 소리쳤겠지만, 그는 그렇게 단도직입적인 사람이 못 된다는 것을 나는 잘 알고 있었다. 그러니 그는 코너에 몰린 셈이었다. 그의 어머니가 육 개월 동안이나 골수암으로 고통의 비명을 질러댔다는 것을 생각하면 안됐기도 했지만, 언젠가 모두 갚아주면 될 일이라고 생각했다. 어쨌든 위기상황에 처한 나는 라디오와 전깃불과 전기담요가 절실히 필요했다. 아니면 앨버타에게 전화를 걸어 하룻밤만 재워달라고 부탁해야 했다. 그러면 그녀는 최근 몇 주 동안 브래드포드 방에 플러그를 꽂아두고 전기를 빌려썼다는 말을 왜 진작 하지 않았느냐며 화를 내겠지. 앨버타는 뉴잉글랜드식으로 공명심에서 나오는 분노를 터뜨릴 거야. 그러면서 나더러 밀린 전기요금부터 내야 한다고, 추위가 몰아치는 날 다른 사람의 방 창문을 두드려대는 짓 따위는 하지 말라고 할 거야. 특히 어머니가 골수암으로 고통받다가 죽은 사람의 창문을 그런 식으로 두드려대서는 안 된다고 할 거야. 하지만 나는 그녀에게 내 숟가락과 브래드포드의 어머니는 아무 상관이 없다고 반박할 거야. 뭐, 그거 때문에 또다시 그녀와 싸우고, 나는 화가 나서 그녀 집을 뛰쳐나와 춥고 어두컴컴한 내 아파트로 다시 돌아오겠지.

금요일 저녁. 브래드포드는 은행 야간 근무가 없었다. 그러니 그가 직장으로 도피할 수도 없는 날이었다. 나는 그가 한 손에 전기 코드를 쥐고 창가의 숟가락을 어떻게 해야 할지 전전긍긍하는 모습을 상상했다. 물론 밖에 나갔을지도 모르지만 제가 나가면 어디로 갈 거야? 누가 그런 녀석이랑 술을 마시며 자기 어머니가 비명만 질러대다 자살했다는 이야기나 들어주고 앉아 있겠어? 게다가 녀석이 사람들에게 위층에 사는 사람이 숟가락을 두들겨대서 못살겠다고 말하면 바에 있는 사람들이 그 녀석과는 상종도 하지 않으려 할걸.

그런 생각을 하면서 나는 그 숟가락을 몇 시간이고 두들겨댔다. 그렇게 얼마쯤 지났을까, 갑자기 전깃불이 들어오고 라디오에서 음악이 흘러나왔다. 〈환상 교향곡〉은 진즉에 끝나버렸다. 그래서 더더욱 짜증이 났다. 하지만 나는 전기담요의 온도를 높이고, 모자를 쓰고, 장갑도 끼고, 그동안 브래드포드와 콜로라도에서 자살했다는 그의 어머니 생각으로 머릿속이 복잡해서 읽을 수 없었던 『안나 카레니나』를 집어들고 침대로 기어들어갔다. 만약 우리 어머니가 리머릭에서 골수암으로 죽어가고 있는데 위층에 사는 녀석이 내 창을 숟가락으로 두드려 나를 괴롭힌다면 당장 위층으로 올라가 그 녀석을 죽여버릴 것만 같았다. 그러자 죄책감이 몰려오면서 브래드포드에게 가서 문을 노크하면서 말하고 싶었다. 숟가락을 두들겨대서 미안해. 너희 어머니 일은 참 안됐어. 이제 그 전기 코드를 콘센트에서 빼버려도 돼. 하지만 침대 안이 너무나 따뜻하고 아늑했기 때문에 나는 그만 스르르 잠이 들고 말았다.

그다음 주에 밴에 이삿짐을 싣고 있는 브래드포드와 마주쳤다. 내가 도와줄 일 없느냐고 묻자, 그의 입에서 나온 말은 이것뿐이었다. 야비한 놈. 그는 자기 방 콘센트에 내 전기 코드를 꽂아둔 채 이사를 나갔고 덕분에 나는 몇 주 동안 공짜로 전기를 쓸 수 있었다. 하지만 전기난로가 과열되어 코드가 타버리는 바람에 하는 수 없이 얼어죽지 않기 위해 베네피셜 파이낸스 사에서 대출을 받아 밀린 전기요금을 내야만 했다.

39

교사식당에서 만나는 구세대 선생들은 교실은 전쟁터고 선생들은 전사들이라고 말한다. 우리야말로 진정한 전사들이지. 배울 생각은 않고 그저 죽치고 앉아서 영화나 자동차나 섹스나 토요일 밤에 뭐 할지나 떠들어대는 버르장머리 없는 애새끼들에게 광명을 가져다주는 전사. 이 나라의 학교 현실이 그렇다니까. 무상교육을 실시하고 있는 이 나라에서 교육 받길 원하는 사람은 아무도 없지. 선생들이 존경받는 유럽과는 달라. 이 학교 학부모들도 교육에 별 신경을 안 써. 대공황, 제2차 세계대전, 한국전을 두루 거치면서 살아남기에도 바빠 고등학교 근처에는 가본 적도 없는 사람들이거든. 결국 학교에는 가르치는 일이라고는 질색인 사무직들과 짧은 다리로 허겁지겁 교실에서 도망쳐나와 선생들 괴롭히는 일로 인생을 소일하는 빌어먹을 교장들, 교감들, 교무과장들이 진을 치고 있게 된 거라고.

밥 보가드 선생이 출퇴근 기록기 앞에 서 있다가 나를 보더니 묻는다.

어이, 매코트 선생. 수프나 마시러 가지 않겠나?

수프라고요?

그는 살짝 미소를 지어 보인다. 그리고 나는 그 말이 뭔가 다른 걸 뜻한다는 것을 알아차릴 수 있다. 그래, 매코트 선생. 수프 말이야.

우리는 거리를 따라 죽 내려가다가 '뫼로 바'라는 곳으로 들어간다.

수프 드실래요, 매코트 선생? 맥주 좋아하시죠?

우리는 바에 자리잡고 앉아서 맥주를 마시고 또 마신다. 금요일이어서 그런지 다른 학교 선생들도 몰려들어온다. 애들, 애들, 애들. 선생들 입에서 나오는 얘기는 온통 애들 얘기하고 학교 얘기뿐이다. 나는 그들의 이야기를 들으면서 모든 학교에는 교실에서 직접 아이들을 가르치는 선생들의 세계와 행정 감독을 맡은 관료들의 세계라는 두 개의 세계가 존재하고 있다는 것을 알게 된다. 그리고 이 두 세계는 영원히 적대적인 관계를 유지할 수밖에 없다는 것, 그래서 뭔가 잘못되면 교사 측이 희생양이 될 수밖에 없다는 것도 알게 된다.

밥 보가드 선생이 나더러 『당신과 세계』와 중간고사에 대해서는 너무 걱정하지 말라고 한다. 그냥 수순에 따라 진행하면 된다는 것이다. 시험지를 나눠주고, 아이들이 자기들도 모르는 것들을 시험지에 끼적거리는 것을 지켜보다가, 시험지를 거둬들인 다음, 아이들에게 합격점을 주면 된다고 한다. 머드 선생이 아무것도 가르치지 않고 내버려뒀으니 애들 잘못도 아니죠. 어쨌든 합격점만 주면 부모들도 만족할 거고 교장이랑 교무과장도 더는 선생 일에 간섭 안 할 거요.

나는 맨해튼에서 앨버타와 저녁을 먹기로 되어 있기 때문에 그만 자리에서 일어나 맨해튼으로 가는 페리를 타야만 한다. 하지만 계속 잔이 오가고 보가드 선생이 베푸는 호의를 거절할 수도 없다. 자리에서 잠깐 나와 앨버타에게 전화를 걸어 사정을 이야기했더니 그녀는 소리를 지르며 나도 역시 그렇고 그런 아일랜드 술주정뱅이라고 퍼부어댄다. 그러면서 나를 기다려주는 것도 이번이 마지막이라면서 이제 나와는 끝장이라고, 자기랑 사귀자고 하는 남자들이 널렸다면서 '안녕'이라고 말한다.

세상의 모든 술을 다 마셔도 내 참담한 심정을 달랠 수는 없다. 나는 학교에서 하루 다섯 시간씩 아이들과 씨름하면서 앨버타가 돼지우리라고 부르는 아파트에 살고 있는데, 뫼로 바에서 술 좀 마셨다는 이유로 앨버타까지 잃을 지경에 이른 것이다. 나는 보가드 선생에게 자정이 다 되어가니 이제 그만 가봐야겠다고, 우리는 벌써 아홉 시간 동안 바에 앉아 있는 거라고 말한다. 그렇게 말하는 내 머릿속에는 먹구름이 밀려오고 있다. 보가드 선생은 한 잔만 더 한 뒤 식사를 하러 가자고 한다. 빈속으로 페리를 타서는 안 된다면서, 또 술 마신 다음 날 아침 속이 쓰리지 않도록 하려면 저녁을 먹어둬야 한다면서 그는 나를 세인트 조지 식당으로 데리고 간다. 보가드 선생이 주문한 음식은 생선 요리와 서니 사이드 업으로 조리한 달걀, 해시 브라운 포테이토, 토스트와 커피다. 그는 대낮부터 술을 퍼마신 뒤 먹는 생선과 달걀의 조화는 환상적이라고 한다.

페리에 올라타니 승객들에게 구두를 닦으라고 소리치고 다니던 이탈리아 노인이 내 구두가 전보다 더 끔찍해진 것 같다고 한다. 노인에게 구두 닦을 돈도 없다고 말했지만 소용없다. 노인은 딜란시 스트리트에 있는 자기 동생네 가게에 가서 구두를 사겠다고 약속하면 내 구두를 반값에 닦아주겠다고 한다.

아니, 됐어요. 전 구두 살 돈이 없거든요. 구두 닦을 돈도 없고요.

아, 프로페소레, 프로페소레*. 내가 구둘 공짜로 닦아드리지. 구둘 닦

---

* '교수' '선생님'을 뜻하는 이탈리아어.

으면 기분이 좋아질 겨. 그런 다음 우리 동생네 가게에 가서 구둘 사.

그는 구두닦이 상자 위에 털썩 주저앉은 다음 내 발을 끌어다 자기 무릎 위에 올려놓더니 나를 올려다보며 말한다. 이거 맥주 냄시 아녀, 프로페소레? 선생이 집에 늦게 가다니, 응? 참말로 끔찍한 신발이여. 정말 끔찍혀. 하지만 닦아줘야제, 뭐. 그는 브러시로 구두에 묻은 먼지를 털어내고, 구두약을 칠하고, 헝겊으로 문질러 광택을 낸 다음 내 무릎을 툭툭 치면서 말한다. 다 됐수다. 그러고는 구두 닦는 도구들을 구두상자에 도로 집어넣고 일어서더니 내 질문을 기다리는 듯 아무 말 않고 서 있다. 내가 어떤 질문을 할 것인가 뻔히 알고 그러는 것이다. 다른 쪽 구두는요? 하지만 나는 묻지 않고 가만히 있는다.

그는 어깨를 으쓱하더니 말한다. 내 동생한테 가서 구두 좀 사 신으라니깐. 그러면 나머지 한 짝도 닦아줄게.

내가 당신 동생네 가게에 가서 새 구두를 산다면 나머지 한 짝을 닦을 필요도 없겠죠.

그는 다시 어깨를 으쓱하더니 말한다. 자넨 프로페소레제? 그렇다면 머리깨나 있는 똑똑한 양반 아녀, 응? 자넨 가르치는 사람잉게 구둘 닦고 안 닦고의 문제에 대해 생각 좀 해보시라고.

말을 마치고 그는 휘파람까지 불어대며 유유히 멀어져간다. 잠들어 있는 승객들을 깨울 만큼 큰 소리로 구두 닦아, 닦아, 외치면서.

영어도 잘 못하는 그 이탈리아 노인은 대학 졸업장까지 딴 선생인 나를 놀려먹고 한쪽은 반짝반짝 빛나고 나머지 한쪽은 눈과 비와 진흙이 묻은 구두를 신은 채 배에서 내리게 만들었다. 내가 저 노인의 멱살을 잡고 당장 나머지 한쪽도 닦아내라고 요구한다면 어떻게 될까? 그러면 노인은 소리를 지르면서 승무원들을 부르겠지. 그러면 한쪽 구두를 공짜로 닦은 것에 대해 그들에게 어떻게 설명하지? 그 구두닦이가 나를 놀렸다는 것을 어떻게 설명해? 그제야 술이 깬 나는 결코 그 이탈리아 노인으로 하여금 나머지 한쪽 구두를 닦게 할 수 없다는 것을 깨닫는다. 처음부터 그 노인이 내 구두를 닦게 내버려두는 게 아니었는데 내가 어리석었어. 승무원들에게 해명하려 해봤자 노인은 나한테서 술냄새가 풀풀 났다고 할 테고 다들 나를 비웃겠지.

여전히 노인은 다른 승객들에게 구두 닦으라고 외쳐대며 페리의 복도를 오가고 있다. 당장 그의 멱살을 잡아 구두상자와 함께 구석으로 내동댕이치고 싶은 심정이다. 하지만 꾹 참고 있다가 페리에서 내릴 때 그에게 말한다. 내가 딜란시 스트리트에 있는 당신 동생네 가게로 가서 구두를 사는 일 따위는 절대 없을 거요.

그러자 그는 어깨를 으쓱하며 대답한다. 난 딜란시에서 구두 가게 하는 동상 따윈 없어.

구두닦이 노인에게 구두 닦을 돈이 없다고 한 건 거짓말이 아니다. 나는 지하철 요금 15센트조차 없다. 가진 것은 모두 맥주 마시는 데 써버렸고, 세인트 조지 식당에서는 다음 주에 갚을 테니 생선과 달걀 요리 값을 좀 내달라고 밥 보가드 선생에게 부탁해야만 했다. 집까지 걸어가는 건 문제될 것 없다. 그저 터벅터벅 걸어 브로드웨이를 따라 올라가 트리니티 성당을 지나고, 로버트 에멧의 형인 토머스 에멧이 묻혀 있다는 성 바오로 대성당을 지나고, 시청을 지나고, 휴스턴 스트리트를 지나면 나의 찬물 아파트가 있는 다우닝 스트리트가 나올 것이다.

새벽 두시. 거리에는 인적이라곤 없고 이따금 자동차만 지나갈 뿐이다. 오른쪽으로 내가 일했던 매뉴팩처러 트러스트 사가 있는 브로드 스트리트가 보이자 앤디와 브리지드라고 불러달라던 브라이디 아줌마는 잘 지내는지 궁금해진다. 나는 걸음을 옮기면서 팔 년 반 전, 내가 처음 뉴욕에 도착했던 때를 돌이켜본다. 빌트모어 호텔에서 일하던 때, 군대생활, 뉴욕대를 다니면서 창고와 부두와 은행에서 일하던 때가 생각난다. 에머와 톰 클리포드도 떠오르고, 라파포르와 군대에서 만난 다른 사람들은 어떻게 되었는지도 궁금하다. 그때만 해도 내가 대학 졸업장을 따고 선생이 되리라고는 상상도 못 했는데. 그런 내가 이젠 직업기술고등학교에서 어떻게 살아남을 것인가만 생각하고 있다. 지나가면서 보이는 건물들은 모두 어두컴컴하다. 하지만 나는 낮 동안 그 건물들 안에서 사람들이 책상에 앉아 주식시장을 분석하고 수백만 달러를 벌어들인다는 것을 알고 있다. 양복에 넥타이를 매고 서류가방을 들고 출근하는 사람들. 점심을 먹으면서도 돈, 돈, 돈, 돈 얘기만 하는 사람들. 롱다리 미국 성공회 교도 아내를 두고 코네티컷 근교의 부촌에 살면서 내가 쓸고 닦고 했던 빌트모어 호텔의 라운지에 가서 한가하게 노닥거리다가 저녁식사 전에는 마티니를 마시는 사람들. 그런 이들이 컨트리클럽에서 골프를 치고 불륜을 좀 저지른다고 해서 누가 뭐라 하겠는가.

나도 그렇게 살 수 있었는데. 스탠리 가버 선생한테 말투 교정을 받을 수도 있었는데. 그 선생은 나더러 그런 말투를 버리려 하다니 어리석다고 했다. 아일랜드 말투는 매력적이고 기회를 만들 수도 있는데다 배리 피츠제럴드를 연상시킨다고 했다. 나는 그에게 사람들이 내 말투를 듣고 배리 피츠제럴드를 연상하는 것을 바라지 않는다고 말했지만 그는 이렇게 되물었다.

그러면 사람들로 하여금 몰리 골드버그를 생각나게 하는 유대인 말투를 쓰는 것이 더 좋겠소?

몰리 골드버그가 누구죠?

몰리 골드버그가 누구인지도 모르는 걸 보니 더 말할 필요도 없겠네.

나는 왜 말라키나 마이클처럼 살 수 없는 건까? 내 동생들처럼 부자동네 술집에서 아름다운 여인들에게 술이나 따라주고 아이비리그 출신들과 농담이나 따먹으며 근심 걱정 없이 살 수 없는 걸까? 정규직 대리 교사의 평균 연봉인 4500달러보다 더 많은 돈을 벌 수 있을 텐데. 팁도 많이 받고 내가 먹고 싶은 것은 무엇이든 먹을 수 있을 텐데. 거액의 유산을 상속받은 미국 성공회 교도 여자들과 침대에서 시시덕거리며 시 몇 수 읽어주거나 재치 있는 몇 마디로 그녀들을 황홀하게 만들고, 느긋하게 늦잠도 자고, 로맨틱한 레스토랑에서 멋진 점심도 먹고, 맨해튼의 거리를 거닐며 살 수 있을 텐데. 행정양식을 작성할 필요도 없고, 학생들 숙제를 고쳐줄 필요도 없고, 억지로 읽어야 하는 책도 없을 거고, 온전히 나만의 즐거움을 위해 책을 읽고 퉁명스러운 십대 청소년 따위는 신경쓰지 않고 살 수 있을 텐데.

하지만 그러고 살다가 만약 호러스를 다시 만나게 되면 뭐라고 말하지? 대학을 나온 뒤 몇 주 동안 선생 노릇을 하다가 너무 힘들어서 때려치우고 어퍼 이스트사이드에 있는 상류층 사람들과 어울리고 싶어서 바텐더가 되었다고? 그러면 그는 고개를 절레절레 흔들며 내가 자기 아들이 아닌 것이 정말 다행이라고 하겠지.

커피숍에서 봤던 그 부두 하역부가 생각난다. 아들이 세인트존스대학에 다니고 있고 곧 교사가 될 거라던 그 사람. 아들을 위해 뼈 빠지게 일하고 있다던 그 사람. 그 사람에게는 또 뭐라고 말할 수 있을까?

앨버타에게 술집이라는 흥미진진한 세계에 들어가기 위해 학교를 때려치울 계획이라고 말하면 그녀는 분명 나한테서 달아나 변호사나 풋볼선수랑 결혼하겠지?

그래, 나는 가르치는 일을 그만두지 않겠어. 그건 호러스나 그 부두 하역부나 앨버타 때문이 아니다. 술집에서 손님들에게 술을 따라주고 손님들을 즐겁게 해준 뒤 밤에 집에 돌아와 내가 나 자신에게 뭐라고 말하게 될지 뻔히 알고 있기 때문이다. 『당신과 세계』와 『대지의 거인들』

을 읽지 않겠다고 버티는 고삐리들에게 지고 만 나 자신을 비난할 게 뻔하다.

아이들은 읽고 싶어하지도 쓰고 싶어하지도 않는다. 아이들은 이렇게 말한다. 오, 매코트 선생님. 영어 선생님들은 모두 우리더러 여름방학 이야기니 인생 이야기니 하는 바보 같은 이야기들만 자꾸 쓰라고 해요. 정말 지겨워요. 우린 초등학교 1학년 때부터 매년 인생 이야기를 써왔단 말이에요. 선생님들은 그저 확인했다는 표시만 하고 매번 '참 잘했어요'라고 써줄 뿐이고요.

마침내 중간고사가 시작된다. 영어 수업을 듣는 녀석들은 철자, 어휘, 문법, 독해에 관한 객관식 문제들을 받아들고 잔뜩 주눅이 들어 낑낑대고, 경제시민의식 수업을 듣는 녀석들은 시험지를 나눠주자 툴툴거리기 시작한다. 녀석들은 머드 선생을 탓하고 선생이 탄 배가 암초에 부딪혀 물고기 밥이 되어 있었으면 좋겠다고까지 한다. 나는 녀석들에게 말한다. 그냥 최선을 다해서 써. 성적은 내가 공정하게 매길 테니까. 하지만 그들은 내가 중간고사로 자기들을 배신이라도 했다는 듯 냉담하고 분노에 가까운 반응을 보인다.

그런데 머드 선생이 나를 구원해줄 줄이야. 내가 맡은 반 학생들이 시험을 치르는 동안 달리 할 일도 없고 해서 교실 뒤편에 있는 벽장을 들여다보다가 그 안에서 오래된 문법책, 신문, 각종 시험지, 그리고 1942년 이후 채점도 하지 않은 채 쌓여 있는 학생들의 작문 수백 쪽을 찾아낸 것이다. 전부 쓰레기통에 던져버릴까 하다가 하나둘씩 읽어내려가기 시작한다. 당시 학생들은 자기 형제들, 친구들, 이웃들의 죽음을 복수하기 위해 전쟁터에 나가 싸우기를 갈망하고 있었다. 한 학생은 이렇게 썼다. 난 쪽발이 놈들이 죽인 우리 이웃 한 사람 한 사람을 대신해 쪽발이

놈들을 다섯 명씩 죽이고 말 거다. 이렇게 쓴 학생도 있다. 나는 군대에 가고 싶지 않다. 나는 이탈리아인인데 나더러 이탈리아인들을 죽이라고 하면 어떻게 할까. 그러면 내 사촌을 죽일 수도 있는 일이다. 나는 독일 놈이나 쪽발이 놈들을 죽이게 해줘야만 전투에 참가할 거다. 차라리 독일 놈들을 죽이는 쪽을 택하겠다. 온갖 벌레와 뱀들이 득시글거리는 정글 천지인 태평양에는 가고 싶지 않기 때문이다.

여학생들은 기다리겠다고, 조이가 집으로 돌아오면 조이와 결혼해 조이의 극성 어머니를 피해 뉴저지라고 달아날 계획이라고 썼다.

나는 곧 부스러질 것 같은 그 오래된 종이들을 내 책상 위에 쌓아올린다. 그러고는 내가 맡은 반 아이들에게 하나씩 읽어주기 시작한다. 아이들은 흥미를 갖고 듣는다. 아이들은 익숙한 이름이 나오면 소리친다. 어, 저건 우리 아버지야. 우리 아버지는 아프리카에서 부상을 당하셨지. 어, 저건 우리 삼촌이야. 샐 삼촌은 괌에서 돌아가셨어.

내가 큰 소리로 그 작문들을 읽어주자 아이들은 눈물을 흘리기 시작한다. 남학생들은 화장실로 달려갔다가 눈이 빨갛게 충혈되어 돌아오고, 여학생들은 대놓고 눈물을 흘리며 서로를 위로한다.

스태튼아일랜드와 브루클린에 사는 가족들, 친척들 수십 명의 이름이 그 작문들에 언급되었다. 종이가 너무 오래되어 곧 부스러질 것 같다. 우리는 그 작문들을 보존하기 위해 아직 교실 벽장 안에 남아 있는 수백 편의 작문들을 손으로 옮겨쓰기로 한다.

반대하는 녀석은 아무도 없다. 바로 그 녀석들의 직계 가족들의 가까운 과거를 보존하는 일이다. 모두 펜을 들고 남은 학기 내내, 4월부터 6월 말까지 그 작문들을 읽고 옮겨쓴다. 녀석들은 계속 눈물을 흘리고 그 눈물은 때로는 통곡이 되기도 한다. 이건 우리 이모야. 이모는 뱃속에 아기를 가진 채 숨을 거두셨지.

그리고 학생들은 갑자기 '내 인생'이라는 주제에 흥미를 갖기 시작한다. 나는 그들에게 말하고 싶다. 너희의 아버지와 삼촌과 이모로부터 무엇을 배울 수 있는지 알겠니? 너희도 다음 세대를 위해서 너희 인생을 글로 써서 남겨두고 싶지 않니?

　하지만 나는 그런 말을 하지 않고 그냥 넘어간다. 학생들을 방해하고 싶지 않기 때문이다. 교실이 하도 조용하니 소롤라 교장 선생도 무슨 일인가 싶어 들여다보지만 학생들이 무엇을 하는지 둘러보고는 아무 말 하지 않고 나가버린다. 학생들이 조용한 것만으로도 고마워하는 것 같다.

　6월 말에 나는 모두에게 합격점을 준다. 고맙게도 그 작문들 덕분에 직업고등학교에서 나의 첫 학기를 무사히 넘긴 것이다. 다 부스러져가는 그 작문들이 없었으면 어떻게 했을까, 하는 생각이 든다.

　아마도 뭔가를 가르쳐야 했겠지.

40

오래전에 아파트 열쇠를 잃어버리고 나는 아파트 문을 잠그지 않고 다닌다. 아무것도 훔쳐갈 게 없으니 문제 될 건 없다. 낯선 얼굴들이 하나둘씩 나타나기 시작한다. 나이 지긋한 술집 홍보 담당 월터 앤더슨, 배우 지망생 고든 패터슨, 진리를 추구하는 남자 빌 갤리틀리 등 모두 말라키네 바의 단골들로, 집이 없는 사람들이다. 말라키는 넓은 아량으로 그 사람들을 내 아파트로 보낸 것이다.

월터는 슬슬 내 아파트에서 이것저것 훔치기 시작한다. 잘 가게, 월터.

고든은 내 침대에서 담배를 피워 불을 낼 뻔한다. 그보다 더 고약한 것은 고든의 여자친구가 말라키네 바에 와서 내가 고든에게 불친절하게 대해 그가 불편해한다고 불평을 늘어놓았다는 것이다. 그래서 나는 고든이라는 작자도 쫓아내버린다.

방학이 시작되었고 나는 매일 부두나 창고 플랫폼에서 일해야 한다. 아침마다 부두로 나가 노동자들이 여름휴가를 떠나거나 병가를 냈을 때, 갑자기 일거리가 몰려 일손이 더 필요할 때 임시직으로 일을 한다.

일거리가 없을 때는 부둣가를 어슬렁거리며 돌아다니거나 그리니치빌리지를 산책한다. 4번 애비뉴로 가서 이 서점 저 서점 돌아다니며 언젠가 이곳에 다시 와서 읽고 싶은 책들을 몽땅 사리라 마음먹는다. 당장은 싸구려 페이퍼백을 몇 권 사는 것으로 만족해야 한다. 주말에 읽으려고 F. 스콧 피츠제럴드의 『낙원의 이쪽』, D. H. 로렌스의 『아들과 연인』, 어니스트 헤밍웨이의 『태양은 다시 떠오른다』, 헤르만 헤세의 『싯다르타』 따위를 사들고 집으로 가서, 전기 곤로에 데운 콩 통조림에 차를 곁들여 마시면서, 아래층에서 새어나오는 불빛을 조명 삼아 그 책들을 읽는다. 그중 헤밍웨이의 『태양은 다시 떠오른다』부터 읽어내려가기 시작한다. 그 작품을 영화로 만든 걸 본 적이 있기 때문이다. 에롤 플린과 타이론 파워가 출연하는 영화다. 비록 제이크 반스와 브렛 애슐리의 사랑은 제이크가 성불구였던 관계로 비극으로 끝나긴 하지만, 그 영화를 보면 파리나 팜플로나*에서는 모두 술을 마시고, 투우를 보러 가고, 사랑에 빠지며 즐겁게 사는 것 같다. 나도 그렇게 살고 싶다. 근심 걱정 없이 세상을 돌아다니며 살고 싶다. 물론 제이크처럼 되고 싶지는 않지만.

그날도 책을 사들고 집으로 가니 빌 갤리틀리가 와 있다. 월터와 고든에게 시달린 이후로는 다른 사람들이 내 아파트에 드나들지 않았으면 하지만 빌은 왠지 쫓아내기가 쉽지 않다. 그리고 얼마 지나고 나니 빌이 있어도 별로 신경이 쓰이지 않는다. 빌은 편안하게 내 집에 자리잡고 있다. 그때 말라키가 내게 전화를 걸어 자기 친구 빌을 잘 부탁한다고 말한다. 빌은 세상을 등지고, 광고회사 간부 자리도 때려치우고, 아내와 이혼해서 옷이니 책이니 레코드판까지 다 팔아치운 터라 잠시나마 안식처가 필요해서 형 집으로 보낸 것이니 잘 부탁한다는 것이다. 물론 나는

_____

* 스페인 북동부 나바라 주의 주도이자 중심도시.

크게 개의치 않는다.

빌은 벽에 기대놓은 커다란 거울 앞에서 벌거벗은 채 체중계 위에 서서 거울을 바라보고 있다. 바닥에는 촛불 두 개가 너울거린다. 그는 한동안 거울과 체중계를 번갈아 쳐다보더니 고개를 가로저으며 나를 향해 중얼거린다. 너무 많아. 단단한 살이 너무 많이 붙어 있단 말이야. 그러고는 자기 몸을 가리킨다. 뼈만 남은 몸체 위에 얹힌 머리, 검은 직모, 턱에는 군데군데 회색이 감도는 검은 턱수염이 나 있다. 그는 커다란 파란 눈으로 나를 빤히 보면서 말한다. 자네가 프랭크 맞지? 안녕. 그러고는 체중계에서 내려오더니 돌아서서 상반신을 틀어 어깨 너머로 자기 뒷모습을 거울에 비춰보며 혼잣말로 또 중얼거린다. 빌, 넌 빌어먹을 비계가 너무 많아.

그는 『햄릿』을 읽어봤느냐고 내게 묻더니 자기는 그 작품을 서른 번이나 읽었다고 한다.

난 『피네간의 경야』*도 읽었지. 『피네간의 경야』를 읽었다고 감히 말할 수 있다면 말이야. 그 빌어먹을 책을 다 읽는 데 칠 년이 걸렸어. 그것 때문에 지금의 내가 있는 거야. 그래, 자넨 물론 저 인간이 무슨 말을 하는 건가 싶겠지. 『햄릿』을 서른 번만 읽어봐. 그러면 자기 자신한테 말을 걸게 될 거야. 『피네간의 경야』를 칠 년 동안 읽어봐. 그러면 머리를 물속에 처넣고 싶을 거야. 『피네간의 경야』는 노래하듯 읽는 게 중요해. 그렇게 하면 다 읽는 데 칠 년이 걸릴 거야. 하지만 그렇게 읽고 나면 자네 손자손녀들에게 자랑스럽게 얘기할 수 있지 않겠어? 그러면 그놈들도 자넬 존경의 눈으로 바라볼 테고. 자네, 거기 뭐 먹고 있나? 그

---

* 제임스 조이스 최후의 걸작이자 난해의 극치를 달리는 세계적 문제작으로, 아일랜드의 수도 더블린 외곽에서 주점을 경영하는 주인공 이어위커가 하룻밤 꾼 꿈속에 서구의 수천 년 역사를 압축한 작품.

거 콩 아니야?

좀 드실래요? 지금 곤로에 데우고 있는데요.

아니, 됐어. 난 콩 같은 건 안 먹어. 자네나 많이 들게. 자네가 먹는 동안 난 자네에게 중요한 메시지를 전달하지. 난 최대한 살을 뺄 거야. 세상 살기가 너무 버거워. 무슨 말인지 알아듣겠나? 살이 너무 많다고.

그렇게 안 보이는데요.

바로 그거야. 나는 기도와 단식과 명상을 통해 100파운드 이하로 살을 뺄 거야. 구차한 세 자릿수를 벗어나는 거지. 99파운드나 뭐 그 비슷한 숫자까지 내려가길 바란다네. 바란다? 내가 바란다고 말했나? 내가 바란다고 말해서는 안 되지. 그렇게 말해서는 안 되지. 말해서는 안 돼, 라고 해서도 안 돼. 자네 헷갈리나? 아, 어서 콩이나 들라고. 난 나의 에고를 없앨 작정인데 그 행위도 에고 그 자체지. 모든 행위는 에고야. 내가 하는 말 알아듣겠나? 건강을 위해 이 저울에 몸무게를 재보고 거울을 들여다보는 게 아니란 말이네.

그는 옆방으로 가서 책 두 권을 뽑아오더니 말한다. 플라톤과 복음서를 읽으면 자네가 궁금해하는 것들에 대한 해답을 모두 구할 수 있을 걸세. 요한복음에 따르면, 앗, 잠깐만, 오줌 좀 눠야겠어.

그는 열쇠를 손에 들고 벌거벗은 채 복도로 나가더니 화장실로 향한다. 그러고는 돌아와서 오줌을 눴으니 몇 파운드나 빠졌는지 재봐야겠다면서 다시 체중계 위에 올라선다. 그러고는 안도의 한숨을 내쉬며 말한다. 0.25파운드 빠졌네. 그는 자기 왼쪽에는 플라톤을, 오른쪽에는 요한복음서를 내려놓고 바닥에 웅크리고 앉더니, 촛불이 일렁이는 거울 속의 자기 몸을 열심히 뜯어본다. 그러고는 내게 말한다. 어서 드셔. 콩드시라고. 오, 책도 읽고 있구먼, 응?

나는 콩 통조림을 먹으면서 그에게 책 제목을 말해준다. 그러자 그는 고개를 절레절레 흔들며 말한다. 오, 안 돼, 오, 안 돼. 헤세의 작품이지, 아마? 나머진 말할 것도 없네. 모두 서양적 에고의 산물인걸. 모두 서양의 쓰레기들이라고. 나는 헤밍웨이의 책 따위론 내 밑도 안 닦을 거야. 오, 이렇게 말해서는 안 되지. 이건 교만이야. 에고의 산물이라고. 취소하겠네. 아니, 잠깐만. 난 이미 그 말을 해버렸지. 나는 그 말을 내뱉었고 그 말은 날아가버렸지. 난 『햄릿』을 읽었고 『피네간의 경야』도 읽었고 지금은 이렇게 그리니치빌리지의 한 아파트 바닥에 주저앉아 플라톤과 요한복음서 옆에서 콩 통조림을 먹는 한 사나이와 함께 있어. 자네 같으면 이런 소재들로 무얼 만들어낼 수 있겠나?

모르겠는데요.

나는 때로 절망감을 느낀다네. 왠지 아나?

왜 그런데요?

내가 플라톤이나 요한복음을 너무 믿다가 그것들도 부족하다는 걸 알게 될까봐 절망감이 들어. 그렇게 되면 나에겐 아무것도 남아 있지 않게 되니까, 알겠나?

잘 모르겠는데요.

자네 플라톤 읽어봤나?

네.

요한복음은?

성당 미사 때 늘 복음서를 읽지요.

그건 좀 다르지. 똑바로 앉아서 양손으로 요한복음서를 들고 찬찬히 읽어야 해. 그 방법밖에 없어. 요한복음은 백과사전이라고. 요한복음은 내 인생을 바꿔놓았어. 자네가 가방에 넣어서 집으로 가져온 그 쓰레기 같은 책들 말고 요한복음을 읽겠다고 약속하게나. 앗, 미안하네. 에고가 다시 튀어나와버렸군.

그는 거울에 대고 꽥꽥거리다가, 자기 배 부분을 두드려대다가, 요한복음서에서 플라톤으로, 다시 플라톤에서 요한복음서로 종횡무진 왔다 갔다하며 이 구절 저 구절 읽어대다가, 뭔가 재미있어 죽겠다는 듯 꺽꺽 소리를 냈다. 오, 그리스인들은 참, 오, 유대인들은 참, 오, 그리스인들은 참, 오, 유대인들은 참.

그는 다시 내게 말한다. 내가 한 말 취소하겠네. 이 작자들도 별 쓸모가 없어. 아무짝에도 쓸모가 없다고. 형상, 동굴, 그림자, 십자가. 제기랄, 바나나나 먹어야겠어. 그는 거울 뒤에서 바나나 반쪽을 끄집어내 거기에 대고 뭐라고 웅얼거리더니 먹어치우고는, 다리는 꼬고 손등은 아래로 가게 해서 무릎에 올려놓은 채 가부좌를 틀고 앉는다. 통조림 캔을 쓰레기통에 갖다 버리려고 그의 등 뒤를 지나가면서 보니 그는 자기 코끝을 응시하고 있다. 그에게 잘 자라고 말하지만 아무 대답이 없다. 이미 그의 세상에 나는 없는 것이다. 나는 침대로 돌아와 헤세 책이나 마저 읽기로 한다.

41

앨버타가 결혼 얘기를 꺼낸다. 그녀는 이제 정착하고 싶다고, 남편도 갖고 싶고, 주말이면 앤티크 상점으로 쇼핑도 가고, 저녁도 준비하고, 언젠가 근사한 아파트도 장만하고, 아이도 낳고 싶다고 한다.

하지만 나는 아직 준비가 되어 있지 않다. 말라키와 마이클은 항상 재미있게 지낸다. 클랜시 형제들도 화이트호스 술집의 뒷방에서 노래를 부르고, 체리 레인 극장에서 공연도 하고, 자기들 노래를 녹음한 것이 눈에 띄어서 클럽으로 옮겼다. 또 거기에서 만난 아름다운 여인들로부터 파티에 초대받으면서 즐기고 있다. 그리니치빌리지의 카페마다 비트족들이 재즈 뮤지션들의 연주를 배경으로 자신들의 작품을 낭송하고 있다. 그들은 모두 자유인들이다. 하지만 나는 아니다.

그들은 술도 마시고 대마초도 피운다. 여자들은 모두 호락호락하다.

앨버타는 로드아일랜드에 있는 자기 할머니의 삶을 그대로 답습하는 듯하다. 그녀는 토요일 아침이면 원두커피를 내려서 한 잔 마신 다음 담배를 피우고, 분홍색 헤어롤로 머리를 말고, 슈퍼마켓에 가서 이것저것 잔뜩 사들고 와서 냉장고를 가득 채우고, 더러워진 빨랫감을 빨래방으로 가져가서 세탁기에 돌리고, 건조기에서 다 마를 때까지 기다렸다가 빨래를 개서 집으로 가져오고, 드라이클리닝해야 할 세탁물들은 세탁소에 맡기면서 지내고 있다. 내 눈에는 아직 깨끗해 보이는 옷들을 왜 세탁소에다 맡기느냐고 물어보면 그녀는 그저 이렇게 말할 뿐이다. 자기가 드라이클리닝에 대해 뭘 알아? 그녀는 또 토요일이면 집이 깨끗하든 더럽든 무조건 집 안을 청소하고, 술을 한 잔 마신 다음 근사한 저녁을 차려먹고, 영화를 보러 간다.

그녀는 또 일요일 아침이면 늦잠을 자고 일어나 점심을 잔뜩 먹고 신문을 읽은 다음, 애틀랜틱 애비뉴로 가서 앤티크 상점을 둘러보고, 집으로 돌아와 다음 주 수업 준비를 하고, 학생들의 작문을 고치고, 근사한 저녁을 차려먹은 뒤 술 한잔 하고, 학생들의 작문을 좀더 고치고, 차를 마시고, 담배를 피운 다음 잠자리에 든다.

그녀는 가르치는 일에서는 나보다 더 열성적이다. 그녀는 항상 수업 준비도 꼼꼼하게 하고 학생들 작문도 성실하게 고쳐준다. 그녀가 가르치는 학생들은 내 학생들보다 더 학구적이기 때문에 그녀는 문학에 대해 토론하도록 학생들을 북돋울 수 있다. 반면 우리 학교 학생들은 어쩌다가 내가 책이나 시나 희곡에 대해 말할라치면 불만을 늘어놓다가 하나둘씩 화장실에 갔다 와도 되느냐고 물어댄다.

슈퍼마켓은 정말 내 마음에 들지 않는다. 나는 왜 매일 근사한 저녁을 차려먹어야 하는 건지 이해할 수 없다. 게다가 슈퍼마켓만 다녀오면 나는 기진맥진해진다. 차라리 그 시간에 거리를 산책하다가 카페에 가서 차를 한 잔 마시고 바에서 맥주나 들이켜고 싶다. 내 평생 주말마다 조이 할머니의 일상을 마주하며 살고 싶지는 않다.

앨버타는 나더러 해야만 하는 일들이 있는 거라면서 나도 이제 어른처럼 자리잡고 살아야 한다고 한다. 그러지 않으면 우리 아버지처럼 미친 방랑자로 헤매다니며 술만 마시다 죽고 말 거라고 한다.

그래서 우리는 또다시 다투게 된다. 나는 그녀에게 우리 아버지가 술을 너무 많이 마셨고 가족을 저버린 것은 나도 잘 알고 있다고, 하지만 내 아버지지 그녀의 아버지는 아니니까 상관 말라고 한다. 우리 아버지가 술을 마시지 않을 때 어떤지 앨버타는 절대 모를 것이다. 아버지는 아침이면 난롯가에 앉아 아일랜드의 위대한 과거와 아일랜드인들이 겪어야만 했던 웅장한 고통에 대해 들려주었다. 앨버타는 자기 아버지와 함께 그런 아침을 보낸 적이 없다. 그녀의 아버지는 그녀가 일곱 살이었을 때 그녀를 할머니에게 맡기고 떠나버렸으니까. 나는 그녀가 어떻게 그런 아픔을 극복할 수 있었을까 싶다. 그녀가 어떻게 자기를 할머니에게 맡기고 떠나버린 부모를 용서할 수 있었을까 싶다.

어쨌든 그날 우리는 심하게 다퉜고 결국 나는 그녀의 집을 나와 그리니치빌리지에 있는 내 아파트로 돌아갔다. 그리고 이제부터는 보헤미안처럼 살리라 마음먹었다. 하지만 그녀가 다른 남자와 사귀고 있다는 소식을 듣자 별안간 그녀를 너무나 원하게 되었다. 난 필사적으로 그녀를 사랑하고 있다. 그녀의 정숙함, 그녀의 아름다움, 그녀의 에너지, 그녀와 함께 보내는 감미로운 주말의 일상, 그 모든 것들만 계속 생각난다. 그녀가 나를 다시 받아준다면 완벽한 남편이 될 수 있을 것만 같다. 쿠폰을 챙겨 슈퍼마켓에 가고, 설거지도 하고, 매일매일 아파트 전체를 진공청소기로 청소하고, 매일 근사한 저녁을 차리기 위해 채소를 썰 수 있을 것만 같다. 넥타이를 매고, 구두도 윤이 나게 닦고, 신교도로 개종도 할 수 있을 것만 같다.

무엇이든 다 할 수 있을 것 같다.

이제 나는 말라키와 마이클의 업타운식 자유분방한 삶을 부러워하지 않고, 쓰잘데없는 인생을 보내는 그리니치빌리지의 지저분한 비트족들도 상관하지 않는다. 나는 앨버타만을 원한다. 생생하고 밝고 여성스럽고 따뜻하고 안정된 그녀를 원한다. 우리는 꼭 결혼하게 될 거야. 그럼, 우린 꼭 그렇게 할 거야. 우린 함께 늙어갈 거야.

그녀는 한번 만나자는 내 제의를 받아들인다. 우리는 셰리든 스퀘어 근처에 있는 루이스 바에서 만난다. 그녀가 문으로 걸어들어오는데 이전보다 한결 더 아름다워진 모습이다. 바텐더도 술을 따르다 말고 그녀를 쳐다본다. 바 안에 있던 손님들도 일제히 그녀 쪽으로 고개를 돌린다. 그녀는 옅은 회색 모피 칼라가 달린 값비싼 푸른색 코트를 입고 있다. 몇 년 전, 그녀의 아버지가 그녀의 입을 친 후 화해의 표시로 선물한 옷이다. 앨버타는 그 코트 위에 연보라색 실크 스카프를 두르고 있다. 앞으로 연보라색을 볼 때마다 이 순간이, 저 스카프가 떠오를 거라고 생각한다. 그녀가 바bar로 와서 내 옆자리에 앉으며 다 실수였다고, 우리는 천생연분이라고 말하는 걸 상상한다. 그리고 나한테 같이 자기 아파트로 가자고 하겠지. 그러고선 나한테 저녁을 만들어주겠지. 그런 다음 우리는 오래도록 행복하게 사는 거야.

내 상상대로 그녀는 마티니를 한 잔 주문한다. 하지만 내 아파트에는 가지 않겠다고 한다. 나를 자기 아파트에 데려가지도 않겠다고 한다. 그녀는 우리 사이는 끝났다고 말한다. 나와 내 동생들이 업타운이나 그리니치빌리지에서 노닥거리는 모습을 보는 것도 이젠 지긋지긋하다고 한다. 그러면서 자기 인생을 살겠다고 한다. 자기는 매일 나를, 내가 징징대는 것을 참아주면서 받는 스트레스 말고도 학생들을 가르치는 일만으로도 충분히 힘들다고 한다. 그녀는 이걸 하고 싶다, 저걸 하고 싶다, 책임질 생각은 하지 않고 뭐든 하고 싶다고 투정만 부리는 내가 이젠 지긋지긋하다면서 나더러 불평불만이 너무 많다고, 이제는 철 좀 들라고 충고까지 한다. 나더러 스물여덟이나 돼가지고 애처럼 군다면서, 동생들처럼 바에서 인생을 낭비하고 싶다면 그건 내 일이니 자기가 관여할 바 아니라고 한다.

말을 하면서 그녀는 점점 더 화가 치미는 듯하다. 손도 못 잡게 하고 뺨에 키스도 못 하게 한다. 마티니를 한 잔 더 하겠느냐고 물어도 아니라고 대답한다.

그녀가 어떻게 나한테 이런 말을 할 수 있을까. 바에 앉은 내 가슴은 무너져내리고 있다. 그녀는 내가 그녀 인생의 첫 남자, 첫 경험의 남자, 여자들이 결코 잊지 못한다는 첫 남자라는 것도 개의치 않는 듯하다. 그녀는 그런 것은 다 중요하지 않다고, 자기는 이제 성숙했고 자기를 사랑하고 자기를 위해 무엇이든 해줄 수 있는 남자를 만났다고 한다.

나도 너를 위해 뭐든지 할 수 있어.

그녀는 너무 늦었다고 대답한다. 난 너한테 기회를 줬어.

가슴이 마구 뛴다. 이 세상의 먹구름이 전부 내 머릿속으로 밀려오는 듯하다. 나는 루이스 바에서 술잔에 머리를 박고 울고 싶은 심정이 된다. 하지만 그랬다가는 여기저기서 수군댈 게 뻔하다. 오, 예. 저것 봐. 저기 또 한판의 사랑싸움이 벌어지고 있어. 그리고 우리더러 그만 나가달라고, 적어도 나 혼자만이라도 나가달라고 할지도 모를 일이다. 그들은 확실히 앨버타만 그 바에 남아 자리를 빛내주기를 바라는 눈치다. 나혼자 행복한 연인들이 쌍쌍이 붙어다니는 거리로 쫓겨나고 싶지는 않다. 식사를 하러, 혹은 영화를 보기 위해서 거리를 걷는 행복한 연인들. 그들은 간단한 스낵을 먹은 다음 완전히 발가벗은 채 침대로 기어들어가 사랑을 나누겠지. 맙소사, 이게 그녀의 계획인 거야? 오늘밤 나는 찬물 아파트에서 빌 갤리틀리 말고는 말을 건넬 사람조차 없이 외롭게 있어야 하는 거야?

나는 그녀에게 사정한다. 그리고 나의 비참했던 어린 시절 이야기를 들려준다. 잔인했던 학교 선생들, 교회의 횡포, 자식들 대신 술을 선택한 아버지, 난롯가에서 절망에 차 한탄만 하던 어머니, 시뻘겋던 내 눈, 다 썩어빠진 이, 거기에 더해 누추한 내 아파트, 플라톤의 동굴이나 요한복음서에 나오는 이야기로 나를 괴롭히는 빌 갤리틀리, 매키 직업기술고등학교에서의 힘든 나날들, 매를 들어서라도 어린 잡놈들을 인간으로 만들어야 한다고 외쳐대는 구세대 선생들, 아이들도 인간이라고, 그들에게 동기부여를 해줄 사람은 바로 우리라고 부르짖는 젊은 선생들 이야기도 들려준다.

나는 그녀에게 마티니 한 잔만 더 하라고 권한다. 그러면 그녀도 어느 정도 기분이 누그러져 나를 따라 내 아파트로 갈지도 모른다. 빌에게는 나가서 산책이나 하고 오라고, 우리끼리 있고 싶다고 말한 다음, 둘이서 촛불 아래 마주 앉아 토요일에 쇼핑도 하고, 진공청소기로 청소도 하고, 일요일에는 앤티크 상점을 둘러보고, 수업 계획도 짜고, 침대에서 뒹구는 미래의 계획을 짤 수도 있다.

아니, 됐어. 그녀는 마티니는 그만하겠다면서 새 애인을 만나기로 했기 때문에 그만 가봐야 된다고 말한다.

오, 하느님, 안 돼. 내 가슴에 비수가 꽂히는 듯하다.

그만 징징대. 너랑 네 비참한 어린 시절에 대한 이야기는 이미 들을 만큼 들었어. 너만 그런 어린 시절을 보낸 게 아니야. 나도 일곱 살 때 할머니 집에 내동댕이쳐졌단 말이야. 그렇다고 내가 너처럼 불평하던? 나는 그냥 참고 살았어.

하지만 넌 찬물 더운물이 모두 콸콸 나오는 데서 살았고, 보송보송한 수건, 비누, 깨끗한 시트가 깔린 침대도 있었고, 맑고 푸른 두 눈에 깨끗한 이를 가졌고, 할머니가 네 작은 도시락 가방도 가득 채워주셨잖아.

그녀는 스툴에서 내려서서 내가 코트 입는 것을 도와주게 놔둔다. 그리고 목에 그 연보랏빛 스카프를 두른 다음 그만 가봐야겠다고 한다.

오, 제발. 발에 차인 강아지처럼 낑낑대는 소리가 저절로 나올 것만 같다. 갑자기 배가 싸늘해지는 느낌이다. 세상이 온통 먹구름뿐이다. 그 한가운데 금발에 푸른 눈을 하고 보랏빛 스카프를 두른, 이제 곧 내게서 영원히 떠나 새 남자한테 가려고 하는 앨버타가 있다. 문전박대당하는 것보다, 죽어버리는 것보다 더 끔찍한 일이다.

그녀는 내 뺨에 키스를 하며 잘 자, 라고 말한다. 잘 가, 라고 말하지 않았으니 아직 내게 가능성의 문을 열어두고 있다는 뜻일까? 나랑 영원히 끝낼 작정이라면 분명 잘 가, 라고 말했을 텐데.

하지만 그런 건 중요하지 않다. 그녀는 가버렸으니까. 문밖으로. 그녀가 계단을 올라가자 바에 있던 남자들이 모두 고개를 돌려 그녀를 쳐다본다. 세상이 다 끝난 듯하다. 죽을 것만 같다. 허드슨 강에 뛰어들면 내 시체는 엘리스 섬과 자유의 여신상을 지나 대서양을 건너 섀넌 강을 거슬러올라가 마침내 내 민족이 있는 곳에 도착할 거라는 생각이 든다. 그곳에선 로드아일랜드 신교도들로부터 거절당하지도 않겠지.

바텐더의 나이는 오십가량 되어 보인다. 그도 지금의 나처럼 이런 고통을 겪은 적이 있는지, 그때 어떻게 했는지, 이 아픔에 과연 약은 있는지 물어보고 싶다. 나를 떠나는 여자가 '잘 가' 대신 '잘 자'라고 말하는 의미도 그러면 말해줄 수 있을 것 같다.

하지만 그 남자는 훌렁 벗어진 대머리에 숱이 많은 검은 눈썹을 하고 있다. 그 얼굴을 보니 그도 나름대로 고충이 있겠다 싶다. 그러니 스툴에서 내려와 자리를 뜨는 수밖에. 말라키와 마이클이 있는 업타운으로 가서 그들과 어울려 신나게 놀 수도 있지만 나는 그저 터벅터벅 걸어 다우닝 스트리트의 내 아파트로 돌아온다. 길거리를 지나가는 행복한 연인들이 인생이 끝장난 한 사내에게서 새어나오는 흐느낌을 듣지 못하기를 바랄 뿐이다.

집에는 빌 갤리틀리가 여전히 촛불을 밝힌 채 플라톤과 요한복음서를 끼고 앉아 있다. 나는 혼자 있고 싶다. 베개에 얼굴을 박고 밤새 흐느끼고만 싶다. 하지만 그는 바닥에 앉아 자기 배에 잡히는 살이란 살은 다 꼬집어보며 거울 속 자신을 째려보고 있다. 그가 나를 힐끗 올려다보더니 나더러 무거운 짐을 지고 있는 것처럼 보인다고 말한다.

무슨 뜻이죠?

에고의 무게가 자넬 짓누르고 있는 거야. 자넨 그 무게에 눌려 휘청휘청하고 있는 거라고. 잘 기억해두게. 하느님의 왕국은 자네 안에 있다는 것을.

전 하느님도, 하느님의 왕국도 원하지 않아요. 제가 원하는 건 앨버타뿐이라고요. 그런데 그녀가 날 버렸어요. 잠이나 자야겠어요.

잠을 자기에는 좋지 않은 때야. 드러눕는 것은 드러눕는 것이고.

뻔한 애기를 지껄여대는 것을 듣고 있자니 짜증이 나서 그에게 말한다. 물론 그렇죠. 도대체 무슨 말을 하시려는 거예요?

드러눕는 것은 자네가 완벽한 형상으로 나선형을 그리며 내려갈 수 있는데도 한 번에 중력에 굴복하고 마는 거지.

상관없어요. 어쨌든 전 좀 드러누워야겠어요.

알았어, 알았다고.

침대에 누워 있는데 잠시 후 그가 내게 다가와 침대 모퉁이에 걸터앉더니 광고업이라는 것이 얼마나 미친 짓이고 무의미한 짓인지 말하기 시작한다. 너무 많은 돈이 오가고 사람들은 다 위궤양에 걸린 철면피들이지. 그게 다 에고 때문이야. 순수함이 없는 거지. 자네가 선생인 만큼 플라톤과 요한복음서만 읽으면 많은 생명을 구할 수 있을 거야. 하지만 그 전에 선생 자신의 생명부터 구해야 해.

전 그럴 기분이 아닌데요.

자기 생명을 구할 기분이 아니라고?

됐어요. 전 관심 없어요.

그래, 그래. 여자한테 차였을 때는 그런 기분이 드는 게 당연하지. 자넨 그걸 감정적으로 받아들이고 있는 거야.

물론 전 감정적으로 받아들이고 있어요. 그걸 달리 어떻게 받아들이겠어요?

그녀 입장에서 바라보라고. 그녀는 너를 거부하는 게 아니라 그녀 자신을 받아들이는 거야.

그는 핵심을 찌르지 않고 변죽만 울리고 있다. 나는 앨버타 때문에 마음이 너무 아파 그냥 있을 수가 없다. 그래서 그에게 나가봐야겠다고 말한다.

오, 나갈 필요 없어. 여기 바닥에 앉아봐. 촛불 앞에. 그리고 벽을 바라봐. 네 그림자 말이야. 혹시 배고픈가?

아뇨.

잠깐만. 그러더니 그는 부엌에서 바나나를 들고 온다. 자, 이거 먹어. 바나나는 몸에 좋지.

전 별로 먹고 싶지 않은데요.

이걸 먹으면 마음이 평화로워질 거야. 포타슘이 많이 들어 있거든.

전 바나나 먹고 싶지 않다고요.

바나나를 먹고 싶지 않다고 생각할 뿐이야. 네 몸의 소리에 귀를 기울여야지.

그는 바나나에 대해 설교하면서 복도까지 따라나온다. 그는 계속 바나나니, 에고니, 아테네의 나무 아래서 행복을 느꼈던 소크라테스니 떠들어대면서 3층에서 1층까지 계단을 내려오고 결국 아파트 현관문에 이른다. 그는 현관문에 서서 벌거벗은 채 바나나를 흔들어대고, 길가에서 돌차기 놀이를 하던 아이들이 비명을 지르며 그를 가리키고, 창가에 가슴과 팔을 괴고 밖을 내다보던 여자들은 그를 향해 이탈리아 말로 소리를 질러댄다.

말라키는 바에 없다. 아마 집에서 자기 아내 린다와 함께 곧 태어날 아기의 인생 계획을 세우면서 행복한 시간을 보내고 있을 것이다. 마이클도 쉬는 날이다. 바에는 여자도 몇 있지만 다들 남자와 함께. 바텐더는 오, 말라키의 형이시구먼, 하더니 술값을 받지 않으려고 한다. 그는 나를 바에 앉아 있던 커플들에게 소개한다. 이분이 말라키의 형이셔.

진짜? 말라키에게 형이 있다는 건 몰랐는데. 오, 그래요? 우린 당신 동생 마이클도 알고 있죠. 이름이 어떻게 되쇼?

프랭크.

무슨 일을 하쇼?

선생이요.

진짜요? 바를 운영하는 게 아니라?

그렇게 말하면서 그들은 웃는다. 언제쯤 바를 차릴 생각이쇼?

내 동생들이 선생이 되면요.

말은 그렇게 했지만 머릿속에 드는 생각은 다르다. 그 인간들에게 재수없는 놈들이라고 말하고 싶다. 공손한 척하면서 사실은 남을 깔보는 그런 인간들. 빌트모어 호텔에서 일할 때 그런 인간을 많이 봐서 그들이 어떤 인간인지 알고 있다. 그들은 담뱃재를 로비 바닥에 털어서 내가 치우게 만들고 나를 청소부 대하듯 투명인간 취급했다. 그들에게 엿이나 먹으라고 말하고 싶다. 술이 몇 잔 더 들어가면 그런 말이 나올 것 같지만 나는 아직도 잘난 사람들 앞에서 자세를 낮추고 설설 기는 한심한 인간이다. 그들도 내 속에 뭐가 들었는지 잘 알기 때문에 내가 무슨 말을 하든 비웃으리라. 설사 내 속을 몰라도, 내 말에는 신경도 쓰지 않을 사람들이다. 내가 술에 취해 스툴에서 굴러떨어져도 불쾌한 일을 당할까봐 얼른 자리를 옮긴 다음, 나중에 사람들에게 술 취한 아일랜드인 선생을 봤다고 떠들어댈 인간들이다.

하지만 앨버타가 새 애인과 함께 로맨틱한 분위기의 작은 이탈리아 레스토랑에 앉아 있을 생각을 하면 그런 것은 하나도 중요하지 않게 느껴진다. 그 둘은 키안티* 병에 꽂은 촛불 너머로 서로에게 미소를 보내고 있겠지. 그 남자는 앨버타에게 메뉴판을 보여주며 어떤 요리가 좋을지 얘기하겠지. 식사를 주문하고 나서는 둘이서 내일 무엇을 할 것인지, 어쩌면 오늘밤 무엇을 할 것인지 이야기할지도 몰라. 그런 생각을 하자 우리 어머니 말대로 오줌보가 눈에 가서 붙으려고 한다.

말라키네 바는 63번 스트리트와 3번 애비뉴가 만나는 지점에 있다. 내가 처음 하숙을 했던 68번 스트리트에서 다섯 블록 떨어진 곳이다. 나는 바로 집으로 돌아가지 않고 오스틴 부인의 집 앞 계단에 앉아 뉴욕에서 보낸 지난 십 년을 되돌아본다. 그러자 68번 스트리트의 플레이하우스에 레몬 머랭 파이와 진저에일을 들고 가서 〈햄릿〉 공연을 보려 하다가 일을 치른 기억이 떠오른다.

오스틴 부인의 집은 사라지고 없고 그 자리에는 거대한 새 건물이 들어서 있다. 뉴욕 고아 병원. 뉴욕에 갓 도착했을 때의 기억이 다 허물어진 듯해 괜스레 눈물이 난다. 다행히 〈햄릿〉을 봤던 그 극장은 남아 있다. 그날 밤 내가 맥주를 많이 마신 모양이다. 팔을 위로 뻗친 채 극장

---

* 짚으로 둘러싼 독특한 병 모양으로 유명한 이탈리아 토스카나 지방의 쌉쌀한 적포도주.

벽에 몸을 기대고 서 있는데 지나가던 경찰차가 멈춰 서더니 경찰이 나한테 소리친다. 어이, 친구. 무슨 일이요?

그에게 〈햄릿〉과 파이와 오스틴 부인과 글러그 마신 날 밤 이야기를 하면 뭐라고 할까? 오스틴 부인의 집이 사라졌고, 그래서 거기 있던 내 방도 사라졌다는 이야기를 하면, 내 인생의 여인이 다른 남자와 함께 있다는 이야기를 하면 그는 뭐라고 할까? 슬픈 기억들, 행복한 기억들을 담은 극장에 키스를 하는 것도 법에 어긋나는 건가요, 경관님? 남아 있는 위안거리라고는 이것밖에 없는데요. 네, 경관님?

물론 나는 뉴욕의 경찰관에도 다른 누구에게도 그런 말을 하지 않는다. 나는 그저 괜찮아요, 경관님, 이라고 대답하고, 그는 경찰들이 가장 잘 쓰는 말인 저리 비켜요, 라는 말을 할 뿐이다.

나는 발걸음을 옮겨 3번 애비뉴를 따라 걷는다. 아일랜드 술집에서 음악 소리와 함께 맥주와 위스키 냄새가 새어나오고 간간이 이야기 소리, 웃음소리도 들려온다.

자넨 참 좋은 친구야, 션.

어라, 왜 이러시나. 우리 취했군.

제기랄, 제대로 마시자고 캐번*으로 돌아갈 때까지 기다릴 수는 없잖나.

자넨 언젠가 돌아갈 생각인가, 케빈?

놈들이 거기까지 다리만 놓아준다면 돌아가지.

그러고는 그들은 껄껄 웃어대고, 주크박스에서 흘러나오는 루디 모리시의 목소리는 밤의 모든 소음 위로 흘러가고 있고, 미키 카턴은 그에 맞춰 아코디언을 연주하고 있다. 내 옛 고향 아일랜드, 거품 이는 바

---

* 아일랜드 북서부 지방의 주 이름.

다 너머에 있을 그곳. 나도 안으로 들어가서 바 스툴에 앉아 바텐더에게 말하고 싶다. 브라이언, 크레이터* 좀 주게나. 두 잔 만들어주게. 새는 한쪽 날개로는 날 수 없는 법이니까. 자넨 정말 좋은 친구야. 그게 오스틴 부인의 집 계단에 앉아 있거나 68번 스트리트의 플레이하우스 벽에 키스를 하는 것보다 낫지 않겠어? 내 민족들 틈에 섞여 있는 게 좋은 것 아니야?

내 민족. 아일랜드인들.

나도 아일랜드 술을 마시고, 아일랜드식으로 먹고, 아일랜드 춤을 추고, 아일랜드 작가의 책을 읽을 수도 있었지. 어머니는 늘 내게 같은 민족과 결혼해야 한다고 당부했고, 노인들은 유유상종해야 한다고 당부했다. 내가 그들 말을 들었다면 로드아일랜드의 미국 성공회 교도에게 차이는 일은 없었을 텐데. 그녀도 언젠가 내게 이런 말을 했지. 네가 아일랜드인이 아니었으면 어땠을까? 그 얘기를 듣고 바로 자리를 뜰 수도 있었지만, 마침 나는 그때 그녀가 정성스레 준비한 식사를 즐기던 중이었다. 소금, 버터와 파슬리에 살짝 버무린 분홍색 햇감자와 속을 잔뜩 넣은 닭요리에 보르도산 와인 한 병을 곁들인 멋진 식사를 하며 행복에 전율하고 있었기 때문에 그때만큼은 나에 대한, 아일랜드인 전체에 대한 어떤 심한 비아냥거림도 참아낼 수 있을 것 같았다.

노래와 시에 관해서라면 나는 아일랜드인이 되고 싶다. 하지만 가르칠 때는 미국인이 되고 싶다. 나는 때로는 미국계 아일랜드인이 되고 싶고, 때로는 아일랜드계 미국인이 되고 싶다. 물론 동시에 두 가지가 다 될 수 없다는 것은 잘 알고 있다. 비록 스콧 피츠제럴드가 상반되는 두 생각을 동시에 할 수 있는 것이 지성의 표시라고 했지만.

---

* 위스키를 일컫는 아일랜드 말.

사실 나는 내가 무엇이 되고 싶은지도 잘 모른다. 하지만 앨버타가 다른 남자와 함께 브루클린에 있는데 그런 게 다 무슨 소용인가 싶다.

거리의 쇼윈도에 비친 내 얼굴은 무척 슬퍼 보인다. 그 순간, 어머니가 날 보고 종종 했던 '찡그린 상판 좀 보게나'라는 말이 생각나서 웃고 만다.

나는 57번 스트리트에서 서쪽으로 방향을 틀어 5번 애비뉴를 따라 걷는다. 그 안에 숨어 있는 미국의 향취를, 부富의 향취를 느끼고 싶다. 그곳은 빌트모어 호텔의 팜 코트에 앉아 있는 사람들, 무슨무슨 '계'라는, 민족을 나타내는 말을 갖다붙일 필요가 없는 사람들의 세계다. 한밤중에 깨워 혈통을 물어보면 그들은 분명 이렇게 대답할 것 같다. 피곤해.

나는 5번 애비뉴에 우두커니 서서 찡그린 상판을 남쪽으로 돌려본다. 새벽 이른 시간이라 거리는 텅 비었지만 내가 아일랜드에서 오랫동안 꿈꾸었던 모든 것이 다 있다. 도시의 남쪽, 혹은 북쪽으로 가는 2층 버스들, 보석 가게들, 서점들, 부활절 의상으로 치장한 마네킹들이 진열되어 있는 여성복 상점들, 부활한 예수를 떠올리게 하는 것은 하나도 없고 온통 부활절 토끼와 달걀로만 장식된 쇼윈도. 그리고 5번 애비뉴 저 아래로 엠파이어스테이트 빌딩이 보인다. 내 건강은 괜찮은 걸까? 눈도 이도 다 별로고 대학 졸업장을 따서 가르치는 일을 하고 있는 나. 이 나라는 모든 것이 가능한 땅이 아닌가. 내가 투덜대기를 그만두고 일어선다면 원하는 것은 무엇이든 할 수 있는 나라. 여보게, 친구, 인생이든 친구든 이 세상에 공짜는 없거든.

앨버타가 정신 차리고 내게 돌아와주기만 한다면……

5번 애비뉴는 내가 얼마나 무식쟁이인가를 알려주는 듯하다. 쇼윈도에 진열된 부활절 복장을 한 마네킹들 중 하나가 사람이 되어 내게 자기가 입은 옷이 어떤 소재로 되었는지 물어보면 나는 대답할 수 없을 것 같다. 그들이 캔버스 천으로 된 옷을 입고 있다면 당장 대답할 수 있을 것이다. 리머릭에서 석탄을 운반할 때 쓰던 자루, 혹은 날씨가 궂을 때는 물건을 덮는 용도로 사용하기도 했던 그 자루가 캔버스 천으로 된 것이었으니까. 트위드 천도 알아볼 수 있을 것 같다. 리머릭 사람들은 겨울이고 여름이고 트위드 천으로 된 코트를 입고 다녔으니까. 어쨌든 나는 솔직히 실크와 면도 구별하지 못한다고 이실직고해야 할 것 같다. 나는 드레스를 보고 한 번도 이건 새틴으로 된 거구나, 이건 울로 된 거구나, 하고 알아맞힌 적이 없다. 다마스크*라든가 크리놀린** 같은 천을 갖다놓고 나더러 맞혀보라고 한다면 완전히 꿀 먹은 벙어리가 될 것이다. 이따금 소설가들은 자기 소설에 등장하는 인물들이 얼마나 부유한 사람들인가를 암시하기 위해 다마스크 천으로 된 커튼에 대해 길게 묘사한다. 하지만 그 등장인물들이 생활고에 시달려 다마스크 천에 가위를 대는 장면이 나오지 않았다면 나는 사람들이 그런 천으로 옷을 만들어 입는다는 사실조차 몰랐을 것이다. 미국 남부 지방을 배경으로 한 소설치고 대농장을 경영하는 백인 가족들이 베란다에서 버번위스키나 레모네이드를 홀짝거리면서 흑인 노예들이 나지막이 부르는 〈고요히 흔들려라, 하늘의 마차여〉를 듣는다든가 여인네들이 페티코트 때문에 더워서 부채질을 한다든가 하는 묘사가 나오지 않는 소설은 거의 없다.

나는 종종 그리니치빌리지에 있는 남성용품점에 가서 셔츠나 양말을 사지만, 그런 것들이 어떤 천으로 된 것인지 알지도 못한다. 가끔 나한테 몸에 닿는 천은 신중히 골라야 한다고, 알레르기나 발진이 생길 수도 있

---

* 능직이나 수자직 바탕에 금실, 은실 따위의 아름다운 실로 무늬를 짜넣은 천. 주로 커튼이나 책상보 따위에 쓰이며 단자(緞子)라고도 한다.

** 스커트를 부풀게 하는 페티코트 등에 주로 쓰는 딱딱한 심감.

으니 주의해야 한다고 충고하는 사람들도 있지만, 리머릭에서는 그런 것을 걱정해본 적이 없다. 여기 미국에서는 셔츠나 양말을 살 때조차도 의심의 눈길로 골라야 한다는 사실이 놀라울 따름이다.

상점 쇼윈도에 진열된 물건들 중에는 내가 이름을 모르는 것들도 많다. 이렇게 무식한 채로 어떻게 인생을 여기까지 살아올 수 있었는지 알 수 없다. 5번 애비뉴에는 꽃가게도 많이 있는데, 쇼윈도에 진열된 꽃들 중에 내가 이름을 아는 건 제라늄밖에 없다. 리머릭에서 전보를 배달하러 다닐 때 부자들은 다들 제라늄을 엄청 좋아하는지 꼭 제라늄을 키우는 것을 볼 수 있었기 때문이다. 전보를 배달하러 가면 현관에는 종종 이런 메시지가 꽂혀 있었다. "창문을 살짝 열고 전보를 제라늄 화분 밑에 두고 가시오." 5번 애비뉴의 꽃가게 앞에 서서, 내가 제라늄을 좋아하지도 않으면서 제라늄 전문가가 된 것은 다 리머릭에서 전보 배달부 일을 한 덕분이라는 생각을 하고 있자니 기분이 묘하다. 화려한 빛깔을 뽐내며 온갖 향기를 내뿜다가 가을이면 서글프게 시들어가는 정원의 꽃들과 달리 제라늄은 그다지 예뻐 보이지 않는다. 제라늄은 향기도 없고 잘 시들지도 않는다. 그리고 그 꽃잎은 한번 맛보면 구역질이 날 것 같다. 물론 파크 애비뉴에 사는 사람들 중에는 나를 한쪽 구석으로 끌고 가 제라늄이 얼마나 고상하고 아름다운 꽃인가에 대해 한 시간 동안 설교를 할 사람이 있겠지. 그러면 나는 그 말이 맞다고 맞장구쳐야 할 테고. 이 세상 어디를 가든 사람들은 내가 아는 것보다 모든 것에 대해 더 많이 알고 있지. 부자가 되거나 파크 애비뉴에 살려면 제라늄이나 땅에서 자라나는 모든 것에 대해 심오한 지식을 갖추고 있어야 하나봐.

거리를 따라 걷다보니 고급 식료품을 파는 가게들도 눈에 띈다. 내가 혹시라도 그런 가게에 들어갈 일이 있으면 괜찮은 집안에서 자라 파테드 푸아그라와 매시드 포테이토를 구별할 수 있는 사람을 데리고 가야 할 거라는 생각이 든다. 그런 가게들은 온통 프랑스풍에 미쳐 있는 듯하다. 그들은 도대체 무슨 생각으로 그런 짓거리를 하는 걸까. 감자를 왜 꼭 '폼므'라고 표기하는 거지? 프랑스어로 표기하면 더 비싸게 팔 수 있기라도 한가?

앤티크 상점의 쇼윈도에는 아무리 들여다봐도 알 수 있는 것이 하나도 없다. 가격표 따위도 붙어 있지 않아서 무엇이 얼마인지 꼭 물어봐야 가격을 알 수 있을 것 같다. 또 그 물건들이 무엇인지, 어디에서 온 것인지 표시도 없다. 어쨌든 그런 상점에 있는 의자들은 대부분 앉고 싶은 마음이 전혀 들지 않는다. 다들 너무 딱딱하고 등받이도 수직으로 되어 있어서 그런 의자에 앉아 있다가는 허리가 아파서 병원 신세를 지게 될 것 같다. 구부러진 다리가 달린 작은 탁자들도 있는데 너무 약해 보인다. 그 위에 맥주잔이라도 올려놨다가는 그 무게를 이기지 못해 페르시아산 카펫이나 미국 부자들의 쾌락을 위해 땀 흘려 일하는 사람들이 사는 어느 나라에서 들여온 값비싼 카펫을 다 망쳐놓을 것만 같다. 정교하게 만든 거울도 있다. 그 거울을 보자니 이런 생각이 든다. 아침에 일어나 큐피드와 소녀들이 노니는 모습이 새겨진 틀 안에 있는 내 얼굴을 들여다보면 어떤 기분일까? 어디를 보게 될까? 내 눈에서 흘러나오는 진물을 보게 될까? 아니면 큐피드의 화살을 맞은 소녀를 황홀한 눈길로 바라보게 될까?

그리니치빌리지 저 아래부터 새벽이 희미하게 차오르고 있다. 5번 애비뉴에는 자신들의 영혼을 구하기 위해 성 패트릭 대성당으로 향하는 사람들 외에는 인적이 거의 없다. 성당으로 가는 사람들은 대부분 할머니들이다. 옆에서 중얼거리며 걸어오는 할아버지들보다 할머니들이 신을 더 두려워하기 때문인지, 아니면 여자가 남자보다 수명이 더 길기 때문인지 하여튼 할머니들이 더 많다. 신부님이 영성체를 나눠주기 시작하자 모두 제대 앞으로 나가 신자석은 텅 비었다. 나는 입에 얇은 과자를 물고 통로로 걸어들어오는 사람들이 부럽다. 그들의 거룩한 표정은 그들이 은총을 입은 상태임을 말해주는 듯하다. 미사가 끝나면 저들은 집으로 돌아가 성대한 아침을 먹겠지. 소시지나 달걀을 먹다 죽어도 저들은 천국으로 직행할 거야. 그런 생각을 하자 나도 하느님과 화해하고 싶다. 하지만 나는 끔찍한 죄를 많이 저질렀기 때문에 어떤 신부님이라도 나를 고해소에서 쫓아낼 거다. 그러니 내가 구원받을 수 있는 유일한 방법은 사고를 당해 죽기 전 몇 분 동안 내게 천국의 문을 열어줄 '완전한 통회의 행위'를 하는 것뿐이었다.[*]

그럼에도 불구하고 새벽 미사가 열리는 고요한 성당에 앉아 있자니 마음에 위로가 된다. 특히 성당 안을 둘러보면서 신자석, 십자가의 길, 강론대, 성체를 담은 성합이 들어 있는 감실, 성배, 성합, 제대 오른쪽에 있는 주수병酒水瓶[**], 성반 등 내 눈에 들어오는 것들의 이름을 다 말할 수 있다는 사실에 기분이 편안해진다. 나는 보석이나 꽃가게에 진열된 꽃에 대해서는 전혀 모르지만, 신부님의 제의 이름은 줄줄 외울 수 있다. 개두보, 장백의, 띠, 수대, 영대, 제의 등등. 나는 사순절을 맞아 제대 앞에서 미사를 드리는 신부님의 보라색 제의가 그리스도가 살아나신 부활절 일요일에는 하얀색으로 바뀔 거라는 사실도 알고 있다. 그날 미국인들은 아이들에게 초콜릿 토끼와 노란 달걀을 나눠주겠지만.

---

[*] "중대한 이유가 있고 고해성사를 받을 기회가 없었다면 완전한 통회를 한 다음 되도록 빨리 고해성사를 받겠다는 마음을 가지고 영성체할 수 있다"는 가톨릭교회법 916조를 염두에 두고 한 말.

[**] 미사 때 포도주와 물을 담는 작은 병.

리머릭에 있을 때 나는 일요일 아침 미사의 입당송부터 '미사가 끝났으니 가서 복음을 전합시다'라는 마지막 말씀까지 복사들만큼이나 줄줄 외우고 있었다. 미사가 끝났다는 신부님의 말씀은 아일랜드의 목마른 사나이들에게는 그만 일어나 지난밤 마신 술을 해장할 겸 일요일 낮술을 마시러 술집으로 몰려가도 된다는 신호였다.

나는 미사통상문도 외울 수 있고, 신부님의 각종 예복의 이름도 다 말할 수 있고, 헨리 리드*가 자기 시에서 그랬던 것처럼 라이플총의 각 부분의 명칭도 댈 수 있지만, 내가 나중에 출세해서 딱딱한 의자에 앉아 고급 요리를 대접받을 때 양고기와 오리고기도 구별 못 한다면 그게 다 무슨 소용이 있을까.

5번 애비뉴에는 벌써 훤하게 아침이 밝아오고 있지만 거리에는 나 말고는 아무도 없다. 거의 십 년 전 술집 주인 팀 코스텔로가 나더러 가서 『영국 시인전』을 읽으라고 했던 42번 스트리트의 공공도서관으로 간다. 거대한 두 사자상 사이 계단에 나 홀로 앉아 있자니, 곧 봄이 올 거라고 말해주듯 지저귀며 이 나무에서 저 나무로 옮겨 다니는 가지각색의 크고 작은 새들이 보인다. 나는 그 새들의 이름도 알아맞힐 수 없다. 나의 새에 대한 지식이란 그저 참새와 비둘기를 구별하고, 갈매기를 알아맞힐 수 있는 정도에 불과하다.

매키 직업기술고등학교 학생들이 내 머리를 들여다본다면 도대체 나 같은 사람이 어떻게 선생이 되었을까 의아해하겠지. 녀석들은 내가 고등학교도 못 나온 사람이라는 것을 이미 알고 있으니 이렇게 말하겠지. 저것 봐. 저 선생은 저기 서서 우리한테 어휘를 가르치고 있지만 나무에서 지저귀는 새들의 이름도 모르잖아.

---

* 제2차 세계대전을 소재로 재치있는 풍자시 「전쟁의 교훈」을 쓴 영국 시인.

좀 있으면 도서관 문이 열릴 시간이다. 중앙 열람실에 앉아 삽화가 많은 커다란 책을 읽으면서 사물들의 이름을 익힐 수도 있다. 하지만 그러기에는 너무 이른 시간이다. 하는 수 없이 다우닝 스트리트 쪽으로 발걸음을 옮긴다. 집까지 걸어가는 데는 한참이 걸린다. 빌 갤리틀리가 플라톤과 요한복음서를 옆에 갖다놓고 가부좌를 틀고 앉아 사팔뜨기 눈으로 거울 속을 째려보고 있을 게 뻔하다.

빌은 벌거벗은 채 바닥에 자빠져 코를 골며 자고 있다. 머리맡에는 촛농이 흘러내려 있고, 바나나 껍질이 여기저기 널려 있다. 아파트 안에는 냉기가 감돌고 있다. 담요를 덮어주자 그는 벌떡 일어나더니 담요를 걷어치우며 말한다. 어, 바나나 껍질 늘어놔서 미안해, 프랭크. 하지만 오늘 아침에 간단한 의식을 치러야 했어. 돌파구를 찾았거든. 바로 이거야.

그는 요한복음서의 한 대목을 짚으면서 말한다. 여기 읽어봐, 어서. 한번 읽어보라고.

나는 그 구절을 읽는다. 살리는 것은 영이니, 육은 무익하니라. 내가 너희에게 이른 말은 영이요, 생명이라.*

빌은 나를 빤히 쳐다보며 묻는다. 어때?

뭐가요?

무슨 말인지 알겠어? 알아들었어?

모르겠는데요. 몇 번 더 읽어봐야 이해할 수 있을 것 같아요. 그리고 지금 아침 아홉시예요. 전 밤을 꼬박 새웠다고요.

난 그 구절을 파고드느라 꼬박 삼 일을 금식했지. 난 뭘 하나 잡았다 하면 끝까지 파고드는 성격이거든. 섹스하듯 말이야. 하지만 아직 끝난 게 아니야. 나는 플라톤에서도 이에 상응하는 세계를 찾아내고 말 거야.

---

* 요한복음 6장 64절.

이제 멕시코로 가야겠어.

　왜 하필 멕시코죠?

　거기에 대단한 물건이 있거든.

　대단한 물건이라뇨?

　왜 있잖아. 구도자들을 도와주는 온갖 종류의 화학약품들.

　아, 네. 전 잠깐 눈 좀 붙일게요.

　너한테 바나나를 좀 줄 수 있으면 좋겠는데 의식을 치르느라 다 먹어
버렸네.

　그 일요일 아침, 정신없이 몇 시간을 자고 일어나보니 빌은 바나나 껍
질만 남긴 채 떠나고 없었다.

42

앨버타가 돌아왔다. 그녀가 내게 전화를 걸어 옛 생각이나 하게 로키스에서 만나자고 했다. 그녀는 산뜻한 스프링코트에, 내게 잘 가라는 말 대신 잘 자라고 한 그날 밤 둘렀던 연보랏빛 스카프를 다시 두르고 나타났다. 그것만 봐도 그녀가 확실히 이번 만남을 줄곧 생각하고 있었다는 것을 알 수 있다.

로키스에 있던 남자들의 시선이 일제히 그녀에게 쏠린다. 그러자 같이 있던 여자들이 다른 여자는 그만 보고 자기를 보라는 듯 남자들에게 눈을 부릅뜬다. 그녀는 코트를 벗고 연보랏빛 스카프는 어깨에 걸친 채 자리에 앉는다. 나는 가슴이 너무 뛰어서 말도 안 나올 지경이다. 그녀는 아무것도 넣지 않은 마티니 스트레이트를 마시고 나는 맥주를 마신다. 그녀는 다른 남자에게 가버린 건 자기 실수였다고, 그래도 그 남자는 성숙하고 결혼해서 안정된 생활을 할 준비가 되어 있었고 나는 그리니치빌리지의 돼지우리에 살면서 늘 싱글처럼 행동했다고 설명한다. 하지만 곧 자기가 진심으로 사랑하는 사람은 바로 나라는 것을 깨달았다면서 비록 우리 사이에 성격 차이는 있지만 결혼해서 자리를 잡으면 그런 것들은 잘 극복해나갈 수 있을 거라고 한다.

그녀가 결혼 얘기를 하자 또다시 내 가슴에 날카로운 통증 같은 게 느껴진다. 뉴욕 곳곳에서 볼 수 있는 자유로운 삶, 사람들이 카페에 앉아 와인을 마시면서 소설을 쓰고 다른 남자의 아내나 열정을 갈망하는 아름다운 부유층 여자와 잠을 자기도 하는 삶, 파리 같은 도시에서 만끽할 수 있는 그런 종류의 삶을 영원히 포기해야 한다는 두려움이 인다.

앨버타에게 이런 말을 하면 그녀는 당장 이렇게 말하겠지. 오, 제발 철 좀 들어. 넌 지금 스물여덟이고 좀 있으면 스물아홉이야. 넌 빌어먹을 비트족이 아니라고.

물론 그런 화해의 순간에 우리 둘 중 누구도 그런 식으로 말할 리는 없다. 특히 나도 결국 아버지 같은 떠돌이라던 그녀의 말이 맞을 거라는 찝찝한 기분이 든다. 교사생활을 일 년이나 했지만 나는 여전히 커피숍이나 비어홀에 앉아 있는 사람들, 재즈 악단이 차분하고 온화한 곡을 연주하는 파티에 참석해 예술가나 모델들을 만나는 사람들을 부러워하고 있다.

내가 얼마나 자유를 꿈꾸는가를 그녀에게 얘기해봤자 아무 소용 없을 테지. 그러면 그녀는 말하겠지. 너는 선생이야. 네가 이민 배에서 막 내렸을 때 이렇게까지 성공하리라고는 상상도 못 했을 거야. 이제 그 길을 계속 따라가야지.

로드아일랜드에서 우리가 사소한 일 때문에 싸웠을 때 조이 할머니는 이렇게 말했다. 너희 둘은 참 괜찮은 녀석들이야. 둘이 함께 있을 때는 아니지만.

그녀는 자기가 돼지우리라고 부르는 내 찬물 아파트에는 안 가겠다고 한다. 그리고 자기 아버지가 새어머니 스텔라와 싸우고 잠시 그녀의 집에 와 있기 때문에 나를 자기 집에도 못 오게 한다. 그녀가 내 손 위에 자기 손을 올려놓고, 우리는 한참 동안 서로 바라본다. 앨버타는 눈물을 흘린다. 나는 그녀가 진물이 새어나오는 내 빨간 눈을 보는 것이 부끄럽기만 하다.

지하철역으로 가는 동안 그녀는 내게 몇 주 후 학기가 끝나면 자기는 로드아일랜드로 가서 할머니와 얼마 동안 머무르며 인생 설계를 할 거라고 말한다. 내가 나도 초대할 거지? 라고 물을 걸 당연히 알고 하는 말이다. 하지만 그녀의 대답은 안 돼, 이다. 내가 아직까지는 자기 할머니 마음에 쏙 드는 사람이 못 되기 때문이라는 것이다. 그녀는 내게 키스하면서 잘 자라고 한다. 금방 전화할게, 그때 얘기해. 그녀가 지하철 안으로 사라진 다음 나는 그녀에 대한 갈망과 자유로운 삶에 대한 꿈 사이에서 갈등하면서 워싱턴 스퀘어 공원을 가로질러 걷는다. 내가 그녀가 원하는 대로 깨끗하고 정돈되고 번듯한 삶을 살지 못하면, 나는 그녀를 잃게 될 거야. 그러면 다시는 그런 여자는 못 만나겠지. 아일랜드, 독일, 미국, 어디서도 나한테 적극적으로 다가오는 여자는 없었으니까. 뮌헨에서 제일 저질의 싸구려 독일 창녀들과 노닥거린 주말을, 리머릭에서 열네살 때 죽어가는 소녀와 초록색 소파에서 반장난짓을 했던 시간들을 세상 누구에게도 말할 수 없다. 내가 가진 것은 어두운 비밀과 수치스러운 기억뿐이야. 앨버타가 나 같은 사람과 사귄다는 게 정말 놀라운 일이야. 나한테 일말의 신앙심이라도 남아 있다면 고해성사라도 하러 갈 텐데. 하지만 신부님은 내 죄를 듣고 역겨움에 두 손 들고 나를 주교님에게 보내버릴 거야. 아니면 지옥불에 떨어질 사람들을 담당하는 바티칸 교황청의 어느 부서에 보낼지도 모르지.

베네피셜 파이낸스 사의 담당 직원은 내가 하는 말을 듣더니 묻는다.

제가 방금 들은 게 아일랜드 사투리 아닌가요? 그는 자기 어머니와 아버지가 아일랜드 어느 지역 출신인지 말한다. 저도 아일랜드를 방문할 계획이지만 애 여섯을 데리고는 좀 힘들겠죠, 하하하. 저희 어머니는 애가 열아홉인 집에서 자랐답니다. 믿기세요? 애가 열아홉이었다니까요. 물론 그중 일곱은 죽었죠. 하지만 그게 뭐 큰일이었겠어요? 그 시절 구대륙의 가난한 나라에서는 흔히 있는 일이었지요. 그때는 다들 토끼처럼 새끼들을 낳아댔다죠.

그건 그렇고, 자, 다시 선생의 대출 건에 대해 얘기해볼까요? 선생께서는 구대륙을 방문하기 위해 350달러가 필요하시다고요, 그렇죠? 어머니를 만나뵌 지 얼마나 되셨다고요? 육 년? 어머니를 뵙고 싶어하시다니 정말 대단하십니다. 요즘은 자기 어머니를 잊고 사는 사람들이 너무 많아요. 아일랜드 사람들은 안 그렇지만요. 우린 아니라고요. 우린 절대 어머니를 잊지 않아요. 아일랜드 사람이 자기 어머니를 잊는다면 그 사람은 더는 아일랜드 사람도 아니고 쫓겨나도 싸요, 빌어먹을 놈들. 앗, 제 말버릇을 용서하세요. 어쨌든 매코트 씨. 당신은 교사시죠. 전 그 점을 높이 삽니다. 정말 힘드실 거예요. 가르쳐야 할 애들은 많고 봉급은 짜고. 선생의 대출 신청서를 봤는데 정말 형편없는 월급이더군요. 어떻게 그 돈으로 생활이 가능한지 모르겠군요. 이렇게 말씀드리게 되어 유감입니다만, 바로 그 부분이 문제지요. 이 대출 신청에 걸림돌이 되는 것은 선생의 봉급이 얼마 안 되고 다른 담보물은 하나도 없다는 겁니다. 무슨 말인지 아시겠지요? 이 대출 신청서를 보면 위에서도 고개를 내저을 겁니다. 하지만 제가 어떻게든 밀어보지요. 그래도 두 가지 유리한 점은 있으니까요. 첫째, 선생이 어머니를 만나기 위해 고국을 방문하길 원하는 아일랜드 사람이라는 점. 둘째, 선생은 직업기술고등학교에서 죽을 고생을 하고 있는 교사라는 점. 말씀드린 대로, 제가 적극 지원하겠습니다.

나는 그에게 7월이면 휴가 기간이고 부두 노동자들의 일자리를 채우는 임시직을 얻을 수도 있다고 말하지만, 그는 그 일이 정규직이 아닌 이상 베네피셜 파이낸스 사에서는 별 의미가 없다고 말한다. 그는 내게 다달이 어머니에게 돈을 보내드린다는 말은 절대 하지 말라고 충고한다. 내가 대출금을 다달이 갚아나가는 데 어떤 장애가 있다는 걸 위에서 알면 분명 퇴짜를 놓을 거라면서.

남자는 내게 행운을 빌어준다. 같은 민족을 도와 일한다는 것은 참 즐겁답니다.

베이커 앤드 윌리엄스의 플랫폼 감독은 나를 보더니 놀란다. 이게 누구야? 다시 돌아오다니. 난 자네가 선생인가 뭔가가 된 줄 알았는데.

네, 선생이 되긴 했죠.

그런데 왜 다시 여기에 나타난 건가?

돈이 필요해서요. 선생 월급이 몇 푼 안 되거든요.

그러게. 창고에서 일하거나 트럭을 몰면 돈깨나 벌고 그 말 안 듣는 애새끼들과 씨름할 필요도 없으니 말이야. 그런데 자네 그 녀석, 패디 맥거번하고 어울려 다니지 않았나?

패디 아서 말인가요?

맞아, 패디 아서. 패디 맥거번이라는 작자들이 하도 많아서 말이야. 다 이름을 바꾸든지 할 것이지, 원. 그런데 자네 그 녀석이 어떻게 됐는지 아나?

모르는데요.

그 바보 같은 녀석이 글쎄, A선 전철이 지나는 125번 스트리트 역 플랫폼에서 말이야. 자네도 알다시피 거긴 할렘 아닌가. 그 녀석이 그 할

렘에서 무슨 짓을 하고 있었느냐, 그 까만 물건을 기다리고 있었다지 아마. 그러다가 다른 사람들처럼 플랫폼에 서 있는 게 지루했던지 선로로 내려가서 기차를 기다리기로 한거야. 빌어먹을 선로에, 그것도 셋째 선로에. 셋째 선로에 내려가면 바로 골로 가는 거야. 담뱃불을 붙이고 그 낯짝에 바보 같은 웃음까지 띠면서 서 있다가 A선 전철이 들어오는 바람에 그걸로 그 녀석의 모든 고생이 끝난 거야. 나도 전해들은 얘기야. 그 멍청한 녀석한테 무슨 일이 있었던 거야?

술을 너무 많이 마셨나보죠.

물론 술을 마셨겠지. 빌어먹을 아일랜드 놈들은 늘 술을 퍼마시니까. 하지만 아일랜드 사람이 선로에 서서 전철을 기다렸다는 말은 들어본 적이 없네. 자네 친구 패디 그 녀석은 아일랜드로 돌아갈 거라고 입버릇처럼 말하던 녀석이 아닌가. 돈 많이 모아서 아일랜드로 돌아가 살 거라고. 그런데 무슨 일이 있었던 건지. 내 생각은 어떤지 아나? 내가 무슨 생각이 드는지 말해줄까?

무슨 생각이 드시는데요?

자기가 있던 곳에 머물러야 하는 사람들이 있다는 거지. 이 나라는 사람을 미치게 만들 수도 있어. 여기서 태어난 사람들도 미치게 만드는 나라니까. 자네는 어떻게 안 미치고 살아 있나? 자네도 혹시 미친 거 아냐?

잘 모르겠는데요.

이거 봐, 젊은 친구. 난 이탈리아계 그리스인이야. 우리도 우리 나름대로 고충이 있지. 하지만 내가 젊은 아일랜드 친구에게 해주고 싶은 충고는 이거야. 술을 멀리하라는 것. 그러면 선로에서 전철을 기다리는 일도 없을 테니까. 내 말 알아듣겠나?

네.

점심시간에 아는 얼굴 하나가 간이식당에서 접시를 닦고 있다. 바로 앤디 피터스다. 그는 나를 보자 잠시만 기다리라고 하면서, 금방 올 테니 고기와 매시드 포테이토를 좀 들라고 한다. 그러고는 잠시 후 내 옆자리 스툴로 와서 앉았더니 그레이비* 맛이 어땠는지 묻는다.

　맛있던데.

　그래? 실은 내가 연습 삼아 만들어본 거야. 난 지금 여기에서 접시닦이로 일하고 있지만, 주방장이 주정뱅이여서 가끔 내게 그레이비나 샐러드를 만들라고 시키지. 이 식당에서 샐러드를 주문하는 손님은 그리 많지 않지만 말이야. 부두나 창고에서 일하는 작자들은 샐러드는 소나 먹는 거라고 생각하거든. 나는 그 거지 같은 뉴욕대를 그만두고 생각 좀 하려고 여기 와서 접시닦이를 하고 있는 거야. 머리를 좀 정리해야겠다 싶었거든. 내가 정말 하고 싶었던 일은 진공청소기로 청소하는 일이었어. 청소부를 구한다는 광고를 낸 호텔은 다 가봤지. 하지만 항상 써내야 하는 서류가 있잖아? 또 항상 뒷조사를 당하고 말이야. 그러면 내가 군대에 있을 때 양과 그 짓을 해서 불명예제대를 했다는 과거가 드러나잖아. 그러면 진공청소기고 나발이고 다 물 건너가는 거지, 뭐. 프랑스군 참호에서 똥 누다가 인생 망쳐버린 놈한테 해결책은 미국 사회의 제일 밑바닥부터 다시 시작하는 것밖에 없어. 그래서 접시닦이를 시작했지. 앞으로 잘 지켜봐, 친구. 내가 얼마나 놀라운 속도로 올라가는지. 난 곧 접시닦이의 달인이 될 거야. 순식간에 샐러드 전문가가 되어 있을 거고, 다들 놀라서 눈만 껌벅거릴 거야. 어떻게 그렇게 될 수 있느냐고? 그냥 배우는 거지, 뭐. 업타운 레스토랑 주방에 들어가서 지켜보는 거야. 그렇게 해서 샐러드 담당이 되고, 그다음에는 주방장 보조의 보조

* 고기 국물로 만든 걸쭉한 소스.

가 되고, 눈 깜짝할 사이에 소스 전담이 되어 있을 거야. 소스, 그 소스란 게 프랑스 요리에서 없어서는 안 될 가장 중요한 부분이고 미국 사람들도 소스라면 환장을 하지. 프랭키, 내가 신문이나 잡지 같은 데 나오나 안 나오나 잘 지켜봐. 앙드레 피에르! 네 눈썹을 이마 끝까지 올려붙이고 제대로 된 프랑스 발음으로 그렇게 읽어야 할 거야. 텔레비전 토크쇼는 다 휩쓸고 다니는 소스의 명인. 냄비, 프라이팬, 거품기의 마법사. 그렇게 되면 내가 프랑스 양이든 그 옆 나라 양이든, 어느 나라 양이랑 놀아나든 뭐라 할 사람은 하나도 없겠지. 돈깨나 있는 사람들이 우아한 레스토랑에서 식사를 하다가 오, 이럴 수가, 하면서 주방장인 나에 대한 찬사를 아끼지 않겠지. 그러고는 저희 테이블로 나를 불러서 하얀 요리사 모자와 앞치마를 두르고 나타난 내게 나를 후원해주겠다고 약속하겠지. 물론 나는 그 자리에서 내가 뉴욕대에서 박사학위까지 딸 뻔했다고 은근슬쩍 흘릴 테고. 그러면 파크 애비뉴의 부잣집 마나님들이 앞다투어 내게 소스에 대해 자문할 테지. 그러면 그 여자들 남편이 사우디아라비아에 석유 사러 간 사이에 내가 그 여자들과 금파기를 하는 건 시간문제지.

앤디는 자기 얘기를 잠시 중단하고 나에게 뭐 하고 사느냐고 물었다.

애들 가르쳐.

저런, 안 됐군. 난 네가 작가가 되고 싶어하는 줄 알았는데.

작가가 되고 싶지.

그런데?

먹고살아야 하거든.

넌 지금 덫에 걸린 거야. 부탁인데, 제발 그 덫에 빠지지 마. 나도 그 덫에 걸릴 뻔했다니까.

난 먹고살아야 한다니까.

가르치는 일을 하면서는 절대 글 못 써. 가르치는 일은 개 같은 일이야. 볼테르가 한 말 몰라? 네 정원을 가꾸어라.

알아.

그럼 칼라일은? 돈을 벌기 시작하면 우주를 잊게 된다.

나는 생계를 유지해야 해.

넌 지금 죽어가고 있는 거야.

일주일 후 가보니 앤디는 그 식당을 그만두고 없다. 앤디가 어디로 갔는지는 아무도 몰랐다.

베네피셜 파이낸스 사에서 대출받은 돈과 창고에서 받은 봉급을 합쳐서 리머릭에서 몇 주간 지낼 돈을 마련한 나는 바로 아일랜드행 비행기에 몸을 실었다. 비행기가 하강하면서 섀넌 강 하구에서 공항까지 미끄러져 들어가는데 모든 것이 예전과 똑같다는 느낌이다. 섀넌 강은 은빛으로 빛나고, 멀어져가는 들판을 바라보니 빛나는 태양이 에메랄드빛으로 물들이고 있는 부분을 제외하고는 온통 칙칙한 녹색으로 뒤덮여 있다. 눈물이 흘러내릴 때를 대비해 창가에 앉기를 잘했다는 생각이 든다.

어머니는 알피와 함께 차를 대절해 공항에 마중 나와 있다. 리머릭을 향해 차를 타고 달려가는데 이슬 맺힌 아침 공기가 상쾌하다. 어머니는 말라키가 자기 아내 린다와 함께 리머릭에 다녀갔다고 하면서, 다들 파티를 열어 신나게 놀았고 말라키가 들판으로 나가 말을 타고는 돌아와서 말을 집 안으로 들이려고 하는 바람에 모두가 집 안에 말을 들여놓으면 안 된다고 말렸다고 한다. 그날 밤에 다들 진탕 마셔댔지. 술만 마신 게 아니라 외국에 나갔다 들어온 사람이 사온 포틴*까지 마셨다고. 경찰

---

* 아일랜드의 밀조 위스키.

관들이 집 근처에 오지 않았기에 망정이지. 포틴을 소지하는 건 중죄라서 리머릭 교도소 신세를 져야 했을걸. 어머니와 알피는 크리스마스 때 뉴욕에 올 수 있을 거라고 한다. 말라키가 둘을 초대했다는 것이다. 멋지지 않아? 우리 모두 함께 있는 거야.

거리에서 마주치는 사람들마다 나를 보고 좋아 보인다면서 전보다 더 양키 같아졌다고 한다. 하지만 앨리스 이건은 나를 보고 이렇게 말한다. 프랭키 매코트는 하나도 안 변했네. 하나도. 안 그러냐, 프랭키?

잘 모르겠는데, 앨리스.

네 말투에 미국 억양이 전혀 없는걸.

리머릭 친구들은 모두 떠났다. 저세상으로 갔거나 이민을 가고 없다. 나는 혼자서 뭘 하고 지내야 좋을지 몰라 하루 종일 어머니 집에 틀어박혀 책만 읽을까 생각한다. 하지만 책만 읽고 앉아 있을 거면 왜 뉴욕을 떠나 이 먼 길을 왔을까 싶다. 밤새도록 술집에 앉아 술을 마실 수도 있지만 그런 것은 뉴욕에서도 할 수 있는 일이다.

나는 리머릭의 이 끝에서 저 끝까지 걸어가보기도 하고 아버지가 일터를 오가며 걸어다녔던 끝없는 시골길로 나가보기도 한다. 사람들은 다들 친절하지만 할 일이 있고, 자기 가족들도 있다. 나는 그저 방문객, 돌아온 양키일 뿐이다.

이거 프랭키 매코트 아니야?

네.

언제 왔어?

지난주에요.

언제 돌아가지?

다음 주요.

잘됐네. 네 가엾은 어머니가 네가 집에 돌아와서 얼마나 기쁘시겠니?

네가 있는 동안 여기 날씨나 좋았으면 좋겠다.

혹은 이렇게 말하는 사람들도 있다. 리머릭 참 많이 변했지? 알아보겠니?

네. 차도 더 많아졌고, 무릎에 딱지 없고 코 흘리며 돌아다니는 애들도 별로 없네요. 맨발로 다니는 애들도 없고요. 숄을 두른 여인네들도 안 보이네요.

이런, 매코트. 특별히 눈에 띄는 게 겨우 그거냐?

그들은 내가 잘난 척만 하면 나를 깎아내릴 태세다. 하지만 나는 잘난 척할 게 하나도 없다. 그들에게 선생이 되었다고 말하면 그들은 실망한 기색을 내비친다.

고작 선생이냐? 이런, 프랭크 매코트. 우린 네가 지금쯤 백만장자라도 되어 있을 줄 알았다. 네 동생 말라키는 멋진 모델 출신 마누라랑 여기 왔던데. 그애는 배우에다가 또 뭐 이것저것 한다지 아마.

비행기가 해가 지는 서쪽으로 날아오르자, 저녁해에 황금빛으로 물드는 섀넌 강이 눈에 들어온다. 뉴욕으로 돌아가는 건 좋지만, 내가 어디에 속해 있는지 이제는 알 수 없다.

43

말라키네 바 장사가 잘되어 말라키는 어머니와 알피에게 미국으로 올 여비를 마련해주었다. 1959년 12월 21일, 어머니와 알피는 SS 실바니아 호를 타고 뉴욕 항에 도착했다.

어머니와 알피가 항구 세관을 거쳐 나오는데 어머니의 오른쪽 구두의 가죽이 뜯어진 것이 눈에 띄었다. 늘 부풀어오르던 어머니의 발가락이 삐져나와 있다. 그걸 보니 우린 언제까지 뜯어진 신발을 신고 다녀야 하나 싶다. 서로 끌어안고 인사를 나누는데 알피의 웃는 입술 사이로 시커멓게 썩은 이가 드러나 보인다.

뜯어진 신발과 썩은 이. 그런 것들이 우리 가족을 나타내는 일종의 문장紋章이 아닌가 싶다.

어머니는 내 어깨 너머로 거리 쪽을 넘겨다보며 묻는다. 말라키는 어디 있니?

모르겠어요. 곧 오겠죠, 뭐.

어머니는 내게 얼굴이 좋아 보인다면서 살 좀 붙으면 더 보기 좋겠다고 한다. 그러면서 벌겋게 부어오른 내 눈을 보고 치료라도 좀 받으라고 잔소리를 한다. 그 말을 듣자 갑자기 짜증이 난다. 내 눈에 신경쓰거나 누군가가 눈에 대해 언급하면 내 눈은 더 벌겋게 부어오른다. 어머니는 그걸 눈치챈 모양이다.

이거 봐라. 네 나이가 몇 살인데 아직도 눈이 그 모양이니?

나는 어머니에게 나는 스물아홉이라고, 도대체 몇 살이면 그런 눈을 하고 있어도 괜찮은 거냐고, 그게 뉴욕에 도착하자마자 하고 싶은 얘기였느냐고 쏘아붙이고 싶다. 바로 그때 말라키가 자기 아내 린다와 택시에서 내려 우리 쪽으로 걸어온다. 또 한번 서로 껴안고 웃고 인사를 나누는 장면이 연출된다. 우리가 짐을 챙기는 동안 말라키는 타고 온 택시를 잡아둔다.

알피가 묻는다. 이건 짐칸에 넣을까요?

그러자 린다가 미소를 지으며 말했다. 오, 아니요. 그건 트렁크에 실어야지요.

트렁크라고요? 우린 트렁크는 안 갖고 왔는데요.

아니, 아니. 그 말이 아니고요. 도련님 가방은 이 택시의 트렁크에 실으면 된다고요.

이 택시에는 짐칸이 없나요?

아뇨, 그걸 트렁크라고 해요.

알피는 머리를 긁적이며 미소를 지어 보인다. 그 미소 사이로 미국 영어의 기초부터 다시 배워나가야 하는 한 젊은이의 고충이 엿보인다.

택시에서 어머니는 바깥을 바라보며 놀란 듯 말한다. 어머나, 세상에. 저 자동차들 좀 봐. 도로가 꽉 찼어. 나는 어머니에게 지금은 그렇게 교통상황이 나쁜 편이 아니라고, 러시아워가 한창이었던 한 시간 전에는 더 나빴다고 말해준다. 그러자 어머니는 교통상황이 어떻게 이보다 더 나쁠 수가 있느냐고 대꾸하고. 나는 어머니에게 이보다 이른 시간에는 항상 교통상황이 더 안 좋다고 다시 한번 말해주지만 어머니는 지지 않고 대꾸한다. 이 시간에도 저렇게 자동차들이 기어가는데 어떻게 이보다 더 상황이 나쁠 수가 있는지 이해가 되지 않는다.

나는 인내심을 잃지 않으려고 일부러 천천히 말한다. 말씀드렸잖아요, 어머니. 말씀드렸잖아요. 뉴욕의 교통은 항상 이 모양이라고요. 난 여기 살고 있는 사람이에요.

그러자 말라키가 끼어든다. 하하, 그런 건 중요하지 않아요. 이렇게 좋은 아침에. 그래도 어머니는 한마디 덧붙인다. 나도 여기에서 살았던 사람이야. 너희가 그 사실을 잊어버렸을까봐 하는 말이다.

나는 어머니에게 대꾸한다. 물론 그러셨죠. 이십오 년 전에요. 그것도 맨해튼이 아니라 브루클린에서.

거기나 여기나 뉴욕인 건 마찬가지야.

어머니는 포기할 줄 모르고, 나도 마찬가지다. 나는 우리 둘이 벌이는 설전이 얼마나 유치한 것인지 잘 알고 있고, 또 우리 모두 그렇게 바라던 대로 어머니랑 막냇동생이 뉴욕에 온 것을 축하하지는 못할망정 왜 이렇게 말싸움을 하는지 알 수 없다. 어머니는 왜 나를 보자마자 내 눈을 갖고 시비를 걸고, 나는 왜 또 교통 문제를 갖고 어머니 말에 꼬박꼬박 반박하려 드는 거지?

린다가 분위기를 수습하려는 듯 말한다. 어쨌든 이이 말대로 참 화창하고 기분 좋은 날이에요.

어머니는 마지못해 고개를 끄덕인다. 그렇구나.

아일랜드에서 출발할 때 그곳 날씨는 어땠나요, 어머니?

역시 마지못한 대답이 들려온다. 비가 왔지.

아일랜드에는 늘 비가 오죠. 그렇죠, 어머니?

꼭 그런 건 아니야. 어머니는 팔짱을 끼고 한 시간 전에는 훨씬 나빴던 뉴욕의 교통 흐름을 바라보고 있다.

말라키의 아파트에 도착하자 린다가 아침을 준비하고, 어머니는 말라키의 갓난아기 쇼반을 안고 우리 일곱 형제에게 해주었던 것처럼 낮은 목소리로 조용조용 노래를 불러준다.

린다가 어머니에게 묻는다. 어머니, 차로 하실래요, 커피로 하실래요?

차로 할란다.

아침 식사가 준비되자 어머니는 아기를 내려놓고 식탁으로 오더니 어머니 찻잔에 둥둥 떠 있는 게 뭐냐고 묻는다. 린다가 티백이라고 대답하자 어머니는 고개를 홱 돌리며 말한다. 오, 난 이건 못 마시겠구나. 이건 제대로 된 차가 아니야.

그 순간 말라키의 표정이 굳어지더니 이를 악물고 말한다. 우린 이런 차를 마셔요. 차를 이렇게 마신다고요. 우린 라이언스 티*도 없고요, 어머니가 쓸 찻주전자 같은 것도 없어요.

그래? 그렇다면 난 아무것도 안 마실란다. 그냥 달걀이나 먹어야겠어. 어떻게 된 나라가 제대로 된 차 한 잔 마실 수 없다니?

말라키가 뭔가 말하려는데 아기가 울기 시작한다. 말라키가 아기에게로 달려가 아기를 요람에서 들어올려 어르는 동안 린다가 어머니에게 다가가 미소를 지으며 말한다. 찻주전자를 하나 사도록 할게요, 어머니. 잎차도 좀 사야겠어요. 그쵸, 여보?

하지만 말라키는 대답도 하지 않고 징징거리는 아기를 어깨에 올려놓은 채 거실만 왔다갔다한다. 티백 문제에서 적어도 오늘 아침만은 자기도 지지 않겠다고 결심한 것처럼 보인다. 아일랜드에서 번듯한 차를 우

---

* 아일랜드인들이 가장 선호하는 잎차 브랜드.

려내 마시던 사람들처럼 말라키도 티백을 싫어했지만, 지금은 차라면 티백밖에 모르는 미국인 아내를 두고 있고 마음속에는 온통 자기 아기와 가족 생각뿐이었니 미국에 도착한 첫날부터 티백 가지고 이러쿵저러쿵 트집을 잡는 어머니를 견딜 참을성이 없는 것이다. 말라키는 여태껏 자기가 들인 경비와 수고 외에 왜 또다시 앞으로 삼 주 동안 비좁은 아파트에서 어머니의 잔소리를 듣고 지내야 하는지 모를 지경이다.

어머니가 식탁에서 일어나더니 린다에게 묻는다. 세면소는 어디 있니?

네?

세면소 말이다. 세면소.

린다가 말라키를 멀뚱히 쳐다보자 말라키가 대답한다. 화장실 말씀하시는 거야. 욕실 말이야.

린다는 그제야 말뜻을 알아듣고 대답한다. 아, 저쪽이에요.

어머니가 화장실에 간 사이 알피는 린다에게 티백 차도 그런대로 맛이 괜찮다고, 티백이 찻잔에 둥둥 떠 있는 것을 보지 못했더라면 어머니도 그냥 괜찮은 차라고 생각했을 거라고 말한다. 그러자 린다는 다시 한번 미소를 지어 보인다. 린다는 알피에게 그렇기 때문에 중국인들은 고깃덩어리를 식탁에 그대로 내놓지 않는다고 말한다. 그 사람들은 자기들이 먹고 있는 동물을 원래 형태 그대로 보는 것을 좋아하지 않거든요. 그래서 닭을 요리할 때도 잘게 잘라 다른 재료와 섞어서 요리해요. 그게 닭이라는 사실을 알아차리지 못하게 말이에요. 그래서 중국 음식점에서는 닭다리나 닭 가슴살 같은 것을 볼 수 없는 거예요.

정말이야? 알피가 말한다.

아기는 여전히 말라키의 어깨에 달라붙어 칭얼대고 있지만 알피와 린다와 함께 식탁에 앉아 티백이나 중국의 세심한 요리법에 대해 이야기하자니 모든 것이 평화롭게만 느껴진다. 그때 어머니가 화장실에서 돌아와 말라키에게 말한다. 아기가 뱃속에 가스가 차서 그런 모양이다. 내가 달래보마.

말라키는 쇼반을 어머니에게 넘겨준 뒤 찻잔을 들고 식탁에 앉는다. 어머니는 한쪽 구두에서 뜯어진 가죽 조각을 팔락거리면서 아기를 안고 거실을 왔다갔다한다. 나는 어머니를 3번 애비뉴 구두 가게로 모시고 가야겠다고 생각한다. 어머니가 아기 등을 톡톡 두드려주자 아기는 엄청나게 큰 소리로 트림을 한다. 그 소리에 우리는 모두 웃음보를 터뜨린다. 어머니는 아기를 다시 요람에 눕히고는 아기를 얼러준다. 옳지, 옳지, 우리 아가. 옳지, 옳지. 그러자 아기는 기분이 좋은 듯 옹알거린다. 어머니는 식탁으로 돌아와 무릎 위에 두 손을 가지런히 올려놓고 말한다. 제대로 된 차 한 잔만 마실 수 있다면 내 뭐든 내놓겠다. 그러자 린다가 대답한다. 오늘 당장 나가서 찻주전자랑 잎차를 사려고 해요. 그렇죠, 여보?

말라키가 대답한다. 그럼, 그렇고말고. 말라키도 찻주전자를 끓는 물로 헹궈낸 다음 딱 마실 사람 수만큼 숟가락 가득 찻잎을 넣고, 팔팔 끓인 물을 붓고, 식지 않도록 티 코지*로 찻주전자를 감싼 뒤 육 분간 우려낸 차만큼 맛 좋은 차도 없다는 걸 마음속으로는 알고 있다.

말라키도 어머니가 그런 식으로 차를 우려낸다는 것을 잘 알고 있다. 그래서 티백에 관해서만큼은 태도를 누그러뜨린다. 게다가 아기들 트림 시키는 것에 관한 한 어머니는 섬세한 직감과 해결방법을 갖고 있으니 말라키가 어머니를 위해 번듯한 차를 준비하고 어머니가 말라키의 아기 쇼반을 잘 돌봐준다면 그것도 괜찮은 거래라는 생각이 든다.

* 찻주전자가 식지 않도록 감싸는 보온 천.

어머니와 네 아들. 우리 가족은 십 년 만에 다 함께 모인 것이다. 게다가 말라키의 아내와 아기까지 한자리에 있다. 말라키의 딸 쇼반은 새로운 세대의 첫 아이인 셈이다. 마이클에게는 안이라는 여자친구가 있고 알피도 곧 여자친구를 사귀게 되겠지. 나도 앨버타와 화해했으니, 잘만 되면 브루클린에서 앨버타와 함께 살게 되겠지.

말라키는 뉴욕에서 파티의 중심인물이다. 뉴욕에서는 말라키 없이 파티를 시작하는 법이 없다. 말라키가 파티에 나타나지 않으면 사람들은 계속 좌불안석하며 불만 섞인 목소리로 묻는다. 말라키는 어디 있어? 자네 동생 어디 갔나? 그러다가 말라키가 어이, 여보게들, 하고 시끄럽게 나타나면 그제야 만족스러운 표정을 짓는다. 말라키는 노래도 부르고 술도 마시면서 사람들에게 술을 권하다가 다시 노래를 부르고 다음 파티로 달려간다.

어머니도 신나게 즐기는 그런 생활을 좋아한다. 어머니는 특히 말라키네 바에 가서 하이볼*을 마시고 사람들에게 말라키의 어머니라고 소개받는 것을 좋아한다. 어머니의 눈은 반짝거리고 뺨은 발그스름하게 달아오른다. 어머니가 웃을 때 드러나는 번쩍이는 틀니는 세상을 향해 눈부시게 빛난다. 어머니는 늘 그렇게 말라키가 참석하는 파티에 따라다닌다. 어머니는 파티에 참석한 이들을 '옛날 훌리들**'이라고 정겹게 부르며 어머니에게 집중되는 스포트라이트를 즐기고, 폐기종의 초기 증세인 기침 때문에 숨을 헐떡일 때까지 말라키의 노래를 따라 부른다. 수많은 세월 동안 리머릭에서 난롯가에 앉아 한숨지으며, 내일은 또 빵을

---

* 위스키에 소다수를 탄 음료.
** 아일랜드의 유명한 갱단 이름인 훌리스 갱(Hooley's gang)에서 유래한 말로, 아일랜드 구어로 '녀석들'이라고 정겹게 부르는 말.

어디에서 구하지, 하는 걱정만 하며 살아온 어머니가 이제 미국에 와서 그렇게 즐거운 시간을 보내고 있는 것이다. 그리고 보면 미국은 참 근사한 나라라는 생각도 든다. 어머니도 미국에 좀더 머무르고 싶은 것 같다. 한겨울에 리머릭으로 돌아가봤자 난롯가에 앉아 정강이나 데우는 것 외에는 달리 할 일도 없을 거야. 날씨가 따뜻해지면 그때 가는 게 좋겠어. 아마 부활절쯤. 알피도 여기에서 당분간 일할 일자리를 구할 수 있을 거야.

어머니의 말에 말라키는 어머니가 뉴욕에 좀더 머무르고 싶어한다 해도 자기 부부와 사 개월 된 갓난쟁이가 사는 좁은 아파트에 계속 계실 수는 없다고 단도직입적으로 말한다.

어머니는 앨버타 집에 머물고 있는 내게 전화를 걸어 푸념한다. 정말 속상해. 정말 속상하단 말이야. 뉴욕에 아들이 넷이나 있는데 내 머리 하나 누일 곳이 없다니 이게 말이나 되니?

하지만 어머니, 우리는 모두 좁은 아파트에 살고 있는걸요. 방이 없다고요.

그래? 사람들이 보면 너희가 돈 벌어서 다 뭣에다 쓰는지 궁금해하겠다. 너희가 나를 내 안락한 벽난로에서 끌어내기 전에 미리 이런 얘기를 했어야지.

아무도 어머니를 끌어내지 않았어요. 어머니가 크리스마스를 보내러 미국에 오고 싶다고 몇 번이나 말씀하셨잖아요. 그래서 말라키가 뱃삯을 대준 거고요.

나는 내 첫 손주를 보고 싶어서 온 거다. 뱃삯은 걱정 마라. 내가 무릎 꿇고 바닥을 닦는 한이 있어도 다시 갚으마. 여기에서 이런 대접을 받을 줄 알았으면 그냥 맛있는 거위 요리나 해먹고 내 머리 위에 지붕도 있는 리머릭에 있을 걸 그랬구나.

앨버타가 옆에서 어머니와 알피를 토요일 저녁에 초대하자고 속삭인다. 전화 저 끝에서 침묵이 흐르더니 이내 훌쩍이는 소리가 들려온다.

글쎄, 이번 토요일 저녁에 뭘 할지 모르겠구나. 말라키 말로는 파티가 있다고 하던데.

좋아요. 어머니를 이번 토요일 저녁 저희 집으로 초대할게요. 하지만 말라키와 다른 파티에 가시고 싶으면 그냥 거기 가셔도 되요.

그렇게 성질부리며 말할 것 없잖니? 여기에서 브루클린까지는 엄청 멀잖아. 나도 거기 살아봐서 잘 안다.

삼십 분도 안 걸려요.

어머니가 알피에게 뭐라고 속삭이자 알피가 수화기를 받아들고 말한다. 프랜시스 형? 우리 둘이 가도록 할게.

문을 열자 어머니는 1월의 냉기와 함께 어머니 당신의 냉기를 몰고 아파트 안으로 들어온다. 어머니는 앨버타를 보더니 그저 고개만 까닥하고는, 내게 담뱃불 붙일 성냥 있느냐고 묻는다. 앨버타가 자기 담배를 어머니에게 내밀자 어머니는 쌀쌀맞은 태도로 말한다. 아니, 됐어. 내 담배도 있으니까. 이놈의 미국 담배는 맛대가리가 없단 말이야. 앨버타가 어머니에게 뭐 좀 마시겠느냐고 묻자 어머니는 하이볼을 마시겠다고 한다. 알피가 맥주를 마시고 싶어하자 어머니는 못마땅하다는 듯이 말한다. 뭐? 너 또 시작이냐?

내가 끼어들어 한마디 한다. 그냥 맥주 한 잔인데 뭐 어때요.

그래, 원래 그렇게 시작하지. 맥주 한 잔. 그다음엔 고래고래 고함을 질러대고 노래를 부르면서 집 안의 애들이란 애들은 다 깨우지.

여기에는 어린애도 없는데요.

말라키네 집에는 어린애가 있잖니. 그런데도 소리를 질러대고 노래를 해대지.

앨버타가 식사가 준비되었다며 우리를 부른다. 그린 샐러드를 곁들인 참치찜이다. 어머니는 식탁 쪽으로 오지 않고 꾸물거린다. 담배 마저 피우고 갈게. 서두를 것 뭐 있니?

앨버타가 찜 요리는 뜨거울 때 먹어야 맛있다고 하자, 어머니는 자기는 뜨거운 요리는 질색이라면서 잘못해서 입천장을 데면 어쩌냐고 대꾸한다.

나는 어머니에게 사정하듯 말한다. 제발 담배 좀 그만 피우고 이리 오세요.

어머니는 기분이 상한 표정으로 의자를 끌어다 앉더니 앞에 놓인 샐러드 접시를 밀어내면서 말한다. 이 나라 양상추는 도대체 맛대가리가 없어. 나는 감정을 자제하려고 애를 쓰며 어머니에게 묻는다. 이 나라 양상추와 아일랜드 양상추가 무슨 차이가 있어요? 그러자 어머니는 차이가 크다면서 미국 양상추는 맛이라곤 없다고 대답한다.

앨버타가 말한다. 아, 괜찮아요. 모든 사람이 양상추를 좋아하는 건 아니니까요.

어머니는 앞에 놓인 찜 요리를 노려보더니 포크로 참치와 누들은 옆으로 치워버리고 콩만 찾아먹으며 말한다. 난 콩을 참 좋아하는데. 그런데 이 콩은 리머릭 콩만큼 맛있지가 않구나. 앨버타가 콩 좀더 드시겠느냐고 묻자 어머니는 대답한다.

아니, 됐다.

그러더니 이번에는 누들 사이를 뒤져 참치 조각을 찾기 시작한다.

나는 어머니에게 묻는다. 누들 안 좋아하세요?

뭐라고?

누들 말이에요. 안 좋아하시냐고요.

그게 뭔지 모르겠다만 어쨌든 난 그런 거 안 좋아한다.

나는 어머니 얼굴에 내 얼굴을 바싹 갖다대고 말하고 싶다. 엄마는 지금 야만인처럼 굴고 있어요. 앨버타가 어떻게 하면 어머니를 즐겁게 해드릴까 얼마나 많이 신경썼는지 아세요? 그런데도 어머니는 누가 어머니에게 나쁜 짓이라도 한 것처럼 거들먹거리며 심술을 부리고 있잖아요. 마음에 안 들면 코트를 입고 맨해튼으로 돌아가 어머니가 그토록 그리워하는 파티나 가면 되잖아요? 다시는 저녁 초대니 뭐니 해서 어머니를 귀찮게 하는 일은 없을 거예요.

　나는 그렇게 퍼붓고 싶지만 앨버타가 분위기를 진정시키려고 애를 쓰고 있는 마당에 그렇게 할 수는 없다. 오, 그래요. 어머니는 지금 뉴욕에 오셔서 들뜨신 탓에 몹시 피곤하실 거예요. 우리 모두 차 한 잔에 케이크 한 조각씩 곁들여 먹으면 기분이 한결 좋아질 거예요.

　어머니는 이렇게 대답한다. 아니, 케이크는 됐다. 한 입도 더 못 먹겠어. 차나 한 잔 다오. 하지만 어머니는 찻잔에 둥둥 떠 있는 티백을 보더니 이번에도 말한다. 이건 제대로 된 차가 아니잖니.

　나는 어머니에게 우리는 차를 이렇게 마신다고, 그러니 어머니도 이런 차를 드시라고 말한다. 하지만 마음속으로 진짜 하고 싶은 말은 따로 있다. 어머니 얼굴에 이 티백을 던져버리고 싶어요.

　케이크를 안 먹겠다고 하던 어머니는 케이크를 보자 통째로 입안에 쑤셔넣더니 거의 씹지도 않고 꿀꺽 삼켜버린다. 그러고는 접시에 남아 있는 부스러기를 하나도 남기지 않고 다 쓸어먹는다. 좀전까지 케이크를 먹지 않겠다고 버티던 사람이 맞나 싶다.

　어머니는 찻잔을 흘깃 보더니 말한다. 그래, 이런 차밖에 없다면 이거라도 마셔야지. 어머니는 스푼으로 티백을 건져올리더니 찻물이 갈색이 될 때까지 짜낸다. 그러고는 찻잔 받침에 레몬은 왜 올려놨느냐고 묻는다.

앨버타는 차 마실 때 레몬을 곁들여먹는 걸 좋아하는 사람들도 있다고 대답한다.

어머니가 말한다. 난 그런 말은 들어본 적이 없어. 어쨌든 생각만 해도 역겹구나.

앨버타가 레몬을 치우자 어머니는 우유나 설탕이 있으면 좋겠다고 한다. 그러고는 성냥을 찾더니 담배를 피우면서 차가 맘에 들지 않았다는 것을 보여주려는 듯 반만 마시고 남겨놓는다.

앨버타가 어머니와 알피에게 영화 보러 함께 나가자고 하자 어머니는 대답한다. 아니, 이제 그만 맨해튼으로 돌아가야겠다. 너무 늦었어.

앨버타는 그리 늦은 시각이 아니라고 하지만 어머니는 이미 충분히 늦은 시각이라고 우긴다.

나는 어머니와 알피를 지하철역까지 바래다준다. 1월의 청명한 밤, 헨리 스트리트를 따라 보로 홀 역까지 걸어가는데 아직 거두지 않은 크리스마스 전등들이 창문마다 반짝거리는 것이 보인다. 알피는 집들이 참 아름답다면서 내게 저녁 식사에 초대해줘서 고맙다고 말한다. 어머니는 옆에서 끝까지 투덜거린다. 사람들이 왜 꼭 음식을 그릇에 담고, 그 밑에 또 접시를 받쳐 내오는지 모르겠어. 그런 건 다 허세 부리는 짓이야.

전차가 들어오자 나는 알피와 악수를 하고 어머니에게 키스를 하려고 몸을 구부렸다. 손에는 어머니에게 건네줄 20달러짜리 지폐도 들고 있었다. 하지만 어머니는 고개를 홱 돌리고 전철 안으로 들어가 내 쪽으로 등을 돌리고 앉았다. 나는 지폐를 주머니 안에 도로 집어넣고 집 쪽으로 터벅터벅 발걸음을 옮겼다.

44

팔 년 동안 스태튼아일랜드 페리를 타고 다닌 셈이다. 나는 매일 아침 출근할 때 브루클린에서 통근 열차를 타고 맨해튼의 화이트홀 스트리트까지 가서, 거기서부터 페리 선착장까지 걸어간 다음 회전식 개찰구에 동전을 밀어넣고 선착장 안으로 들어가 커피 한 잔과 설탕을 뿌리지 않은 플레인 도넛을 사먹고, 어제 일어난 사건 사고에 대한 기사로 가득한 신문을 펼쳐들고 벤치에 앉아 페리를 기다렸다.

존스 선생은 매키 고등학교에서 음악을 가르치는데 페리에서 그를 보면 대학교수나 법률회사 이사쯤으로 보였다. 그는 사람들이 소위 말하는 깜둥이고, 좀더 점잖게 말하면 흑인이고, 그보다 더 예의를 갖춰 말하면 아프리카계 미국인이지만, 매일 다른 양복을, 그것도 스리피스로 갖춰입고, 셔츠 칼라는 금으로 된 스틱 핀으로 고정시키고, 그날의 의상에 어울리는 모자를 쓰고 다녔다. 그가 차고 다니는 시계와 반지도 모두 고급스러운 디자인에 금으로 된 것들이었다. 이탈리아인 구두닦이들은 존스 선생이 매일 구두를 닦는데다 팁을 후하게 줘서 그의 구두를 번쩍번쩍 광이 날 만큼 잘 닦아줬다. 아침마다 그는 손목에서 손가락 중간 마디까지만 오는 가죽 장갑을 낀 손에 〈타임스〉를 들고 읽었다. 그는 나를 보면 만면에 미소를 띤 채 지난밤에 관람했던 콘서트나 오페라 혹은 유럽 여행, 특히 잘츠부르크나 밀라노에 갔던 이야기를 했다. 그러면서 내 어깨에 손을 얹고, 죽기 전에 라 스칼라 극장에 꼭 한 번 가봐야 한다고 말했다. 어느 날 다른 선생이 매키 고등학교 애들도 머리에서 발끝까지 우아하게 차려입은 존스 선생의 의상에 틀림없이 감동 먹었을 거라고 농담을 하자, 존스 선생은 자기한테 어울리게 입고 다닐 뿐이라고 정색을 했다. 그 말에 농담을 했던 선생은 고개를 절레절레 흔들었고, 존스 선생은 다시 〈타임스〉를 읽기 시작했다. 퇴근길에 아침에 페리에서 농담을 했던 선생과 마주쳤는데, 그가 내게 말했다. 존스 선생은 자기가 깜둥이라고 생각 안 하나봐. 복도에서 난리치는 흑인 애들에게 그만하라고 소리를 지르더라니까. 그 흑인 애들은 우아하게 차려입은 존스 선생에게 뭐라고 대꾸해야 할지 몰라 멍한 표정만 짓고 있더라고. 그 선생은 아이들이 어떤 음악을 좋아하는지 아랑곳하지 않고 교단 위에 서서 모차르트에 대해 얘기하고, 축음기에 모차르트의 음반을 걸어놓고, 칠판에 피아노 악보를 그려가며 수업을 해. 또 크리스마스 시즌이 되면 남녀 학생들을 무대에 모아놓고 천사들처럼 캐럴을 부르게 한다니까.

아침마다 페리에 몸을 싣고 엘리스 섬과 자유의 여신상을 지날 때면 어머니와 아버지는 처음 이 나라에 들어올 때 어떤 기분이었을까 생각이 들었다. 어머니와 아버지도 배를 타고 이 나라에 처음 들어올 때 그 찬란한 10월 아침의 나처럼 흥분했을까? 매키 고등학교나 스태튼아일랜드의 다른 학교로 출근하는 선생들도 자유의 여신상과 엘리스 섬을 바라봤다. 그들도 부모와 조부모가 이 나라에 들어온 당시를, 다시 유럽으로 돌려보내진 그 수백 명의 사람들을 생각하는 듯했다. 초라하게 부서져내리고 잊혀진 엘리스 섬과, 이민자들을 엘리스 섬에서 맨해튼까지 실어나르던 페리가 바다 얕은 곳에 정박해 있는 걸 바라보노라면 슬픈 마음이 드는 건 그들이나 나나 매한가지였으리라. 엘리스 섬을 한참 바라다보면, 맨해튼에 발을 내디디려 애쓰는 혼령들이 보이는 듯했다.

어머니는 알피와 함께 웨스트사이드에 있는 아파트로 옮겼다. 그런 다음 알피는 성인으로서 독립된 삶을 꾸리기 위해 다시 브롱크스로 옮겨갔고, 어머니는 브루클린의 그랜드 아미 플라자 옆의 플랫부시 애비뉴로 이사했다. 건물은 초라하지만 어머니는 어느 누구의 간섭도 받지 않는 당신만의 공간을 갖게 되어 흡족한 모양이었다. 어머니는 마음 내키는 대로 빙고 게임을 하러 갈 수도 있어서 아주 만족스럽게 지냈다. 감사할 따름이었다.

매키 고등학교에서 근무하기 시작한 지 얼마 안 되어 나는 브루클린 시티 칼리지 영문학 석사과정에 등록했다. 여름 학기부터 시작해서 정규 학기에는 오후나 야간에 강의를 들었다. 브루클린 칼리지로 가려면 스태튼아일랜드에서 페리를 타고 맨해튼으로 가서, 볼링 그린 역에서 다시 지하철을 타고 플랫부시 노선의 끝까지 조금 더 걸어야 했다. 나는 페리와 전철 안에서 강의 자료를 읽거나 매키 학생들의 작문을 고쳤다.

잘 알아볼 수 있게 깨끗하고 단정한 글씨로 작문을 써내라고 누누이 일렀건만 학생들은 버스나 지하철, 학교 구내식당, 아니면 직업훈련 수업 시간에 선생님이 보지 않는 틈을 타 아무렇게나 휘갈겨 쓴 작문을 제출했다. 종이에는 커피, 콜라, 아이스크림, 케첩, 콧물 따위가 묻어 있고 여학생들은 육감적인 립스틱 자국까지 남기는 경우도 있었다. 그런 작문들을 읽고 있노라면 짜증이 나서 모두 페리 밖으로 집어던지고 싶었다. 그 작문들이 바다 아래로 가라앉아 무식의 해초를 이루는 것을 보면 기분이 좋아질 것 같았다.

학생들이 자기 작문에 대해 물어오면 나는 이렇게 대답했다. 모두 형편없어. 받아보면 모두 0점으로 처리되어 있을 거야. 그래도 아무 점수도 안 받는 것보다는 낫지 않겠니?

그러면 그들은 잘 모르겠다고 대답했고, 내가 생각해봐도 어느 것이 더 나은 것인지 판단이 서질 않았다. 0점을 받느냐, 아무 점수도 받지 않느냐. 우리는 한 시간 내내 그 문제에 대해 왈가왈부하다가 결국 아무 점수도 안 받는 게 낫다는 결론을 내렸다. 아무것도 없는 것은 어떤 것으로도 나눌 수 없지만, 대수학을 동원하면 0은 나눌 수 있는 숫자이니까. 0은 실체가 있고 무無는 실체가 없는, 그야말로 아무것도 없는 거니까. 사실 그건 논쟁의 여지가 없는 사실이다. 게다가 자식들의 성적에 신경을 쓰는 부모들의 경우, 자기 자식의 성적표에 0점이 있는 걸 보면 발칵 뒤집힐 게 분명했다. 하지만 작문 과목에 아무 점수도 표기되어 있지 않은 걸 보면 부모들은 어떻게 생각해야 좋을지 몰라 어리둥절해할 테고, 학생들 입장에서도 자기 부모가 어떻게 생각해야 좋을지 몰라 어리둥절해하는 것이 0점을 보고 자기들 머리통에 주먹을 날리는 것보다는 나을 것이 틀림없었다.

나는 브루클린 칼리지에서 강의를 들은 후 이따금 버겐 역에 내려서 어머니 집에 들렀다. 내가 온다는 것을 미리 알면 어머니는 아이리시 소다 브레드*를 따끈하게 구워뒀다가 내놓았다. 갓 구운 소다 브레드는 꽤나 맛있어서 어머니가 빵 위에 두껍게 발라놓은 버터와 함께 입안에서

---

* 이스트를 넣지 않고 소다, 버터밀크 등을 넣고 발효시켜 구운 아일랜드 전통 빵.

살살 녹았다. 어머니는 찻주전자에 끓는 물과 찻잎을 넣어 우려낸 구수한 차도 곁들여내면서 티백에는 콧방귀를 뀌었다. 나는 티백은 바쁜 사람들이 편의상 사용하는 거라고 어머니에게 말해주었지만 어머니는 이세상에 차 한 잔 제대로 우려 마실 시간이 없을 만큼 바쁜 사람이 어디 있느냐고 대꾸했다. 차 한 잔 제대로 못 마실 만큼 바쁘게 살아야 한다면 그렇게 사는 게 다 무슨 소용이니? 우리가 이 세상에 태어나 바쁘게만 살아가는 게 좋겠니, 아니면 차 한 잔에 이야기를 나누면서 사는 게더 좋겠니?

마이클은 말라키와 같은 웨스트 93번 스트리트 아파트에 사는 캘리포니아 출신의 도나와 결혼했다. 어머니는 특별히 새 드레스를 사 입고 식장에 나타났지만 그 결혼식이 영 못마땅한 모양이었다. 사랑하는 아들이 결혼식을 올리는데 신부님도 안 계시고, 식료품 장수나 근무 끝난 경찰관처럼 와이셔츠에 넥타이만 맨 신교도 목사 한 명만 와서 거실에서 식을 치르게 되었으니 그럴 만도 했다. 다들 말라키가 빌려온 스무개가량의 접의자에 자리잡고 앉아 있는데, 어머니가 안 보였다. 어머니는 부엌에서 담배를 피우고 있었다. 나는 어머니에게 결혼식이 곧 시작될 거라고 말했지만 어머니는 담배를 다 피워야겠다고 고집을 부렸다. 엄마, 제발. 어머니 아들 결혼식이 곧 시작된다니까요. 내 말에 어머니는 이렇게 대꾸했다. 그건 제 문제지 내 문제가 아니야. 난 담배나 마저 피워야겠다. 내가 어머니 때문에 사람들이 모두 기다리고 있다고 계속 재촉하자, 어머니는 얼굴이 굳어지더니 거만한 표정으로 재떨이에 담뱃불을 비벼끄고는 꾸무럭거리며 거실 쪽으로 발걸음을 옮겼다. 거실로 가는 도중에도 어머니는 화장실에 들러야겠다고 귓속말을 했지만, 나는 어머니에게 화장실은 좀 이따 가는 게 좋을 거라고 거의 협박에 가까운 말투로 말했다. 어머니는 자리에 앉아 신교도 목사의 머리 꼭대기만 노려보고 있었다. 목사가 뭐라고 하든, 결혼식 분위기가 아무리 화기애애하든, 어머니는 그 분위기에 져서 섞이지 않겠다는 표정이었다. 신랑 신부가 키스를 하고 포옹을 하는 순간에도 어머니는 지갑을 무릎 위에 올려놓은 채 꼿꼿이 앉아 아무것도 보지 않겠다는 듯, 특히 당신의 사랑하는 아들이 신교도들과 그들 목사의 손아귀에 말려드는 것을 보지 않겠다는 듯 똑바로 앞만 보고 있었다.

플랫부시 애비뉴의 어머니 집에 들러 어머니와 함께 차를 마시는데 어머니가 이런 말을 했다. 그 많은 세월을 보내고 내가 다섯 아이를 낳은 이곳으로 다시 돌아온 걸 생각하면 참 신기해. 그중 셋은 죽었지. 계집애는 여기 브루클린에서, 사내애들은 아일랜드에서. 어머니는 생후 이십일 일밖에 안 된 어린 딸이 지금 당신이 사는 곳에서 얼마 떨어지지 않은 곳에서 죽은 것을 기억해내고는 힘들어하고 있었다. 플랫부시 애비뉴를 따라 내려가면 아버지가 자기 새끼들도 잊고 번 돈을 다 써가며 미친 듯이 술을 퍼마시던 술집들이 아직 남아 있는 애틀랜틱 애비뉴가 나온다는 것도 당신은 알고 있었다. 하지만 어머니는 그것에 대해서는 말도 꺼내려 하지 않았다. 브루클린에서 살던 시절에 대해 물어보자 어머니는 드문드문 이야기를 하는가 싶더니 이내 입을 다물어버렸다. 다 무슨 소용이 있겠니? 과거는 과거고, 과거로 돌아간다는 건 위험한 거야.

어머니는 아파트에서 혼자 자면서 악몽을 꾸었던 것이 틀림없다.

45

스탠리 가버 선생은 다른 어떤 선생보다 교사식당에서 많은 시간을 보낸다. 그는 나를 보면 내 옆자리로 와서 커피를 마시고 담배를 피우면서 이런저런 이야기를 독백처럼 길게 늘어놓는다.

그도 다른 선생들처럼 하루 다섯 시간 수업을 하는데, 그의 스피치 수업을 듣는 학생들은 종종 수업을 빼먹는다. 학생들 말로는 다른 친구들 앞에서 더듬거리거나 구개파열 때문에 힘든 의사표현을 하려고 애쓰는 것이 부끄럽다는 것이다. 가버 선생이 그런 학생들의 정신력을 고무시키는 연설도 하고, 그들이 다른 학생들만큼 훌륭하다고 격려해주어도 학생들은 믿으려 들지 않는다. 그중 몇 명은 내가 맡은 영어 수업에도 들어온다. 그들의 작문에는 가버 선생은 좋은 사람이고 옳은 말만 하지만 마음에 드는 여학생에게 다가가 춤 신청을 하려는데 입이 떨어지지 않는 게 어떤 기분인지는 전혀 모를 거라고 쓰여 있다. 그래요, 가버 선생님이 우리가 더듬거리는 걸 고쳐주려고 노래로 수업을 진행하는 건 좋아요. 하지만 댄스파티에서는 그 방법이 도무지 통하지 않는다고요.

1961년, 앨버타는 브루클린 하이츠에 있는 은총 성공회 교회에서 결혼식을 올리자고 했다. 하지만 나는 싫다고 했다. 나는 '유일하고 보편적이고 거룩하고 사도적인*' 로마가톨릭교회를 어설프게 모방한 교회에서 결혼식을 올리느니 차라리 시청에서 결혼식을 올리겠다고 했다. 미국 성공회 교회는 영 마음에 들지 않는다고, 그들은 성상이나 십자가, 성수, 게다가 고해성사까지 그대로 따르면서 왜 로마가톨릭교회의 품으로 다시 돌아가겠다고 선언하지 않느냐고, 그건 난센스가 아니냐고 그녀에게 따졌다.

그러자 그녀가 말했다. 알았어, 알았다고. 그래서 우리는 맨해튼에 있는 시청 건물로 갔다. 들러리가 꼭 필요한 건 아니었지만 우리는 브라이언 맥필립스를 신랑의 들러리로, 브라이언의 아내 조이스를 신부의 들러리로 세웠다. 우리 바로 앞에 결혼식을 올리기로 한 커플이 싸우는 바람에 우리의 결혼식은 다소 지연되었다. 신부 될 여자가 신랑 될 남자에게 말했다. 꼭 그 녹색 우산을 팔에 끼고 나와 결혼식을 올려야 되겠어요? 그러자 남자가 하는 말이, 그 우산은 자기 것이고 사무실에 놔뒀다가는 누가 훔쳐갈지도 모른다는 것이었다. 그러자 신부 될 여자가 우리 쪽을 돌아보며 머리를 끄덕여 보이더니 자기 파트너에게 말했다. 저분들이라면 당신의 그 빌어먹을 우산을 훔쳐가지는 않을 거예요. 결혼식 날 이런 상스러운 말까지 하게 돼서 유감스럽지만. 그러자 그 남자는 자기는 누구를 의심하는 게 아니라, 그 우산은 체임버스 스트리트에서 비싼 값에 샀기 때문에 어느 누구한테도 뺏기고 싶지 않다고 했다. 그 말에 여자는, 좋아요, 그럼 그 잘난 우산하고 결혼하시지, 하고는 핸드백

---

* 니케아 신경에 나오는 교회에 대한 고백.

을 집어들고 밖으로 나가버렸다. 그러자 신랑 될 남자는 지금 나가면 이걸로 끝인 줄 알라고 소리쳤다. 여자는 우리 네 사람과 시청 사무실 책상에 앉아 있던 여직원, 결혼식장으로 쓰이는 작은 방에서 막 나오고 있는 시청 직원을 돌아보더니 말했다. 끝? 끝이라고요? 당신 지금 무슨 말을 하는 거예요? 우린 삼 년이나 함께 살아왔는데 이게 끝이라고요? 이런 식으로 끝내자고 말하면 안 되죠. 분명히 말하는데, 지금 분명히 말해두겠는데, 그 우산을 내 결혼식에서 빨리 치워버려요. 그래도 계속 고집 부리면 사우스캐롤라이나에서 당신을 기다리고 있는 인간에게, 당신이 어디에 있는지 알고 싶어하는 당신 전 부인에게 기꺼이 말할 거예요. 무슨 말인지 알아듣겠죠? 위자료와 자녀양육비를 기다리고 있는 인간이 있다는 걸 잊진 않았겠죠? 그러니 선택을 해요, 바이런. 우산 없이 이 작은 방에서 나와 결혼식을 치르든가, 아니면 그 우산을 들고 사우스캐롤라이나로 가 판사 앞에 서서 당신 아내와 아이한테 빨리 돈을 지불하라는 소리나 듣든가.

그때 시청 공무원이 결혼식장 문 앞에 서서 그들에게 준비가 됐느냐고 물었다. 그러자 바이런이라는 남자가 내게 물었다. 당신도 오늘 여기에서 결혼식을 올릴 예정인가요? 그러면 이 우산 좀 맡아주시겠어요? 당신도 나처럼 저 작은 방 말고 다른 데로는 못 갈 위인처럼 보이는군요. 막다른 길에 몰린 거지요. 정말 막다른 길에 몰린 거라고요. 나는 그에게 행운을 빈다고 말해주었다. 하지만 그는 고개를 흔들며 대답했다. 제기랄, 우리는 왜 모두 이렇게 당하는 거지요?

몇 분 후 그들은 다시 사무실로 돌아와 혼인서류에 서명했다. 신부는 웃고 바이런 씨는 찡그리고 있었다. 우리는 모두 다시 한번 그들에게 행운을 빈다고 말해준 다음 시청 공무원을 따라 결혼식장으로 쓰이는 그 작은 방으로 들어갔다. 공무원은 싱긋 웃으며 말했다. 다 오쩐 건가요?

브라이언은 나를 보더니 웬일이냐는 듯 눈썹을 실룩 추켜올렸다.

공무원은 나한테 물었다. 단신은 일생 동안 단신의 배우짜를 사랑하고 존견하고 아껴줄 것을 약쭉합니까? 나는 웃지 않으려고 안간힘을 썼다. 저렇게 심한 혀짤배기 소리로 결혼식을 진행하는데 어떻게 웃지 않고 끝까지 버텨낼 수 있단 말인가? 어떻게든 자제력을 발휘할 방도를 생각해내야 해. 바로 이거야. 내 팔에 끼고 있는 이 우산. 오, 주여. 나는 정말 참다못해 산산조각이 날 것 같았다. 나는 그 혀짤배기와 우산 사이에 끼어 있는 셈이었다. 하지만 웃을 수가 없었다. 우리 결혼식에서 웃었다가는 앨버타가 나를 죽이려 들 테니까. 결혼식에서 기쁨에 겨워 눈물을 흘릴 수는 있어도 절대 웃어서는 안 되는 법이다. 이걸 약쭉하쩨요, 저걸 약쭉하쩨요, 하고 지껄여대는 혀짤배기 앞에서 나는 어쩔 수 없이 뉴욕에서 처음으로 팔에 녹색 우산을 걸고 결혼하는 사람이 되었다. 엄숙한 생각을 하면서 웃지 않으려고 애를 쓰다보니 결혼식이 끝났다. 앨버타의 손가락에 반지를 끼워주고, 키스를 하고, 브라이언과 조이스의 축하를 받은 다음 문을 열고 나가자 바이런이라는 남자가 서 있었다. 오, 제 우산 갖고 계셨어요? 저를 위해 기꺼이 우산을 맡아주시다니. 술이라도 한잔 하실래요? 결혼도 축하할 겸.

앨버타가 고개를 살짝 흔들며 안 된다고 말하라고 눈치를 주었다.

나는 바이런에게 미안하지만 친구들이 파티를 열어준다고 해서 가봐야 한다고 대답했다.

당신은 행운아군요. 친구들도 있고. 나와 셀마는 나가서 샌드위치나 먹고 영화를 보러 갈 거요. 하지만 괜찮아요. 셀마는 영화 볼 때만큼은 조용하거든요, 하하하. 우산 보관해줘서 고맙소.

바이런과 셀마가 자리를 뜨자 나는 마침내 벽에 기대어 그동안 참았던 웃음보를 터뜨렸다. 특별한 날인지라 체통을 지키려고 안간힘을 쓰고 있던 앨버타조차 브라이언과 조이스가 웃어대는 걸 보고 결국 웃음보를 터뜨리고 말았다. 나는 그 혀짤배기 때문에 웃음보가 터지려는 것을 녹색 우산 생각을 하면서 간신히 참아냈다고 말하고 싶었지만, 말을 하면 할수록 더더욱 웃음을 참을 수가 없었다. 결국 우리 넷은 서로를 붙들고 웃어대며 엘리베이터를 타고 내려가 눈언저리를 닦아내며 8월의 태양 아래로 걸어나갔다.

시청에서 다이아몬드 댄 오루크 살롱까지는 조금만 걸어가면 되는 거리였다. 우리는 거기에서 친구들, 프랭크 쉬바케와 그의 아내 진, 짐 콜린스와 그의 새 아내 실라 말론과 함께 샌드위치에 술을 한잔 한 다음, 브라이언과 조이스의 폴크스바겐을 타고 그들이 열어주는 파티에 참석하러 퀸스로 갈 예정이었다.

쉬바케가 내게 술을 한 잔 사주었고, 이어서 콜린스와 브라이언도 한 잔씩 사주었다. 바텐더는 우리에게 술을 한 잔씩 돌렸고, 나도 그에게 술을 한 잔 사주고 팁도 두둑이 주었다. 그는 웃으면서 내가 매일 결혼하면 좋겠다고 했다. 나는 쉬바케와 콜린스와 브라이언에게 술을 샀고 그들 모두 내게 다시 한 잔 사주겠다고 나섰다. 그때 조이스가 브라이언에게 뭐라고 속삭이는데, 자기 남편이 술을 너무 많이 마실까봐 걱정하는 것 같았다. 앨버타도 옆에서 내 좀 천천히 마시라고 말렸다. 그녀는 우리 결혼식 날이어서 그러는 건 이해하지만 아직 이른 시간인데다 신부인 자기와 피로연 파티에서 기다리고 있을 손님들 생각도 좀 하라고 했다. 나는 결혼한 지 오 분밖에 안 되었는데 벌써부터 이래라저래라 잔소리를 늘어놓느냐고 그녀에게 면박을 주었다. 물론 그녀와 다른 손님들 생각도 해야 한다. 하지만 나는 평생 다른 사람들 입장만 생각하고 살았고 그렇게 사는 게 지긋지긋했다. 나는 앨버타에게 그만두라고 소리를 질렀다. 둘 사이의 싸늘한 분위기를 눈치챈 콜린스와 브라이언이 끼어든다. 브라이언은 둘 사이를 중재하는 건 결혼식 들러리인 자기가 할 일이라면서 나섰고, 콜린스는 자기가 브라이언보다 나와 더 오래 알고 지낸 사이라고 했다. 그러자 브라이언은 아니지, 난 저 녀석과 대학을 같이 다녔는걸, 하고 한마디 했고 그 말에 콜린스는 자기는 몰랐다며 내게 물었다. 매코트. 맥필립스와 같은 대학을 다녔다는 말 나에게 왜 안 했어? 나는 내가 누구와 같은 대학을 나왔다는 말을 할 필요를 못 느꼈다고 대답했고, 무슨 연유인지 그 말을 듣고 모두 웃음보를 터뜨렸다. 바텐더는 그런 우리를 보면서 결혼식 날 사람들이 모여앉아 행복한 표정으로 웃고 떠드는 모습이 참 보기 좋다고 말했고, 우리는 그 혀짤배기와 녹색 우산, 또 앨버타가 자기와 다른 손님들을 존중해달라고 잔소리한 것을 떠올리며 더 큰 소리로 웃어댔다. 물론 나는 결혼식 날 그녀 입장도 고려해야 한다고 생각하고 있었다. 적어도 화장실에 갈 때까지는. 그런데 화장실에 서서 일을 보는 동안 갑자기 그녀가 어떻게 나를 버리고 다른 남자와 사귈 수 있었나 하는 생각이 들기 시작했다. 그녀에게 따질 셈으로 서둘러 나오다가 다이아몬드 댄 오루크 살롱의 지저분한 화장실 바닥에 미끄러져 머리를 커다란 변기에 세게 부딪쳤다. 그리고 머리가 너무 아파 그녀가 나를 버렸던 과거도 다 잊어버리고 말았다. 앨버타는 내 재킷 뒤쪽이 왜 축축하냐고 물었고 나는 남자 화장실에 물이 샌다고 대답했지만 그녀는 내 말을 믿으려 하지 않았다. 넘어진 거지, 그렇지? 아니야, 넘어진 거 아니야. 물이 샜다니까. 그래도 그녀는 나를 믿으려 하지 않았다. 그러고는 나더러 너무 많이 마셨다고 또다시 잔소리를 늘어놓기 시작했다. 짜증이 난 나는 이대로 밖으로 나가 그리니치 빌리지의 다락방에서 발레리나하고나 살아야겠다는 생각이 들었다. 브라이언이 끼어들었다. 오, 제발 바보같이 굴지 마. 오늘은 앨버타한테도 특별한 날, 결혼식 날이잖아.

퀸스로 가기 전에 우리는 웨스트 57번 스트리트에 있는 슈래프트 베이커리에서 결혼 케이크를 찾아야 했다. 조이스는 자기와 앨버타는 퀸스에서 있을 피로연을 위해 술을 자제하고 있었는데 나와 브라이언이 다이아몬드 댄에서 너무 많이 마셨으니 자기가 운전을 하겠다고 나섰다. 조이스가 슈래프트 베이커리 맞은편에 차를 세우자 브라이언은 말리는 우리를 뿌리치고는 달리는 자동차들을 아슬아슬하게 피해가며 케이크를 가지러 베이커리 쪽으로 달려갔다. 조이스가 고개를 절레절레 흔들며 저러다가 죽겠다고 말했다. 앨버타가 나더러 가서 브라이언을 좀 도와주라고 했지만 조이스는 다시 고개를 가로저으며 그렇게 하면 상황만 더 악화될 거라면서 말렸다. 브라이언이 가슴에 커다란 케이크를 안고 베이커리에서 나와 이번에도 달리는 자동차들을 피해가며 길을 건너오는 것이 보였다. 그런데 중앙선 지점에서 갑자기 택시 한 대가 브라이언의 옆을 스치듯 지나가는 바람에 케이크 상자가 바닥에 떨어지고 말았다. 그 광경을 본 조이스는 운전대에 이마를 박고 오, 맙소사, 신음 섞인 탄식을 내뱉었다. 내가 내 들러리를 부축해서 데리고 와야겠다고 하자, 앨버타는 안 돼, 안 돼, 내가 가서 데리고 올게, 하면서 뜯어말렸고, 나는 그녀에게 이런 건 남자가 할 일이라고 우겼다. 택시들이 미친 듯이 달려가는 57번 스트리트에서 그녀의 목숨을 위태롭게 할 수는 없었다. 나는 브라이언을 도우러 차 밖으로 뛰쳐나갔다. 브라이언은 이미 찌그러진 케이크 상자를 왼쪽 오른쪽에서 달려드는 자동차들로부터 지켜내려고 애쓰고 있었다. 나는 브라이언 옆에 무릎을 꿇고 상자를 찢어 상자 안 여기저기에 뭉개지고 찌그러진 케이크를 긁어 꺼냈다. 케이크 장식으로 꽂혀 있던 작은 신랑 신부 인형은 무척 슬퍼 보였다. 하지만 우리는 인형에 묻은 크림을 쓱 닦아내고는 다시 케이크에 꽂았다. 케이크가 찌그러져 어디가 꼭대기인지는 알 수 없었지만, 인형들이 넘어지지 않을 만한 곳을 찾아 꽂았다. 기다리느라 지친 조이스와 앨버타가 차창 밖으로 고개를 내밀고는 경찰이 오거나 차에 치여 죽기 전에 빨리 오라고 소리쳤다. 차로 돌아오자 조이스는 브라이언에게 케이크가 더 부서지기 전에 앨버타에게 건네주라고 했지만 브라이언은 안 된다고 계속 고집을 부렸다. 브라이언은 케이크 때문에 그 고생을 했으면서도 퀸스의 아파트에 도착할 때까지 케이크 상자를 안고 놓지 않았다. 무릎뿐아니라 양복에 온통 노랑 초록 케이크 크림과 작은 장식 조각들이 묻어 있어도 브라이언은 아랑곳하지 않았다.

두 명의 젊은 아내들은 차를 타고 가는 내내 우리한테 쌀쌀맞게 굴었다. 자기들끼리 아일랜드 남자들 흉을 보았다. 결혼 케이크를 들고 길을 건너는 간단한 일조차 하지 못하는 인간들을 어떻게 믿겠어? 아일랜드 남자들은 어떻게 한두 잔만 마시고 피로연에 갈 때까지 참고 기다릴 줄을 모를까. 오, 정말 싫어. 그 인간들은 꼭 돌아가면서 한 잔씩 사야 직성이 풀린단 말이야. 저 지경이니 우유 한 병 사오라고 가게에 심부름이나 보낼 수 있겠어?

저 사람 좀 봐. 조이스가 말했다. 가슴에 턱을 묻고 조는 브라이언을 지켜보던 나도 어느덧 꾸벅꾸벅 졸고 있었다. 그동안 두 여자는 계속 아일랜드인 전체, 특히 우리 세대의 아일랜드인들을 싸잡아 욕하고 있었다. 앨버타가 말했다. 모두 나에게 아일랜드 사람은 연애하기에는 좋은 상대지만 결혼할 만한 상대는 못 된다고 충고했어. 바이런의 녹색 우산을 들고 혀짧배기의 우스꽝스러운 말투를 간신히 참아가며 어떻게든 결혼식을 무사히 마치려고 긴장한 탓에 몰려든 피로감, 새신랑으로서의 의무감과 다이아몬드 댄 오루크의 술자리에서 느꼈던 호스트로서의 중압감만 아니었다면 나는 그 순간 내 민족을 변호하고 나섰을 것이다. 곳곳에 '아일랜드인 지원 사절'이라는 간판을 써붙이던 그녀의 양키 조상들도 자랑스러울 것 하나 없다고 그녀에게 말했을 것이다. 피로감으로 그렇게 나가떨어지지 않았더라면 그녀에게 그녀의 조상들이 어떻게 여자들을 끌고 가 마녀라는 명목으로 목을 매달았는지, 얼마나 더러운 영혼의 소유자들이었는지를 말해주었을 것이다. 섹스라는 말만 들어도 놀라움과 두려움에 눈을 데굴데굴 굴리면서도, 법정에 앉아 악마가 여러 가지 형태로 나타나 숲속에서 자기를 희롱했다고 주장하면서 자기가 어떻게 해서 체면이고 뭐고 다 던져버리고 악마에게 헌신할 수 있었던가를 증언하는 히스테리컬한 청교도 처녀의 말을 들으며 허벅지 사이로는 흥분을 느꼈을 인간들이라고 그녀에게 말했을 것이다. 그리고 아일랜드인들은 적어도 그따위 짓은 하지 않았다고 말해주었을 것이다. 나는 아일랜드 역사를 통틀어 마녀로 몰려 교수형을 당한 여자는 단 한 명뿐이었는데, 아마도 영국인이었거나 그만한 벌을 받을 만한 여자였을 거라고 그녀에게 말해주고 싶었다. 그리고 내 말의 요지를 분명히 해두기 위해 뉴잉글랜드에서 최초로 마녀로 몰려 교수형을 당한 여자는 바로 아일랜드 여자였다고, 그런데 그 여자는 라틴어로 기도하기를 멈추지 않은 죄밖에 없었다고 말하고 싶었다.

하지만 나는 이 모든 것을 말하는 대신 그만 곯아떨어지고 말았다. 앨버타가 나를 흔들어 깨우면서 다 왔다고 말했고, 조이스는 브라이언에게 케이크를 내놓으라고 소리를 질렀다. 조이스는 아직도 케이크를 원상복구할 수 있다고 생각하는지 이렇게 말했다. 브라이언, 당신이 계단을 올라가면서 케이크를 안고 넘어져 완전히 박살낼까봐 걱정돼서 그래. 그래도 어느 정도 결혼 케이크 비슷한 모양으로 복원할 수 있을 거야. 그러면 다들 모여서 신부가 케이크를 잘라요, 라고 노래할 수 있잖아.

사람들이 속속 도착했고, 다들 먹고 마시고 춤췄고, 결혼한 커플이든 하지 않은 커플이든 작은 오해로 틀어졌다. 프랭크 쉬바케는 자기 아내진과는 말도 안 하려 했다. 짐 콜린스는 구석에서 자기 아내 실라와 싸우고 있었다. 앨버타와 나 사이에도, 브라이언과 조이스 사이에도 냉기가 감돌고 있었다. 다른 커플들도 그런 분위기에 영향을 받은 탓인지 아파트 전체에 긴장의 섬들이 떠 있는 느낌이었다. 그날 밤 외부의 위험에 대항해 모두가 단결할 일이 생기지 않았다면 파티는 완전히 실패로 돌아갈 뻔했다.

　그 파티에 참석한 앨버타의 친구들 중 디트리히라는 독일 친구가 있었는데, 그 친구가 맥주를 더 사오려고 폴크스바겐을 몰고 나갔다가 돌아오는 길에 후진하면서 뷰익을 박아 차 주인과 실랑이가 붙은 것이다. 바깥에서 말썽이 생겼다고 누군가가 내게 알려주었다. 그날 밤 파티의 주인공이고 새신랑인 이상, 나는 상황을 수습해야 한다는 의무감을 갖고 밖으로 나갔다. 뷰익의 주인은 덩치가 엄청 큰 녀석이었는데 주먹으로 앨버타 친구의 얼굴을 갈기고 있었다. 내가 둘 사이에 끼어들자 녀석은 그 큰 주먹으로 내 뒤통수를 비켜가 디트리히의 눈을 쳤다. 그 바람에 우리 둘 다 바닥으로 고꾸라지고 말았다. 우리는 맞붙어보려고 발버둥쳤지만 어림도 없었다. 쉬바케와 콜린스, 맥필립스가 나타나 디트리히의 머리통을 날려버리겠다고 협박하는 그 녀석을 가까스로 뜯어말리고, 나와 디트리히를 안으로 끌고 들어갔다. 내 바지 무릎 부분이 다 찢겨 있었고, 무릎에서는 피가 흐르고 있었다. 오른손 마디마디에도 피가 흐르고 있었다. 땅에 스치면서 생긴 상처였다.

　위층에서 앨버타가 내가 파티를 완전히 망쳤다고 소리를 질러댔다. 그 말을 듣자 피가 끓어올라 나도 그녀에게 소리쳤다. 나는 그저 사태를 수습하려고 한 것뿐이야. 옆집에 사는 그 개코원숭이* 같은 녀석한테 언

---

* 미국에서 흔히 지능이 낮고 난폭하고 세련되지 못한 사람을 빗대어 하는 말.

어터진 것도 내 잘못이 아니라고. 게다가 난 네 독일 친구를 도와주려고 한 거란 말이야. 그러니 도리어 내게 고맙게 생각해야 해.

그때 조이스가 케이크 자르게 모두 식탁으로 오라고 부르지 않았다면 앨버타와 나의 다툼은 계속되었을 것이다. 그녀가 케이크를 덮은 천을 걷어내자 브라이언은 웃으면서 그녀에게 키스를 하고 말했다. 이렇게 천재적인 예술가는 어디에도 없을 거야. 이 케이크가 방금 전 길거리에서 겨우 건져낸 케이크라는 건 아무도 모를걸. 케이크는 어느 정도 형태를 갖추고 있었고 신랑 신부 인형도 제자리에 얌전히 꽂혀 있었다. 하지만 신랑의 머리가 덜렁거리다가 결국 떨어지고 말았다. 그걸 보고 나는 조이스에게 말했다. 머리가 달려 있는 신랑의 앞길도 평탄치는 않아. 이윽고 모두가 합창을 했다. 신부가 케이크를 잘라요. 신랑이 케이크를 잘라요. 앨버타는 기분이 누그러진 듯했다. 케이크를 예쁘게 자를 수 없었기 때문에 우리는 그냥 덩어리로 퍼내 접시에 담아 모두에게 나눠주었다.

조이스가 커피를 끓이고 있다고 말하자 앨버타는 좋은 생각이라고 말했지만, 브라이언이 신랑 신부를 위해 축배의 잔을 한 잔 더 들어야 하지 않겠느냐고 제안했다. 내가 브라이언의 말이 맞다고 맞장구치자 앨버타는 화를 내면서 결혼반지를 손가락에서 빼더니 창밖으로 던져버렸다. 그녀는 이내 그 반지가 20세기 초에 자기 할머니가 결혼할 때 꼈던 반지라는 사실을 깨닫고 당황했지만 반지는 이미 창밖으로 날아가고 없었다. 반지가 드넓은 퀸스의 어디에 떨어져 있을지는 하느님만 아실 테고 앨버타는 어쩔 줄 몰라했다. 이 모든 것이 다 내 잘못이고 나 같은 인간과 결혼한 것은 앨버타의 큰 실수였다. 브라이언이 다 함께 그 반지를 찾아보자고 제안했다. 손전등은 없었지만 성냥불과 담뱃불로 어둠을 밝힐 수 있었다. 우리는 모두 브라이언의 아파트 창 아래 잔디밭 위를 기어다니면서 반지를 찾아 헤맸다. 마침내 디트리히가 반지를 찾았다고 소리쳤다. 그것으로 다들 디트리히가 거구의 뷰익 주인과 말썽을 일으킨 것을 용서해주기로 했다. 앨버타는 그 반지를 다시는 손가락에 끼지 않겠다면서, 우리의 결혼에 확신이 들 때까지 그냥 지갑에 넣어두겠다고 했다. 그녀와 나는 짐 콜린스와 실라와 함께 택시를 탔다. 그들 부부는 우리를 브루클린에 있는 우리 아파트에 내려주고 같은 택시를 타고 맨해튼으로 되돌아갈 예정이었다. 택시를 타고 가는 내내 실라는 짐에게 한 마디도 안 했고, 앨버타도 내게 한 마디도 안 했다. 택시가 스테이트 스트리트로 접어들었을 때 나는 앨버타를 붙잡고 말했다. 나는 오늘 밤 이 결혼을 절정에 이르게 하겠어.

그러자 그녀가 비꼬며 말했다. 오, 절정 좋아하시네.

나는 말했다. 그렇게 될 거야.

택시가 멈추자 나는 실라와 앨버타와 함께 타고 있던 뒷자리에서 내렸다. 짐도 조수석에서 내려 보도에 서 있는 내게로 다가왔다. 짐은 내게 잘 자라고 말한 다음 다시 실라와 함께 택시를 타고 갈 생각이었던 것이다. 하지만 그 순간 앨버타가 택시 문을 닫아버렸고, 택시는 그대로 떠나버렸다.

이런, 세상에. 짐이 말했다. 이게 네 빌어먹을 결혼식 밤이다, 매코트. 네 신부는 어디 갔어? 내 마누라는 또 어디 갔고?

우리는 계단을 올라 아파트 안으로 들어갔다. 냉장고를 뒤져 슐리츠* 여섯 병을 찾아냈다. 우리 둘은 소파에 앉아 그걸 나눠마시면서 텔레비전을 봤다. 인디언들이 존 웨인이 쏜 총탄을 맞고 말에서 떨어져나가고 있었다.

* 미국 맥주시장에서 한때 1위를 차지했던 맥주.

46

1963년 여름, 어머니는 내게 전화해 아버지한테서 편지를 받았다고 했다. 아버지는 자신이 새사람이 되었고 삼 년 동안 술은 입에도 대지 않은 채 지금은 수도원의 요리사로 일한다고 했다.

나는 어머니에게 아버지가 수도원 요리사가 되었다니 거기 수도사들이 영원한 금식에 들어갔나보다고 농담했다.

하지만 어머니는 웃지도 않고 그런 편지를 받으니 사실 혼란스럽다고 했다. 편지에서 아버지는 퀸 메리 호 왕복 편으로 뉴욕에 와 삼 주간 머무를 예정이라고 하면서, 우리 모두가 함께할 날을 그동안 얼마나 학수고대했는지 모른다고 했다. 아버지는 또 어머니와 한 침대에서 자고 한 무덤에 묻히기를 바란다고, 어머니나 아버지나 '하느님께서 맺어주신 것을 사람이 갈라놓을 수 없다*'는 것을 잘 알고 있지 않느냐고 했다.

어머니는 어떻게 해야 할지 확신이 서지 않는 눈치였다. 어떻게 해야

---

* 마태복음 19장 6절, 마가복음 10장 9절에 나오는 말.

하지? 말라키는 이미 어머니에게 자기 의견을 말했다. 뭐 어때요? 어머니는 내 생각은 어떠냐고 물었다. 나는 그 질문을 어머니에게 되던졌다. 어머니는 어떻게 생각하시는데요? 어쨌거나 아버지는 어머니를 뉴욕과 리머릭에서 지옥 같은 삶을 살게 한 장본인이었다. 그런 아버지가 이제 배를 타고 어머니 곁으로 오겠다고, 브루클린의 안전한 항구에 다다르겠다고 하는 것이다.

나는 어떻게 해야 좋을지 모르겠구나. 어머니가 말했다.

어머니는 플랫부시 애비뉴의 초라한 아파트에 홀로 살면서 외로웠기 때문에 어떻게 해야 할지 모르고 있었다. 그 순간 어머니는 '싸우는 것이 외로운 것보다 낫다'는 아일랜드 속담을 떠올렸는지도 모른다. 어머니는 그 남자를 다시 받아들이거나, 아니면 쉰다섯의 나이에 남은 세월을 혼자서 견뎌야 했다. 나는 어머니에게 만나서 얘기하자면서 주니어스 레스토랑으로 나오라고 했다.

어머니는 나보다 먼저 와 있었다. 어머니는 독한 미국 담배를 뻑뻑 피워대며 숨을 헐떡거리고 있었다. 아니, 차는 안 마실란다. 미국인들은 인간을 우주로 보낼 수는 있어도 변변한 차 한 잔 제대로 못 만들어내는구나. 차라리 커피에다 그 맛난 치즈 케이크나 한 조각 먹어볼란다. 어머니는 담배를 빨아들이면서, 커피를 홀짝거리면서 내게 말했다. 도대체 어떻게 해야 좋을지 모르겠구나. 가족들은 모두 뿔뿔이 흩어져 있고 말이야. 말라키는 자기 마누라 린다랑 헤어지고 두 어린애마저 마누라한테 줘버렸지, 마이클은 자기 마누라 도나랑 새끼 데리고 캘리포니아로 가버렸지, 알피는 브롱크스 어딘가로 사라졌지. 난 이제 브루클린에서 빙고나 하고 재在 맨해튼 리머릭 부인회에 드나들면서 나름대로 즐겁게 살고 있는데 왜 벨파스트에서 온 남자 때문에 인생이 또 흔들려야 하니?

나는 커피를 마시고 슈트루델*을 먹으면서 어머니가 당신이 외롭다는 사실을 결코 인정하지 않으려 한다는 걸 눈치챘다. 비록 마음속으로는 그래, 확실히 그 남자는 술만 아니라면 데리고 살 만한 남자지, 확실히, 라고 생각할지라도.

나는 어머니에게 내 생각을 말해주었다. 그러자 어머니는 말했다. 글쎄, 그 남자가 술만 안 마신다면, 완전히 새사람이 되었다면 같이 살 만도 하지. 그러면 프로스펙트 공원을 같이 산책하고 빙고가 끝나는 시간에 그 사람이 나를 데리러 올 수도 있겠지.

그래요, 어머니. 일단 아버지더러 삼 주 동안 여기 와 있으라고 하고 그동안 아버지가 정말로 새사람이 되었는지 보자고요.

당신의 아파트로 돌아가는 길에 어머니는 수시로 멈춰 서서 손으로 가슴을 쓸어내렸다. 내 심장이 요즘 이렇단다. 몇 걸음 못 가고 이러지.

그게 다 담배 때문이에요.

잘 모르겠구나.

그리고 그 편지 때문에 신경을 많이 써서 그런 것 같아요.

잘 모르겠어. 난 정말 잘 모르겠어.

어머니의 아파트 앞에 도착하자 나는 어머니의 차가운 뺨에 키스를 한 다음 어머니가 숨을 헐떡거리며 계단을 올라가는 것을 지켜보았다. 어머니는 아버지 때문에 순식간에 몇 년은 더 늙은 것 같았다.

어머니와 말라키는 새사람이 되었다는 아버지를 마중하러 부두로 나갔지만, 아버지는 잔뜩 취해 사람들의 부축을 받으며 배에서 내렸다. 그 배의 사무장은 어머니와 말라키에게 아버지가 배에서 술을 마시고 난리를 피워서 감금해두어야 했다고 말했다.

---

* 과일, 치즈 등을 얇은 밀가루 반죽으로 싸서 구운 독일 과자.

나는 그날 출장을 다녀와서 아버지를 만나러 지하철을 타고 어머니의 아파트로 갔다. 하지만 아버지는 말라키와 함께 금주 모임인 '익명의 알코올중독자들'에 가고 없었다. 우리는 함께 차를 마시며 아버지를 기다렸다. 어머니는 도대체 어떻게 해야 좋을지 모르겠다는 말만 되풀이했다. 아버지는 여전히 술이라면 환장을 했고 새로운 사람이 되었다는 것도 다 거짓말이라면서, 아버지가 삼 주짜리 왕복표를 끊은 것이 천만다행이라고 했다. 그래도 그렇게 말하는 어머니의 눈빛이 어두웠다. 어머니는 곁에 남편을 두고 뉴욕 각지에 흩어져 사는 아들과 손주들이 어머니를 만나러 오는 정상적인 가족에 대한 희망을 품고 있었던 것이다.

말라키와 아버지가 모임에서 돌아왔다. 덩치가 크고 붉은 수염을 한 말라키는 힘든 일을 겪은 후 술을 끊었다. 그 옆의 아버지는 더 늙고 왜소해 보였다. 말라키는 차를 마셨고, 아버지는 오, 못할 노릇이야, 하더니 두 손을 머리 뒤에 깍지 낀 채 소파에 드러누웠다. 그러자 말라키는 마시던 찻잔을 내려놓고 아버지에게 다가가 잔소리를 했다. 아버지는 아버지가 알코올중독자라는 걸 인정하셔야 해요. 그게 치료의 첫 단계라니까요.

아버지는 고개를 가로저었다.

왜 고개를 가로저으시는 거죠? 아버지는 알코올중독자예요. 그 사실을 인정하셔야 된다니까요.

오, 아니야. 나는 그 모임에 나온 가난뱅이들 같은 알코올중독자가 아니야. 나는 케로신* 같은 건 안 마신다고.

말라키는 어이가 없다는 듯 두 손을 들어올리더니 식탁으로 돌아가 차를 마셨다. 우리는 소파에 누워 있는, 남편이자 아버지인 남자를 두고

---

* 일종의 탈취 등유. 여기에서는 변성 에틸알코올을 뜻함.

서로에게 무슨 말을 해야 좋을지 몰랐다. 나는 아버지에 대한 기억을 떠올렸다. 리머릭에서 아침이면 난롯가에서 노래를 불러주고 이야기를 들려주던 아버지, 단정하고 깔끔하고 질서의식이 강했던 아버지, 매일 우리 숙제를 도와주던 아버지, 늘 종교적 의무에 충실해야 한다고 가르치던 아버지. 하지만 봉급날이 되면 그 모든 것은 아버지의 광기에 몰려 사라지고 말았지. 아버지는 술집마다 돈을 뿌리고 다니며 모든 손님에게 술을 사주었다. 그러는 동안 어머니는 다음 날이면 또다시 자선단체에 손을 벌려야 한다는 걸 알고 절망에 빠진 채 난롯가에 앉아 있었다.

피는 못 속인다고 했던가. 그 뒤 세월이 흐르면서 나도 아버지를 닮아가고 있다는 것을 느낄 수 있었다. 리머릭에 살 때 어머니 쪽 친척들은 나더러 아버지처럼 행동거지가 이상하다면서 내 성격은 북쪽 기질이 강한 것 같다고들 했다. 그들의 말이 옳은 듯했다. 나는 벨파스트에 갈 때마다 고향에 간 듯 마음이 편안해졌다.

떠나기 전날 밤, 아버지는 우리더러 같이 산책하러 나가지 않겠느냐고 물었다. 어머니와 말라키는 피곤해서 못 나가겠다고 대답했다. 나보다 아버지와 더 많은 시간을 함께했기 때문에 아버지의 허튼소리에 진력이 난 것이다. 나는 같이 가겠다고 대답했다. 어쨌든 그 사람은 내 아버지였고 나는 그의 서른세 살 먹은 아홉 살짜리 아들이었다.

아버지는 모자를 눌러쓰고 나와 함께 플랫부시 애비뉴를 따라 걸었다. 오, 꽤 더운 밤이구나.

그러네요.

정말 더운 날씨야. 이런 날씨에는 잘못하면 몸까지 바싹 말라붙겠는걸.

우리 앞에 롱아일랜드 기차역이 보였고 그 옆에는 목마른 승객들을 위한 술집들이 즐비하게 늘어서 있었다. 나는 아버지에게 그 술집들이 기억나느냐고 물었다.

오, 내가 왜 저곳들을 기억할 거라고 생각하지?

왜냐하면 아버지는 저 술집에서 술을 마셨고 우리는 아버지를 찾아 술집마다 다녀야 했으니까요.

글쎄, 내가 저 술집들 중 한두 군데에서 일을 했을 수는 있겠지. 워낙 어려웠던 시절이니까. 저런 데서 일하면 집에서 기다리는 애들한테 갖다주라고 고기나 빵 같은 걸 주었거든.

아버지는 다시 한번 밤공기가 덥다고 하면서 저기 보이는 술집에 들어가 목을 축이는 것도 나쁘지 않을 거라고 말했다.

저는 아버지가 술을 안 마시는 걸로 알고 있는데요.

그래, 맞다. 관두자.

그럼 배에선 왜 그러신 거예요? 사람들한테 들려서 내리셨잖아요.

저런, 그건 뱃멀미였다. 그냥 여기에서 더위나 식히게 시원한 것 좀 마시자.

함께 맥주를 마시면서 아버지는 말했다. 네 어머니는 좋은 여자다. 어머니한테 잘해드려야 한다. 말라키도 좋은 녀석이지. 덩치도 많이 컸더구나. 불그죽죽한 수염을 길러서 잘 못 알아보겠다만. 그런데 도대체 웬일이냐. 네가 신교도 여자와 결혼했다는 소식을 듣고 실망했단다. 하지만 늦지 않았다. 그렇게 좋은 애는 개종시키면 되니까. 그리고 네가 북부에 사는 네 고모들처럼 선생이 되었다니 이 아비는 정말 기쁘구나. 맥주 한 잔 더 해도 나쁠 건 없겠지?

나쁠 건 없겠지. 사실 우리가 플랫부시 애비뉴를 누비면서 마신 맥주 안에 나쁜 것은 들어 있지 않았다. 나는 아버지를 어머니의 아파트에 모셔다드린 다음 문 앞에서 돌아섰다. 아버지에게 술을 먹였다고 나를 원망하거나 내게 술을 먹였다고 아버지를 원망하는 어머니와 말라키의 얼굴을 보고 싶지 않았기 때문이다. 아버지는 그랜드 아미 플라자로 가서 술을 더 마시자고 했지만 나는 양심이 찔려서 안 된다고 했다. 아버지는 다음 날 퀸 메리 호를 타고 떠나야 할 사람이었다. 아버지는 어머니가 자신에게 그냥 남아 있으라고, 어떻게든 함께 잘 지낼 방법을 찾아낼 수 있을 거라고 말하기를 바라고 있었다.

나는 그렇게 되면 정말 좋겠다고 말했고 아버지는 우리 모두 다시 함께 모일 날이 있을 거라고, 이제 당신이 새사람이 되었으니 다 좋아질 거라고 대답했다. 아버지와 악수를 한 다음 나는 발걸음을 옮겼다.

다음 날 아침 어머니가 내게 전화를 걸어왔다. 네 아버지가 완전히 미쳤어. 완전히 미쳤다고.

아버지가 어떻게 했는데요?

네가 아버지를 엉망으로 취하게 만들어서 보냈더구나.

안 취했어요. 맥주 몇 잔 마신 것뿐인걸요.

맥주 몇 잔 마신 정도가 아니야. 말라키가 맨해튼으로 돌아가고 나 혼자 있는데 네 아버지가 들어와서 위스키 한 병을 마시더구나. 배에서 샀다고 하더라. 하는 수 없이 경찰을 불렀지. 네 아버지는 지금 가고 없다. 오늘 짐을 다 챙겨서 퀸 메리 호를 타고 떠났어. 내가 큐나드 선박회사에 전화해서 확인해봤어. 네 아버지를 배에 태웠고 그 인간이 조금이라도 미친 짓을 하는지 잘 지켜보겠다고 하더라.

아버지가 어떻게 했는데요?

어머니는 그 질문에는 대답하지 않았다. 사실 대답할 필요도 없었다. 충분히 짐작하고도 남을 일이었으니까. 아마도 아버지는 어머니와 잠자리를 같이하려 했을 것이다. 하지만 그건 어머니가 바라던 게 아니었다. 어머니는 내가 아버지와 함께 술집에서 몇 시간 내리 마셔대지만 않았어도 아버지는 점잖게 행동했을 거고, 지금쯤 퀸 메리 호를 타고 대서양을 건너고 있지는 않을 거라고 말하고 싶은 모양이었다. 나는 어머니에게 아버지가 술을 마신 것은 내 잘못이 아니라고 말했다. 그러자 어머니는 나한테 날카롭게 쏘아붙였다. 어젯밤이 내가 잡을 수 있는 마지막 지푸라기였어. 이렇게 된 데는 네 탓도 있구나.

47

선생들에게 금요일은 신나는 날이다. 금요일이면 나는 학생들이 제출한 작문 숙제와 읽을 책들을 가방에 잔뜩 넣고 학교에서 나오면서, 이번 주말에는 꼭 미뤄둔 작문들을 수정하고 채점하리라 다짐한다. 머드 선생처럼 학생들의 작문을 벽장에 잔뜩 쌓아두었다가 수십 년 후 어느 젊은 선생이 찾아내 수업 시간 때우는 데 써먹게 하고 싶지는 않다. 나는 학생들이 제출한 150편의 작문을 집으로 가져와 와인을 한 잔 따라놓은 다음 듀크 엘링턴, 소니 롤린스, 엑토르 베를리오즈 등의 음반을 축음기에 걸어놓고 읽어내려가기 시작한다. 물론 개중에는 내가 자기들이 기술자로 살아갈 수 있도록 낙제하지 않을 정도의 점수만 준다면 숙제로 뭘 하든 상관하지 않는 학생들도 있다는 것을 잘 알고 있다. 하지만 작가의 꿈을 키우면서 쓴 작문을 선생이 제대로 수정하고 높은 점수를 매겨서 돌려주기를 바라는 학생들도 있을 것이다. 로미오들 반에는 여학생들의 선망의 시선을 받을 수 있도록 내가 자기 작문에 대해 평하고 그걸 큰 소리로 읽어주기를 바라는 남학생들이 많다. 작문 성적 따위에는 관심도 없는 남학생들끼리 같은 여학생을 좋아하게 된 경우가 종종 있다. 그런 남학생들은 글로 표현하는 것이 서툴기 때문에 이 책상에서 저 책상으로 협박의 말이 오간다. 하지만 글을 썩 잘 쓰는 남학생을 발견하게 되더라도 너무 칭찬하지 않도록 주의해야 한다. 작문 따위에는 신경 쓰지 않는 녀석들은 뭐든 잘하는 학생을 미워하는 법이라 계단에서 사고가 생길 위험이 있기 때문이다.

가방을 들고 곧장 집으로 퇴근하려 하지만, 사실 금요일 오후만큼 술 마시기 좋고 선생들끼리 계몽의 시간을 갖기에 좋은 때도 없다. 임시 교사인 나는 집에서 아내가 기다리고 있으니 가봐야 한다고 말할 수도 있지만 밥 보가드 선생이 출퇴근 기록기 앞에 서서 선생들 모두에게 자, 자, 중요한 일부터 합시다, 하면서 말을 꺼낸다. 조금만 걸어가면 뫼로 바가 있습니다. 사실 그 술집은 우리 학교 바로 옆에 붙어 있는 셈이지요. 그러니 맥주 한 잔만, 딱 한 잔만 한들 뭐 나쁠 게 있겠습니까? 밥 보가드 선생은 결혼도 안 한 총각이었으니 맥주를 한 잔 이상 마시는 위험에 대해서 알 리가 없다. 술을 마시고 집으로 돌아가면, 금요일 저녁을 위해 생선 요리를 준비해놓고 기다리다가 결국 부엌에 앉아 기름이 굳는 것만 바라보게 된 아내의 노여움과 맞닥뜨리게 된다.

우리는 뫼로 바에서 선 채로 맥주를 주문한다. 선생들끼리 잡담을 나누다가 학교 여직원이나 결혼 적령기에 있는 여학생들 이야기를 할 때면 우리의 눈은 반짝반짝 빛난다. 우리가 지금 고등학생이라면 어떻게 했을까? 말썽 부리는 녀석들에 대해 이야기할 때는 말이 험해진다. 그 빌어먹을 녀석 입에서 한 마디라도 더 튀어나오면 다른 학교로 전학 보내달라고 싹싹 빌게 만들어줄 거야. 우리는 또한 권위에 대한 적대감으로 일치단결한다. 자기 집무실에서 나와 우리를 감시 감독하고 이거 해라, 저거 해라, 이렇게 해라, 저렇게 해라, 명령하는 모든 인간들, 교실에는 가급적 들어오지 않으려 하고 가르치는 일에 대해서도 쥐뿔도 모르는 인간들이 우리들의 안줏거리다.

대학교수들의 졸리는 목소리와 대학 카페테리아의 잡담 소리가 아직도 귓전에 맴도는, 대학을 갓 졸업한 풋내기 선생이 자리에 끼기도 한다. 하지만 그가 카뮈나 사르트르, 실존이 실체를 앞선다는 둥의 이야기를 지껄이려 들다가는 뇌로 바의 거울에 대고 혼자 얘기해야 할 판이다.

우리 중 위대한 미국인의 길을 걸어온 사람은 아무도 없다. 여느 미국 선생들처럼 초등학교를 나와 고등학교에 들어가고 대학을 나온 다음 스물두 살에 교사생활을 시작한 사람은 아무도 없다. 밥 보가드 선생은 독일에서 전투에 참가한 경력이 있고, 우리한테 말은 안 했지만 부상도 입은 것 같다. 영어를 가르치는 클로드 캠벨 선생은 해군에서 복무했고, 테네시에서 대학을 나왔고, 브루클린 칼리지에서 「미국 소설의 관념적 경향」이라는 논문으로 석사학위를 받았고, 스물일곱의 나이에 소설을 발표한 경력이 있고, 두번째 부인과의 사이에 여섯 아이를 두고 있고, 배선 공사, 배관 공사, 목공 일 등 집 안에서 뭐든 다 고치는 사람이다. 그를 보면 골드스미스*가 시골 교장 선생에 대해 쓴 시의 한 구절이 떠오른다. "그리고 여전히 궁금증만 더해갔지, 그 작은 머리에 어떻게 그 모든 것들을 담고 있을 수 있는지." 클로드 캠벨 선생은 예수님이 십자가에 못 박힌 서른세 살이 채 안 된 나이다.

스탠리 가버 선생이 콜라를 사러 들어왔다가 우리를 보고는 자기는 종종 대학으로 가지 않은 것이 실수였다는 생각이 든다고 말한다. 대학에서는 인간들이 유유자적하고, 일주일에 세 시간 이상 가르치라고 하

---

* 아일랜드 태생의 영국 시인이자 극작가, 소설가.

면 계집애들처럼 앓는 소리를 내는데 말이야. 자기도 열일곱 살에 죽은 토머스 채터턴* 중기中期의 양순 마찰음에 대해 빌어먹을 박사논문을 쓸 수도 있었다는 것이다. 대학이란 원래 그런 개소리가 통하는 곳이니까. 그런데 뭐야. 우리는 전장의 최전선에서 허벅지 사이에서 고개를 뺄 생각을 안 하는 애새끼들하고 만날 바보짓만 하면서도 속 편한 관리직 인간들에 맞서 싸워야 하잖아.

오늘밤 브루클린으로 가면 분명 난리가 날 거야. 앨버타와 함께 와인을 사들고 아랍 레스토랑 니어 이스트에 가서 저녁 식사를 하기로 약속했잖아. 그런 생각을 하면서 시계를 보니 시간은 벌써 여섯시를 지나 일곱시로 넘어가고 있다. 지금 전화를 걸면 그녀는 몇 시간 동안 기다렸다면서 나도 우리 아버지처럼 아일랜드 술주정뱅이라고 퍼부어댈 게 분명해. 그러면서 내가 스태튼아일랜드에 평생 머물러 있어도 상관하지 않겠다고, 이제 이걸로 끝이라고 하겠지.

그러니 전화를 걸지 말아야겠어. 아니, 전화를 걸지 않는 게 좋겠어. 두 번씩 혼날 필요가 뭐 있어. 지금 전화해서 한 번, 집에 가서 또 한 번. 그냥 등불 아래에서 중요한 문제들을 토론하는 이 술집에 앉아 있는 편이 낫겠어.

우리는 선생들이 학생, 학부모, 학교 관리직 인간들에게 삼중으로 공격당하고 있다는 데 모두 공감한다. 방법은 두 가지뿐이야. 아주 외교적으로 굴거나 아니면 네 멋대로 해라 식으로 나가든가. 사십오 분마다 울리는 벨소리에 맞춰 전장으로 뛰어들어야 하는 유일한 전문직 종사자가 바로 선생이야. 자, 학생들, 어서 앉도록. 그래, 너. 어서 앉아. 자 공책을 펴도록. 그래, 네 공책 말이야. 내가 외국어로 말하니, 얘들아? 뭐라

---

* 영국의 시인. 낭만주의의 선구자이자 천재시인으로 평가된다.

그렇군요 511

고? 애들이라고 하지 말라고? 알았어. 애들이라고 안 할게. 어쨌든 자리
에 좀 앉아라. 성적표가 곧 나갈 거다. 난 너희를 생활보호대상자 명단
에 올릴 수도 있어. 그래, 아버지 모셔와. 어머니도 모셔오고. 제기랄 너
희 부족을 다 데려와. 펜이 없다고, 피트? 자, 여기 펜 있다. 잘 가라, 내
펜. 안 돼, 필리스. 지금은 밖에 나가면 안 돼. 네가 월경이 아니라 월경
할매를 한다고 해도 지금은 안 된다. 네가 정말 원하는 건 에디를 만나
지하실로 잠적해버리는 거지? 잘 들어둬라. 네가 팬티를 슬쩍 내리는 시
늉만 해도 에디의 참을성 없는 거시기가 달려들어 구 개월간의 모험이
시작될 거란 말이다. 그러면 결국 너는 에디의 아랫도리에 총을 겨누면
서 녀석에게 너와 결혼하는 게 좋을 거라고 꽥꽥대겠지. 그러면 녀석의
꿈도 끝나는 거야. 그러니까 내가 지금 너희, 필리스 너와 에디를 구해
주는 거란 말이다. 아니, 뭐, 그렇다고 나한테 고마워할 것까지는 없다.

  술집에서는 선생들이 완전히 이성을 잃지 않는 한 교실에서는 결코
할 수 없는 이런 이야기들이 오간다. 실제로 교실에서는 생리중인 여학
생 필리스에게 화장실 허가증을 내주지 않을 수가 없다. 그랬다가는 이
나라 최고 법정에 끌려가 검은 옷을 입은 법관들 앞에서 여학생과 미합
중국 미래의 어머니들을 모욕한 죄로 호되게 질책당할 게 뻔하니까.

  몇몇 유능한 선생들에 대한 이야기도 오간다. 우리는 모두 그런 선생
들을 좋아하지 않는다. 그런 선생들의 학급은 너무나 잘 조직되어 있어
서 벨이 울리면 학생들이 일사천리로 움직인다. 그런 선생들은 수업 처
음부터 끝까지 모든 활동을 담당하는 당번을 두고 있다. 우선, 그날 수
업의 번호와 제목을 적는 당번은 수업 시작을 알리는 종이 울리면 곧장
칠판으로 달려가 칠판에 '제32과, 현수분사縣垂分詞 처리 요령' 같은 제
목을 적는다. 유능한 선생들은 또한 교육위원회에서 좋아하는 어휘인
'전략'으로 유명하다.

그런 선생들은 또한 공책에 필기 내용을 받아적는 법, 공책을 정리하는 법 등에 대한 규칙을 세워두고, 교실을 돌아다니면서 학생들이 공책 필기를 제대로 하고 있는지 감시하는 일을 맡은 공책 당번도 정해두고 있다. 공책 당번들은 학생들이 각 페이지 제일 윗부분에 자기 이름을 썼는지, 담당 교사 이름을 제대로 썼는지, 과목명, 수업 일자를 맞게 썼는지, 그것도 숫자나 약자로 안 쓰고 또박또박 정서로 썼는지 등을 확인한다. 그렇게 하는 것은 이 세상에는 너무도 다양한 사람들, 사무 보는 사람들과 그렇지 않은 사람들, 월은 쓰지 않고 날짜만 적는 게으른 사람들이 있기 때문에 학생들로 하여금 어떤 경우에라도 정서로 쓸 수 있도록 훈련시키기 위한 것이라고 한다. 또 공책에는 미리 정해진 여백이 있는데 그곳에는 절대 글씨를 휘갈겨 써서는 안 된다. 이 규칙대로 공책을 정리하지 않으면 당번은 성적 기록부에 벌점을 매기고, 학생들은 성적표를 받은 다음 아무리 불평하고 한탄해봤자 아무 소용 없다.

숙제를 거둬들이고 돌려주는 숙제 당번들이 있는가 하면, 출석 기록부에 꽂는 작은 카드를 관리하고 결석이나 지각 사유서를 거둬들이는 출석 당번들도 있다. 사유서를 제출하지 않으면 아무리 항의하고 후회해봤자 아무 소용 없다.

간혹 부모나 의사가 쓴 것처럼 사유서를 꾸며 쓰는 데 도사인 학생들도 있는데, 그런 학생들은 구내식당이나 지하실의 으슥한 곳에서 다른 학생들에게 대가를 받고 위조 사유서를 써주기도 한다.

지하실로 내려가 칠판지우개를 터는 일을 맡은 당번들은 우선 그 중요한 임무를 몰래 담배를 피우거나 자기가 좋아하는 여자애나 남자애와 그 짓을 하는 데 이용하지 않는다고 선서해야만 한다. 교장은 지하실에서 너무 많은 일들이 일어난다고 투덜대면서 구체적으로 어떤 일이 일어나는지 알고 싶어한다.

책을 나눠주고 영수증을 받는 당번이 있는가 하면, 화장실 허가증과 입실/퇴실 양식을 나눠주는 당번이 있다. 교실 안의 모든 물품들을 알파벳 순서대로 정리하는 당번, 쓰레기 무단 투척과의 전쟁을 수행하기 위해 쓰레기통을 복도에 나란히 내다놓는 일을 맡은 당번, 교장이 일본이나 리히텐슈타인에서 방문객을 데려와도 손색이 없을 만큼 교실 안을 환하고 명랑한 분위기로 꾸며놓는 임무를 맡은 당번도 있다.

유능한 선생들은 그 많은 당번들을 감시하는, 당번 위의 당번이다. 그런 선생들은 때로는 자기의 감시 업무를 줄이기 위해 다른 당번들을 감시하는 당번을 선정하기도 하고, 어느 당번이 다른 당번이 자기 일을 방해했다고 비난할 때 분쟁을 해결해줄 분쟁 담당 당번을 두기도 한다. 분쟁 담당 당번은 계단이나 길거리에서 무슨 일을 당할지 모르기 때문에 모든 당번 업무 중 가장 위험한 일을 맡고 있는 셈이다.

당번을 매수하려다 들킨 학생은 즉각 교장에게 보고되고, 보고를 받은 교장은 그 학생의 생활기록부에 표시를 남겨서 학생의 명예에 흠집을 낸다. 그런 조치는 이런 오점이 남으면 졸업 후 사회에 나가 판금공板金工, 배관공, 자동차 수리공, 아니면 무슨 일을 하든, 향후 진로에 큰 장애가 있을 것임을 학생들에게 경고하는 의미도 있다.

스탠리 가버 선생이 콧방귀를 뀌며 말한다. 그런 모든 '효율적인' 장치들 덕에 정작 수업할 시간은 얼마 없지. 하지만 뭐 어때, 학생들이 모두 제자리에 얌전히 앉아 철저하게 감시당하면서 선생 말 잘 듣고, 선생 마음에, 교무과장 마음에, 교장 마음에, 교감 마음에, 교육감 마음에, 교육위원회 마음에, 시장 마음에, 주지사 마음에, 대통령 마음에, 그리고 전지전능하신 하느님 마음에 드는데 말이야.

대학에서는 교수가 『허영의 시장』*이나 그 비슷한 유의 작품에 대해 논하면 학생들은 공책을 펼쳐놓고 펜을 들고 열심히 경청한다. 그 소설을 싫어할지라도 학점을 못 받을까봐 감히 불평 한마디 할 수 없다.

내가 『허영의 시장』을 매키 직업기술고등학교 2학년 아이들에게 나눠주자 교실 여기저기에서 불평불만의 신음 소리가 들려왔다. 우리가 왜 이 거지 같은 책을 읽어야 해요? 나는 학생들에게 이 책은 베키와 어밀리어라는 두 젊은 여자가 여러 남자들과 겪는 연애사건에 관한 이야기라고 말해주었지만 학생들은 그 책은 옛날 영어로 쓰여 있어서 도대체 읽을 수가 없다고 투덜댔다. 책을 읽었다는 네 명의 여학생들은 참 아름다운 이야기라면서 영화로 만들면 좋을 거라고 했다. 하지만 남학생들은 하품하는 척하며 말했다. 영어 선생님들은 다 똑같아요. 다들 학생들에게 옛날 책들을 읽게 만들려고 한단 말이에요. 그런 책 따위가 자동차를 고치거나 고장 난 에어컨을 수리하는 데 무슨 도움이 되는데요?

나는 이 책을 읽지 않으면 낙제점을 주겠다고 학생들에게 으름장을 놓았다. 이 책을 읽지 않으면 이 과목은 낙제야. 그러면 졸업하기 어려울걸. 여자애들이 고등학교 졸업장이 없는 남자와는 데이트도 하지 않는다는 건 다들 알고 있겠지?

삼 주 동안 우리는 『허영의 시장』을 힘겹게 읽어내려갔다. 매일 나는 학생들이 그 책에 흥미를 느낄 수 있도록 유도하고, 격려하고, 그들로 하여금 자신이 출세하려고 애쓰는 19세기의 젊은 여자였다면 어땠을까 상상하고 토론하게 했지만, 녀석들의 반응은 시원찮았다. 한 녀석은 칠판에 이렇게 적어놓기까지 했다. 베키는 나가 죽어라.

---

* 영국 소설가 W. M. 새커리의 장편소설. 19세기 상류사회의 허영 가득한 속물근성을 풍자한 작품으로, 1847~1848년에 분책(分冊)으로 간행되었다.

그다음에는 학교 수업 요강에 정해진 대로 『주홍글씨』를 읽기로 했다. 그 책은 수업하기가 훨씬 수월했다. 나는 뉴잉글랜드의 마녀사냥, 고발 관행, 집단 광란, 교수형 등에 대해 학생들에게 말해주고 싶었다. 1930년대 독일의 상황과 온 국민이 어떻게 세뇌당했는지에 대해서도 말해주고 싶었다.

하지만 내가 맡은 학생들은 달랐다. 그들은 결코 세뇌당할 놈들이 아니었다. 아니, 선생님, 그 사람들 여기에서는 결코 그런 식으로 해먹을 수 없을걸요. 그런 식으로 우릴 속일 수는 없을 거란 말이죠.

내가 학생들에게 윈스턴은 ……처럼 맛이 좋다, 라고 읊어주면 그들은 …… 부분에 들어갈 말을 골라 문장을 완성시켰다.

내가 학생들에게, 내가 즐겨 마시는 맥주는 드라이한 라인골드, 라고 노래하듯 운을 맞춰 읽어주면 그들도 따라서 운을 맞춰 문장을 만들어냈다.

내가 다시 ……할 때 저 노란 빛은 어디로 사라지는지 궁금하구나, 라고 읊어주면 그들은 또다시 …… 부분에 들어갈 말을 골라 문장을 완성시켰다.

내가 학생들에게 더 생각나는 것이 있느냐고 묻자, 학생들은 라디오나 텔레비전에서 나온 노래들을 폭발하듯 불러댔다. 모두 광고의 힘이었다. 녀석들에게 그러니까 너희는 광고에 세뇌당한 거야, 라고 말했더니 녀석들은 펄쩍 뛰었다. 아, 아니에요, 선생님. 우린 세뇌당하지 않았다고요. 우리는 스스로 생각할 힘이 있단 말이에요. 아무도 우리더러 이래라저래라 할 수 없어요. 녀석들은 어떤 담배를 피울 것인가, 어떤 맥주를 마실 것인가, 어떤 치약을 쓸 것인가 명령받은 적이 없다고 하면서도 막상 슈퍼마켓에 갔을 때 자기 머릿속에 맴도는 상품을 사게 된다는 것만큼은 인정했다. 그럼요, 절대 '순무'라는 이름의 담배는 사지 않겠죠.

학생들은 매카시 상원의원과 그에 관계된 이야기를 들었다고 했다. 하지만 그들은 너무 어렸고, 그들의 어머니 아버지는 매카시는 공산주의자들을 몰아낸 위인이라고 말했을 뿐이다.

나는 매일매일 학생들에게 히틀러, 매카시, 뉴잉글랜드의 마녀사냥 간에 어떤 연관성이 있는가를 이야기하면서 어떻게든 『주홍글씨』에 대한 학생들의 거부감을 누그러뜨려보려고 애를 썼다. 그러자 화가 난 부모들로부터 전화가 걸려왔다. 그 작자가 우리 아이들에게 매카시 의원에 대해 뭐라고 얘기한 거예요? 그 작자에게 손 떼라고 하세요. 매카시 상원의원은 훌륭한 분이에요. 이 나라를 위해 싸우신 위대한 분이란 말이에요. 테일 거너 조*, 공산주의자를 몰아냈다네.

소롤라 교장 선생은 자기는 이 일에 개입하고 싶지 않지만 내가 영어를 가르치는지, 역사를 가르치는지, 그것만은 알아야겠다고 했다. 나는 교장 선생에게, 학생들에게 뭐라도 읽히려고 노력하는데 힘이 든다고 설명했다. 그는 학생들 말에 귀 기울여서는 안 된다고 내게 당부하면서, 그냥 아이들에게 이렇게 말하라고 했다. 좋든 싫든 『주홍글씨』를 읽도록 해. 여긴 고등학교야. 고등학교에서 해야 할 일은 그런 거란 말이야. 그뿐이야. 싫으면 그냥 낙제하든지.

내가 책을 나눠주자 학생들은 불평을 해댔다. 또 이런 케케묵은 책을 읽어야 해요? 우린 선생님이 좋은 분이라고 생각했는데요, 매코트 선생님. 선생님은 다를 거라고 생각했다고요.

나는 녀석들에게 그 책은 보스턴의 젊은 여자 이야기고, 자기 남편이 아닌 남자와의 사이에서 아이를 낳아 고난을 겪는다고 알려줬지만 혹시 이야기의 재미를 빼앗을까봐 그 남자가 누구인지는 말해주지 않았다.

---

* 조 매카시 상원의원의 별명.

학생들은 아이 아버지가 누구인지는 상관없다고 대꾸했다. 한 남학생은 이렇게 말했다. 자기 진짜 아버지가 누구인지는 어느 누구도 결코 알 수 없는 법이죠. 제 친구들 중 자기 아버지가 생부가 아니라는 걸 알게 된 녀석이 있는데, 진짜 아버지는 한국전에 참전해서 전사했고, 그동안 자기 아버지 행세를 해온 사람은 자기 생부와 같이 자란 불알친구였대요. 좋은 사람이죠. 그러니 어느 누가 그 보스턴 여자에 대해 왈가왈부할 수 있겠어요?

학생들은 모두 그 말에 동의했다. 자기들이 아침에 일어나서 자기 아버지가 진짜 아버지가 아니었다는 걸 알게 되는 것은 바라지 않았지만. 어떤 학생들은 자기 아버지가 학교를 억지로 가게 해서 멍청한 책이나 읽게 하는 못된 아버지이니 차라리 다른 아버지가 있으면 좋겠다고 말했다.

하지만 『주홍글씨』의 스토리는 그런 게 아니야.

오, 매코트 선생님. 그럼 우리가 그 옛날 책에 대해 얘기해야겠어요? 호손이라는 그 작자는 사람들이 알아먹게 글을 쓰는 방법도 모르는 것 같아요. 선생님도 글은 단순하게 써야 한다고 항상 말씀하셨잖아요. 단순하게 써야 한다고. 그러니 〈데일리 뉴스〉 같은 걸 읽으면 안 돼요? 거기에는 좋은 글도 많던데. 거기에 글 쓰는 사람들은 단순하게 쓴다고요.

그때 내게 돈이 한 푼도 없다는 것과 『호밀밭의 파수꾼』과 『셰익스피어 5대 희곡』에 생각이 미쳤고, 나는 내 교사 경력에 일대 전환을 시도해보리라 마음먹었다. 호주머니에는 집에 갈 페리와 지하철 요금 48센트가 들어 있을 뿐, 점심 사먹을 돈도, 심지어 페리에서 커피 한 잔 사마실 돈도 없었다. 그런데도 나는 반 아이들에게, 어려운 단어나 긴 문장이 없는, 그들 또래의 소년이 세상에 대해 느끼는 분노를 표현한 좋은 작품을 읽기를 원한다면 내가 그 책을 구해줄 수도 있다고 엉겁결에 말해버리고 말았다. 책값은 너희가 내야 해. 한 권에 1달러 25센트야. 하지만 책값은 지금부터 나눠 내면 돼. 5센트 혹은 10센트짜리 동전 하나만 내도 당장 주문서에 이름을 올려 용커스에 있는 콜만 서적에 책을 주문해줄 테니까. 그렇게 말해버리고 난 다음에도 이런 생각이 들었다. 쟤네는 절대 모를 거야. 내 주머니 가득한 그 동전들로 점심 값을 하고, 또 어쩌면 학교 바로 옆 뇌로 바에 가서 맥주 한 잔을 사마실 거라는 걸. 하지만 학생들이 놀랄까봐 그런 말은 하지 않았다.

잔돈을 거둔 뒤 콜만 서적에 책을 주문했다. 단 10센트라도 아끼기 위해 교감의 전화를 몰래 사용했다. 도서실에 『사일러스 마너』와 『대지의 거인들』이 넘쳐나는데 학생들이 다른 책을 사게 하는 건 불법이었다.

이틀 후에 『호밀밭의 파수꾼』이 도착했다. 나는 돈을 낸 학생이든 내지 않은 학생이든 모두에게 한 권씩 나눠주었다. 한 푼도 안 낸 학생도 있었고, 내야 할 돈보다 적게 낸 학생들도 있었지만 어쨌든 학생들에게 거둬들인 돈으로 월급날까지 버틸 수 있었다. 내 월급은 모두 서적회사에 지불해야 할 형편이었다.

책을 나눠주자 한 학생이 첫 페이지에서 똥이라는 단어를 찾아냈고 이내 교실은 조용해졌다. 그건 도서실에 있는 책들에서는 결코 발견할 수 없는 단어였다. 책을 읽어내려가다가 손으로 입을 가리고 키득거리는 여학생도 있었고 충격적인 장면을 묘사한 부분에 이르러서는 소리 죽여 낄낄대는 남학생도 있었다. 수업 종료를 알리는 종이 울려도 우르르 교실 밖으로 몰려나가기는커녕 자리에 앉아 책만 읽고 있었다. 나는 학생들에게 이제 다들 나가보라고, 다음 수업을 들을 학생들이 기다리고 있을 거라고 말했다.

다음 수업을 들을 학생들이 교실로 들어오면서 방금 나간 학생들이 왜 책만 들여다보고 있었는지 궁금해했다. 그 책이 그렇게 좋다면 왜 자기들은 읽을 수 없느냐고 물었다. 녀석들에게 방금 나간 학생들은 2학년이고 너희는 3학년이 아니냐고 말해도 막무가내였다. 우리도 『위대한 유산』 대신 저 조그만 책을 읽으면 안 돼요? 나는 다시 녀석들에게 그 책을 읽을 수도 있지만 그러려면 책을 사야 한다고 말해주었다. 그러자 녀석들은 『위대한 유산』만 읽지 않을 수 있다면 어떤 대가라도 지불하겠다고 우겨댔다.

다음 날, 소롤라 교장 선생이 자기 비서 미스 시스테드와 함께 내가 수업하는 교실로 들어오더니 이 책상 저 책상 다니면서 『호밀밭의 파수꾼』을 낚아채 들고 온 쇼핑백에 집어넣었다. 책이 책상 위에 없는 학생들에게는 가방에서 그 책을 꺼내라고 해 압수했다. 두 사람은 쇼핑백에 담긴 책의 수와 학생들의 수를 대조해보더니 책을 제출하지 않은 네 명은 큰일 날 줄 알라고 협박했다. 아직도 이 책 갖고 있는 네 사람, 손들어봐. 손드는 녀석은 아무도 없었다. 소롤라 교장 선생은 이 수업이 끝난 다음 지체 없이 교장실로 오라고 내게 명령하고는 교실 밖으로 나가버렸다.

매코트 선생님, 선생님은 이제 혼나는 건가요?

매코트 선생님, 그 책은 이제껏 내가 읽은 유일한 책인데 저 사람들이 그 책을 가져가버렸어요.

학생들은 책을 빼앗긴 것에 대해 원통해하면서 내게 무슨 일이 생기면 자기들은 동맹파업에 들어갈 거라고, 그렇게 해서라도 학교 측에 따끔한 맛을 보여주어야 한다고 했다. 그들은 동맹파업 얘기를 하면서 서로 쿡쿡 찌르고 윙크까지 해 보였다. 동맹파업이니 하는 것은 그저 학교 수업을 빼먹기 위한 또 하나의 핑곗거리이지 나를 진심으로 염려해서 하는 소리가 아니라는 것은 녀석들도 알고 나도 아는 바였다.

소롤라 교장 선생은 자기 책상에 앉아 담배를 뻑뻑 피워대면서 『호밀밭의 파수꾼』을 읽고 있었다. 그는 나를 세워둔 채 몇 페이지를 더 넘기더니 고개를 절레절레 흔들며 책을 내려놓았다.

매코트 선생, 이 책은 수업요강에 없는 책이잖소.

알고 있습니다, 교장 선생님.

내가 벌써 학부모들로부터 항의전화를 열일곱 통이나 받았다는 것을 선생도 잘 알고 있잖소. 왜 그런지도 알지요?

학부모들이 그 책이 마음에 안 든다고 하던가요?

그렇소, 매코트 선생. 이 책에는 주인공 녀석이 창녀와 함께 호텔방에 있는 장면이 나오지요.

네, 하지만 아무 일도 일어나지 않죠.

부모들은 그렇게 생각 안 해요. 선생은 지금 내게 그 녀석이 노래나 부르려고 호텔방에 갔다고 말하려는 겁니까? 학부모들은 자기 자식들이 이런 쓰레기 같은 책을 읽기를 원하지 않는단 말이오.

그는 나에게 조심하라며, 그러지 않으면 연말 근무 평가에서 막대한 불이익을 받게 될 거라고 경고했다. 그런 일이 있어서는 안 되겠죠, 그렇죠? 그러면서 그는 내 파일에 이번 상담에 관한 기록을 남겨놓겠다면서 향후 이런 일이 더 발생하지 않으면 그때 이 기록을 삭제하겠다고 했다.

매코트 선생님, 다음에는 무슨 책 읽어요?

『주홍글씨』. 그 책은 도서실에 수도 없이 쌓여 있으니까.

그러자 녀석들의 얼굴이 일그러지더니 교실 여기저기서 투덜대는 소리가 튀어나왔다. 이런 제기랄, 그건 안 되지.

다른 시간에 들어온 녀석들도 모두 또 그 케케묵은 옛날 책이냐고 불평을 해댔다.

좋아, 그러면. 나는 농담으로 말했다. 이번에는 셰익스피어를 읽도록

하지.

녀석들의 얼굴은 한층 더 심란하게 일그러졌고 신음과 야유 소리가 교실을 가득 메웠다. 매코트 선생님, 우리 누나는 셰익스피어를 읽지 못해서 대학을 일 년 다니고 그만뒀어요. 우리 누나는 이탈리아어나 다른 것도 다 잘하는데 말이에요.

나는 같은 말을 반복했다. 셰익스피어를 읽도록. 그러자 학생들은 공포에 가까운 반응을 보였고 나도 벼랑 끝에 몰린 기분이었다. 어떻게 샐린저에서 셰익스피어로 넘어갈 수 있을까?

나는 학생들에게 말했다. 문제는 셰익스피어냐, 『주홍글씨』냐, 왕들과 그들의 연인들이냐, 아니면 불의의 관계로 애를 갖게 된 보스턴 여자 이야기냐 하는 거다. 셰익스피어를 읽는다면 연극도 해볼 수 있을 거다. 『주홍글씨』를 읽는다면 우린 여기 교실에 앉아 그 작품에 숨겨진 심오한 의미에 대해 논하게 될 거고, 학교 사무실에 쌓아둔 문제지로 시험을 치르게 될 거다.

오, 그건 안 돼요. 심오한 의미 따윈 질색이야. 영어 선생님들은 만날 심오한 의미 운운하죠.

좋아, 그럼 셰익스피어를 읽도록 하지. 그러면 심오한 의미 같은 건 따지지 않고 너희가 정하는 평가 외에는 시험도 없을 거다. 자, 이 종이 위에 이름을 적고 책값으로 낼 수 있는 금액도 적어내거라. 그러면 책을 구해오도록 하지.

그러자 녀석들은 5센트짜리 동전과 10센트짜리 동전을 거둬들였다.

그렇게 해서 『셰익스피어 5대 희곡』을 받아 본 녀석들은 책장을 넘겨보더니 신음 소리를 내며 투덜거렸다. 맙소사, 이건 옛날식 영어잖아. 도대체 한 줄도 읽을 수가 없네.

나도 다른 선생들처럼 학생들을 제압해서 영미 고전문학 작품들을 읽히고 싶었다. 하지만 실패했다. 그들에게 굴복해 『호밀밭의 파수꾼』으로 쉬운 길을 가려고 했다. 하지만 그 책을 뺏긴 마당에 방향을 틀어 춤추면서 셰익스피어 쪽으로 갈 수밖에 없었다. 우리는 셰익스피어의 희곡을 재미있게 읽을 것이다. 그렇게 못 할 것도 없지 뭐. 어쨌든 셰익스피어는 최고 아닌가?

그런 각오를 하고 있는데 학생들은 여전히 투덜대고 있었다. 그때 한 학생이 손을 번쩍 들더니 말했다. 제기랄, 죄송합니다, 매코트 선생님. 여기 이 작자가 이런 말을 하네요. 친구들이여, 로마 시민이여, 동포 여러분이여, 귀 좀 빌려주십시오. 그러자 모두 어디야? 어디? 하고 몇 페이지에 그런 구절이 있는지 물어보더니, 교실 안 남학생들이 두 팔을 내뻗고 마르쿠스 안토니우스의 연설을 흉내내면서 깔깔거렸다.

또다른 학생이 햄릿의 '죽느냐 사느냐' 독백을 발견하자 곧 교실 안은 우렁찬 목소리의 햄릿들로 가득 찼다.

여학생들이 손을 들고 말했다. 매코트 선생님, 남자애들이 멋진 구절을 모두 독차지하니 우리가 읽을 부분이 없어요.

오, 숙녀 분들, 숙녀 분들. 여기 줄리엣도 있고, 맥베스 부인도 있고, 오필리아도 있고, 거트루드도 있다.

학생들은 이틀 동안 「로미오와 줄리엣」「줄리어스 시저」「맥베스」「햄릿」「헨리 4세」, 이 다섯 편의 희곡에서 마음에 드는 구절들을 골라냈다.

학생들이 그 과정을 주도하고 나는 그저 그들의 의견을 따랐다. 그것 말고는 달리 방법이 없었다. 학생들은 복도나 구내식당에서 셰익스피어에 대한 이야기들을 주고받았다.

어이, 그거 뭐야?

책이다, 인마.

뭐라고? 무슨 책?

셰익스피어. 우린 셰익스피어를 읽고 있거든.

셰익스피어? 웃기고 있네. 니들이 셰익스피어를 읽을 리 없어.

여학생들이 「로미오와 줄리엣」을 연극으로 해보고 싶다고 하자 남학생들은 하품을 하면서도 어쩔 수 없이 해야 했다. 이건 계집애 같은 로맨스잖아. 전투 장면이 나올 때까지는 그랬다. 하지만 머큐시오는 사람들에게 자기가 부상당했다는 사실을 알리면서 당당하게 죽음을 맞이한다.

상처는 우물처럼 깊지도, 교회 문처럼 넓지도 않지. 하지만 그것으로 충분하네.*

「햄릿」의 죽느냐 사느냐, 라는 대사를 못 외우는 학생은 하나도 없었다. 나는 학생들에게 그 대사는 자결할 것인가, 말 것인가를 고민하는 대사이지, 전투를 선동하는 대사가 아니라는 것을 기억하라고 말해주었다.

오, 그래요?

그래.

여학생들은 이런 질문을 던졌다. 왜 다들 오필리아를 괴롭히지요? 특히 레어티스, 폴로니우스, 햄릿 말이에요. 오필리아는 왜 맞서 싸우지 않았을까요? 저희한테도 빌어먹을 잡놈들과, 아, 죄송, 어쨌든 그런 놈들과 결혼해서 무지 고생하면서도 참고 지내는 언니들이 있거든요.

그때 한 학생이 손을 들고 물었다. 왜 오필리아는 미국으로 도망가지 않았을까요?

* 「로미오와 줄리엣」에서 머큐시오가 티볼트의 칼에 맞고 쓰러지며 내뱉는 대사.

그러자 다른 학생이 손을 들고 대답했다. 옛날에는 미국이라는 나라가 없었어. 누가 발견해줘야 미국이 있는 거라고.

너 지금 무슨 소리 하는 거야? 미국은 항상 있었어. 그럼 인디언들은 어디에 살고 있었게?

나는 그들에게 책에서 찾아보라고 말해주었다. 그러자 반대의 목소리를 낸 학생들은 도서관에 가서 찾아보고 다음 날 보고하기로 했다.

또 한 학생이 손을 들고 말했다. 셰익스피어 시대에도 미국은 있었죠. 그러니까 오필리아는 미국으로 갈 수도 있었어요.

또다른 학생이 손을 들었다. 셰익스피어 시대에도 미국은 있었지. 하지만 오필리아가 살던 시대에는 미국이 없었어. 그러니까 그녀는 미국으로 갈 수 없었던 거야. 그녀가 셰익스피어 시대에 미국에 갔다 하더라도 그때 미국에는 인디언들밖에 없었어. 그러니 오필리아가 북미 인디언들이 사는 천막집 티피에서 지내자면 굉장히 불편했을 거야.

우리는 「헨리 4세」의 1막으로 넘어갔다. 남학생들은 모두 핼 왕자, 핫스퍼, 팔스타프 역을 맡고 싶어했다. 여학생들은 이번에도 투덜댔다. 줄리엣, 오필리아, 맥베스 부인, 거트루드 여왕 말고는 우리가 할 역할이 없잖아요. 그나마도 그들에게 무슨 일이 생겼는지 한번 보세요. 셰익스피어는 여자를 좋아하지 않았나보죠? 치마 입은 사람을 꼭 죽여야 했대요?

남학생들이 세상 일이 원래 그런 거라고 말하자 여학생들은 발끈하고 나섰다. 이럴 줄 알았으면 『주홍글씨』나 읽을 걸 그랬어. 그러자 『주홍글씨』를 읽은 한 여학생이 다른 여학생들에게 줄거리를 들려주었다. 헤스터 프린이 펄이라는 예쁜 아기를 낳아. 그리고 멍청이 애기 아빠는 결국 비참한 죽음을 맞게 돼. 헤스터는 나중에 보스턴의 마을 전체에 복수를 해. 그런 스토리가 오필리아가 미쳐서 혼자 중얼거리면서 꽃이나 흩

뿌려대다가 물에 빠져 죽는 것보다는 낫지 않겠니?

소롤라 교장 선생이 새로 부임해온 교무과장 포프 여사와 함께 수업 참관을 하러 왔다. 그들은 미소를 지으며 셰익스피어가 수업요강에 없는 것에 대해서는 트집 잡지 않았다. 하지만 포프 여사가 다음 학기의 그 수업을 차지해버렸다. 나는 결정에 불복하고 교육감 앞에서 청문회를 가졌다. 나는 그 수업은 내 담당이고 학생들이 셰익스피어를 읽게 만든 것도 바로 나라고 주장하며 다음 학기에도 내가 그 수업을 계속 맡아 할 수 있기를 바란다고 주장했다. 그러자 교육감은 내 출근 기록을 보더니 출근 시간이 들쭉날쭉한데다 결근도 잦다는 이유로 내 이의 제기를 기각했다.

나와 셰익스피어 수업을 한 학생들은 교무과장을 선생으로 모시게 되었으니 운이 좋았다. 그 여선생은 확실히 나보다 더 체계적이었고, 문학 작품의 심오한 의미도 더 잘 찾아낼 것 같았으니까.

48

　패디 클랜시는 내가 살고 있는 브루클린 하이츠의 아파트에서 가까운 거리에 살고 있었다. 패디가 내게 전화를 걸어 그리니치빌리지에 새로 문을 연 술집 라이언스 헤드에 같이 가자고 했다.

　물론 나는 기꺼이 패디와 동행해 그 술집에 갔고, 문을 닫는 새벽 네 시까지 죽치고 앉아 술을 마셨고, 다음 날 결근했다. 술집 바텐더인 앨 코블린은 나를 클랜시 브러더스의 멤버로 잘못 알고 내게 공짜 술을 주다가 내가 일개 선생에 불과한 프랭크 매코트라는 사실을 알고부터는 술값을 받기 시작했다. 하지만 상관없었다. 이미 라이언스 헤드는 나에게 제2의 집처럼 되어버렸다. 그 술집에 앉아 있으면 업타운의 어떤 술집에 앉아 있는 것보다 편안한 느낌이 들었다.

　〈빌리지 보이스〉*의 기자들도 사무실에서 가까운 라이언스 헤드를 자주 드나들기 시작했고, 또 그 기자들이 곳곳에서 언론인들을 끌어들이

---

* 미국 뉴욕의 대안적 시사문화 전문지.

면서 바의 맞은편 벽은 금세 단골 작가들의 책 표지를 담은 액자들로 장식되었다.

나는 그 벽을 선망의 시선으로 바라보았다. 항상 그 벽에 신경이 쓰였고, 언젠가 내 책의 표지가 그 벽을 장식하기를 꿈꿨다. 라이언스 헤드의 곳곳에는 자신의 삶과 작품과 여행에 대해 얘기를 나누는 작가, 시인, 언론인, 극작가들의 모습이 보였다. 사람들은 베트남, 벨파스트, 니카라과 등지로 떠나는 비행기를 타러 가기 전 공항까지 가는 자동차를 기다리는 동안 술을 한잔 하기도 했다. 피트 해밀, 조 플래허티, 조엘 오펜하이머, 데니스 스미스 같은 작가들의 새 책이 나오면 그 책의 표지는 액자에 넣어져 벽에 걸렸다. 나는 그저 성공한 자들, 활자의 마력을 알고 있는 자들의 언저리를 맴돌고 있었다. 라이언스 헤드에서는 글깨나 쓰는 사람임을 입증하든지, 아니면 잠자코 있어야 했다. 그곳에는 선생을 위한 자리는 없었다. 나는 그저 부러움의 눈빛으로 벽만 바라볼 따름이었다.

어머니는 맨해튼의 어퍼 웨스트사이드 지역에 있는 말라키가 사는 곳 바로 맞은편의 작은 아파트로 이사했다. 이제 어머니는 말라키와 말라키의 새 아내 다이애나, 그리고 그 아이들 코너와 코맥, 알피와 그의 아내 린, 그리고 그 딸인 앨리슨을 자주 볼 수 있게 되었다.

어머니는 원할 때면 언제든지 우리 모두를 보러 올 수도 있었다. 하지만 내가 왜 그렇게 하시지 않느냐고 물어보면 어머니는 내게 쏘아붙였다. 난 누구에게도 얽매이고 싶지 않다. 내가 어머니에게 전화를 걸어 뭐 하고 계시냐고 물어보면, 어머니는 그저 아무것도, 라고 대답했고, 그런 대답을 들으면 나도 모르게 짜증이 났다. 내가 어머니에게 외출도 좀 하시고 주민센터나 노인복지센터에도 좀 가보시라고 말씀드리면 어머니는 이렇게 대답했다. 아, 제발 나 좀 그냥 내버려둘 수 없겠니? 앨버타가 저녁 드시러 오라고 초대를 해도 어머니는 그때마다 꼭 늦게 나타나서 맨해튼에서 브루클린에 있는 우리 아파트까지 오는 길이 너무 멀다고 불평을 했다. 나는 어머니에게 그렇게 번거로우시면 굳이 오시지 않아도 된다고, 게다가 어머니는 살이 쪘으니 저녁 같은 건 전혀 안 드셔도 될 것 같다고 말하고 싶었지만, 식탁 분위기가 썰렁해질 것 같아 그냥 입을 다물었다. 어머니는 처음 우리 집에 식사하러 왔을 때와는 달리 누들을 접시 한쪽으로 밀어놓는 행동 따위는 하지 않았다. 오히려 앞에 놓인 음식은 하나도 남김없이 깨끗이 먹어치웠다. 조금 더 드시라고 권하면 마치 식욕이라곤 없는 사람처럼 새침하게 그만 먹겠다고 하면서도 식탁 위에 떨어져있는 음식 부스러기를 집어먹었다. 내가 부스러기를 드실 필요는 없다고, 부엌에 음식이 많이 남아 있다고 말하기라도 하면, 어머니는 짜증난 목소리로 대꾸했다. 나 좀 내버려두려무나. 넌 점점 더 나를 괴롭히는구나. 어머니에게 아일랜드에 계셨으면 더 좋았을 거라고 말하자, 어머니는 그게 무슨 뜻이냐고 화를 냈다.

아일랜드에서라면 별로 재미있지도 않은 라디오를 하루 종일 들으면서 침대에 누워 있진 않을 테니까요.

말라키가 나오는 걸 듣는 거다. 그게 뭐 잘못이냐?

어머니는 아무거나 다 들잖아요. 아무것도 안 하고.

그러자 어머니는 안색이 창백해지고 코가 샐쭉해지더니, 더는 부스러기를 주워먹지도 않고 눈물을 글썽거렸다. 그 모습을 보니 내가 잘못했다는 생각이 들어서 나는 맨해튼까지 한참 동안 지하철을 타고 갈 필요 없이 하룻밤 주무시고 가시라고 말했다.

괜찮다. 난 내 침대에서 잘란다.

아, 침대보가 걱정돼서 그러시는 거예요? 세탁소에서 외국 사람 병균이라도 물어왔을까봐요?

그러자 어머니가 대꾸했다. 지금 그 말은 술이 들어갔을 때나 나올 말이구나. 어서 내 코트나 가져와라.

앨버타는 어머니에게 다시 한번 주무시고 가시라고, 새 침대보가 있으니 걱정하실 필요 없다고 하면서 어머니의 기분을 풀어주려고 애썼다.

침대보 때문이 아니야. 나는 그저 집에 가고 싶을 뿐이야. 그러고는 내가 코트를 걸치는 걸 보고 말했다. 지하철까지 데려다줄 필요 없다. 나도 길은 안다.

이런 시간에 길거리를 혼자 다니시면 안 되죠.

나는 항상 혼자 다닌다.

나는 어머니와 함께 코트 스트리트에서 보로 홀까지 꽤 되는 거리를 아무 말 없이 걸었다. 어머니에게 무슨 말인가 하고 싶었다. 내 짜증과 분노를 다 잊어버리고 어머니에게 간단하게 이 한마디를 물어보고 싶었다. 어머니, 잘 지내고 계신 거죠? 라고.

하지만 그렇게 물을 수가 없었다.

역에 도착하자 어머니는 나더러 입장권까지 끊어가며 개찰구로 들어올 필요는 없다고 했다. 당신 혼자 승강장에 있을 수 있다고, 승강장에는 사람들이 많으니까 안전하다고, 자신은 그런 것에 익숙하다고 했다.

그래도 나는 서로 이야기할 게 있을 거라는 생각에 입장권을 사서 어머니와 함께 승강장으로 들어갔다. 하지만 전동차가 도착하자 어머니는 내가 입맞춤할 겨를도 없이 전동차에 올라탔고, 나는 사람들 사이를 헤집고 자리를 찾아가는 어머니를 그저 지켜볼 수밖에 없었다.

코트 스트리트와 애틀랜틱 애비뉴가 만나는 지점에 이르자 몇 달 전 추수감사절 만찬을 기다리고 있을 때 어머니가 내게 한 말이 기억났다. 참 신기하지 않니? 사람들 인생에서 벌어지는 일들 말이다.

무슨 말씀이세요?

아파트에 앉아 있다가 외로운 느낌이 들어 브로드웨이 한가운데 있는 잔디 위 벤치로 나가 앉은 적이 있었지. 그런데 그때 한 여자가 내게 다가오는 거야. 쇼핑백을 든 여자가. 온통 때에 절고 누더기를 걸친 노숙자더라고. 으레 그렇듯 쓰레기통을 뒤지다 신문을 발견하고는 내 옆에 앉아서 그걸 읽더라. 그러더니 나한테 안경을 빌려달라고 하더라고. 자기 시력으로는 제목밖에 볼 수가 없다면서. 그런데 그 여자가 말하는 걸 들어보니 아일랜드 억양이 섞여 있더라. 그래서 어디 출신인지 물어봤지. 그랬더니 자기는 오래전에 더니골을 떠나왔다면서, 브로드웨이 한가운데에 있는 벤치에서 알아보고 어디 출신인지 물어보는 사람을 만난 게 신기하다고 하더라. 그러고는 나더러 수프를 사먹게 몇 페니만 달라고 하더라고. 그래서 난 그 여자에게 같이 어소시에이티드 슈퍼마켓에 가서 장을 보고 제대로 된 식사를 하자고 했지. 그랬더니 그렇게 할 수는 없다고 하더라. 그래서 나는 어차피 나 혼자서라도 그럴 작정이었다고 했지. 그 여자는 슈퍼마켓 안으로는 안 들어가려고 하더라고. 슈퍼마켓에서는 자기 같은 사람이 들어오는 걸 싫어한다고. 나는 달걀, 빵, 버터, 베이컨 따위를 사들고 나와 그 여자와 함께 우리 집으로 갔지. 그 여자에게 욕실에 들어가서 샤워해도 된다고 하니까 무척 기뻐하더라고. 그 여자의 옷이나 가방은 어떻게 할 수 없었지만. 우린 함께 저녁을 먹었고 함께 텔레비전도 보았지. 그러다가 그 여자가 내 옆에서 스르르 잠이 들어버리더라고. 그 여자한테 침대에 가서 자라고 했더니, 네 명이나 잘 수 있을 만큼 큰 침대인데도 마다하고 그냥 쇼핑백을 베고 바닥에 드러눕더구나. 아침에 일어나보니 그 여자는 가고 없더라고. 그런데 왠지 그 여자가 그리워지는 거 있지.

그 순간 내가 회한에 사로잡혀 벽에 기대고 선 것은 저녁 식사 때 마신 와인 때문만은 아니었다. 너무 외로워서 길거리 벤치에 앉아 있어야 했고, 너무 외로워서 쇼핑백을 든 한 여자 노숙인과의 만남을 그리워하던 어머니가 생각났기 때문이다. 리머릭에서 그 힘든 시절을 보낼 때도 어머니는 항상 사람들을 향해 문을 열어두고 손을 내밀어주었다. 왜 나는 어머니에게 그렇게 해드리지 못하는 걸까?

49

브루클린에 있는 뉴욕 기술대학에서 일주일에 아홉 시간씩 가르치는 것이 매키 직업기술고등학교에서 일주일에 스물다섯 시간씩 가르치는 것보다 훨씬 수월했다. 대학에서는 수업에 들어오는 학생 수가 훨씬 적을뿐더러 학생들도 다 큰 어른들이기 때문에 고등학교 선생이 맞닥뜨리는 문제들, 예컨대 화장실 허가증, 숙제 내준다고 투덜거리는 아이들, 새로운 양식 만들기 말고는 아는 것이 하나도 없는 행정직 사람들이 만들어낸 온갖 행정 서류들을 처리하는 일 따위는 없었다. 줄어든 봉급은 워싱턴 어빙 야간고등학교에서 가르치거나 간혹 수어드 파크 고등학교나 스타이브샌트 고등학교에서 임시 교사로 일해서 받는 봉급으로 충당했다.

뉴욕 시립 전문대학의 영어과 학과장이 내게 전문가 보조원 클래스를 가르치겠느냐고 물어왔다. 나는 전문가 보조원이 무엇인지도 잘 모르면서 그러겠다고 대답했다.

첫 수업 날, 나는 전문가 보조원이 무엇인지 알아차리게 되었다. 모두 서른여섯 명의 여학생들이 수업에 들어왔는데, 대부분이 아프리카계 미국인이었고 남미계 미국인도 띄엄띄엄 앉아 있었다. 그들은 이십대 초반부터 오십대 후반까지 다양한 연령대를 이루고 있었는데, 대부분 정부 지원을 받아 초등학교나 대학에서 교사 보조로 일하는 여성들이었다. 이 년 동안 공부한 후 준※ 학사학위를 따거나 언젠가 정교사가 되기 위해 공부를 계속할 사람들이었다.

그날 저녁에는 수업을 할 시간이 많지 않았다. 나는 학생들에게 다음 시간에 읽을 짤막한 자기소개서를 써오라고 했다. 그들은 책을 주섬주섬 챙겨들고는 여전히 자기 자신에 대해, 서로에 대해, 나에 대해 잘 모르겠다는 듯 근심 어린 표정으로 줄을 서서 강의실을 나갔다. 나는 그 교실에서 얼굴이 가장 하얀 사람이었다.

다음 시간에 다시 만났을 때도 분위기는 지난 시간과 다를 바 없었는데, 여학생 한 명이 책상에 얼굴을 묻고 흐느끼고 있었다. 그 여학생에게 무슨 일이 있느냐고 물어보자 그녀는 눈물범벅인 얼굴을 들고 대답했다.

책을 잃어버렸어요.

오, 저런. 책을 한 세트 더 얻을 수 있을 거예요. 학과 사무실로 가서 자초지종을 말해보세요.

선생님은 지금 제가 학교에서 쫓겨나지 않을 거라고 말씀하시는 거예요?

그럼요. 쫓겨나긴 왜 쫓겨나요.

나는 그녀의 머리를 쓰다듬어주고 싶었으나 책을 잃어버린 중년 여성의 머리를 어떻게 쓰다듬어야 할지 알 수 없었다. 그녀는 미소를 지어 보였고 다른 학생들도 따라서 미소를 지었다. 그제야 우리는 수업을 시작할 수 있었다. 나는 그들에게 작문을 제출하라고 하면서 그중 몇 편은 내가 강의중에 큰 소리로 읽겠다고, 단 실명은 공개하지 않겠다고 말했다.

그녀들이 제출한 작문은 자의식이 강했고 경직돼 있었다. 나는 그 글들을 읽으면서 학생들이 자주 범하는 문법적 오류나 잘못된 철자들을 칠판에 적고, 문장구조를 고치는 방법을 제안했다. 하지만 수업 분위기가 딱딱하고 지루해지는 것 같았다. 나는 강의실에 앉아 있는 숙녀들에게 글은 단순 명료하게 써야 한다고 강조했다. 그러면서 다음 과제로 아무거나 자기가 좋아하는 것에 대해 써오라고 했다. 그러자 그들은 놀란 표정으로 말했다. 아무거나요? 하지만 저희는 아무거나라고 해도 쓸 거리가 없는데요. 우린 그렇게 흥미진진한 인생을 살지 못했거든요.

그들은 아무것도 쓸 거리가 없다고 했다. 생활의 불안, 여름날 주변에서 벌어지는 싸움, 살인사건, 툭하면 집을 나가버리는 남편, 마약에 절어 망가져가는 아이들, 매일매일 해야 하는 집안일, 직장 일, 학교, 애키우기 외에는 쓸 거리가 없다고 했다.

그들은 단어를 이상하게 사용했다. 이를테면, 청소년 탈선에 대해 토론하면서 윌리엄스 부인은 이렇게 외쳤다. 우리 애들은 절대 그런 청순들처럼 되지는 않을 거야.

청순들이라고요?

네, 아시잖아요. 그녀는 신문을 펼쳐들고 "십대 청소년, 자기 어머니 살해"라고 대서특필한 헤드라인을 보여주었다.

내가 아, 하고 알았다는 듯이 말하자, 윌리엄스 부인은 계속해서 이렇게 말했다. 이런 청순들은 길거리를 돌아다니며 사람들을 찔러죽인단 말여요. 사람들을 죽인다고요. 우리 새끼들이 그런 청순들처럼 굴고 집에 들어온다면 홀딱 벗겨서 내쫓겠어요.

강의실에서 가장 젊은 여성인 니콜이 상황을 반전시켰다. 니콜은 구석 자리에 앉아 한 마디도 하지 않고 있다가 내가 자기 어머니에 대해 써보라고 하자 손을 번쩍 들고 질문했다. 선생님 어머니는 어땠나요, 매코트 선생님?

그러자 질문 세례가 쏟아졌다. 선생님 어머니는 살아 계시나요? 아이는 몇이나 낳았나요? 선생님 아버지는 어디 계시나요? 선생님 어머니가 낳은 아이들은 모두 아버지가 같나요? 지금 어디에 살고 계신가요? 누구랑 살고 계신가요? 혼자 살고 계신가요? 선생님 어머니는 아들이 넷인데 혼자 사신다고요? 어떻게 그럴 수가 있어요?

내 대답에 그들은 모두 인상을 찡그리며 마뜩찮다는 반응을 보였다. 가난한 어머니가 아들을 넷이나 두고도 어떻게 혼자 살 수 있느냐는 것이었다. 자기 어머니를 잘 돌봐드리는 것이 사람의 도리건만. 남자들이 뭘 알겠어? 어머니가 된다는 것이 어떤 것인지 백번 말해줘도 남자들은 못 알아듣는다니깐. 어머니들이 없다면 미국은 풍비박산이 되고 말 거야.

4월에 마틴 루터 킹 목사가 살해되자 일주일간 휴강을 했다. 다시 만났을 때 나는 백인들을 대신해 그들에게 사과하고 싶었다. 대신 학생들에게 지난번에 내주었던 작문 숙제를 제출하라고 했다. 그러자 윌리엄스 부인이 분개하면서 말했다. 이봐요, 매코트 선생. 당신 같으면 사람들이 당신 집을 불태우려고 하는데 방구석에 앉아 쨍문이나 쓰고 있겠어요?

6월에는 보비 케네디가 살해되었다. 내 강의를 듣는 서른여섯 명의 숙녀들은 도대체 세상이 어떻게 돌아가는 건지 모르겠다고 하면서도 교육이 온전한 정신에 이르는 유일한 길이라면서 공부를 계속해야 한다는 데는 동의했다. 그들은 자기 아이들에 대해 이야기할 때면 얼굴이 환하게 밝아졌고, 나는 그들의 이야기에 끼어들 수 없는 꿔다놓은 보릿자루가 되었다. 그들이 이제 대학에 다니니까 아이들의 숙제를 봐줄 수 있게 되었다고 떠들어대는 동안 나는 그저 멍하니 책상에 앉아 있을 수밖에 없었다.

그 학기 마지막 강의가 있던 6월의 어느 저녁, 학기말 시험을 치렀다. 가무잡잡한 얼굴들, 220명 아이들의 어머니들이 시험지에 코를 박고 열심히 문제를 푸는 동안 나는 그들이 시험지에 어떤 답안을 써내든 어느 누구도 낙제하지 않을 거라는 걸 알았다.

그런데 시험이 끝나고 마지막 시험지를 거둬들인 다음에도 아무도 자리를 뜨지 않았다. 나는 이 강의실에서 다른 수업이 있는 거냐고 물어보았다. 그러자 윌리엄스 부인이 일어나더니 헛기침을 하며 말했다. 어, 저기, 매코트 선생님. 제가, 아니, 우리가 드릴 말씀이 있어요…… 우리 모두 대학에 와서 영어에 대해, 그리고 그 많은 것들에 대해 배운다는 것이 이렇게 멋진 일인지 선생님 덕에 처음 알게 되었어요. 그래서 선생님한테 이 작은 선물을 드리려고 하는데 마음에 드셨으면 좋겠어요.

윌리엄스 부인은 그렇게 말하고는 훌쩍거리며 자리에 앉았다. 나는 속으로 생각했다. 이 강의는 눈물로 시작해서 눈물로 끝나는군.

선물이 전달되었다. 검은색과 빨간색으로 장식된 예쁜 상자에 담긴 애프터셰이브 로션이었다. 로션 냄새가 독해서 거의 기절할 지경이었지만 나는 기꺼이 다시 한번 그 냄새를 맡고는 숙녀들에게 말했다. 여러분과 여러분의 '청춘'들을 기억하며 이 병을 영원히 간직하겠습니다.

강의가 끝난 후 나는 집으로 가는 대신 지하철을 타고 맨해튼에 있는 웨스트 96번 스트리트로 가서 공중전화로 어머니에게 전화를 걸었다.

어머니, 간단한 식사라도 하실래요?

글쎄다. 너 지금 어디니?

어머니 집 근처예요.

웬일이냐?

그냥 근처에 왔다가 들렀어요.

말라키 만나러?

아뇨, 어머니 만나러.

나를? 왜 나를 만나러 와?

어머니, 제발. 어머니는 제 어머니잖아요. 그리고 전 그저 어머니랑 간단한 식사라도 하고 싶어서 전화한 거라고요. 뭐 드시고 싶은 것 있으세요?

어머니는 믿기지 않는다는 눈치였다. 글쎄다. 난 중국 식당의 왕새우가 좋을 것 같은데.

좋아요. 왕새우를 먹도록 하죠.

하지만 이 시간에 왕새우 요리를 먹을 수 있을지 모르겠구나. 차라리 그리스 식당에 가서 샐러드를 먹는 게 나을 것 같은데.

좋아요. 그럼 그리스 식당에서 봐요.

어머니는 숨을 헐떡이며 식당으로 들어왔다. 어머니의 뺨에 입맞춤을 하자 땀 때문에 짭짤한 소금기가 느껴졌다. 어머니는 앉아서 숨 좀 돌린 다음 무엇을 주문할지 생각해봐야겠다면서 자신이 담배를 끊지 않았다면 지금쯤 죽었을 거라는 말까지 덧붙였다.

어머니는 페타 샐러드를 주문했다. 그걸 좋아하느냐고 묻자 어머니는 좋아한다고, 만날 그것만 먹고 살 수도 있을 것 같다고 대답했다.

어머니 진짜 그 치즈 좋아하세요?

무슨 치즈 말이냐?

염소 치즈요.

염소 치즈라니?

그 하얀 것 말이에요. 페타라고 하는 것. 염소젖으로 만든 거잖아요.

그렇지 않아.

그렇다니까요.

이런, 그게 염소 치즈인 줄 알았으면 그런 것에는 손도 안 댔을 텐데. 리머릭에 살 때 시골에 나갔다가 염소가 나를 들이받은 적이 있거든. 나를 공격한 짐승의 젖 따위는 절대 안 먹을 테다.

그래도 다행이네요. 어머니가 왕새우의 공격을 받은 적은 없어서.

50

1971년, 브루클린의 베드퍼드 스타이브샌트에 있는 유니티 병원에서 우리 딸 매기가 태어났다. 병원 신생아실에 백인 아기라고는 매기뿐이어서 그랬는지 우리는 갓 태어난 아기를 곧장 집으로 데려갈 수 있었다.

앨버타는 라마즈 자연분만법으로 아기를 낳기를 원했지만 유니티 병원의 의사와 간호사들은 중산층 여성의 까다로운 요구를 들어줄 만큼 인내심 강한 사람들이 아니었다. 그들은 그런 여자를 상대할 시간도, 그녀에게 호흡법을 연습시킬 시간도 없었기 때문에 분만을 촉진시키기 위해 앨버타에게 마취제를 주사했다. 하지만 분만 속도가 생각보다 느려지자 인내심 부족한 의사는 결국 매기의 머리를 겸자로 잡아 앨버타의 자궁에서 끌어냈다. 나는 매기의 관자놀이를 납작하게 만들어놓은 의사의 낯짝을 갈겨주고 싶었다.

간호사는 아기를 받아 분만실 구석으로 데려가서 씻긴 다음 내게 가까이 와 딸을 만나보라고 손짓했다. 아기의 얼굴은 놀란 듯 발갛게 상기되어 있었고 발은 거무죽죽했다.

아기의 발바닥이 검은색이었다.

맙소사, 당신 도대체 우리 아기에게 무슨 자국을 만들어준 거예요? 간호사가 흑인이었기 때문에 내 딸의 검은 발이 예쁘지 않다는 말을 했다가는 간호사의 기분을 상하게 할 것 같아서 아무 말도 할 수 없었다. 내 딸이 아리따운 처녀로 자라나 해변에서 수영복을 입고 느긋하게 즐길 때조차 발바닥의 흉한 자국을 가리기 위해 양말을 신고 있는 모습이 눈에 선했다.

간호사는 아기에게 모유를 먹일 거냐고 물었다. 아니요. 앨버타는 자기는 곧 다시 직장에 나가야 하기 때문에 모유를 먹일 시간이 없다고 대답했다. 그러자 의사는 앨버타에게 젖 말리는 주사를 놓아주었다. 그들은 또 내게 아기 이름이 뭐냐고 물었다. 앨버타는 미카엘라라는 이름을 염두에 두고 있었지만 아직 마취가 덜 풀려 정신이 없는 상태였기 때문에 내가 간호사에게 아기의 이름은 마거릿 앤이라고 말해주었다. 나의 두 할머니와 이십일 일밖에 못 살고 브루클린 바로 그 동네에서 숨을 거둔 내 누이동생의 이름을 따서 지은 것이었다.

앨버타가 휠체어를 타고 입원실로 옮겨간 다음 나는 말라키에게 아기가 태어났다는 희소식을 전했다. 그런데 말이야, 아기 발에 검은 자국이 있어. 그러자 말라키는 내 귀가 쟁쟁하도록 껄껄 웃더니 바보같이 그것도 모르느냐면서 간호사가 지문 대신에 발도장을 찍은 거라고 내게 알려주었다. 그러면서 나더러 라이언스 헤드로 나오라고 했다. 라이언스 헤드에서 모두 나한테 축하한다고 한 잔씩 사주었고, 그 바람에 나는 곤드레만드레가 되어 정신을 차릴 수가 없었다. 결국 말라키가 택시를 불러 나를 우리 집까지 데려가야 했다. 나는 택시 안에서 너무 메슥거려 택시가 브로드웨이를 달리는 동안 먹은 것을 다 게워내고 말았다. 택시 운전사는 화가 나서 펄펄 뛰면서 택시 내부 세차비 25달러를 내라고 소리를 질러댔다. 우리는 그렇게 터무니없는 금액을 요구하니 팁은 없다고 맞섰다. 그러자 택시 운전사는 경찰을 부르겠다고 협박했다. 말라키도 지지 않고 말했다. 경찰을 불러서 뭐라고 할 거요? 당신이 브로드웨이 이쪽 끝에서 저쪽 끝까지 지그재그로 운전해서 손님들이 멀미 나게 했다고 할 거요? 그러자 택시 운전사는 화가 나서 택시를 세우고 당장이라도 말라키와 맞붙을 기세였다. 하지만 말라키가 나를 붙잡은 채 불그스름한 수염이 난 얼굴과 큰 덩치로 당당하게 서서 택시 운전사에게 저세상에 가서 조물주를 만나기 전에 하고 싶은 말 없느냐고 위협적인 어조로 묻자 그는 마음을 바꿨다. 운전사는 우리와 아일랜드인들 전체를 싸잡아 욕하더니 빨간불도 무시하고 차를 몰고 가면서 창밖으로 왼손을 내민 뒤 가운뎃손가락을 치켜들어 보였다.

말라키는 내게 아스피린과 비타민 따위를 갖다주면서 아침에 일어나면 비처럼 말짱해질 거라고 했다. 나는 '비처럼 말짱해진다'는 말이 무슨 뜻인지 궁금했지만, 매기의 얼굴이 떠오르고 우리 매기의 관자놀이가 판판해져 있던 것이 생각나면서 그러한 궁금증은 이내 사라지고, 당장 침대에서 뛰어내려가 우리 딸이 나오고 싶을 때 나오게 내버려두지 않은 그 빌어먹을 의사 놈을 잡아내고 싶었다. 하지만 내 다리가 허락하지 않았다. 결국 나는 그냥 잠들어버리고 말았다.

말라키 말이 옳았다. 다음 날 아침에 일어나니 숙취도 두통도 없었고, 내 성姓을 가진 어린 것이 브루클린에 살아 숨쉬고 있고 평생 그 아이가 자라나는 것을 지켜볼 수 있으리라는 기쁨만 넘쳐흘렀다. 앨버타에게 전화를 거는데 목구멍까지 기쁨의 눈물이 차올라 말도 제대로 할 수 없었다. 앨버타는 웃으면서 우리 어머니가 한 말을 그대로 했다. 당신 오줌보가 눈에 가서 붙었나봐요.

같은 해, 앨버타와 나는 우리가 세들어 살던 갈색 벽돌집을 샀다. 우리가 그 집을 살 수 있었던 것은 우리 부부의 친구인 바비와 메리 앤 부부가 우리에게 돈을 빌려주고, 또 버질 프랭크 씨가 사망하면서 우리에게 8천 달러를 유산으로 물려준 덕이었다.

우리가 브루클린 하이츠의 클린턴 스트리트 30번지에 살고 있을 때, 버질 프랭크 씨는 우리보다 두 층 아래에 살았다. 프랭크 씨는 일흔이 넘은 나이에도 늘 백발을 빗으로 단정하게 빗어넘기고 다니던, 커다란 코에 이도 자기 이인데다 몸에는 군살이라곤 붙지 않은 호리호리한 체격의 노인이었다. 그와 함께 시간을 보내는 것이 영화나 텔레비전, 또 웬만한 책을 읽는 것보다 나았기 때문에 나는 수시로 그의 집을 드나들었다.

그의 아파트는 작은 부엌과 욕실이 딸린 방 하나짜리 아파트였다. 벽 쪽으로는 작은 간이침대가 놓여 있었고, 그 너머에는 책상과 에어컨이 달린 창문이 있었다. 침대 맞은편에 있는 책꽂이에는 꽃, 나무, 새들에 관한 책들로 가득했다. 종종 그는 언젠가 쌍안경을 사서 그런 것들을 보러 다니겠다고 말했다. 쌍안경을 살 때는 여간 조심해야 하는 게 아니야. 가게 안에서 그것들을 어떻게 다 테스트해보겠어? 가게 주인들은 오, 그건 괜찮은 물건이죠, 튼튼하고요, 라고 말들 하지만 그걸 어떻게 장담해? 가게 밖으로 갖고 나가 풀턴 스트리트 여기저기를 보면서 시험해보고 싶어도 가게 주인들은 혹시라도 손님이 쌍안경을 갖고 튈까봐 못 갖고 나가게 하지. 참 어리석은 사람들이야. 일흔이나 된 노인이 어떻게 그걸 갖고 줄행랑을 칠 수 있겠어? 그는 창밖으로 새들을 볼 수 있기를 바랐지만, 그 아파트에서 보이는 새라고는 그의 에어컨 실외기 위에서 짝짓기하는 비둘기들뿐이었고, 그게 프랭크 씨를 화나게 했다.

그는 비둘기들을 쳐다보았다. 그랬다. 그는 비둘기들이 그러고 있는 것을 보면 파리채로 창문을 두들기면서 이놈들, 어서 물러가지 못해, 하고 소리쳤다. 다른 집 에어컨으로 가서 그 짓을 하란 말이야. 내가 보기에 비둘기라는 새는 날개 달린 쥐새끼나 다름없어. 저놈들이 하는 일이라고는 먹고 그 짓 하고 에어컨 실외기 위에 똥을 한 무더기 떨어뜨리는 것밖에 없거든. 똥이나 싸대는 저 새 떼 말일세. 브루클린에서 정수기를 팔 땐 저런 새들이 영 거슬린단 말이야. 남미에서야 산과 들이 새똥 천지지만. 그걸 뭐라고 부르던데, 구아노*, 맞아. 그런 똥은 작물을 키우는 덴 쓸모가 있지만 에어컨에는 아니라고.

야외활동에 관한 책들 말고도 그의 서가에는 세 권짜리 『토머스 아퀴나스 신학대전』이 꽂혀 있었다. 내가 그중 한 권을 꺼내 보고 있는데 프랭크 씨가 다가와 말했다. 자네가 그런 걸 좋아하는지 몰랐네. 자넨 새들을 더 좋아하지 않나? 나는 그에게 새에 관한 책이야 어디서든 구할 수 있지만 『신학대전』은 좀처럼 구하기 어려운 책이 아니냐고 대답했다. 그러자 그는 내게 자기가 죽거든 그 책을 가지라고 했다. 걱정 말게, 프랭크. 내 유서에 이 책을 자네에게 준다고 써둘 테니.

그는 또 자기가 갖고 있는 넥타이들을 모두 내게 주겠다고 약속했다. 옷장에 걸려 있는 그의 넥타이들은 하나같이 내가 이제까지 본 넥타이들 중 가장 화려하고 요란한 것들이었다.

어때, 마음에 들지? 이 중에 1920년대에 산 것들도 있지. 1930, 40년대에 산 것들도 꽤 있고. 당시 남자들은 제대로 차려입을 줄 알았지. 조금이라도 색깔이 있는 옷은 무서워서 피해 다니는 요즘 회색 양복쟁이들과는 달랐지. 정수기를 팔러 다니려면 언제나 번듯하게 보여야 했기 때문에 나는 넥타이나 모자 사는 데 돈을 아끼지 않았어. 사십오 년 동

---

* 건조한 해안지방에서 바다새의 똥이 응고해 퇴적된 것. 주로 인산질 비료로 이용된다.

안 그렇게 갖춰입고 다녔는걸. 그렇게 차려입고 사무실로 들어가 말했지. 뭐라고요? 세상에! 아직까지 낡은 잔에 수돗물을 받아 드신다고요? 그게 얼마나 건강에 해로운지 아세요?

버질 프랭크 씨는 침대와 책꽂이 사이에 서서 목사처럼 열정적인 몸짓을 해가며 정수기에 대해 일장 연설을 늘어놓았다.

네, 저는 정수기를 팔러 온 사람입니다. 그런데 물과 관련해서 소장님께서 하실 수 있는 것 다섯 가지만 말씀드려볼까요? 물을 깨끗하게 한다, 물을 오염시킨다, 물을 끓인다, 물을 식힌다, 물을 판다, 하하하. 사실 소장님께서도 다 알고 계실 테니 굳이 말씀드릴 필요가 없겠죠. 어쨌든 물을 마실 수도, 물에서 수영을 할 수도 있겠지요, 소장님. 사실 미국에서 수영할 물을 필요로 하는 사무실은 그리 많지 않겠지만 말입니다. 그런데 소장님께 이것 한 가지만은 꼭 말씀드리고 싶습니다. 저희 회사에서 저희 정수기로 정화한 물을 마신 사무실과 그렇지 않은 사무실을 조사해보니 저희 정수기를 사용한 사무실의 사람들이 훨씬 더 건강하고 업무 수행 능력도 뛰어나더란 말입니다. 우리 정수기를 사용해서 정화한 물은 감기 인플루엔자를 없애고 소화도 촉진시킨다는 조사 결과가 나왔지요. 물론 저희 정수기가 미국의 번영과 경제성장의 원인이라고 말씀드리려는 것은 아닙니다. 조사 결과 저희 정수기를 사용하지 않은 사무실은 생산성에서도 그 이유야 알 수 없지만 겨우겨우 현상 유지만 하고 있는 것으로 밝혀졌다는 것을 말씀드리려는 겁니다. 소장님께서 저희 정수기 일 년 사용 계약서에 서명하시면 저희 회사의 연구 결과 보고서를 한 부 드릴 수도 있습니다. 게다가 부가 비용 없이 소장님 직원들의 물 소비량을 조사해서 그 결과를 보여드릴 수도 있습니다. 그래도 소장님 사무실에 에어컨이 없는 걸 보니 다행이다 싶네요. 열심히 일하는 직원들의 건강 유지를 위해 더 많은 물이 필요하거든요. 소장님, 저희는 저희 정수기가 사람들을 단합하게 해준다는 것을 잘 알고 있습니다. 종이컵에 물을 한 잔 따라 마시면 모든 문제가 해결됩니다. 서로 눈을 마주치면 사랑에 빠지는 커플도 꽤 생겨나겠지요. 모두 행복하고, 모두 직장에 나오고 싶어하고, 그러면 생산성도 증가합니다. 저희 제품에 대해서는 어떤 불평불만도 없었습니다. 자, 그럼 지금 여기에 서명하실까요? 자, 한 부는 소장님께서 보관하시고, 한 부는 제가 보관하겠습니다. 이것으로 거래가 성사되었군요.

그때 문 두드리는 소리가 나서 프랭크 씨의 연설은 잠시 중단되었다.

누구요?

기운 없는 노인의 목소리가 들려왔다. 버질, 나일세. 해리.

오, 해리. 지금은 자네와 이야기할 시간이 없는데. 지금 여기 의사 선생이 와 계시거든. 난 지금 홀딱 벗고 진찰을 받는 중이야.

알았어, 버질. 이따 다시 오지.

이따 말고 내일 와, 해리. 내일 오라고.

알았어, 버질.

버질 프랭크 씨는 내게 그 노인에 대해 말해주었다. 저 노인네 이름은 해리 볼이야. 여든다섯인데 하도 늙어서 빨랫줄 너머로도 목소리가 잘 들리지 않지. 난 저 노인네의 주차 문제 때문에 정말 미칠 지경이야. 해리는 허드슨이라는 큰 차를 갖고 있지. 그런 차는 이젠 나오지도 않는단 말이야. '이젠'이 맞나? '더는'이 맞나? 자넨 영어 선생이지? 난 잘 모르겠어. 난 학교라고는 7학년까지밖에 안 다녔지. 7학년 때 '성 요셉의 자매들'이라는 수녀원에서 운영하는 고아원을 뛰쳐나왔어. 내 유산 중 일부를 거기에 기증하기로 유서에 써두었지만 말이야. 어쨌든 해리는 그 차를 갖고 있으면서도 그걸 타고 아무 데도 가지 않는단 말이야. 언젠가는 그걸 몰고 플로리다로 가서 자기 여동생을 만나볼 거라고 말은 하지만, 그렇게 낡은 차로는 브루클린브리지도 못 건널걸. 그런데 그 망할 허드슨이 해리의 인생 전부야. 해리는 그저 그 차를 거리 이쪽 구석에서 저쪽 구석으로 옮겼다가, 앞으로 갔다 뒤로 갔다 할 뿐이지. 알루미늄 비치 의자까지 들고 나와 자기 차 옆에 죽치고 앉아서 주차할 자리가 날 때까지 기다리다가 날을 샌 적도 있어. 동네를 돌아다니다가 주차할 자리를 발견하면 흥분해서, 거의 심장마비를 일으킬 정도로 흥분해서 자기 차 있는 데로 달려가지. 하지만 차를 가져왔을 땐 이미 그 자리에 다른 차가 들어가 있기 일쑤야. 그 전에 주차했던 자리로 돌아가보면 그 자리에도 이미 다른 차가 주차돼 있고. 그러면 그 노인네는 정부 욕을 해대는 거야. 한번은 함께 차를 타고 가다가 해리가 길 가던 랍비와 여자 두 명을 칠 뻔한 적이 있었어. 나는 해리에게 사정했지. 오, 해리, 제발 나 좀 내려줘. 하지만 노인네가 말을 안 듣는 거야. 그래서 하는 수 없이 차가 빨간불에 멈춰 섰을 때 차에서 뛰어내렸지. 그러자 노인네가 내 뒤통수에 대고 나더러 쪽발이들이 진주만을 공격할 수 있도록 불을 밝혀줄 녀석이라고 고함을 치는 거야. 나는 해리에게 모르는 소리 말라고, 진주만 공격은 훤한 대낮에 이루어졌다고 되받아쳤지. 해리는 신호가 파란불로 바뀌었는데도 계속 나한테 뭐라고 소리를 질러댔고, 뒤에서는 다른 차들이 빵빵거리면서 진주만이고 나발이고 그 낡아빠진 허드슨 좀 빨리 치우라고 난리가 났지. 한 달에 85달러 내고 유료 주차장을 이용할 수도 있으련만. 하긴 85달러면 해리가 매달 내는 아파트 집세보다 더 많은 액수지. 해리가 유일하게 돈 쓰는 날이 집세 내는 날이야. 하긴 나도 꽤나 짜게 구는 사람 축에 속하지. 그 점은 나도 인정해. 하지만 해리에 비하면 스크루지도 낭비꾼처럼 보일 정도라니까. '낭비꾼', 이게 맞는 말이지? 나는 7학년 때 고아원을 뛰쳐나온 사람이라서 말이야.

버질 프랭크 씨는 새로 단 전화에 쓸 에그 타이머가 필요하다면서 나더러 코트 스트리트에 있는 철물점에 함께 가달라고 했다.

에그 타이머라고요?

그래. 일종의 모래시계 같은 것 말이야. 모래시계는 보통 삼 분 가잖아? 달걀을 삶아먹을 때도 난 삼 분 동안 익힌 걸 제일 좋아해. 전화기 옆에 에그 타이머를 갖다두면 통화를 하다가도 삼 분이 되었다는 걸 알 수 있어. 전화회사에서는 삼 분이 넘으면 추가요금을 부과하거든, 나쁜 놈들. 그러니까 책상 위에 에그 타이머를 올려놓고 마지막 모래 알갱이가 빠져나가기 전에 얼른 전화를 끊는 거야.

코트 스트리트를 걸어가다가 나는 버질 프랭크 씨에게 블라니 로즈에서 샌드위치랑 맥주 한잔 같이 하지 않겠느냐고 물었다. 프랭크 씨는 술집에는 한 번도 가본 적이 없어서 맥주와 위스키 가격을 보더니 기절초풍했다. 그 쪼그만 위스키 한 잔에 90센트라니. 말도 안 돼.

그래서 나는 프랭크 씨와 주류 판매점으로 갔다. 프랭크 씨는 가게 점원에게 내 친구 프랭크가 아이리시 위스키를 좋아하거든, 하고 말하더니 아이리시 위스키를 몇 상자 샀다. 그러고는 자기가 좋아하는 거라면서 와인과 보드카와 부르봉도 몇 상자 샀다. 그러고는 가게 주인에게 이렇게 말했다. 내가 너저분한 세금까지 꼭 내야겠어? 이렇게 많이 주문하는데 빌어먹을 미합중국 정부에까지 보태줄 일 있냐고. 그건 안 되지, 이 양반아. 세금은 댁이 내쇼! 가게 주인은 고개를 끄덕이고는 스물다섯 상자를 배달하겠노라고 했다.

다음 날 버질 프랭크 씨는 내게 전화를 걸어 힘없는 목소리로 말했다. 지금 에그 타이머를 작동시키고 있어서 용건만 빨리 말할게. 좀 내려와주겠나? 도움이 필요요. 문은 열려 있어.

그는 목욕가운을 걸치고 안락의자에 앉아 있었다. 지난밤에 한숨도 못 잤어. 침대에서 잘 수가 없었거든.

그의 말인즉슨 이러했다. 주류 판매점 점원이 내가 주문한 술 스물다섯 상자를 침대 주위에 쌓아두고 간 거라. 내가 넘어갈 수 없을 정도로 높이 쌓여 있더라고. 아이리시 위스키와 와인을 몇 잔 마셨지. 그런데도 여전히 그 높은 상자 더미 위까지 기어올라갈 엄두가 도저히 나지 않더라고.

그는 병이 나지 않으려면 뱃속에 뭔가를 넣어줘야겠다면서 나더러 깡통 수프를 데워달라고 했다. 내가 깡통 수프를 따서 냄비에 쏟아붓고 같은 분량의 물을 붓자 그는 내게 깡통에 붙어 있는 조리법을 읽어봤느냐고 물었다.

아뇨.

저런. 그러면서 어떻게 조리하는지는 어찌 알아?

그거야 상식이죠, 아저씨.

상식이라고? 맙소사!

그는 술이 덜 깨서인지 꽤나 까다롭게 굴었다. 잘 들어둬, 프랭크 매코트. 자네가 왜 절대 성공 못 하는지 알아?

왜 그런데요?

자넨 제품에 붙어 있는 사용설명서나 조리법 따위는 절대 안 읽잖아. 그러니까 난 은행에 돈을 넣어두고 있는데 자네는 오줌 쌀 요강도 없는 거야. 나는 늘 제품에 붙어 있는 사용설명서를 잘 읽고 그대로 따른다고.

그때 밖에서 문 두드리는 소리가 들렸다. 누구야, 누구? 프랭크 씨가 소리쳤다.

보이겔, 나일세. 피트.

피트라고? 어떤 피트? 문밖에 있는 자네를 내가 어떻게 봐!

피트 부글리오소일세. 자네에게 줄 게 있네, 보이겔.

브루클린 사투리로 말하지 말게, 피트. 내 이름은 버질이야. 보이겔이 아니라고. 버질*이라는 시인도 모르나, 피트? 자넨 이탈리아인인데 그 정도는 알고 있어야지.

난 그런 건 하나도 몰라, 보이겔. 어쨌든 자네에게 줄 게 있네, 보이겔.

난 지금 아무것도 필요한 게 없어, 피트. 내년에 다시 오게.

하지만 보이겔, 내가 가져온 걸 보면 자네도 마음에 들어할 걸세. 몇 달러밖에 안 들어.

그게 뭔데?

문틈으로는 말할 수 없네, 보이겔.

프랭크 씨는 안락의자에서 몸을 일으키더니 비틀비틀 책상 쪽으로 걸어가 에그 타이머를 집어들고는 말했다. 좋아, 피트. 어서 들어와. 에그 타이머를 맞춰뒀으니 꼭 삼 분 내에 말하도록 해.

그는 내게 문을 열어주라고 말하고는 피트라는 노인에게 에그 타이머가 작동하고 있으니 빨리 말해보라고 재촉했다. 벌써 모래 알갱이가 떨어지기 시작했어. 어서 말해보게, 피트. 간단하게 말해봐.

알았어, 보이겔. 알았다고. 자네가 계속 지껄여대는데 내가 어떻게 말을 할 수 있겠나? 자넨 누구보다도 말이 많은 편일세.

자넨 시간을 낭비하고 있어, 피트. 자기 명을 재촉하고 있다고. 저 에그 타이머를 좀 봐. 모래 떨어지는 걸 좀 보라고. 저건 시간의 모래란 말이네, 피트. 시간의 모래.

자네, 저 많은 상자들은 다 뭣에 쓸 건가, 보이겔? 트럭이라도 털었나?

에그 타이머가 작동하고 있다니까, 피트. 에그 타이머 좀 보라고.

알았네, 보이겔. 내가 가져온 건…… 저 빌어먹을 에그 타이머는 그

---

* 장편서사시 『아이네이스』의 저자인 로마 최대의 시인 베르길리우스를 말함. 버질은 영어식 발음이다.

만 좀 쳐다보고 내 말 좀 들어봐. 클린턴 스트리트에 있는 병원에서 처방전을 받아왔단 말이야.

처방전이라고? 자네 또 의사들한테서 처방전을 훔쳐왔나?

의사들한테서 훔친 게 아니라 병원 접수창구 여자한테서 받아온 거지. 그 여자는 날 좋아하거든.

그 여자는 귀머거리에 장님인가보지. 난 처방전 따위는 필요 없네.

그러지 말게, 보이겔. 누가 알겠나? 자네가 병에 걸리거나 심각한 숙취 때문에 뭔가 필요할 수도 있잖아.

바보 같은 소리! 시간 다 됐네, 피트. 난 지금 바빠.

하지만, 보이겔.

나가, 피트. 나가라고. 일단 저 에그 타이머가 작동하기 시작하면 나도 어떻게 할 수가 없네. 다시 말해두지만 난 처방전 따위는 필요 없어.

프랭크 씨는 피트를 문밖으로 밀어낸 다음 그에게 소리쳤다. 자넨 날 감옥에 처넣고 자네도 처방전을 훔친 죄로 감옥에 들어가게 될 거야!

그러고는 다시 안락의자로 돌아와 털썩 주저앉더니 깡통에 붙어 있는 조리법대로 만든 건 아니지만 위를 진정시키기 위해서라도 수프를 좀 먹어봐야겠다고 했다. 수프가 맛이 없으면 와인을 조금 마시면 한결 나을 거라고 했다. 그는 수프를 맛보더니 이렇게 말했다. 오, 괜찮은데. 와인이랑 같이 먹어야겠어. 내가 와인의 코르크 마개를 따서 따르자 프랭크 씨는 버럭 소리를 질렀다. 바로 와인을 따르는 게 아니지! 와인병을 좀 놔둬서 향이 좋아지게 해야지! 그는 나더러 그것도 모르면서 어떻게 학교에서 학생들을 가르칠 수 있느냐고 잔소리를 했다. 그는 와인을 한 모금 마시더니 에어컨회사에 전화해 비둘기 문제에 대해 얘기해야겠다고 했다. 나는 그에게 그냥 안락의자에 앉아 있으라고 하고는 전화기와 에어컨회사 전화번호를 갖다주었다. 그는 이번에도 역시 에그 타이머를 찾더니, 삼 분 안에 자기가 원하는 정보를 제공해달라고 전화 받은 직원을 닦달했다.

안녕하쇼? 내 말 잘 들려요? 지금 에그 타이머를 작동시키고 있으니 어떻게 하면 그 빌어먹을, 죄송, 비둘기 놈들이 내 에어컨 실외기 위에서 붙어먹지 못하게 만들 수 있는지 말해주시오. 그 녀석들이 내 창밖에서 하루 종일 구구구구, 하고 울어대고 창 언저리에 똥을 싸대는 통에 정말 미칠 지경이오. 지금은 뭐라고 말해줄 수 없다고? 조사를 해봐야 한다고? 뭘 조사한다는 거요? 비둘기 놈들이 내 에어컨 실외기 위에서 들러붙어서 그 짓을 하는지 안 하는지 조사해봐야 한다는 거요? 미안하지만 삼 분이 다 됐소. 이만 끊어야겠소.

그는 내게 전화기를 다시 넘겨주며 말했다. 자네한테 한 가지 더 할 말이 있네. 비둘기 놈들이 내 에어컨 실외기 위에 똥을 싸대는 것도 다 해리 볼 그 노인네 탓이란 말이야. 그 노인네가 망할 놈의 알루미늄 의자를 갖다놓고 앉아 주차할 자리를 찾으면서 보로 홀 일대의 비둘기들에게 먹이를 주고 있단 말이야. 해리 그 작자에게 비둘기 놈들은 모두 쥐새끼 같은 놈들이니 제발 그 짓 좀 그만하라고 잔소리 좀 했더니, 그 작자가 글쎄 화만 버럭 내는 거야. 그러고는 몇 주 동안 나한테 말도 안 하려 하더라고. 그래봤자 나야 뭐 답답할 건 없지만. 그 늙은 작자는 더는 마누라가 없으니까 비둘기한테 먹이나 던져주는 거야. '더는'인가, 아니면 '이제는'인가? 난 모르겠네. 나는 고아원에서 뛰쳐나온 사람이지만 죽치고 앉아 비둘기한테 먹이 주는 짓 따위는 안 해.

어느 날 밤 프랭크 씨가 우리 집에 찾아와 문을 두드렸다. 문을 열어보니 프랭크 씨가 술에 취한 채 너덜너덜 해진 목욕가운을 입고 종이 몇 장을 들고 서 있었다. 그는 자기 유언장이라면서 나더러 그중 한 부분을 읽어보라고 했다. 아니, 커피는 안 마시겠네. 커피를 마셨다가는 속이 뒤집혀 죽고 말 거야. 하지만 맥주라면 괜찮을 것 같은데.

그래, 자네는 나를 많이 도와주었지. 앨버타는 종종 내게 저녁도 차려주었고. 요즘 같은 세상에 누가 늙은이에게 저녁을 차려주겠어? 그래서 내가 감사의 뜻으로 자네한테 4천 달러, 앨버타한테 4천 달러를 물려주려고 하네. 『신학대전』과 내 넥타이들도 자네한테 물려주겠네. 자, 여기 보게. 이 유언장에 이렇게 써두었지. 프랭크 매코트에게는 평소 그가 감탄해 마지않던, 우중충한 것과는 거리가 먼 내 넥타이들을 전부 물려준다.

워런 스트리트로 이사 간 다음 나는 한동안 버질 프랭크 씨와 연락을 못 하고 지내다가 딸 매기의 영세식을 치르게 되면서 프랭크 씨가 우리 딸의 대부가 되어주길 바랐다. 하지만 프랭크 씨 대신 그의 변호사가 내게 전화를 걸어와 그의 죽음을 알려주었다. 그러고는 그의 유언장에서 우리 부부와 관련된 부분에 대해 언급했다. 그런데 그가 나중에 마음을 바꿔서 『신학대전』과 넥타이는 빼고 선생께 4천 달러만 물려주겠다고 유언장을 수정했는데요, 그래도 이 조건을 수락하시겠습니까?

그럼요, 물론이죠. 그런데 프랭크 씨가 왜 마음을 바꿨답니까?

프랭크 씨는 선생께서 아일랜드를 방문하러 가셨다는 소식을 듣고는 선생께서 금 유출에 일조했다고 하시면서 서운함을 드러내셨지요.

그게 무슨 말씀이죠?

프랭크 씨의 유언에 따르면 존슨 대통령이 몇 년 전 해외를 여행하는 미국인들은 나라의 금을 유출시키고 국가 경제를 망치는 거라고 했다나요. 그래서 선생께서는 우중충한 것과는 거리가 먼 넥타이들과 『신학대전』 세 권을 물려받으실 수 없게 된 것입니다. 아시겠습니까?

아, 네. 물론······

주택 마련을 위한 첫 계약금을 마련해놓은 뒤, 우리는 근처의 집들을 알아보기 시작했다. 우리가 살고 있는 집의 주인인 호텐시아 오도네스 부인이 우리가 집을 구하고 있다는 소식을 듣고는 어느 날 건물 뒤쪽 외부에 설치된 철제 비상계단을 통해 우리 집까지 올라왔다. 그리고 부엌 창문으로 커다란 곱슬머리 가발을 들이밀어 나를 혼비백산하게 했다.

프랭키, 프랭키, 창문 좀 열어봐. 밖이 너무 추워서 말이야.

손을 뻗쳐 오도네스 부인을 도와주려고 했지만 부인은 소리소리를 질렀다. 내 머리 조심해! 내 머리! 나는 오도네스 부인을 부엌 창문 안으로 끌어당기는 중노동을 해야 했고, 그 와중에도 부인은 자기 가발을 놓치지 않으려고 안간힘을 썼다.

어유, 추워라, 어유. 프랭키, 혹시 럼주 있어?

아뇨, 오도네스 부인. 와인하고 아이리시 위스키밖에 없는데요.

위스키라도 좀 줄래, 프랭키? 엉덩이까지 다 얼어붙을 지경이야.

여기 있어요. 그런데 왜 건물 계단으로 올라오지 않으세요?

그쪽은 깜깜하잖아. 난 밤낮으로 전깃불을 켜둘 만한 여유가 없거든. 그래서 비상계단으로 올라온 거지. 비상계단이야 화재경보기 때문에 밤낮으로 훤하니까.

아, 그렇군요.

근데 뭔 일이야? 자네와 앨버타가 집을 구하러 다닌다는 소식이 들리던데. 차라리 이 집을 사지그래?

얼마인데요?

5만 달러.

5만 달러라고요?

그래. 왜? 너무 비싸?

오, 아니에요. 그 정도면 괜찮은 가격이네요.

그날 우리는 계약서에 서명하고 다 함께 럼주를 마셨다. 오도네스 부인은 그 많은 세월 동안 살아온 집을 떠나자니 정말 섭섭하다고 했다. 오도네스 부인은 그 집에서 남편 오도네스 씨가 아니라 남자친구 루이스 웨버와 함께 살았다. 루이스라는 남자는 동네에서 숫자 맞추기 노름장을 갖고 있는 걸로 유명했다. 오도네스 부인 말에 따르면 루이스는 비록 푸에르토리코인이지만 세상에 무서운 사람이 없었다. 코사 노스트라*조차 무서워하지 않는 용감한 남자였다니까. 코사 노스트라 일당이 이 일대를 접수하려고 했지만, 그이가 캐롤 가든에 있는 돈네 집으로 뚜벅뚜벅 걸어들어가서 호기 있게 다들 뭐 하는 짓이냐고 한바탕 소리쳤더니 돈이 그이 배짱에 감탄해서 자기 똘마니들에게 물러서라고, 루이스를 건드리지 말라고 했다지. 프랭키, 자네도 잘 알지? 캐롤 가든의 이탈리아 놈들을 상대할 사람은 아무도 없다는 걸. 그 동네에서는 깜둥이도, 푸토인들도 구경할 수 없지. 어쩌다 그 동네에서 그런 인종들을 보게 된다 해도 십중팔구는 그저 지나가는 사람들일 뿐이야.

오도네스 부인은 마피아는 물러났지만 그놈들을 믿을 수 없어서 자기와 루이스는 함께 차를 몰고 나갈 때마다 루이스 것과 자기 것으로 총 두 자루를 늘 갖고 다녔다고 했다. 그이는 가끔 내게 말했지. 누가 덤벼들어 자기를 꼼짝 못하게 하면 내가 대신 운전대를 잡고 차를 인도 쪽으로 끌고 가라고. 자동차를 치는 것보다는 차라리 보행자를 치는 게 낫다고 말이야. 그러면 보험회사에서 다 알아서 해줄 거라고. 만약 보험회사에서 제대로 처리해주지 않고 조금이라도 날 곤란하게 만들면, 그이가 잘 아는 푸토인 몇 사람의 전화번호를 줄 테니 그들한테 연락해보라고 하더라고. 그이 말로는 이 동네에 마피아만 있는 건 아니라면서 그 푸토 친구들이 보험회사를 상대해줄 거라고 하데. 그 탐욕스러운 개자식들

---

* 19세기 초 시칠리아에서 조직된 최대 규모의 마피아 조직.

말이야. 오, 미안, 앨버타. 내 말버릇이 원래 좀 이래. 럼주 남은 것 있어, 프랭키?

가엾은 루이스. 키포버 위원회*가 수시로 그이를 못살게 굴었지만 그래도 그 사람은 제명을 다하고 죽었지. 그 뒤로 나는 운전 같은 건 절대 안 하지만 그래도 그 사람이 남겨두고 간 총이 아직도 아래층에 있어. 그 총 한번 볼래, 프랭키? 응, 싫어? 어쨌든 난 총을 갖고 있으니까 어떤 놈이든 내가 부르지도 않았는데 내 아파트에 침입해 들어오면 그땐 그놈 미간에 대고 빵, 하고 총을 쏴버려. 그러면 녀석은 바로 가는 거야.

소식을 들은 이웃들은 웃으면서 고개를 끄덕였다. 자네들은 금광을 산 거야. 호텐시아가 사는 1층 아래 지하실하고 자네들이 사는 아파트 거실 위 천장에 루이스가 돈을 잔뜩 묻어뒀다는 것은 누구나 다 아는 사실이지. 자네들은 그저 천장을 뜯어내기만 하면 돼. 그러면 100달러짜리 지폐가 잔뜩 쏟아져서 자네들 겨드랑이까지 차오를걸.

호텐시아가 이사 나간 뒤 우리는 하수관을 새로 설치하기 위해 지하실을 팠다. 하지만 거기에 묻혀 있는 돈이라고는 없었다. 천장도 뜯어보았지만 벽돌과 서까래뿐이었다. 우리는 다시 천장을 덮고 망치질을 했고, 누군가는 우리더러 정신과에 가봐야 되는 것 아니냐고 빈정댔다.

우리가 찾아낸 건 머리가 떡이 되도록 뒤엉켜 있고, 눈도 없고, 팔도 없고, 다리도 한 짝밖에 없는 인형뿐이었다. 우리는 그 인형을 버리지 않고 뒀다가 두 살배기 우리 매기에게 주었다. 매기는 그 인형을 '야수'라고 부르면서 다른 어떤 인형들보다 좋아했다.

오도네스 부인은 코트 스트리트에 있는 자그마한 단층짜리 아파트로

---

*1951년 미 상원의원 에스테스 키포버의 제창으로 조직범죄를 조사하기 위해 구성된 미 의회 내의 위원회.

이사했고, 죽어서 푸에르토리코로 돌아갈 때까지 그곳에 살았다. 부인의 사망 이후 나는 종종 오도네스 부인과 럼주를 마시면서 더 많은 시간을 보냈더라면 좋았을 텐데, 하고 생각했다. 부인을 버질 프랭크 씨에게 소개해주고 다 함께 럼주와 아이리시 위스키를 마시면서 루이스 웨버와 금 유출과 에그 타이머로 전화요금 절약하는 방법에 대해 이야기를 나누었더라면 좋았을 텐데, 하는 아쉬움이 종종 들었다.

51

1969년, 나는 스타이브샌트 고등학교의 임시 교사로 일하게 되었다. 그 학교에 재직하고 있던 조 커런 선생이 술 때문에 건강에 문제가 생겨서 몇 주간 휴가를 가게 된 것이다. 조 커런 선생의 학생들은 나더러 그리스어를 아느냐고 묻더니 내가 잘 못한다고 하자 실망한 표정들이다. 학생들 말에 따르면 조 커런 선생은 책상에 앉아서 『오디세이아』의 기나긴 구절들을 물론 그리스어로 읽어주거나 외워서 낭송해주었다고 한다. 또한 커런 선생은 자기가 보스턴 라틴어 학교와 보스턴 칼리지를 다녔다는 사실을 매일 학생들에게 상기시키면서 그리스어와 라틴어를 모르는 사람은 감히 교육받았다고 말할 자격도, 신사임을 내세울 자격도 없는 사람이라고 주장했다고 한다. 그래, 그래, 여긴 스타이브샌트 고등학교란 말이야. 너희는 여기에서 로키스 언덕에 이르는 일대에서 가장 똑똑한 학생들이고. 너희 머리는 과학과 수학으로 가득 차 있지. 하지만 이 세상에서 너희한테 필요한 건 바로 호메로스, 소포클레스, 플라톤, 아리스토텔레스야. 즐거운 순간을 즐기고 싶을 땐 아리스토파네스가, 좀더 어두운 곳을 들여다보고 싶다면 베르길리우스가 좋아. 속세에서 벗어나고 싶을 때는 호라티우스가, 세상에 완전히 염증이 났을 때는 유베날리스가 필요하지. 그들의 위대함을 생각해보게, 제군들. 위대함이라면 그리스, 영광이라면 로마라네!

그의 학생들이 좋아했던 것은 그리스인이나 로마인들이 아니라 조 커런 선생이 단조로운 목소리로 사십 분 동안 고대 작품들을 읊거나 열변을 토하는 것이었다. 그동안 학생들은 공상에 빠지거나, 다른 수업의 숙제를 하거나, 낙서를 끼적거리거나, 집에서 가져온 샌드위치를 몰래 뜯어먹거나, 제임스 캐그니나 텔로니어스 멍크 혹은 노벨상 수상자가 앉았을지도 모르는 책상에 자기 이름의 약자를 새겨넣었다. 그도 아니면 학교 역사상 처음으로 입학이 허가된 아홉 명의 여학생들을 생각하고 앉아 있을 수도 있었다. 조 커런 선생은 그 아홉 명의 여학생들을 '베스타의 처녀들'이라고 불렀는데 학부모들로부터 그건 부적절한 비유라는 항의가 들어왔다고 한다.

오, '부적절'하다고? 제길, 그 사람들은 왜 쉽고 간단한 말로 못 하는 거야? 그냥 '나쁘다'고 하면 안 돼?

학생들은 자기들끼리 이야기를 주고받았다. 그럼, 복도에서 여학생들을 볼 수 있다는 건 정말 대단한 일이지. 그 아홉 명의 여학생들 말이야. 우리 학교 남학생 수는 거의 3천 명에 달하는데. 그중 여학생 입학을 반대하는 비율이 50퍼센트나 됐다지? 그놈들은 대체 어떻게 된 놈들이야? 아랫도리가 성치 않은 녀석들 아니야?

그러면 그때 커런 선생은 뭘 하고 있었던가? 그는 교단 위에 서서 이번에는 영어로 『일리아스』와 아킬레우스와 파트로클로스의 우정에 대해 이야기하고 있었다. 커런 선생은 이 두 그리스인들의 얘기를 그칠 수가 없었다. 헥토르가 자기 친구 파트로클로스를 죽인 것을 알게 된 아킬레우스의 분노가 폭발해 자신이 직접 헥토르를 죽이고 그의 시신을 전차 뒤에 매달아 이리저리 끌고 다니며 죽은 친구에 대한 사랑의 힘을, 감히 사랑이라고 부르지도 못할 그런 사랑의 힘을 보여주었다는 이야기였다.

제군들, 어떤 문학작품에서 이보다 더 아름다운 장면을 찾아볼 수 있을까? 자기 아들이 무서워할까봐 헥토르가 투구를 벗는 장면 말이야. 오, 세상의 모든 아버지들이 투구를 벗을 수 있으면 좋으련만. 그러고는 커런 선생이 회색 손수건에 얼굴을 묻고 훌쩍거리면서 '오줌'이라는 단어 따위를 쓰면, 학생들은 그가 점심시간 동안 술 한잔 하러 학교 옆 개스하우스 바에 다녀왔다는 것을 알아차렸다. 선생은 바 스툴에 앉아 있다가 무슨 아이디어가 떠올랐는지 잔뜩 흥분해서 돌아와서는, 그리스인들을 잠시 잊을 수 있게 자기를 가르침의 길로 인도해주신 신께 감사드리며, 위대한 시인 알렉산더 포프*를 찬양하며 포프의 「고독에 대한 송가」를 읊어대기도 했다.

행복하여라,
조상에게 물려받은 몇 마지기 땅에
소망과 근심을 걸어놓고
제 몫의 터전에서 고향의 공기를
마음껏 호흡하는 자여

자, 기억해둬, 남녀 학생 여러분. 그런데 여기 여학생들도 있나? 있으

---

* 영국의 시인이자 비평가. 장편 풍자시 『우인열전』 장편 철학시 『인간론』 등을 남겼고, 『일리아스』와 『오디세이아』를 번역하기도 했다.

면 손들어봐. 여학생 없어? 그렇다면 제군들, 잘 기억해둬. 포프는 호라티우스 덕분에, 호라티우스는 호메로스 덕분에 위대한 시인이 되었지. 호메로스가 누구 덕에 위대한 시인이 되었는지는 하느님만 아시지. 제군들은 어머니의 이름을 걸고 이걸 기억하겠다고 약속할 수 있겠지? 포프가 호라티우스의 영향을 받아 위대한 시인이 되었다는 사실을 잘 기억해둔다면 제군들은 태어날 때부터 위대한 시인으로 태어나는 사람은 아무도 없다는 것 또한 기억할 수 있을 것이다. 자, 기억할 수 있겠나?

네, 커런 선생님.

그러니 『오디세이아』나 케케묵은 옛날 작품들을 왜 읽어야 하느냐면서 불평하는 조 커런 선생의 학생들에게 내가 뭐라고 말할 수 있겠는가? 고대 그리스나 트로이에서 무슨 일이 일어났든, 바보 같은 헬레나 때문에 여기저기에서 남자들이 죽어가는 그런 이야기가 우리랑 무슨 상관이 있느냐고요. 우린 우리를 좋아하지도 않는 여자 때문에 목숨 걸고 싸우는 일 따위는 하지 않을 거예요. 그래요, 우린 『로미오와 줄리엣』은 이해할 수 있어요. 다른 종교를 가진 여자애와 데이트하는 것에 바보같이 화내는 부모들은 지금도 많으니까요. 〈웨스트사이드 스토리〉랑 거기에 나오는 갱들도 충분히 이해할 수 있어요. 하지만 오디세우스가 페넬로페와 텔레마코스를 집에 놔두고 바보 같은 계집애 때문에 전쟁에 나간 건 정말 이해할 수가 없네요. 물론 오디세우스가 참전하지 않으려고 미친 척한 부분은 멋지다고 생각해요. 그리고 오디세우스만큼 똑똑하지 못한 아킬레스가 오디세우스를 바보 취급하는 것도 재미있고요. 하지만 오디세우스가 어떻게 이십 년씩 싸우고 바람을 피우면서 돌아다닐 수 있었는지, 그러면서 페넬로페가 집구석에 틀어박혀 물레나 돌리면서 구혼자들을 물리치고 있을 거라고 생각했는지 믿기지가 않네요. 여학생들이 자기들은 충분히 납득이 간다고 말한다. 충분히 있을 수 있는 얘기야. 그럼, 그렇고말고. 여자들은 끝까지 자기 사랑을 지켜. 원래 그렇게 태어났으니까. 한 여학생은 바이런의 시에서 읽은 구절을 반 아이들에게 들려준다. 남자의 사랑은 그 일생의 일부요, 여자의 사랑은 그 일생의 전부다. 그러자 남학생들은 우우, 하고 야유를 퍼부어대고 여학생들은 박수갈채를 보내며 말한다. 심리학 책들을 봐도 남학생들은 같은 또래의 여학생들에 비해 정신연령이 세 살이나 어리다고 되어 있더라. 이 교실에는 아마도 정신연령이 여학생들보다 여섯 살 더 어린 남학생들도 있겠지만 말이야. 그러니 잠자코 있는 게 좋을걸. 그러자 남학생들은 눈썹을 치켜세우며 냉소적으로 반박해보려고 안간힘을 쓴다. 그래? 이 수다쟁이들아, 그럼 어디 냄새 한번 맡아봐. 난 다 큰 어른이라고. 그래도 여학생들은 서로 마주 보며 어깨만 으쓱해 보이고는 머리를 뒤로 넘기더니 나더러 수업의 본론으로 들어가자고 거만하게 말한다.

수업? 쟤들 지금 무슨 말 하는 거야? 무슨 수업? 내가 기억하기로 보통 고등학교에서는 학생들이 왜 우리가 이런 걸 읽어야 하느냐, 왜 저런 걸 읽어야 하느냐 징징대고, 그러면 나는 짜증이 나서 속으로 말했다고. 너희는 그 책을 읽어야 해. 이런, 제기랄! 그게 교과과정에 있는 책이라고. 그리고 내가 너희에게 그 책을 읽으라고 하면 그냥 읽는 거야. 나는 선생이야. 너희 징징대는 거, 불평하는 거, 다 당장 그만두지 않으면 영어 성적표 받았을 때 마치 하늘이 내린 선물처럼 '0'이라고 찍혀 있는 걸 보게 될걸. 나는 여기 서서 네 녀석들이 무슨 말을 하는지, 어떤 행동을 하는지 다 지켜보고 있어. 네 녀석들은 선택받은 소수이자 특권계급에 속하지만 부모들이 너무 오냐오냐 키워서 버르장머리라고는 없고, 학교 다니는 것 외에 하는 일이라고는 하나 없이 쏘다니기나 하고, 공부는 조금밖에 안 하지. 그러다가 대학에 가고, 온갖 술수로 돈을 벌어들이면서 배 나온 사십대가 돼서도 여전히 징징대고 불평하겠지. 그런데

이 세상에는 너희처럼 살 수만 있다면, 너희처럼 잘 먹고, 잘 입고, 남의 약점이나 잡고 살 수만 있다면 손가락 발가락 다 내놓을 아이들이 수천, 수백만 명 있단 말이야.

나는 속으로는 이렇게 말하고 싶지만 결코 입 밖에 내지는 않을 작정이다. 안 돼. 이렇게 말할 수는 없어. 이런 말을 했다가는 부적절한 말을 했다고 항의가 들어올 테고, 그러면 결국 조 커런 선생 같은 꼴을 당하게 될 테니까. 안 돼. 이런 식으로 말해선 안 돼. 난 매키 직업기술고등학교와는 비교도 안 되는 이 명문 고등학교에서 자리를 잡아야 해.

1972년 봄, 영어 학과장인 로저 굿맨 선생이 내게 스타이브샌트 고등학교의 정규 교사 자리를 제안한다. 정규 교사로 일하게 되면 일주일에 다섯 시간 수업 외에 교내 순시하는 일을 해야 한다. 이번에도 내 담당은 학생식당의 질서유지, 그러니까 학생들이 아이스크림 껍질이나 핫도그 부스러기를 바닥에 떨어뜨리지 않도록 감시하는 일이다. 이번 학교에서는 남녀 학생들이 같이 앉도록 허락하고 있어서 로맨스를 꽃 피우느라 식욕은 뒷전이다.

내가 맡은 반은 학생 수가 그리 많지 않다. 이제 졸업반이 된 이 학교 최초의 아홉 명 여학생이다. 여학생들은 꽤나 싹싹하다. 그들은 내게 커피, 베이글, 신문 따위를 갖다준다. 그러면서 나에게 바른 소리도 해댄다. 선생님, 헤어스타일 좀 어떻게 해보세요. 구레나룻도 좀 기르시고요. 지금은 1972년이에요. 시대에 좀 맞추세요, 멋지게요. 보시라고요. 그리고 옷도 신경 좀 쓰세요. 꼭 늙은이같이 입고 다니시잖아요. 흰머리가 좀 나긴 했지만 그래도 그렇게 늙게 보일 필요는 없잖아요? 게다가 선생님은 늘 긴장한 것처럼 보여요. 심지어 그들 중 한 명은 내 목과 어깨까지 주물러주면서 이렇게 말한다. 긴장 풀어요, 릴랙스. 우린 선생님을 해치지 않아요. 그러고는 여자들끼리 비밀 얘기를 할 때처럼 깔깔 웃어댄다. 그 비밀 얘기의 주인공은 바로 나다.

나는 주 오 일 하루에 다섯 시간씩 수업을 하게 된다. 담임을 맡게 된 35명의 이름에 더해서, 내 수업에 들어오는 175명의 이름을 다 외워야 한다. 특히 중국 학생들이나 한국 학생들의 이름을 외울 때면 신경을 더 써야 한다. 잘못했다가는 냉소적인 반응이 돌아온다. 우리 이름을 잘 모르셔도 상관없어요, 매코트 선생님. 우린 다 비슷비슷해 보이는 게 사실이니까요. 혹은 그들은 깔깔대면서 이렇게 말하기도 한다. 그래요, 우리가 보기에는 당신네 백인들도 다 똑같아요.

나는 이 모든 것을 임시 교사로 일할 때부터 알고 있다. 하지만 이제 내 학생들, 내가 담임을 맡은 학생들이 교실로 우르르 들어오는 것을 바라보면서 1972년 2월의 첫날, 성 브리지다 축일에 이렇게 기도한다. 성녀 브리지다, 당신께 기도드립니다. 여기 제가 다섯 달간 일주일에 오일을 매일 봐야 하는 아이들이 있습니다. 저는 제가 이 일에 적합한 사람인지도 잘 모르겠습니다. 시대는 변했고, 스타이브샌트 고등학교 아이들은 내가 처음 가르쳤던 매키 직업기술고등학교 아이들과는 완전히 다른 세상, 다른 시대에 살고 있다. 그동안 전쟁이 일어나고, 두 명의 케네디, 마틴 루터 킹 목사, 그리고 메드거 에버스*가 암살되었다. 매키 직업기술고등학교 남학생들은 머리를 짧게 자르거나 기름을 발라 빗으로 빗어넘겨 오리 궁둥이 같은 꼴을 했고, 여학생들은 블라우스에 스커트를 입고 머리는 파마를 해서 마치 헬멧을 쓴 것처럼 둥그렇고 딱딱했지만, 이곳 스타이브샌트 남학생들은 머리를 길게 기르고 다녀서 길 가던 사람들이 보면 계집애들이랑 구별이 안 된다고 빈정댄다. 그들은 홀

---

* 미국의 흑인 인권 운동가.

치기염색을 한 티셔츠에 청바지를 입고 샌들을 신고 다녀서 아무도 그들이 뉴욕 유복한 가정의 자녀들이라고는 짐작할 수 없다. 스타이브샌트 여학생들은 머리와 가슴을 묶어매지 않고 놔두어서 남학생들을 욕망에 불타게 만든다. 그리고 청바지 무릎은 가난뱅이의 낭만을 흉내내느라 찢어놓기도 하는데, 다들 알다시피 중산층 부자들의 배부른 장난질에 지나지 않는다.

스타이브샌트 아이들은 확실히 매키 아이들보다 멋있고 세련돼 보인다. 그들은 확실한 미래를 보장받고 있는 아이들이다. 여덟 달만 있으면 예일, 스탠포드, MIT, 윌리엄스, 하버드 등 미국 전역의 명문대로 진학해서 이 나라를 이끌 왕과 왕비들이다. 그런 아이들이 내 교실에서 저희가 앉고 싶은 아무 자리나 앉아 나를 무시하면서, 자신들이 졸업해서 사회에 나가는 것을 방해할 또 한 명의 선생인 내게 등을 돌리고 자기들끼리 떠들어대고 있다. 어떤 아이들은 저 작자는 또 뭐야? 라고 말하는 듯 나를 노려보기도 한다. 그들은 책상에 팔을 괴고 구부정하게 앉아 창밖을 내다보거나 내 머리 위를 바라본다. 어쨌든 나는 선생이니까 학생들을 수업에 집중시켜야겠다 싶어서 "자, 다들 주목" 하고 말하지만 떠드는 것을 멈추고 나를 주목하는 학생은 몇 명뿐이다. 다른 녀석들은 방해받아서 기분 나쁘다는 표정으로 나를 한 번 흘깃 쳐다보고는 이내 다른 데로 눈길을 돌린다.

내가 맡은 세 개 졸업반 학생들은 매일 가지고 다녀야 하는 영국 문학 교과서가 무겁다고 불평하고, 저학년 아이들은 미국 문학 교과서가 너무 무겁다고 불평한다. 그런 교과서들은 하나같이 화려한 장정에 풍부한 삽화가 실린, 내용이 쉽지는 않지만 학생들에게 학습동기를 부여하고, 계몽시키고, 흥미를 유발시키도록 기획된 값비싼 책들이다. 나는 학생들에게 교과서를 들고 다니면 상체가 튼튼해진다고, 또 책 내용도 머릿속에 쏙쏙 들어갈 거라고 말한다. 그러자 학생들은 이 작자는 뭐야? 하는 표정으로 나를 노려본다.

학습 지도서도 아주 상세하고 포괄적이어서 나 혼자서 학습법을 연구할 필요가 없다. 학습 지도서에는 학생들을 계속 긴장하게 만드는 데 써먹을 수 있는 수많은 퀴즈와 테스트, 시험 문제 따위가 실려 있다. 수백 가지 객관식 문제, OX 문제, 빈칸 채우기 문제, 어울리는 내용끼리 연결하는 문제들이 실려 있고, 햄릿이 왜 자기 어머니에게 모질게 굴었는지, 키츠의 '부정적 능력'은 무슨 뜻인지, 고래의 하얀색에 관한 장에서 멜빌의 작가적 의도는 무엇인지 설명해보라는 명령조의 위압적인 문제도 실려 있다.

자, 제군들, 이제 우리는 호손에서 헤밍웨이까지, 베어울프에서 버지니아 울프까지 훑어볼 것이다. 오늘 저녁에 집에 가서 내가 정해준 페이지를 읽어보도록. 내일 그것에 대해 토론할 테니까. 퀴즈가 있을 수도 있고 없을 수도 있다. 하지만 퀴즈가 없을 거라고 넘겨짚지는 마라. 그건 선생만 알고 있다. 화요일에는 테스트가 있을 것이다. 오늘부터 삼주 후 화요일에는 중요한 시험이 있다. 그래, 정말 중요한 시험이지. 너희 성적은 이 시험에 의해 결정될 것이다. 물리와 연산 과목 테스트도 있다고? 안됐구나. 그렇지만 이 과목은 영어다. 여러 과목들 중에서도 가장 중요한 과목이지.

그리고 너희는 모르겠지만, 나는 영국 문학과 미국 문학에 대한 학습 지도서로 무장하고 있단 말씀이다. 내가 가방에 잘 모시고 다니는 학습 지도서에는 너희가 머리를 긁적거리고, 연필을 깨물고, 성적표 받는 날을 두려워하게 만들 수 있는 온갖 문제들이 들어 있다. 내가 이런 문제들로 아이비리그에 대한 너희의 원대한 꿈을 꺾어놓을 수도 있다. 그러면 너희는 나를 증오하겠지? 나는 너희 부모들이 들락거리던 빌트모어 호텔 로비를 청소하던 사람이거든.

여긴 스타이브샌트 고등학교다. 이 학교야말로 이 도시에서 가장 좋은 학교가 아니냐? 이 나라에서 가장 좋은 학교라고 말하는 사람들도 있지. 이 학교는 너희가 원해서 들어온 곳이다. 너희는 집 근처에 있는 학교로 가서 왕과 여왕 대접을 받고 반에서 일등이 될 수도 있었다. 그런데 이 학교에서 너희는 그저 아이비리그 대학에 들어갈 수 있는 귀한 성적을 얻기 위해 경쟁하는 수많은 학생들 중 한 명일 뿐이지. 성적이야말로 너희가 받들어모시는 신 아니냐? 그러니 스타이브샌트 학교 지하실에는 제단이 갖춰진 성소라도 차려둬야 할 것 같다. 그러면 너희는 너희가 그토록 원하는 성스러운 첫자리 숫자인 9가 커다란 붉은색 네온으로 번쩍거리는 제단 앞에 무릎 꿇고 앉아서 이렇게 기도하겠지. 오, 하느님, 제게 A학점과 90점대 점수를 주십시오, 라고.

매코트 선생님, 어떻게 저한테 93점밖에 안 주실 수가 있어요?

그 정도면 후하게 준 거야.

하지만 시키는 것은 다 했고, 선생님이 내주시는 숙제도 꼬박꼬박 제출했잖아요.

넌 숙제를 늦게 제출한 적이 두 번 있다. 그래서 한 건당 2점씩 감점한 거야.

그렇지만 매코트 선생님. 왜 꼭 2점씩 깎으시는 거죠?

그렇다면 그런 줄 알아. 그게 네 점수라고.

매코트 선생님, 선생님은 왜 그렇게 쩨쩨하세요?

나는 쩨쩨한 것 빼면 시체인 사람이다.

나는 교사용 지도서대로 했다. 수업 시간에는 미리 준비한 질문들을 던졌다. 학생들에게 갑자기 쪽지시험을 보거나 테스트를 치르게 했고,

교과서를 저술한 대학교수들이 만든 아주 어려운 시험 문제들로 학생들을 찍소리 못 하게 만들었다.

학생들은 반항했고, 커닝을 했고, 나를 미워했다. 그들이 나를 미워하니 나도 그들을 미워했다. 나는 그들이 커닝하는 방법을 알아냈다. 오, 자기 주변에 있는 친구들의 시험지를 슬쩍 넘겨보는군. 오, 모스부호 같은 헛기침으로 여자친구에게 답을 알려주는군. 그러면 사지선다형 문제의 답을 알아낸 여자애는 미소로 화답했다. 그 여자친구가 등 뒤에 있을 경우 남학생은 다섯 손가락을 세 번 펼쳐서 그것이 15번 문제임을 알려준 다음 집게손가락으로 오른쪽 관자놀이를 긁어서 답이 A임을 알려주었다. 다른 손가락으로 긁으면 다른 것이 답이라는 뜻이었다. 그런 식으로 교실은 기침과 손동작으로 활기가 넘쳤다. 나는 커닝을 하는 녀석에게 속삭였다. 당장 그만두는 게 좋을걸. 안 그랬다가는 네 시험지를 찢어서 쓰레기통에 던져버릴 테니. 그러면 네 인생도 끝장나는 거야. 나는 이 교실의 주인이야. 나라면 절대 부정행위 따위는 안 한다. 초록색 답을 훤한 보름달 빛에 흔들어대더라도 말이다. 난 절대 안 한다고.

매일 나는 교실 앞쪽에 놓여 있는 내 책상 뒤에 웅크리고 앉아 내 감정은 꾹 눌러둔 채 분필, 칠판지우개, 빨간 펜, 교사용 지도서로 중무장하고 퀴즈와 테스트와 시험의 위력에 의존해 교사 역할극을 수행한다. 때로는 협박과 통제의 무기들을 동원하기도 한다. 네 아버지를 불러야겠다. 어머니를 부를까? 아니면 재단 이사장님께 일러바칠까? 난 네 전 과목 평균 점수를 형편없이 만들 수도 있어. 그렇게 되면 넌 미시시피에 있는 지방 전문대학에만 들어갈 수 있어도 다행이겠지.

상급생인 조너선은 책상에 머리를 박으며 이렇게 말한다. 왜? 왜? 왜 우리가 만날 이런 걸로 고생해야 하죠? 우린 유치원부터 시작해서 십삼 년 동안 학교에 다녔어요. 우리가 왜 댈러웨이 부인이 무슨 색 구두를 신고 망할 놈의 파티에 갔는지 알아야 해요? "부질없는 아우성으로 귀먹은 하늘을 괴롭히는*" 셰익스피어를 뭐 어떻게 하라고요? 그리고 '부질없는 아우성'은 대체 뭐예요? 하늘은 또 언제 귀먹은 거예요?

그러자 교실 안에 불만의 소리가 울려퍼지고, 나는 그저 무기력하게 서 있다. 녀석들은 조너선에게 맞아, 맞아, 하고 지원을 보내고 조너선은 머리 박기를 멈추고 고개를 들어 이렇게 묻는다. 매코트 선생님, 선생님도 고등학교 다닐 때 이런 것들을 배우셨나요? 그러자 또다시 그래, 그래, 하고 조너선을 응원하는 소리가 일제히 들려온다. 나는 뭐라고 대답해야 좋을지 알 수 없다. 그들에게 사실 그대로, 고등학교 선생이 되기 전에는 고등학교 근처에도 가본 일이 없다고 말해야 하는 건지, 아니면 리머릭에서 엄격하기로 소문난 크리스천 브러더스에서 중등교육을 받았다고 거짓말을 꾸며대야 하는 건지.

그런데 그때 한 학생이 나를 구원, 아니, 추락시킨다. 매코트 선생님, 제 사촌이 스태튼아일랜드에 있는 매키 고등학교에 다녔는데요, 걔 말로는 선생님은 고등학교 근처에도 못 가본 분이지만 상당히 좋은 선생님이었다고 하던데요. 학생들에게 이야기도 들려주시고 시험 따위로 학생들을 괴롭히지도 않았다고 하더라고요.

그러자 교실 안에 미소가 번져나간다. 내 가면이 벗겨지는 순간이다. 고등학교 근처에도 가본 적 없는 선생이 시험이다 뭐다 하는 걸로 우리를 이렇게 괴롭히고 있잖아. '고등학교도 못 나온 선생'이라는 딱지가 평생 나를 따라다니는구나 싶다.

그런데 매코트 선생님, 선생님은 뉴욕에서 교사 자격증을 따신 거잖아요.

---

* 셰익스피어의 소네트 29번.

그렇지.

교사가 되려면 대학 졸업장이 필요 없나요?

필요하지.

고등학교를 졸업해야 되는 거예요?

네 말은 고등학교를 졸업해야 한다는 말이냐? 고등학교를?

네, 네. 대학에 들어가려면 고등학교를 졸업해야 하는 거 아닌가요?

그렇지.

그 초보 법관은 선생을 갈구더니 승리를 거두고 소문은 다른 반에도 퍼져나간다. 우와, 매코트 선생님은 고등학교 근처에도 안 가시고도 스타이브샌트에서 애들을 가르치세요? 대단해요!

나는 그날 교사용 지도서와 퀴즈, 테스트, 시험, 그리고 '전지전능한 교사'의 가면을 쓰레기통에 집어던진다.

나는 완전히 알몸으로 다시 시작해야 한다. 어디서부터 어떻게 다시 시작해야 할지 알 길이 없다.

1960년대와 1970년대 초에 학생들은 가슴에 리본을 달고 머리에는 머리띠를 두르고 시위를 벌였다. 여성, 흑인, 미국 원주민 등 모든 억압받는 소수자의 평등권 보장을 외쳤고, 베트남전 종결, 열대우림 보전 및 지구 전체의 환경 보전 등을 요구했다. 흑인이나 곱슬머리 백인은 아프로 헤어를 했고, 다시키*와 홀치기염색을 한 티셔츠는 그 시대 젊은이들의 대표 의상이 되었다. 대학생들은 수업을 거부했고, 곳곳에서 토론 집회를 열거나 시위를 벌이거나 군대 징집을 피해 캐나다나 스칸디나비아로 도망갔다. 학교에 온 학생들은 텔레비전 뉴스를 통해 본 전쟁의 참상

---

* 아프리카 민족의상으로 선명한 빛깔의 덮어쓰는 옷.

이 머릿속에 여전히 생생한 듯했다. 뉴스에서는 갈기갈기 찢겨 논 위에 뒹구는 시체들, 하늘을 나는 헬리콥터, 터널이 폭파되면서 손이 뒤로 묶인 채 밖으로 튕겨져나온 베트콩 임시 혁명정부의 군인들을 보여주었다. 그리고 미국 본토에서 일어나는 분노에 찬 얼굴들의 가두 행진, 시위들이 화면을 가득 채웠다. 우린 절대 입대하지 않겠다! 연좌시위, 성토대회, 주州방위군의 총에 쓰러지는 학생들, 불 코너*의 사냥개들 앞에서 뒤로 움찔 물러서는 흑인들, 태워라 태워, 검은 것은 아름답다, 서른 넘은 사람은 아무도 믿지 마라, 나는 꿈이 있습니다, 여러분의 대통령은 사기꾼이 아닙니다.

어쩌다 길거리나 지하철에서 매키 직업기술고등학교 학생들과 마주치면 베트남전에 참전한 매키 학생들의 소식을 들을 수 있었다. 그들은 떠날 때는 영웅 대접을 받으며 떠났지만 주검이 되어 고향으로 돌아왔다. 밥 보가드 선생이 내게 전화를 걸어 우리가 가르쳤던 졸업생 한 명의 장례식에 오라고 했다. 하지만 나는 가지 않았다. 스태튼아일랜드에서는 그러한 피의 희생을 매우 자랑스럽게 생각한다는 것을 잘 알고 있었기 때문이다. 스타이브샌트 학생들이 상상하는 것 이상으로 많은 스태튼아일랜드 남학생들이 희생제물이 되어야만 했다. 대학생들이 우드스톡 광장에서 연좌시위를 하며 분노의 주먹을 휘두르다가 저희끼리 섹스를 하는 동안 기계공이나 배관공들은 전쟁터에 나가 싸워야만 했다.

나는 어떤 리본도 달지 않았고 교실에서 어느 편도 들지 않았다. 이미 우리 주변에는 과장된 구호와 슬로건이 넘쳐나고 있었고, 다섯 반의 수업을 무사히 해내는 것만 해도 내게는 지뢰밭을 건너는 일이었다.

매코트 선생님, 우린 왜 여기 앉아서 상관없는 수업을 해야만 하죠?

---

* 미국의 정치인. 시위대 해산을 목적으로 소방호스와 군견 사용을 주장했다.

무엇과 상관없는 수업?

아시잖아요. 세상 돌아가는 것 좀 보세요. 무슨 일이 일어나고 있는지 좀 보시라고요.

무슨 일이야 항상 일어나고 있지. 사 년 동안 이 교실에 앉아서 신문의 헤드라인을 보기만 해도 머리가 돌아버릴 지경이니까.

매코트 선생님, 베트남에서 아기들이 네이팜탄에 맞아 타죽어가는데도 선생님은 걱정이 안 된다는 말씀이신가요?

걱정되지. 나는 한국이나 중국, 아우슈비츠나 아르메니아에 있는 아기들도 모두 걱정돼. 아일랜드에서 크롬웰의 병사들이 던진 창에 찔려 죽은 아기들까지도 걱정하고 있어. 나는 브루클린에 있는 뉴욕 시립 기술대학에서 시간강사로 일하면서 만난 태평양 제도 출신의 스물세 명의 여학생들과 다섯 명의 남학생들로부터 배운 것을 얘기했다. 그중에는 쉰다섯 먹은 푸에르토리코 출신의 남학생이 한 명 있었지. 그는 대학 졸업장을 따서 고국인 푸에르토리코로 돌아가 남은 평생 어린이들을 돕는 일을 하겠다는 꿈을 갖고 있었어. 또 한 그리스 젊은이는 영어를 공부해서 르네상스 영문학을 연구해 박사학위를 따겠다는 포부를 갖고 있었지. 그 클래스에는 흑인 젊은이가 세 명 있었다. 그중 레이가 지하철 플랫폼에서 흑인이라는 이유만으로 경찰한테 시달림을 당했다는 이야기를 하면서 투덜대자, 제도 출신 여자들은 참고 들어줄 수 없다면서 이렇게 대꾸했지. 그러면 그냥 집에 틀어박혀 공부나 하시지그래? 그러면 그런 일도 당하지 않을 것 아냐. 우리 새끼들은 집에 와서 그런 얘기는 입 밖에도 못 꺼내지. 그랬다가는 대갈통이 박살날 테니까. 그러자 레이는 입을 다물었지. 제도 출신 여자들에게 말대꾸했다가는 본전도 못 찾는다는 걸 잘 알고 있었으니까.

또 수업에 종종 늦어서 낙제할 거라고 늘 나한테 혼나던 드니즈라는 이름의 여학생이 있었지. 그 여학생도 지금은 이십대 후반이 되었을 거야. 어느 날 나는 그녀가 쓴 자서전 작문을 다른 학생들에게 읽어줘도 되겠느냐고 물었지.

그러자 드니즈는 이렇게 대답했어. 오, 안 돼요. 그렇게 할 순 없어요. 그녀는 자기가 남편한테 소박맞은 애 둘 딸린 유부녀라는 사실을 사람들이 알게 되면 너무 창피할 것 같다고 말했어. 애들 아버지는 몬트세랫으로 돌아가 땡전 한 닢 보내주지 않고 있어요. 하지만 누가 쓴 것인지 밝히지 않겠다고 약속하신다면 읽어주셔도 상관없어요.

그 글은 자기 일상생활을 묘사한 글이었어. 저는 아침 일찍 일어나 제인 폰다 비디오를 따라 체조를 하면서 새로운 하루를 허락하신 하느님께 감사의 기도를 올리지요. 그런 다음 샤워를 하고, 여덟 살, 여섯 살 먹은 아이들을 깨워서 등교시키고, 바로 대학에 수업을 들으러 가지요. 오후에는 학교에서 곧장 브루클린 시내에 있는 은행으로 출근하고, 퇴근하자마자 바로 어머니 집으로 가요. 어머니가 아이들을 학교에서 데려와 어머니 집에 데리고 있기 때문이지요. 어머니가 없었으면 어떻게 할 뻔했을까요? 특히 어머니가 손가락이 꼬이는, 철자도 어렵고 복잡한 병에 걸리셨을 때는 어떻게 해야 할지 정말 난감했지요. 아이들을 집으로 데려와 재우고 다음 날 아침 아이들이 입을 옷을 미리 챙겨둔 다음에는 침대 옆에 앉아서 기도를 올려요. 십자가를 올려다보며 오늘도 멋진 하루를 보낼 수 있게 해주신 하느님께 감사드리지요. 그리고 예수님께서 고난 받으시는 모습을 떠올리며 잠을 청하지요.

제도 출신 여자들은 정말 멋진 이야기라고 하면서 서로를 마주 보며 누가 그 이야기를 썼는지 궁금해했지. 레이가 자기는 예수를 믿지 않는다고 말하자, 여학생들은 레이더러 입 닥치라고 하면서 지하철 플랫폼이나 어슬렁거리고 다니는 녀석이 뭘 알겠느냐고 면박을 주면서 말했지.

우리는 일을 하면서 가족들도 돌보고 학교에도 다니지. 이 나라는 정말 좋은 나라야. 칠흑같이 검은 피부를 가진 사람이라도 원하는 것은 무엇이든 할 수 있거든. 그러니까 이 나라가 마음에 들지 않으면 당장 아프리카로 돌아가. 거기라면 경찰한테 시달릴 일도 없을 테니까.

나는 그 여자들에게 당신들은 영웅이라고 말해주었지. 그 푸에르토리코인에게도 당신은 영웅이라고 말해주었어. 레이에게도 좀더 크면 영웅이 될 거라고 말해주었지. 그러자 그들은 어리둥절한 표정으로 내 말을 믿을 수 없다는 듯 나를 쳐다보았지. 그들의 표정만 봐도 마음속에 어떤 생각이 스쳐 지나가는지 짐작할 수 있었어. 우린 그저 해야 할 일을 하고 교육을 받을 뿐인데, 왜 이 선생은 우리를 영웅이라고 부르는 거야?

그 이야기를 듣고도 스타이브샌트 학생들은 만족스럽지 않은 모양이었다. 세상이 이 지경으로 돌아가고 있는데 저 선생은 왜 우리에게 태평양 제도 출신 여자들, 푸에르토리코인들, 그리스인들에 대해 이야기하는 거야?

왜냐? 제도 출신 여자들은 교육의 힘을 믿고 있었던 거야. 여러분은 시위를 벌이고, 주먹을 휘두르고, 징집영장을 태워버리고, 바닥에 드러누워 교통을 마비시킬 수도 있겠지. 하지만 그렇게 해서 결국 뭘 알게 되지? 제도 출신 여자들에게는 교육이라는 한 가지 신념이 있었지. 그들이 알고 있었던 건 그것밖에 없었던 거야. 내가 알고 있는 것도 그것밖에 없고, 알고 싶은 것도 그것뿐이야.

그럼에도 불구하고, 내 머릿속에는 여전히 혼란과 암흑이 교차하고 있었다. 나는 내가 교실에서 무슨 짓을 하고 있는지 명확히 이해하든지 아니면 교실을 떠나야만 했다. 다섯 반을 맡으면서 그들 앞에 서서 선생 노릇을 계속하자면 그저 고등학교 교과과정을 인습적으로 따르면서 하루하루 보낼 수는 없었다. 가장 똑똑하고 훌륭한 학생들을 대학에 제공하기 위해 문법, 철자, 어휘, 시의 숨은 뜻을 알려주고, 사지선다형 문제를 풀 수 있도록 문학작품 조각들을 기계적으로 나눠줄 수만은 없었다. 가르치는 일을 즐겨야만 했다. 그러자면 처음부터 다시 시작해야 했다. 내가 좋아하는 것을 가르치기. 교과과정 따위는 엿이나 먹으라지.

매기가 태어난 해에, 나는 어머니한테 들은 대로 아이는 태어난 지 육 주쯤 되면 사물을 볼 수 있게 된다고 앨버타에게 말해주었다. 그것이 사실이라면 우리 매기를 아일랜드로 데려가야겠다는 생각이 들었다. 우리 매기가 처음 보게 되는 세상의 모습이 간간이 지나가는 소나기 사이로 언뜻언뜻 햇살이 비치는 아일랜드의 변덕스러운 하늘이었으면 싶었다.

때마침 패디 클랜시와 그의 아내 메리가 우리를 캐릭 온 수어에 있는 그들 농장에 초대했다. 하지만 신문에는 연일 벨파스트가 화염에 휩싸여 악몽의 도시로 변해가고 있다는 기사가 실렸다.* 나는 아버지를 꼭 만나봐야겠다는 생각에 패디 클랜시와 케빈 설리번과 함께 북부로 갔다. 밤에 벨파스트에 도착해 가톨릭 구역을 걸어가고 있는데, 한 무리의 여자들이 자기 편 남자들에게 정찰대가 오고 있다는 것을 알리기 위해 쓰레기통 뚜껑으로 바닥을 치다가 우리를 의심스러운 눈길로 쳐다보았다. 하지만 그 여자들이 그 유명한 클랜시 브러더스의 패디 클랜시를 알아본 덕분에 우리는 무사히 그 길을 통과할 수 있었다.

다음 날 패디와 케빈이 호텔에서 쉬는 동안 나는 제라드 삼촌 댁으로 가서 앤더슨 타운에 살고 있다는 아버지한테 나를 데려가달라고 부탁했다. 아버지는 문을 열어주고는 제라드 삼촌에게 눈인사를 하더니 삼촌 뒤에 서 있는 나를 훑어보았다. 삼촌이 말했다. 아드님이 오셨수.

---

* 1972년 초 북아일랜드에서 일어난 IRA와 영국계 개신교 사이의 유혈 폭력사태를 뜻한다.

아버지가 말했다. 우리 귀여운 말라키가 온 거냐?

아뇨, 아버지. 아버지 아들 프랭크예요.

제라드 삼촌이 말했다. 네 친아버지가 널 못 알아보다니 참 안됐구나.

내 친아버지가 말했다. 들어와서 앉거라. 차 한잔 하겠니?

아버지는 차를 주겠다고 해놓고선 부엌에 들어가서 차를 준비할 생각도 않고 있었다. 이윽고 옆방에서 여자 하나가 나오더니 차를 준비하기 시작했다. 제라드 삼촌이 내게 귓속말로 속삭였다. 저것 봐라. 네 아버지는 손 끝 하나 까딱 않는단다. 하긴, 앤더슨 타운의 여자들이 저렇게 옆에서 수족처럼 시중을 들어주니 그럴 만도 하겠지. 그 여자들은 매일 수프와 맛있는 음식으로 네 아버지를 유혹한단다.

아버지는 파이프 담배를 피우면서 찻잔에는 손도 대지 않았다. 아버지는 어머니와 동생들 소식을 먼저 물었다. 맞아, 네 동생 알피가 다녀갔단다. 참으로 조용한 녀석이더구나. 그래, 정말 조용한 녀석이야. 미국에 있는 가족들은 다들 잘 있니? 종교적 의무에는 충실하고? 그래, 네 어머니에게 잘해드려야 한다. 종교적 의무에도 충실해야 하고.

나는 웃음이 나오려고 했다. 맙소사, 이 사람이 지금 내게 설교를 하고 있는 거야? 나는 아버지에게 이렇게 말하고 싶었다. 아버지, 다 잊으셨어요?

아니, 그렇게 말해봤자 아무 소용 없는 일이었다. 아버지를 그냥 저렇게 넋나간 상태로 내버려두는 게 낫겠어. 아버지가 머그잔을 들고 파이프 담배를 피우는 모습은 너무나 평화로워 보여서 귀신도 감히 범접하지 못할 것 같았다. 이윽고 제라드 삼촌이 날이 어두워지기 전에 그만 떠나야 한다고 했다. 아버지한테 어떻게 작별 인사를 할지 고민스러웠다. 악수를 해? 아니면 아버지를 안아야 하나?

나는 아버지의 손을 잡고 악수를 했다. 우리는 늘 그렇게 작별 인사를 했으니까. 단 한 번, 내가 장티푸스로 병원에 입원해 있었을 때, 아버지는 내 이마에 키스를 해주었다. 지금 아버지는 내 손을 내려놓더니, 다시 한번 내게 어머니 말씀 잘 듣는 착한 아이가 되어야 한다고, 그리고 묵주기도의 힘을 잘 기억하고 있어야 한다고 당부했다.

삼촌 댁으로 돌아와서 나는 삼촌에게 신교도 구역인 샨킬 로드로 나가보고 싶다고 말했다. 삼촌은 고개를 내저었다.

왜요? 왜 안 되는데요?

그 사람들이 알아볼 게다.

뭘 알아본다는 말씀이시죠?

네가 가톨릭이라는 걸 말이다.

그 사람들이 어떻게 알아요?

어쨌든 그 사람들은 알아보게 돼 있어.

옆에 있던 숙모도 거들었다. 다 아는 방법이 있지요.

그렇다면 그 말씀은, 신교도가 이 구역을 걸어가면 숙모님도 그가 신교도라는 것을 금세 알아볼 수 있다는 말씀이신가요?

그럼요.

어떻게요?

그러자 삼촌이 쓸쓸한 미소를 지으며 대답했다. 수십 년간 그렇게 살아왔으니까.

차를 한 잔 더 마시고 있는데 리슨 스트리트에서 총성이 들려오고 이어서 여자의 비명 소리도 들려왔다. 내가 창가로 다가가자 삼촌이 말렸다. 아서라. 창에서 물러서. 조금만 기척이 나도 군인들이 신경이 날카로워져서 총탄을 퍼붓는단 말이야.

여자의 비명 소리가 다시 들려와서 나는 문을 열어볼 수밖에 없었다. 한 아이가 여자의 품에 안겨 있었고 다른 한 아이는 여자의 치맛자락에 매달려 있었다. 그리고 군인 한 명이 총으로 여자를 뒤로 밀어붙이고 있었다. 여자는 군인에게 제발 리슨 스트리트를 지나가게 해달라고, 길 건너편에 다른 아이들이 기다리고 있다고 사정했다. 나는 여자에게 매달려 있는 아이들이라도 내가 옮겨야겠다는 생각에 그쪽으로 달음질쳤다. 하지만 그 순간 여자는 군인을 피해 잽싸게 뛰어 리슨 스트리트를 건너갔고, 군인은 내 쪽으로 몸을 돌려 내 이마에 총부리를 겨누고는 말했다. 안으로 들어가, 패디. 안 그러면 네 대갈통을 박살내고 말 거야.

제라드 삼촌과 로티 숙모는 나더러 어리석은 짓을 했다며 그런 행동은 아무에게도 도움이 되지 않는다고 했다. 그러면서 가톨릭교도건 신교도건 벨파스트에는 외부인은 결코 이해할 수 없는 나름의 처신 방법이 있다고 했다.

가톨릭교도 기사가 운전하는 택시를 타고 호텔로 돌아가는 길에 나는 내가 화염방사기를 손에 들고 벨파스트 거리를 휘젓고 다니며 빨간 베레모를 쓴 인간들*을 잿더미로 만들어버리는 상상을 해보았다. 팔백 년 동안 아일랜드인들을 못살게 군 영국 놈들에게 복수해주고 싶었다. 이런, 제기랄. 50구경 기관총만 있었어도 내 본분을 다할 수 있었을 텐데. 그래, 꼭 그렇게 할 수 있었을 텐데. "오늘 툼 다리 위로 로디 매콜리가 죽으러 간다네"**라는 노래를 부르려다 가만히 생각해보니 그건 우리 아버지의 노래였다. 그래서 대신 패디와 케빈과 함께 벨파스트에서 우리가 묵고 있는 호텔 바로 가서 맥주나 한잔 해야겠다고 생각했다. 그날 밤, 잠자리에 들기 전에 나는 앨버타에게 전화를 걸어 전화기를 매기의 입에 대달라고 부탁했다. 내 딸이 가르랑거리는 소리를 꿈속까지 가져

---

* 영국 공수부대원을 가리킴.
** 18세기 아일랜드의 독립운동가인 로디 매콜리를 기리는 대중가요.

578

가고 싶었다.

어머니도 아일랜드로 와서 우리가 임시로 세들어 살고 있는 더블린의 작은 아파트에 함께 머물렀다. 앨버타가 그래프턴 스트리트로 쇼핑하러 간 사이 어머니와 나는 매기를 유모차에 태우고 성 스테판 그린 공원으로 산책을 나갔다. 우리는 호숫가에 앉아 오리와 참새들에게 빵 부스러기를 던져주었다. 어머니는 8월 말에 더블린에 와서 이처럼 아름다운 곳에 앉아 있으니 정말 좋다면서, 눈앞에서 나뭇잎들이 하나둘씩 떨어지고 호수의 빛깔이 바뀌는 것을 보니 가을이 다가오는 것을 느낄 수 있다고 했다. 우리는 잔디밭 위에서 뒹구는 아이들을 바라보았다. 어머니는 여기에 몇 년간 더 머무르면서 매기가 아일랜드 억양으로 말하면서 자라나는 것을 지켜보면 좋겠다면서, 당신이 미국 억양을 싫어해서가 아니라 그저 아이들이 아일랜드 억양으로 말하는 것이 듣기 좋아서라고 했다. 어머니는 또 매기가 자라서 바로 이 잔디밭에서 뛰어노는 것을 지켜볼 수 있으면 좋겠다고 했다.

그러면 좋겠다고 대답하는데 갑자기 내 몸이 부르르 떨렸다. 어머니는 그런 나를 보고 소름이 돋는 게로구나, 하고 말했다. 호수 위로 햇살이 반짝이고 아이들이 뛰어노는 풍경을 바라보다가 어머니가 불쑥 이런 질문을 던졌다. 너도 돌아가고 싶지 않은 거지? 그렇지?

어디로 말이에요?

뉴욕 말이다.

어떻게 아세요?

냄비 안에 무엇이 들었는지 꼭 뚜껑을 열어봐야 알겠니?

셸번 호텔의 포터가 매기의 유모차를 바깥 난간 옆에 두고 가면 자기가 봐주겠다고 해서 우리는 매기를 안고 호텔 라운지로 들어가 앉았다.

어머니는 셰리주를 주문하고 나는 맥주를 주문했다. 그리고 어머니 무릎 위에 누워 있는 매기에게 줄 우유도 한 병 주문했다. 옆자리에 있던 부인 두 사람이 매기가 정말 귀엽다면서 이렇게 말했다. 어머, 세상에. 예쁘기도 해라. 어머니를 쏙 빼닮았네. 그러자 어머니가 얼른 손사래를 치며 대답했다. 아, 아니에요. 저는 애 할머니인걸요.

그 부인들은 우리 어머니처럼 셰리주를 마시고 있었고 동석한 세 남자는 맥주잔을 기울이고 있었다. 불그스름한 얼굴에 트위드 모자를 쓰고, 손도 벌겋고 두툼한 걸로 봐서 농부들인 것 같았다. 그중 짙은 녹색 모자를 쓴 남자가 어머니에게 말을 건넸다. 아기가 정말 사랑스럽군요, 부인. 하지만 부인도 상당히 아름다우신데요.

어머니는 웃으면서 이렇게 대꾸했다. 아, 선생도 상당히 핸섬하십니다.

오, 과찬의 말씀. 부인께서 조금만 더 나이가 든 분이셨다면 저는 함께 도망가자고 했을 겁니다.

글쎄요. 선생께서 조금만 더 젊은 분이셨다면 저도 따라갔을 겁니다.

그러자 라운지에 앉아 있던 사람들 모두가 왁자하니 웃음을 터뜨렸고 어머니도 고개를 뒤로 젖히고 깔깔거리며 웃어댔다. 어머니의 눈빛이 반짝이는 걸 보니 어머니가 인생의 황금기를 보내고 있다는 생각이 들었다. 어머니는 그렇게 깔깔대다가 매기가 칭얼거리자 웃음을 멈추고는 매기의 기저귀를 갈아줘야겠다면서 그만 나가자고 했다. 짙은 녹색 모자를 쓴 남자가 애원하는 자세로 말했다. 오, 제발. 가지 마세요, 부인. 당신의 미래를 저와 함께 설계하세요. 저는 큰 농장을 소유한 부자 홀아비랍니다.

돈이 전부는 아니죠.

제겐 트랙터도 있어요, 부인. 그 트랙터를 함께 타고 나들이를 떠나심이 어떨는지요?

그 말을 들으니 마음이 조금 흔들리네요. 하지만 저는 홀몸이 아니랍니다. 제가 과부 신세가 되면 선생께 제일 먼저 알려드리죠.

좋습니다! 아일랜드 서남해 연안으로 들어오셔서 왼쪽으로 세번째에 있는 게 저희 집이랍니다. 케리라고 불리는 멋진 곳이지요.

저도 들어본 적이 있어요. 양으로 유명한 곳이지요.

힘 좋은 숫양들도 있어요. 정말 힘이 좋은 녀석들이죠.

정말 대답이 막히는 법이 없군요.

케리로 오세요. 저와 함께 아무 말 없이 언덕을 산책합시다.

앨버타는 먼저 아파트로 돌아와 양고기로 스튜를 끓이고 있었다. 이윽고 케빈 설리번과 작가인 벤 카일리가 우리 아파트를 방문해 모두 함께 와인을 마시고 노래를 부르며 흥청망청 놀았다. 벤은 세상에 모르는 노래가 없었다. 어머니는 셸번 호텔에서 있었던 일을 얘기해주면서 이렇게 말했다. 그 남자 수완이 보통이 아니던걸. 매기 기저귀 갈아주고 씻겨줄 일만 아니었다면 그 남자 따라서 벌써 케리로 가버렸을 거야.

1970년대에 어머니의 나이는 육십대에 접어들었다. 어머니는 수십 년 동안 담배를 피워온 탓에 생긴 폐기종 때문에 숨이 가빠서 아파트 밖으로 나가는 것조차 꺼려했다. 하루 종일 집 안에 틀어박혀 있으니 어머니는 날로 살이 불어만 갔다. 어머니는 한동안 주말에 매기를 돌봐주러 브루클린에 있는 우리 집으로 찾아왔으나, 그마저도 지하철 계단을 오르내릴 수가 없어서 그만두었다. 나는 손녀딸이 보고 싶지도 않으냐고 어머니를 다그쳤다.

물론 보고 싶지. 하지만 이제 돌아다니는 것조차 너무 힘들구나.

살 좀 빼지 그러세요.

늙은 여자가 살 빼는 게 얼마나 어려운지 아니? 그리고 왜 내가 살을 빼야 해?

그렇게 하루 종일 아파트에 틀어박혀서 창밖만 내다보지 말고 어머니의 인생을 사셔야죠.

나는 내 인생을 충분히 살았다. 그렇지 않니? 그런데 그게 무슨 소용이냐? 그냥 날 좀 내버려둬라.

그러다가 어머니는 다시 기침이 쏟아져나와 숨을 헐떡거리며 통화를 중단해야만 했다. 어머니가 마이클을 보러 샌프란시스코에 갔을 때 마이클은 어머니를 급히 병원으로 모셔야만 했다. 우리는 어머니가 언제나 크리스마스나 새해 첫날, 부활절같이 중요한 날에 아파서 명절 분위기를 잡친다고 불평했다. 그러자 어머니는 어깨를 으쓱해 보이고는 웃으면서 말했다. 그랬다니 참 안됐구나.

어머니는 건강 상태가 어떻든, 숨이 가쁘든 말든 언덕을 오르내리며 브로드웨이 빙고 홀로 홀로 출퇴근하는 일만은 중단하지 않았다. 그러던 어느 날, 어머니는 그만 넘어져서 엉덩이뼈를 다치는 중상을 입고 말았다. 결국 어머니는 수술을 받은 다음 뉴욕 북부에 있는 환자 요양소로 들어갔고, 요양소에서 나온 다음에는 나와 함께 로커웨이 반도* 끝자락에 있는 브리지 포인트의 방갈로식 여름 별장에서 여름을 보냈다. 어머니는 아침마다 늦잠을 자고 일어나서는 침대 모퉁이에 구부정하게 기대앉아 멀거니 창밖만 바라보았다. 어머니는 얼마간 그렇게 앉아 있다가 가까스로 몸을 일으켜 식당으로 아침 식사를 하러 갔다. 내가 어머니에게 빵과 버터를 너무 많이 드시지 말라고, 그러다가 몸이 집채만큼 커지겠다고 잔소리를 하면 어머니는 이렇게 되받아쳤다. 애야, 제발 날 좀 그냥 내버려둬라. 빵과 버터를 먹는 게 내 유일한 낙이란 말이야.

---

* 뉴욕 롱아일랜드의 반도 부분.

52

스타이브샌트 고등학교에서 창작 실기와 영미 문학을 가르치는 헨리 워즈니악 선생은 항상 와이셔츠에 넥타이를 매고 그 위에 스포츠 재킷을 입고 다녔다. 워즈니악 선생은 또한 스타이브샌트의 교내 문예지인 〈캘리퍼〉와 총학생회의 자문 교사를 맡고 있었고, 전미교사연합에서도 적극적으로 활동하고 있었다.

그러던 그가 1973년 9월 신학기가 시작되는 날 완전히 달라진 모습으로 나타났다. 할리 데이비슨 모터바이크를 타고 우레와 같은 굉음을 내며 15번 스트리트를 전속력으로 달려와 학교 앞에 멈춰 선 것이다. 학생들은 그에게 안녕하세요, 워즈니악 선생님, 하고 인사를 하면서도 그를 거의 알아보지 못했다. 그는 완전히 밀어버린 머리에 귀걸이를 하고, 칼라 없는 검은색 티셔츠에 검은색 가죽 재킷을 걸쳐입고, 굳이 벨트를 하지 않아도 흘러내릴 것 같지 않은 꽉 끼는 청바지에 커다란 버클과 열쇠뭉치가 주렁주렁 달린 널찍한 벨트를 차고, 굽 높은 검은색 가죽 부츠까지 신고 있었다.

그도 학생들에게 안녕, 하고 답인사를 하긴 했지만, 학생들이 자기를 '더 워즈The Woz*'로 부르건 말건 개의치 않고 여유 있게 미소를 짓던 예전의 모습은 찾아볼 수 없었다. 이제 그는 학생들이나 출근 시계 앞에서 만나는 선생들에게도 쌀쌀맞게 대했다. 그는 영어 학과장인 로저 굿맨 선생에게 영어 정규 수업을 맡고 싶다고, 1, 2학년들도 가르칠 수 있고, 문법, 철자, 어휘 따위도 가르칠 수 있다고 했다. 그리고 교장 선생에게는 가르치는 일 외에는 모든 활동을 그만두겠다고 말했다.

워즈니악 선생 덕분에 나는 창작 실기를 맡게 되었다. 로저 굿맨 선생은 잘할 수 있을 거라고 나를 격려해주었다. 그는 학교 옆 개스하우스 바에서 내게 맥주와 햄버거를 사주면서 용기를 내라고 했다. 매코트 선생은 잘해낼 거예요. 어쨌든 선생은 〈빌리지 보이스〉나 다른 잡지에 글도 실린 분 아닙니까? 앞으로도 계속 글을 쓰실 거죠?

네, 선생님. 그런데 창작 실기라는 게 도대체 뭐죠? 그건 어떻게 가르쳐야 하는 건가요?

워즈니악 선생에게 물어보세요. 그 선생이 그걸 가르쳤으니까.

도서관에서 워즈니악 선생과 마주치자 나는 그에게 창작 실기를 어떻게 가르치면 되느냐고 물어보았다.

디즈니랜드가 답이오.

네?

디즈니랜드에 가보시오. 선생이라면 다들 거기에 한 번씩은 가봐야 하지요.

왜요?

---

* '난봉꾼'이라는 뜻의 속어.

경험의 폭을 넓혀주니까. 그리고 동요 한 구절을 외워서 그걸 주문처럼 읊어보고요.

> 어린 까꿍이가 양을 잃어버렸네요
> 어디에서 찾을 수 있을까, 나의 양들을
> 그냥 내버려둬요. 알아서 집으로 돌아올 테니
> 엉덩이에 달린 꼬리를 흔들며 돌아올 테니

내가 위즈니악 선생으로부터 들은 대답은 그게 전부였다. 그후로 이따금씩 마주칠 때면 그는 안녕하쇼, 하고 한 마디 인사를 건넬 뿐, 더는 나와 이야기를 하지 않았다.

칠판에 내 이름을 쓰다가, 가르치는 일의 절반은 수업을 잘 진행하는 것이라는 소롤라 교장 선생의 말이 떠오른다. 그렇다면 어떻게 하는 것이 수업을 잘 진행하는 것일까? 창작 실기는 선택과목이기 때문에 수업에 들어온 아이들은 정말 수업을 듣고 싶어서 들어온 아이들이다. 내가 뭔가를 쓰라고 하면 아이들은 불평 없이 시키는 대로 할 터다.

나는 숨 돌릴 여유가 필요하다. 나는 칠판 위에 '장례의 장작불'이라고 쓴 다음 학생들에게 이렇게 말한다. 자, 지금부터 이 주제를 가지고 200단어 내외로 글을 써보도록.

뭐라고요? '장례의 장작불'이라고요? 그런 주제로 어떻게 글을 써요? 그리고 장례의 장작불은 또 뭐예요?

장례가 뭔지는 알지? 그게 뭔지 모르는 사람은 없겠지. 그리고 장작불이 뭔지도 알지? 인도에서 미망인이 남편을 따라 불타는 장작더미 위로 기어올라가는 사진을 본 적 있지? 그런 걸 '수티'라고 하지. 자, 새로운 어휘를 너희에게 하나 알려줬다.

여학생 하나가 소리친다. 역겨워요. 정말 역겨운 짓이라고요.

뭐가?

남편이 죽었다는 이유로 여자들이 따라 죽어야 한다는 것 말이에요. 정말 싫어!

그들은 그렇게 해야 한다고 믿는 거야. 어쩌면 그것이 자신의 사랑을 표현하는 방법이라고 믿고 있는 거지.

남편이 죽었는데 어떻게 사랑을 표현해요? 그리고 그 여자들은 자존심도 없나요?

물론 그 여자들도 자존심이 있지. 그들은 수티를 하면서 그런 마음을 표현하는 거야.

워즈니악 선생님은 우리더러 그런 주제로 글을 쓰라고 한 적이 없어요.

워즈니악 선생은 이제 여기 없다. 자, 200단어 내외로 글을 쓰도록 해.

그들은 몇 줄 끼적여서 제출하고, 나는 내가 활발한 토론을 유도하고자 할 때는 언제나 수티라는 주제를 꺼낸다는 것을 잘 알고 있으면서도 왠지 출발을 잘못했다는 생각이 든다.

토요일 아침, 우리 딸 매기가 이웃 친구 클레어 피카라와 함께 텔레비전 만화영화를 보며 깔깔대고 소리를 지르고 서로 부둥켜안았다가 펄쩍펄쩍 뛰었다가 하면서 난리를 치고 있다. 나는 어린것들의 소동을 웃어넘기며 부엌에서 신문을 읽고 있다. 애들의 재잘거림과 텔레비전의 소음 사이사이로 토요일 아침마다 되풀이되는 미국적 신화 속의 이름들이 들려온다. 로드러너, 우디 우드페커, 도널드 덕, 패트리지 패밀리, 벅스버니, 브래디 번치, 헤켈과 제켈 등. 그것들도 다 신화라는 생각이 들자 그저 웃어넘길 수만은 없다. 나는 마시던 커피 잔을 들고 애들 옆으로 가서 텔레비전 앞에 앉는다.

어, 아빠, 아빠도 우리랑 같이 보실 거예요?

그래.

와, 매기. 너희 아버지 참 멋지다. 클레어가 말한다.

아이들과 함께 텔레비전을 보면서 애들이 주고받는 말을 듣자니, 벅스 버니와 오디세우스라는, 완전히 다른 두 캐릭터 사이에 공통점이 있다는 생각이 든다.

매기가 말했다. 벅스 버니는 엘머 퍼드한테 너무 치사하게 굴어. 그러자 클레어가 대꾸했다. 벅스는 착해. 재미있고. 그리고 똑똑해. 그런데 왜 엘머한테는 못되게 굴지?

월요일 아침, 나는 창작 실기 수업 시간에 학생들에게 벅스 버니와 오디세우스가 비슷한 점이 있다는 걸 발견했다고 이야기했다. 그 둘은 솔직하지 않지만 낭만적이면서 약삭빠르고 매력적이다. 오디세우스는 인류 역사상 최초의 징병 기피자인 반면, 벅스 버니는 자기 나라를 위해 복무했다는 어떤 증거도 찾아볼 수 없고 말썽만 부리지. 나는 벅스 버니가 누구를 위해 뭔가를 한 적이 없는 캐릭터라는 이야기를 하면서, 둘 사이의 가장 큰 차이점은 벅스 버니는 그저 이 말썽을 피웠다가 다른 말썽거리로 넘어가는 반면, 오디세우스는 페넬로페와 텔레마코스가 있는 고국으로 돌아가야 한다는 사명을 갖고 노력하는 것이라고 말해주었다.

그리고 나서 아이들에게 너희는 어렸을 때 토요일 아침에 어떤 프로그램을 봤니? 라고 묻자 아이들의 대답이 폭발적으로 쏟아져나왔다.

미키 마우스, 플롯샘과 젯샘, 톰과 제리, 마이티 마우스, 십자군 토끼, 개, 고양이, 쥐, 원숭이, 새, 개미, 거인 등등.

그만, 그만.

나는 분필 조각을 집어던지며 말했다. 너, 너, 그리고 너. 칠판 앞으로 나와봐. 그리고 너희가 봤던 만화영화와 프로그램의 제목들을 죽 적어봐. 그리고 비슷한 것들끼리 묶어보도록. 이건 학자들이 앞으로 천 년 동안 생각해볼 주제다. 이건 바로 너희의 신화야. 벅스 버니. 도날드 덕.

학생들은 만화영화 제목을 칠판 가득 적고도 모자라 바닥과 천장, 복도까지 나가 적어내려가기 시작했다. 각 반 서른다섯 명의 학생들이 수없이 많은 토요일 텔레비전 프로그램에 대한 기억의 단편들을 그러모으는 작업이었다. 나는 아이들이 떠드는 소리 위로 크게 물었다. 그 프로그램들 주제곡도 기억나니?

또다시 대답이 폭발적으로 쏟아져나왔다. 아이들은 노래를 부르거나, 콧노래를 흥얼거리거나, 무드음악을 입으로 연주하거나, 가장 좋아하는 장면이나 에피소드를 떠올렸다. 수업 종료를 알리는 종이 울려도 아이들은 계속 노래를 흥얼거리거나, 합창하거나, 기억에 남는 장면들을 연기해 보이기도 했다. 내버려두면 밤늦게까지 그럴 것 같았다. 아이들은 칠판에 적힌 제목들을 공책에 옮겨적었다. 왜 그렇게 해야 하느냐고 묻지도 않았고 투덜대지도 않았다. 아이들은 서로에게, 그리고 나에게, 자기들이 평생 그렇게 많은 텔레비전 프로그램들을 봤다는 사실이 믿기지 않는다고 했다. 우와! 텔레비전을 몇백 시간, 몇천 시간 봤다니! 나는 아이들에게 물었다. 텔레비전을 몇 시간이나 본 것 같니? 그러자 아이들은 다 합치면 아마 며칠, 몇 달, 몇 년은 될 거라고 대답하더니 다시한번 믿어지지 않는 듯 우와, 하고 소리쳤다. 나는 녀석들에게 말했다. 너희가 지금 열여섯 살이니 아마 너희 인생에서 삼 년쯤은 텔레비전 앞에서 보냈을 게다.

53

매기가 태어나기 전, 나는 '코닥Kodak 아버지'가 되리라 마음먹었다. 카메라를 옆에 끼고 내 아이를 따라다니며 아이가 태어난 순간, 아이가 처음으로 유치원에 들어간 날, 아이가 유치원 졸업하는 날, 초등학교, 고등학교, 대학교 졸업하는 날 등 중요한 순간들을, 매기의 순간들을 멋진 사진으로 담아내리라 마음먹었다.

뉴욕대, 포드햄대, 컬럼비아대 등 뉴욕 도심에 얼기설기 자리잡고 있는 대학에는 보내지 말아야지. 그럼, 그래야지. 우리 사랑스러운 딸은 뉴잉글랜드의 품격 있는 대학에서 사 년을 보내야지. 아이비리그쯤은 오히려 저속해 보이는 그런 품격 있는 대학 말이야. 우리 딸은 금발에 멋지게 선탠을 하고, 보스턴 명문가의 자제이자 성공회 신자인 라크로스 스타와 잔디밭을 거닐게 될 거야. 그 녀석의 이름은 더그쯤 되겠지. 맑고 푸른 눈에 건장한 어깨, 맑고 정직한 얼굴을 한 괜찮은 녀석일 거야. 그 녀석은 나를 선생님이라고 부르며 스스럼없이 내 손을 꽉 잡고 남자답게 악수하겠지. 그 녀석과 매기는 대학 캠퍼스 내에 있는 석조로 된 단아한 분위기의 성공회 교회에서 결혼식을 올리고, 상류층 스포츠인 라크로스 게임의 스틱으로 만든 아치 사이를 행복한 표정으로 걸어나오면서 색종이 세례를 받겠지.

나는 자랑스러운 코닥 아버지로 그 자리에 참석해 내 첫 손주가 태어나길 기대하겠지. 반은 아일랜드계 가톨릭이고, 반은 보스턴 명문가 출신의 미국 성공회 교도인 내 첫 손주가 말이야. 그 아이를 위한 세례식이 거행되고, 이어서 가든파티가 열리고, 나는 코닥 카메라를 들고 스냅사진을 찍어대겠지. 하얀 텐트, 모자를 쓴 부인들, 기품 있고 안정된 모습으로 아기를 안고 있는 매기. 나는 모든 것이 파스텔 색조인 그 장면들을 찍어대겠지.

나는 매기에게 우유를 먹일 때마다, 매기의 기저귀를 갈아줄 때마다, 매기를 아기 욕조에 넣고 목욕을 시킬 때마다, 매기의 옹알이를 녹음기에 담을 때마다 그런 상상을 했다. 매기가 태어나고 첫 삼 년 동안 나는 매기를 자전거에 달린 작은 바구니에 실은 채 자전거를 타고 브루클린하이츠 일대를 달렸다. 매기가 아장아장 걸을 수 있게 되자 나는 매기를 놀이터로 데리고 나갔다. 매기가 모래 장난을 하거나 다른 아이들과 어울려 노는 동안 나는 다른 엄마들이 주고받는 이야기를 엿들었다. 그들은 자식 이야기, 남편 이야기를 하다가 빨리 직장이 있는 현실세계로 돌아가고 싶다는 말을 했다. 간혹 목소리를 낮추고 불륜의 연애관계에 대한 이야기도 주고받았다. 그럴 때면 나는 자리를 비켜야 하나 고민이 됐다. 하지만 웬걸, 그들은 이미 나를 의심의 눈초리로 보고 있었다. 여름날 아침, 남자들은 다 직장에 나간 시간에 어머니들이랑 나란히 앉아서 이야기나 엿듣고 있는 저 남자는 도대체 누구야? 하는 표정으로.

그들은 내가 하층계급 출신이라는 것을, 아내와 딸을 이용해 그들의 세계에 편승하려는 인간이라는 것을 알고 있었다. 그들은 아이들이 유치원에 들어가기 전에 어떤 보육원에 보낼 것인가를 고민하고 있었다. 그들의 이야기를 통해 나는 아이들은 끊임없이 바쁘게 만들어야 한다는 것을 알게 되었다. 아이들이 모래 상자를 갖고 몇 분쯤 신나게 노는 것은 괜찮지만, 아이들의 놀이도 잘 짜인 틀 안에서 부모의 감독 감시 하에 이루어져야 한다는 것도 알게 되었다. 그들은 아무리 틀을 잘 짜도 충분치가 않다고 걱정했다. 그리고 아이가 너무 공격적이면 그것도 걱정되고 반대로 너무 조용해도 사교적이지 않다는 뜻이므로 걱정이 된다면서, 이래저래 아이들을 상황에 잘 적응하도록 만들어야 한다고 했다. 그러지 않으면 큰일이 나니까.

나는 매기를 공립초등학교나 우리 동네 아래에 있는 가톨릭 학교에 보내고 싶었지만, 앨버타는 예전에 성공회 여학교였던, 담쟁이넝쿨이 덮인 큰 건물의 사립학교로 보내야 한다고 고집을 부렸다. 나는 그런 일로 다투고 싶지 않았다. 물론 매기를 그런 학교에 보내면 더 번듯해 보이기도 하려니와, 더 괜찮은 부류의 사람들을 만나게 될 것이 분명했다.

과연 내가 생각한 대로였다. 그 학교의 학부모들은 증권 중개인, 투자 전문가, 엔지니어, 막대한 유산의 상속권자, 교수, 산부인과 의사 등이었다. 학부모 파티에 나가면 그들은 이렇게 물어왔다. 어떤 일을 하시죠? 내가 교사라고 대답하면 그들은 고개를 돌리고는 다른 곳으로 가버렸다. 내가 코블 힐에 있는 한 벽돌 건물의 저당권자라는 사실도 그들에게는 그다지 중요하지 않은 듯했다. 우리가 다른 상류 계층 학부모들을 따라잡기 위해 소유한 건물을 벽돌과 들보까지 바꿔가며 고급 주택으로 개조했을 뿐만 아니라, 우리 자신까지도 개조하고 있다는 사실도 그들에게는 중요하지 않은 듯했다.

그 모든 것들이 내게는 너무나 힘에 부쳤다. 나는 어떻게 해야 좋은 남편, 아버지, 두 명의 임차인을 둔 건물주, 또 중산층의 번듯한 일원이 될 수 있는지 알 수 없었다. 나는 어떻게 처신해야 할지, 어떻게 차려입어야 할지, 파티에서 만난 증권 중개인과 어떤 이야기를 나누어야 할지, 스쿼시나 골프를 어떻게 치는지 알지 못했고, 파티에서 눈이 마주친 사람과 성공한 남자처럼 악수를 하며 안녕하시오, 선생, 하고 멋있게 인사할 줄도 몰랐다.

앨버타는 언제나 자기는 '좋은 것'을 원한다고 말했지만 나는 그게 무슨 뜻인지 도무지 알 수 없었다. 사실 나는 그런 것에 신경쓰고 싶지도 않았다. 그녀는 애틀랜틱 애비뉴의 앤티크 상점을 둘러보는 것을 좋아했지만 나는 몬태그 스트리트에 있는 서점에 가서 서점 주인 샘 콜턴과 이야기를 나누거나, 블라니 로즈에서 욘크 클링과 맥주잔을 기울이고 싶었다. 앨버타는 퀸 앤 식탁이니, 리전시 찬장이니, 빅토리아시대의 물병이니 하는 것들에 대해 이야기하고 싶어했지만, 나는 듣는 둥 마는 둥 했다. 그녀의 친구들은 고급 취향이니 감식안이니 하는 말들을 주고받다가, 고급 취향이라는 것은 상상력이 고갈될 때 나오는 것이라고 내가 한마디 하자 내게 일제히 공격의 화살을 퍼부었다. 고급 취향으로 꽉 찬 공기는 답답했고 그 속에서 나는 질식할 것만 같았다.

나의 결혼생활은 언제나 끊임없는 언쟁의 연속이었고, 그 한가운데에 매기가 놓여 있었다. 매기는 매일 방과 후면 로드아일랜드의 양키 할머니 때부터 대대로 이어져온 대로 꽉 짜인 일과에 따라 움직여야만 했다. 옷을 갈아입고, 우유를 마시고, 쿠키를 먹고, 숙제를 해야 했다. 숙제를 다 하기 전에는 절대 집 밖으로 나가면 안 됐다. 앨버타는 매기에게 말했다. 원래 그렇게 해야 하는 거야. 어머니도 그랬으니까. 숙제만 다 하면 저녁때까지는 클레어와 놀아도 돼. 저녁 시간이 되면 매기는 오직 딸아이 때문에 점잖게 굴려고 노력하는 부모와 식탁에 앉아 저녁을 먹어야 했다.

그래도 밤이 있으면 아침도 있는 법. 매기는 아장아장 걷는 어린아이에서 혼자 걸어다니고 말도 꽤 할 줄 아는 어린이가 되면서 종종 잠이 덜 깬 상태로 부엌에 와서 간밤에 꾼 꿈 얘기를 들려주었다. 어젯밤에 클레어랑 같이 비행기를 타고 우리 동네를 날아다니다가 거리에 내려앉는 꿈을 꿨어. 4월이 되자 부엌 창밖에 목련이 활짝 피어 있는 것을 보고 딸아이는 물었다. 아빠, 저 꽃들은 왜 영원히 저 색깔로 남아 있을 수 없는 거야? 왜 저 예쁜 분홍 꽃들이 초록 잎들로 바뀌는 거야? 나는 딸아이에게 모든 빛깔은 이 세상에서 자기만의 때가 있는 거라고 대답해주었고, 딸아이는 내 대답이 마음에 든 모양이었다.

매기와 함께 보내는 아침은 내가 리머릭에서 우리 아버지와 함께 보낸 아침들처럼 황금빛, 분홍빛, 초록빛이었다. 아버지가 우리를 두고 떠나버리기 전까지는 그래도 아버지는 내 차지였다. 그리고 모든 것이 산산조각 나버리기 전까지 내게는 매기가 있었다.

주중에 나는 매기를 학교에 데려다준 뒤 지하철을 타고 스타이브샌트 고등학교로 출근했다. 십대 청소년인 내 제자들은 사춘기의 왕성한 호르몬과 씨름하고 있었고, 이혼, 양육권 분쟁 등의 가정 문제와 돈 문제, 마약 문제, 신앙 상실 등 개인적인 문제들과 싸우고 있었다. 나는 그들과 그 부모들이 참 안됐다는 생각이 들었다. 내게는 더할 나위 없이 사랑스럽고 예쁜 딸이 있고, 그들이 겪는 문제들이 내게는 닥치지 않으리라고 생각하고 있었다.

하지만 내게도, 매기에게도 결국 그러한 문제가 닥치고야 말았다. 우리 부부의 결혼생활이 결국 파국을 맞게 된 것이다. 빈민가에서 자라난 가톨릭계 아일랜드 남자와 뉴잉글랜드 출신의 요조숙녀가 공유할 수 있는 것은 그리 많지 않았던 것이다. 창가에 작은 커튼이 드리워진 침실에서 잠이 들고, 팔꿈치까지 오는 하얀 장갑을 끼고 잘생긴 남자애들과 함께 무도회에 가고, 프랑스 수녀들로부터 에티켓을 배우면서 자라난 여자. 앨버타는 수녀들이 종종 이런 말을 했다고 말했다. 여러분, 여러분의 정조는 화병과 같은 거예요. 깨어진 꽃병을 다시 이어붙일 수는 있지만 꽃병에 생긴 금들은 그대로 남아 있죠. 빈민가에서 자라난 가톨릭계 아일랜드 남자인 나는 우리 아버지가 종종 했던 말, 배만 차면 모든 것이 시詩가 된다는 말이 떠올랐다.

아일랜드 노인들이 내게 말했고 우리 어머니도 내게 경고했다. 유유상종하라고. 비슷한 사람과 결혼하라고. 귀신도 아는 귀신이 낫다고.

매기가 다섯 살이었을 때 나는 집을 나와 친구 집에 머물렀다. 하지만 그 생활도 오래가지 못했다. 딸아이와 함께 보낸 아침 시간들이 그리웠다. 거실 벽난로 앞에 앉아서 딸아이에게 이야기를 들려주고 비틀스의 〈페퍼 상사의 고독 클럽 밴드〉를 듣고 싶었다. 물론 그 뒤로 결혼생활을 유지하기 위해 내가 할 수 있는 것은 다 해보았다. 넥타이를 매고, 매기를 브루클린 하이츠 동네의 생일 파티에도 데려가고, 집에 놀러 온 앨버타의 친구들에게 알랑거리고, 스쿼시를 하고, 앤티크 물품들에 관심이 있는 척해보기도 했다.

바비 인형이 그려진 도시락 가방을 든 매기 옆에서 나는 아이의 책가방을 들고 걸어서 학교까지 바래다주었다. 그런데 여덟 살이 되자 매기는 이제 친구들과 함께 학교에 가겠다고 우겼다. 매기는 부모 슬하에서 벗어나 독립적인 인간으로 성장해가면서 자신을 지키는 법을 터득하고 있었던 것이다. 자기 가족이 곧 해체될 거라는 것도, 오래전에 아버지의 아버지가 그랬던 것처럼 자기 아버지도 영원히 떠나게 될 거라는 것도 알고 있었던 것이다. 결국 나는 매기가 여덟번째 생일을 맞이하기 일주일 전에 매기를 영원히 떠나오고야 말았다.

54

나는 라이언스 헤드의 벽에서 책표지를 담은 액자들을 볼 때마다 부러움과 질투심에 사로잡힌다. 내가 쓴 책의 표지가 저 벽에 걸릴 수 있을까? 작가들은 전국 각지를 돌며 자기가 쓴 책에 사인을 하고 텔레비전 토크쇼에 출연한다. 또 그런 작가들이 가는 곳마다 파티가 벌어지고 여자들이 몰려들고 로맨스가 꽃핀다. 사람들은 그런 작가들이 하는 말을 귀 기울여 듣는다. 하지만 선생이 하는 말을 귀 기울여 듣는 사람은 아무도 없다. 그저 쥐꼬리만 한 월급에 동정을 보낼 뿐.

하지만 스타이브샌트 고등학교 205호실에서는 흥미진진한 날들이 계속된다. 시에 대해 토론하다보면 불빛이 밝혀지듯 시를 이해하게 되고, 또 그렇게 이해한 것들을 자기 것으로 소화해나가기 시작한다. 그러다가 그 백열전구의 불빛이 점점 약해지면 우리는 마치 여행을 떠났다가 돌아온 이들처럼 서로에게 미소를 보낸다.

학생들은 모르고 있지만 내게 그 교실은 은신처이고 삶의 의지가 되는 곳이고 나의 어린 시절을 재연하는 무대다. 우리는 『해설판 어머니

거위』와 『해설판 이상한 나라의 앨리스』를 파고든다. 학생들이 자신이 어린 시절에 읽었던 책들을 가져오면 교실에는 활기가 넘친다. 너도 그 책 읽어봤니? 우아!

어떤 교실에서든 '우아' 하는 소리가 터져나오면 그 교실에서 무슨 일이 일어나고 있다는 뜻이다.

퀴즈니 테스트니 하는 말은 나오지도 않는다. 학교 행정실에 학생들의 성적을 제출해야 하는 관계로 점수는 매겨야 하지만 아이들은 스스로를 평가할 능력을 갖추고 있다. 우린 『빨간 모자』에서 어떤 일이 벌어졌는지 잘 알고 있어요. 어머니가 알려준 길을 그대로 따라가지 않으면 커다란 나쁜 늑대를 만나고 나쁜 일을 당하게 된다는 거죠. 나쁜 일을. 그런데 왜 다들 텔레비전의 폭력성에 대해서는 시끄럽게 떠들어대면서 『헨젤과 그레텔』에 나오는 아버지와 계모의 사악함에 대해서는 뭐라고들 하지 않는 거죠? 왜죠?

교실 뒤편에서 한 남학생이 분노한 목소리로 말한다. 아버지란 인간들은 원래 다 그런 개자식들이야.

그러고 나서 잠시 동안 〈험프티덤프티〉에 대한 열띤 토론이 벌어진다.

험프티덤프티 담장 위에 앉았네
험프티덤프티 쿵 떨어졌네
모든 왕의 말들도 모든 왕의 부하들도
험프티를 다시 붙일 순 없었다네

그래, 이 동요가 무엇을 말하고 있는지 아는 사람? 그러자 여기저기서 손을 든다. 글쎄요, 달걀이 담장에서 떨어졌고 깨진 달걀은 결코 다시 이어붙일 수 없다는 것쯤은 생물학이나 물리학을 조금이라도 공부한 사람이라면 누구나 아는 사실 아닌가요? 그러니까 제 말은 그건 상식이라는 거죠.

누가 그게 달걀이라고 말했지?

물론 그건 달걀이에요. 누구나 알 수 있는 거잖아요.

그게 달걀이라는 말이 어디에 나오지?

그러자 아이들은 잠시 생각하는 듯하더니 이내 책에서 달걀이라는 단어를, 그것이 달걀이라는 어떤 암시를 찾아내기 위해 열심히 책을 뒤적거린다. 녀석들은 쉽게 포기하지 않을 듯하다.

손을 들어 격분한 목소리로 그게 달걀이라고 극구 주장하는 녀석들도 있다. 아주 어릴 적부터 그 노래를 알고 있었지만 험프티덤프티가 달걀이 아니라고 의심해본 적은 한 번도 없다는 것이다. 녀석들은 그냥 험프티덤프티가 달걀이라고 생각하고 있으면 마음이 편할 텐데 왜 선생님은 그런 식의 분석으로 모든 것을 뒤엎으려 하느냐고 따지기까지 한다.

나는 뒤엎으려는 것이 아니야. 난 그저 너희가 어떻게 험프티덤프티가 달걀이라는 생각을 갖게 됐는지 묻고 있는 거라고.

왜냐하면 매코트 선생님, 이 책의 그림에 다 나와 있잖아요. 이 책의 그림을 처음 그린 사람은 이 시를 처음 쓴 작자를 알고 있었을 거예요. 그가 자기 마음대로 그걸 달걀로 만들지는 않았을 거 아니에요?

그래, 좋다. 너희가 그게 달걀이라고 생각하는 게 편하다면 그렇게 알고 넘어가자. 하지만 이 교실에 장래에 변호사가 될 친구가 있다면 그 친구만큼은 그게 달걀이라는 증거가 하나도 없는데도 그걸 달걀이라고 믿지는 않을 테지.

점수에 대한 강박관념이 없기 때문에 학생들은 편하게 어린 시절에 대한 이야기를 늘어놓는다. 녀석들에게 자신만의 동화책을 써보라고 하자 불평하거나 못 하겠다고 버티는 녀석은 아무도 없다.

오, 좋아요, 좋아. 그거 좋은 생각이네요.

학생들은 각자 이야기를 쓰고 삽화도 그려넣어 자신의 독창적인 작품을 제본해서 가져오기로 한다. 학생들이 동화책을 완성해서 가져오자 나는 우리 학교 근처 1번 애비뉴에 있는 한 초등학교로 가서 그 책들의 실질적 독자가 될 초등학교 3, 4학년 정도의 어린 비평가들에게 그 책들을 읽고 평가해달라고 부탁해보자고 학생들에게 제안한다.

오, 좋아요, 좋아. 어린것들이 오면 정말 귀여울 거야.

차가운 겨울 날씨가 기승을 부리던 1월의 어느 날, 어린것들이 담임 선생님의 인솔하에 스타이브샌트 고등학교로 왔다. 오, 쟤들 좀 봐. 넘넘 귀여워. 저 조그만 외투랑 귀마개랑 장갑 좀 봐. 저 색색의 부츠 하며 추위에 얼어붙은 쪼그만 얼굴 하며. 오, 넘 귀여워.

학생들이 제출한 동화책들을 기다란 탁자 위에 쭉 펼쳐놓고 보니, 갖가지 크기에, 갖가지 모양에, 갖가지 색깔들로 교실 안이 다 환해진다. 우리 학생들은 그 어린 비평가들에게 자리를 내주고 바닥에 앉거나 선다. 책상 앞에 나란히 앉은 어린 비평가들의 발은 바닥에 닿지 않아 대롱거린다. 어린 비평가들은 부탁받은 대로 한 명씩 한 명씩 탁자로 나와서 자기가 읽은 책들을 골라 그 책들에 대해 논평하기 시작한다. 우리 학생들에게는 그 작은 꼬마들은 거짓말을 잘 못하는 아이들이라고, 그 애들이 아는 거라고는 진실밖에 없다고 이미 말해두었다. 꼬마들은 선생님의 도움을 받아 미리 종이에 적은 감상문을 읽어내려가기 시작한다.

제가 읽은 책은 『피티와 우주 거미』인데요, 이 책은 앞 부분이랑 중간 부분이랑 마지막 부분을 빼고는 그런대로 괜찮았어요.

그 책을 쓴 키가 훤칠한 2학년생은 그 말을 듣고는 희미한 미소를 짓더니 천장만 올려다보고, 옆에 있는 여자친구는 녀석을 안아준다.

또다른 비평가께서 말씀하신다. 제가 읽은 책은 『저 너머』라는 책인데요, 전 이 책이 별로였어요. 왜냐하면 저는 전쟁이나 바로 눈앞에서 서로에게 총부리를 겨누는 사람들이나 겁을 먹어서 바지에 오줌을 싸는 사람들을 책에 써서는 안 된다고 생각하니까요. 꽃이랑 팬케이크 같은 좋은 것들을 쓸 수도 있는데 그런 끔찍한 것들을 책으로 쓸 필요는 없는 것 같아요.

꼬마 비평가의 논평에 아이의 친구들은 우레와 같은 박수를 보내지만, 스타이브샌트의 저자들은 무거운 침묵을 지킨다. 『저 너머』의 저자는 자기 책을 비평한 꼬마 비평가의 머리 위만 응시하고 있다.

꼬마 비평가들의 선생님은 그 꼬마 비평가에게 질문에 답할 차례라고 일러준다. 너라면 이 책을 읽기 위해, 아니면 다른 사람에게 선물하기 위해 살 것 같니?

제가 이 책을 저를 위해서나 다른 사람을 위해서나 살 것 같지는 않아요. 전 벌써 이 책을 갖고 있는걸요. 닥터 수스*가 쓰신 책 말이에요.

그러자 꼬마 비평가의 친구들은 깔깔 웃어댄다. 그 꼬마들의 선생님이 조용히 하라고 쉿, 하고 주의를 주어도 꼬마들은 웃음을 멈추지 못한다. 창턱에 앉아 있던 표절자는 얼굴이 벌겋게 달아오른 채 시선을 어디에 두어야 할지 몰라 난처해하는 표정이 역력하다. 어린것들의 조소를 받을 만한 짓을 했으니 녀석이 잘못한 것은 틀림없다. 하지만 나는 녀석을 위로하고 싶다. 녀석이 왜 그런 짓을 했는가를 충분히 이해할 수 있으니까. 녀석은 동화책을 쓸 기분이 아니었던 것이다. 녀석은 크리스마스 방학 때 부모가 이혼을 하는 바람에 양육권 분쟁에 휘말리게 되었다. 어머니와 아버지가 양쪽에서 자기를 끌어당기는 통에 이스라엘에 있는 할머니한테로 도망가고 싶은 심정뿐인데 그 와중에 영어 선생이 숙제를

---

* 미국 어린이들에게 큰 사랑을 받는 동화 작가 테오도어 수스 가이젤의 필명.

제출하라고 하니 닥터 수스의 이야기를 베끼고 거기에 삽화로 작대기 인형을 몇 개 휘갈긴 다음 그걸 스테이플러로 찍어서 제출한 것이다. 녀석은 그야말로 자기 인생에서 가장 수치스러운 순간을 겪고 있는 중이다. 영악한 초등학교 3학년짜리가 사람들의 시선을 한몸에 받으며 깔깔거리고 자기를 비웃고 있는데도 녀석은 치욕스러운 순간을 어떻게 넘겨야 할지 몰라 난감해하고만 있는 것이다. 녀석은 교실 반대편에 있는 나를 본다. 나는 내가 녀석을 이해한다는 걸 알아주기를 바라는 마음에서 고개를 살짝 흔들어 보인다. 다가가 녀석의 어깨를 감싸주고 위로해주고 싶은 심정이지만 그런 마음을 억누른다. 초등학교 3학년짜리들이나 내가 가르치고 있는 고등학교 2학년 학생들이 내가 표절을 용인한다고 생각하는 게 싫다. 이 순간만큼은 엄격한 도덕의 잣대를 들고 녀석 혼자 고통을 겪도록 내버려두어야만 한다.

꼬마들이 겉옷을 챙겨입고 나가자 교실 안은 조용해진다. 부정적인 평가를 받은 스타이브샌트의 저자들은 투덜댄다. 빌어먹을 꼬마 녀석들! 가다가 눈 속에 빠져버려라! 키다리 2학년생 알렉스 뉴먼은 자기가 쓴 동화책이 칭찬을 받아서 기분이 그럭저럭 괜찮지만 꼬마들이 몇몇 저자들에게 한 행동은 끔찍했다고 말한다. 꼬마들 중 몇몇이 한 말은 거의 암살 수준이었어요. 그러자 그 말에 맞장구치는 소리로 교실 안이 술렁인다.

하지만 그렇게 해서 스타이브샌트 2학년생들의 미국 문학 수업은 분위기가 잡히고, 이제 『진노하신 하느님의 손 안에 든 죄인들』*의 장광설을 수용할 준비가 되었다. 우리는 베이철 린지, 로버트 서비스, T. S. 엘

*미국 신학자 조너선 에드워드의 설교집.

리엇 등 대서양 양쪽 시인들의 시를 양껏 골라내서 함께 낭송한다. 우리는 수업중에 농담도 하는데, 모든 농담은 도화선과 폭발물이 있는 짧은 이야기이기 때문이다. 또 이따금씩 어린 시절로 돌아가 놀이를 할 때나 길거리에서 불렀던 〈루시 아가씨〉나 〈둥글게 둥글게〉 같은 노래들을 떠올리며 신이 나 떠들어대서 참관중이던 행정관들은 교실 안에서 무슨 일이 벌어지고 있는지 궁금해하기도 한다.

그들은 내게 이렇게 묻는다. 매코트 선생, 우리 아이들을 대학이나 사회의 일원으로 키울 준비를 하고 있기는 한 거요?

55

어머니가 사는 아파트에 가보면 침대 옆 작은 탁자 위에는 병에 든 약, 알약, 캡슐 약, 물약들이 즐비했다. 이건 이럴 때 먹는 약, 저건 저럴 때 먹는 약, 하루 세 번 복용, 하루 네 번은 넘지 말 것, 운전중이거나 중장비를 조작할 때는 복용하지 말 것, 식사 전에 복용할 것, 식사중에 복용할 것, 식사 후에 복용할 것, 술이나 다른 자극제와 함께 복용하지 말 것, 다른 약과 섞어 복용하지 말 것 등등 복용법도 가지가지였다. 하지만 어머니는 늘 약을 이것저것 섞어 먹고 있었다. 폐기종 약을 엉덩이가 다쳤을 때 먹는 진통제와 헷갈려했고, 거기에 수면제나 각성제까지 섞어 먹기도 했다. 또 관절염 치료제인 코르티손 때문에 몸이 퉁퉁 붓고 턱에는 수염까지 자라났다. 그 때문에 어머니는 어쩌다가 외출하는 일이 있어도 그사이에 턱수염이 자랄까봐 자그마한 파란색 플라스틱 면도기 없이는 집을 나서지 않으려고 했다. 수염 난 모습을 다른 사람에게 보였다가는 당신 인생이 부끄러워질 터였다. 그랬다. 어머니의 인생이 수치스러워질 게 분명했다.

시에서 어머니를 돌봐줄 간병인을 보내주었다. 그 사람은 어머니를 씻겨주고, 요리도 해주고, 어머니가 산책 나갈 만큼 컨디션이 괜찮을 때는 산책을 데리고 나가기도 했다. 산책을 나갈 수 없을 때 어머니는 간병인과 함께 텔레비전을 봤다. 간병인한테서 들은 바로는, 어머니는 대부분의 시간을 벽만 뚫어져라 바라보거나 창밖만 멀거니 보며 지낸다고 했다. 그러다가 손자 코너가 오면 그렇게 기뻐할 수가 없다고 했다. 어머니는 방범창의 철제 창살에 매달린 코너와 잠시 이야기를 나눈다고 했다.

시에서 파견된 간병인이 약병들을 가지런히 정리해놓고 밤에는 그 약을 정해진 순서대로 복용하라고 주의를 주었건만, 어머니는 금방 잊어버리고 헷갈려했다. 어머니가 무슨 짓을 했는지는 아무도 정확하게 모르지만 어쨌든 구급차가 달려와 어머니를 레녹스 힐 병원으로 싣고 가는 일이 생겼다. 어머니는 그 병원에서 금세 유명해졌다.

어머니가 입원해 있을 때였다. 학교에서 어머니한테 전화를 걸어 안부를 묻자 어머니는 이렇게 대답했다.

아, 나도 잘 모르겠구나.

잘 모르겠다니 무슨 말씀이세요?

이젠 지긋지긋하다. 사람들이 나한테 이것저것 막 쑤셔넣고 또 이것저것 막 빼내지 뭐냐.

그러고 나서 어머니는 목소리를 낮춰 속삭였다. 너 나한테 올 때 부탁할 게 한 가지 있는데 들어줄 수 있겠니?

그럼요. 뭔지 말씀해보세요.

아무한테도 절대 말해서는 안 된다.

그렇게 할게요. 뭔데요?

파란색 플라스틱 면도기 좀 갖다주겠니?

플라스틱 면도기요? 그건 뭣에 쓰시려고요?

알 거 없다. 잔말 말고 그냥 좀 갖다주면 안 되냐?

말이 끊어지더니 흐느껴우는 소리가 전화선을 타고 들려왔다.

알았어요, 알았어. 갖다드릴게요. 엄마, 듣고 계세요?

어머니는 흐느껴우는 목소리로 가까스로 말했다. 오거든 면도기는 간호사에게 주고 내가 들어오라고 할 때까지는 들어오지 마라.

간호사는 면도기를 받아들고 어머니의 침대 둘레에 흰 커튼을 쳤다. 밖으로 나온 간호사는 나지막한 소리로 말했다. 지금 면도중이세요. 그게 다 코르티손 때문이랍니다. 어머니께서 몹시 속상해하고 계신답니다.

이윽고 안에서 어머니의 목소리가 들려왔다. 됐다. 이제 들어오너라. 들어와서 내게 아무것도 묻지 마라. 넌 내 부탁대로 하지 않았구나.

그게 무슨 말씀이세요?

난 네게 파란색 플라스틱 면도기를 갖다달라고 부탁했다. 그런데 넌 하얀 걸 가져왔어.

그게 무슨 차이가 있어요?

큰 차이가 있지. 하지만 넌 잘 모를 게다. 그것에 대해선 더 말 안 하련다.

좋아 보이시네요.

좋지 않아. 전화로 네게 말한 대로 이제 다 진절머리가 난다. 그냥 죽고만 싶어.

그만하세요. 크리스마스 때까지는 나가실 수 있을 거예요. 그때가 되면 춤도 추실 수 있을 거고요.

난 이제 춤 따위는 추지 않을 거야. 봐라. 이 나라 여기저기서 여자들이 낙태를 하고 있는 마당에 난 이렇게 죽지도 않고 살아 있다니.

도대체 엄마랑 낙태하는 여자들이랑 무슨 상관이 있어요?

어머니의 눈에 눈물이 고였다. 난 지금 병상에 누워서 죽느냐 사느냐 하고 있는데 넌 그따위 신학으로 나를 괴롭힐 참이냐?

그때 마침 마이클이 그 먼 샌프란시스코에서 어머니를 보러 왔다. 마이클은 어머니 침대 주변을 천천히 둘러보더니 어머니에게 입맞춤을 하고 어머니의 어깨와 발을 쓰다듬어주면서 말했다. 이렇게 하면 긴장이 좀 풀리실 거예요, 엄마.

난 이미 긴장이 다 풀렸다. 이보다 긴장이 더 풀린다면 아마 죽은 목숨일 테지. 그렇게만 된다면 정말 이 고통에서 벗어날 수 있을 텐데.

어머니를 한 번 보고 나를 본 다음 병실을 둘러보는 마이클의 눈도 눈물로 젖어 있었다. 어머니는 마이클에게 집사람이랑 애들이 있는 샌프란시스코로 돌아가라고 했다.

내일 갈 거예요.

그러니? 그러게 뭐하러 그 먼 길을 왔니?

엄마 보러 왔지요.

어머니는 어느 틈에 잠이 들었고, 우리는 병실에서 나와 렉싱턴 애비뉴에 있는 한 술집으로 갔다. 알피와 말라키의 아들인 말라키 2세도 불러내 술을 몇 잔 했지만 어머니 얘기는 하지 않았다. 우리는 이제 스무 살이 되어 인생을 어떻게 살아나가야 할지 고민하는 말라키 2세의 이야기만 듣고 있었다. 나는 녀석에게 네 엄마가 유대인이니 고국 이스라엘에 가서 군에 입대하라고 충고해주었다. 하지만 말라키는 자기는 유대인이 아니라고 대꾸했고, 나는 녀석이 유대인이니 돌아갈 권리가 있다고 말했다. 네가 이스라엘 영사관에 가서 이스라엘 군에 입대하길 원한다고 말하면 그들에게 대단한 선전거리가 될 거란 말이야. 상상해봐. 말라키 매코트 2세, 이런 이름을 가진 젊은이가 이스라엘 군대에 입대하는 걸. 뉴욕의 모든 신문 1면에 기사가 날 거다.

하지만 녀석은 단호하게 그렇게는 못 하겠다고, 미친 아랍 녀석들이 쏜 총에 맞고 싶지 않다고 말했다. 그러자 마이클이 나를 거들었다. 넌 최전방으로 가지는 않을 거야. 그저 후방에서 선전용으로 쓰이는 거야. 또 이국적인 이스라엘 아가씨들이 너한테 덤벼들걸.

그래도 녀석은 못 하겠다고 우겼다. 그래서 나는 녀석에게 말해주었다. 야, 너같이 이스라엘 군대에 입대해서 장래를 개척하는 간단한 일조차 못 하는 녀석에게 술을 사주는 건 아무래도 시간낭비인 것 같다. 우리 어머니가 유대인이었다면 나는 진작 예루살렘으로 갔을 게다.

그날 밤 나는 어머니의 병실로 다시 가보았다. 한 노신사가 어머니의 침대 발치에 서 있었다. 회색 턱수염을 기르고 회색 스리피스 정장을 입은 대머리 신사였다. 그는 바지 주머니에 손을 집어넣고 동전을 짤랑거리며 어머니에게 말했다. 매코트 부인, 부인도 아시겠지만 부인께서는 편찮으실 때 화를 낼 권리가 있고 또 그 화를 표현할 권리가 있어요.

그는 내 쪽을 돌아보더니 말했다. 저는 어머니의 정신과 담당의입니다.

어머니가 말했다. 전 화나지 않았어요. 그냥 죽고 싶을 뿐인데 댁이 가만 놔두질 않는 거예요.

어머니가 내 쪽을 돌아보며 말했다. 이분한테 좀 나가달라고 말해주겠니?

가세요, 의사 선생님.

실례지만 전 댁의 어머니의 담당의랍니다.

나가주세요.

의사가 자리를 뜨자 어머니는 병원 측에서 목사와 정신과 의사를 보내 자신을 괴롭힌다면서, 자신이 비록 죄인이라 하더라도 이미 참회를 골백번도 더 했는데 더 무슨 참회를 해야 하느냐고, 자신은 참회를 하기 위해 태어난 사람처럼 살아왔다고 투덜댔다. 뭐 좀 마시고 싶어 죽겠다.

레모네이드같이 새콤한 것 말이다.

나는 레몬 농축액을 사와 잔에 부은 다음 물을 타서 어머니에게 건네주었다. 어머니는 그걸 맛보더니 말했다. 레모네이드 좀 갖다달라고 부탁했는데 넌 순 맹물만 주는구나.

아니에요, 엄마. 그건 레모네이드라고요.

그러자 어머니는 다시 눈에 눈물이 그렁그렁해지더니 내게 말한다. 난 네게 사소한 것 하나 부탁한 것뿐인데 넌 그것도 못 해주니? 그리고 내 발 좀 옮겨주는 게 그렇게 힘드는 일이냐? 내 발은 하루 종일 이 자리에 그대로 있었단 말이야.

나는 어머니에게 왜 혼자서 발을 움직이지 않았느냐고 묻고 싶지만 어머니가 또 우실까봐 그냥 발을 옮겨준다.

어떠세요?

뭐가 어때?

엄마 발 말이에요.

내 발이 뭐?

제가 엄마 발을 옮겨드렸잖아요.

그랬니? 흥, 나는 조금도 못 느꼈는걸. 넌 내게 레모네이드도 안 갖다주지, 발도 안 옮겨주지, 파란색 플라스틱 면도기 하나 제대로 못 갖다주지. 도대체 아들이 넷이나 있어봤자 다 무슨 소용이람. 발 하나 제대로 옮겨주는 녀석이 없으니.

알았어요, 알았어. 잘 보세요. 자, 어머니 발을 옮겨드려요.

잘 보라고? 어떻게 잘 보란 말이냐? 내가 베개에서 머리를 들어 내 발을 보는 게 얼마나 힘든 일인 줄 알아? 날 좀 그만 괴롭히면 안 되겠니?

더 하실 말씀 있으세요?

여긴 불구덩이 같구나. 창문 좀 열어줄래?

바깥 날씨가 엄청 추워요.

그러자 어머니는 또다시 눈물을 흘렸다. 나한테 레모네이드도 안 갖다주고, 또……

알았어요, 알았어. 창문을 열자 77번 스트리트에서 차가운 바람이 한바탕 몰려들어와 어머니의 이마에 맺힌 땀방울을 식혀준다. 어머니는 눈을 감았고, 나는 어머니의 이마에 입맞춤을 해준다. 어머니의 이마에서는 소금기가 느껴지지 않는다.

조금만 더 있다 갈까, 아니면 여기에서 밤을 새울까? 간호사들은 별로 개의치 않는 눈치다. 나는 의자를 뒤로 밀고 머리를 벽에 기댄 채 선잠이 든다. 아니야, 집에 가는 게 낫겠어. 매기가 내일 플리머스 교회에서 합창을 하기로 되어 있잖아. 우리 딸에게 충혈된 눈을 한 추레한 모습을 보여서는 안 되지.

브루클린으로 돌아가는 길에도 병원으로 되돌아가야 할 것 같은 느낌이 계속 든다. 하지만 클라크 스트리트 역에 술집을 차린 친구가 개점 파티에 오라고 초대한 터라 그쪽으로 발걸음을 옮긴다. 술집 안에서는 음악소리와 왁자지껄 즐겁게 떠들어대는 소리가 들려온다. 나는 왠지 안으로 들어갈 수가 없어서 그냥 밖에 서 있다.

새벽 세시쯤 말라키로부터 전화가 걸려온다. 뭐라고 굳이 말할 필요가 없다. 내가 할 수 있는 일이라고는 어머니가 무슨 일이 있을 때마다 하던 대로 차 한 잔을 만드는 것뿐이다. 나는 침대 위, 암흑보다 어두운 암흑 속에 걸터앉아, 사람들이 지금쯤 엄마를 차가운 곳으로 옮기고 있겠구나, 우리 일곱 아이를 이 세상에 내보낸 그 잿빛 육신을 옮기겠구나, 생각한다. 그런데 예상치 못했던 감정이 나를 사로잡는다. 나는 마음을 진정시키기 위해 뜨거운 차를 한 모금 마신다. 이런 일이 닥치면 다자란 어른에게 어울리는 애도의 감정을 경험하게 되리라 믿고 있었다.

이렇게 배신당한 어린아이 같은 기분이 들 줄은 미처 몰랐다.

　나는 무릎을 가슴께로 끌어당기고 침대 위에 쪼그리고 앉는다. 눈물이 눈에서 흘러나오지 않고 내 심장 주변에 작은 바다가 되어 속에서 출렁거린다.

　어떻게 된 일이죠, 엄마? 이번에는 내 오줌보가 눈에 가서 붙은 게 아닌가봐요.

　나는 플리머스 동포교회에 앉아 내 열 살짜리 사랑스러운 딸 매기가 하얀 드레스를 입고 합창단과 함께 개신교 찬송가를 부르는 모습을 지켜보고 있다. 성당에서 우리 어머니 안젤라 매코트의 영혼의 안식을 위해 기도하고 있어야 할 시간이다. 일곱 아이를 낳은 어머니, 가톨릭 신자, 하느님 앞에서 죄인인 안젤라 매코트. 어머니가 이 세상에서 보낸 일흔세 해를 생각해볼 때 전지전능하신 하느님께서 어머니에게 불의 심판을 받게 할 리는 없다. 그런 신은 우리에게 필요 없다. 어머니의 인생은 연옥 그 자체였고 이제 당신은 먼저 하늘나라로 간 세 아이들 마거릿, 올리버, 유진과 함께 더 좋은 세상에 가 있을 게 분명하다.

　예배가 끝난 후, 나는 매기에게 할머니가 돌아가셨다고 말해준다. 울지 않는 나를 매기는 이상하게 쳐다본다. 아빠, 이럴 때는 울어도 괜찮다는 거 아빠도 잘 알잖아요.

　마이클은 샌프란시스코로 돌아가고 없기 때문에 나는 말라키와 알피만 데리고 아침 식사를 하러 웨스트 72번 스트리트에 있는 월터 B. 쿡 장례식장 근처의 한 식당으로 간다. 말라키가 식사를 양껏 주문하자 알피가 말한다. 어머니가 돌아가셨는데 어떻게 그렇게 많이 먹을 수 있어? 그러자 말라키가 대꾸한다. 내 슬픔을 가누려고 그런다. 왜, 안 되냐?

　식사를 한 다음 우리는 장례식장으로 가서 말라키의 아내 다이애나와 알피의 아내 린을 만난다. 그런 다음 모두 장례식장 직원을 찾아가 그의 책상 앞에 둘러앉는다. 장례식장 직원은 금반지를 끼고 금시계를 차고 금으로 된 넥타이핀을 하고 금테 안경을 끼고 있다. 그는 금색 펜을 들고 뭔가를 끼적이면서 애도의 금빛 미소를 지어 보인다. 그는 책상 위에 커다란 책을 올려놓으면서 말한다. 이 첫번째 관은 아주 고급스러운 것이지요. 가격은 만 달러 조금 안 되는데, 진짜 잘 만들어진 명품입니다. 우리는 꾸물거리지 않고 장례식장 직원에게 페이지를 좀 빨리 넘겨달라고 한다. 마지막 페이지를 보여주면서 그는 3천 달러가 조금 안 되는 관이라고 설명했다. 말라키가 물었다. 최저 땡가격이 얼마요?

아, 네. 매장을 말씀하시는 건가요, 화장을 말씀하시는 건가요?

화장 말이오.

그가 대답하기 전에 나는 분위기를 좀 가볍게 해보려고 장례식장 직원과 내 가족들에게 일주일 전에 어머니와 나눈 대화를 들려준다.

어머니가 돌아가시면 저희가 어머니에게 어떻게 해드리길 바라세요?

오. 나는 리머릭으로 돌아가 내 가족들 옆에 묻히고 싶구나.

어머니같이 몸집이 큰 사람을 운반하려면 비용이 얼마나 드는지 아세요?

그럼 너희가 내 몸집을 줄여주면 될 것 아니냐.

그 얘기를 듣고도 장례식장 직원은 조금도 웃지 않고, 그저 염하고 입관 예식 하고 화장하는 비용까지 다 합해서 1800달러쯤 들 거라고 말한다. 말라키는 어차피 태워버릴 관인데 왜 우리가 관 비용까지 내야 하느냐고 따지지만 장례식장 직원은 그게 규정이라고 한다.

그러면 그냥 부대 자루에 담아 청소부가 수거해가라고 밖에다 내놓을까?

말라키의 말에 우리 모두 껄껄 웃고 장례식장 직원이 잠시 자리를 비

610

운 사이 알피가 한마디 한다. 거참 엄청 느물거리는 인간이군.

자리로 돌아온 남자는 우리가 웃고 있는 것을 보고는 황당하다는 표정을 지어 보인다.

우리는 결국 자식들이 마지막으로 어머니의 모습을 보고 작별 인사를 할 수 있도록 시신을 하루만 더 입관된 상태로 두기로 결정한다. 장례식장 직원은 화장장까지 타고 갈 리무진을 빌릴 거냐고 묻는다. 알피를 빼고는 아무도 뉴저지의 노스버겐까지 따라갈 생각이 있는 사람이 없고, 결국 알피도 마음을 바꾼다.

리머릭에서 어머니는 메리 패터슨이라는 어린 시절 친구와 이런 이야기를 한 적이 있다.

그거 아니, 안젤라?

뭐 말이야, 메리?

나는 종종 내가 죽으면 어떤 모습일까 생각해. 그래서 내가 어떻게 했는지 아니, 안젤라?

아니, 어떻게 했는데, 메리?

'성 프란체스코 제3회' 수녀처럼 머리끝부터 발끝까지 갈색 옷을 차려입었지. 그다음에 어떻게 했는지 아니, 안젤라?

아니, 모르겠는데, 메리.

발치에 거울을 두고 침대에 누워서 배 위에 묵주를 든 두 손을 가지런히 포갠 채 눈을 감았지. 그다음에 내가 어떻게 했는지 아니, 안젤라?

아니, 모르겠는데, 메리.

한쪽 눈만 살짝 떠서 거울에 비친 내 모습을 훔쳐보았지. 그 모습이 어땠을 것 같니, 안젤라?

아니, 잘 모르겠는데, 메리.

매우 평화로워 보이더라.

하지만 아무도 관 속에 누워 있는 어머니의 모습이 평화로워 보인다고 말할 수는 없을 것 같다. 약물로 인해 퉁퉁 부은 어머니의 얼굴에는 고통스러운 인생이 플라스틱 면도기가 놓친 몇 가닥 터럭들과 함께 남아 있다.

내 옆에서는 내 딸 매기가 무릎을 꿇고 죽은 할머니를 바라보고 있다. 열 살짜리 매기가 태어나서 처음으로 죽은 사람을 보게 된 것이다. 매기는 그 느낌을 어떻게 표현해야 할지 모른다. 기도도, 종교적 예절도 따르지 못했지만 이것은 또다른 슬픔의 표현이다. 그렇게 한참 동안 할머니를 가만히 보고만 있던 매기가 나한테 묻는다. 할머닌 지금 어디 있는 거야, 아빠?

천국이 있다면 할머니는 거기에 가 계시겠지, 매기. 아마 지금쯤 천국의 여왕이 되어 계실걸.

천국이 있어, 아빠?

오, 매기. 천국이 없다면 나는 하느님의 방식을 이해할 수 없을 것 같구나.

매기는 나의 모호한 대답을 이해하는 것 같지 않았고, 나는 울음이 터져나와 사실 내가 무슨 말을 하는지 잘 모르겠다. 옆에서 매기가 나를 달래준다. 울어도 괜찮아요, 아빠.

어머니가 돌아가신 마당에 그저 애도의 표정을 짓고 앉아 어머니의 살아생전 좋았던 모습들을 떠올리며 친지들의 위로만 받을 수는 없다. 나는 내 동생들 말라키와 알피, 그리고 말라키의 아들들인 말라키, 코너, 코맥과 함께 관 앞에 서서 팔짱을 끼고 어머니가 생전에 즐겨 부르던 노래를 부른다.

당신이 어느 곳을 헤맨다 해도
어머니의 사랑이 당신을 축복할 거예요
어머니 살아 계실 적에 잘 돌봐드려요
가시고 나면 그리워질 테니

그리고 어머니가 싫어하던 노래도 부른다. 그래야만 어머니가 돌아가셨다는 것을 실감할 수 있을 것 같아서.

잘 가요, 조니. 멀리 떠나가도
당신의 나이 든 어머니를 잊지 말아요
저 먼바다를 건너가도
이따금 어머니에게 편지를 쓰세요
당신이 쓸 수 있는 한 자주
그리고 어디를 가더라도 잊지 마세요
당신은 아일랜드 사람이라는 것을

조문객들은 서로 멀뚱히 마주 본다. 그들이 무슨 생각을 하고 있는지 읽을 수 있다. 무슨 장례식이 이래? 아들 손자들이 저 불쌍한 여인의 관 앞에서 노래를 부르고 춤을 추다니. 죽은 어머니에 대한 예의도 모르나?
우리는 어머니의 이마에 입맞춤을 하고, 나는 아주 오래전에 어머니에게 빌렸던 1실링을 어머니의 가슴 위에 놓아드린다. 그런 다음 다 같이 복도를 따라 엘리베이터까지 걸어나오다가 뒤돌아 어머니를 본다. 비참함의 색 잿빛. 어머니는 잿빛 몸으로 싸구려 잿빛 관에 누워 있다.

56

1985년 1월, 벨파스트에 있는 사촌이 전화로 알피에게 슬픈 소식을 전했다. 우리 아버지 말라키 매코트가 그날 아침 이른 시각에 로열 빅토리아 병원에서 돌아가셨다는 것이었다.

나는 알피가 왜 슬프다는 표현을 쓰는지 이해할 수 없다. 슬프다는 말은 내가 그 순간 느낀 감정을 제대로 표현하지 못한다. 그 순간, "큰 고통을 겪고 난 후에는 형식적인 감정이 찾아온다"는 에밀리 디킨슨 시의 한 구절이 떠올랐다.

진정으로 나는 형식적인 감정 말고는 아무 고통도 느낄 수가 없었다.

나의 아버지도 어머니도 돌아가셨다. 그러니 이제 나는 고아다.

알피는 다 자라 어른이 되고 난 뒤 종종 아버지를 만나러 갔다. 내가 열 살이고 알피가 겨우 돌이 지났을 때 우리를 버린 아버지를 알피는 호기심 때문인지 애정 때문인지, 아니면 어떤 다른 이유 때문인지 보고 싶어했다. 알피는 그날 밤 비행기를 타고 벨파스트로 가겠다고 했다. 알피의 말투는 내게 안 갈래? 라고 묻는 듯했다.

알피의 말투는 갈 거지? 라고 다그치는 강압적인 말투는 아니었고 좀 더 부드러웠다. 자기 자신도, 다른 형제들도 아버지에 대해 복잡한 감정을 갖고 있다는 것을 잘 알고 있기 때문이었다.

거길 간다고? 왜 내가 비행기를 타고 벨파스트까지 가야 해? 영국으로 일하러 가서 월급은 죄다 술 마시는 데 써버린 아버지의 장례식에 내가 왜 가야 해? 어머니가 살아 계셨더라면 당신을 찢어지는 가난 속에 내버려두고 떠난 남자의 장례식에 갔을까?

아니, 어머니는 장례식에 가지 않았을 거야. 대신 나더러 장례식에 가보라고 했겠지. 어머니는 이렇게 말했겠지. 아버지가 우리에게 무슨 짓을 했든 간에 아버지는 알코올중독이라는 아일랜드 민족의 저주와도 같은 약점을 지닌 인간일 뿐이라고. 그러면서 아버지가 죽어서 묻히는 것은 내 평생 한 번뿐이니 가보라고. 아버지는 최악의 인간은 아니었고 누가 감히 한 인간을 심판할 수 있겠느냐고, 그건 하느님만이 하실 수 있는 일이라고 했겠지. 그리고 자비의 마음으로 촛불을 켜고 기도를 올렸겠지.

결국 나는 아버지의 장례식에 참석하기 위해 비행기를 타고 벨파스트로 갔다. 거기에 가면 내가 아버지의 장례식에 왜 가는지 그 이유를 알수 있을까 싶었다.

우리는 공항에서 차를 타고 나와 벨파스트의 혼란한 거리를 지나갔다. 장갑차들이 거리를 활보하고 있었고, 군 순찰대는 지나가는 젊은이들을 불러세워 벽에 밀어붙이고 그들의 몸을 수색하고 있었다. 옆에서 사촌들이 지금은 그래도 조용해진 거라고 했다. 어느 쪽이든, 개신교 쪽이든 가톨릭 쪽이든, 번갈아가며 폭탄을 터뜨려대는 바람에 세계대전중이라고 착각할 정도였다. 아무렇지도 않게 거리를 활보한 것이 언제였는지 기억도 나지 않는다니까. 버터 하나 사러 나갔다가 돌아올 때는 다리를 한쪽 잃은 채 돌아오거나, 아예 돌아오지 못한 사람들도 있거든. 이런 얘기는 더 안 하는 게 좋겠다. 언젠가 이 짓도 끝날 테지. 언젠가는 아무 걱정 없이 버터를 사러 나갈 수 있을 때가 올 거야. 아니, 그냥 느긋한 마음으로 거리를 산보할 수도 있을 거야.

우리는 사촌 프랜시스 맥로리를 따라 아버지의 시신이 안치되어 있는 로열 빅토리아 병원으로 갔다. 영안실로 들어서고야 비로소 내가 아버지의 맏아들이라는 사실, 내가 상주라는 사실을 깨달았다. 사촌들은 모두 나를 바라보고 있었다. 그중 몇몇은 기억도 나지 않았고, 처음 만나는 사촌들도 있었다. 다들 매코트, 맥로리, 폭스라는 성을 갖고 있었다. 아버지의 누나들 중 아직 살아 계신 세 분이 거기 와 있었다. 매기 고모, 에바 고모, 그리고 수녀가 된 콤갈 고모. 콤갈 고모의 수녀원에 들어가기 전 이름은 모야였다. 베라 고모는 옥스퍼드에서 벨파스트까지 먼 길을 올 수 없을 정도로 연로해서 장례식에 오지 못했다고 했다.

관에 누워 있는 남자의 네 아들 중 맏이인 나와 막내아들인 알피가 관 옆에 있는 기도대에 무릎을 꿇었다. 고모들과 사촌들은 저애들이 정말 슬퍼하고 있는 건가 하는 의심의 눈초리로 먼 길을 달려온 두 남자를 멀거니 바라보고 있었다.

아버지는 멋진 검은색 양복을 입고, 아버지가 싫어했을 조그만 흰색 실크 넥타이를 매고, 이는 다 빠져서 홀쭉해진 얼굴에 쪼그라든 모습으로 관 속에 누워 있었다. 그런 아버지의 모습을 보고 있자니 슬픔은커녕 내가 갈매기를 보고 있는 것이 아닌가 하는 느낌이 들었고, 그 때문에 속으로 웃음이 터져나오는 걸 몸을 흔들면서 겨우 참아냈다. 그러자 그 자리에 모인 사람들 모두, 알피까지도 내가 슬픔을 주체 못 해 그러는 거라고 생각하는 모양이었다.

사촌들 중 한 명이 내 어깨를 쓰다듬어주었다. 나는 고맙다고 말하고 싶었지만 얼굴에서 손을 떼면 웃음이 터져나올 것만 같았다. 그러면 모두 경악하고 나는 매코트 일가에서 영원히 쫓겨나겠지. 알피가 성호를 긋고 일어섰다. 나는 나 자신을 추스르고, 웃음 때문에 새어나온 눈물을 닦아내고 성호를 그은 뒤 일어서서 그 작은 영안실 안에 둘러서 있는 슬픈 얼굴들과 대면했다.

밖으로 나가니 벨파스트에는 이미 어둠이 깔려 있었다. 늙고 쇠약한 고모들은 우리를 껴안고 통곡하기 시작했다. 오, 프랜시스, 프랜시스. 오, 알피, 알피. 아버지가 네 녀석들을 얼마나 사랑했는지 아니? 오, 너희 아빠는 너희를 정말 사랑했단다. 정말 그랬지. 항상 너희 얘기만 했어.

오, 아버지가 정말 그러셨군요. 에바 고모, 매기 고모, 콤갈 고모. 아버지가 그래서 아일랜드에, 영국에, 미국에 있을 때 우리를 위해 술잔을 기울이신 거로군요. 뭐, 우리가 이런 때에 그것에 대해 불평을 늘어놓으며 징징거릴 생각은 없어요. 어쨌든 오늘은 아버지의 장례식이니까요. 갈매기 같은 모습으로 관 속에 누워 있는 아버지 앞에서도 나 자신을 추스를 수 있었으니, 다정한 세 고모와 잔뜩 모여 있는 사촌들 앞에서 점잔 빼고 있는 것도 못 할 이유가 없었다.

영안실 앞에 다들 모여 있다가 차를 타고 떠날 준비를 하는데, 내 마음이 편해지려면 아버지를 한 번 더 봐야겠다는 생각이 들었다. 가서 말하고 싶었다. 갈매기를 떠올리며 웃지 않았다면 내 가슴은 산더미처럼 쌓여 있는 과거의 기억들로 터져버렸을지도 몰라요. 영국에 가서 돈을 벌어오겠다면서 떠났던 아버지의 모습, 기다리던 돈이 한 번도 오지 않자 절망에 빠져 난롯가에 앉아 한숨만 쉬던 엄마, 성 빈첸시오 회에 가서 구걸해야 했던 엄마, 토스트 한 조각만 더 먹어도 되느냐고 묻던 어린 동생들, 그 모든 것이 다 아버지 때문이었어요. 우리는, 당신 아들들은 이제 다들 그런 비참한 기억에서 벗어났지만, 아버지 때문에 그토록 비참한 삶을 살아야만 했던 우리 엄마는 어떡해요.

나는 다시 관 옆에 무릎을 꿇고 앉아 리머릭에서 아버지와 함께 보낸 아침나절을 떠올렸다. 타오르는 난롯불 옆에 앉아, 어머니와 동생들을 깨울까봐 나지막한 목소리로 내게 아일랜드의 고통의 역사와 미국에서 아일랜드인들이 이룬 위대한 업적에 대해 이야기를 들려주던 아버지의 모습을 떠올렸다. 이제는 영롱한 진주가 된 그 아침의 기억들을 아버지의 관 옆에서 세 번의 성모송으로 바쳤다.

다음 날 우리는 벨파스트가 내려다보이는 언덕 위에 아버지를 묻었다. 신부님이 기도를 올린 다음 관 위에 성수를 뿌리는데, 도심 어디선가 총성이 들려왔다. 또 시작이군. 누군가가 말했다.

사촌인 테레사 폭스와 필 폭스 부부의 집에 모두 모였다. 다들 IRA 대원 세 명이 영국군의 바리케이드를 뚫고 들어가다가 영국군의 총에 맞아 사망했다는 라디오 뉴스에 대해 이야기했다. 지금쯤 아버지는 저세상에서 아버지가 꿈꾸던 대로 그 세 명의 IRA 대원들의 호위를 받으며 가고 있을 거야. 그리고 분명 그 사람들의 장렬한 최후를 부러워하고 있겠지.

우리는 함께 샌드위치를 먹고 차를 마셨다. 이윽고 필이 위스키 한 병을 꺼내와 우리는 그걸 마시면서 이야기를 나누고 노래를 부르기 시작했다. 아버지를 땅에 묻은 날 달리 무슨 일을 할 수 있었겠는가?

아버지가 돌아가신 1985년, 그해 8월의 어느 날, 우리는 어머니의 유해를 리머릭 외곽의 먼그릿 수도원 묘지로 옮겼다. 어머니가 마지막으로 안식을 취할 곳이었다. 그 자리에는 내 동생 말라키와 말라키의 아내 다이애나, 아들 코맥도 함께 와 있었다. 열네 살 우리 딸 매기도, 리머릭에서 오래전부터 알고 지내던 이웃들과 뉴욕에서 온 친구들도 와 있었다. 우리는 차례대로 뉴저지 화장장에서 받아온 주석으로 된 유골 단지에 손을 집어넣고 안젤라의 유해를 한 줌씩 꺼내 시언 가家와 길포일 가와 그리핀 가 사람들의 무덤 위에 흩뿌렸다. 산들바람에 어머니의 하얀 뼛가루가 흩어져 오래된 뼛조각들이 묻혀 있는 회색 무덤들과 거무튀튀한 땅 주변을 소용돌이쳤다.

우리는 성모송을 바쳤다. 하지만 그것으로 충분한 것 같지가 않았다. 그동안 우리는 성당을 멀리하고 살았지만, 그 순간만큼은 어머니를 위해서나, 그 오래된 수도원에 모인 우리를 위해서나 일곱 아이를 낳은 한 어머니에 걸맞은 진혼곡으로서 품위 있는 신부님의 기도가 함께했으면 좋았을 거라는 아쉬움이 들었다.

우리는 밸리나쿠라로 가는 길목에 있는 한 식당에서 함께 점심을 먹으면서 마시고 웃고 떠들었다. 누가 우리의 그런 모습을 보았다면, 우리가 방금 어머니의 유해를 뿌리고 온 사람들이라고는 생각도 못 했을 것이다. 한때 웸블리 홀에서 대단한 무용수로 이름을 날렸던 어머니, 가끔 숨이 가쁜 것 말고는 노래도 잘 부르셨던 어머니의 유해를.

옮긴이 **김루시아**

서울대학교 불어불문학과와 동대학원을 졸업했다. 옮긴 책으로『안젤라의 재』『매기와 초콜릿 전쟁』『불평 없이 살아보기』『불평 없는 관계 만들기』등이 있다.

문학동네 세계문학

그렇군요

초판인쇄 2012년 4월 9일 | 초판발행 2012년 4월 16일

지은이 프랭크 매코트 | 옮긴이 김루시아 | 펴낸이 강병선

책임편집 박아름 | 편집 김지연 | 독자 모니터 유부만두

디자인 엄혜리 이원경 강혜림 | 저작권 김미정 한문숙 박혜연

마케팅 정민호 김도윤 박보람 | 온라인 마케팅 이상혁 장선아

제작 안정숙 서동관 김애진 | 제작처 미광원색사(인쇄) 채움피앤비아(제본)

펴낸곳 (주)문학동네

출판등록 1993년 10월 22일 제406-2003-000045호

주소 413-756 경기도 파주시 문발동 파주출판도시 513-8

전자우편 editor@munhak.com | 대표전화 031) 955-8888 | 팩스 031) 955-8855

문의전화 031) 955-3576(마케팅) 031) 955-2654(편집)

문학동네카페 http://cafe.naver.com/mhdn

ISBN 978-89-546-1788-8 03840

www.munhak.com